ジョージ・エリオットの後期小説を読む

―― キリスト教と科学の葛藤 ――

福 永 信 哲

英 宝 社

まえがき

　本書はジョージ・エリオット (George Eliot 1819-80) の後期小説たる『急進主義者フィーリクス・ホルト』(以下,『フィーリクス』と略称)) (*Felix Holt, the Radical* 1866),『ミドルマーチ』(*Middlemarch* 1871-72),『ダニエル・デロンダ』(*Daniel Deronda* 1876) に焦点を当てて, 作品の言説を原語に即して分析・解釈したものである. 長年エリオットの英語と対話して思うことは, 第一に, 彼女の文体には意味の多層的なこだまが響いていることである. 情景描写であれ性格描写であれ, 具体的な文脈の中で言葉が共鳴し合って, 意味の奥行が果てしなく広がっている. とりわけ, 人物の内面描写には体験と記憶が産み出す深い情緒が宿っている. 迷いの深い人間が罪, あるいは誤りを犯して苦しむ姿を描く場面には, 語り手の憐れみと共感が行間から滲み出ている. ものを見ることにおいて自己中心性を免れない人間には, 近視眼の結果として苦しみが待ち受けている. ところが, 試練の後には贖いが用意されている. 作家の贖いの見方は, 神の罰としてではなく, 自然の道理として訪れる働きである. これが働く時, 人は苦しみを糧に成熟への道を歩むことができる. 転落と贖いのプロセスで人が体験する人生の苦しみと悲しみに対する共感の深さは, エリオット小説の際立った特徴である. トランサム夫人 (『フィーリクス』), カソーボン, バルストロード (共に『ミドルマーチ』), グウェンドレン (『ダニエル・デロンダ』) など, 迷いの淵に沈んで闇を手探りする人物の苦境を描く筆致には迫真的な力が籠もっている. 悲しみと苦労が人間を変える力を信じる意味において, 彼女は本質的に宗教的な魂である.

　偉大な芸術作品は, 読者の精神的器量 (mental stature) に従って姿を表すと言われる. その理由は, 作品が生の複雑・多様な現実を多彩な視点から描いているからである. 文体そのものが, 科学的な明晰性とロマン派的な生の直観的な把握の間で揺れ動いている. 道理の働きを辛抱強く検証するアプローチと, 人間精神の曖昧領域をそのままに暗示するアプローチがせめぎ合ってい

る．エリオットの後期小説には，芸術的豊穣さ，曖昧さと，科学の方法と言語の葛藤が，中期までの小説にも増して深まっている．リアリズム小説の写実性を継承しつつ，リアリズムを超える作法の模索が文体にも反映している．これによって読者は，曖昧な言語を読み解くプロセスに参加することを求められる．解釈という行為に参入することによって，作家と読者の対話が生まれる．作品の構造と言説そのものが読者の解釈可能な曖昧領域を残しているからである．読者の精神的器量が試されるのはこの文体的特徴による．従って，作家の原語テキストをそのままに解釈することは不可欠なプロセスである．翻訳のみで彼女の作品を味わうことは難しい．本書に原語の引用が多いのは，エリオットの文体のこうした特徴を明らかにする為である．引用には試訳を添えたり，和訳のある場合は借用したりしている．しかし，翻訳は一つの解釈を示す以上の域を出ない．解釈の際，原文の多層的な意味を明らかにしようと試みているが，原文テキストの豊かさを公平に紹介し得たかどうかは甚だ心許ない．筆者の力量不足や思い込みにより誤読を犯したのではないかと恐れている．この点については，読者諸賢の忌憚のないご叱正を乞う次第である．

　第二に，エリオットは，人物を歴史的文脈に置いて，時の流れの中で変化していく人間の生き様を，変化のプロセスのままに捉えるヴィジョンを持っている．人は，過去を背負って，他者と関わって生きている．現在の体面を取り繕おうとして過去を葬り去ろうとする人間は，過去からの因果の道理に罰せられて，心の自由を失うのである．過去は，人の現在を形作る生きた力である．これがトランサム夫人とバルストロードの生き様である．エリオットの時間感覚は，人が生まれて，束の間の生を全うして去ってゆく無常の背後に，地球的時間の悠久の営みを見ている．『ミドルマーチ』で，医師リドゲートが実践する自然科学の方法は，作品を統合する作家のヴィジョンとして生きている．これは，彼女が「伴侶」ジョージ・ヘンリー・ルイス (George Henry Lewes 1817-78) と共同研究を重ねて得た自然科学的知見の反映である．自然史の見方は，人間の外的暮らしのみでなく，精神生活にも自然法則が生きていると見る．この視座から見ると，人間の道徳的価値に超歴史的な善悪の基準はなく，あるのはただ価値に中立な自然法則があるのみである．エリオットの作家としての歩みは，少女期から思春期に親しんだ福音主義信仰で培ったキリスト教的善悪の基準を，自然史の道理の眼で洗い直す歩みであった．その結果，道徳的価値の本質的相対性を洞察する見方は，後期小説に至って一層深まりを見せて

いる．これをテキストの言語事実から明らかにすることも本書の目標である．

　第三に，エリオット小説の特徴として言えることは，上記のことと関連しているが，ものをあるがままに見る広義のリアリズムが流れていることである．この観点は，イギリス小説の伝統をエリオットが継承していることを意味している．その特性として指摘されることは，イギリス小説は人の生き様と人間性を描くことに真骨頂があり，思想や教義を，人間的な含み以外の視点から描くことは稀であるということである．ジェーン・オースティン (Jane Austen 1770-1817) の小説を読む読者は，作家の眼が個々の人間の性格に注がれていることに気付く．思想や教義という建前を突き抜けて，これを抱く人間の真摯さや偽善を凝視するまなざしが絶えず働いていることを学ぶ．思想や観念という人生の影ではなく，人間の業そのものを見据えているのだ．これは，エリオットにも当てはまる．彼女は，1854年から55年にかけてのドイツ滞在中に，ルイスと，シェイクスピア (Shakespeare 1564-1616) とオースティンの作品をお互いに音読し合っていた．古典テキストの音読は，エリオットが達意でしかもリズミカルな文体を身に付ける修業となっていた．

　エリオットの文体にはこうした音読体験の積み重ねが生きている．シェイクスピア流の生き生きとした話し言葉を人物の口の端にのぼせる力は，生きた人間の言葉を聞く耳のよさと共に，たゆみない文学修業の成果である．彼女の文体に広く見られる韻律美は音読によって培われたものであることが察せられる．言葉の音楽性に敏感な美意識がこれを養ったと言える．また一つには，シェイクスピアと聖書の韻律を彼女自身が呼吸していた事実に由来する．人物の言葉と思考と感情が親しく交流し合って醸し出す達意の言語感覚は，背後に身体の営みを偲ばせる．これもまた，ルイスとの相互研鑽で培った身体言語の特徴を示している．言葉が心身の生理的な働きの次元を持っているのである．これも後期小説で深化した文体的特徴である．シェイクスピアから学んだ流儀のもう一つの特徴は暗喩（メタファー）の豊かな使用である．『フィーリクス』辺りから暗喩の使い方が突発的ではなく，一層意図的，系統的になってきている．暗喩が暗喩を呼び込み，繰り返された譬えが響き合って，多彩な生のモザイクに想像的言語の統一性を与えている．織地 (web)，有機的生命，組織，起源，種，鏡，顕微鏡，胚など，自然史研究で養った観察眼から，人間のドラマを描く独創的なイメージ言語が生まれたのである．ドーリンは，『アダム・ビード』(*Adam Bede* 1859) の一節を援用して，自然に言語が内

在すると見るエリオットの言語観(詳しくは作品論で言及する)を指摘する.それによると,自然の宿す言語は多元的な意味を内包している上に,矛盾・撞着を孕んでいる為に,人は往々にしてその意味を読み誤る.自然に隠れ潜む沈黙の言語には,それ自体に自明の意味はない為,これを読む人が解釈によって意味を読み取るしかない.作家のこうした言語観の素地がある為に,ヒリス・ミラー(Hillis Miller)に代表される脱構築の見方が有効性を持ち得たと言う.この見方によると,文学テキストは本来矛盾を孕み,曖昧なものであって,首尾一貫した意味はなく,絶えず解釈によって変化すると言う (222-24). 脱構築のこうした言語観は,とりわけ『ミドルマーチ』と『ダニエル・デロンダ』のテキスト講読に豊かな解釈の可能性を添えている.本書のテキスト解釈も,詳しくは作品論で触れるように,脱構築の言語観から多くの示唆を受けている.

　登場人物の心模様を絵画イメージで印象画風に描く技法も,『フィーリクス』のトランサム夫人描写以降,磨きが掛かっている.これと関連するが,人物の内面描写が物理的空間のイメージで造形される傾向も,後期小説で顕著になってくる.『ミドルマーチ』の,ドロシアとカソーボンの出会いと結婚生活の描写に,前者には広い遠景イメージ,後者には控えの間と迷路のイメージが繰り返されている.これも,人物の根本的な人間性のありようを暗示する熟練のイメージ言語である.言語の陰影をさらに深めている技法は,神話の幅広い使用である.ギリシャ神話と悲劇の人物とエピソードが劇的場面でたびたび寓意的に用いられる.ソフォクレス (Sophocles 496-06 B. C.) の『アンティゴニ』(*Antigone*) に見られる公的な大義名分と私的な人間的絆の矛盾 ("*The Antigone* and Its Moral" 参照) は,『フロス河の水車場』(以下,『フロス河』と略記)(*The Mill on the Floss* 1860) のマギーや,『ロモラ』(*Romola* 1863) のロモラと『ミドルマーチ』のドロシアに,しばしば言及される.その含みとして,人間の行為に純粋な善もなければ悪もないというヴィジョンが暗示される.後期小説では,これらのギリシャ古典に加えて,聖テレサなどの聖人伝とキリスト教神話も巧みに織り合わされている.これが人物の道徳的状況に歴史的な奥行を添えて,寓意的意味あいを重層的にしている.

　第四に,エリオットの語りには,オースティンの技法に倣った巧みな視点の多様性がある.時に全知の語り手が人物の状況と心事を説明するかと思えば,時に人物自身の偏見を交えた思惑が平叙文の形で暗示される.これによって,

人物の自負と他者から見たありのままの姿の対照が浮き彫りになる．「高慢と偏見」によって眼が曇りながら，その事実に気が付かないのが人間の性である．愚かさと矛盾を免れない人間を，作家のまなざしは諦念と赦しをもって眺めている．人間を見る眼の諦念と寛容は，メアリアンが倫理的人道主義（後に具体的に触れる）へと至った境地から，自ずと滲み出したものである．これがアイロニカル・ユーモア（皮肉な味わいのあるユーモア）となって，滋味深い可笑味を湛えている．エリオットのユーモアに奥行を添える秘密は，作家の文化人類学的慧眼が人間観察のまなざしに感じられることにある．

　　One would need to be learned in the fashions of those times to know how far in the rear of them Mrs. Glegg's slate-coloured silk gown must have been; but from certain constellations of small yellow spots upon it, and a mouldy odour about it suggestive of a damp clothes-chest, it was probable that it belonged to a stratum of garments just old enough to have come recently into wear. (*The Mill on the Floss*. Book I, VII, 59) [1]

　　グレッグ夫人のスレート色のガウンが時代のファッションにどれほど遅れているかを知るには，まず当時の流行についておさらいしておく必要がある．小さな黄ばんだしみがぽつぽつと星座状に散らばって，湿っぽい衣装箪笥に仕舞っておかれたことを偲ばせるかび臭い匂いからして，最近になってようやく下ろされるほど古い衣類の層に入っていたことは多分間違いあるまい．[2]

　これは，ヒロイン・マギーの伯母グレッグ夫人が衣服を管理する習慣を点描したものである．彼女は身に付いた倹約精神にも拘わらず，上等な服に眼がない．お金にあかして，せっせと買ってきては箪笥の中に仕舞い込む．かくして，自分の贅沢に対する良心のやましさから，わが愛する服を箪笥の底に長く寝かせ，かび臭くなるまで置いておかないと安心して着られない．家の格式にふさわしい習慣と儀式を遵守することが彼女の流儀であって，いわば，旧式化した美徳が旧家という抑圧的な精神空間の中に仕舞われて，かび臭くなっているのである．「星座」の天文学と，「地層」の地質学のイメージを卑近な日常生活の点景に用いる不調和が独特の可笑味を醸している．因習的な世界の物質的安逸と精神的停滞の状況が自ずと浮き彫りになるような飄逸な点描である．この例で明らかなように，地方社会の風土を細やかなエピソードに託して暗示する手際は，想像力豊かな言語感覚を感じさせる．

この点描からも分かるように，性格描写の文体は，猫の目のように変わる視点の移動で，その陰影が深まっている．淡々とした事実描写と見える文章が，いつの間にか人物自身の利害や自負の視点に取って替えられる．これが自由間接話法と呼ばれる語りの技法である．こうして，語り手と人物の，あるいは人物と人物との位置関係は奥行を持ってくる．これによって，人間の外観と実態の落差を的確に透視する観察眼がユーモアを醸す素地になっている．これは，彼女がオースティンの人間観と文体から多くの糧を得たことを示している．

　視点の多様性と移動は，エリオットの語りにもう一つの特徴を添えている．人の自己評価と周囲の人々の評価は違うのが人の世の常である．語りの視点が絶えず変わることにより，どの人物も周囲の人々の評価の鏡に全体としては公平に映し出される．ドロシアの高貴な理想主義は，彼女の健康な心身から溢れ出した強い情熱とエロスが姿を変えたものである．この精力的な自我の要求は，生命力を枯渇させてゆく夫のカソーボンには厄介で，うっとうしいものに感じられる．夫の研究の助けになろうとする彼女の義務感は，彼の心の負担となり，これが心の溝を広げる素地になる．視点の移動は，二人の位置関係を焙り出し，それがひいてはドロシアを自己認識の深まりへと導く契機になっている．誰も固有の「自己という中心」("equivalent centre of self")を持って生きている．この事実に気付くことによって，彼女は，自分の感情をさて措いてものを見ることを学んでゆく．ここに自己超脱の道がテーマとして横たわっている．

　第五に，科学的な明晰性とロマン派的な生の直観的洞察の間の揺らめきは，一見するほどには和解し難い二項対立ではない．科学的探究の仮説・検証アプローチは，真理の隠れ潜む闇を，想像を巡らしつつ手探りすることに他ならない．一方，おのれを空しくして，命の鼓動に直に参入しようとするロマンティシズムの対象把握も，想像力の内的光に照らされて真実を直覚する意味では，真逆の営みではない．小鳥のさえずりを，子孫を遺す為の命の営みと見るか，あるいは，キーツ (Keats 1795-1821) のように，妙なる歌声を自然の霊感の声と見るか，知性の働きと無心の直観の間には，言われるほど画然たる違いがある訳ではない．すでに触れたように，エリオットの因習的道徳観への抵抗と価値の再建には，子どもの眼でものを見るロマン派的な感受性が根底にある．子ども時代のマギーが大人の常識と慣習に名状し難い抑圧感を抱く構図は，メアリアン自身の幼少期の感受性を偲ばせる．子どもの魂でものを

あるがままに見る時，慣れによって形骸化した観念の虚妄が感知される．旧聞化した教義と思想を捨てる苦しみの中に，生きる意味がほの見えてくる．因習的な価値の解体と意味の再建の互い違いのプロセスは，中期までの小説と後期小説とを選ばず一貫している（このプロセスを明らかにしたカロルの批評は個別の小説論で論じる）．また，『フィーリクス』のエスタ・ライアンが二人の求婚者ハロルド・トランサムとフィーリクス・ホルトの対照的な生き様の間を手探りするテーマにも，ドロシアとグウェンドレンが，結婚の不幸を糧にして真に自分の言葉を探り取ってゆくテーマにも，生きる意味の探求が認められる．このテーマを辿ることも本書の目標である．

　最後に，エリオットの小説には複合的な言語多元主義の地図がある．彼女は，1854年から56年にかけて一連の文芸批評エッセーを世に問うているが，そこに見られるヨーロッパ諸語への造詣は瞠目すべきものがある．詳しくは序章に譲るとして，ハイネ (Heine 1797-1856) とリール (Riehl 1823-97) 批評（以下，序章で触れる）には，ドイツ語の詩と音楽を識別する文体感覚が，母国語に劣らないレベルのものであることを示している．マダム・ドゥ・サーブレ (Madame de Sable) の生き様を描いたエッセーでは，フランス語の明晰さ，エスプリ，粋を捉える感覚も非凡なものを感じさせる．また『フロス河』で，マギーの『キリストに倣いて』(*The Imitation of Christ*) との出会いを，ラテン語原典から翻訳して描いている[3]が，その英訳は重厚・典雅である．スピノザ (Spinoza 1632-77) の『エチカ』(*Ethics* 1677) 英訳版も，難解な文体の行間に，肉体，感情，直観重視の哲学に対する純粋な共感が読み取れる．これらの労作から推して，作家のラテン語習熟が並みのものではないことを示している．『ロモラ』に見る宗教改革者サヴォナローラの性格描写も，彼女のイタリア語読解力が非凡なレベルにあることを偲ばせてくれる．この事実から察せられることは，エリオットの言語多元主義が小説の文体の隅々にまで及び，その構造と性格描写，情景描写にまで影響を及ぼしていることである．アーマース (Ermarth) によれば，個人の発話行為（パロール）の展開を地図に位置付け，それが，言語共同体の成員が共有する言語体系（ラング）を修正する力になっている様を捉える眼が『ミドルマーチ』には生きていると言う．個人の信念という文法は絶えず共同体のラングと相互交流しつつ相対化され，位置付けられる．個人の「正当な」要求は，相克するがままに全体のダイナミズムに奉仕している．この柔らかな体系の中で個人の価値は絶対的基準を失い，すべては

流動するダイナミズムの中に相対化されると言う (*Middlemarch in the Twenty-First Century* 120-21). 個人の信念の文法規則と共同体のパロールの相互依存を見るアーマースの暗喩は，エリオットの言語多元主義について興味深い示唆を投げ掛ける．つまりエリオットは，ヨーロッパの多言語を自己のものとするたびにその文法，語彙を吸収し，英語の言語としての辺境を押し広げる糧としたことが窺われる．『ミドルマーチ』の多元的構造も，『ダニエル・デロンダ』のユダヤ文化とキリスト教文化の対置もこの文脈に位置付けられる．

注

1 エリオット小説のエピソードへの言及や引用は，2015年現在の最新版ペンギン版による．括弧内の数字は，これらの版の章の数字とページ数を示す．以下，同じ．
2 引用の和訳は，原則として筆者による．それ以外の場合は出典を明示する．以下，同じ．
3 『フロス河』執筆当時の1859年，エリオットは『キリストに倣いて』を読み返していた．作品中の引用は彼女自身が行ったものである．Graham Handley. "Thomas a Kempis" *Oxford Reader's Companion to George Eliot*, 188. 参照．

目　次

まえがき ……………………………………………………………………… iii

序　章　人間ジョージ・エリオットとその時代 ………………………… 3
1. 福音主義とエリオット ………………………………………………… 3
2. 農村イングランドへのノスタルジア ………………………………… 11
3. 子どもの眼 ……………………………………………………………… 22
4. 福音主義からの脱皮 …………………………………………………… 23
5. 「R. W. マッカイの『知性の進歩』」の意味 ………………………… 25
6. 聖書の歴史的展開 ……………………………………………………… 30
7. 父の死 …………………………………………………………………… 40
8. ロンドンでの文芸活動 ………………………………………………… 42
9. 産婆兼黒子ルイス ……………………………………………………… 44
10. 非合法の事実婚がもたらした遺産 …………………………………… 52
11. 小説創作の跳躍台としての文芸批評 ………………………………… 58
12. ヘレニズムとヘブライズム …………………………………………… 67
13. 『ウエストミンスター・リビュー』と倫理的人道主義 …………… 69
14. エリオット小説と福音主義の遺産 …………………………………… 85
15. 聖書解釈の視座の見直し ……………………………………………… 87
16. 作家の心の基層としての聖書 ………………………………………… 90

第 I 章　『急進主義者フィーリクス・ホルト』を読む ………………… 94
1. 『急進主義者フィーリクス・ホルト』に見るダーウィニズムの言説 ……… 94
2. 『急進主義者フィーリクス・ホルト』に見る意味の探究
　　──性格描写に見るテキスト解読の奥行──……………………… 112
3. 『急進主義者フィーリクス・ホルト』に見るライアン牧師の人間像
　　──エリオットの救済観を探る── ………………………………… 134

第 II 章　『ミドルマーチ』を読む ……………………………………… 154
1. 『ミドルマーチ』に見る意味探求のプロセス ……………………… 154
2. ドロシアの夫カソーボン師に見るエリオットのロマン派的想像力 ……… 176

3 『ミドルマーチ』に見る死生観
 　　――ドロシア・カソーボンの結婚生活と死別―― …………………… 187
 4 『ミドルマーチ』に見る科学の受容と懐疑
 　　――医師リドゲートのテキストを読む―― …………………………… 201
 5 『ミドルマーチ』に見る宗教的偽善と意味の探究
 　　――バルストロードのテキストを読む―― …………………………… 228
 6 『ミドルマーチ』に見る否定表現
 　　――ジェーン・オースティン『エマ』と比較して―― ……………… 241

第Ⅲ章　『ダニエル・デロンダ』を読む ……………………………………… 271

 1 『ダニエル・デロンダ』グウェンドレン物語
 　　――キリスト教の遺産と科学の和解―― ……………………………… 271
 2 『ダニエル・デロンダ』に見る解体と再建の試み
 　　――ユダヤ人物語に見るエリオットのヴィジョン―― ……………… 290
 3 『ダニエル・デロンダ』第22章を読む――異文化間の結婚―― ……… 307
 4 ダニエル・デロンダ――隠されたアイデンティティの探求―― ……… 317

終　章　倫理的人道主義とその遺産 ……………………………………………340

　　あとがき……………………………………………………………………… 352
　　初出一覧……………………………………………………………………… 355
　　文献一覧……………………………………………………………………… 357
　　写真解説……………………………………………………………………… 367
　　索　　引……………………………………………………………………… 368

ジョージ・エリオットの後期小説を読む

―― キリスト教と科学の葛藤 ――

序　章
人間ジョージ・エリオットとその時代

1　福音主義とエリオット

　ヘンリー・ジェイムズ（Henry James 1843-1916）は,「ジョージ・エリオットの生活」と題するエッセーで, 彼女が辿った人生を振り返っている. その中で, イングランドの田舎町ナニートンに生を享けた彼女が, 地味でくすんだ地方風土の感化を受けながら, 30 歳を過ぎる頃までには世界の先端的文化運動の只中に身を置くようになった経緯には心を打つドラマがある, と述懐している. メアリアン・エヴァンス（Mary Anne, later Marian Evans, 後のジョージ・エリオット）（以後, 作家生活以前の言及には実名を用いる）は, 当時のイングランドに広まっていた福音主義[1]に帰依していたが, その禁欲的信仰は, ナニートン周辺に見られた非国教会派の風景（裏路地の煉瓦作りのチャペル）と宗教的伝統の様相を帯びている, とジェイムズは見ている. 少女期から青春期にかけてのメアリアンの手紙には, この信仰復活運動の刻印が押されていて, 地方的偏狭さの調子が響いている. そこに記された生活は, 当時の少女に宿命付けられていた機会の乏しさを物語っている. その陰鬱な調べと, 後年の広い視野と幅広い活動には, 熱烈な真摯さの調子を除いては, 共通点は何もない. 彼女の人生に一貫しているのは, 道徳的責任感の強さと人生の悲しみと困難に対する共感である, というのがジェイムズの見方である.[2]

　メアリアンの劇的変化のドラマに好奇心をそそられたジェイムズの感慨は, 後代の読者の感慨でもある. これを可能にした文化的背景がヴィクトリア朝イングランドの時代動向にあるからである. 田園起源のイギリス文化は 18 世紀から 20 世紀にかけて, これとは異質な産業主義と都市文明の波に洗われ, 社会の基底で息の長い複雑な葛藤が引き起こされていた. 二つの文化の相克による混乱ときしみは地域社会の隅々にまで及び, これが共同体と個人の生活の質に深刻な影響を与えていた. この変化は個人に否応なく適応を迫り, 新たな価値と秩序を創造する為の産みの苦しみを嘗めさせた. メアリアンは地方生活の根幹に身を置いて, その只中から変化を見つめ, その文明的な意味あい

を凝視し抜いた人ではなかっただろうか．社会の根幹で起こった文化的変容は，彼女の小説世界に複雑・多様な相において映し出されている．これに触発された人間ドラマの複雑な奥行にこそ，彼女の小説の魅力はある．

　メアリアンの生涯も，19世紀初頭，中部イングランドの片田舎に職人の娘として生まれ付いた血の宿命と地方文化の刻印を背負ったものであった．生来非凡な知的天分と多情多感な性格に生まれ付いた彼女は，必然的に自分の環境に対して愛着と反抗心のない交ぜになった複雑な感情を抱き続けることになった．この人ほど自分の生まれ育った時代の錯綜した潮流をわが胸に受け止め，これと真摯に対峙し，おのれの内面生活で演じ切った人は稀有であろう．まず，彼女が女性であるということは，彼女の作品世界を生み出す上で決定的な影響を与えている．ヴィクトリア朝イングランドという宗教的・道徳的因習の強い社会に職人の娘として生を享けたことは，豊かな才能の持ち主にとっては宿命的な困難を背負って生まれ付いたことを意味している．当時，彼女の身分と境遇に許された教育は土地の女子教育塾に通って，読み書き，基礎的外国語（フランス語とドイツ語），礼儀作法，宗教的慣習を学ぶことが精一杯であった．彼女は5歳から15歳頃まで，続けて三つの塾で学んでいるが，そこで受けた教育は当時職人の娘の受けられるものとしては恵まれたものだった．[3] しかし基本的には，これは良妻賢母を育てることに主眼を置く女子教育の域を出るものではなかった．子ども心に，精神的鋳型にはめることを意図する教育にもやもやとした反抗心を燃やしていたことは，『フロス河の水車場』(*The Mill on the Floss* 1860)（以下，『フロス河』と略記）のヒロイン・マギー・タリヴァーの少女時代の回想描写から窺い知ることができる．作家の自伝的要素が濃いと見られるマギーが屋根裏部屋に引き籠もって，時に無理解な世間や家に挫かれた情熱のうっぷんを木製の人形に釘を立てて晴らしたり (Book 1, 4: 31)，伯（叔）父・伯母がわが家に集った折に，はさみで自分の髪を切り落としたりして (Book 1, 7: 69)，うっぷん晴らしをする場面がある．あるいは，空想的な世界をこしらえて，みずからヒロインを演じ，時に現実の世界では許されぬ知的冒険を試みたりするエピソードは，作家自身の少女時代の内面生活を色濃く反映している．彼女のやんちゃで多感な空想癖は，後に深い詩的情緒と広いヨーロッパ的視野を兼ね備えた作品世界を生み出した，豊かな想像力と知性の源流であったと言ってもよい．

　メアリアンは通っていた塾の教師の感化により，8歳頃から福音主義の禁欲

的理想主義の風に染まり，22歳頃までこの宗教復活運動の影響の許にあった．多感な人格形成期にかくも長く熱狂的信仰を抱いていたことは，彼女の生涯に消し難い刻印を押すことになった．彼女が福音主義信仰の中にありったけの情熱を注ぎ込み，そこに青春の生き甲斐を見出したことは，彼女のその後の精神遍歴の原点として重要な意味を持っている．カザミアン (Cazamian) によれば，イギリスでは，歴史的に見て，宗教的情熱が人間を動かす最も強いエネルギーであって，芸術や社会改革は常にこのエネルギーを借りて行われるパターンを繰り返すと言う (49).[4] カーライル (Carlyle 1795-1881)，ラスキン (Ruskin 1819-1900)，ラファエル前派 (Pre-Raphaelite) の人々と同様，彼女はこの伝統的なパターンを最もよく体現している．オースティン (Austen 1775-1817) が温雅な良識と現実主義の気風の中に人生の知恵を見出したのと対照的に，メアリアンはやんちゃでしたたかな自我のエネルギーを，逆説的にも自己犠牲的な行動のばねとしたのだ．ともすると因習的な風土に対する激しい反抗となって表れる彼女の純な情熱は，福音主義の良心の厳しさと「行動への不屈の意志」のリズムに，みずからの命のリズムが符合することを発見したのだ．かくして，彼女の青春時代は，「ジャネットの悔悛」("Janet's Repentance" 1858) のジャネットのように，迷いの深い自己を繊悔し，世俗的な楽しみを慎んで，病める人々，貧しい人々を訪ね，彼らの悲喜をわが悲喜と受け止め，慈善の実践の中に共感と喜びを見出す日々であった．

　メアリアンの幼少期と青春期に当たる1820年代から30年代に掛けて，福音主義は，都市に住む下層の非国教会派のみならず，津々浦々の町や村に広がりを見せていた．この信仰復活運動は，国教会の既成の体制の許で宗教的社会的恩恵に浴さない下層の人々を信仰に目覚めさせ，その窮状を救うことが，創始者であるジョン・ウェズリー (John Wesley 1703-91) の目標であった．ところが，産業革命の急速な進展によって農村の伝統的コミュニティーが衰微し，産業都市には大量の流民が流入し，自然との接点を断たれた非衛生な環境の許に，無知と欠乏と蛮風が支配するスラムの無秩序な空間が広がっていった．こうした近代社会の病める現実に触発されて，イギリス人の保守的な宗教的良心が社会改革の情熱となって吹き出してきたのだ．18世紀にも都市の下層社会には非衛生，賭博癖，過度な飲酒癖，性的放縦など根強い社会的病弊がなくはなかった．だが，19世紀初頭に掛けてこの病根は一挙に広がりを見せ，もはや良識ある人々が目を逸らすことはできないほどの深刻な社会問題に

なった．荒廃し切った地域社会，悲惨な労働環境，人間の品位を貶める労働形態，自然破壊など，産業主義のもたらす害毒は，前世紀から持ち越した人身売買，売春，組織犯罪などの野蛮な風習と相俟って，その解決が焦眉の急を要する国民的課題になった．こういう歴史的背景があったからこそ，福音主義は下層から中産階級へ，さらには上流階級へと燎原の火のごとくイングランドを席巻し，あらゆる層で形骸化した制度や習慣に活を入れ，悪弊を清算し，人道主義に基づく改革を断行する力になった．ヴィクトリア風というとすぐに想起される「礼儀作法」(respectability) の気風はこのような歴史的文脈で捉えられなくてはならない．即ち，この言葉の持つ清潔さ，品位へのこだわり，道徳的潔癖性，非寛容な精神主義，肉体的本能の敵視などは，自己犠牲的な人間愛の情熱と共に，福音主義の喚起したピューリダニズムの本能のほとばしりと見ることができる．

　ヤング (Young) は，この運動を文化史の観点から見て，18世紀のネオ・クラシシズムに見られる南ヨーロッパ的なヘレニズムへの憧れの反動として，北方人の血への先祖返りをしたと言う (23-4)．つまり，北ヨーロッパの厳しい気候風土に培われた質朴な雄渾さ，内面世界の凝視，根深い個人主義，持続する意思と行動，実際的感覚，内攻する荒々しい情念などが，異質な文明の挑戦によって英国人の心の地表に湧き出してきたと言うのである．また，カザミアンは，この運動を，都市主導の物質文明に対して，農村文化の古い本能が反逆した一つの表れと見ている．つまり，物質文明の精神的支柱となった功利主義と，伝統的身分社会の絆から解き放たれた個人の自由主義・民主主義の大きなうねりが彼らの精神を洗い，これに大地の暮らしで育み，伝承してきた過去の記憶と情緒が反撃を加え，本能的な適応を試みた結果だと言うのである．イギリス人は伝統的に理知や合理性の声のみに耳を傾けることはなかった．彼らはこの声が聞こえてくると，殆ど生理的にもう一方の本能の声にも耳を傾けて精神の平衡を保つ術を心得ている．こうしてカザミアンは，福音主義を，オックスフォード運動と審美主義運動と同様に，本能の反逆の流れに位置付けて，その果たした個人の人格の尊厳と人生の精神的価値を擁護する役割を評価している (77-83).

　カザミアンは続ける．イギリス史におけるこうした積極的貢献の反面，それは固有の歴史的限界を孕んでいた．その禁欲的理想主義が内包する過度な反世俗主義である．すでに触れたように，イギリス精神の内には冷徹に現実を

直視する実際的感覚と並んで，情緒的・精神的満足に対する強い欲求が息衝いている．彼らの地味で堅実な日常の暮らしぶりを一歩掘り下げてみると，ほとばしるような想像力によって喚起された詩の世界が潜んでいる．そこには，ものを深く味わう詩的感受性と人生の精神的な価値を貴ぶ宗教的感受性が分かち難く結び付いている．彼らの内面では，従って，日常の瑣事や自然に宿る神秘を味わうことと，無私の献身によって人格の品位を高め，凛とした自己否定の喜びの中に人との共感を求めてゆくことは渾然一体の境地なのだ (44-7).
　イングランドが過去の伝統とは異質な文明に直面した18世紀末葉から19世紀初頭にかけて，ロマンティシズムと福音主義がきびすを接して台頭してきた背景にはこういう精神的伝統が働いていると見てよい．急激で大規模な物質文明の進展とその社会的病弊は，彼らの記憶に息衝いている伝統的な感情を呼び覚ましたのだ．これは，主に二つの水路を通ってヴィクトリア朝の土壌に流れ込んだ．一筋は，ワーズワス (Wordsworth 1770-1850) とコールリッジ (Coleridge 1772-1834) の唱えた，自然と人生に宿る命の神秘に感動する心である．もう一筋は，カーライル，ジョージ・エリオット，マシュー・アーノルド (Matthew Arnold 1822-88) に代表される，人生の精神的価値の再発見と自己修養による人格の錬磨である．この二つの流れは合流し，溶け合いつつ，功利主義的思潮との相克を展開していった．
　ところが，中産階級の台頭と共に，その宗教的バックボーンであるピューリタニズムが社会の隅々にまで支配的な気風として浸透してゆくにつれて，その悪弊もまた顕在化してきたのである．本来，福音主義は微生物の活動のようなもので，それに感染した人心に強い宗教的な感情の発熱を引き起こした．彼らは，このエネルギーによって社会改革を成し遂げたのである．だが，この運動のマグマが冷えて固まり，中産階級のビジネス運営の精神的支柱に性格を変えた時，その禁欲的ドグマは，世俗的道徳と結び付くようになったのだ．勤勉・節約の美徳は，いとも容易に彼らの出世栄達志向と一体化したのだ．皮肉にも，世俗の富を卑しむ宗教が金儲けの哲学に化けたのである．物質生活と精神生活の自己矛盾がジキルとハイド的な偽善の風を生む土壌となったのだ．この時代の小説に見られるペックスニフ（『マーティン・チャズルウィト』），セント・ジョン・リバーズ（『ジェーン・エア』），バルストロードのような偽善者の系譜は，悪徳が美徳に媚びを売る，この時代の道徳的ねじれ現象を象徴している．この運動の創始者の胸に灯っていた熱い情熱の炎が時と共

に消え去った後，その反世俗主義は道徳的因習の軛と化して，人間性の発露を抑圧する手段にもなったのである．肉体蔑視の風からくる性道徳の非寛容は，人間の心身に無理を生じ，ミス・ハビシャム（『大いなる遺産』）のような悲惨な因習の犠牲者を生むことになった．メアリアン自身も，ルイスと真剣な愛情を育んで生活を共にする決意を実行した時，彼が結婚している（その内実は崩壊していた）という理由で，家族や親しい友人や世間から厳しい指弾を浴びねばならなかった．周囲の村八分的な態度を，もっぱら法律や社会通念のみに帰することは事実を単純化することになるが，その影響が大きかったことは否定できないであろう．

　この気風の本質的な弱点として挙げられるもう一つの要因は，18世紀に隆盛を見た趣味とエレガンスがこの時代に衰退したことである．これには産業主義のもたらした醜い物質文明ばかりでなく，ピューリダニズムの美に対する感受性の乏しさが一因として挙げられるであろう．この弱点は，イングランドが経済的ゆとりを持つようになった1850年代から急速に自覚されるようになり，ラスキン，マシュー・アーノルド，ウォルター・ペーター (Walter Pater 1839-94)，ラファエル前派などが，あるいは美と宗教の調和を，あるいは美への殉教を説いた．ヤングは，福音主義を総括して，次のような興味深い逆説に触れている．ヴィクトリア朝の歴史は，イギリス精神が福音主義のエネルギーを利用して，この運動が人間の五感，知性，娯楽，芸術，好奇心，批評，科学に課した束縛を取り除く歴史であったと (24-5)．

　ここで再び，この運動をメアリアン個人との関わりで見ると，彼女が物心付いた頃にはナニートン周辺にもその影響が及んでいた．それは微生物のように国教会の伝統的な支持基盤にも深く浸透し，教会の気風を，呑気で享楽的な風から宗教的禁欲と道徳的真摯の風へと一変させるのに大きな役割を果たした．メアリアンは，熱心な国教会の信者である両親の許で育ち，その宗教的感化を受け継いではいたが，その宗教感情はこれに飽き足らず，福音主義の熱烈な信仰と，これに基づく社会改革熱に深い共感を寄せていた．彼女は，ものを考える頃には，すでに福音主義の空気を吸っていたのである．従って，彼女にとって，宗教とは過去からの習慣を守ることでも，ドグマを遵守することでもなく，人生に意味と方向性を与え，人それぞれの使命に精進し，これによって自己を練磨してゆく道なのである．こうした宗教観は，福音主義の信仰を通して彼女が体得した基本的な価値であり，これを捨てた後にも心の中に深く息

序章　人間ジョージ・エリオットとその時代

衝き，彼女の人間観の奥深い部分に宿っていた．この意味でも，彼女は，カーライルやラスキンのような同時代の主だった文人や思想家と同様，時代精神を深く受け止め，これをみずからの人生に生かした人だということができる．彼女が，信仰を個人の生活体験として蘇らせようとしたカーライルの生き様に共感を寄せたことも，時代の底流に敏感に反応して，自己の身の丈に合った価値を模索しようとした軌跡を物語っている．

　この頃の彼女の福音主義信仰が，あり余る青春の情熱が形を変えたものだということは，裏を返せば，青春期にありがちな夢想的理想主義の弱さを内包していたということでもある．強い自我と鋭敏な感受性とが相俟って，身を焦がすような感情に捕われ，その正体を摑もうとしてもがくマギーの苦しみは，作家自身のそれを偲ばせるものがある．それは，生活体験と視野の乏しさからくる自己への無知とは裏腹のものではなかっただろうか．十代の頃のメアリアンは，同じ年頃のマギーが鏡に映る自分の姿を見るのを控えたり，信仰に関する以外の書物を自分から遠ざけたように，みずからを偽って「小説の有害な感化力」からわが身を護るような気取りを見せていた．兄とロンドンに滞在した折，彼の誘いを断って観劇に行くのを避けたり，淡い恋を断念して諦念の美学に浸ったりした．こうした禁欲の行をみずからに課す一方で，彼女は教区の地主やアーベリ・ホール（彼女の父・ロバートが領地管理をしている館）の奥方の計らいでその図書室に出入りを許され，古今の文献を乱読している．こうした読書の下地は彼女の禁欲的な信仰の基盤を掘り崩し，ドグマの鋳型に囚われず，現実を歴史的視野から捉える眼を養ったことは容易に推察できる．

　彼女が福音主義を捨てる直接のきっかけになったのは，後に触れるように，チャールズ・ヘネル (Charles Hennell 1809-50) の『キリスト教の起源に関する探求』(*An Inquiry concerning the Origin of Christianity* 1838) を読んだことにあった．この懐疑をさらに後押ししたのは，21歳の頃，コヴェントリの裕福なリボン製造業者で労働者に対する博愛主義の活動を行っていたチャールズ，カーラ・ブレイ (Charles, Cara Bray) 夫妻との出会いである．彼らは，18世紀後半のドイツに源流を発する聖書の歴史主義的再解釈の感化を受けた自由人で，当時のイングランドとしては最先端の思想を実践する人々であった．これは，ルイスとの出会いと共に，メアリアンの人生を決する二つの運命的な出会いのうちの一つと言ってよい．その思想的影響力は，慈父母のような温かい人柄と相俟って，彼女を広く深いヨーロッパ思潮に導き入れる役割を果たしたの

である．これによって，彼女のもやもやとくすぶる知的好奇心は，福音主義のドグマの窮屈な衣服を脱ぎ捨てることができたのだ．それに替わって，科学的思考と歴史的視野の柔軟な衣をまとった精神は，持ち前の豊かな想像力を遺憾なく発揮する契機を摑んだのである．

　メアリアンがかくも長きにわたって福音主義に馴染んだ事実の背景には，時代の空気のみには帰せられぬ個人的な理由があるように思われる．それは，彼女の多情多感な性格とは表裏一体の強い自我である．これと繊細な感受性を併せ持つ彼女は，必然的に自己を深く見つめる性癖を宿命付けられていた．これが病弱な体質に助長されて，体調の悪い時，彼女はよく自己不信に陥った．後に，作品を世に問うようになって，読者から批判的な批評を受けると，誇り高い彼女は傷付き，大層これを気に病んだ．批判に反論する文章の行間には昂然たる矜持が滲み出ており，読む者に彼女の自己執着の強さを垣間見させてくれる．「伴侶」ルイスはこの性癖を知り抜いて，創作意欲を萎えさせないように，「妻」を傷付けそうな批評を検閲していた．骨身を惜しまない精神労働の圧迫が昂じてくると，心身が疲弊し切って，時に病的な憂うつに襲われた．親しい友人に宛てた手紙や日記の中で彼女はこうした心境をしばしば告白しているが，その率直さには何か心を打つものがある．本当の自己を語る勇気が彼女の言葉に深い人間味を与えているのだ．おのれの自我の迷いに対する痛切な自覚と慚愧の念は，若い時と円熟の時とを選ばず，彼女の心底からほとばしり出た純粋な感情なのだ．迷いの根が深いだけ，そこから抜け出し，心の自由を求める祈りも深いのだ．それだけに，自我の迷いに苦しみ，罪の意識に苛まれ，業を背負って苦悶する魂に対する洞察には，肺腑を衝くような真実味が籠もっている．カソーボン，バルストロード，トランサム夫人，グウェンドレンなど，迷いの淵に沈んで苦悩する人間の内的真実をこれほど精細に描く力は，それが作家の全人間的体験から滲み出てきたものであることを物語っている．人間の苦しみや悲しみを共感と慈しみのまなざしで描き抜く力量において，この作家を凌駕する才能は稀有であろう．ウイリー (Willey) が認めるように，罪や苦しみの体験が人間を内から変える可能性を信じる点において，自我の迷いから解き放たれる道として自己を捨てることの大切さを知り抜いている点において，彼女は本質的に宗教的な作家である (238)．（以下，ウイリーからの引用は *Nineteenth Century Studies* による．）彼女の人間観のこの側面は，福音主義の信仰が遺した最大の遺産と言ってよい．それは彼女の人間的体験

の深まり，視野の広がりと共に，いよいよ円熟して作品世界に結実したのだ．

2　農村イングランドへのノスタルジア

　先に，メアリアンが自分の生まれ育った環境に対して愛着と批判の相半ばする感情を抱いていることに触れたが，これは彼女の精神遍歴に微妙な影響を与えることになる．福音主義の感化が彼女にピューリタニズムの伝統のよき継承者として刻印を押したように，両親，特に父ロバートの思い出は，彼女を農村イングランドの土着文化へ深く結び付けている．母クリスティアナは，父の後妻であるが，情愛の深い，温か味のある人柄で，彼女の実子である三人の子どもに細やかな愛情を注いだ．ロバートの質実で寛容な人柄もあり，クリスティアナのこまめでよく気の付く，だが少しやんちゃな性格は，そのいい面が助長されたようである．その生活感覚の鋭さを末っ子のメアリアンは無意識の内に皮膚から呼吸し，反芻し，自己のものとしていた．それは時を経て熟成され，メアリアンの個性の一部になったのだ．それが作品に名残を留めているとすれば，『アダム・ビード』のポイザー夫人の機知に富んだ警句好みの側面にあるようである．この作品には，大地に根を降ろした生活によって，代々受け継がれてきたイングランドの古い生活感情と気風が湛えられている．その豊かな慣用句の遺産は，主に母親からメアリアンに遺されたのである．

　母親がメアリアンに遺した遺産で忘れてならないのは，彼女の実家たるピアスン家の家風と暮らしである．この家はヨーマン（独立自作農）の血を引く旧家で，古い英国人気質の権化とでも言えるような生活様式と習慣を牢固として守ってきた．彼女と3人の姉妹は，それぞれ近所に嫁ぎ，親しい親戚付き合いをしていた．これをメアリアンは，生来の鋭い感受性で子ども心に焼き付け，胸に温め，その印象が後に成熟した人間洞察と歴史的視野に裏打ちされて，『フロス河』であの忘れ難いドドスン家出身姉妹の性格描写に結実したのだ．それは，作家が「抑圧的偏狭さ」と呼ぶ形骸化したプロテスタンティズムの残骸であって，17世紀の王政復古によって確立した宗教・社会体制が冷えて固まり，これを支えた人間的情念が下火になり，かろうじて慣習遵守の風の中にその命脈を保っているような世界である．閉鎖的な体制に安住する人間の自我は，家の格式や物質的な安逸に満足を求めるのが常である．強い自我の主張は，冠婚葬祭や日常生活の隅々にまで及ぶしきたりと作法を誰彼となく押し

つける形を取る．弱い自我は因習遵守の風に染まって，自己本来の命の躍動を枯渇させ，世間体の顧慮ばかりのちまちました精神空間を右往左往している．メアリアンの鋭敏な感覚は本能的にこの世界に不健康なものを嗅ぎ付けたのだ．そこで演じられる人間の愚行に言い知れぬ反抗心を覚えたのである．この鮮烈な印象が彼女の内で発酵し，歴史的洞察力に裏打ちされた独特のウィットとユーモアの素材を提供したのだ．

　両親の人柄からして容易に想像がつくように，メアリアンの子ども時代は鄙びた片田舎の静かな環境の中で満ち足りたものであった．年の離れた姉クリッシーは早くから教育の為に寄宿舎に住み，幼いメアリアンは生来の情け深い気質からくる献身的愛情を兄アイザックに向けた．アッシュトン (Ashton) は，この感情が『フロス河』でのマギーのトムに対する感情に反映していると見ている（『エリオット伝』237）．[5] このひたむきな愛情を注ぎ注がれたい欲求は，彼女の生涯を通して変わらぬ深い個性であって，それが彼女の人生を決定する強い要因になり，その作品に深い情念の炎を注入する所以となった．

　その後，兄アイザックはコヴェントリの学校，さらにはバーミンガムの塾に寄宿し，彼女はナニートン，次にコヴェントリの塾に寄宿し，それぞれに異なった質の教育を受け，異なった人生行路を歩み始めた．だが，彼らの生活と心の拠りどころは，両親の揃った温かい家庭にあったのだ．ところが，1836年に母が亡くなり，その翌年姉クリッシーが嫁いでいなくなると，愛着の深い家庭にはぽっかりと穴が空いてしまった．特に母の死は，彼女たちが初めて体験する人の死であった．16歳の多感な少女にとって，それがいかばかりかの深い悲しみをもたらしたかは察するに余りある．その上に，心に痛手を負った彼女に追い打ちを掛けるように，生活の苦労がのし掛かってきたのだ．彼女は病気がちな父の世話と家事の切り盛りを，結婚して出ていった兄に代わってしなくてはならなかった．この後，父親の亡くなる1849年まで辛抱のいる賽の河原の石積を営々として続け，父が病の床に伏せってからは，その看病をほぼ一人で担ったのである．もともと兄は母と，彼女は父と相性がよかったが，こういう状況で長年孤独を癒やし合った父娘は，恵まれた境遇の人には分からない心の絆で結ばれたのだ．彼女の作品に見られる生活万般にわたる瑣事の精細な描写は，こうした体験を抜きには語れない．そこには，生活者の確かな感覚と詩情が宿っている．若くして人生の苦労と悲しみを味わった人間のみが知る人情の機微と鋭敏な現実感覚が生きている．

メアリアンの人間形成を語る上で最も重要な人物は，やはり父ロバートであろう．彼女は，生涯を通して彼に対する敬愛の念を心に仕舞っていた．長い看病の末，父を看取り終えた時，彼女は自己の「浄化し抑制させる感化力」であり，「おのれの道徳的本性の一部」であるものを失ったと感じたのだ（『書簡』I, 284）．それだけに，彼の思い出は敬虔な宗教感情にまで純化され，魂の奥深く生き続け，彼女の人格の生命的な部分となった．アダム・ビードやケーレブ・ガースの性格描写には亡き父の面影が幾分反映していると言われるが，とりわけ，『ミドルマーチ』でケーレブと娘メアリーの間に通うほのぼのとした愛情と敬愛のやりとりは，彼女と父親との間に通っていた思いを偲ばせる．ケーレブがそうであるように，ロバートは領地管理を生業としていた．仕事の内容は多岐にわたり，大工，鉱山技師，植木職人，測量技師などを兼ね，貴族の広大な館や庭園の造成と維持・管理に熟練の技を発揮した．その腕の確かさは，誠実で謙遜な人柄と共に近郷に鳴り響いていた．ごく自然な成り行きとして，彼は主に仕えたアーベリ・ホールのニューディゲート家をはじめ貴族・ジェントリの幅広い信頼を勝ち得て，彼らの館に出入りすることが多かった．幼い頃からメアリアンは，父に連れられて近郷近在を馬車で巡り，子ども心にその風景に馴染んだのだ．また，土地の人々が父に寄せる尊敬を肌身に感じて育った．こうした背景があるから，故郷の人々と風景は，彼女の心の中で父親の篤実な人柄と分かち難くつながっていたのだ．

　幼心に親しんだ故郷の風景は，当時のイングランドの時代状況を典型的に映し出していた．一言で言えば，それは古い田園イングランドと産業立国の近代イングランドが相克する風景と言ってよい．ウオリックシアのこの辺りは，変化を添える丘や谷はなく，緑野と生け垣の果てしない連なりの中に大木が点在する地味でくすんだ風景であった．作家が『急進主義者フィーリクス・ホルト』（以下『フィーリクス』）の冒頭で活写しているように，近くには炭坑と機織りの集落があり，煤で黒ずんだ坑夫たちが疲れを癒やすエールハウス（居酒屋），炭住，クラブハウス，粗末なコテージ，非国教会派のチャペルが見られた．コテージからは機を織る単調で機械的な音が聞こえ，青白くやつれ，背の曲がった職工たちが辺りをたむろしていた．界隈は黒ずんで非衛生的で，人々は生活に疲れ，子どもたちは薄汚れていた．自然の恵みから遠ざけられた潤いのない暮らしをする彼らの唯一の精神的営みは，非国教会派の現世否定的信仰であった．敬虔な女たちは，人生をただ堪え忍ぶものと見て，救いは現

世の清潔さにではなく，来世には天国に召されると信ずる予定説にあると考えていた．彼女たちの心中には，憂きことの多い罪深い人生を厭い，時が満ちれば自分たちこそが救いの器として恵みに出合える日の来ることを希求する気持が強かった．現世のよきものを享受する人々と同じ神を崇めることはできない相談だったのだ．こういう思潮風土が労働組合運動，大衆民主主義，ストライキ，時に暴動を生み出す土壌となった．だが，この世界と相接して，田舎の風景に溶け込んだ灰色の尖塔，芝生の生い茂る築山と古びた要石のある教会墓地がまどろんでいる．緩やかな勾配に沿って見晴らしのきく牧草地と麦畑，こんもりと茂る森林が横たわり，木々の間から庭園と館が俗界から超然とした佇まいを覗かせている（『フィーリクス』序章）．かくして，作家が子ども心に焼き付けた新旧の対照的な風景は，自然の景色としても人物の精神的風土としても，彼女の作品世界の質を決定付ける要因になったのである．

　メアリアンが生まれたのは父親が46歳の時で，職人としても家庭人としても脂の乗り切った年齢であった．彼女の抱く父親のイメージが常に，人生智の深い，円熟した人格の重みを持っていたことは，この事情によるところが大きいのである．フランス革命が勃発した時，彼は16歳の多感な少年であった．この歴史的事件とその後の顛末は，彼の心に拭い難い印象を残した．そこから学んだ教訓は，彼の人生観や政治信条に確固不動の信念として生き続けたのである．彼の青年期から壮年期は，革命が引き起こした政治的熱狂と人類の進歩に対する理想主義的信念が，醜い政治的現実の前に一つ一つ潰えてゆき，ついにナポレオン帝国の反動的体制を招いてしまった時代とほぼ重なっている．彼は，声高に革命理論を唱える急進主義者の愚を，地道な生活者の直感で見通していたのである．彼の信心深く保守的な心情が，このように歴史の共通体験から影響を受けたことは疑いを容れないが，それ以上に職業生活からくる直観に負うところが少なくなかったと思われる．何より，彼は自然に働き掛けてものを作る人である．アダム・ビードの性格像に見られるように，そこに宿る法則性，命のリズムとバランスを体で覚えていたのだ．中世以来連綿と受け継がれてきた職人芸の境地を身に付けることによって，彼は非ドグマ的な宗教感情を育んできたのだ．これによって心の充足を味わってきた彼には，やかましい教義上の論争や気難しい良心は余計なものなのである．メアリアンは，こういう境地を体現している父親の人間性が健康なものであることを本能的に感じ取っていた．これが年と共に，経験の深化と共に磨かれてゆき，彼

序章　人間ジョージ・エリオットとその時代　　　15

女自身の境地になっていったことは，血肉の絆というものの味わい深さであろう．作家の辿り着いた人間的宗教に見られる非ドグマ的体験としての宗教の秘密が，こんなところにもあるのである．

　母親が亡くなった1836年から父親の亡くなる1849年まで，メアリアンは，コヴェントリ郊外のバード・グローヴ[6]なる家で父との二人暮らしを続けたが，1841年にコヴェントリに移り住むまでのほぼ5年間は，辺鄙な故郷グリフでの地味な暮らしぶりであった．公教育も受けず，家事の合間を縫って貧民の為の慈善にいそしみ，家庭教師からイタリア語，ドイツ語，音楽を習い，幅広い読書を積み重ねる日々であった．田舎の因習的な世界で才能豊かな娘が主婦役として暮らすことがいかに制約の多いものであるかは想像に難くない．だが，表面的に見れば退屈で狭苦しい境遇の許で，彼女の潜在的に大きな器の精神は，しっかり身をかがめて次の飛躍の時を待っていたのである．貧民への慈善活動は，そこに一縷の少女趣味的な感傷はあったかも知れないが，彼らの生活の現実を理解し，国民生活の目の当たりにくい部分を心の地図に位置付けるのに貢献したことが推察される．こういう体験がなければ，『フィーリクス』に見られるディセンターの宗教的・社会的背景に対する洞察は不朽のものとはならなかったことだろう．社会的不遇をかこつ人々の心を心とする感受性を身に付けることも困難であったことだろう．常に病める人，苦悩する人に心を寄せるダイナ，ロモラ，ドロシアといった高い品位の人格造形も，福音主義者とディセンターが相補って道義復権運動を展開した時代思潮を深く受け止めた作家にして初めて可能だったのではなかろうか．同時に，知的生活の為には逆境とも思える暮らしの中で，ヨーロッパ大陸の言語と音楽を習って知の種火を灯し続けたことは，彼女が後にヘレニズムの広く深い世界に親しむ土台作りになったのだ．

　『フロス河』で，タリヴァー氏の製粉事業が破産した結果，一家が経済的困窮の試練を堪え忍ぶ描写がある．とりわけ，思春期のマギーの八方塞がりの状況を描く筆致は，言葉が作家自身の心底からほとばしってくるような趣がある．

　　... she was as lonely in her trouble as if she had been the only girl in the civilized world of that day who had come out of her school-life with a soul untrained for inevitable struggles—with no other part of her inherited share in the hard-won treasures of thought, which generations of painful toil have laid up for the race of men, than shreds and patches of feeble literature and false history—with much futile information about Saxon and other kings of doubtful example—but unhappily quite without that knowledge of the irreversible laws within and without her, which, governing the habits, becomes morality, and, developing the feelings of submission and dependence, becomes religion. (Book IV, 3: 300)

・・・彼女は，当時の文明世界では，避け難い闘いの備えがないままに学校生活を巣立った唯一の少女であるかのように，孤独のうちに苦しみと向き合っていた．人類が苦労して得た心の宝物のいかなる遺産も受け継いだ気持ちにはならなかった．子孫の為に先人が苦労して築き上げた教養の蓄えは，自分には無縁だったのだ．あるのはただ薄っぺらな文学と偽りの歴史の断片的知識のみであった．後世のお手本にもならないようなサクソン王やその他の王たちの，真剣に学ぶ甲斐もないような類の知識だった．それどころか，悲運にも，自分の内部に，あるいは外部に働いている不可逆の道理をわが光とすることもなかった．この光さえあれば，自分の習慣の内に生きて，善悪の基準ともなり，道理に服する心も磨かれ，信仰へと結晶するものを．

フィクションの言語を作家の伝記的な事実描写と混同することは避けなくてはならない．しかしエリオットの場合，膨大な書簡集と日記が今日の読者にも手近になったとはいえ，その複雑多様な精神生活を再現することは容易ではない．優れた伝記が世に出て，その生き様がかなりはっきりした輪郭を取るようになってきたとはいえ，なおそうである．エリオット小説の言説に向き合う人には，時に登場人物の内面描写に作家の秘やかな息遣いが感じられることは珍しくない．とりわけ，『フロス河』はそうである．この一節もこれに当てはまる．マギーの心の叫びから，エリオットの若き自分に対する自己省察が聞こえてくるようである．あたかも作家が，光を求めて闇を手探りしていたメアリアンを振り返っているかのような筆致が感じられる．そこに作家の成熟の経路が刻印されている．

メアリアンは，先に触れたように，福音主義の現世否定的教義の鉄たがをはめられていた時ですら，その溢れる情緒と抑え難い知的好奇心は，たがを突破しようと内圧が高まっていた．19世紀前半の女子教育の型にはめる発想は，早々にこの知的天分に恵まれた少女には物足りないものと映っていたことが察せられる．先人が苦労の末伝承してきた知識の分厚い宝物をすでに予感して，教師の宛がう陳腐な知識の断片で満足するには程遠かった．女性の「たしなみ」を身に付ける生半可な断片など要らない．文学と歴史は，生きた人間

の苦闘の奥行を果てしなく湛えているのではないか．いま自分の直面している困難をもっと広い視野から位置付けたい，その為の血肉の通った知識が欲しい，これがマギーの，そしてメアリアンの心の叫びだったことが偲ばれる．「自分の内部に，あるいは外部に働いている不可逆的な法則」が生きて，人の習慣もこれに支配されている．これを知ることが現在を位置付け，未来に向けた方向性を読む知恵になりはしないか．この法則に従うことが道徳の基盤となり，「宗教」，即ち人智を超えた働きに頭を垂れることを教えてくれるのではないか．この一節には，視野の欠けた魂が命の神秘を仰ぎ見る純粋な好奇心が捉えられている．探求心と法則に随順する果てに，帰依する対象となる神性を見ている．ここに，作家が 1854 年から 56 年にかけて身に付けた自然史の知見が生きている．それが，若きメアリアンの恋い焦がれる情念と探求する知識欲の延長戦上にあることを推測させてくれる．

　バーバラ・ハーディ (Barbara Hardy) によると，エリオットの小説とその人生には統一性と継続性がある．彼女は，人生の二つの危機たる信仰の危機と，道徳的選択（ルイスとの事実婚を指すと見られる）の危機を体験した．この他に，抑うつと不安に囚われた多くの危機があったが，その都度恐ろしい断絶感とアイデンティティの喪失に苛まれた．それ故，作家の中で起こっていた合理的な洞察と非合理的な盲目性の葛藤が，作品の中では，夢想と覚醒の間のけじめを付け，ファンタジーの単純な紋切型を乗り越えようとする努力として結実したと言う (*Critical Essays of George Eliot* 45)．ハーディは，作家と作品の統一性の典型を『フロス河』に見ている．そこに，過去との断絶意識を癒やし，自然史の広い視野からおのれの位置を確認する模索を認めている．上記引用は，ハーディの見方を集約的に表現している．すなわち，権威への反抗と知的探究の白熱した対話から作品のダイナミズムが産み出されていることを裏付けている．

　ハーディは，『フロス河』に，全体としては生の体験の直接性が生きていると見ている．真に迫った体験描写そのものが登場人物の性格を浮き彫りにしている．実人生の体験がさながらに切り取られて芸術へと昇華されている．こういう直接体験の真実さは，ヴィクトリア朝小説の中でも稀有であると言う（同上 52）．これを言い換えれば，真の道徳性はいかにして獲得されるかという作家の問題意識が，生きる意味の探求として作品に反映しているということである．この探求プロセスが作品執筆の推進力になっているのである．カロ

ル (Carroll) は，エリオットがみずからの生の体験を注ぎ込むように小説を造形する特徴を踏まえて，次のように論評する．彼女にとって，小説を執筆することは，危機と隣り合わせで不確実性の闇を手探りすることであり，熱烈なエネルギーを消費しつつ未完の物語を織り上げる営みであった．それ故，一つの小説の完成は，人生の一つの段階が終焉を迎え，葬送の調べを奏でる含みがあった．それでも書くことは，作家としてのアイデンティティを枯渇させると同時に，新たなアイデンティティを模索する行為であったので，休息の後書き続けた．人物が多種多様なやり方で，危機に直面して暗中模索する様を読者に見せるアプローチには実験的な方法が生きている．人と人との関わり合いに仮説を直観し，これを注意深い実験によって検証し，新しい公式が胚胎される．物語を推進するこのようなダイナミズムに作家の造形感覚が働いていると言う (24)．

　これを裏付けるかのように，カロルはエリオットの書簡を引用している．

> I become more and more timid—with less daring to adopt any formula which does not get itself clothed for me in some human figure and individual experience, and perhaps that is a sign that if I help others to see at all it must be through that medium of art. (『書簡』VI, 216-17)

> 私は近頃ますます臆病になっています．生きた人格の中に息衝く個別の体験として昇華され切っていないような公式を自分のものとして採り入れることにためらいがあるのです．もし私が世の人を啓発して，眼を見開いてもらう手助けができるのなら，それは芸術を通してのみです．

ここに年来の信念を再確認するような芸術観が披瀝されている．人格の内に体験として昇華され切らないような公式を語るのは私の本意ではない．世の人々に見てもらうことによってお役に立てることがあれば，芸術という手段をおいて他にないと．

　この手紙が，『ダニエル・デロンダ』が出版される直前の1876年1月に書かれたことを考えると，最後となった小説を書き終えて肩の荷を降ろした心境を述べたものであろう．エリオットは，同じ手紙で「将来の宗教」（倫理的人道主義）に言及し，これを「慰みを捨てて生きること」にその本旨があると説明している．「慰みを捨てる」という措辞は誤解を招く余地があるが，その真意は，陳腐化した公式を捨てて，澄明にものを見て行為を選択する不断の努力に

宗教の極意を見る境地である．こうして，人格完成の道として，ものを見ることを重視する作家のヴィジョンは，子どもの感受性に立ち返ることを基盤にしていることが知れる．

エリオットが地方社会の因習的世界に置かれ，しかも女性であるという制約を課せられたことは，彼女にとって国民生活の根源でものを見つめ，哲学する機会を与えられたことを意味する．そこには過去からの慣習の網の目がしっかりと張り巡らされている．この狭く閉鎖的な世界に根を降ろしてものを見る時，彼女の鋭い観察眼と豊かな想像力が捉えた映像はなお一層鮮やかに心に刻まれ，心象風景として生き続けることになったのだ．

> ... is not the striving after something better and better in our surroundings, the grand characteristic that distinguishes man from the brute — or, to satisfy a scrupulous accuracy of definition, that distinguishes the British man from the foreign brute? But heaven knows where that striving might lead us, if our affections had not a trick of twining round those old inferior things, if the loves and sanctities of our life had no deep immovable roots in memory. ... And there is no better reason for preferring this elderberry bush than that it stirs an early memory — that it is no novelty in my life speaking to me merely through my present sensibilities to form and colour, but the long companion of my existence that wove itself into my joys when joys were vivid. (*The Mill on the Floss*. Book II, 1: 160)
>
> ・・・自分の置かれた境遇の中で絶えず善なるものを求める姿勢は，人間を動物と分かつ高貴な特徴ではないだろうか．あるいは，定義を厳密にすれば，イギリス人を異邦の野蛮人から分かつ特徴ではないだろうか．だが，もし私たちの愛着が古くから馴染んだ平凡なものに親しみを覚える性質がなかったら，もし私たちの愛と神聖さの対象が記憶に深く根差していないなら，努力・奮闘は一体私たちをどこに導くことだろう．・・・ニワトコの実のなった植込みに親しみを覚えるのは，わが幼い記憶を甦らせるという以外にどんな理由があろうか．姿や色に対する記憶のない感受性のみに働き掛けてくる新奇なものよりも，喜びが鋭敏であった頃の感受性に深く織り込まれている馴染みの風景は，いかに懐かしさを覚えることであろう．

ここに見られる広い世界への憧れと，子ども時代に馴染んだ自然の風物に対する深い愛着は，メアリアンを育んだ最も基本的な資質であった．人が育つには，植物と同じように，豊かな土壌と気象環境が必要である．そこに広く深く根を張らずには，外の世界へと羽ばたく溜めができないからである．外界がどんなに変化しようと，これに堪え，適応して自分を変えてゆくには，精神の

根っこが大地を摑んでいればこそ，しなってゆけるのである．
　「馴染みの凡庸なもの」とは，彼女が育ったグリフ・ハウス周辺の自然環境について，今日でも当てはまる．子どもの足で歩いても，近くのコヴェントリ運河にはアーチ型石橋を渡って簡単に行ける．そこには，今なお平底舟が行き交っている．両岸にはサンザシやニワトコの低木が縁取っている．そこを辿ってゆくと，彼女が生まれたアーベリ・ホールのパークにも，ナニートン市街地にも通じている．ホールの大杉や槲（かしわ）の大木に囲まれた広壮な風景と比較すれば，文字通り庶民的な中部イングランドの風景である．そこで兄アイザックと，時の経過を忘れて遊んだ光景はメアリアンの原点と言ってよい．ちょうど『フロス河』のマギーとトムのように．

   Slowly the barges floated into view
   Rounding a grassy hill to me sublime
   With some Unknown beyond it, whither flew
   The parting cuckoo toward a fresh spring time.

   The wide-arched bridge, the scented elder-flowers,
   The wondrous watery rings that died too soon,
   The echoes of the quarry, the still hours
   With white robe sweeping-on the shadeless noon,

写真①　グリフ・ハウス（367頁「写真解説」参照）

Were but my growing self, are part of me,
My present Past, my root of piety.

"Brother and Sister" (1869), (*George Eliot Collected Poems* 87)

ゆっくりと平底船が視界に入ってくる．
あの懐かしい草の生い茂った丘を縫って，

その向こうには何か見知らぬ世界があり，
早春の気の中をカッコウが飛び去ってゆく．

幅広のアーチ橋，ニワトコの薫風，
不可思議な水紋はあっという間に落ち着き，
石切り場のこだまの余韻の中，静寂に包まれて，
真昼の日陰のない陽光の中，純白のローブがもすそを引いて進む．

この風景は子ども時代の遺産，今の私の一部，
現在に生きる私の過去，敬いの根

　故郷の風景はメアリアンの記憶に深く刻まれていた．先で触れるように，その後の彼女の生き様ゆえ，故郷は帰ろうにも帰ることができない心の古里となった．幼い頃の記憶は，作品で追憶するしか術がなくなったのだ．この事情

写真②　コヴェントリ運河（367頁「写真解説」参照）

が彼女の記憶に神聖さを添えることになった．とりわけ，故郷には父親の思い出が宿っていた．彼女の本質的に宗教的な精神は，父親の思い出と分かち難くつながっていた．そういう保守的な気質と魂の人が旺盛な知的好奇心を天性として持ち合わせていたことが，19世紀時代精神を体現する所以となったのである．彼女の故郷に対する哀切な情緒と歴史への造詣の深さと科学的世界観の該博さが，コールリッジとワーズワスとカーライルとの共感の基盤になっている．子どもの魂を心底深く秘めた詩心は，作家の想像力の母体，「敬いの根」となったのである．

3　子どもの眼

『フロス河』のドドスン家の伯（叔）母・伯（叔）父の描写に見えるように，宗教が習慣への安住によって本来の志と感動を失い，人をより高い生き様に導く知恵の光としては廃れた現実を，メアリアンは子ども心に直観していた．宗教的伝承と祭儀が現世執着の手段へとなり下がっている構図に対して，彼女は純な子どもの眼で反抗心を燃やしていた．こういう子どもの感受性が後に歴史的視野を得た時，形骸化した宗教的伝統に縛られた人間の悲喜劇を皮肉なユーモアへと磨き上げる糧となったのである．これを裏付けているのがマギーの幼少期の感受性を描く場面である．語り手は，子ども自身の視野から言葉を紡いでいることが感じられる．すると自然に，テキストに作家自身のロマン派的想像力が溢れ出てくる．

> These familiar flowers, these well-remembered bird-notes, this sky with its fitful brightness, these furrowed and grassy fields, each with a sort of personality given to it by the capricious hedgerows—such things as these are the mother tongue of our imagination, the language that is laden with all the subtle inextricable associations the fleeting hours of our childhood left behind them. (*The Mill on the Floss.* Book 1, 5: 45-6)

> これらの見慣れた花々，聞き慣れた小鳥のさえずり，気紛れに雲間が切れて光が射す空，それぞれが移り気な生垣で囲われて独特の雰囲気を醸している畝状の耕地と牧草地，このような風物は想像力の母語なのだ．束の間の幼年時代が遺してくれた，あらゆる微妙につながった連想がこだます言語である．

自然環境が子どもの感受性に働き掛け，感情と想像力の土台になる道理が明らかにされている．色，匂い，音楽といった五感の感覚美が，読者の，子どもの魂に訴え掛けてくる．自然の賜物の具体的イメージを喚起して，感覚的な陶酔の世界に誘うエリオットの文体は，ワーズワスの「自然を敬う心」を彷彿とさせる．かくも瑞々しい子どもの感受性を保ち続け，これを散文詩に蘇らせる力量は，作家自身が「想像力の母語」を心中に深く持っていることを物語っている．森羅万象を深く味わう子どもの感覚は，宗教・道徳を健全に保つのになくてはならない資質である．これに歴史的視野が相俟って，知性と感情のバランスが取れた中庸の道が生まれたのである．

こうして，子どもの眼と歴史感覚の両輪は，エリオット独自の非ドグマ的な宗教観を育むのに寄与したのである．その眼で見た宗教の本来的なあり方は，過去からの習慣を守ることでも教義を墨守することでもなく，人生に意味と方向性を与える導きのランプである．迷い多き自己を大いなる世界の道理に照らして懺悔し，自己を捨てることによって命の充足を賜る．このような素朴な信仰のあり方は，正統的キリスト教を捨てた後にもいささかも変わることがなかった．おのれに与えられた使命に精進し，これによって人格完成に向かう一筋の道を歩む．エリオットのこうした宗教観は，福音主義の信仰を捨てた後にも生き残った基本的な価値であった．

4 福音主義からの脱皮

機会の乏しい環境の中でも，メアリアンの精神生活が着実に成熟していったことを示す兆候がある．20歳の頃，彼女の読書傾向が微妙に変わり始めたのだ．福音主義への改宗以後，みずからに禁じていたロマン派詩人の作品に心を深く動かされる自分を発見したのだ．特に，ワーズワスの詩には自分自身の多彩な感情が表現されていると感じた．オックスフォード運動の指導者たるキーブル (Keble 1792-1866) の著作にも精妙な詩心を認め，科学への興味は時と共に抑え難いものになっていった．また，幼い頃から座右にあった聖書を精読することによって，来たるべき歴史主義的聖書批評の下地を育てていたのだ．こう見てくると，この頃の彼女は，峻厳なカルヴィニズムの教義をいつ捨て去っても不思議ではないような精神的成熟の域に達していた様子が窺われる．この事実が表面化しなかった背景には，彼女の交友関係が熱心な福音

主義者に限られ，自己の内に起こりつつある変化を人に明かさなかったことに一因があるようである．

　先述のように，メアリアンは超自然的権威としてのキリスト教を捨て，アグノスティック（宗教的懐疑主義者）の列に加わったのであるが，これは偶然のきっかけに過ぎず，熟した果物は木から早晩落ちねばならなかったのである．彼女は，長い間心の奥深くにわだかまっていた不信の念を隠していたが，ブレイ夫妻やチャールズ，セーラ・ヘネルがずっと以前にこの問題に整理を付けて，心の自由を得ている姿に深い感銘を受けたのだ．これを端的に表現すれば，必然の法則を受け入れることによって魂が安らぎを得るということなのだ．こういう性格像は，恐らく無意識の内にマギー，ロモラ，ドロシアに反映している．それほどに奥深いのが作家のこの個性だと言える．

　Q. D. リーヴィス (Leavis) はイギリス小説に流れるプロテスタント的ヒロインに言及して，こう指摘している．このタイプのヒロインは，普段の暮らしでは地味で謙遜なしっかり者であるが，一旦ことがあると，時に女性らしさの矩を超えてでも，おのれの良心の命ずるところに従って自律的に行動し，敢えて世間の常識に立ち向かう勇気を見せる．穏やかな風情の中にも芯の強さを発揮して，人間としての品位を示すのだ．これは，イギリスのプロテスタント文化の影響を抜きには考えられない，と言うのである (*Collected Essays* Vol.I 317-18)．エリオットと彼女のヒロインたちも，やはりこの文化の申し子と言うことができるのではないだろうか．

　話をメアリアンの棄教の顛末に戻すと，彼女は父と共に教会に行くことを拒否してからおよそ4か月経って，そこに復帰した．家庭でのごたごたにも拘わらず，彼女は心中深く安らぎを覚えていたのだ．長年心にわだかまっていた永遠の地獄堕ちの不安とドグマの重荷が取れて，えも言われぬ安堵感が訪れるのを感じていた．これからは何物にも囚われず，おのれの良心に映った善なるものをそれ自体の功徳で選び取ってゆけるのだ．こう考える心のゆとりが彼女を折れさせたのである．結局，父親が求めていたものは，娘の内面の自由を軛につなぐことではなく，教会に行くという行為であったのだ．この点で妥協ができるのなら，あとは娘の内面に立ち入るのは難しいと踏んだのである．彼のこの判断は，メアリアンのその後の精神遍歴を考慮に入れると，懐の深い叡知を含んでいたように思われる．この折の彼の心事を察するに，酸いも甘いも嚙み分けた彼は，人の思いはかげろうのようにはかなく移ろうものであることを見

通していたことが察せられる．彼には，この行動が青春の血潮によって突き動かされたものだという直感があったのではないだろうか．彼には，教会がそこにあるということが大切なのだ．個人の心の移ろいを神経質に咎め立てせず，茫洋としてしなやかにこれを受け止め，結局振り返って見れば，自分の心の拠りどころであったと気付かせてくれる，そんな存在が国教会というものなのだ．

　ボーデンハイマー (Bodenheimer) は，メアリアンが父親と兄との，いわゆる「聖戦」の矛先を収め，教会の礼拝に復帰した心境について語る．この妥協は，彼女の攻撃的エゴが父性的権威への反抗から寛容と中庸へと向かう転換点となった．自分の意地を通して教会への反抗を貫く行為が，一つにはエゴイズムの隠れた動機に動かされていたことを自覚するようになったのだ．良心の自由に従う心のゆとりを得た今，意地を捨てて父親の体面を立てることが，実は成熟への道のりを歩むことになると悟られた．おのれの昂ぶった正義感より寛容と忍耐に生きる知恵を見出した．みずからの攻撃的自我を虚心に振り返る雅量を身に付けた彼女は，その後，作品でこの境地をヒロインに託したと言う (66-7)．この見方は，メアリアンの伝記的道筋を暗示するものとして注目に値する．以後，誤りを免れない人間への寛容と共感を新境地として体得し，小説へ仮託する契機となったのである．

5　「R. W. マッカイの『知性の進歩』」の意味

　ホートン (Houghton) は，19世紀中葉から後期にかけてイングランド知識人を捕えた矛盾・葛藤を次のように分析している．おのれの信仰の基盤を覆す結果になっても批評精神に従うのか，あるいは，信じる意思に従って理知を捨て去るのか，という問いに彼らは直面した．科学と聖書批評の影響を受けて，キリスト教は神話であり，あらゆる超自然的宗教は幻想であると割り切ってはみても，幼少の頃より馴染んだ聖書講読と教会礼拝の習慣によって培われた救いの希望と慰みは自己の内に深く息衝いている．どちらかの選択肢に専一的に突き進むことはできなかった．むしろ，彼らの情緒と想像力は旧秩序へと向けられ，それが崩壊する危機の予感によって，信じようとする心情は強められた．不本意ながら信仰を失った者が信心家の情緒を持っていた (106)．時代精神の動きに鋭敏な人々の正直な懐疑は，もう一つの試練を彼らに課した．彼らを取り巻く保守的な地域社会は，「懐疑」を罪と見做し，「不信心」には疑

いの眼を向けるのが常であった．こうして，彼らは順応を強いる世間の心理的な圧迫を受け，孤独を宿命付けられていたのである．支え励ましてくれるべき身内や友人との間に埋め難い心の溝ができ，彼らの苦悩をいや増しに深めたと言うのである (83)．

ウイリーは，19世紀イングランド知識人に見られる知性と情緒の矛盾に触れ，この典型をエリオットに認めている．彼女の辿った精神遍歴は，この時代潮流を端的に反映していると言う．以下，彼の見方を要約すると，福音主義的キリスト教から宗教的懐疑を経て再解釈されたキリストと倫理的人道主義に至る道筋を辿ったエリオットは，時代の最先端の思潮を受け入れ，その大きな器の知性を小説の世界に生かし切った．驚くべきは，シュトラウス (Strauss 1808-74) の『イエスの生涯』(*Life of Jesus* 1835-36) を翻訳して自家薬籠中のものにした精力的な知的活動が創作本能を枯渇させなかったことである．彼女が尊敬していたワーズワス同様，心情は，子ども時代の情緒や風景や人々の思い出の中に生き続けた．ある意味では，初期の小説はエリオット流『序曲』(*Prelude* 1805) であり，これを表現手段として，彼女は時代の声を不朽のものにしたと言う．"she pierced below the hard crust formed by the years of translating, reviewing and mental overforcing, to the quickening beds of heart-felt memory which lay beneath." (彼女は，翻訳，批評など，知的負荷の掛かる仕事を長年やってできた硬い殻を突き抜けた．その下に横たわる純粋な記憶の瑞々しい心情の地層を掘り当てたのである) (205)．ウイリーの簡潔な喩えは，作家エリオットの自己形成の道を含蓄豊かに伝えている．並外れた知的研鑽は，芸術の想像力を枯らすどころか，回顧された風土描写に広い視野と言葉を与えている．彼が「硬い殻」と呼ぶメアリアンの知的鍛錬は，この喩えが暗示する観念的知識とは程遠い感受性を練磨することになった．

『ウエストミンスター・リビュー』(以下『リビュー』と略記) (*Westminster Review*) に寄せた数々のエッセー[7]には，機知とユーモアと古今の魂との真摯な対話がある．とりわけ，彼女の散文には鋭敏な観察眼と，体験から学んだ情緒が宿っている．その円熟した人間凝視と達意の言語感覚は，その後小説で完成させた端正で重厚な散文の先駆けを感じさせる．翻訳と批評には知的負荷が掛かることは疑いを容れない．だが，この試練に堪えた精神が心の荷を降ろし，追憶された世界を語る時，知性は情緒を表現するこの上なき奉仕者となる．それがエリオットの小説世界に開花したのだ．瑞々しい感受性が捉え

た田園イングランドの情景は心の奥底に焼き付けられ，育まれ，時と共に熟成し，醇乎たる詩的情緒の香りを発するようになった．『フロス河』と『アダム・ビード』は，その最良の成果である．そこには，時代の最先端の精神的視野で振り返られ，位置付けられた過去の人々の暮らしと表情が息衝いている．作家の軽妙自在な風刺眼と共に，愛惜の情がたゆたっている．

　「R.W. マッカイ『知性の進歩』」("R. W. Mackay's *The Progress of Intellect*")（以下，「マッカイ」と略記）は，メアリアンが『リビュー』で世に問うたエッセーの先駆けをなすものである．1851 年 1 月号の『リビュー』に掲載されたが，その執筆は 1850 年，彼女が父の死後孤独な境遇にあって，ブレイ夫妻の屋敷「ローズヒル」に身を寄せていた頃のことである．チャールズ・ブレイは，『リビュー』編集長チャップマンから『知性の進歩』書評の話しがあった時，『イエスの生涯』を翻訳したメアリアンを，自然な成り行きとして推薦した（ヘイト 80)(G. S. Haight)．というのは，マッカイは，当時イングランドの神学者のうち，シュトラウスの聖書批評を受け入れていた唯一の人物だったからだ．ブレイの判断を察するに，彼は妻カーラと共に，メアリアンの心の内を最もよく知る立場にあった．メアリアンは 1841 年に，カーラの兄弟のチャールズ・ヘネル (Charles Hennell 1809-50) の『キリスト教の起源に関する探求』に触れて，みずからの宗教的懐疑に歴史的正当性があることを確信した（クロス 45-6)(Cross)．ドーリン (Dolin) によると，彼女がブレイ夫妻の館「ローズヒル」を初めて訪れ，本格的にブレイ夫妻と親交を深めるようになる少し前には，すでにこの本を読んでいた可能性があると言う (12)．彼女にとって意味深いことは，この本に関して率直な言葉のやりとりが，ブレイ夫妻とセーラと彼女自身との間できるようになったことである．これが，彼女の人生の転機になった．彼らは，『イエスの生涯』の翻訳のいきさつも含めて，メアリアンの心中に聖書批評の芽が育ってゆくのを，共感を込めて見守っていたのである．

　ウイリーによれば，ヘネルの批評は，シュトラウスに集約されたドイツの聖書批評原理に触れないままに独自の視点を手探りしているが，結果はその精神に見事に符合していると言う．シュトラウスの見方の核心は，聖書は歴史的事実そのものよりもむしろ，これを生み出した時代の人々の心の真実と経験と情緒を湛えたイメージとシンボルの書である．そこには，伝承された宗教的体験，哲学思想，歴史的出来事が，当時の民衆の馴染んだ思考様式と形式に従って合流しており，一つの神話体系をなしている．それ故，神話の形成には純然

たる無意識と内発性と必然性が働いていると言う (224). 一方, ヘネルの聖書観を要約して, ウイリーはこう分析する. キリスト教の本質は, 奇蹟の基盤を解体しても, その妥当性は古くなることがない. 「神の啓示としてのキリスト教」から「現存する自然宗教の最も純粋な形としてのキリスト教」への推移は円滑に行われ得る. もし我々がキリスト教の真価を, もっと明晰・素朴で手近な証拠, 即ち人間の心の思いと情緒の上に築くなら, これは可能となる. こうして, 聖書に宿る高貴な魂の伝承は, 世の中がいかに変化しようと, いにしえ人の知恵の結晶として人の魂に共感を呼び覚まし続けると言うのである (216). また, ドーリンによると, ユニテリアン[8]であるカーラは, 同じくユニテリアンであるチャールズに対して, キリスト教の基盤と考えられた聖書の主な奇蹟的事実の真偽について質した. これに答えてチャールズは, 福音書の歴史的研究の成果に基づいて, こう答えたと言う. 聖母マリアのイエス出産, イエスの奇蹟と昇天と再臨など, イエスの伝記に関する真実の説明と, 神の子羊としてのキリストの宣教の広がりは, 検証可能な自然法則の延長線上にあると (12).

　イングランドの古今変わらぬ伝統は, 個人が聖書という座標軸に照らしてみずからの位置を確認することにある. ミルトン (Milton 1608-74), バニヤン (Bunyan 1628-88), コールリッジ, カーライル, マシュー・アーノルド, いずれを取ってもこの型が当てはまる. 聖書にはそれほどに, この国の精神的なバックボーン, プロテスタント文化の統合軸として重みがあるのだ. とりわけ, 19世紀後半の聖書批評が立ち至った最良の成果を, 私たちはアーノルドの『文学とドグマ』(*Literature and Dogma* 1873) に見ることができる. 彼によれば, 古代ヘブライ詩人の表現した人格的神の概念は, 宇宙を創造した大きな働き, 人間を越えた力に対する素朴な感動から生まれたものと言う. この「私」ならざる力が「私」に義と幸せをもたらす喜びと謝念を謳ったものと言う (36). 聖書の奇蹟と神話は古代人の生活の詩であり, そこに彼らの自己認識が反映している. 信仰の内的真実を詩と伝説の言葉で表現するのは, 彼らにはごく自然な行為だったのである. 歴史的事実と神話が渾然一体となった聖書をこのように見ることによって, アーノルドは科学的思考に馴染んだ現代人の批評眼にも堪え得る聖書批評の方法を洗練したのである. 19世紀の時代精神と対峙した点において, メアリアンとは共通の立脚点を持つ彼の聖書観は, 彼女の聖書批評観の歴史的文脈を窺い知る上で示唆を投げ掛けている.

　メアリアンが「マッカイ」を手掛けて4年後の1854年に, 彼女はフォイエ

序章　人間ジョージ・エリオットとその時代

ルバッハの『キリスト教の本質』(*Das Wesen des Christenthums* 1841) を翻訳している．ルイスとの関係が深まり，ドイツ滞在を共にする直前のことであった．察するにこの翻訳は，ドイツ高等批評の系譜に属する作家との対話の中でも，とりわけ深い感化を残すことになった．フォイエルバッハがこの作品で語り掛けたことは，人格の姿をした神を敬うことは自己の本来性と和解することであると言う．深い情緒的体験としての信仰は，人を自我の囚われから解き放ち，心の自由を得る道である．人が信仰によって救いと喜びを得る心理的なメカニズムを洞察した彼の試みは，信仰を摩訶不思議な世界から解き放ち，悟性によってある程度説明される世界に近付けることであった．トリリング (Trilling) は，フォイエルバッハを「宗教の友」と呼び，その所以をこう説明している．「たとえ彼が，宗教の性質と機能に関して，発生学的な説明によって神学を解体したとしても，信仰が人間の真の欲求を満たすものなら尊敬を集めずにはおかない」と (*Matthew Arnold* 333)．『キリスト教の本質』は，近代人の道理の光に照らして，否定しようとしても否定し切れない信仰の真実があることを逆証明しようとする．作家が無神論とすれすれの危険水域を縫って，信仰の人間的真実を浮き彫りにするような含みがある．

　超自然的宗教の擬制を批判するフォイエルバッハの心理的・文化人類学的洞察は，当時のメアリアンには，心の琴線に触れるものがあったことは想像に難くない．妻子あるルイスとの非合法な「結婚」に踏み出そうとしていたメアリアンは，保守的な世間の指弾が避けられない危機にあったからである．

　遡って，メアリアンは 1828 年以降 4 年間，ナニートンの寄宿学校で学んでいるが，ここで教師マライア・ルイス (Maria Lewis) の薫陶を受け，聖書に親しむようになった．マライアは熱烈な福音主義者で，その反世俗的霊性は，少女メアリアンに深い感化を遺すことになった．エリオットの力強い散文は『欽定英訳聖書』(*The Authorized King James Version of the Bible*) に親しんだ言語感覚に多くを負っている（ヘイト 8-9）．彼女が，少なくとも 22 歳の頃までに国教会の正統的キリスト教を捨てた後も，人間体験の力強い記録として，聖書への敬意を失うことはなかった（リグノール 24）(Rignall *Oxford Reader's Companion to George Eliot*).

　メアリアンは，アーノルドが『文学とドグマ』で表現したようには，聖書との対話を体系的に語っている訳ではない．しかし，彼女のエッセーや小説には聖書からの引用，引喩，逸話への言及が至るところに見られる．その文体に

も聖書的な調子が響いている．この事実は，彼女が聖書を繰り返し読むことにより，その世界観，人間描写，音楽的文体を，文学的修辞に至るまで自己のものにしていることを物語っている．これらは作家の意識的な表現技巧というレベルを遙かに超えて，いつでも触れれば反射的に応答する皮膚感覚になっている．彼女の聖書的教養は氷山の海面下の実体であって，眼には見えないが生きて働く創造の力である．

メアリアンの「マッカイ」には，彼女がシュトラウスとヘネルから継承した方法と見方が生きている．その趣旨は，相通じる心の軌跡を辿った魂への共感の表明である．それは同時に，これから創作活動に赴こうとする作家の自己確認のようにも見える．アッシュトンが指摘するように，ここには，彼女が小説のプロット展開と登場人物の性格分析で見せた想像力豊かな作法が語られている（『エリオット伝』76）．このエッセーは，メアリアンが聖書とどう対話し，自己発見をなし遂げていったかを表現している数少ない散文と言ってよい．その意味で，これは彼女の思想形成を知る上で画期的なエッセーである．

6　聖書の歴史的展開

「マッカイ」の骨子を概観してみよう．聖書批評には「真の哲学的教養」(*Selected Critical Writings* 19)（以下，作家のエッセーは断りのない限りこの版による）が必要である．その意味あいは，遠い過去の人々の遺産を継承し，現代に生かす道は，みずからの価値観をとりあえずさて置いて，彼らの置かれた現実をあるがままに理解することである．あたかも自分が過去に生きているかのように，昔の精神をそれ自身の立場に立って共感することが出発点となる．その上で，彼我の違いを歴史的観点から相対化し，現代人が獲得した視野からいにしえの人々の心の内に起こったことを位置付け，その体験的真実を蘇らせるところに聖書を味わう醍醐味がある．そうしてこそ，現代人には無知と見える彼らの行動や言葉の中に，現代に通じる知恵が隠されていることが悟られる．過去を洞察することが現代を知る手掛かりになるのだ．メアリアンは，この道理を自然史の暗喩を用いて示唆している．

...a nature like some mighty river, which in its long windings through unfrequented regions, gathers mineral and earthy treasures only more effectually to enrich and fertilize the cultivated valleys and busy cities which form the habitation of man. (20)

> 自然は，大河のようなものである．人里離れた地域をゆったりとうねってゆく間に無機物や土の養分をたっぷりと吸収して，人の暮らしの場である谷間の農地や賑やかな街に豊かな糧を恵むのである．

河が源流から河口に至る流れの中で通ってきた土地の様々なミネラルと養分を吸収し，下流の耕地と町に命の恵みを施す自然界の有機的つながりは，人間の歴史の流れにも生きている．この法則をメアリアンは，「自然科学の基盤として認められている，物質界と精神界に宿る不変の法則，もののつながりの普遍性」(21) と呼んでいる．人間の本分は，この法則を真摯に学び，その教えに忍耐強く服するところにある．地質学の偉大な演繹的推論が，一つ小石の中に，地球が人間の生存に適した環境へと変化した法則を立証するように，正しい一般法則は，個々の具体的事実に意味を与える．この観点に立てば，宗教と哲学は和解できるのみでなく，同根である．言い換えれば，宗教は哲学の究極であり，完成領域であると言う (21)．自然界のあらゆる現象を，人間の記憶を絶する時の流れに位置付け，関係性の中で捉える眼が生きている．

　万物に生きている「不変の法則」に続けて，メアリアンは，信仰における知性の役割について，「マッカイ」から長い引用を行っている (22-5)．その趣旨は，一つには，宗教は帰依の感情の練磨であり，理知はこの感情を育むのに邪魔になると見る視点への反論である．マッカイの見方では，知性の高度な能力を発揮することは，この能力を与え給うた神に対する敬いの行為である．理知の光に照らされない感情は，無批判な盲信か，さもなくばみずからを否定するかの二者択一に陥る．宗教的真実を見極める直感が失われると，教義を墨守するパリサイ人の形式主義か，サドカイ人の霊的価値に対する懐疑主義に陥るのが常なのだ (22)．

　もう一つの趣旨は，宗教と科学の関係を考察することである (23-5)．マッカイによると，宗教と科学の関係は不即不離である．人間の知り得る領域と神の神秘領域は有機的に関係し合っていて，科学の方法が及ばないところから宗教が始まる．信仰という上部構造は，検証可能な領域の基盤の上にしっかりと築かれている．信じるという行為は，人間の本性の中に宿る法則ないしは能力であり，我々の知識の不完全性を補うように無言の内に働く．私たちが生き

る究極目標について持っている知識は，経験から得た信念ないしは推察である．もし我々がこの推察を無謬のものと見て，考察を深める必要がないと仮定したら，人間の理知で検証可能な合理的価値を失ってしまう．人間の知識は，これを獲得した人間の能力の不完全性を帯びており，不徹底である為，人間が信仰によって埋めるべき空白は広く深い．信仰は，軽信と懐疑の危険水域を，与えられた能力を自在に発揮しつつ，「幅広い道理」(broad principles of reason 24)に聞き従いつつ導かれてゆく一筋の道である．従って，理知と信仰がお互いの分を心得て助け合う時，過去の論争は和解を生み，論争を引き起こした神秘はある程度解明される．信仰が仮説の性質を持っていることを自覚し，これを検証しようとする努力を積み重ね，みずからを修正する勇気を持てば，狂信とは一線を画することができると言う (24)．

　以上メアリアンは，聖書批評の立脚点を，マッカイの視点を借りて確認している．この基盤に立って，さらに彼の見方を紹介して，神話の果たす役割をこう分析する．神話は古代人の自然崇拝に起源を持っている．それは，彼らが感じていた自然界の力，神的な存在の直感が形を取ったものである．多様な現象の中に一元的な力が働いているという見方は，人間の中に深く宿る本能的感情である．宇宙が統一的な実体で，その創造主も一元的な存在であるという漠たる印象は，文明の成熟段階の成果だと考えられているが，その源流は原始人の直感にある．自分たちの感覚では捉え切れない超越的な力に対する畏れがその原型なのである．原始時代から宗教的天才は，科学の助けを借りずに多様な自然現象の背後に創造主の御手を直感していた．宗教的シンボリズムの基層には，自然の驚異に対する敬いないしは神格化があると言う (27-8)．こうしてメアリアンは，マッカイの見方を基本的に肯定しつつ，彼女独自の視点をこう指摘する．古代人の眼に映った神的なもののシンボリズムは多様で相矛盾するものであったので，これを複数形で呼ぶのは物質界と精神界の流転を表現する自然な呼び名であった．ところが時代が進むと共に，自然に内在する統一原理の認識が深まり，これらのシンボリズムは次第に単一の超越的な力の源に位置付けられるに至った (28)．

　エッセーの後半で聖書を扱う段になると，マッカイとの対話は熱を帯びてくる．彼によれば，旧約聖書の少なからぬ部分が神話的性格を持っているということを論証した点が，ドイツ高等批評の貢献として挙げられると言う．例えば「モーセ五書」を批評的分析の眼で見ると，書かれた時代，精神，目的

も違っている．あらゆる国家の歴史は神話時代を経てきており，ヘブライ人の歴史もこの例外ではない．旧約聖書を史実と神話の混淆したものとして捉えれば，神話の中にも彼らの詩的真実が宿っていることが分かり，彼らの歴史意識と神話の相互関連性も見えてくる．例えば，過ぎ越しの祭り（「出エジプト記」12:1-17）は，血を求める自然神エル（El）に初子を生け贄として供えた古代の風習に，後のヘブライ人が装ったヴェールである (34)．同じ「出エジプト記」(32：25-9) に，イスラエル人の間に偶像崇拝が蔓延した結果，神からモーセに粛清の命が下り，三千人の同胞が天罰として斃された事件が記述されているが，これはデモンに供えられた生け贄と考えられると言う．この他に，ダヴィデ王がサウル王の子ども7人を殺して神の怒りを鎮め，飢饉を回避した記述（「サムエル記第二」21：1-9）なども，ヘブライ人の間に人身御供が広く行われていた事実を物語るものとして，マッカイは言及している．これら歴史的事実と推測される記述から推察し得ることは，初期ヘブライ人の神は，ミカが語った神，即ち人間に義と愛と「主と共に謙遜に歩む」こと以外に何ものも求めない神（「ミカ」6：6-8）とは似ても似つかぬ性質を持っていたということである．

　マッカイの言葉を借りて言えば，イスラエルを統べる神の原型は恐ろしい神であり，旧約聖書を精読すれば，「神」の本性とその主権が野蛮な見方から洗練されたものに成熟していることが明らかとなる．また預言書の系譜には，民衆の様々な形の無知をたしなめる言説が多く見られると言う．彼らは伝承の過程で，次第にユダヤ民族の「神」の観念を，視野の広い，純粋なものに磨き上げていった．これが，キリストの教えが広く人心に受け入れられる道を切り開いたと言う (34)．キリスト教の起源は，旧約預言者の霊性が円熟の度合いを深めていった事実に求め得る．同時に，一定のユダヤ的シンボリズムの残滓が残り，知恵の書としての真の発展を阻害し，影響力が正道を逸れて及んだ側面もあると言う (35)．

　このプロセスを概観しつつ，マッカイは，ギリシャ哲学がキリスト教化したヘブライズムと合流していった歴史を振り返っている (35)．メアリアンは，彼のパノラマ的な視野の広さと具体的事実の裏付けに心底の賛辞を捧げて，このエッセーを引用によって締め括っている．"The true religious philosophy of an imperfect being is not a system of creed, but as Socrates thought, an infinite search or approximation."（不完全な存在としての人が抱く真の宗教哲学は，教義体系ではなく，ソクラテスの考える，真実への飽くなき探求ないしは肉薄

である) (35). 宗教哲学の真価は, 不完全な人間が「教義の体系化」に甘んじるのでなく, 真理にどこまでも肉薄していくところにある. こういうダイナミックなものの捉え方に聖書批評の原点があるのである.

「マッカイ」の構想は, メアリアンが, 共通基盤を持つ魂への共感を語ったものである. それだけに, 極力マッカイに言葉を語らせ, そこに映るみずからの姿をそっと確認する趣がある. 本文の多くは, 彼の言葉の引用か言い換えからなっていると言ってもよい. ところが語るうちに, 思わず真情を吐露するかのような調子を帯びている一節がある.

> The spirit which doubts the **ultimately beneficial tendency of inquiry**, 1) [9] which thinks that morality and religion will not bear the broadest daylight our intellect can throw on them, though it may clothe itself in robes of sanctity and use pious phrases, is the worst form of atheism; while he who believes, whatever else he may deny, that the true and the good are synonymous, bears in his soul the essential element of religion. (32-3)
>
> 長い目で見て探求する心が有益であることを疑う人は, 道徳と宗教は知性がこの分野に照らす光に堪えないと考える. こういう人は, 信心家の装いをまとって, 敬虔な言葉を語っても, 最悪の無神論者なのである. 一方, 他に何を否定しようと, 真実と善は同義であると信じる人は, その魂に本質的な宗教精神を具えた人なのである.

ここには, 執筆当時30歳で固有の文体を探りつつあったメアリアンの素顔が覗いている. おのれの信念を披瀝する昂然とした調子がある. "ultimately beneficial tendency of inquiry" 1) (長い目で見て探求する心が有益である) などラテン語源の重厚な響きと, 一文が4行にわたる饒長さは, 彼女の粘り強い思考力を反映している. その一方で, 彼女が親しんだ聖書の詩的流麗さやシェイクスピアの軽妙な劇的遊び心は, まだ無言の感覚としては成熟を見てはいない印象を与える. 作家の熱誠が調子の高い言葉を要求している感がある. しかし, それだけに一層メアリアンの奥深い個性が窺い知れるとも言える. 知的探究心は, 彼女にとって意見の主張ではない. それは創造主が彼女に与えた賜物なのである. 働かそうと思って働く力ではなく, 自ずと生きて働く皮膚感覚なのだ.

遡って1842年に, 彼女が, 長年の習慣であった国教会礼拝を拒否した折, 父ロバートに宛てた弁明の手紙で次のように述べている.

I regard these writings [the Jewish and Christian Scriptures] as histories consisting of mingled truth and fiction, and while I admire and cherish much of what I believe to have been the moral teaching of Jesus himself, I consider the system of doctrines built upon the facts of his life and drawn as to its materials from Jewish notions to be most dishonorable to God and most pernicious in its influence on individual and social happiness. . . . I could not without vile hypocrisy and a miserable truckling to the smile of the world for the sake of my supposed interests, profess to join in worship which I wholly disapprove. This and *this alone* I will not do even for your sake . . . my own desire is to walk in that path of rectitude which however rugged is the only path to peace, but the prospect of contempt and rejection shall not make me swerve from my determination so much as the hair's breadth until I feel that I ought to do so. . . . if ever I sought to **obey the laws of my Creator 1)** and to follow duty wherever it may lead me I have that determination now and the consciousness of this will support me though every being on earth were to frown on me. (『書簡』I, 128-30)

> 私は，聖書を真実と虚構が入り交じった歴史の記録だと考えています．私がイエス自身の教えと信じるものは，これを敬い，耳を傾けたい気持ちに変わりはありません．彼の生涯の事実とされる伝承に基づいた教義体系はユダヤ的観念から素材を得ていますが，私には神を冒瀆するものであり，個人と社会の幸福に資するものとはと思えないのです．・・・私自身が心底から肯んじ得ない教会の礼拝に，自分の利益を図る為に参列し，世間に迎合することは私の良心が許さないのです．たとえそれがお父様の為であってもです．・・・　私の願いは，いかに苦難が待ち受けようと，世の謗りを受けようと，廉直の一筋の道を歩むことです．みずからこれを翻す気持ちにならない限りは，私の決心がいささかでも揺らぐことはありません．それが心の平安に至る唯一の道だと信じているからです．・・・仮に私が創造主の道理に従って，義務に邁進しようとする気持ちがあるとするならば，今がその決断の瞬間です．たとえこの道がどこへ私を導こうとも，たとえ世の何人が私の行動に眉をひそめても，この気持が私を支えてくれると信じているので，微動だにしません．

敬虔な宗教感情を持ちながら，古い教会の権威と教義が受け入れられなくなった自己矛盾は，時代がメアリアンに課した宿命的な試練なのだ．その瀬で発せられた言葉には，おのれの良心を貫く為には，いかなる犠牲も顧みない一途さがある．これが後の文豪を育てた偽りなき素材である．試練こそが自分を育ててくれるという決意が，この手紙に深い真実味を添えている．ボーデンハイマーは，「創造主」という神の呼び名を使ったメアリアンの言葉の選択に心境の

変化を読み取っている．即ち，「創造主の道理に従う」1) という文言には，カルヴィニズムの神からロマン派的な神性の意識への変化が暗示されていると言う (64-5)．この見方は，ドイツ・ロマンティシズムの流れにあるドイツ高等批評の，彼女への影響を裏付けるものとして意味深い．

ところが，この出来事から2年足らず後の1843年，メアリアンは心を許した友セーラ・ヘネルに，こう自省の念を打ち明けている．

> When the soul is just liberated from the wretched giant's bed of dogmas on which it has been racked and stretched ever since it began to think, there is a feeling of exultation and strong hope.... But a year or two of reflection, and the experience of our own weakness, which will ill afford to part even with the crutch of superstition, must, I think, effect a change. Speculative truth begins to appear but a shadow of individual minds. Agreement between intellects seems unattainable, and we turn to the truth of feeling as the only universal bond of union. We find that the intellectual errors which we once fancied were a mere incrustation have grown into the living body, and that we cannot in the majority of cases wrench them away without destroying vitality.(『書簡』I, 162)

> 魂が，ものを考え始める頃からドグマという巨人のベッドにつながれ，身動きできなくなっている状態から解き放たれると，喜び勇み，大きな希望が湧いてきます．・・・ところが，しばらくものをゆっくり考え，偏見に囚われている自分の姿を振り返るゆとりもないままに，おのれの弱さを体験すると，自ずと変化が訪れます．思索的真実は，個人の心の影に過ぎないと思われてきます．知性の間の共感が困難なことに気付くと，感情の真実が唯一の普遍的な心の絆であることが悟られます．これまで単なるかさぶたと思い込んでいた知的な違いが血肉にしっかり根を降ろしていて，いざこれを抉り出そうとすると，たいてい生体の生きる力をそぐことになる，と知られるのです．

ここに表明されている知性の限界の自覚は，メアリアンの自己発見の道筋を暗示して興味深い．「マッカイ」から「福音主義の教え，カミング博士」(以下，「福音主義の教え」と略記) ("Evangelical Teaching: Dr. Cumming" 1855) を経て，「ドイツ民族の暮らしの自然史」("The Natural History of German Life" 1856)(以下，「自然史」と略記) に至る彼女の精神遍歴には，知的探究への揺るぎない信頼が見て取れる．その知性の人が，人と人とをつなぐ絆として「感情の真実」を深く自覚するに至った過程に逆説が隠れているように思われる．倦むことを知らない知的探求心に従って，人間を行為に突き動かす力を凝視すれ

写真③　旧コヴェントリ大聖堂（367頁「写真解説」参照）

ばするほど，人の心に生きている過去の力を認めずにはおられなくなる．思い出に宿る情緒が人格の基底をなすことが悟られてくる．人間は本質的に非合理的な存在だということを，体験が教えてくれる．この洞察は，おのれの迷いを痛切に自覚した体験から生まれている．彼女には視野が狭いと見える父親の保守的な宗教的秩序感覚も，肉親の情と謝念を揺るがせる所以ではない．国教会の教義がいかに旧式化していようと，子どもの頃から通い続けた信仰のシンボルとしての存在は，心情の中ではいささかも揺るぎはしない．偏見や迷信も，これを抱く人にはそれなりの人間的真実がある．これを知的確信で裁断してゆくと，人と人との共感は断たれ，不毛な精神砂漠が待っている．

　生命体が個々の細胞の相互依存的な働きにより，一つの小宇宙として統合体をなしている有機的暗喩 (organic metaphor) が上記引用の最後に見えている．そこには，非合理的存在としての人間をあるがままに凝視する寛容な精神が暗示されている．信仰における知的探求の重要性を洞察しつつ，人と人とを取り結ぶ絆としての知性の限界を認識している作家のパラドックス（一見矛盾しているように見えて，よく吟味してみると道理に適っていること）は，以後，飽くなき人間探求の原動力になっていったように思われる．ドーリンによれば，メアリアンは，父と兄との「聖戦」と，その後の無条件降伏の体験を心に焼き付けることによって，知性の自由な活動と心情の保守的習慣の和解し難い葛藤を真に生き抜き，この体験が小説家としての近代性を実践する基

盤になったと言う (38-9).

　こうしてメアリアンの宗教観が，知的認識の域を遙か突き抜けて皮膚感覚となり，作品の隅々にまで浸透することになる．人格的成熟における知性の限界がしみじみと身に沁みていながら，なお彼女は知性固有の役割を深く自覚し，これを，人間生活を眺める視野の中に生かし，作品構想の原理としたのだ．"In natural science ... there is nothing petty to the mind that has a large vision of relations, and to which every single object suggests a vast sum of conditions. It is surely the same with the observation of human life." (*The Mill on the Floss*. Book IV, 1: 284) (自然科学の視野から，ものごとの相互依存関係を広く見通し，個々の現象が状況の総体を暗示することを見逃さない精神には，些末なものは何もないのだ．人間生活の観察にも確かにこれと同じことが言えるのだ)．この寸評は，マギーの生まれ育った風土を読者に紹介する文脈に差し挟まれた語り手のものであるが，作家の人間観を示したものと見てよい．

　自然界に因果の微妙な連鎖があり，個々の現象を掘り下げてゆくと，命の不可思議な統一性があるように，人生にも因果の道理が貫かれているのだ．

> ... culture had not defined any channels for his sense of mystery, and so it spread itself over the proper pathway of inquiry and knowledge. (10)
>
> 彼は教養がなかったので，その神秘感は，本来通るべき水路が付けられておらず，探求と知識の領域であるべきところに溢れ出ていった．
>
> Our consciousness rarely register the beginning of a growth within us any more than without us: there have been many circulations of the sap before we detect the smallest sign of the bud. (57)
>
> 私たちの意識は，自分の外だけでなく，内面に起こりつつある成長の萌芽を自覚することはめったにないのである．蕾のほんの微かな兆しが見つかる前に，樹液の活発な循環があったのである．

はじめの引用は，『サイラス・マーナー』(*Silas Marner* 1861) の主人公サイラスがディセンターの教団で，同胞の手練手管により無実の罪に陥れられた場面からである．教団の資金を盗んだ犯人を突き止めるのに，彼らはくじを引いて神に伺いを立てるという手段を取ったのである．こういう愚昧なやり方で自分の運命を弄ばれた彼が，この評決を甘受せざるを得なかった動機を作家

が評したのがこの引用である．つまり，この世には本来人間の合理的な思惟で捉えるべき領域と，神の摂理によってしか説明のつかない神秘の領域があるということを示唆しているのである．後の引用は，サイラスがひたすら執着してきた金貨を奪われることで，従来の閉鎖的な生活の惰性が無理やりに壊され，外からの助けなしには生きてゆけないことを直感した場面である．つまり，生存の危機に立たされた彼に，自ずと他人の善意にすがる純な感情が芽生えたのである．喪失の絶望感の中から魂の再生の灯が点ったのだ．作家は，この心理のメカニズムを植物の生命活動に譬えた．人間の行為が結実する背後には，過去と現在の様々な影響が複雑に絡み合っている．それ故，彼女の関心は，外に表れ出た行為にも増して，そこに至る内外の因果関係のメカニズムを動的に捉えるところにあった．

『サイラス・マーナー』には，主人公サイラスがランタン・ヤードなる非国教会派教団での熱狂的信仰が行き詰まったのち，子育てという高度に人間的な営為を通して，子どもの感受性をみずからの再生の契機にするというプロットがある．これは，カルヴィニズムの敬虔主義から非ドグマ的人道主義へと舵を切ったエリオット自身の道筋を偲ばせる．すでに触れたように，ジェイムズは，メアリアンが偏狭な地方的視野から脱皮し，当時のヨーロッパの思想・芸術運動を自家薬籠中のものにして小説の中に生かしめた彼女の内面のドラマに，19世紀知識人の典型的な道筋を認めている．ジェイムズの観点を借りれば，この作品の多層的象徴性も，彼女の経てきた豊穣な内面のドラマそのものに裏打ちされていると見ることができる．このドラマを端的に言い当てた言葉がウイリーのエリオット観に見られる．彼女が体験した苦境は，時代精神によって，伝統的な敬いの対象と知的公式が信じられなくなった宗教的気質の持ち主のそれである．彼女は，義を渇仰し，諦念の必要を知り，命を再生する為にそれを捨てる必要を悟った人であると言うのだ (238)．そのような体験が寓意物語の形を借りてプロットに仮託されている．サイラスは，信仰を失って，属すべき共同体から根を切りとられ，孤立した環境で生業の機織りにかりそめの慰みを見出すが，心底には不安と焦燥が淀んでいた．その袋小路から抜け出すきっかけとなったのは，幼子の命を賜り，これ育む行為によって，自分を忘れて尽くす対象を得たことにあった．いつしか彼は，何もかもしみじみと肯定される境地に辿り着いた．この変化のプロセスを描く描写には，みずから似通った人生を生きてきた人にしか描けない迫真性と霊気が漂っている．

カザミアンは，ラスキンの切り開いた境地を評して言う．彼は，自然の懐に溶け込み，心を空にしてものごとを観察した．すると，自ずと森羅万象に宿る情趣を味わう境地が開けてきた．浮世の計らいに囚われた心が忘却によって蘇り，「創造の神秘」に目覚め，「自然の壮麗な景色と小さな命の奇蹟的な美しさに感動する心境に至ったと言う (51)．メアリアンは，「ジョン・ラスキンの『近代絵画論』」("John Ruskin's *Modern Painters*, Vol. III" 1856) の一節を引用する．画家が自然をあるがままに受け入れるほどに，はじめはつまらないと思っていたものの中に思い掛けない美を発見する．これとは逆に，彼が高貴なる選択眼と思うものに従って味わいの領域を狭めてゆくと，結果的に共感の幅を狭めてしまう結果になると言うのである (*Selected Critical Writings* 251)．平凡な暮らしの中に息衝いている瑣事への慈しみのまなざしこそ，エリオットがワーズワスとラスキンから学び，みずからの境地ともした洞察であった．

自然をあるがままに見詰めると，そこに汲めど尽きせぬ詩が息衝いている．19世紀という時代の地平に開けてきた自然観・人間観がエリオットの中に最良の表現を見たのだ．人間の想像力が自然界の神秘の営みに見開かれ，その中の小さな存在としての人間を捉え直す眼が開けてきたのである．当時盛んになった自然史には，二つの見方が渾然一体となって働いていた．つまり，人間が霊肉もろともに自然に還ることを説くロマンティシズムと，自然法則を人間の知的探求の対象として捉える自然科学の新しい見方がそうである．エリオットも時代の申し子として，自然史の心躍るようなロマンに親しんだ人である．それが醸し出す詩と信仰と科学のぎりぎりの接点で作品を生み出していたのだ．

7　父の死

先述のように，母親が亡くなって以後ほぼ13年間，メアリアンは父親と二人の暮らしを続けた．それだけに，晩年の彼を殆ど独力で看病し，その最期を看取ったことは彼女の人生の大切な節目ともなった．これを通して得た人間的体験は，その後の人生に深甚な感化を遺したのである．彼女は父ロバートが病の床に臥せる前から身の回りの世話をし，一緒に教会に行き，本を読み聞かせ，時に旅を共にしていた．1848年に彼の病状が悪化すると，彼女はますます献身的に介護に当たるようになり，多くの時間と労力をこれに費やした．

恐らく，これが彼女の心身に過重な負担を掛けたのであろう，傍目に分かるほど痩せ衰えた．この頃チャールズ・ブレイに宛てた手紙で，心身の疲弊からくる神経症と覚しき症状を訴えている．それによると，神経は過敏になり，心は沈み，しみじみとした得体の知れぬ悲しみが訪れてくる．「情熱がなくては一時も生きられないこの私から情熱が失せてゆくのです．思索と愛のあるところには，悲しみの入り込む余地はないのですが，これらが枯渇してゆく不安に囚われると，心から詩が消えてしまい，ものが楽しめなくなります．この闇の果てに，緑したたる大地と青空が訪れるのを待つ気持には切なるものがあります」(『書簡』I, 265)．こういう心の揺れを，彼女は，しばしば心許す友に告白している．しかし，これを額面通りに受け止めて，深刻な心の病にかかっていると即断することはできない．彼女の不安や抑鬱の症状は，心身の疲労が蓄積した時に決まって訪れるもので，神経質な気質・体質の人にはしばしば起こるものなのだ．思索と愛が枯渇する不安といった訴えも，父親への敬愛と，娘としての義務感からあまりにも多くのものを自己に課すことに由来するもので，ある意味で思索と愛の深さの反語的な表現なのだ．

　父親は，末期の近いことを知らされると，これを静かに受け止めて，いつになく優しい言葉をメアリアンに掛けるようになった．彼女もすべてを察して，残り少ない触れ合いの日々を慈悲深く接した．この頃メアリアンは，トーマス・ア・ケンピス (Thomas A Kempis) の『キリストに倣いて』(*De Imitatione of Christi*) を読み返して，そこに説かれた，本当の平安は諦念と無私にあるという境地を改めて嚙み締めていた．また同じ頃，ブレイに心境を明かしている．「不思議にも，今の日々が私の人生の最も幸せな時であったと，振り返って悟られるかも知れません．私の知り得る最も深い愛を注ぐ人がいて，愛の報いを嚙み締めていられるからです」(『書簡』I, 283-84) と．愛する人を失う悲しみには，何か心を清らかにしてくれるような喜びに似た感情が一脈混じっている．彼女の言葉には，この感情の洗い清める力を味わったことを偲ばせるものがある．1849 年，メアリアンが 29 歳の時，父は世を去った．本物の悲しみを知ったことが，いかばかり彼女の内面を豊かにし，作家生活の糧になったかは言うまでもない．

8 ロンドンでの文芸活動

　先にメアリアンの，誰かを深く愛さずにはおれない性分に触れたが，父親の死後しばらくして，彼女は初めての恋愛を体験した．1851年に彼女は，文芸評論家として身を立てる為にロンドンに出てきた．彼女が頼ったのは，当時ストランド街で書籍出版と販売を手掛けていたジョン・チャップマン (John Chapman 1821-94) で，彼の大きな家には文芸愛好家たちが出入りしていた．彼女は，その一室を借りて寄宿することになったのである．ほどなく彼女は，チャップマンと相思相愛の仲になった．彼が妻と3人の子持ちであることを承知の上でのことである．恐らく彼女は，ハンサムで精力溢れる彼の男性的な魅力に惹かれたのであろう．彼の方は，容貌の優れぬこの女性の中に非凡な才知と女性的な奥床しさを感じ取った．ところが，彼の家庭の内部には厄介な事情があった．別の女性を表向き家庭教師兼家政婦として住まわせていたが，内実は彼の愛人であったのだ．妻がどうしてこれを見逃していたかは謎であるが，一つには彼女の年齢が彼より14歳年上で，性的魅力に欠けていたこともあるようである．メアリアンと彼とのひそかな恋愛をいち早く嗅ぎ付けた妻と愛人は，彼女に対して激しい嫉妬を燃やした．四角関係が深刻になると，彼女はいたたまれず，3か月も経たずに彼の家を出てゆかざるを得なくなった．その後も，彼女とチャップマンは，仕事上の接触にかこつけて恋の残り火を隠微に楽しんでいた．彼女は，実務的な手紙の中にそっと恋文を忍ばせ，洗練された暗示的手法で彼の恋慕の情を掻き立てるしたたかさを見せている．チャップマンは惚れっぽく，女性関係にだらしなかったが，そういう男性なりの真剣な恋心をメアリアンに抱いていた．これに加えて，彼には買い取ったばかりの『リビュー』を一流の文芸評論誌として再建する野心があって，その為には彼女の才能は不可欠であったのだ．このような動機が働いて，彼はメアリアンを呼び戻すべく，精力的に妻と愛人への説得工作を行ったのだ．不思議にもこれが功を奏し，彼女たちの同意を得て，彼はメアリアンをわが家に呼び戻すことができた．彼女の方も，この時までに彼の人格を見抜き，真剣な恋愛の相手ではないことを悟ってはいたが，『リビュー』の実質的な編集長として隠然と腕を揮う気持が強かったのである．こんな色恋沙汰で人を傷付けた自分を恥じて，チャップマンへの恋心はそっと胸に仕舞い込もうとしたのだ．

またもや彼女は，『キリストに倣いて』を読み返し，これを彼にも読ませて，二人の間で男女の情を断念する誓いを立てた．自分の喜びにばかり気を取られて，自他の苦しみを募らせてしまった自分に心底から慚愧の念を覚えたのだ．戻ってきた彼女は，もう元の彼女ではなく，自分の置かれた難しい立場をわきまえて，身を慎んで行動した．その間にどのような心の整理があったかは知るよしもないが，この時の彼女の姿勢を偲ばせる興味深いエピソードが残っている．これから実に27年後，メアリアンが内縁の「夫」ルイスに先立たれた時，チャップマンの元愛人エリザベスから思い掛けない手紙が舞い込んだ．愛する人を亡くして悲しみに沈んでいるであろうメアリアンを慰め励ますものであった（ヘイト95）．その行間には，彼女がかくも長い間胸に仕舞い込んでいた悔いと，メアリアンに対する詫びと謝念が滲み出ている．きな臭い闘争の後，メアリアンが彼女に見せた寛大ないたわりが心の琴線に触れたことを雄弁に物語っている．人間メアリアンの実像が，こういう細やかな出来事からもほの見えてくる．

　ヘイトは，このエピソードにメアリアンの愛欲の深さを見て，それが恵まれぬ容貌の自覚ゆえにむしろ強まったと見做している．彼女がその後ルイスとの愛を貫き，その最期を看取ったことや，彼の亡き後，ずっと年の若いジョン・クロス（John Cross 1840-1924）を愛した遍歴を考えると，この見方には頷けるものがある．自己の内にある愛欲の執着といい，容貌に対する劣等感といい，迷い多きおのれを痛切に懺悔する，あまりに人間的なところにこそ，作家エリオットの魅力はあると言ってよい．『フロス河』のマギーとスティーヴン，『ミドルマーチ』のドロシアとウイルの恋愛に見られる愛欲と道徳的感受性のせめぎ合いは，そこに真の人間的な体験のみが持ち得る尊厳が漂っている．迷いの淵が深いから，「私」を去らんとする祈りも深いのだ．

　チャップマンとスペンサー（Herbert Spencer 1820-1903）との恋愛は，人間メアリアンの内的成熟の一つの画期となったと見てよい．それは，自己の中にどれほど深い愛欲の根が潜んでいるか，また，これが自己と他者の調和をどれほど乱すかを，身をもって学んだ意味においてそうである．彼女は，父親の亡くなる少し前からスピノザの翻訳を手掛け，1854年から55年に掛けて，その主著『エチカ』を訳出している．恐らくチャップマンとの恋愛の最中にもスピノザとの思想的対話は続けていたであろうが，ルイスとの恋愛が実り，彼と生活を共にするようになった日々には，これがいよいよ深められた節がある．とい

うのは，彼はスピノザの思想の，当時における時代的な意味を予見し，これをイングランドに紹介する先駆者の役割を果たしていたからである．

スピノザの思想がメアリアンに与えた影響力は，二つの意味で重要である．一つには，彼の宇宙観が彼女の歴史主義的聖書批評に一層の奥行をもたらしたことである．彼によれば，宇宙には生命の神秘が宿っており，そこには必然の法則が生きている．人間に許された自由は，この必然性を洞察し，受容するところにのみ開けてくる．この見方は，メアリアンがすでに自己のものとしていた因果律に哲学的な裏付けを与えたばかりではない．彼女がイングランドの大地から呼吸していた自然の神秘に対する畏敬の念に，より広い視野から位置付けを与えたのである．もう一つには，彼女がチャップマンとの恋愛で痛感したおのれの愛欲の深さへの気付きと罪の意識を高い見地から捉え直す契機がスピノザの哲学にあったことである．彼は，エロスの衝動が人間を行動に突き動かし，命の充足感を与えてくれる反面，これが苦悩と囚われの元となることを洞察していた．彼の独創性は，これを自然の働きそのものとしてさながらに受け入れ，その上で理知の光でこれを交通整理して，生命の充足を味わいつつ，他者の要求との調和を図ろうとしたことにある．彼は，エロスを道徳的な価値で裁断しがちなキリスト教の伝統に不毛性を見ると同時に，理知の声に従うばかりでは，人間は幸せになれないことも見通していた．理知にはそれ固有の働きがある．それは自己の感情の闇を照らし，これを他者の要求と調和させるところに発揮されるのだ．従って，理知が健全さを保っていられるのは，それが柔軟なバランス感覚として働く時なのだ．メアリアンの精神遍歴を概観してみると，自分の中に深く身に付いたピューリタン的な善悪の価値を相対的な眼で洗い直し，人生をあるがままに見る方向に歩んでいったことが分かる．その際，シェイクスピアの没理想の人間観と並んで，スピノザの中に導きの師を見出したのではあるまいか．

9　産婆兼黒子ルイス

メアリアンが小説家エリオットとして身を立てるようになった背景を考える上で最も大切な役割を果たしたのは，疑いもなく「夫」として内助の功を果たしたルイスであろう．身を粉にしてでも誰かを愛し愛されたい性分の彼女にとって，彼との真剣な愛情関係が深い命の充足感をもたらしたことは疑い

を容れない．それまで神経性のものと見られる心身の不調に悩まされてきた彼女は，ルイスとの交際が本格化した 1854 年以降こういう症状を訴えることもなく，評論の執筆に読書にと，旺盛な創作意欲を見せている．チャップマンとの恋愛体験からエロスと理知との微妙なバランス感覚を身に付けた彼女は，恋愛の情緒を楽しむ中にも，ルイスの人格の奥深い部分を評価する姿勢を貫いたのだ．当初，善人ではあるが洗練と重みに欠けるところのある彼に，メアリアンは気楽な親しみを感じこそすれ，ロマンティックな感情は希薄であったのだ．この風采の上がらぬ道化役者の素朴な愛情に皮肉なまなざしさえ向けていた．ところが，交際が深まるにつれて，軽妙な言動とは裏腹な誠実さと温もりが彼女の心を捉え始めたのだ．自分に向けられた真摯な畏敬と思いやりを冷静に受け流すには，彼女はあまりにも情けが深過ぎた．もう一つ彼女の心を動かした理由に，彼が妻と断絶し，3 人の子どもを抱えて苦悩していたことが挙げられる．彼女の純で理想家肌の魂は，一たび身近な人の苦悩を与り知った時，共感に打ち震えずにはおかないのだ．世俗の常識にいかに背こうとも，おのれの良心が命じたことはいかなる犠牲を払ってでも貫き通すというのが彼女一流のやり方なのだ．

　これに先立って，メアリアンとルイスの馴れ初めを一瞥すると，そこにハーバート・スペンサーが深く関わっている．彼は，ストランド街のチャップマンの事務所近く，メアリアンが寄寓していた宿の向かいに住んでいた．二人は，共通の友人であるルイスの縁で知り合い，劇やオペラ鑑賞を共にする仲になっていた．1852 年夏には，彼と共に，同じく共通の友人であるブレイ夫妻の「ローズヒル」を訪れ，気の置けぬサークルで交流した．この事実から察しが付くように，メアリアンはスペンサーに好意を覚え，二人は急接近するようになった．ところがこの交際は，メアリアンの片思いの様相が強かった．眉目秀麗で知的探究心の強いスペンサーに，彼女は恐らく一目惚れしたことが察せられる．彼は，ちょうどこの頃『心理学原理』(*Principles of Psychology* 1855) を構想中で，これについて二人で語り合っていた．進化論の社会的応用のみならず，人間心理にも進化の法則が働いていると見る彼の野心的な研究は，同じく燃えるような興味を抱いていた彼女の想像力を刺激したのである．知的共感がいつしか思慕へと発展するパターンは，彼女の天性であった．持ち前の恋の情熱が，チャップマンの場合と同様，またぞろ燃え上がったのである．

> My ill health is caused by the hopeless wretchedness which weighs upon me. I do not say this to pain you, but because it is the simple truth which you must know in order to understand why I am obliged to seek relief.
>
> I want to know if you can assure me that you will not forsake me, that you will always be with me as much as you can and share your thoughts and feelings with me. If you become attached to some one else, then I must die, but until then I could gather courage to work and make life valuable, if only I had you near me. I do not ask you to sacrifice anything—I would be very good and cheerful and never annoy you. But I find it impossible to contemplate life under any other conditions. (『書簡』VIII, 56-7)

> 私の体調の悪さは，心に重くのし掛かる絶望の苦しみに由来しています．あなたに苦痛を与える為にこんなことを言っている訳ではありません．これがあるがままの真実です．あなたには，心のはけ口を求めずにはおれないこの気持ちを分かっていただきたいのです．
>
> 私を捨てないとお約束していただけないでしょうか．できるだけいつも一緒にいて，考えを分かち合い，気持ちを通じ合わせる，と明言していただけないでしょうか．もし誰かに心変わりされたのなら，私は生きておられません．そんな時が来るまで，あなたのお側に置いてくだされば，私は身を粉にして人生を有意義なものにできるよう努力いたします．何かを犠牲にして欲しいと言っているのではありません．いい女でいて，明るく振る舞って，決してご迷惑をお掛けするようなことはいたしません．他のどんな境遇でも，この先の人生を考えることはできません．

報われない恋心の苦しさ，切なさがいかばかりであったかは，この文面がすべてを語っている．後世の人々がこの手紙を読むと知ったら，メアリアンはどんな思いをするだろうか，と思わせる内容である．32歳の教養ある女性がこれほどの無条件降伏をするのは痛ましい．しかし，繊細で傷つきやすい彼女の哀切な情念には，人の心を打つ何かがある．自尊心を捨てて真情を吐露する彼女には，自己を捨てた人の無欲ささえ漂っている．ドーリンはこの手紙に，情念の深さと共に，品位(dignity)を感じ取っている(19)．自分のあるがままの姿を曝け出して，傷つくことを厭わない魂には，宗教的な無心に通じる一脈の高貴さがないであろうか．

一方，スペンサーは，メアリアンの情熱をもて余して，距離を取ろうとした．彼女の豊かな教養に敬意を抱きつつ，男性の本能は，容貌に恵まれない彼女から腰が引けてしまった．色香の魅力のあるなしは，彼にとっては隠れた強い動機だったのだ．彼は，体よく彼女の好意を逸らす方便として二人の逢引

にルイスを誘い，それとなく二人の恋の取り持ち役を務めたのである．こうして，彼の巧妙な計らいが実を結んだ．感受性の鋭敏なメアリアンは，彼の駆け引きをこととするやり方に屈辱を感じつつ，その行動様式を仔細に観察した．これが肥やしとなり，男性が恋と結婚に見せるエゴイズムの肺腑を衝くような心理洞察の力を養ったことが推察される．ヘイトによると，スペンサーは，メアリアンの死後も，彼女との恋愛沙汰を否定し続けた．彼は，おのれの体面にこだわり，女性の純な思いを受け止めるだけの器量に欠けていたと言う (121-22)．男性が世間に映る自分の評価に囚われ，人との純な心の触れ合いを躊躇する臆病さの鋭い洞察は，作家自身の痛みを糧にして磨かれたのである．

　ルイスがメアリアンと事実婚に至ったいきさつを一瞥すると，すでに触れたように，彼は，メアリアンと出会う前から，文芸批評（『リーダー』，『フォートナイトリー・リビュー』の編集と執筆に関わった），小説家，劇作家，役者（ディキンズ一座に所属）で多彩な能力を発揮していた．何より彼は，フランス語とドイツ語に堪能で，イギリスにおけるオーギュスト・コント (Auguste Comte 1798-1857) の実証主義とスピノザの草分け的な紹介者だった（『多才なヴィクトリアン：ジョージ・ヘンリー・ルイス批評集』(*Versatile Victorian: Selected Critical Writings of George Henry Lewes*)（以下，『多才なヴィクトリアン』）の "Auguste Comte", "Benedict de Spinoza" 参照）．同じくドイツ語に堪能なカーライルと昵懇の間柄だった．これが縁となってゲーテ研究にいそしみ，メアリアンとのドイツの旅のあと『ゲーテ伝』を出版した．また，古代以来の哲学の展開に造詣が深く，『哲学者伝』(*Biographical History of Philosophy* 1845-46) を著している．その一方で，彼は科学史にも造詣が深く，トーマス・ハックスリ (Thomas Huxley 1825-95) と並んで，チャールズ・ダーウィン (Charles Darwin 1809-82) のよき理解者（『多彩なヴィクトリアン』 "Charles Darwin" 参照）であり，進化論の先駆的な擁護者だった．とりわけ，スピノザの論考 ("Benedict de Spinoza" 269-89) には，ユダヤ教の伝統を継承しつつ，その宗教的権威主義を根本から批判した彼の業績と人間性に対する深い尊敬が感じられる．これらの業績を瞥見するだけで，彼とメアリアンの出会いが，いかに彼女に知的，情緒的刺激を与えたか，察するに難くない．

　『多才なヴィクトリアン』は，あらかた19世紀の知の創造者たちを同時代に位置付ける論考であるが，その中に「文学で成功する理」("The Principles of Success in Literature") と題する論考がある．『多才なヴィクトリアン』で紹介

された部分は「芸術におけるものの見方について」("Of Vision in Art" 1865)である．その内容から察すると，彼がイギリス，ドイツ，フランスの最前線の生理学者の成果を吸収して得た生理学研究の知見を文学言語にいかに応用するかということがテーマである．当然予想されるように，生理学と言語観の融合という問題意識は，メアリアンと共有していたものである（『多才なヴィクトリアン』3）．その中に，実験科学の方法が芸術の人間探究でも妥当性を持ち得るという趣旨の一節がある．その趣旨を要約すると，哲学者（ルイスはこの言葉を，芸術家も含む広い意味で使っている）の仮説・検証の厳密性はものを見る眼の澄明さにある．ものの性質が人間の感覚に明らかに感じ取れるのであれば，神秘領域などないことになる．だが，事実の奥行のほんの小さな部分しか人間には見えない．だから，人は想像する領域が広くならざるを得ない．・・・　隠れた真実の闇は深いから，多くのことは心に思い描く他にない．未知の真実を読み，これを検証によって裏付けてゆく為には，感覚を研ぎ澄まし，既知の事実と仮説を照合する明らかなヴィジョンが不可欠である．哲学と芸術は共に，眼に見えないものを想像力によって可視化することである．感覚から判断すると互いに孤立していると見える現象の中に，想像力は関連する道理を発見すると言う (228-9)．このように，ルイスは，科学的探究と文学・芸術の人間探究の間に，本質的に同じ道理の働きを見ていた．『ミドルマーチ』の読者には，エリオットがこの見方を共有していたことは疑う余地がない．

　メアリアンは，ルイスとの事実婚を決断するに当たって，時代の道徳規範に照らして大きな犠牲が伴うことを覚悟していた．それまでにルイスの結婚は事実上破綻して，内実を失っていたが，妻の不倫を黙認していたという理由（友人のソーントン・ハントと妻アグネスの間にできた子どもを自分の子として認知した）で，当時の結婚に関する法律は離婚を許さなかったのである．その結果，妻子ある男性と独身の女性が駆け落ちの形で同棲に踏み切ったのである．

　彼は，メアリアンと事実婚に踏み出すずっと以前から，結婚生活の破綻に苦しんでいた．妻アグネスとの間に5人の子どもをもうけ，そのうち2名は早世した．先述のハントのとの間に生まれた子ども（早世）を含めて，彼は結局わが子を引き取り，亡くなるまで親としての責任を全うした．メアリアンの小説家としての成功による経済的なゆとりもあったにせよ，子どもの教育費はすべて賄った．下の二人の子ども（ソーニーとバーティ）をスイスの学校にやり，その後二人が南アフリカに農業の為入植する費用も面倒を見た．彼らが慣れ

ない植民地で苦労する姿に心を痛めながら，物心両面で支えたのである．この体験が，『ダニエル・デロンダ』で国教会牧師ガスコインの息子レックスが植民地に入植して苦労する描写に生きているのである．

　性道徳の厳しいヴィクトリア朝イングランドで非合法の「結婚」という行動を取ったことは，世間の非難はもとより，兄弟や親戚との付き合いも困難になろうことは，彼女も充分計算に入れていた．だが，彼女がことのほか心を痛めたのは，これまで人間的共感の絆でつながり，親代わりと言えるような愛情を自分に注いでくれたブレイ夫妻（チャールズ，カーラ・ブレイ）やセーラ・ヘネル（カーラの妹）との間に埋め難い心の溝ができてしまったことである．ルイスとの「夫婦」としての絆は，二人の止むに止まれぬ最後の手段であった．そのような重大な含みを持つドイツへの出奔を決断するに当たって，セーラとカーラに敢えて計画を伏せたのである．その結果彼女たちの間にできた心の亀裂は，その後長く尾を引くこととなった．1855年9月，メアリアンは，カーラに弁明の手紙を送っている．その文面は，彼女のひたむきで真摯な性格を如実に示している．

> Light and easily broken ties are what I neither desire theoretically nor could live for practically. Women who are satisfied with such ties do not act as I have done. ... From the majority of persons, of course, we never look for anything but condemnation. We are leading no life of self-indulgence, except indeed that, being happy in each other, we find everything easy. (『書簡』VIII, 56-7)
>
> 軽く簡単に壊れる絆は，一般論としても現実の私の生き様としても望んでいるものではありません．そんな絆で満足する女性なら，私が行動したようには行動しなかったでしょう．・・・もちろん世間の多くの人から，非難以外の態度を期待してはいません．私たちは自己本位の生活を送ってはいません．ただ言えることは，お互いに満足しているから，すべてをゆったりと受け止めることができます．

　ドイツから帰国後も，メアリアンは，カーラの不気味な沈黙に悪い予感を覚え，お互いに何を考えているのか分からない状況に陥っていることに心を痛めていた．彼女の最も信頼する姉妹のうち，カーラに真意を理解してもらう淡い希望は遠のくばかりであった．この手紙の全体を読むと，彼女はカーラとの決定的な断絶をも覚悟して書いていることが窺える．手紙の後半で，これまでの友情と慈愛に対する心からの謝辞を述べているが，そのかしこまった熱誠

が却って二人の間のわだかまりを浮き彫りにしている感がある．ただ，一度は自分のあるがままの思いを伝えておきたい，その結果，何が起こっても敢えて甘受しよう，という悲壮な決意が読み取れる．いかに世間が指弾しようと，自分の行為は良心に照らして恥じることはない，と訴える真剣さには，父親ロバートとの「聖戦」で見せた誇り高い独立心と一徹さが再び覗いている．結婚の真の正当性とは一体何にあるのでしょう，内実の崩壊した結婚に形だけ従うことが道徳性を保証するのでしょうか，こうした問い掛けが行間に響いている．行為の動機を道理に照らして突きつめて，そこに健全性があれば，いかなる困難に直面しても悔いることはない，と腹をくくった諦念の図太さがある．これがメアリアンの最も奥深い個性の一面なのだ．

　アッシュトンは，メアリアンとルイスが，その後彼の亡くなるまで添い遂げた事実を踏まえて，この試練が彼女の魂を練磨し，その小説に高貴な刻印を残していることを指摘する．一方彼女は，二人がドイツ滞在中に，駆け落ちに関して祖国で起こっていたことを辿っている（『エリオット伝』118-23）．ルイスの親友のカーライルの手紙を根拠に，悪い噂がカーライルのサークルに広まっていたことを指摘する．「男まさりの（我の強い）ある女性」("a certain strong-minded woman")（メアリアンを指す）がルイスと恋の逃避行をやってのけたという噂であった（"strong-minded" という形容詞が女性に使われる場合，男女同権を強硬に主張する女という含みがある）．カーライルは，ルイスの身を案じて，噂に反論して身の証を立てるよう進言していた．妻のジェインも，サークルの同人たる「『リビュー』の男まさり」が騒ぎを起こしていることに心を痛めていた．アッシュトンは，価値判断を控えて淡々と叙述するところに真骨頂がある批評家であるが，この姿勢を翻して，カーライル夫妻の態度に皮肉を浴びせている．彼らのような独立不羈の志を持った人たちが，ルイスに対してはサークルへの出入りを認めつつ，メアリアンのチェイニー・ロー（当時，カーライル夫妻はこの地区に住んでいた）への招待を拒絶したのである．

　アッシュトンの舌鋒は，メアリアンをよく知るチャップマンやブレイ夫妻にも向けられている．チャップマンもこの噂の件を案じていた．親しい友人に宛てた手紙の中で，内緒にするよう釘を刺した上で，率直な心情を打ち明けている．この情事の「非」は，ルイスにもメアリアンのどちらにもあるが，ルイスの責任はより大きい．この上は，彼がメアリアンに対して貞節を尽くしてくれればよいがと，淡い希望は捨てていない．彼女の高貴な精神は，順境に恵ま

れ，よき感化の許にあれば，輝き出ることは間違いないと．文面は，一見寛容で激励的に聞こえるが，二人がとんでもない真似をしでかしたと言わんばかりの底意が覗いている．すでに触れたように，チャップマンは数々の浮気を重ねてきたつわものであった．独身の女が既婚の男と色恋沙汰を起こすなど愚かなことよと，自分の素行は棚に上げて慨嘆している．

　ブレイ・サークルのメンバーで骨相学者のクーム (George Combe 1788-1858) は，ブレイとのやりとりの中で言う．メアリアンの行為は女性全体の名誉を傷付けるもので，血に流れる狂気の仕業かとも思える．これを黙認しておいた場合，サークルの他の女性メンバーがどう思うかを考えるべきだと．これに対してブレイは，申し開きをしている．メアリアンの行為を弁護する訳ではないが，性急に裁くことは控えたい．彼女は，教養においては男性的な強みを持っているが，愛欲の深さにおいては女性固有の弱点を持っている．だからこそ，世間の平凡で淡々とした夫婦愛よりも，一人の男に身を捧げ尽くす方が彼女の性分に合っているのではないかと．これまた，彼女を熟知する人の微妙な含みを感じさせる．自由恋愛を標榜する彼は，妻カーラも知った上で，なお浮気をしていたのである．妻もまた，男やもめの男性と密やかなプラトニッククラブを続けていた．

　アッシュトンは，個人の性道徳に関するこういった事実を踏まえて，クームとブレイの間に交わされた手紙について率直なコメントをしている．二人は，男女の性関係で何が是認されるかについて矛盾した見解を抱きながら，それを自覚していない．世間に隠れて情事を楽しむ男性が偽りの「良識」(respectability) の体裁を取り繕うことができるのに，女性にはそれができないのだ．男であっても，ルイスとハントのように裏表を使い分けることができない人間もまた「良識」なるものを演じ切れないのが世の現実であると．アッシュトンは，世間の良識なるものが，善悪・正邪の価値判断について，所詮相対的である様を鋭く指摘している．要領のよい人間が善人面を保つことができる一方，要領の悪い人間は悪人にされるのが世間というものだと示唆しているのである．

　他方，カーラについては，アッシュトンは直截な価値判断を避けながら，やんわりとした問い掛け調で，その矛盾を槍玉に挙げている．彼女は，人妻としての体面を保ったままで，他の男性との秘め事を胸に仕舞い込み，夫のブレイには情事を許している．そういう事情を抱えた彼女は，色恋ごとは，男については自然な，許される行為であっても，女には許すべからざる行為と思ってい

るのであろうかと，こう述べるアッシュトンの皮肉なまなざしは，メアリアンの行為が女性問題の核心に触れていることを見通している．宗教的，社会的な意味で保守的な立場を堅持し，フェミニズムに対して懐疑的なメアリアンではあっても，その強い自我の力ゆえに世間の因習と鋭く対峙した彼女の苦しみを想起している．そして，カーラがメアリアンの行為に抱いていた感情は，自分でも正体の摑めないもやもやした怒りではなかったかと示唆している．秘蔵っ子が取った大胆な行為に，同性として許し難いと感じた彼女の違和感に，アッシュトンは，ヴィクトリア朝イングランドに根を張っていた性道徳の二重基準を見ている．この感情は根深く，無意識なだけに，これを自覚して対処することが難しいのである．この問題は，当時の時代思潮の痛い神経に触れるものであった．アッシュトンは，世間の爪はじきに遭って苦しむメアリアンの生き様に，道徳的風土を根底から変える契機を見ている．この苦しみを小説に仮託して，言葉で訴える力が彼女にはあったと示唆しているのだ．風土を変えるのは，観念ではなく，真に体験された苦しみの力である．これが，アッシュトンの見たエリオットの作家的力量である．

10　非合法の事実婚がもたらした遺産

　ルイスとの事実婚で触発された世間の指弾と「良識」なるものの内実は，メアリアンの心に深い傷跡を残した．価値観を分かち合う親しい友人ですら，心の亀裂はいつ生まれるとも限らない．性道徳に関する個人の価値判断は，置かれた状況と過去の体験とも相俟って，百人百様である．人と人とが真に和合することは一筋縄ではゆかないということが，メアリアンが高い代償を払って学んだ道理であった．曇りなき道徳的判断とおのれの命の充足との間にいかに折り合いを付けるか，という問題意識は，こうして彼女の生涯の課題となった．この問題意識は，作品にしばしば表れているが，『フロス河』で，マギーとスティーヴンの恋路描写に典型的に反映している．

　以下は，マギーがスティーヴンとの駆け落ちの果てに，この恋を断念してセント・オッグスへ戻って，教区牧師ドクター・ケンと心の対話をする場面で起こっている．文脈から見て，語り手の論評はマギーの内面と，相談を受けるドクター・ケンのそれとを同時に暗示していると解せられる．

The great problem of the shifting relation between passion and duty is clear to no man who is capable of apprehending it: the question, whether the moment has come in which a man has fallen below the possibility of a renunciation that will carry any efficacy, and must accept the sway of a passion against which he had struggled as a trespass is one for which we have no master key that will fit all cases. The casuists have become a byword of reproach; but their perverted spirit of minute discrimination was the shadow of a truth to which eyes and hearts are too often fatally sealed: the truth, that moral judgments must remain false and hollow, unless they are checked and enlightened by a perpetual reference to the special circumstances that mark the individual lot. (*The Mill on the Floss*. Book VII, 2: 517)

情熱と義務の絶えず移ろう関係という大きな問題は，これを理解する力のある人にとっても明らかな答えはないのである．断念することによって，いくらかでも局面を打開できる段階を超えて道を踏み外してしまって，これまでは越えてはならぬ一線として抑制してきた情熱の押し流す力に身を任せる他ないのか，という問題はあらゆる事例に当てはまる万能の策はないのである．詭弁を弄する人は非難されるのが世間の相場である．だが，細々した区別だてをしては言い抜ける理屈家の偏った見方にも一縷の真実はある．そういう類の真実に対しては，世間は一切聞く耳を持たぬものだが．ものの善悪の観念は，個人の境遇上の個別の事情を絶えず考慮して吟味され，位置付けられなければ，偽りが混ざり，空洞化する，という真実に変わりはないのである．

　道徳的判断は難しい．永久に変わらぬ価値基準はこれ，と言って明瞭に示すことはできない．この一節で語られる道理はこの一点に集約される．個人は，過去という動かし難い背景を持っている．その上で，人と人とは関わり合っている．関係の網の目を生きる個人は，固有の業を背負って生きている．エロスと義務の葛藤から導き出される行為の選択は，個別の事情を超えて普遍的に当てはまる義はないのである．利己的本性を免れない人間は，おのれと周囲の関係に鋭敏な配慮を働かせ，みずからの要求と相手のそれとの妥協をどう図るかに，すべては掛かっている．あるがままにものを見ることが価値判断の要諦である．なぜかと言えば，個別の事情と個人の気質・体質を勘案しない抽象的道徳はないからである．

　個別の性格描写に固有の人間的含みを論評するのがエリオットの流儀である．オースティンのように，作家は登場人物の背後に姿を隠し，物語そのものの流れに委ね，おのれを没するのが一流の芸ではないか，という見方もある．

その一方で，人物同士の個々の関わり合いに，体験から学ぶ叡智が凝縮されている相を洞察して，これを読者と共有する作法をよしとする批評家（ハーヴェイ『ジョージ・エリオットの技法』(Harvey. *The Art of George Eliot*) 3 章 "The Omniscent Author Convention" 参照）もいる．

ことの当否は措くとして，エリオットの性格描写に人間洞察の鋭い切れ味があるのは，個々の人間体験に宿る意味を，論評の形で読者と分かち合う姿勢に負っている．この論評に続いて，作家の素顔が思わず覗いたことを窺わせる見解が述べられる．

> All people of broad, strong sense have an instinctive repugnance to the men of maxims; because such people early discern that the mysterious complexity of our life is not to be embraced by maxims, and that to lace ourselves up in formulas of that sort is to repress all the divine promptings and inspirations that spring from growing insight and sympathy. (*The Mill on the Floss*. Book VII, 2: 518)
>
> 視野が広く，良識がある人は，理論家には本能的な警戒心があるものだ．なぜなら，そういう人は，人生の神秘的な複雑さは決して理屈には収まり切れぬことを早くから，身をもって学んでいるからである．また，そういう類の理屈で自分の行為を言葉で潤色することは，成熟してゆく洞察と共感から湧き出てくる，神から授かった直観と霊感を抑え込むことになると知っているからである．

「視野が広く，良識がある人」の一般論の体裁は取っているが，これは作家が，世間の「良識」に対置して，みずからの良識観を示唆したものと解される．時代や文化の型が要請する「良識」は，確かに存在する．しかし，個人が足許を見つめて，自分を取り巻く現実を虚心に受け止める努力を怠ると，良識は公式へとなり下がる．公式に安住してものごとの善悪を判断すると，そこに個人や社会の偏見が忍び寄るのである．おのれの無知を自覚して，巧妙に身をやつした「正義」を振り返り，絶えずこれを洗い直す柔軟性にこそ道徳的想像力が生きてくる．「私」を超えたところに働く道理に聞き耳を立て，利己的顧慮を翻してものを見る時，人と人とは共感の絆でつながる．その時，人は自己に根差した真の言葉が持てると言うのである．このような見方は，事実婚を貫き通し，世間の反響に苦しんだメアリアンが体験的に導き出した教訓を抜きには考えられなかったであろう．

ルイスとの事実婚でメアリアンの逢着した女性問題については，ドイツへ

の逃避行の直前に書かれたエッセー「フランスの女性　マダム・ドゥ・サブレ」("Woman in France: Madame de Sable" 1854) に豊かなメッセージを読み取ることができる．17世紀フランスの宮廷サロンの華と呼ばれた貴婦人の伝記である．メアリアンは，数奇な運命を辿ったこの女性の生き様に，自分の生き様の鑑を見ているかのような共感に満ちた描写を試みている．息子に先立たれた悲しみと経済的困窮，さらには宮廷の党派対立の試練を潜り抜け，彼女は，あらゆる党派対立からも距離を置いて絶妙のバランス感覚を発揮した．権力闘争の対立をかいくぐって対立派閥の融和を図り，サロンを現世的な社交の場から，志の高い人々が寄り集う学びの場へと変革を目指した．フランス的な耽美主義の文化を呼吸して，社交のたしなみとグルメの粋人たる資質を身に付けていながら，彼女はその境地に満足することはなかった．サロンには彼女を慕う教養人が集まり，その中からパスカルとラ・ロシュフーコーのような宗教哲学者と機知の才人が輩出した．

社交の輪はいつの間にか，彼女の人徳に心惹かれる人が寄り集う場となり，教会改革の本拠地になっていた．彼女は，カトリック修道院に接したところに住まいを定め，半聖半俗の暮らしをするようになった．出離しつつ世俗の人々と交流するのが彼女の真骨頂だった．彼女の会話術の極意はよく聞くことであった．無心に聞き耳を立て，何もかも受け入れるのが彼女の流儀となった．人の心にわだかまっている思いを吐き出させる純な魂が，女性的な優美さと相俟って，いつの間にかサロンの華となったのである．人間の自己中心性を腹に入れ，それ故にこそ神の前に自己放棄をする潔さが，無心に聞く姿勢の基盤になっていたのである．その感化力が呼び水になって，サロンでは神学，科学，哲学，論理学，言語学の議論が花開いた．彼女は，ポート・ロワイアルと呼ばれるヤンセン派（カトリック教会内部の改革派で，アウグスティヌスの原点に戻る運動）に共鳴し，人の輪を生かして，新約聖書を原語のギリシャ語からフランス語に翻訳する企画のイニシアティブを取った．こうした旺盛な活動にいそしんだ末に，彼女は晩年を信仰一筋に生きた．その末期は心静かなもので，死を受容し，従容として神の御許に旅立っていったと言う．

メアリアンは，このエッセーの結びを，マダム・ドゥ・サーブレを偲んで，こう締め括っている．

　　Let the whole field of reality be laid open to woman as well as to man, and then that which is peculiar in her **mental modification**, 1) instead of being, **as it is now, a source of discord and repulsion between the sexes**, 2) will be found to be a necessary complement to the truth and beauty of life. Then we shall have that marriage of minds which alone can blend all the hues of thought and feeling in one lovely rainbow of promise for the harvest of human happiness. (68)

> 現実のあらゆる分野が男性だけでなく女性にも開かれると，女性固有の精神的な柔軟性（可変性）が，現状のように両性の対立と反目の元凶とならず，人生の真実と美を共に創ってゆくのに必要な補完的存在となるでしょう．そうなれば，女性と男性の和合は深まり，あらゆる色調の思考と感情は溶け合って，人類全体が幸福を味わう可能性の美しい虹がかかることでしょう．

このエッセーを執筆していた頃のメアリアンは，駆け落ちを真剣に考えて，予想される世間の反響について，とつおいつ思案していたことは想像に難くない．心中の葛藤のさ中で，いにしえの貴婦人と心の対話をしていたことであろう．このような文脈に置いて彼女の思いを察すると，漫然とした理想を語っているように見える文面も違った含みを湛えていることが分かる．読者の注目を引くのは，"mental modification" 1)（精神的な柔軟性）という語句である．"modification" は，生物学で生命が環境に適応する力をも意味しており，ダーウィンが『種の起源』（*The Origin of Species* 1859）で，生物の「変異」の意味で多用しているキー・ワードである．時代の文脈を考慮すれば，この言葉をここで使ったのは，メアリアンの意図を反映していると考えられる．そのように解すれば，彼女の見るところ，女性的資質は，世の因習に囚われず，現実を直視しつつ対応する柔軟性にあると見ていることを暗示している．"as it is now, a source of discord and repulsion between the sexes" 2)（現状のように両性の対立と反目の元凶となる）という措辞にも深い暗示性が感じられる．これは，アッシュトンが「性道徳の二重基準」と形容した当時の社会通念が，女性に対して高度な文化的活動の門戸を閉ざす含みを持っていることを，メアリアンも感じていたことを偲ばせる．同時に，ヴィクトリア朝イングランドのいわゆる青鞜派が，男性主流派に対して，女性の権利要求運動を展開していた動きに懐疑的な姿勢を示唆しているとも解釈される．

　この一節のもう一つの含みは，女性が固有の情緒的世界に安住するのではなく，知的，霊的，道徳的視野を広げ，知情のバランスを保つ為に教養を深める意義を訴えていることである．女性が教育機会を求め，絶えず学び続け，人

格完成の道を歩むことが，男女の固定的な役割分担の枠を打ち破る力になると信じる気概が覗いている．メアリアンが，これからドイツでルイスと共に実践しようとしていたのは，まさに女性としての品位を高め，見識を深めることであった．

その一方，女性が教養を深め，品位を高める努力を払うことは，男性支配の社会では矛盾が伴うことを，ドーリンは指摘する．作家と同時代の，ある批評家のエリオットに対する批判を引用した上で，これをやんわりとたしなめている．

> 女性は力よりも影響によって，理屈よりも実例によって，話すことよりも沈黙によって動くものだと言う．しかるにこの女性作家（エリオット）は，理を説き，話すことを通して，直接的な力を掴んでいる．このように男の立場に立っているので，エリオットの理想は男の理想——つまり，力を持つという理想——となり，それが女の心と知性で解釈されて，世の中の諸事情においては情熱が最上のものであるというような意味になってしまっている (163;『ジョージ・エリオット』（廣野訳）250; *George Eliot: The Critical Heritage* 241).[10]

この見方には，男性が主に支配する言語を女性が逆手に取って，その強みである情熱の可能性を訴えるエリオットのメッセージを冷たくあしらう含みが感じられる．言外に，ロゴスの力は男性に固有のものであると言わんばかりの自負が漂っている．これに対してドーリンは言う．「エリオットが描く女性像の中心部に含まれた矛盾を，解決しようとすることも，差し控えるべきであろう．抑圧されているゆえに，女性はエリオットの理想とする道徳的な状態を——「道徳の範疇外の厳しい外的状況の圧迫を和らげる，道徳的な力の高まり」（『書簡』viii, 402-03) を — 体現しているからである」（163;『ジョージ・エリオット』（廣野訳）251).[10] 男性の言説が圧倒的に支配するヴィクトリア朝イングランドで，エリオットが女性的資質を言語に託して訴え掛けた，この矛盾は，これを抱えて生きることに文化創造の契機があると見るのがドーリンの見方である．これは，彼我の時代の差を措いても，柔らかな良識の声を代弁しているのではないだろうか．

メアリアンは，ルイスとの逃避行によってあらゆる苦難を背負い，世間の日陰者になることによって，無条件に自分を受け入れてくれる心の友を故郷では失ったのだ．愛着と思い出に満ちた故郷は，心の扉の奥にそっと仕舞っておく他に仕方がなくなった．作品世界，とりわけ『アダム・ビード』と『フロス

河』に広く浸透しているしみじみとした望郷の思いは，こういう事情によってむしろ強められたであろう．それまで彼女に理解を示していた教養ある人々までもが彼女の行動に首をかしげたのは，一つにはルイスの人となりに起因している．地味で質実な人柄を貴ぶ風は，今日のイギリスでも多少とも根付いているが，ヴィクトリア朝イングランドにはとりわけ強かった．そういう風土の中では，たとえ真摯な魂を芯に隠し持っていても，コスモポリタン的な趣味と因習打破を標榜する自由思想家 (free thinker)[11] は，とかくうさん臭い眼で見られるのが常である．小説家，劇作家，俳優を名のる人物が医学や哲学にも造詣があるということになると，勢いそれぞれの専門家からは深みに欠けるよろず屋と見做されるのだ．こういう世間の見方には一面の真実があって，彼自身もこの弱点を自覚していた．因みに，彼はトーマス・ハックスリから「素人科学者」のレッテルを張られて，この汚名を返上しようと反骨心を燃やしていた．顕微鏡を買い求め，わが家に実験設備をできるだけ整えて医学・生理学研究に邁進したのも，彼なりの志の表れであった．すでに触れたように，この研究が「妻」メアリアンの，すでに芽生えていた生理学・心理学への関心をいよいよ刺激して，宗教・道徳的関心に実験科学の光を当てる発想が育まれた．これが，『ミドルマーチ』の医師リドゲートの科学する精神の描写と，『ダニエル・デロンダ』におけるグウェンドレンの心理的葛藤描写の生理学的基盤として実ったのである．

11　小説創作の跳躍台としての文芸批評

　1856年にルイスは，メアリアンを伴って南部イングランドの海辺の寒村（イルフラクーム，テンビー，シリー諸島，ジャージー）を渡り歩き，顕微鏡を片手に直接動植物とその環境を観察しているが，これも素人科学者としての自己の限界を克服しようとする努力の表れであった．この成果が『海浜生物研究』(*Seaside Studies* 1858) として実った．『ミドルマーチ』の登場人物，例えばリドゲートやカドワラダー牧師夫人，に顕微鏡のイメージがしばしば出てくる．これも，顕微鏡を通して見る生命の極微の営みに心動かされた体験と，これに基づく自然史の発想を基盤にしている．科学者の想像力と，創造主の計画を肌身で感じる預言者的な直観は，ルイスとメアリアンには，相照らし合う営みであった．文芸批評の面でも，『ゲーテ伝』(*The Life of Goethe* 1855) は，

彼の10年余にわたるゲーテ研究の成果を世に問う作品で，その後長くゲーテ研究の指針となった．人生に自然界と同じ法則が生きており，人間の上部構造たる精神的価値にもこれが当てはまると見たゲーテの人間探究を跡付ける試みは，ルイスとメアリアンが分かち合った問題意識であった．この一事からも察せられるように，彼は近代科学とロマンティシズムの成果が両々相俟って人心に浸透していった時代の申し子であった．時代思潮の流れを形而上学の土離れした世界から降ろし，歴史的な視野から捉え，これを同時代の人々に普及させた点において，彼は相当な貢献を果たしたのである．

　ルイスに関しては，彼自身の業績が後代の批評家から注目されることは少なく，常にエリオットの影の支え手として果たした貢献の文脈で論じられてきた．ところが20世紀末から21世紀にかけて，『日常生活（身近な生命）の生理学』(*Physiology of Common Life* 1859-60) や『命と心の問題』(*Problems of Life and Mind* 1874-79) がそれ自体として自然史の業績として再評価を受けるようになり，相次いで復刻版が出版されるようになった．後者で扱われている人間の心理と生理の相互依存という発想は，近代心理学の基盤にある考えであるが，フロイトへと結実する無意識の闇を照らし出す心理学の19世紀における先駆けと見做されるようになっている．

　メアリアンは，ルイスの生理学・心理学研究を身近にいて見守り，彼の著書を精読し，研究成果を共有しようと努めてきた．この努力が彼女の小説作法と文体の発展に大きな影響を及ぼしているのではないか，という問題意識は，1980年代以降注目を集めるようになった．本書の作品論で触れるように，ビア (Gillian Beer) の『ダーウィンのプロット』(*Darwin's Plots* 1983)，シャトルワース (Sally Shuttleworth) の『ジョージ・エリオットと19世紀の科学』(*George Eliot and Nineteenth-Century Science* 1984)，デイヴィス (Michael Davis) の『ジョージ・エリオットと19世紀の心理学』(*George Eliot and Nineteenth-Century Psychology* 2006) などの研究により，エリオット文学の人間探究に科学の真理探究のアプローチが深く浸透していることが裏付けられるようになった．その観点から見て，彼女の登場人物の心理描写には，環境と生命体，あるいは生命体同士，の相互作用があり，感情の動きが神経伝達，血液循環，筋肉の動きの生理的次元を持つものとして描かれていることが明らかになったのである．このような心理と生理の有機的協働の相は，ルイスとの共同研究なくしては考えられなかったことであろう．彼は，生理学・心理学の知見を

もって「妻」の作品を丹念に読み、コメントを添え、作品を音読し合っていた。エリオットの文体に身体言語の奥行が広がっているのは、こうした背景を抜きには語れないのである。

　天野は、メアリアンがルイスと共にイルフラクームでの調査旅行中、科学言語の明晰性への憧れを強めたこと (*The Journals of George Eliot* 272; *George Eliot: Selected Essays, Poems and Other Writings* 228-29) に触れ、彼女の言語に明晰性への志向と、曖昧さを尊ぶ姿勢とが葛藤していることを、次のように指摘する。「微妙な意味あいや連想のこだまを内包する言葉の奥深さに惹かれる一方で、科学言語の明晰さにも惹かれる。さらに、正確さ、完全性、統一性へと向かう言語の発展を信じる（あるいは信じようとする）一方で、楽観的であることを許さない認識に押し止められる。こうした動揺がエリオットの作品には観察され、その動揺は中期以降の作品において振幅が大きくなってゆく」(23)。この見方は、『ミドルマーチ』と『ダニエル・デロンダ』を熟読玩味すれば、深く頷けるものがある。後期小説の展開に焦点を当てた本書でも、この見方を個別の作品論で裏付けてゆく。

　ルイスの生理学・心理学に関する著作は、今日の読者にも容易に触れられるようになっているが、惜しむらくは、その散文に読みにくい弊があることである。彼は、顕微鏡を覗き込む合間に論考を書き留めたと考えられるが、その都度観察とまとめを記録した文体は、有機的生命の働き方を分析したものとしては文彩が乏しく、散漫である。その上、人間の劇的場面における生きた心理描写として、読者に知的興奮を覚えさせるような想像力が働いている訳ではない。従って、彼の著作を読む者は相当な辛抱を求められる。これを『ミドルマーチ』のリドゲート描写と、『ダニエル・デロンダ』におけるグウェンドレン描写と比較すれば、その違いは一目瞭然である。エリオットの達意の言語感覚には、具体的状況にある人間の心の動きを捉える明敏な想像力がある。その難解な英語を読む者は、言葉の背後に広がる余韻の深さ、情緒の豊かさに触れて、苦労が報われたと感じるのである。その所以は、彼女の宗教、哲学、神話の知識と相並んで、生理学・心理学の知見が人間洞察となって生きているからである。その一端を「芸術の形式についての覚書」("Notes on Form in Art" 1868)（以下、「覚書」と略記）と題するエッセーに見ることができる。

　　. . . the outline defining the wholeness of the human body is due to a consensus or constant interchange of effects among its parts. It is wholeness not merely of mass but of strict and manifold dependence. The word 'consensus' expresses that fact in a complex organism by which no part can suffer increase or diminution without a participation of all other parts in the effect produced and a consequent modification of the organism as a whole. (358)

> 人体という一つの全体性を明らかにする輪郭は，部分が共に働き，絶えず相互に影響を与え合っていることに基づいている．単なる塊りとしての全体ではなく，厳密に多面的に依存し合っている全体なのである．協調という言葉は，複雑な生命体では，一つ部分の機能が高まったり低下したりすれば，その影響はあらゆる部分に及び，その結果，生命体の全体に変化が起こるのである．

　人体の輪郭は一つの全体として現状の姿を取っているが，構成要素たる部分の協働と相互依存によって外形が決定されている．従って，いかなる部分に変化があっても他の部分に影響が及び，それがひいては全体の姿にも反映すると言う．一つの個体は他の個体とも，環境とも関わっている．こうして，個々の命は一枚の木の葉が，木というこれまた一つの全体を支える部分である．個々の人間は命の木の小さな構成員である．葉の形は，その機能によって決定されている．このアナロジー（違った現象の中に同じ働きがあることを認識する想像力）は，芸術作品の形式と内容にも当てはまる．形式と内容は，人体の皮膚と内臓にあるのと同じ関係にあり，相互に交流し，依存し合っている．このような有機的生命の特質は，言語にも生きていると言うのである．エリオットのこうした言語観は初期の小説から一貫しているが，後期小説になるといよいよ磨かれて，作品全体にも個々の人物描写にも文彩にも生命的の統合と相互依存が浸透していることは，『ミドルマーチ』と『ダニエル・デロンダ』を読む人には明らかである．作品における生命的特質の徹底性ということを考えると，ルイスの影響を抜きにはあり得なかったであろう．

　こういう科学的アプローチと洞察に加えて，ルイスの果たした貢献で特筆すべきものは，メアリアンの才能を見抜き，これを開花させる名伯楽となったことである．たとえ彼の多才さが深みに欠けるという謗りを免れなくても，その知的関心は科学，芸術，哲学の学際領域に及び，発展期の未分化な知的好奇心の健全さを持っていた．これが，もともと旺盛な彼女の好奇心を，生活を共にすることによって，さらに刺激したことは想像に難くない．1854年7月から翌年3月にかけてのドイツ滞在は，先に触れたように，ルイスにとっ

ては『ゲーテ伝』を完成させる為の研究旅行であったが，メアリアンにとっても，「結婚」生活の門出に当たって，来し方，行く末をゆっくり考え，心の整理をする上で，大切な意味を持つものであった．時折祖国から漏れ伝わる彼ら自身の噂に思い悩み，眠れない夜を過ごすこともあったが，それでも彼女は，祖国のしがらみからしばらく解放され，ものごとを瑞々しい感受性で観察し，ゆったりと思索する心の自由を得た．その間彼女は，『ゲーテ伝』執筆にいそしむルイスを傍らで支え，引用文の英訳を引き受けた．その文体の彫琢された風格は，彼女自身がゲーテの小説作法と文体に深い鑑賞眼を持っていたことを窺わせる．その成果は，「ウイルヘルム・マイスターの教訓（道徳）」("The Morality of Wilhelm Meister" 1855) と題するエッセーとなって表れた．その中で，彼女は，ゲーテの作法について語っている．「彼は，メロドラマ的な筋立てによって読者を美徳へと性急に駆り立てることはない．静かに事実と人生（命）の流れを辿って，自然 (nature) にある道理の働きが実を結ぶのを待つ．ちょうど読者が外なる自然 (material nature) の働きを待つように」(131)．この評価は，メアリアンのゲーテ小説に対する評価であると同時に，彼女自身の小説作法を披歴したものと見てよい．それから4年後に完成した『アダム・ビード』のゆったりした自然過程の展開がこれを裏付けている．

　1857年5月，「ギルフィル師の恋」("Mr Gilfil's Love-Story") が出版された直後，ある国教会牧師が覆面作家のメアリアンに手紙を書いた．彼によると，この物語のキー・ワードは "Nature" にある．優れたアイデアが巧まずしてほとばしっている．こう評価した上で，作家に問い掛けをしている．「あなた」はこの自然さを貫き通すことができますか．大抵の作家は，批評家や読者大衆や文壇の意を迎えようとして誘惑に屈してしまうのが常ですが，「あなた」は真の独立心を発揮して，心の赴くままに書けますか，と（クロス 221)(Cross)．この問い掛けは，作家に独創的な才能を直観した牧師が激励として書いたことが察せられる．これにメアリアンがどう答えたかは不明であるが，恐らく彼女の心に響いたことが推察される．自然の道理にプロットを委ねる信念を一貫して表明していた彼女が，このメッセージをどう受け止めたかは察するに難くない．作家がプロットを自然の流れに委ねる流儀は批評家の一致を見る見解であるからだ．

　ところが冨田によると，二人三脚のルイスとメアリアンは，『ミドルマーチ』刊行に際して，当時流行の三巻本の裏をかいて分冊方式で半巻を隔月刊6回刊

行した．これは，本を買う習慣のない読者にも買いやすい一部 5 シリングという値段を付けて，貸本屋を出し抜く戦略である．これがイギリス小説出版史において画期的な出来事となったと言う (283-84)．ルイスとメアリアンの如才のない駆け引きの術は，ヘイトもたびたび指摘しているところである．プロットの展開に「緊迫感を湛えたサスペンス状態」（冨田 284）を用いた彼らの巧知は，上述の自然の流れに沿うという見方からすると，等閑視されやすい側面である．その眼で見ると，『ミドルマーチ』を読む読者は，物語に定期的に劇的山場が起こり，人物と人物の絡み合いが思わぬ因果の流れ（例えば，バルストロードとリドゲートの駆け引き）を作り出していることに気が付く．これは，読者を飽きさせない勘の鋭さも芸術家の才覚であることを想起させる．この意味で，ルイスとメアリアンは，商才においても巧みな戦略家だったことを偲ばせてくれる．

　ドイツ滞在中，二人は，主にゲーテに縁の深いワイマールとベルリンに滞在した．この間，ルイスの導きで，彼の友人であるシュトラウス，ピアニストのリスト，博学者グルッペ，ゲーテ学者などと交流を取り結んだ．因みに，「ドイツ哲学の将来」（"The Future of German Philosophy" 1855）と題するエッセーは，グルッペの有機的生命観に基づく言語観を集約したものであり，「自然史」や『ミドルマーチ』にその影響が見られる．またメアリアンは，ゆったりした時間を活かして，ゲーテ，リール，フォイエルバッハ，ハイネなどド

写真④　ワイマール　ゲーテ・ガーデン・ハウス（367 頁「写真解説」参照）

イツ文化の粋に触れたばかりでなく，スピノザやギリシャ古典にも親しんだ．特に，スピノザの『エチカ』のラテン語からの翻訳に取り組んだことは，二人の事情を考慮すると，意義深いことだったのではないかと察せられる．これらの活動にいそしむことにより，自国の文化風土をより広い視野から再解釈する貴重な機会を得た．

　ドイツ滞在中のルイスとメアリアンが心動かされたのは，当時ビスマルクなどによって第二のドイツ帝国へと統合されようとしていた近代ドイツではなかった．立ち遅れた産業と軍事力を糾合し，近代化を急ぐドイツによりも，古いドイツにこそ，二人は奥深い文化の魅力を感じていた．小さな温泉，絵のような古い街，ゆったりと時の流れる地方の暮らしに心安らぐ伝統の重みを噛み締めていた．ドイツは，二人にとって，第二の古里であり，高い精神文化を持つ詩人，思想家，科学者，学者の国であった．とりわけ，彼女にとって嬉しい発見は，ドイツでシェイクスピアが広く読まれ，古典の一部として受け入れられていることだった．この発見に触発されて，メアリアンは彼の主要な作品を次から次へと読破している．彼女の心酔ぶりは，滞在中，ルイスとドラマの場面を音読したことに表れている．これによって，彼女はシェイクスピアの潑溂たる話し言葉と韻律を体に叩き込んだのである．シェイクスピアには少女時代から親しんでいたが，この折の味読には，その後ほどなく小説を書き始めることになる作家にとって特別な意味があった．察するに彼女は，作家が作品を構想する眼で彼の作品に接したのではないかと思われる．その影響は，あるがままにものを見る哲学から，作家が登場人物の背後に姿を隠し，彼ら自身の観点に立って言葉を語らせる技法にまで及んでいる．これは，必ずしも彼女がシェイクスピアのドラマ技法を完璧に自己のものとしたことを意味しないが，彼の遺したドラマの伝統が少なからずエリオットの小説に生きているということが重要なのである．とりわけ，『ミドルマーチ』と『ダニエル・デロンダ』のヒロインたちの音楽性豊かな口語的言説は，シェイクスピアの生き生きした言葉のリズムを連想させる．

　Q. D. リーヴィスによれば，イギリス小説にはシェイクスピアのヒロインの闊達な口語体の影響が無意識の内に受け継がれている．彼女たちが旺盛な好奇心を発揮して，自分自身の観察眼と自立した判断力で局面を切り抜けていく生命力が国民的な伝統となって，読者の想像力に訴える．その好例をリチャードスン (Richardson 1688-1761)，オースティン，シャーロット・ブロン

テ (Charlotte Bronte 1816-55), エリオットのヒロインに見ている (*Collected Essays* Vol.I 308). ルイスもメアリアンも異郷でシェイクスピアの作品が高く評価されていることを目の当たりにしたことは, その真価について再認識させられたことが想像される.

　その後, ルイスとメアリアンは, 国内と大陸とを問わず, 折に触れて旅をしているが, これは, 彼女が四つの眼でものを見ることができたという意味において意義深いことである. 例えば, 1856 年, 二人が顕微鏡を携えて二か月余り南英海岸の海辺の自然を観察して過ごした日々は, 彼女の自然史への興味が本格的な探求心へと磨き上げられる契機となったことを推測させる. ワーズワスを偲ばせるような, 自然に対する繊細な感受性を持った彼女が, 「夫」の指導のもとに顕微鏡のレンズの向こうに広がる世界を垣間見た時, どれだけ生命の神秘に想像力を搔き立てられたかは容易に察せられる. 作品によく見られる人生の道理と自然現象の間の洞察力に満ちたアナロジーは, こういう体験の積み上げによってのみ可能となったことであろう. また『ミドルマーチ』で, 医師リドゲートの職業生活に見られる旺盛な知的探求心についても同じことが言える. 真理が潜む闇を経験に基づく直感によって手探りし, 暫定的な仮説を裏付けてゆく科学者の知的営為を, それ自身の観点から捉えた描写は, イギリス小説の辺境を開拓する質を備えるに至った所以である.

　ルイスとの「結婚」がメアリアンに大きな犠牲を強いたことは確かであるが, そのもたらす功徳は, これを補って余りあるものがあった. ルイスの彼女に対する影響力は, 文芸批評家・科学者・役者としてのそれに劣らず, 「妻」に対する人間としての姿勢に負うところが大きかった. 彼は, メアリアンが人間的な器としても, 芸術家としての才能から見ても, 自分より遙かに優れていることを見て取ると, これを開花させることに生き甲斐を見出した. 自己を捨てて黒衣に徹しようと心に決めると, 彼は内気で自己に自信の持てない彼女の才能を引き出す為に, できることは何でもやった. 日々の生活では常によき相談相手として共鳴板の役を果たし, 家事の一部を引き受け, 覆面作家の代理人として出版社との繁雑な交渉に当たり, 時に作品に対する厳しい批評を検閲して, 彼女の傷付きやすい気質を護ろうとした. こうした騎士道的な献身に支えられてこそ, 彼女は精神的な安らぎを得て, 創作活動に専心することができたのである.

　メアリアンは 1857 年大晦日, 最初の作品である『牧師たちの物語』を書き上

げた後，カーラ・ブレイに宛てて率直な心情を吐露している．「この（ルイスと暮らすようになった）3年間，私の表情はすっかり変わりました．以前は不機嫌と不平がその相に出ていましたが，今では愛と感謝で心が満たされ，それが自ずと表情に表れているのではないかと思います」と（『書簡』II, 340）．また，ある友人にはこう漏らしている．「自分の経てきた苦しみは，外から訪れた試練に直面することにも増して，自分の欠点を気に病むことから募らせたものが少なくないのです．しかし，これが心に積もり積もって仕事の肥やしとなって実ってきたことを実感しています．傍らにいる人の愛と共感が私を健康な活動に駆り立ててくれます」(『ジョージ・エリオットの日記』72)(*The Journals of George Eliot*)と．こういう自己省察にも，「結婚」による愛の治癒力が働いて，心の安定を得た事情が読み取れる．

　ジェイムズは，ルイスとの「結婚」がメアリアンにもたらした感化について，功罪の両面から透徹した解釈を加えている．それによると，世間の誤解を受けやすい，難しい立場をみずから選び取ったことにより，彼女が元々持っていた明晰な思索が磨かれて，行為に対する責任感，真摯な償いの気持ち，良心の自発性が錬成されたのだ．その反面，世間に対して身構える日陰者の意識が芽生え，これが過度の深刻さを助長する結果になった．彼女には元来見ることと思索することとの問に分裂があったが，この事情により，「自然に鏡をかざす」力が思索癖に圧倒される傾向を招いた．もし，彼女と世間との関係がもっとゆったりしたものであったなら，初期の作品にその萌芽が見られる観察眼が伸びやかに発揮されて，「内発性」(spontaneity)豊かな芸境を築いていたことであろう．ルイスがメアリアンの中に眠っていた作家としての資質を引き出すのに大きな貢献を果たしたことは疑いの余地がないが，「結婚」のいきさつからくる二人の特別な関係が，芸術家を養うのに一定の制約を課した面もある．彼は，誇り高く傷付きやすい女王を護る忠実な側近として世間と彼女の間に割って入り，その濁った流れを濾過して澄んだ水を飲ませた．恩情溢れる保護者の眼は，時として芸術家を育てるのに必要な，覚めた公平な識別力を曇らせることがある．これが結果的に，彼女の経験を狭めることになったのだと (999-1000).

　以上，ジェイムズの洞察は，芸術家としてのエリオットの抱えた，最も根深い二律背反を穿っているように思われる．それは，熱い血潮と透徹した現実認識との絶えざる相克と言ってもよい．彼女の中には，マギー，ロモラ，ドロ

シアに見られるような鋭敏な良心と理想家肌の純な魂が宿っている．この魂は献身の対象を見つけると，身を粉にしておのれを捧げずにはおかないのだ．福音主義の信仰，聖書の歴史主義的再解釈，チャップマン，スペンサー，ルイスとの恋愛，いずれを取ってみても，天性の熱い血潮に誘われた行為と見ることができる．フォイエルバッハは，結婚について，当事者の自由意志による純粋な愛の絆で結ばれている時，これが神聖なものとなると説いている（『キリスト教の本質』271）が，これはメアリアンにとって，自分の気持ちを代弁してもらったような思いがあったことであろう．あらゆる人間的な営みは，個人の宗教的良心に則って行われる限り，本質的に貴いものであると見る彼の哲学には，彼女の純な魂の中に深い共感を呼び起こす何かがあったのだ．それは，人間は基本的には信じるに足るものだと見る熱い理想主義の血である．その一方で，これに劣らず彼女の中に息衝いているのが，ものごとを全体的な視野の中で位置付けようとする澄明なバランス感覚である．これは彼女の人生体験の深まりと共に，いよいよ磨かれていったものである．彼女が，スピノザとシェイクスピアに惹かれていった素地はここにあるのだ．宇宙の営みの視点から人間の価値の相対性を見通したスピノザの老練な現実主義者の知恵は，ものごとに対する執着の強さを自覚していた彼女が，心の平安を得る為に学ばねばならないものだったのである．また，この世を舞台と観じるシェイクスピアの，人間に対する懐疑的な諦念も，理想主義の弱さを清算する上で切実な意味あいを持っていた．

12　ヘレニズムとヘブライズム

　エリオットの中の理想主義的な血潮と透徹した現実認識との絶えざる相克ということについては，これをヨーロッパ史の歴史的文脈から見れば，ヘブライズム（ユダヤ教起源のキリスト教文化）とヘレニズム（古代ギリシャ・ローマ起源の文化）との相克の一つの表現と見ることができる．この点では，エリオットのみならず，カーライル，ラスキン，マシュー・アーノルドに代表されるように，ヴィクトリア朝イングランドの思潮風土には，多少とも二つの文化の葛藤に由来する個人の魂の矛盾・相克が見られる．これに関連して，アーノルドは，イギリス精神を流れる二つの本能を指摘し，これをヘブライズムとヘレニズムの矛盾・相克と見ている．このうち，ヘブライズムはユダヤ民族

の伝統的な人間観を反映して，良心の厳しさ，行動への情熱，自己否定的倫理観などがその特徴として挙げられる．だがその反面，道徳的真摯さの持つ欠点も免れていないと言う．即ち，感情の激しさ，執拗さ，自己への確信からくる心の囚われがそうである．これに対して，ヘレニズムの本能は，もともと古代ギリシャの多神教の世界観を反映しており，イギリス人のインド・ヨーロッパ語族の血に宿る本能である．それは，人生の多様な価値を囚われない心で直視し，自己への「過剰な確信」から身を退いて，おのれの「過剰な執拗さ」をさらりと笑ってみせる精神であると言う．その真骨頂は，人生のよきものを軽やかな心で楽しむところにある．これが，ヘブライ的な本能に由来する道徳的権威主義の重苦しさを和らげる解毒剤の役割を果たしていると言う（『教養と無秩序』135-36）（*Culture and Anarchy* 1869）．こういう歴史的文脈に照らしてエリオットの精神遍歴を概観してみると，そこにある様々な葛藤の秘密が明らかになってくる．

エリオットの作品世界は相克する二つの声の微妙なバランスの上に築かれているが，ドロシア的な作家の側面は，やはり最も深いヘブライ的個性なのだ．ジェイムズの指摘する，道徳的関心が芸術家の声を圧倒する傾向は，この個性に由来する人間的な弱点である．同時に，作家の芸術的ヴィジョンに関わる弱点でもある．つまり，作家自身の理想主義的な感情の高まりが，全体的な視野に立ってものを見るバランス感覚を損ね，登場人物を理想化する嫌いが生じてくる．この傾向は，後期の作品にも変わらず見られるが，常にみずからを戒めつつ，ついつい結果的にそうなってしまう類のものである．作家自身の見方によれば，彼女は人間を描く際に，まず思想が先にあって，これに人間的な肉付けをするのではなく，人間そのものの状況をさながらに凝視することを第一義的に考えている．然る後に浮き彫りになってくる人生の道理を読者に示すことが本筋であって，こういう描き方こそが人生を最も複雑な相において捉えることになる．この努力を怠ると，絵画が図式に堕してしまうと述べている（『書簡』IV, 300）．ところが，時としてこの戒めを実行できないことがある．例えば，『アダム・ビード』のアーウイン牧師やロモラのように，作家の倫理的人道主義を背負っている人物や，ダニエル・デロンダ，フィーリクス・ホルトのような宗教的霊性を持った，ヘブライズムの系譜に属する人物を描く時，作家が一歩身を退いて彼らを眺める姿勢が乏しくなって，裏から感傷が忍び寄ってくることがある．特に，作家が慣れ親しんだ訳ではない環境を描く際，

知性が過重な負担を掛けられて，想像力の泉が枯渇しがちになる．つまり，知性が遊びのあるアイロニー（ものごとの外観と実態の落差を的確に認識する感覚）として働かず，作家のヘブライ的な本能が溢れ出て作品の芸術的なバランスを損なうことになる．これもまた，作家が，何らかの理由で心のゆとりを失った時に見せる，偽らざる素顔なのである．

　エリオットが青春前期まで福音主義信仰を抱いていたことは，熱烈・多感な性格特性と相俟って，ヘブライズムへの傾斜を刻印した．ところが彼女は，それ以降，おのれの知的天分と芸術的欲求を存分に発揮する為には，過度な現世否定的教義を清算する必要を益々感じるようになった．この本能の声が，彼女を倫理的人道主義とロマン派的想像力に近付ける原動力となったのである．従って，ヘレニズムの気風に親しんで，自己の内に根付く禁欲的理想主義の制約を和らげ，清濁併せ呑む現実主義の発想を自己のものとする方向に，作家としての芸境を深化させる秘密があることを自覚していた．この問題意識がロモラとドロシアの豊かな性格造形を生む力になったのである．この意味で，『ロモラ』において，15世紀フィレンツェの時代精神の葛藤を研究し，これを劇化する試みは，彼女の作家としての基盤を盤石のものにする意味があったと思われる．つまり，フィレンツェのサヴォナローラ派（キリスト教根本主義者）とロレンツォ・ドゥ・メディチ派（古代ギリシャ文芸復興への立ち返り派）の歴史的相克を芸術的に再創造することは，彼女自身の19世紀後半ヨーロッパにおける立ち位置を確認する行為であったことが察せられる．これによってエリオットは，自己の内なるヘブライズムとヘレニズムの声に歴史的視野の奥行を添えたと言える．この努力があって，初めて自己否定的倫理と，芸術的想像力による大らかな自己肯定の矛盾を止揚する視座を得たと言える．この基盤があって後期小説の円熟が可能になったのではないかと思われる．

13　『ウエストミンスター・リビュー』と倫理的人道主義

　ルイスと生活を共にすることによって得た情緒的安定と知的な刺激がメアリアンの創作意欲を刺激して，眠っている才能を開花させるのに大きく貢献したことはすでに触れた通りである．これによって，世間の隠微な制裁に悩みつつ，内的な確信に支えられて，わが道を歩む人間の自足の喜びを得た．この安

定期に当たる 1855 年から 56 年にかけて，彼女は，みずから事実上の編集長をしていた『リビュー』に数々の文芸批評を寄せている．これは，ある意味で，爪はじきがもたらした幸運と言えなくもなかった．教養ある人々との交流の機会を閉ざされた彼女は，狭量な世間の思惑に囚われず，思いきり著作活動に専念できたのである．この状況は，小説の評価がうなぎ上りに高まった 1870 年代まで続いた．世論の道徳的是認が得られない境遇で，人の評判を気に病みがちなおのれの性癖に整理を付け，言葉の力によって人の心に訴え掛ける心構えが身に付いたのである．こうした心境は，この時期に執筆したエッセーの内容にも自ずと反映している．言葉による表現活動のもたらす充足感は，その先に待っている小説創作に向けて溜めを作る心のゆとりとなった．

　この頃の一連のエッセーを概観すると，そこに作家の経てきた精神遍歴が間接的に浮かび上がってくる．殊に，ドイツ滞在中の旺盛な知的活動の成果が見て取れる．これを全体として見ると，彼女の半生の総括であると同時に，来るべき小説創作の為の精神的踏み台となったとも言える．仮に彼女が小説を書かなかったとしても，この批評活動だけで当時のヨーロッパの思想的な辺境を開拓する精神の一人として記憶されたのではないか，と思わせるような充実した思索がそこにある．

　その中に，メアリアンの個性を鮮やかに映し出している三篇の批評がある．そのうちの一つに，福音主義を歴史的な視野から総括した「福音主義の教え」(1855) がある．これは，すでに述べたように，福音主義から倫理的人道主義へと至った彼女の思想形成を知る上で欠くことができない一篇である．そこに表れた彼女の宗教観にはドイツ高等批評から学んだ見識が生かされている．その要点をかいつまんで言うと，以下のように要約できる．聖書解釈の仕方は，時代や文化のあり方によって異なる．なぜなら，解釈の基準は，それぞれの時代や文化の持っている教養の総和にあるからである．聖書は，それほどに人類の発展してゆく思想を包摂するに足る融通無碍の知的財産だということなのだ．異なった時代や文化から謙遜に学ぶことによって，私たちは聖書解釈の幅と奥行を拡げることができる．そのよい例が，ヨーロッパ人が古代ギリシャ・ローマ文明から学んだヘレニズムの叡知なのだ．私たちの心の中にある神の意識は，超歴史的権威によらず，あらゆる人間的な経験や感情への共感によっている．このようなイメージの神を仰ぐことは，私たちをより人間的にしてくれるのだ．真に人間的な宗教，即ち私たちの人格を豊かにしてくれる

宗教は，知性と感情のバランスを健全に保つ平衡感覚を持っている．これに反して，理知の光を捨てて法悦にむせぶような宗教は，必然的に狂信主義に堕すのだ．なぜかと言えば，そんな宗教では，知性は本来の役割である自在な真理探究の役割を果たさず，先にある結論のお先棒を担ぐのが関の山だからだ．教義に囚われた精神は，事実を粘り強く見る眼を早々に捨てて，教義を裏付ける事実を漁り回るのだ．

　メアリアンは，カミング博士の教条主義と権威主義が，聖書を文字通りに解釈する傾向から発していることを指摘している．疑うべからざる神の言葉として，その一字一句をも崇拝する彼の見方に権威主義と偽善が忍び寄ってきていることを喝破している．これに対置して，彼女は，福音の本来的意義を次のように論じている．キリスト教を神の霊感によって明らかにされた体系として受け入れる最良の精神は，福音の究極目標を単に人々の魂の救済のみにあるとは考えない．これに劣らず重要なことは，人間の魂を啓発し，敬いの心を育み，利己的な主張を抑制する態度を学ぶことである．言い換えれば，神の御心は人間が善と真実を求める意志に他ならず，これが地上でも行われんことを祈る心の純一さにある．福音が教える最高の境地は，神の摂理に素直に服すること，主の御心に従って生き，主の御心に従って死んでゆく（「ローマ人への手紙」14: 8）ことである．それは同時に，イエスの人間性を心に抱いて，イエスにあって生きることであって，彼が空に表れる日を定めることではない，と (161)．

　以上，メアリアンがこのエッセーを執筆した頃（1854-55 年）の聖書観にはドイツ高等批評の見方がここかしこに表れている．例えば，彼女の抱くイエスが，旧約のメシアの預言がキリスト教へと受け継がれ，人の心に神の独り子が人格イメージとして定着した結果である，と見る発想にもこれが言える．イエスの再臨は，信仰者の心の真実を詩的に表現したものであって，これを文字通りに解釈することは愚昧さの表れであると皮肉っている．ここに科学と宗教の折り合いを付ける微妙な接点があると見ている．教義と公式の違いを超えて，体験的真実として受け取られた宗教への共感を，メアリアンは，以下のように寸評している．

> The idea of a God who not only sympathizes with all we feel and endure for our fellow-men, but who will pour new life into our too languid love, and give

> firmness to our vacillating purpose, is an extension and multiplication of the effects produced by human sympathy. ("Evangelical Teaching: Dr Cumming" 168-69)
>
> 人が同胞に寄せる憐みと苦しみへの共感ばかりでなく、萎えて枯渇した愛情に新しい命を吹き込み、揺らぐ目的に一貫性を与えることもできる神の概念は、人間の共感する力によって生み出された影響力を最高度に引き出し、磨き上げた存在である．

　人間のあらゆる悲喜、苦楽を味わい尽くしたイエスの生き様をわが心に住まわせ、光として仰ぐ時、自己執着に囚われ、迷いの淵に沈む私たちであっても、光に向かって一歩一歩歩んでいける．主への随順が、人と人との共感として自ずと湧き出してくる素朴な感情としての宗教、これが、メアリアンが体得した境地である．この観点から見ると、宗教的な生まれ変わり以前の生来的な人間の感情すらも、宗教的感受性の素材となり得ると言うのである．

　文体から見ても、聖書の敬虔な語句を極力控え、ラテン語源の聖書的ではない語彙を使っている．聖書に込められた、人の体験的な真実を素朴な言葉で伝えようとする姿勢が見える．そこに「宗教的人道主義」の境地が示唆されている．

　科学の照らし出す真理を聖書の、生きて学ぶ知恵と和解させようとした見方は「福音主義の教え」に明らかであるが、その一節に次のようなものがある．

> Fatally powerful as religious systems have been, human nature is stronger and wider than religious systems, and though dogmas may hamper, they cannot absolutely repress its growth: build walls round the living tree as you will, the bricks and mortar have by and by to give way before the slow and sure operation of the sap. (167-68)
>
> 宗教的教義体系がいくら強くても、人間性は体系よりも強く幅広いのである．教義が妨げようとしても、その成長を完全に抑え込むことはできない．生きた木の周りに壁を巡らせても、煉瓦もモルタルも、やがて樹液のゆっくりした確実な働きで崩れてゆくのである．

　この引用の暗喩には、人間の内的成熟のプロセスを自然の営みの眼で捉える視座の転換が認められる．人間の "nature" は、宇宙的な "nature" と有機的につながっている．その成長発展も自然の生々流転の一環なのである．個々の人間は木の葉であり、命の営みとしての木は一つの全体である．その全体が、さらに大きな環境との相互依存を成している．人間の営みが生命的世界から遠ざか

序章　人間ジョージ・エリオットとその時代　　　　　　　　　　　　　73

ると，感情と行動と言葉も命との交流が希薄になり，内発性を枯渇させる．ここに上部構造としての宗教，道徳が因習化し，言葉が空文化する所以がある．

　宗教の因習化，形骸化に抗して，個人が生きる意味を探求し，真の言葉を取り戻すことが，ワーズワスの継承者エリオットの小説の核心にある発想である．

> Here, one has conventional worldly notions and habits without instruction and without polish—surely the most prosaic form of human life: proud respectability in **a gig of unfashionable build**: 2) worldliness without **side-dishes**. 3) Observing these people narrowly, even when the iron hand of misfortune has shaken them from their unquestioning hold on this world, one sees little trace of religion, still less of a distinctively Christian creed. . . . **You** 1) could not live among such people; you are stifled for want of an outlet towards something beautiful, great, or noble; **you** 1) are irritated with these dull men and women, as a kind of population out of keeping with the earth on which they live—with this rich plain where the great river flows for ever onward, and links the small pulse of the old English town with the beatings of the world's mighty heart. (*The Mill on the Floss* Book 4, 1: 283-84)

> ここには，教養も洗練もなく，世俗的な観念と習慣に捕われた因習的世界がある．確かに，最も想像力に欠ける人間生活の形と言ってよい．旧式な型の馬車に乗って，家柄を誇って上品ぶっている．添え料理もなしに済ますほどの倹約ぶりながら俗世間に浸っている．こういう人々を仔細に観察すると，悲運の無慈悲な不可抗力が，彼らの無批判な世俗執着を揺さぶっても，宗教の痕跡はそこになく，ましてやキリスト教独自の教えはかけらもない．・・・そういう人たちの中で暮らせるものではない．何かしら美しいもの，偉大なもの，高貴なものを表現するはけ口がない為に，息苦しくなってしまう．人はつい，こういう退屈な人たちに苛立ちを覚えてしまう．なぜなら，この人たちは，自分が踏み締めている大地，この豊穣な沃野と不調和を起こしている人たちなのだと感じるからである．この沃野を縫って恵みをもたらす河は悠久に流れ，古いイングランドの町の小さな鼓動を世界の力強い心臓の拍動と結び付けているにも拘わらず．

　ここには，文化人類学的な見方が顕著である．語り手は，マギーを取り巻くタリヴァー・ドドスン一族の生き様に焦点を当て，その歴史的伝統に透徹したまなざしを向けている．ところが語る内に，語り手自身の思い起こされた感情の流れがテキストの表層に溢れ出ている感がある．総称的 "you" 1) で示された読者への語り掛けは，いつの間にか語り手の印象の流露となっている．そこに作家の偽らざる人間性が覗いている．"a gig of unfashionable build," 2)（旧式

な型の馬車），"side-dishes" 3)（添え料理）に見られるように，具体的な事象を表す言葉を用いて風土を暗示する換喩 (metonymy) は，古い身分意識，血筋信仰を鮮やかに視覚化している．これによって，人々が生活慣習に安住し，宗教本来の宿す叡智が枯渇している現実が浮き彫りになっている．しぶとい現世執着が宗教の名の下に主張される．命の世界に向かって自己を捨てることによって賜る心の安らぎは絶えて久しい．そんな宗教のあり方に反抗心を燃やし，生きる糧を求め，光りを仰ぐところに，エリオットの求める宗教はあった．

　この霊的祈りは，彼女の作家生活の原動力であり続けた．"She (Dorothea) did not want to deck herself with knowledge—to wear it loose from the nerves and blood that fed her action"（彼女は，知識を飾りものとして身に付けたいとは思わなかった．行動の糧となるような神経と血液とつながっていないようなものを身にまとう気はさらになかった）(10: 86)．これは，『ミドルマーチ』に見られる若いドロシアの感受性である．生理学のメタファーが暗示するように，迷い多き自己を照らし，無私の叡智に向かって導いてくれる真に血の通った教えを希求する動機は，マギー，ロモラからドロシアへと，作家の中で脈々と生き続けた．この宗教的想像力が，苦しみと迷いを免れない人間同胞への共感の宗教を編み出した宗教の存在意義であった．

　上記『フロス河』の引用に見られる「沃野を流れる河」のイメージは，豊かな意味あいを湛えている．上流域の環境から糧を得た河が下流の村や町に恵みをもたらす自然法則の働きは，人間の内的世界にも生きている．古いイングランドの町の「小さな」脈拍が「世界の力強い心臓の鼓動」に連なっているという生理学の発想は，命の営みがあらゆるものの相互依存を束ねる統一原理であることを示唆している．人間の精神的な価値も，自然法則に照らして絶えず検証されなくてはならないのである．ここに，エリオットが聖書批評から学んだヴィジョンが生きている．

　「福音主義の教え」に見る非ドグマ的宗教が作品に結実したもう一つの例を『ロモラ』(*Romola* 1863) に見ることができる．フィレンツェのヘレニズムとヘブライズムの対立抗争が宗教戦争の様相を呈してきた状況で，ロモラが，師と仰いできたサヴォナローラに対して決定的な違和感を覚える場面がある．彼らの微妙な感受性の違いは，メディチ派と目される五人の人々が共和国に対する謀反の嫌疑を掛けられた時に表面化する．たまたまロモラの教父バーナードが五人の内に含まれていたのである．彼女は，この時までにサヴォナ

序章　人間ジョージ・エリオットとその時代　　　　　　　　　　　　75

ローラ派の党派政治がいかに醜い我執によって汚染されているかを知り抜いていた．そこに，敬愛する教父が謂れのない罪を着せられ，不名誉な死に直面したのである．彼女は，サヴォナローラに知り得る限りの事実関係を語り，五人の助命の為に影響力を行使するように嘆願する．ところが，彼の言い分は，次のようなものであった．神聖な目的の為には私情は排すべきものであって，政敵の動きを封じ込めることにこそ，より大きな義務に殉じる道があると．偉大な目的は，多少の非人間的手段を正当化し得るという論法である．

> 'You see one ground of action in this matter. I see many. I have to choose that which will further the work entrusted to me. The end I seek is one to which minor respects must be sacrificed. The death of five men—were they less guilty than these—is a light matter weighed against the withstanding of the vicious tyrannies which stifle the life of Italy, and foster the corruption of the Church; a light matter weighed against the furthering of God's kingdom upon earth, the end for which I live and willing myself to die.' ... 'Do you, then, know so well what will further the coming of God's kingdom, father, that you will dare to despise the plea of mercy—of justice—of faithfulness to your own teaching? ... I do not believe it!' ... 'God's kingdom is something wider—else, let me stand outside it with the beings that I love.' (59: 491-92)

> この件において，あなたはただ一つの行動の立場しか見ておらん．私は多くの立場を見ておる．私は，私に任された仕事をさらに進めるものを選ばねばならん．私が求める目的の前では，小さな考慮など犠牲にされねばならない．五人の男の死など——たとえ彼らの罪がもっと軽いものだったとしても——イタリアの命を窒息させ，教会の堕落を育む，あの邪悪な圧政に抵抗することに比べれば，軽い重さしかない．地上に神の王国を広めるということに比べれば，軽いものだ．そしてこれこそ，私がそのために生き，その為に喜んで死ぬ目的なのだ」・・・「それなら，神父様，あなたは神の王国の到来を何が助けるのか，よくご存知なのですね．だから，あなたは，慈悲を求める嘆願を敢えて軽蔑なさるのですね——正義を求める嘆願も——あなたの教えに忠実であれという嘆願も？・・・「私はそれを信じません！・・・神の王国はもっと広いものです——さもなければ，私の愛する人々と共に，その外側に立たせてください」¹²

「私の党の大義名分は神の王国の名分である」とサヴォナローラが主張する時，彼が霊感を受けたイエスの教えは地上の権力追求の手段になり下がったのだ．この瞬間に，「神の王国」は政治的イデオロギーに堕したのである．そして，イデオロギーの本質は，「神聖な」目的の名においてあらゆる手段を正当化す

ることにある.「神聖な」大義名分は, 個人の良心の疑似的な代用品に変質してしまうのである. そこに利己心が忍び込み, 道徳を, 本人も自覚しないうちに蝕んでゆく. 地上的権力の争いには, どうしても醜いエゴイズムが絡むものなのだ. ティートのような信仰なき才知が党派対立の狭間を縫って生き残り, バーナードのような高潔な人物が, 優れた人間的資質ゆえに非業の死を遂げる. これが権力争いに付きものの人生の皮肉なのだ.「王国はもっと広いもの」ということは, それが個人の内面以外のいかなるところにも存在しないということである. 宗教的権威は, いとも容易に地上の権威へ変質し得る. 自己を取り巻く世界と自己との関係を明らかに見るバランス感覚以外に, 魂の謙遜を保つ方途はないのである.

　中核的批評エッセーのあとの二篇は, メアリアンが1856年に相次いで発表した「ドイツ的ウイット, ハインリッヒ・ハイネ」("German Wit: Heinrich Heine")(以下「ドイツ的ウイット」)と「自然史」である. 前者は, ハイネの人となりと詩についての, 後者は, リール(Riehl)のドイツ農民についての歴史的研究についての批評である. これらは一見お互いに何の関係もないように見えるが, よく吟味してみると底で深く通じ合っていることが分かる. つまり, この二篇は, メアリアンの奥深い個性に根差す二つの相克する力を, 志を同じくする魂への共感という形を取って表明したものである. これを端的に言えば, ものを深く味わう詩魂と, ものをあるがままに見ようとする科学する心, との相克と言ってよい. そして, この二つの力の葛藤の中から, エリオットの作品世界が生み出されたと言ってよいのである.

　「自然史」は, メアリアンがそれまでに辿りついた人間観, 自然観のエッセンスを凝縮して表現している. 彼女の小説構想の哲学的・歴史的背景を知る上で欠かすことのできない批評である. 文献のみによらず, ドイツ農民の現実の暮らしを歩いて観察し, そこから人間存在について独自の洞察を編み出したリールの業績を詳細に検討することが, この評論の趣旨であった. だが, 彼に対する共感に満ちた批評は, いつの間にか対象を踏み越え, 彼女自身の境地を披瀝するような調子を帯びてくることがある. 彼女がリールの見方に最も深い共感を寄せているのは, 人間を終始一貫して自然の営みの文脈で捉えているところにある. 即ち, 自然を司る命の法則が人間の心身にも働いているという直感的認識が, 彼の人間と社会を見る眼の基本にある. 自然との調和の中でこそ, 人間は心身の健康を維持してゆける. 個人という生命体からなり

立つ共同体もまた生命体なのであって，それ固有の命の法則で動いているのだ．自然風土の中で培われてきた人間の暮らしもまた，長年の間にその影響を受け，独特の歴史的伝統を形成してきた．従って，民族の歴史的伝統の中にも生命の法則が脈々と流れている．この伝統を最もよく保っているのが農民なのである．彼らは，大地の暮らしの中から自分たちの風俗・習慣や精神文化を築いてきた．彼らの意識の中では，大地への愛着と過去の記憶とは不可分一体のものなのだ．過去との連続性の強い本能的な愛着の世界でこそ，彼らは内面生活の安定を得てきたのだ．そこには，合理性を重んじる都市文化からは理解し難い排他性，迷信，偏見，異教的習慣が満ち満ちている．だが，そこに彼らの属する民族の遠い記憶が生きており，これが彼らの情緒的要求を満たしていることも否定できない．生命には生命の論理があり，合理的な発想のみをもってしては汲み取れないものがある．人間を動かす力としての過去には命の神秘が宿っており，これをなおざりにするいかなる合理的な社会改革論も真の妥当性を持ち得ないと言うのである (275-76).

　以上，リールの所論を受けて，メアリアンは，人間を本質的に非合理的な存在と見る彼の見方への共感を，次のように示唆している．純粋に合理的な社会にとって必要な前提として，私たちは純粋に合理的な人間を想定しなければならない．血で受け継いだ愛着と反感の甘美でほろ苦い偏見から自由な人間を．これは，泉のないところに清流を，また，幹と枝の亭々たる風格のないところに森の木陰を期待するのと同じくらい容易なことだ」(282). ぴりっと辛いアイロニーの中に，命を敬う彼女の信念が滲み出ている．彼女はさらに，リールの見方を，言語に例を取って解釈している．豊かな文化の蓄積を持つ言葉は本来的に，意味の微妙な綾，さらに微妙な連想のこだまを持っている．仮に合理的な理念に立脚した普遍的な言葉を人為的に作ることに成功したとすると，それは「曖昧さ，気紛れな慣用句，煩わしい姿・形，色調に富んだ含蓄の突発的な揺らめき，忘れられた歳月を湛えた神々しい古語」の霊気を取り去られ，脱臭され，残響のない言葉になるだろう．それは意志疎通の手段として，あるいは，科学を表現する手段としては完璧であろうが，命を表現することはできないであろう，と．歴史言語は本質的に曖昧さを宿しており，その曖昧さにこそ音楽，情念，機知，想像力，その他の生命的な要素が息衝いている，というのが「自然史」の要点である (282-83).

　メアリアンは，リールへの共感をさらに続けて言う．民族文化の粋として

の農民の暮らしには過去のこだまが生き残っているが，問題は，都市文明の合理主義，自由主義が国民生活を近代化する過程で，自然のリズムに則ったコミューナルな彼らの暮らしに規制を加え，そこに息衝く非合理的な要素を排除しようとする動きである．これが，彼ら固有の文化の根を断ち切る結果になるのだ．確かに偏見や迷信は清算され，生活は合理化され，物質的に豊かになりはしたが，過去との一体感は失われ，大地の知恵は廃れ，ひいては民族固有の文化が総体としてのバイタリティーを喪失してしまったと言うのだ．リールが18世紀から19世紀にかけてドイツで起こっていると見た現象がイングランドでも起こっていることを，メアリアンは認めたのだ．この現象の宗教的な表れを，国教会の中で教区牧師の影響力が薄れ，非国教派の教養の乏しいミニスター（牧師）の過激な敬虔主義（pietism）が人心に浸透してゆく傾向に見た．つまり，農民が啓蒙運動の結果土離れすることと軌を一にして，牧師も土を耕す暮らしから離れ，「科学的な神学者」になってしまったのである．これによって，聖職者が土着的な精神文化の真の担い手ではなくなってしまった．カトリック教会は，伝統的に聖職者の世襲相続を許さず，絶えず農民から人材を供給してきた為に，土着文化の土壌に根を張ることができたが，この点でプロテスタンティズムは歴史的な弱点を抱えることになったのだ．非国教会派の過度な現世否定の風が，共同体の伝統的な暮らしにある自然のリズムから人々を遠ざけたと言うのだ (276-77)．

　メアリアンのこういう見方は，作品の中にも深く浸透していることが認められる．例えば，『サイラス・マーナー』の主人公サイラスが親から受け継いだ薬草療法を生かして，病に苦しむ村人を癒やすエピソードがある (17-8)．これは田園文化の伝統の所産であるが，彼が非国教派の教団に属している時には，その教義によってこれに罪の意識を感じ，断念していたのである．ところが，国教会の伝統の色濃い村に移り住むようになって，これを再び生かして使うようになった話である．このエピソードは，サイラスの人間的円熟の物語の中に有機的に組み込まれ，田園文化の持つ人間性回復の可能性に寄せる作家の信頼を暗示している．このエピソードからも窺えるように，メアリアンは若き日にみずから否定した国教会の歴史的伝統に，わが魂の故郷として回帰してゆく心情を託していた．民族の遠い記憶を湛えつつ教会が芒洋として佇み，土着的な精神文化のシンボルであり続ける，そんな国教会のあり方にしみじみとした郷愁の念を抱いていた．様々な異教的風習を内部に温存させ

つつ，生活共同体として人間の心身を健康に導く生きた歴史としての宗教，これこそがヘレニズムへの共感を深めていったメアリアンが心を寄せる故郷であった．

「自然史」は，自然の中の人間の暮らしをあるがままに見ようとするリールの科学する心への共感を綴ったものである．ところが，合理精神の精髄と言える科学の方法を，自然と人間の観察に当てはめて見れば見るほど，そこに非合理的なものが見えてくる．生命の神秘と驚異に対する畏敬の念を禁じ得なくなる．

> If we had a keen vision and feeling of all ordinary human life, it would be like hearing the grass grow and the squirrel's heart beat, and we should die of that roar which lies on the other side of silence. As it is, the quickest of us walk about well wadded with stupidity. (194)
>
> もし我々が普通の人間生活のすべてに対して鋭い洞察力と感受性を持っているならば，草の葉の伸びる音や，栗鼠の心臓の鼓動までもが聞こえ，沈黙の向こう側に響く大音響を聞いて死んでしまうかも知れない．ところが幸いにも，我々の最も繊細な者も愚鈍さで五感が鈍って，呑気に歩き回っていられるのである．

『ミドルマーチ』のこの一節には，エリオットが，自然史から学んだ洞察が生きている．自然界に宿る法則を探求し，認識するのが科学の課題であるが，目を凝らせば凝らすほど，命の営みには果てしない神秘の奥行が広がっている．我々は日常的な世界を当たり前のこととして享受しているが，これは大きな生命の働きそのものから与えられたものである．この事実を直視する時，命の神秘に対する畏敬と祈りが自ずと心に兆してくる．真剣に科学する心は，真剣に祈る心に通じるのである．そして，このような境地から作品が生み出されてくることを窺わせるような暗示的な一節である．

ウイリーによれば，メアリアンは，伴侶ルイスと共に，コントの人間的宗教 ("Religion of Humanity") に見る「カソリシズムと科学」の調和に共感を寄せていた．彼の唱えた「進歩と秩序」，「科学と信仰」の和解は，メアリアン自身の歩みに似通った境地を表明していたからである．コントは，旧体制の中にも美と高貴さがあると見る．その旧弊を批判する余り批判的知性に頼って，ものを否定してゆくと，殺伐とした心の荒野が待ち受けている．芸術と詩が宗教の中に正しく位置付けられてこそ，宗教は健全性を保ち得ると言う (196-98)．過去とのつながりに由来するしみじみとした情緒と記憶としての宗教は，メア

リアン自身の体験に根差した見方であった.

『アダム・ビード』で,アダムが,父親の葬儀に際して,教会の祭礼が湛えている意味あいを振り返る場面がある.

> And to Adam the church service was the best channel he could have found for his mingled regret, yearning, and resignation; its interchange of beseeching cries for help, with **outbursts** 1) of faith and praise—its recurrent **responses** 3) and the familiar rhythm of its **collects**, 2) seemed to speak for him as no other form of worship could have done; ... The secret of our emotions never lies in the bare object, but in its subtle relations to our own past: no wonder the secret escapes the unsympathising observer, who might as well put on his spectacles to discern odours. (18: 217-18)

> そして,アダムにとっては,教会の礼拝は,後悔や憧れや諦念が入り交じった感情が流れるまたとない水路であった.救いを嘆願する叫びと信仰と賛美のほとばしりとが融け合ったもの,繰り返される応唱と祈祷詩の聞き慣れた節回しは,他のいかなる礼拝形式も真似のできない感情の通路であった.・・・情緒の秘密は抱く対象そのものにあるのではない.対象が触発する自分の過去との微妙な関わり合いにあるのである.この秘密は共感のない観察者には感じられないのだ.ちょうど,匂いを嗅ぎ分けるのに眼鏡を着けるのと一緒なのだ.

父親の死という人生の節目で,心に去来するアダムの思いを描く語り手の言葉は,自ずと作家自身の記憶の淵から溢れ出てくるのを偲ばせる.物心付いた頃からずっと父に伴われて国教会の礼拝に参列し,宗教的情緒を養ってきた青春期までのメアリアンにとって,教会は自身の精神生活の中核にあった.その礼拝は,彼女にとって記憶の及ぶ限りの思考と感情の揺り籠であった.主に語り掛ける心の叫びが音楽となって溢れ出て(outburst)1)くる.牧師の朗誦する「祈祷詩」(collect) 2) に応えて会衆が「唱和」(response) 3) する儀式は,宗教の本質が詩であり,音楽であることを物語っている.参列するすべての人が心を主に向かって注ぎ出し,自己を大いなる世界に投げ出す.これがエリオットにとっての宗教であった.教会のあらゆる儀式は,それ故,遠い記憶を呼び起こさずにはおかない.匂いを嗅ぐのに眼鏡を着ける皮肉な喩えは,共感が宗教の命であり,これが欠けると宗教は命を失うと見る作家の信念を示唆している.ここに見られる体験的叡智と感情としての宗教は,エリオットが,ワーズワス,コールリッジのみならず,オックスフォード運動を主導したキー

ブル (Keble 1792-1866) やニューマン (Newman 1801-90) と一脈通じる見方をしていたことを示している.

　「自然史」がメアリアンの歴史的・哲学的洞察を最もよく表現しているとすれば, これを表す文体にも, 重厚かつ透徹して, 読者を瞑想と思索に誘う質実さがある. これに対して,「ドイツ的ウイット」は, 叙情詩人ハインリッヒ・ハイネの境地を表現する文体が優雅な叙情性と流麗な音楽性を湛えている. あたかも, 漂泊の詩人ハイネへの共感を表白する文体そのものが散文詩となって軽やかにほとばしっているかのような, 心地よい陶酔感を残してくれる. 作家が, このユダヤ系ドイツ人の人間性の中に, みずからの芸術家魂の最良の声を引き出してくれる境地を認めたかのような調子がある. 琴瑟相和す魂への共感を通して自己確認の試みを行っているような様相を帯びている. 彼女の共感を一言で言えば, ヘレニズムへの止み難い憧憬と言ってよい. 彼女自身はヘブライズムへの傾きを強く持った魂であるが, それ故に益々ヘレニズムの持つ澄明さ, 軽やかさ, 美の味わいといった価値に心惹かれる部分があるのだ.

　ところが, これが徹底した耽美主義の形で表れると, 彼女のヘブライ的な本能が抵抗する. あまたいる詩人の中で, ハイネがかくも彼女の心を捉えた秘密は, 彼の漂わせている無常観, 苦悩と悲しみへの研ぎ澄まされた感受性にあったのだ. 彼の生涯を辿ってゆくメアリアンの筆致は, 1848年脊椎の病に倒れ, その後死ぬまで病苦の宿命を抱えて生きねばならなかった段に及ぶと, それまでの淡々とした事実中心の描写が熱い共感の炎を帯び始める. 彼女の見るところでは, 彼はこの病苦を背負うことによって, それまでの詩境を一層深めたのだ. パリの家で病の床に臥せって以後, 戸外に出る機会はただ一度, 1848年にルーブル美術館を訪れた時のみであった. やっとの思いでミロのヴィーナスの足許に辿り着いた彼は, その姿をしみじみと眺めながら感涙にむせんだ. 稀有の想像力と飽くことを知らぬ知的好奇心を持ったままで, 病室を訪れる知人を通して得られる以外には, あらゆる人生観察の機会を奪われてしまったのだ. 神経の病が眼に障って片目の視力を失い, もう一方の眼も, 指で瞼を持ち上げてようやくものが見えるといった境遇に置かれたのだ. 堪え難い痛みを和らげる手立ては阿片のみであった. こういった絶対的不自由の中で, 彼に残された唯一の生きる証しは心の自由に救いを見出すことであった. 彼にとって, 生きることはただ苦痛を忍ぶこと,「安息のない墓, 死者の

特権のない死」であり，ひたすらすべてのものに結末があることを思って忍苦することであった．彼の真骨頂は，この業苦の只中で，大自然の麗しい情景が微風のごとく心に訪れることを喜べたことである．「うっそうと茂る木々，枝葉の間を吹き抜けてゆく瑞々しい微風」がパリの街中の喧騒の只中に浮かび上がって，痛みの合間の一時を慰めてくれたことである (219-21)．

　彼は病気の絶対的制約の故に，却って人生の一瞬一瞬の命の輝きを万感の思いで味わい尽くしたのだ．鋭敏な感受性と柔軟な心は，ドグマや党派心の制約に本能的に抵抗する．キリスト教の精神主義と禁欲主義の中にある高ぶった熱狂と義務観に，彼は芸術とは相容れないものを感じていた (221)．ドグマや党派心に心酔する魂の熱誠には，いつでも独善が忍び寄ることを見通していたのだ．彼の反骨的な茶目っ気は，こういう手合いを見ると可笑味が込み上げてしまうのだ．この種の人間の心根は表面のがさがさした鏡のようなもので，そこに映る太陽神までもが戯画になってしまい，笑いを誘わずにはおかないのだ (225-26)．病気という過酷な現実と向き合ったことが，彼に人生の影に酔い痴れるのでなく，人間のあるがままの姿を凝視することを教えた．その視点から眺めると，人生の本質は苦しみであり，喜びは去るものだ．そして，あらゆる人間は病める存在なのだ．彼の詩には，こういう自覚に徹した人の笑いとペーソスがある．ある時には静かな牧歌と瞑想が，また，ある時には哄笑とからかいがある．崇高なものから滑稽なものへ，またその逆への変わり身の早さは融通無碍な，囚われなき精神の真骨頂なのだ (230)．メアリアンの見るところ，ハイネに英雄，愛国主義者，謹厳な預言者を期待することは，ガゼールに馬具を着けて荷を牽くことを期待するに等しいのだ．自然の女神は，彼を鉄や金剛石のような強固な素材からでなく，花の花粉，葡萄の果汁，小妖精パックのいたずらな頭脳からこしらえ，これにたっぷり慈悲深い愛情の露と崇高な思索の金粉を振り混ぜた，と言うのである (226)．

　ハイネの抒情詩にメアリアンが感じた特質は，純粋な情緒の深さであった．そこには涙と笑いが共に備わっている．彼は，静かな牧歌で魅惑するかと思えば，教義を固守する人をからかい，自分の愚かさを笑っては，可笑しみの感覚をくすぐる．崇高な調べから滑稽な調子へと転調する変わり身の早さで読者の意表を突くのが彼の真骨頂なのだ．メアリアンは，分けても，彼の自分を笑う心に滋味深い人間味を見ている．病苦に呻吟するみずからの境遇を笑ってみせるハイネの散文 ("Gestandnisse")（「告白」）を英訳している．

What avails it me, that enthusiastic youths and maidens crown my marble bust with laurel, when the withered hands of an aged nurse are pressing Spanish flies behind my ears? . . . Alas! God's satire weighs heavily on me. The great Author of the universe, the Aristophanes of Heaven, was bent on demonstrating, with crushing force, to me, the little earthly, German Aristophanes, how my wittiest sarcasms are only pitiful attempts at jesting in comparison with His, and how miserably I am beneath Him in humour, in colossal mockery. (223)

年老いた看護婦のしなびた手が私の耳の後ろでミドリゲンセイ（蠅の一種）を潰そうとしている時，熱烈な若い男女が私の大理石の胸像に冠をかぶせようとしている光景に何の甲斐があるというのか．ああ，神の皮肉が私の胸に重くのし掛かる．宇宙の偉大な計画者，天の喜劇作家アリストファネスは，地上に縛られたちっぽけな私，ドイツのアリストファネスに，圧倒的な力をもって，熱心に明かそうとしているのだ．私の機知に富んだ当てこすりは，創造主の冗談と比べれば，哀れないたずらに過ぎないのだ．私のユーモアは彼の大仕掛けのいたずらと比べれば，ものの数ではないと．

運命の不条理を嘆き暮らす陰気さはここにはない．後世の若き心酔者が自分の胸像を桂冠で飾ったとして何の意味があるというのか，病院でベッドに縛られたこの私は，蠅をつぶす看護婦の仕草すら見えないのに．ここに，世間的栄誉と厳しい現実の落差を思い知らされたちっぽけな人間がいる．自分の小ささ，弱さ，無力さをしみじみ感じながら，そういう自己を笑い飛ばすさばさばとした調子がある．愚痴を言ってみじめな思いをするよりは，過酷な状況に弄ばれる自分を客観視しようとする意地が覗いている．「ドイツ人のアリストファネス（古代ギリシャの喜劇作家）」とみずからを呼ぶところに，不条理を直視して，これを笑いの種にする不屈の芸術家魂が感じられる．人生は詰まるところ苦であるという自覚は，彼には肉体の叫びそのものである．

　この絶唱を英訳したメアリアンは，詩人の創造主に対する「逆説的な不敬」を読み取っている．その真意は，「私」という存在が自然の大きな働きの前では水面に浮かぶ木葉のようなものである，という自覚である．「宇宙の偉大なる造物主」の営みが人の願望や計画を無慈悲に挫く力をしみじみと悟った人の諦念を，彼女はハイネに見ているのである．彼の自嘲の中に，痛みと精神の不自由の言わせた病的な心情を見ている．堪え難い痛みを鎮める阿片の副作用と察してか，「機知の精神が糧を絶たれて，うわごととなって溢れ出た」(224) と見ている．ハイネの病苦を描くメアリアンの文体は言葉少なで，抑制的である．安

逸な境遇にある小人（しょうじん）たる「私」が冥界の岩につながれたタイタンの苦悶を評価するのは僭越なことだと言う．逃れる術のない苦痛の淵から心の叫びを発し続けるハイネの芸術家魂に畏敬の念を抱いていることが，行間から読み取れる (224)．

注目に値するのは，ハイネの散文を英語に翻訳したメアリアンの文体である．そこに文語調の達意の言語感覚が働いている．息の長い詠嘆調のリズミカルな英語には，音読に堪える韻律美がある．翻訳調の生硬さはかけらもなく，ギリシャ悲劇を思わせるような格調の高さがある．この一事をもってしても，彼女がハイネのドイツ語をいかに深く理解し，共感を抱いていたかが偲ばれる．

メアリアンによれば，ドイツ語の散文は，普通には重たく，優美さに欠け，退屈であるが，ハイネの手に掛かると，錬金術師の手になる粘土のように引き締まり，金属的な光沢を発すると言う．彼は，散文の多彩な性質を鋭く察知し，その効果を引き出す力量においてゲーテを凌ぐと言う．さらに続けて，彼のドイツ語の特徴を述べる．

> Heine is full of variety, of light and shadow: he alternates between epigrammatic pith, imaginative grace, sly allusion, and daring piquancy; and athwart all these there runs a vein of sadness, tenderness, and grandeur which reveals the poet. (229)
>
> ハイネは，多様性と，光と陰に富んでいる．警句的に核心を衝く言葉，想像力豊かな優雅さ，皮肉な当てこすり，大胆な辛辣さの間を行き来する．こういう転調の中にも，一脈の悲しみ，優しさ，風格が漂っている．これが詩人の真骨頂を物語っている．

彼の散文には多彩な転調がある．警句の閃き，想像性豊かな優美さ，いたずらな当てこすり，不敵な辛辣さが絶えず入れ替わる．そのいずれにも流れているのが，悲しみと優しさ，荘厳さである．そこに自ずと詩人の資質が滲み出すと言う．勢い彼の名句は，彫琢の行き届いた格言となって，読者の記憶に刻み込まれ，口の端にのぼせられて生き続けると言う (229-30)．

上記，メアリアンの論評には，ハイネのドイツ語に想像力の言語を見ていたことが読み取れる．彼の作品を読むことが，自分を鏡に映し出すことになる，そんな瑞々しい対話が彼女とハイネにあったことを偲ばせる．彼女は，ほどなく『アダム・ビード』と『フロス河』を生み出すことになったが，その英語の叙情性と思索と警句とユーモアのバランスは，ハイネに少なからず負っ

ていることも想像される．

　メアリアンがハイネにかくも深い共感を抱いていた理由は，彼女のヘレニズムへの憧憬にあると先に述べたが，これは，彼女の倫理的人道主義と重なり合う部分が大きいように思われる．これを煎じ詰めて言えば，苦悩と悲しみと愚かさを免れえぬ人間への純粋な共感ということができる．彼の追放者の自覚と孤独の背後に，ユダヤ人としての民族的なディアスポラ（祖国からの離散）の記憶が生きていたことも，彼女の共感を誘う秘密があった．病者の自覚が深く，迷いが深い自分への懺悔が純粋だった彼女には，ハイネの境涯が自分のそれと二重写しになっていたことが窺われる．また，彼女の中に深く息衝く田園の喪失感もまた，漂泊の詩人の魂と響き合う所以だったことが察せられる．

　「自然史」と「ドイツ的ウイット」は，いわば，同じ峰を目指して別のルートから登りつめた感がある．科学と詩のせめぎ合いの中から命への畏敬の念が育まれてきたのだ．この頃にはもう，豊かな小説の世界を造形するあらゆる素材が揃い，あとは試行錯誤を待つのみになっていた．

14　エリオット小説と福音主義の遺産

　エリオットの小説を全体として見ると，イギリスを舞台としているもののうち，『ダニエル・デロンダ』を除いて，18世紀末葉から第一次選挙法改正(1832)にわたる時代を描いている．この時代は貴族主導の階層秩序が揺らぎ，中産階級主導の産業主義経済と自由主義・民主主義が旧秩序を脅かし，社会の主導権を取ろうとしていた時代である．村落共同体の濃密な人間関係と精神的秩序が，経済合理性と功利的動機に基づく人間関係の共同体と相克していた時代である．エリオットは，このような新旧対立の渦巻く時代に生を享け，アングリカニズムのまどろみの中に福音主義が微生物のように浸透していった時代に自己を形成した．そういう時代背景が彼女の宗教観・社会観に複雑な陰影と複眼的視野を添えることになった．彼女の小説の，イギリス小説に対する最大の貢献は，イギリス史における狭間の時代の多様な人間模様を変化のプロセスのままに描き，これを小説という地図に位置付けたところにある．そこに国民生活の質的変化の様相が，多様な人間の生き様を通して捉えられている．

　アーサー・ドニソーン（『アダム・ビード』），サー・ジェイムズ・チェッタ

ム（『ミドルマーチ』）のような伝統的な貴族・ジェントリの暮らし，ナンシー，ゴッドフリー・カスのようなマナー・ハウスの地主の生活，ヴィンシー，バルストロードのような中産階級の生き様，アダム・ビード，ケーレブ・ガースのような職人の暮らし，サイラス・マーナーのような機織の生活と宗教，ポイザー夫人の農民生活とその慣用句などは，節目の時代のモザイク模様を織り出している．とりわけエリオットの想像力が躍如としているのは，国教会内外の聖職者および世俗の信仰者の内的生活を活写しているところにある．国教会のカドワラダー牧師夫妻，ガスコイン師の保守的な秩序感覚とリアリズム，凡庸な教区牧師エイモス・バートン師の，妻ミリーとの死別の悲しみ，貴族のチャップラン（礼拝堂つき牧師）を経て教区牧師になったギルフィル師の悲恋と，愛妻カテリーナの死後の苦悩と諦念，福音派のトライアン師と非国教会派牧師ライアン師の宗教的献身と私的感情の葛藤，フィーリクス・ホルトのディセンターとしての信仰と労働争議の関わり合いなど，教義のステレオタイプを突き抜けた人間の悲喜と哀歓が行間にたゆたっている．

　豊かな聖職者像の中でも，ひときわ異彩を放っているのは，アーウイン師とフェアブラザー師の宗教的人間像である．どちらも重い病人を家族に抱え，経済的不如意の中を，悲しみを伴侶として淡々と聖職者の務めを果たし，祖国の自然風景に溶け込んでいる観がある．この二人は，お説教を説く人ではなく，苦しみを背負った教区民にそっと共感を差し伸べる人物である．その謙遜な自己省察の深みは，どちらも作家の立ち至った非ドグマ的人道主義を体現している人物である．アーウイン師が神学論争より教会の歴史に興味を抱き，フェアブラザー師が自嘲的に「道楽」と呼ぶ自然史を密やかに楽しんでいるエピソードにも，作家の共感が偲ばれる．いずれも，作家の歴史感覚が捉えた伝統的牧師像の経験的叡智を，この二人に仮託している節がある．二人は，新時代の代表という側面を持っているが，むしろ18世紀のゴールドスミス (Goldsmith 1730?-74)の『ウエイクフィールドの牧師』(*The Vicar of Wakefield* 1766)の暢気な旧時代の牧師に一脈通じるものがある．おっとり構えながら，時代の動きに敏感な中庸の人という印象が残る．

　ドーリンによれば，エリオットは正統的キリスト教に背を向けた後も，古い信仰の詩を感受性の奥底に潜めていて，これはしぶとく生き残ったと言う．それ故，キリスト教は教義の次元を超えて，彼女の倫理的人道主義の基盤をなしている．彼女は，本能的に保守的な心情の持ち主であって，過去から語り継

いできた文化に対する敬いの念を抱いていた．この敬いがあればこそ，エリオットは，キリスト教文化の本質を，科学の時代に堪え得る柔軟な器に鋳直したと言うのである (167)．ドーリンのこの見解は，『ミドルマーチ』のカソーボンとバルストロードの眼力鋭い性格描写を思い浮かべれば納得される．

　カソーボンは，国教会の地主兼聖職者として恵まれた境遇の元にありながら，病的なまでに自己執着の虜となっている．その学問的精進は，象牙の塔の中で朽ちて，人との共感を避けつつ孤独の内に行われている．その知識は，思考と感情の生きた交流を断たれている．子どものような好奇心と遊び心は，長年の抑圧によって枯れ果てている．内面を深く蝕む自己不信と他人に対する猜疑心で，その心身は疲弊して，ヒロイン・ドロシアとの結婚は破綻する．バルストロードは，聖職者ではないが，福音主義信仰を錦の御旗に立てた宗教的指導者である．非国教会派会信者として権謀術策を弄して蓄えた財力と人脈をもって「主の御心」を行おうと，ミドルマーチにやって来て栄達の道をひた走る．ところがある日突然，彼の後ろ暗い過去を知り尽くしたやくざ者ラッフルズが現れ，その脅しに怯えおののく状況を自覚する．おのれの過去を，現在の人間関係から隠すことによって築いた社会的信用が崩壊の危機に瀕したのである．バルストロードが世間を恐れ，自分の過去を隠し，現在の自己の安寧を保とうと計らう苦しみの心理描写には，作家の円熟の境地が表れている．

　二人の偽善者の地獄絵図は，知的探究心や信仰という高度な文化的営みも，いとも容易に質が転落し，自己執着の奈落が待ち受けていることを想起させる．彼らの転落のプロセスには，道徳的因果律が生きている．すべてを見通す主の御前にあるがままの自己を投げ出すことが，自己と世界とのずれを正し，創造主と和解する道であることを偲ばせる．過去と現在の統合がないところに心の自由はない．言葉と感情と行動の調和のないところにも，本来的な自己の発見は期待し得ない．ただ自己と他者の要求の調和点を手探りする想像力と感受性のみが，宗教が知恵の光として人格を完成に導くかどうかの鍵になる．

15　聖書解釈の視座の見直し

　ドーリンは言う．エリオットが若き日に福音主義信仰の体験を経たことが，その後の作家のとしての成熟の糧になり，その遺産は小説作法の中核になった．登場人物の精神生活の洞察的な凝視と，行為の動機に光を当てる描写力

は，この福音主義の基盤を抜きには考えられない．主要人物が導きの師と邂逅し，その人間的感応力に心打たれ，人生に対する心の構えが根本的に変化する体験描写は繰り返される小説のパターンである．こうした回心体験をした人間が罪を自覚し，恩寵に目覚め，イエス・キリストに帰依する．いわば，「信仰によって義とされる」のである．このような回心体験の重視も福音主義的プロテスタンティズムの根本的な特徴である．こうした霊的生まれ変わりの体験は，エリオット自身の体験に裏打ちされたものである．[13] 『アダム・ビード』で，アーウイン師は，アダムに語る．"Our deeds determine us, as much as we determine our deeds"（行為は人間性を決める．ちょうど，人が行為を決断するように．）(29: 342) この一文は，歴史的継続性と変化の兼ね合いを図るバランス感覚を暗示する．ひいては，宿命と，自由意志による行為の選択の弁証法を端的に物語る．この道理は，科学の見方に劣らず，作家の中ではカルヴィニズムの遺産に負っている．つまり，カルヴィニズムの宿命説が姿を変えて，道徳的因果律と行動の選択重視となって生き残った．人智を超えた力を前にしてなお，行動とその結果の因果の連鎖はエリオット作品の中核にある．彼女は，そこに個人の倫理的責任の可能性があると見た．また，この見方の延長線上に，個人の良心のキリスト教的見方が柔軟に解釈されて，作家の人間観の核心に位置付けられたと言う (176-78)． "Our consciences are not all of the same pattern, an inner deliverance of fixed laws: they are the voice of sensibilities as various as our memories"（人の良心は，固定的な法則が内的に働くような，同じ型からできていない．良心は，人の記憶と同じほど多彩な感受性の声である）（『ダニエル・デロンダ』41: 511）．この一節に見られる良心の見方は，超越的な不変の律法ではなく，他者と関わって生きる人間の心身の営みから良心が練磨されてくるというものである．

　以上，ドーリンの見解は，エリオットの長く，深いキリスト教への親しみが，いかに彼女の小説創作の原動力となったかを振り返るヒントを与えてくれる．彼女は，1850年代から60年代にかけて，進化論の広範な意味あいを熟考していたが，『ダニエル・デロンダ』に至るまで，科学の照らし出す「万古不易の法則」と，「あらゆるものの有機的相互依存」（「マッカイ」21）に小説作法のヒントを見ていた．しかし，シャトルワースによれば，エリオットは，創作生活の最後まで，「自然選択」と「適者生存」と「偶然性」が，人間の生き様に対して持つ意味あいに懐疑的であり続けた．進化論の物質主義的世界観の一

序章　人間ジョージ・エリオットとその時代

面に，人間の行為の選択が，現実変革に対して持つ可能性を否定する含みがあると見たからである (88)．科学の見方のみでは，体験と記憶の積み重ねによって言葉の共同体を生きる人間存在のあり方を説明し切ることはできない，とエリオットは確信していた（シャトルワース 147）．この懐疑もやはり，エリオットに生きているキリスト教の感化を抜きにしては説明できないであろう．宗教的懐疑主義者の列の加わった後も，彼女は自己を超える神秘の力を信じ，導かれる暮らしを求め続けた．信じることによって，人の人生は変わり得るのだと．マシュー・アーノルドは，人間が確証し得る真理の領域のすぐ向こう側に，希望と預言によって手探りする他にはない神秘領域が広がっていると言う．この二つの領域のバランスを取ることが教養に他ならないと（『文学とドグマ』(*Literature and Dogma*) 73-4）．この意味において，二人は聖書批評の精神を体現している．

　ウイリーは言う．エリオットが身をもって示した生き様は，宗教的な魂を持った人が時代精神の影響に触れて，伝統的な敬いの対象から切り離され，過去から伝承された知的公式を受け入れられなくなった人の苦悩なのであると (238)．

> I have too profound a conviction of the efficacy that lies in all sincere faith, and the **spiritual blight** 1) that comes with no faith, to have any negative propagandism in me. In fact, I have very little sympathy with Freethinkers as a class, and have lost all interest in mere antagonism to religious doctrines. I care only to know, if possible, the lasting meaning that lies in all religious doctrine from the beginning till now. (『書簡』IV, 64-5)
>
> 私は，純粋な信仰の力と，信じるものがないことからくる精神の荒涼を深く確信しているので，宗教不要論を説く気持ちはさらにありません．実際私は，自由思想家と呼ばれる部類の人々には共感が持てません．宗教的教義を一律に否定する論調には興味を失いました．もし可能であれば，古来から現代に至るあらゆる教義に宿る万古不易の意味を知りたいと思います．

　この手紙は，1862年，心の友セーラに宛てたものである（この頃にはセーラとの心の溝は修復を見ていた）．ここに表白された，純粋な信仰に対する共感は，正統派キリスト教会の信心家のそれと少しもたがうところはない．その一方，信じるものがないことが人の心にもたらす荒涼たる闇は，"the spiritual blight" 1)（精神の胴枯れ病，心の荒び，希望の喪失）という喩えが雄弁に暗示

している.

　人間的な弱さを宿命的に背負ったわが身に対して心底から慚愧の念を抱いていたエリオットは，迷い苦しむ人間への共感と慈しみを心に深く刻み込んでいた．そういう人だからこそ，自己を捨てることの大切さが身に沁みていた．自己を超えた道理の力に導かれる暮らしが，人間に安らかさと忍耐と勇気を与える理を体得していたのだ．トランサム夫人，カソーボン，バルストロード，グウェンドレンの迷いの業苦を描く言説に，抑えようとしても抑え切れない憐憫の情が漂っているのは，作家の真正の体験からくる描写だからである．

16　作家の心の基層としての聖書

　メアリアンは20歳から22歳までには，福音主義が自己実現を果たす為の拠りどころとはならないことを直観していた（ヘイト 36-42）．成熟してゆく彼女の自我には，福音主義の衣服は窮屈過ぎたのである．この宗教は，彼女の器の大きい天分の半分しか満足させ得なかった．しかし，福音主義信仰がメアリアンに遺した遺産について，忘れてはならないことがある．即ち，メアリアンはこの禁欲的信仰によって全身全霊で聖書を味わい，これを糧にして深い感情としての宗教の姿勢を身に付けたことである．この姿勢は，彼女がドイツ高等批評への共感を深める素地になったことは特筆に値する．彼女のエッセーや小説には聖書からの引用，引喩，逸話への言及が至るところに見られる．その文体にも聖書的な調子が響いている．

　これに類する夥しい場面のほんの一例を挙げてみよう．『牧師たちの物語』の一つ，「エイモス・バートン師の悲運」("The Sad Fortunes of Reverend. Amos Barton") に，エイモスが病死した妻ミリーの埋葬を済ませて，6人の子どもたちと共に牧師館へ戻ってくる描写がある．

> ... sorrow seemed to have a hallowed precinct for itself, shut out from the world. But now she was gone; ... the vicarage again seemed part of the common working-day world, and Amos, for the first time, felt that he was alone—that day after day, month after month, year after year, would have to be lived through without Milly's love. Spring would come, and she would not be there; summer, and she would not be there; and he would never have her again with him by the fireside in the long evenings. The seasons all seemed irksome to his thoughts; and how

dreary the sunshiny days that would be sure to come! She was gone from him; and he could never show her his love any more, never make up for omissions in the past by filling future days with tenderness.

0 the anguish of that thought, that we can never atone to our dead for the stinted affection we gave them, for the light answers we returned to their plaints or their pleadings, for the little reverence we showed to that sacred human soul that lived so close to us, and was the divinest thing God had given us to know. (9: 71)

　悲しみは，俗世から切り離された，独自の神聖な空間を湛えているように思われた．もう妻はいないのだ．・・・牧師館は，再び平凡な日常性を取り戻したかのようだった．この段になって初めて，エイモスは孤独がそぞろ身に染みた．来る日も来る日も，月を重ねても，年を重ねても，ミリーの愛情がないこの先の人生は，ひたすら辛抱するしかないのだ．春がやって来ても，妻はもういない．夏がやって来ても，妻はそこにいない．長い夕べの炉辺に，妻が身近にいて慰められる日はもう二度とやって来ないのだ．そう思うと，四季の移ろいも味気なく思われた．必ずやって来る筈の明るい陽射しも，妻なしでどうして楽しめよう．妻は，もうこの世にはいないのだから．もはや，愛しい人に愛を見せることは叶わぬ夢なのだ．過ぎ去った日々に見せておけばよかった思いやりを埋め合わせることはもうできないのだ．この先の日々に，優しさを惜しみなく振り注ごうにも，甲斐のないことだった．

　私たちは，亡き人に愛情を惜しんだことに，二度と償いをすることはできないのだ．今は亡き伴侶の愚痴や訴えにいい加減な返事で済ませたことに，どうして埋め合わせができようか．私たちの身近に暮らし，神が私たちに知るようにと遣わされた尊い魂を敬ってこなかった事実に，いかなる償いがあろうか．

　ここには，愛する伴侶との死別によって本当の悲しみを知った人の純粋な体験がある．生きる孤独と悲しみを味わった人の心の叫びがある．夫婦の間で共有される日々の平凡な瑣事が，伴侶を亡くしてみて初めて，いかばかりの喜び，慰み，潤いをもたらしてくれていたかが知れる．作家は，平凡な夫婦の愛の中に，イエスの愛の萌芽を見ている．神の愛は，人間の同胞に対する愛と赦しの中にすでに胚胎していると見る眼が生きている．ここに，エリオットとフォイエルバッハが共感した非ドグマ的宗教のエッセンスがある．

　もう一つ見落とすことができないのは，宗教感情は森羅万象に宿る詩と深くつながっていると見る点で，この二人は共感の糸で結ばれていることである．上記引用に見える季節の巡りに対する繊細な感受性は，宗教感情の揺り籃である．炉辺の語らいのような平凡な，しかし慰みをもたらすものを軽く見る

と,宗教は権威主義とドグマティズムに陥る,というのがエリオットの見方である.文体から見ても,語句の反復,韻律美,自然のリズムに合った言葉の音楽性への配慮が繊細に働いている.神学論争の知識を洗い流し,人が生きて学ぶしかない神秘的叡智を掬い取ることが彼女の聖書批評の精神である.その意味で,彼女の文体そのものが聖書批評の完成した形だと言える.

エリオットの小説に見られる聖書の影響は,『牧師たちの物語』から『ダニエル・デロンダ』に至るまでいささかも変化することはなかった.この事実は,彼女が長年聖書を読むことにより,その世界観,人間描写,音楽的文体,文彩などの文学的修辞に至るまで自分のものにしていたことを物語っている.これを可能にしたのが,人生で最も感受性の鋭い時期に,かくも長く聖書に親しんだ体験の裏打ちである.

注

1 教会の権威や既成の神学にとらわれず,聖書そのものに聴き,この基礎の上に立って教会と社会改革を目指す運動(『岩波キリスト教辞典』960).

2 Henry James. "The Life of George Eliot" *Henry James Literary Criticism Essays on Literature American Writers English Writers*. (997)

3 エリオットの伝記的事実に関しては,主に Rosemary Ashton. *George Eliot: A Life* と Haight. *George Eliot: A Biography* を参照した.この他,Karl. *George Eliot Voice of a Century: A Biography*,Dolin. *George Eliot*,Cross, W. J. *George Eliot's Life as Related in Her Letters and Journals*,Rignall Ed. *Oxford Reader's Companion to George Eliot*,Ashton. Ed. *G. H. Lewes: An Unconventional Victorian* にも拠っている.参照した主な日本語文献は,以下の通りである.和知誠之助,『ジョージ・エリオットの小説』(1966),川本静子,『G. エリオット:他者との絆を求めて』(1980),内田能嗣,『ジョージ・エリオットの前期の小説』(1989),海老根宏,内田能嗣編,『ジョージ・エリオットの時空』(2000 年),渡辺千枝子,『ジョージ・エリオットとドイツ文学・哲学』(2003 年),天野みゆき,『ジョージ・エリオットと言語・イメージ・対話』(2004 年),荻野昌利,『小説空間を読む―ジョージ・エリオットとヘンリー・ジェイムズ―』(2009 年),内田能嗣,原公章編,『あらすじで読むジョージ・エリオットの小説』(2010 年),冨田成示,『ジョージ・エリオットと出版文化』(2011 年),松本三枝子,『闘うヴィクトリア朝女性作家たち:エリオット,マーティノー,オリファント』(2012 年).なお,序章「人間ジョージ・エリオットとその時代」は,拙著『絆と断絶 ジョージ・エリオットとイングランドの伝統』(1995 年)の第 1 章(同名小見出し)を,その後の批評動向を踏まえて修正・加筆したものである.

4 批評家の見解に言及する場合は,本文に姓と括弧によるページ数を示す.以下,同じ.

5 以後，アッシュトン『ジョージ・エリオット伝』に言及する場合は，『エリオット伝』と略記する．
6 バード・グローヴ（Bird Grove）は，名が示すように，メアリアンが住んでいた頃は鄙びた自然の風情を残していたが，2012年時点では，周辺はバングラデッシュ系移民地区に変貌し，この古い家もバングラデッシュ系の人々のコミュニティ・センターになっている．この間，イングランドは民族多元国家へと舵を切ったのである．
7 『リビュー』に掲載されたエッセーの引用は，アッシュトン編『ジョージ・エリオット批評エッセー選集』（*George Eliot Selected Critical Writings*）による．括弧内の数字は，この版のページ数を示す．以下，同じ．
8 三位一体論を否定，単一人格の神を主張し，イエス・キリストの神性を認めず，その贖罪を無意味とし，聖霊を神の現存とする教派．人類愛を唱え社会的な改革にも関心が強い．（『岩波キリスト教辞典』1144）．
9 本文で引用の原語に言及する場合は，引用と本文とも片括弧の通し番号を振って，引用の中の位置を示す．以下，同じ．
10 日本語訳は『ジョージ・エリオット』（廣野訳）を借用した（250-51）．ドーリンが引用している批評家はリチャード・シンプソン（Richard Simpson）である．
11 この言葉には，ヴィクトリア朝イングランドの時代の文脈では，宗教保守派から見た「無神論」への非難の含みがある．それのみでなく，道徳的素行に対する不信感の暗示もある．
12 引用の訳文は，原公章訳『ジョージ・エリオット全集5　ロモラ』を借用した（574-75）．
13 1849年，父ロバートの最期を看取ったのち，メアリアンは喪失の苦しみの中にあって，悲しみの体験が持つ陶冶力を味わったことを，ヘイトは指摘している．また，真の安息は自己を捨てることにあることを，福音主義信仰のさ中に抱いた自己放棄の折より遙かに深く体得したと言う（66-7）．アッシュトンは，メアリアンが父親を看護する時期に『キリストに倣いて』（*De Imitatione Christi*）を読んで慰みを得たことを指摘し，これが『フロス河』の第4部3章「過去からの声」（"A Voice from the Past"）のマギーに仮託されたと見ている（『エリオット伝』239）．

第Ⅰ章 『急進主義者フィーリクス・ホルト』を読む

1 『急進主義者フィーリクス・ホルト』に見るダーウィニズムの言説

序

　『フィーリクス』は，エリオット小説の中では後期に位置付けられる最初の作品である．1832年，第一次選挙法改正を巡って新旧秩序がせめぎ合うイングランドの時代状況を背景に，主要人物の人生が織物のように織り合わされている．一つの歴史的時代の断面を切り取る描写の中に人物群像の内密な暮らしが位置付けられている．政治的・社会的な背景の公的な領域と人物の私的な生活領域は有機的につながっている．作家の有機的生命観は，『アダム・ビード』と『フロス河の水車場』の前期小説から作品テキストの構造と文体のここかしこに反映している．ところが後期になると，自然史の自然観察のまなざしの中に実験科学の仮説・検証の方法が浸透してきて，これがプロット展開の原動力となっている．ビアによると，プロットが仮説の性質を帯びて，人物の言動の自律的な動きが仮説を検証する意味あいを強めている．こうしてエリオットの小説プロットは，全知の作家に代わって，権威ある語りの構造を模索する手段となったと言う (*Darwin's Plots* 149-50).[1]

　すでに触れたように，エリオットとルイスは，生物学，生理学・心理学の共同研究を1850年代後半から継続していた．その成果は，性格描写のテキストに，文学的リアリズムの観察力に加えて，自然科学的な洞察力を添えることになった．とりわけ，行為の動機を探求する作家の問題意識により，その文体にイメージ言語の多義的な曖昧さが加わった．1860年代半ば以降，テキストの隅々に宗教・道徳と科学の対話が浸透し，これに神話的主題が加わり，読者を解釈という行為に招き入れ，対話を促す度合いが強まった．エリオットの後期小説を読む人は，命の営みの背後に広がる「沈黙の向こう側」（『ミドルマーチ』20: 194）の闇の領域を手探りする作家の営みを共有しないではいられなくなる．ひたすら文脈に聞き耳を立て，言葉の闇の中で真意を聞き取ろうと感覚を研ぎ澄ますことを求められる．多義性の豊かな文体と向き合い，蠟燭を灯

第 I 章　『急進主義者フィーリクス・ホルト』を読む　　　　　　　　　　　　　　95

して闇を手探りしつつ，微妙な意味の綾を探り取ってゆくことを誘われる．それ故，辛抱の要るテキストとの対話をやり遂げた者には，自然と人生に内在する法則が明らかになる．読むことは人生の闇を手探りし，意味を発見することに他ならない．[2] 本論では，『フィーリクス』に見る宗教・道徳と進化論の対話を，テキストを基に裏付けてゆく．

トランサム夫人——生きている過去——

　『フィーリクス』にはトランサム夫人の過去の罪がもたらす因果応報の物語と，若きエスタ・ライアンが二人の男性（夫人の息子ハロルド・トランサムとフィーリクス・ホルト）の間で結婚相手の選択に逡巡する物語の二つのテーマが糾われている．二つの物語は絡み合い，相照らし合いながら，有機的生命コミュニティの相互依存を浮き彫りにしている．作品テキストを特徴付ける複雑微妙な意味の奥行は，一つにはトランサム夫人（と館の弁護士ジャーミン）の犯した罪が読者には伏せられ，物語の展開と共に明らかになってくる語りの構造に由来している．世間や神の眼を偽り，罪を押し隠す夫人の業苦は，それ自体で因果応報の道理を証している．過去は，行為者が背を向けようとしても生きている．人間関係の網の目のからくりが働いて，真実は明るみに出され，応分の償いが待ち構えている．ここに夫人の人生が象徴する道徳的因果律 (Nemesis) の精髄がある．

　以下は，序章末に見られる黙示録を偲ばせる一節である．

> For there is seldom any wrong-doing which does not carry along with it some downfall of **blindly-climbing** 3) hopes, some hard **entail of suffering**, 4) some **quickly-satiated desire that survives**, 5) with the life in death of **old paralytic vice**, 6) to see itself cursed by its **woeful progeny** 7) —**some tragic mark of kinship** 1) in **the one brief life to the far-stretching life that went before, and to the life that is to come after** 8), such as has raised the pity and terror of men ever since they began to **discern between will and destiny**. 2) But these things are often unknown to the world; for **there is much pain that is quite noiseless; and vibrations that make human agonies are often a mere whisper in the roar of hurrying existence**. 9) There are glances of hatred that stab and raise no cry of murder; robberies that leave man or woman forever beggared of peace and joy, yet kept secret by the sufferer — committed to no sound except that of low moans in the night, **seen in no writing except that made on the face by the slow months of suppressed anguish**

and early morning tears. 10) Many an inherited sorrow that has marred a life has been breathed into no human ear.

　The poets have told us of a dolorous enchanted forest in the underworld. The thorn-bushes there, and the thick-barked stems, have human histories hidden in them; the power of unuttered cries dwells in the passionless-seeming branches, and **the red warm blood is darkly feeding the quivering nerves of a sleepless memory that watches through all dreams**. 11) These things are a parable. (Introduction 10-11) ³

　というのは，いかなる悪事にも，闇雲に登りつめようとする希望が挫折し，苦しみの厳しい結末が待ち受けていないものはない．状況に流されて満たした欲望が生き残り，その因果が老境の停滞を招き，夢が破れ果てた暮らしを送る．そして，罪の痛ましい結果を甘受する生活．遠い祖先から受け継ぎ，次世代に引き継がれる，はかない命に宿る悲劇的な血筋の刻印．これらは，人々が意志と運命の間にある隔たりを認識し始めて以来，憐れみと恐れを搔き立ててきた悲劇なのだ．だが，これらは，しばしば世間には知られていないことなのだ．なぜなら，この世には人の耳に聞こえない痛みが多くあるからである．人間の苦悩を生み出す震えおののきは，しばしば，巡る命の轟音に比べれば囁きに過ぎないのだ．殺意の叫びこそ上げないが，刺すような視線がある．犯した者が永久に安らぎと喜びを奪われる盗みがある．だが，この苦しみは心底にそっと仕舞われている．夜中に低い呻きとなって漏れる以外には声にはならない．文字にも決して表現されることはない．押し殺した苦悩と早朝の涙を隠して長年月を暮らすうちに，顔の相に表れるやつれ以外には．人生を荒してきた積年の悲しみは，人の耳に囁かれることはない．

　詩人は，冥界の陰鬱な魔法の森のことを語り伝えてきた．そこに生い茂る茨の木と厚い樹皮の幹は，人間の歴史を隠している．声には発せられない叫びのこだまが，感情を持たないように見える枝に潜んでいる．赤い鮮血は，眠れぬ夜に記憶が蘇るとき，震えおののく神経をひっそり巡り，夢の中に表れ出る．これらは喩え話である．

　この一節では，トランサム夫人の人間的真実が，超越者のすべてを見通す眼で透視されている．彼女は，みずからの道徳問題の本質を見ようとせず，15年ぶりに植民地から帰ってきた息子ハロルドに希望を託している．ところが，息子には息子の人生があった．疲弊したエステートの再建を志して帰国の決断をしたのである．改革の夢を抱いて急進派の政治家を志したのも，時代情勢を読んだしたたかな計算があってのことだった．"some tragic mark of kin-ship" 1)（悲劇的な血筋の刻印）の暗示する道理は，彼の実務家としての辣腕と自信家の気質が父親似であることを，母親が心の痛みと共に気付いたことにある（ハロルドの実の父親がエステート専属弁護士ジャーミン氏であること

は，結末近くで父親本人の口から語られる）．父子の血の絆が皮肉な結果をもたらしたのである．やり手の息子は，エステート管理の実権を握ろうとして，ジャーミン（この時点では，息子は相手が実の父親たる事実には思いも及ばない）の旧悪を暴き，母親を無力な老母の地位に祭り上げようとする．ハロルドのエステート改革に賭ける行動への情熱が，実の両親に過去の罪業と向き合うことを迫ったのである．これが血の因縁の皮肉である．人の思いと運命は違うという道理に夫人が目覚めた (discern between will and destiny) 2) 時，彼女の心には鋭い胸の痛みが走ったのである．帰郷した息子に賭けた夢はこうして打ち砕かれ，若き日の情事の結末が思いもかけない形で露頭を顕す皮肉を，彼女は身に染みて悟ったのである．

　テキストの語彙から窺えることは，自然界の生命進化プロセスの文脈に人間の心身の営みが位置付けられていることである．"blindly-climbing" 3)（闇雲に登りつめようとする），"entail of suffering" 4)（苦しみの結末），"quickly satisfied desire that survives" 5)（状況に流されて満たした欲望が生き残り），"old paralytic vice" 6)（老境の停滞を招く悪癖），"woeful progeny" 7)（痛ましい結果），"kinship" 1)（血縁）など，生物学，医学の眼で捉えたこれらの言葉は，自然界で生命が生き残る為の困難と神秘的知恵と因果律を偲ばせる．"the one brief life to the far-stretching life that went before, and to the life that is to come after" 8)（遠い祖先から受け継ぎ，次世代に引き継がれるはかない命）これは，時の悠久の流れを想起させる．人の親から子への生物的，文化的継承に止まらず，地球的時間の流れの中にある命の適応プロセスを暗示する．"there is much pain that is quite noiseless; vibrations that make human agonies are often a mere whisper in the roar of hurrying existence." 9)（この世には人の耳に聞こえない痛みが多くある．人間の苦悩を生み出す震えおののきは，しばしば，巡る命の轟音に比べれば囁きに過ぎないのだ）．ここには，トランサム夫人の過去の罪が胸中にわだかまり，不安と恐れが心の安息を奪ってゆく内的風景が示唆されている．同時に，自然界の極微の営みが人の耳には聞こえずとも，人智を超えた道理によって営まれ，人の世とは分かち難く通じ合っていることを見通す科学者の直感をも暗示している．"If we had a keen vision and feeling of all ordinary human life, it would be like hearing the grass grow and the squirrel's heart beat, and we should die of that roar which lies on the other side of silence."（もし人が普通の暮らしを鋭く見通し，深く感じる能力

を持ったら，草が成長する音や栗鼠の心臓の鼓動を聞くに等しいだろう．そうなると，沈黙の向こう側に響く大音響に堪えず，死んでしまうだろう）．(『ミドルマーチ』20: 194) この一節に暗示されるように，19世紀後半の科学の進歩は，人の感覚では捉え切れない微視的な生命世界と人間の心身の営みが相互依存している相を明らかにした．デイヴィス (Davis) によれば，人は肉なる存在として自然の一部であり，その法則に服していることが認識された．ましてや，人間の精神世界も肉体の生理的基盤を持つ以上，自然法則の支配を免れることはできないと言う (4-5)．この時代認識は，チャールズ・ダーウィン，トーマス・ハックスリ，ハーバート・スペンサー，ルイスなどが共有していた人間観であった．

　上記『フィーリクス』の引用に見える "vibrations that make human agonies" 9)（人間の苦悩を生み出す震えおののき）もまた生理学の眼で見た心身の相互作用の含みを持っている．苦しみという主観的な感情も心臓の鼓動と呼吸の乱れの生理的側面を持つ．そこに生理と心理が相互に働き掛け合う心身一如の見方が開けて，「心の科学」(デイヴィス 5) の光が小説に入ってきたのだ． "seen in no writing except that made on the face by the slow months of suppressed anguish and early morning tears." 10)（押し殺した苦悩と早朝の涙を隠して長年月を暮らすうちに，顔の相に表れるやつれ以外には日の目を見ない）．自然には言語が内在しているという認識は，エリオットが小説を執筆する当初から持っていた問題意識である．[4] 上記の語句は，作家が言語を肉体の生理現象と不可分一体のものと捉えていたことを示している．トランサム夫人の心の叫びは，人には聞こえなくても，その影響は顔の表情に表れる．心労が年月を経るうちに皺や顔色に自ずと出る自然の働きに抗する術はないのである．自然は，個人の真実を何がしかの手段で表現する．すべてを見通す眼が現世にも生きていて，人はその審判を避けることができないのである．作家のまなざしはこの道理を見据えている．

　上記引用で明らかなことは，行為の主体が一貫してぼかされていることである．「過去の罪が心身の活力を奪い，精神的死を生きる」のは誰か，「忌まわしい子ども」とは誰のことか，「血縁の悲劇的末路」とは誰のどういう悲劇なのか，「盗み」とは誰のどういう行為なのか，読者はこれらの謎掛けを訝しみつつ，そこに主要人物の「罪と罰」の物語が暗示されていることに想像力を掻き立てられる．人知れない「夜中の低い呻き」，「胸に隠した苦悩」とは一体

第Ⅰ章　『急進主義者フィーリクス・ホルト』を読む　　　99

どのようないきさつによるものか. 人に尋常ならざる苦しみと悲しみが訪れる時, 読者はその人物に耳目を立てる. カロルは『フィーリクス』のテーマが黙示録を偲ばせる (apocalyptic) と指摘する (201) が, その含みは破局が訪れ, そこから再建の努力が始まるというテーマがあるということであろう. "some tragic mark of kinship 1) in the one brief life to the far-stretching life that went before, and to the life that is to come after" 8)（束の間の一つの命が, 遠いいにしえから命のつながりを宿し, 後代に因縁を引き継いでゆく, あの血縁の悲劇的末路）は, 親の業が子に報いる浮世の道理を捉えている. 視野を大きく取り, 長い時の経過がもたらす因縁の連鎖を凝視する作家のヴィジョンがここに示唆されている.「人間の業苦を生み出す震えおののき」("vibrations that make human agonies") 9) は,「巡る命の轟音の中では微かな囁きに過ぎない」("are often a mere whisper in the roar of hurrying existence") 9) と言う. "the roar of hurrying existence" は, 顕微鏡を通して見た細胞内部の液体が流動する様を想起させる.[5] 自然界には目には見えない命のエネルギーが循環している. この暗喩には生命活動の根源を見詰めるまなざしが感じられる.「人の業苦を生み出す震えおののき」が「生の轟音にかき消される微かな囁きに過ぎない」と見る発想には, 苦しみを命の本質と捉える含みがある. この文脈では, トランサム夫人の心中の苦しみが暗示されている. 人の「微かな囁き」にこそ当事者にとっての真実があり, 苦を免れない人間にとっての普遍的体験がある. 語り手の関心がそこに焦点を当てられていることが窺い知れる.

引用の第二段落に見られる詩人たちとは, ウェルギリウス (Vergil) の『アエネイス』(*The Aeneid*, ll. 34-49) とダンテ (Dante)『神曲』(*The Divine Comedy*)「地獄編」("The Inferno," ll. 24-45) を指している.「黄泉の国にあるというあの魔法の悲しみの森」が人間の物語を秘め, 木々が血を流したり, 折られた枝が悲鳴を上げたりして, 隠された人間の業苦を語ると言う（『ジョージ・エリオット全集 6 急進主義者フィーリクス・ホルト』 冨田成子訳 注 21, 17-8）. これは古代多神教の樹木崇拝の名残を示している. 木と人間が親しく命の交流をし, 相互依存していた歴史的事実に由来する. 木が人間の悲しみの声を発するという擬人法は, 自然宗教の共生・循環思想を連想させる. "the red warm blood is darkly feeding the quivering nerves of a sleepless memory that watches through all dreams." 11)（赤い鮮血は, 眠れぬ夜に記憶が蘇る時, 震えおののく神経をひっそり巡り, 夢の内に表れ出る）. ここにも人の心身の営み

を，自然の生命的な営みの延長線上に見る発想がある．「真っ赤に燃える血潮」は，樹液と人の血液循環が同じ生理学のレベルで捉えられていることを暗示している．同じ発想は，組織を流れる血液が命の営みを支えるイメージに窺える．夢に姿を変える無意識の記憶に神経伝達の生理的基盤を認める表現にも，生理学的洞察が見て取れる．木々と人間の共生を直感的に感じ取っていた古代多神教の想像力は，生態学を構想した科学的な想像力とは一脈通じ合っていることを偲ばせる．これは，「マッカイ」に見られる歴史主義的聖書批評の見方の反映である．つまり，異教の自然崇拝感情が生き残って，キリスト教の統合的神性へと結実した歴史的経緯(28)をエリオットは知り抜いて，古代神話のシンボリズムを用い，性格描写に歴史的連想の奥行を添えたのである．

伏流する過去の湧き出し

以下の一節は，15年ぶりに息子ハロルドがわが家に戻ってくる場面で，トランサム夫人の心境が描かれたものである．彼は19歳の折に旅立ち，スミルナ（トルコ西部イズミルの旧名）で一旗揚げて，相当な資産を蓄えて帰国の途に就いたのである．その間，母と息子の心の溝は歳月の経過と共に広がるばかりだった．彼は，帰国の予定を伝える直前の一報で，現地妻を娶り，先立たれながら一粒種がおり，その子を連れ帰ることを告白したのだ．老いて廃人同然の夫と精神疾患で身を持ち崩した長男を抱える境遇で，トランサム夫人の希望は，唯一ハロルドが傾いた家運を再興してくれることにあった．その息子の心中に占める母親としての自分の位置が小さくなってしまいはしないかとおののきを覚えつつ，一縷の希望を託す他はなかったのである．

Already the sound of wheels was loud upon the gravel. The momentary surprise of seeing that it was only a post-chaise, without a servant or much luggage, that was passing under the stone archway and then wheeling round against the flight of stone steps, was at once merged in the sense that there was a dark face under a red travelling-cap looking at her from the window. She saw nothing else: she was not even conscious that the small group of her own servants had mustered, or that old Hickes the butler had come forward to open the chaise door. She heard herself called 'Mother!' and felt a light kiss on each cheek; but stronger than all that sensation was the consciousness which no previous thought could prepare her for, that this son who had come back to her was a stranger. Three minutes before, she had fancied that, in spite of all changes wrought by fifteen years of

第 I 章　『急進主義者フィーリクス・ホルト』を読む

separation, she should clasp her son again as she had done at their parting; but in the moment when their eyes met, the sense of strangeness came upon her like a terror. It was not hard to understand that she was agitated, and the son led her across the hall to the sitting-room, closing the door behind them. Then he turned towards her and said, smiling,

　"You would not have known me, eh, mother?" 1)

　It was perhaps the truth. If she had seen him in a crowd, she might have looked at him without recognition—**not, however, without startled wonder;** 3) **for though the likeness to herself was no longer striking, the years had overlaid it with another likeness which would have arrested her.** 2) Before she answered him, **his eyes, with a keen restlessness, as unlike as possible to the lingering gaze of the portrait,** 4) had travelled quickly over the room, alighting on her again as she said,

　"Everything is changed, Harold. I am an old woman, you see."

　"But straighter and more upright than some of the young ones!" 5) said Harold; inwardly, however, feeling that age had made his mother's face very anxious and eager. (1: 16-7)

　すでに車輪の音が騒がしく砂利道に響いている. 石造りのアーチ道をくぐりぬけ, 石段の前で向きを変えている馬車が, ただの乗り合い馬車で, 召使いも連れず荷物も多くないのを見た瞬間, 夫人はハッと驚いたが, 窓から夫人を見つめている赤い旅行用の帽子を被った浅黒い顔の男に気付くと, 思いは直ちに彼へと移った. 夫人の目には他の何も入らなかった. 数少ない彼女の召使いたちが集まっていたことも, 老執事のヒックスが歩み出て馬車の戸を開けたことさえも. 「お母さん!」と呼ぶ声がして, 両の頬に軽くキスされたのも夢うつつだった. だが, 何よりも身に沁みて感じたのは, 自分のもとに帰ってきた息子はもはや赤の他人だという思いだった. 会う前からあれこれ思いをめぐらした夫人だったが, このことだけはまったく予想すらしなかったのだ. たとえ一五年間の別離によって何もかもすっかり変わっていようとも, 旅立ちの時のように息子をこの胸に抱き締めてやろうと, 夫人はほんの数分前まで考えていたのである. ところが, 目が合った瞬間, よそよそしい違和感が恐怖のように彼女を襲った. 母親の動揺ぶりを容易に見て取った息子は, 先に立って広間を通り, 居間へ入るとドアを閉めた. そして, 母に向かって微笑みながら言った—

　「僕が分からなかったでしょう?　お母さん」

　恐らくそのとおりだったろう. 人込みの中で会えば, 息子だと分からぬまま見過ごしてしまったかも知れない. けれども, ぎくりとするような驚きがないわけではなかった. 歳月を経た今では, ハロルドはもはや人目を引くほど母親似ではなく, 面立ちは別のある人物に瓜二つであり, それが夫人の心を強く捉えたのである. 彼は母親の返事も待たず, 肖像画のあのためらうような眼差しとは似ても似つかぬ鋭い落ち着きのない目で, 素早くざっと部屋を見渡した末にやっと, 話し始めた母に視線を向けた.

「すっかり変わってしまったんだもの，ハロルド．ほら，私だってもうこんなにお婆さんよ」
　「でも，その辺の若い者よりずっと背筋が伸びてしゃんとしていらっしゃいますよ！」ハロルドは言ったが，内心では，お母さんも年のせいで随分心細そうなきつい顔になってしまったな，との思いが強かった．(23-4)[6]

長年の苦労の只中でも心の支えにしてきた息子は，15年前の初々しい青年とは似ても似つかぬ変化を見せていた．夢が厳しい現実に裏切られた瞬間である．別れた時と同様に，しっかり息子を抱き止めようとおのれに言い聞かせながら，眼が合った瞬間，歳月が埋め難い溝を作っていたことが感じられた．それは，恐れの予兆であった．"You would not have known me, eh, mother?" 1)（「僕が分からなかったでしょう？お母さん」）．ハロルドの一言は，二人の心の隔たりがいかに大きいかを，一瞬にして浮き彫りにした．"for though the likeness to herself was no longer striking, the years had overlaid it with another likeness which would have arrested her." 2)（歳月を経た今では，ハロルドはもはや人目を引くほど母親似ではなく，面立ちは別のある人物に瓜二つであり，それが夫人の心を強く捉えたのである）．これは，二人の対面の瞬間に夫人の心を捕えた印象がそのまま言葉になったものである．物語を最初に読む者は，この一文の真意を察することは困難であろう．"another likeness"（別のある人物に瓜二つであり）の遠回しな表現は，語り手の絶妙な言語感覚が捉えた夫人のおののきを物語っている．一瞬の印象が，夫人にとっては過去のおのれの行為を思い起こさせて，心中に衝撃が走ったのだ．眼前のハロルドに実父ジャーミンの面影を見たのである．簡潔な言葉が当事者の過去から現在に至るいきさつを絵のように浮き上がらせている．夫人が家庭の逆境の中で，よるべないままにエステート専属弁護士ジャーミンに心を許し，ハロルドを身籠もった事情が読み取れる．読者はこの事情を呑み込んで初めて，夫人の心境を暗示した言葉 "not ... without startled wonder" 3)（ぎくりとする驚きがないではなかった）の真意に得心がゆくのである．夫人とジャーミンの犯した罪の因果応報は，物語の展開と共に，伏流水が時折地上に湧き出るように沁み出している．こうした語りの構造が曖昧な多義性の所以でもある．従って読者は，再読によって現在の人間関係に過去の因果が露頭をここかしこに顕すからくりそのものを味わうことができるのである．これは，漆塗りの技法に譬えられる．言葉の表層の下に何層もの意味あいが隠れている．読者は，ゆきつ戻りつして反芻するうち

第Ⅰ章　『急進主義者フィーリクス・ホルト』を読む

に，意味の重層性が底に広がっていることに気付かされる．
　"his eyes, with a keen restlessness, as unlike as possible to the lingering gaze of the portrait," 4)（肖像画のあのためらうような眼差しとは似ても似つかぬ鋭い落ち着きのない目で）．「肖像画」が誰をモデルにしたものかはぼかされている．これがむしろ，15 年前に祖国を発つ直前の青年ハロルドのうぶな夢見心地と，現在の明敏な仕事師の物腰との対比を際立たせている．夫人の場合と同様，過去を切り取った肖像画が現在の人物との対比を浮き彫りにし，歳月が人を変える力の大きさが印象付けられる．"But straighter and more upright than some of the young ones!" 5)「でも，その辺の若い者よりしゃんと背筋が伸びていらっしゃいますよ！」．ハロルドは，母親に対して配慮の行き届いた言葉を口にしながら，内心彼女の，何かに憑かれたような不安な面持ちを見逃していない．このやりとりに見られるように，言葉の表層の下に隠れた感情の底流を読者に想像させる作家の技は的確無比である．
　この場面の直後に，語り手は，トランサム夫人の心境を彼女の視点から語る．

> . . . life would have little meaning for her if she were to be gently thrust aside as a harmless elderly woman. And besides, **there were secrets which his son must never know.** 1) So, by the time Harold came from the library again, the traces of tears were not discernible, except to a careful observer. (1: 17)
>
> ・・・もし彼女が無害な老女として丁重に脇へ押しやられていたら，人生は彼女には無意味に感じられたことだろう．それに，息子には決して知られてはならない秘密があった．だから，ハロルドが図書室から戻ってくるまでには，涙の跡は分からなかった．注意深く観察すれば別の話であるが．

ここでトランサム夫人は，長年築いてきた虚構の基盤が，わが息子の強い意志の前に突き崩されかねない予感を覚えたのだ．エステート管理の権限移譲を迫る壮年のバイタリティはいずれ，彼自身の出生の秘密をも嗅ぎ付ける好奇心となって，母親のバベルの塔の足許を掘り崩すに違いない．そうなったら自分の苦労は何の為だったのか．館の相続権を正当な法的相続権人（エスタ）の知らぬ間に詐取する謀議を巡らしたのも，すべてハロルドに家督を相続させてやりたい親心の一心でやったことなのに．"there were secrets which his son must never know."1)(息子には知られてはならない秘密があった)．トランサム夫人の不安の根源が何に由来しているかを示唆した内的独白である．身分の違う

相手との情事は，自分にも世間にも決して認める訳にはいかない行為である．夫人の過去を知り抜いている世話係のデナー（39: 373 参照）に対してさえ，敢えて言葉にできない事実である．おのれの行為を隠し，真実に背を向けることによって，かりそめの安定を得てきたが，その安定が崩壊の危機に瀕していることを悟ったのである．真実を闇の世界に葬り去ることによって，彼女は心の囚人になり果て，空疎な権威にしがみつく他に手立てを失ったのだ．ここに，エリオット後期小説に顕著になってくる意味探究のテーマが認められる．虚構を捨てて，あるがままの自己を直視する勇気を持った時，真の言葉が発見され，生きる意味が会得される．ドロシア・カソーボン物語とグウェンドレン・デロンダ物語に流れるヒロインの自己発見のテーマが，トランサム夫人にも否定的な形で流れている．

価値の形骸化と個人の悲劇

　『フィーリクス』1 章後半で，トランサム夫人を取り巻くジェントリの精神風土が鮮やかに捉えられている点描がある．18 世紀末から 19 世紀初頭にイングランド保守主義の薫陶を受け，青春期を過ごした彼女は，その伝統の鋳型に従って育てられた．ところが時代の潮は，土地を基盤とする貴族・ジェントリ主導の静的秩序から中産階級主導の物質文明・リベラリズムへと変わり目を迎えつつあった．第一次選挙法改正（1832）直前の物情騒然とした時代の中で彼女は初老を迎えたのである．彼女の意識の中では，既成の身分序列は疑うべからざるものである．この秩序の宗教的基盤をなしている国教会の教義と儀式も，彼女にとっては自明の理である．娘時代に美貌のミス・リンゴン（夫人の旧姓）は「教養ある家庭教師」にレディとしてのたしなみを仕込まれていた．乗馬，水彩画，品位ある会話術と手紙文の心得は，将来貴顕の館の奥方たるべき資格の筈であった．

　ところが，上流階級の女子教育の鑑を自認する若い彼女にも矛盾の種があったのである．語り手は，ミス・リンゴンの偽らざる人間性を，こう見通している．

> . . . however such a stock of ideas may be made to tell in elegant society, and during a few seasons in town, no amount of bloom and beauty can make them **a perennial source of interest in things not personal**; 2) and the notion that what is true and, in general, good for mankind, is **stupid and drug-like**, 1) is not a safe theoretic basis in circumstances of temptation and difficulty. (1: 30)

第Ⅰ章 『急進主義者フィーリクス・ホルト』を読む

　・・・上流社会で，とりわけロンドンでの社交シーズンで，そういうたしなみがものを言っても，華があって美貌に恵まれているだけでは，自己を超えた道理に耳を貸して，そこに汲めど尽きせぬ味わいを見出す教養へと磨かれてはゆかないのである．真実なるもの，人類の為になるとされるものを知識として学んでも，愚かで麻薬のようなものと感じられ，誘惑と試練のさ中にあっては，安全な価値基盤とはならなかった．

娘時代に身に付けた才芸の型が習い性となり，自分を取り巻く現実を直視する想像力としては機能していない．語り手は，狭い精神空間に安住する彼女に皮肉なまなざしを向けている．ありきたりの知識は社交界で若き色香の飾り物にはなっても，継承された伝統は，自分を虚心に振り返る知恵としては地に落ちている．"stupid and drug-like" 1)（愚かで麻薬のようなもの）は，茶目っ気ある娘のやんちゃな気分が，時の試練を経た経験則を真摯に受け止められないことを仄めかしている．いざ試練に直面すると，心は欲に囚われ，「たしなみ」はむしろ虚栄心を増長させる．「自己を超えた道理に耳を貸して，そこに汲めど尽きせぬ味わい」("a perennial source of interest in things not personal") 2) を深める感受性がないからである．

　トランサム夫人にとっては，身に付いた礼節の型は心映えとしてはもはや生きていない．

> **Crosses**, 1) mortifications, money-cares, conscious blameworthiness, had changed the aspect of the world for her; **there was** 2) anxiety in the morning sunlight; **there was** 2) unkind triumph or disapproving pity in the glances of greeting neighbours; **there was** 2) advancing age, and a contracting prospect in the changing seasons as they came and went. (1: 30)
>
> 苦難，屈辱，金銭の苦労，おのれの行為に対する後ろ暗さは，彼女にとってはこの世の様相を一変させるものであった．朝の日の光にも不安が混じっていた．挨拶を交わす隣人のまなざしにも，それ見たことかと言わんばかりの冷たさと非難の混じった同情があった．季節の移ろいと共に，自分は年を取ったなという思いと，視野が狭まってゆく感じがあった．

時移ってエステートの権威を背負った夫人は，あらゆる気苦労を嘗めた．相次ぐ訴訟沙汰から家計の内情が逼迫し，他人の財産権を横領するまでの浅まし

い行為に及んだ．弁護士との情事はこの過程で起こったことである．隠し事の多い夫人の心模様が，いつの間にか隣人との触れ合いを失ってゆき，委縮していった．キリストの磔刑を暗示する "crosses" 1)（苦難）がこの文脈で配置されていることは，物語のテーマの重みを感じさせる．下線部 "there was" 2) の反復は，歳月を重ねた結果，夫人の内面風景が移ろい，否定的な感情が次第に心を占めるようになっていったことを映し出している．ものを見る見方が変われば世界が変わる，というのがエリオットのロマン派的な感受性である．季節の移ろいも朝日のきらめきにも執拗な不安が影法師のように付いて回る．これは，自我の不安が世の恵みを掻き消してしまう内的な真実を穿っている．自我の迷いを描く人物群像の中でも，トランサム夫人のそれは，作家の達意の言語感覚によって画期を成す．この延長線上にカソーボンの生き地獄（『ミドルマーチ』29 章）があると言ってよい．

　これに続く場面で語り手は，夫人の飢え乾いた魂に彩りを添えるものは何かと問う． "Under protracted ill every living creature will find something that makes a comparative ease, and even when life seems woven of pain, will convert the fainter pang into a desire."（困難が長く続く環境では，生物は，比較してみてより辛くないものを見出す習性がある．そういう訳で，生きることが苦痛からできているように見える時，痛みがより軽いものを欲望に変えるのである）(1: 30)．特定人物の内面描写の後に，語り手が一歩身を退いて，その意味あいを語る手法は，初期小説と変わるところがない．ここにエリオットの生命進化観が反映している．試練が続いて苦しみが募る時，生命は，苦痛の度合いが軽いものを欲望に変えて，その軽減を図ると言う．苦しみは自然の本質的な姿であり，これに堪えて，少しでも苦痛を緩和するように生き残りを図ろうと適応する時，生命は新しい能力を獲得すると言うのである．進化する生命の創意工夫が人間の内的営みにも生きている．そういう営みの中では，善悪も苦楽も絶対的な基準はなく，命の適応能力のみが生かすのである．ここに見られる道徳的善悪の相対性は，作家が歴史主義的聖書批評を自己のものとする過程で学んだものである．ルイスとエリオットは，『種の起源』と，ハックスリの「生命の物質的基盤」との対話で生命進化の含みを仔細に吟味するようになった．[7] これによって，命の営みは道徳的価値に対して中立であるという認識を深めた．『フィーリクス』は，そういう時期の問題意識を鋭敏に反映していることが分かってくる．

第Ⅰ章 『急進主義者フィーリクス・ホルト』を読む

同じ1章にトランサム夫人と，執事ヒックス氏の妻で世話係のデナーの対話がある．リンゴン家に仕え，夫人の輿入れに付き添ってきた40年来の腹心である．彼女はハロルドの出産にも立ち会い，夫人のすべてを知った上で寄り添っているのである．

> I have been full of fears all my life—always seeing something or other hanging over me that I couldn't bear to happen."
> "Well, madam, put a good face on it, ... there's a good deal of pleasure in life for you yet."
> "Nonsense! There's no pleasure for old women, unless they get it out of tormenting other people. What are your pleasures, Denner—besides being a slave to me ?"
> "O, there's pleasure in knowing one's not a fool, ... Why if I've only got some orange flowers to candy, I shouldn't like to die till I see them all right. Then there's the sunshine now and then; I like that, as the cats do. (1: 28)
>
> 私は，生涯恐れを抱いて生きてきたのよ．いつも，起こって欲しくないものがいつ起こるとも知れない不安感があったのよ．/ ねえ，奥様，何が来たって平気なんですよ．・・・奥様には，まだ人生の喜びがたくさん待ってますよ．/ 馬鹿な．おばあちゃんになっていいことは何もないわよ．人をいじめて憂さを晴らす以外にはね．おまえの喜びは何だい，デナー．私の奴隷である以外に．/ そりゃ，ありますよ．分別をわきまえていれば，喜びはやって来ます．・・・だって，オレンジの花を砂糖漬けにする楽しみがあれば，それをちゃんと作るまでは死にたくはないですよ．それに，時折日の光が顔を出しますよ．猫ちゃんのように日なたが愛しいんです．

ここには生き様の対照が見られる．老境に至っても世の中が厭わしく見える老婦人と，自己を捨てて忠誠に生きてきた老女の諦念が対置されている．一方は，老いに伴う容色の衰えを嘆き，他方は老いを受け入れ，身軽になってものを見ている．身軽になって足許を見ると，そこに喜びが満ちていると言う．この二人の対話には，39章でも再び焦点を当てられているように，作家の明確な意図が働いている．一つには，トランサム夫人の苦しみが何に由来するかを洞察する作家のまなざしが働いている．夫人の内面風景は，エリオット自身の切実な問題意識に根差している．気質・体質に起因する繊細さと心配性は人間エリオットの宿痾であった．自己執着の淵に沈む人物描写の系譜は，作家が不安に囚われがちな自己のありようを，表現によって解き放つ努力の

表れと推察される．迷いやすい自己を直視し，生の充足をいかに図るかというテーマは，作家の深い体験から発せられている．

　トランサム夫人とデナーの対話は，ある意味で，作家の内的対話の表白と見ることもできる．これによってヒロインの問題を浮き彫りにし，物語の地図にその性格像を位置付ける機能を果たしている．夫人の悲劇は，空文化した宗教ドグマに安住した結果，真にものを見る感受性が鈍磨しているところにある．光に照らされてあるがままの自己を懺悔する純真さが枯渇しているのである．オレンジの花を砂糖漬けにするような平凡な楽しみもなく，雲間の切れ目から差し込む日光に感動する詩心も不安にかき消されている．隣人と自然との触れ合いで人の五感は満たされ，感情と思考は生き生きと交流する．そういうロマン派的な感受性の枯渇が人生から喜びを奪い，人の内面を荒涼とした風景に変えてしまう．これがトランサム夫人の内的気象なのだ．その意味で夫人の性格像は，作家が心の安息を求めて人生行路を手探りした道筋の一里塚をなしている．この同じ問題意識が『ミドルマーチ』でドロシアとカソーボンの結婚生活に結晶し，『ダニエル・デロンダ』でグウェンドレンの苦悩と救済の物語へと展開してゆく．

個人の精神生活に生きる歴史の力

　エリオットは，物語の歴史的背景としてミッドランドの田舎町トリビー・マグナの時代状況を，序章に続いて3章で再び焦点を当てている．そこに，イングランドの過去の姿が30数年の時を隔てて振り返られている．これを端的に言えば，土地を基盤とする田園文化から商業・産業活動を基盤とする都市文化への推移と葛藤と言える．この葛藤は宗教生活にも反映している．伝統的権威のシンボルである国教会の支配秩序の下に，ピューリタン革命のマグマが冷え固まった名残である非国教会派が産業都市の片隅にそっと生き長らえていた．チャペルに通う労働者の精神生活は，現世の貧しさを堪え忍ぶ代償として，来世に神の王国を待望する宗教的保守主義に支えられていた．そこに労働組合運動の風が忍び寄ってきた．ディセンターが批判勢力として台頭し，国教会の因習的秩序に揺さぶりを掛けるようになったのである．階級序列の打破と生活改善を叫ぶ民衆の声に，国教会は，昔の寛容さを維持するゆとりをなくしつつあった．その反面教会内部で，民衆の不満を和らげる為，漸進的改革を唱える声も上がり始めた．伝統的権威を柔構造にして，既成秩序の延

命を図ろうとしたのである．この背景には，福音主義の信仰復活運動があった．トレヴェリアンによれば，ジョン・ウエズリーに淵源を持つこの運動は，因習化した国教会を内部から改革しようとする動機を持っていた．これが，教会に止まらず非国教会派の改革運動にも新たな命を注ぎ込み，社会の各層へ微生物のように広がっていったのである (433-34)．この運動は，キリスト教的平民主義（神の前に，人は等しく罪人たることにおいて平等であると見る観点）の原点に回帰しようとする保守的な宗教心情に支えられていた．[8] これが労働組合運動に流れる民主的権利拡大の声と葛藤していた．

　すでに触れたように，エリオットは，少女期から青春期にかけて，福音主義の影響の下に自己形成をした．その禁欲的信仰の風は，彼女の精神史に遺産として生きていた．「ジャネットの悔悟」("Janet's Repentance" 1858) に見られるように，国教会支持勢力と福音主義者が争う風景は，彼女の精神的風景の一部であり続けた．その記憶の最良の人格的表現は，『アダム・ビード』のダイナ・モリスであり，最悪の表現は『ミドルマーチ』のバルストロードである．作家は，この運動の裏表を，生きた人間の息吹として描き切るほどに知り抜いていた．『フィーリクス』に見られるライアン師の古風な信仰 (6: 75-80) と，フィーリクスが志す労働者階級の道義復権運動 (30: 293-94) は，作家の器の大きな精神の生命的な部分を成している．この宗教的感受性が，ハロルドの性格像に見られる計算高い功利主義への皮肉な視線 (43: 410-11) となって表れている．彼の人間性は，老いの悲哀をかこつ母親への態度に表れている．表面的な慇懃の下に男性支配の固い鎧が見え隠れしている．その冷たい打算と鉄の意志が母親の希望を打ち砕く結果になる．彼の紳士然とした見掛けと，人格的内実の落差を知り抜いているのが母親であり，彼の求愛を受けるようになったエスタである．彼女は，自分がトランサム・エステートの相続権を持っていることを知るに及んで，そこに招き入れようとするハロルドの依頼に，思案の末，応えるに至ったのである．そのエスタが，彼の醸すジェントリ文化の「良識」と審美的洗練に心惹かれながらも，暖か味と共感の欠如を直感したのは，彼の母親に対する冷たい仕打ちを垣間見たことによる．こうして彼女は，父親の純粋な宗教的帰依とフィーリクスの無骨な霊性と，ジェントリの暮らしの間で葛藤し，結局フィーリクスを伴侶に選ぶに至る．このように，時代の潮流と人物の価値観は有機的に絡み合って，個々の人物は相互依存関係の地図に組み込まれている．この傾向は，『フィーリクス』を境に顕著になっている．

個人の暮らしは，大きな時代状況とは無関係ではあり得ない．自然の生命が，環境との関わりの中で長い時間を掛けて適応し，生き延びる知恵を身に付けるように，個人の生活には共同体の歴史が深く関与している．個人と個人，個人と共同体の相互依存には過去が深く息衝いている．語り手は有機的共同体のヴィジョンを語る．

> . . . there is no private life which has not been determined by a wider public life, from the time when the primeval milkmaid had to wander with wanderings of her clan, because the cow she milked was one of a herd which had made the pastures bare. . . . And the lives we are about to look back upon do not belong to **those conservatory species;** 1) they are rooted in the common earth, having to endure all the ordinary chances of past and present weather. (3: 50)

> ・・・広い公的な生活に規定されないような私的生活はない．原始時代の乳搾り女が，一族と共に遊牧しなくてはならない時代からそうなのだ．なぜなら，彼女が乳を搾る牛は牧草を食べ尽くす群れの一頭だから．・・・私たちが振り返ろうとしている生活（生命）も，温室で育つ種類のものではない．彼らは，普通の大地に根を生やしているのである．過去と現在の気候という偶然性に堪えなくてはならないのだ．

ここには，生命と環境との精妙な相互依存が人間の暮らしにも生きていることを読み取る進化論の発想が暗示されている．太古の乳搾り女が自分の属する氏族と共に遊牧生活をするのは，人と家畜と大地の切っても切れないつながりに個人の生が組み込まれているからである．この根本的事実は，近代の物質文明の進展により，個人が相対的な独自性を得た現代でも変わらない，と語り手は見る．これは文化人類学のまなざしの反映である．"those conservatory species" 1)（温室で育つ種）の含蓄は深い．物質文明の恩恵で人が大地から離れて暮らせると思うのは錯覚なのである．人の心身には記憶を絶する時の営みが隠されている．自然の大きな働きの中で，命は「偶然性」に弄ばれつつ，その制約の中で束の間の時間を終えては去ってゆくと言う．

これは，ダーウィンが『種の起源』でみせた炯眼と相通じている．

> Under nature, the slightest differences of structure or constitution may well turn the nicely balanced scale in the struggle for life, and so be preserved. How fleeting are the wishes and efforts of man! how short his time! and consequently how poor will be his results, compared with those accumulated by Nature during

whole geological periods！(112)

> 自然の許では，(生命体の) 仕組みと組成のちょっとした違いによって，生き残りの闘いで微妙なバランスを保っている天秤がふれる．そうして生き残るのである．人間の願望と努力はいかにはかないものであろう．個々の人間の生涯はなんと短いことか．そして，人の努力は，いかほどの成果を挙げ得ようか．地質学的に悠久の時を経た自然が蓄積した成果と比べて．

自然の悠久の営みの眼でものを見ると，人間は小さく見える．地球が長い時間を掛けてその卓越したバランス感覚を働かせた成果が今この瞬間なのである．[9] 生物のほんのちょっとした変異も，大きな時の尺度で見れば生き延びるか死滅するかを分ける分岐点となる．地質変動と気象変動の想像もつかない働きが大地の姿と命の形態に結実していると言う．これは，人間を見る眼の根本的な転換を迫る契機を孕んでいる．人間の時がいかに束の間で，その努力がいかに微々たるものかを飽かず語るダーウィンの想像力は，人間中心主義の文化そのものに揺さぶりを掛けている．

むすび

『種の起源』が世に出て以来，エリオットは，その奥深い意味あいを熟考するようになった．ルイスと共有した問題意識と相俟って，彼女の小説言語は，自然の営みの中の人間という視点を深めていった．もともと歴史感覚の鋭敏な彼女は，人の歴史の奥に地球史の人智を超えた闇が広がっていることに眼を向けるようになったのである．自然に内在する神秘は，ものの背後にも人間の心にも生きていて，言葉の表現を待っている，という見方が後期小説では強まった．人の心にも神秘の闇たる無意識が広がっている．それは記憶の地層の深い部分に隠れている．この闇を手探りし，相互依存の網の目を生きる人間の行為を，動機を探求する観点から描くことが小説の中核的テーマとなったのである．これに照応するように，心身の闇を照らすサーチライトとしての言語観が語りの構造に根付くようになった．ドーリンによれば，カルヴィニズムが形を変えた遺産が，エリオットの中で道徳的因果律と行為の重視となって小説に生かされたと言う (176)．トランサム夫人描写に見られる，自我の迷いを照らす超越者の眼は，作家の中で宗教的人間観と科学的世界観がせめぎ合っていることを示している．エリオットは，進化論を受容することにより，

自然は道徳的価値に中立であると見る価値の相対性を深く受け止めた．これが道徳的関心の重々しさを和らげ，科学的洞察が小説の奥行を深めることになったのである．『フィーリクス』は，宗教と科学の対話という観点から見て，作家の円熟期を画する最初の作品となった．

2　『急進主義者フィーリクス・ホルト』に見る意味の探究
——性格描写に見るテキスト解読の奥行——

序

『フィーリクス』のエスタ・ライアンは，トランサム夫人と共に，作品テーマの重みを担うヒロインである．彼女は，数奇な運命に導かれて，非国教会派の牧師たる義父ライアンの許を去り，みずからが唯一の相続権者たるトランサム・コート（館）に招き入れられた．そして，先の見えない状況で闇を手探りする立場を自覚した時，自分の人生を，意味の奥行を読み取るべき「本」であると悟った "her life was a book which she seemed herself to be constructing—trying to make character clear before her, and looking into the ways of destiny." （彼女の人生は，みずから解釈すべき本であった．出会った人物の意味を明らかにして，運命を探り取ることに他ならなかった）(40: 383)．この「本」を「解釈する」（形作る）ことによって，「文字」（人物）の意味を手探りする他には，自己と他者の位置関係を知る手掛かりはないと直感した．

マグルストーン (Mugglestone) によれば，エスタの気付きは，エリオット自身の体験を反映していると言う．異質な階級文化の只中に放り出され，そこに生きる家族の内情を見聞きするうちに，自分が何者であるかを直観したのだと言う（序 xxvii）．謎に満ちた現実そのものを子どもの純な魂で見て，聞いて，外観と実態の落差に気付いた．過去からの伝統を背負ったトランサム・コートの複雑な人間模様を垣間見るうちに，何が自分の心を満たし，充足を与えてくれる糧になるかに眼が開かれたのである．とりわけ，館の女あるじ・トランサム夫人が偽りの権威に固執しつつ，生きる喜びを見失っている姿に触れ，エスタはおのれの中に眠っていた反骨の魂が目覚めたのである．異質な世界に飛び込み，体験を通して瑞々しい感受性が呼び覚まされ，真におのれを生かす言葉を掴み取ってゆくプロセスが，エスタの生き様の核心を成している．そこに，エリオットの意味探求の体験的真実が滲み出ている．それ故，このプロ

セスを描くディスコース（系統だった視点，問題意識に貫かれた言説）には，作家の文体実験の新しい展開が認められる．というのは，そこに本を解読するイメージが浸透しているからである．これ以後，『ミドルマーチ』と『ダニエル・デロンダ』で，主要人物が生きる意味を模索するプロセス描写に，同じイメージが繰り返し表れる．その意味で，『フィーリクス』に描かれたエスタの問題意識は，ドロシア・ブルック，ダニエル・デロンダ，グウェンドレン・ハーレスに見られる意味発見のテーマの先駆けと言える．

　本論考では，エスタの自己発見の歩みに言語テキスト解読のイメージが一貫して流れていることを明らかにする．主要人物が生きる意味を模索するプロセスが，テキストの読みと意味会得のプロセスとして描かれているのである．人の生き様とテキスト解釈の間にアナロジーを見るエリオットの意味探求のテーマは，この小説で陰影の深い文体として結実した．カロルによれば，エリオットの後期小説には人間関係の網の目の複雑な相互依存があって，個々の人物の行為は予測不能な余波を周囲の人々に及ぼす．ものごとの原因と結果，意志と運命が微妙に絡み合う有機的コミュニティの錯綜した闇の中で，個人の単一の視点は必然的に道を誤らせる．混沌の只中で，人は何に忠節を立て，何に反抗するかを問われる．こうして人は，世界と自己の位置関係を手探りし，生きる意味を体得する他にないと言う (216)．古典テキストを解読する行為と，人物の暗中模索の間にアナロジーを見る想像力は，作家がプロットの進行を自然法則，ないしは人生の道理に委ねる姿勢を強めたことを物語っている．これは，登場人物と読者と語り手が共に意味探求に参加し，意味の発見を共有してゆくことを意味する．こうして，作家の言語実験は明確な形を取り始めたのである．シャトルワースによれば，19世紀後半に至って，人間社会に働く法則が，自然界に見られる環境と個々の生命の有機的相互依存の発想で見直され始めたのである．部分と全体の相互作用を動的に，変化の相において捉える地質学・生物学のアプローチを作品に生かそうとした模索 (2-3) が萌芽を見たのである．人が生きる意味を探り当てるプロセスが自然科学的論証の性質を帯び始めたところに，『フィーリクス』テキストの実験的性質が認められるのである．

異文化の中の手探り

　『フィーリクス』の後半で，エスタが体験するトランサム・コートの人間模

様は，若い女性が結婚の縁を巡って闇をまさぐるプロセスをも包摂している．彼女は，自分がこの館の相続権を持っていることを知るに及んで，トランサム夫人と息子ハロルドの申し出により館へ招き入れられた．ハロルドの思惑が，彼女と結婚して館の相続権を確保しようとする方便であることに気付かないままに，夫人と息子の温雅なおもてなしにほだされたのである．こうして，レディになる夢が実現可能な状況を察知すると，人生の岐路に立つ自分の位置を慎重に見極める必要を感じ始めた．ランタン・ヤードの労働者街でディセンター牧師の娘として育てられた記憶が，異質なジェントリ文化の只中で葛藤を呼び起こした．義父ライアン師が，下層の人々を牧者として教え導く姿を見て育った彼女は，その敬虔な生き様をいつの間にか心に刻み込んでいたからである．彼女には古臭いと見える父のカルヴィニズム信仰が，篤実な人間性によって，彼女の心の重しになっていた．また，父の縁で身近に触れ合ってきたフィーリクスは，福音主義的な信仰により，労働者の道義復権運動に携わる若者であった．父は，彼の直情径行に一縷の危惧を覚えながら，その清廉潔白な人となりを見込んでいた．彼女は，その一途な信念から繰り出されるお説教に反発を覚えながらも，お茶目な反骨魂を深いところで受け入れてくれる若者に奇妙な親しみを覚えていた．[10]

　非国教会派の禁欲的な精神文化と，フランス人の母アネットから無意識のうちに受け継いだ貴族的洗練と耽美主義，この相矛盾する価値がエスタの中で葛藤しつつ息衝いていた．この不思議な資質の取り合わせは，周囲の会衆には不似合いと映っていたが，彼女の紛れもない個性であった．生来の豊かな感受性に恵まれた彼女は，この不釣り合いに悩みつつ，周囲の人々をあるがままに直観する鋭敏なアンテナで精神のバランスを取っていた．彼女は，父親が数奇な運命に導かれて，フランス人の母アネットと赤子の自分を粗末な牧師館に引き取った経緯（6章）を聞かされた時，自分の過去に眼が見開かれたのである．経済的困窮の中で愛情を注いでくれた父親に対し，感謝の念が自ずと湧き上がってきた．同時に，母から受け継いだフランス的美意識と，実父であるイギリス貴族・バイクリフの高貴な血筋が自分の中に流れていることを自覚するようになった．夢見心地に上流のエレガンスを憧れて，義父の不器用な誠実さを煙たがる自分の未熟さが悟られた．彼の告白は，多感なエスタには，自分のバックグラウンドを知る意味で，人生の転機となった (26: 252-53)．

　エスタがトランサム・コートで，この一家の人間模様をつぶさに触れる機会

を得ると，複雑怪奇な現実が彼女の明敏な感受性を呼び覚ました．彼女には，これが異文化の衝撃となって心に刻まれたのである．見知らぬ世界が彼女を手招きして，謎の解釈を迫ってきた．自分が相続権を持つが故に，そこに暮らす家族に明け渡しを迫る可能性を孕んでいる．そういう微妙な状況で，人生の闇を手探りする必要に迫られたのである．長年夢見ていた貴婦人の境遇が，いざ現実として眼の前に迫ってきた今，父の感化の許で慎ましいながら心の安らぎを得てきた自分がやってゆけるのか．これがエスタの根本的な問いであった．こうして彼女は，暗中模索へと踏み出したのである．

館の日常生活にさりげなく覗いている人間模様は，エスタの感受性を刺激した．由緒ある歴史と名声を誇る館のあるじたる老トランサム氏は老いて呆け，図書館での研鑽は絶えて久しく，権威を振るう妻を恐れている．力と知識の世界から遠ざかり，無慚な敗残者の境遇を嘆く元気も失せている．新参の「孫」ハリー（ハロルドが植民地トルコから連れ帰った唯一の幼子）と，召使のドミニクとの無邪気な睦み合いの中に小さな慰みの世界を見出している．これを見て取ったエスタに勃然と疑問が湧く．広大なパークと豪壮な館の一隅に老トランサムは，甲虫とハリーとの童心の小宇宙を作っている．では夫人は，一体何によって自分を支えているのだろうか，と．

> Poor Mrs Transome, with her secret bitterness and dread, still found a flavor in this sort of [family] pride; none the less because **certain deeds of her own life had been in fatal inconsistency with it.** 1) Besides, genealogies enter into her stock of ideas, and her talk on such subjects was as necessary as the notes of the linnet or the blackbird. She had no ultimate analysis that went beyond blood and family—**the Herons of Fenshore or the Badgers of Hillbury**. 2) She had never seen behind the canvass with which her life was hung. In the dim background there was **the burning mount and the tables of the law**; 3)... Unlike that Semiramis who made laws to suit her practical licence, **she lived, poor soul, in the midst of desecrated sanctities, and of honours that looked tarnished in the light of monotonous and weary suns.** 4) (40: 379-80)

> 哀れなトランサム夫人は，人知れぬ苦渋と恐れを抱きながら，由緒正しき家柄に誇りを感じていた．過去になした行為が名門意識とは致命的に矛盾していても，なおそうなのであった．その上，家柄意識は価値観に染み込んでいて，そういう話題を口にすることは，ムネアカヒワとクロウタドリがさえずらずにはおれないのと同じであった．血筋と門閥を超えた究極の拠りどころはなかった．フェンショア（沼沢

地方)のアオサギ家でなければ,ヒルベリーのアライグマ家でなくては済まなかった.彼女は,みずからの人生絵巻が掛かった画架の背後を見通したことはなかった.暗い背景に燃える山と律法の銘板があった.・・・自分の為した背徳行為に合わせて律法を作ったセミラミスとは違って,地に落ちた神聖な建前に生きていた.退屈でうんざりする太陽の光で色褪せた名誉に救いを求めていた.

　この一節は,エスタの純な魂に映ったトランサム夫人の印象を,語り手が一歩身を退いて捉えている.視点は新参者エスタのものでありながら,語り手が人物の裏表を見通す視点で言葉を紡いでいる.エスタの慎み深い姿勢に親しみを覚えた夫人が,貴族・ジェントリ内部の格式自慢,鞘当てを問わず語りに吐露する場面で起きている.だが,そこに黙示録のような透徹した眼が働いている."certain deeds of her own life had been in fatal inconsistency with it." 1)(過去になした行為が名門意識とは致命的に矛盾していて).このぼかした言い回しは,読者が全編を再読して初めて,その真意が了解される.即ち,夫人が館の顧問弁護士ジャーミンと情を通じてエスタの実父を出し抜き,財産を詐取する謀議に手を染めたいきさつ(42章)が暗示されている.孤立無援の境遇で夫に絶望した夫人の若いエロスが,やり手の顧問弁護士に心を許す結果になった.彼女は,誇り高い血統信仰をみずから裏切ったのである.その行為の結果が息子のハロルドだった.この事実が,実父のジャーミンから息子当人に知らされるのは,物語の結末近く(47: 456)である.その息子が父親譲りの実際家精神を発揮し,植民地経営を経て,リベラル派から国会議員に出馬したことも,錯綜するネメシス(因果の道理)を見据える作家のヴィジョンに位置付けられている.

　格式高い国教会牧師の深窓の令嬢として育ったトランサム夫人は,上流夫人に必要なたしなみを身に付けて,18世紀末にコートにお輿入れして来たのである. 11 "the Herons of Fenshore or the Badgers of Hillbury" 2)(フェンショアのアオサギ家でなければ,ヒルベリーのアライグマ家)の句は,上流階級の歴史風土を暗示して含蓄が深い(エリオットは,動物や小鳥のイメージを用いて権威をからかう好みがある).継承財産としての土地と,館の屋号は地域の人々の記憶に根付いている.その権威は,歴史の継承性そのものに由来している(トランサム・コートの場合,真の継承権について粉飾があって,これが暴露され,ディセンターの風土に育ったエスタが復位する筋立ては歴史の皮肉を偲ばせる)."the burning mount and the tables of the law" 3)(燃える山

と律法の銘板）にはモーセの十戒が暗示されている．これも，夫人の行為が「汝，姦淫することなかれ」の戒めを反故にして，過去の清算が未だなされていないことを浮き彫りにしている．マグルストーンによれば，「自分の為した行為を捏に仕立てた」セミラミスへの言及は，夫人が夫を権威の座から追い落とし，自分がコートの管理・運営を牛耳り，情人に子を産ませた破戒を暗示していると見ている (539-40)．[12]

　この一節には，一幅の絵画のイメージが流れている．これも作家の後期小説の流儀を偲ばせる．小動物と小鳥は，自然の風景を背景にした肖像画の作風を暗示させる．モデルとしての貴婦人の寛いだ語らいが，ムネアカヒワとブラックバード（茶色っぽい黒羽の啼鳥）の無心の啼き声に喩えられる連想には一抹の哀感とユーモアが感じられる．口を開くと血筋と門地の噂話になる夫人の姿は，エスタの若い感受性から見ると，因習的世界に鎮座するアイコンに見える．その「神聖さ」も「栄誉」も，眼の前の人が醸す空気でその内実が知れる．無感動と苦渋をかこつ内面の虚無が皮膚感覚として伝わってくる．"she lived, poor soul, in the midst of desecrated sanctities, and of honours that looked tarnished in the light of monotonous and weary suns." 4)（彼女は，哀れにも，地に堕ちた神聖な建前に生きていた．退屈でうんざりする太陽の光で色褪せた名誉に救いを求めていた）．この人は自分の生を生きていない．見掛けと実態に大きな隔絶がある．これがエスタの，子どものような感受性が言わせた言葉である．"monotonous and weary suns"（退屈でうんざりする太陽）の措辞には，人生から喜びが失せ，苦しみばかりが募るトランサム夫人の内面生活が示唆されている．これは，転移修飾語（"transferred epithet"，つまり，形容詞が本来修飾すべき語から離れて，形式上，他の語の修飾語になる働き）（『新英語学辞典』1261）の暗示効果を生かした例である．"light"（光，ものの見方）は，夫人の足許の世界が自己執着によって苦の種になってしまう人生の皮肉を浮き彫りにしている．性格描写にぼかしを入れることによって，却って当事者の真実に読者を招き入れる技である．歴史と伝統に由来する古色蒼然とした権威を，子どもの純な魂で直視し，意味の再発見を期すテーマは，このような人物描写の片言隻語にも生きていることが分かる．

結婚を巡る葛藤と選択

　エスタがトランサム・コートに招き入れられ，館の暮らしの実態が次第に明

らかになってくるに及んで，自分の立場がほの見えてくるようになった．トランサム夫人と息子ハロルドの思惑が，自分と彼との結婚にあることは，時と共に明らかになった．結局，夫人と息子は，結婚という妥協策で双方の要求に折り合いを付けることに落としどころを見出した節がある．これは，トランサム親子にとって現状を維持する賭けなのだろう．この状況は，エスタ自身にも現実的な打開策と見えなくもなかった．というのは，貴婦人としての品位ある暮らしは長年の夢でもあり，現に住む家族を路頭に迷わせる心配を回避できるからであった．ところが，いざハロルドの求愛が熱を帯びてくるに及んで，彼の人間性と，これを育んだ文化風土がみずからのものと異質であることが痛切に感じられた．

　とりわけハロルドは，実父ジャーミンから出生の秘密を明かされるに及んで，みずからの血の宿命を衝撃として受け止める試練のさ中にあった．エスタの心中には，コートから去る決断をした彼の苦衷を察しながら，その求婚を断ることがどんな結果をもたらすか，おのれの良心に刺さった棘のように感じられた．一方，息子に対して出生の真実を隠し続けたトランサム夫人は，これが明らかになったことを知ると，因果応報の道理がわが身に迫ってきたことを自覚した．最後の希望を託した息子とのさらなる断絶という結果が現実になったのである．これを慚愧の思いで堪えている夫人の心事を，エスタはその鋭い勘で読んでいた．コートの内情を知れば知るほど，憐憫の情が募ってくる．にも拘わらず，法的な権利のあるコートの暮らしのどこにも自分の心の拠りどころとなるものがない．人生に意味を添えてくれる絆と思い出はそこにない．

> With a terrible prescience which a multitude of impressions during her stay at Transome Court had contributed to form, she saw herself in **silken bondage** 1) that arrested all motive, and was nothing better than a **well-cushioned despair**. 2) To be restless amidst ease, to be languid among all appliances for pleasure, was a possibility that seemed to haunt the rooms of this house, and wander with her under the oaks and elms of the park. (49: 465)

> トランサム・コートに滞在していた折に蓄えた無数の印象に由来する鋭い直観で，彼女は絹の縄に捕われている自分の姿が見えた．この軛が動機を奪い去って，柔らかいクッションで包まれた絶望の淵にいた．安楽な暮らしの中で満ち足りず，喜びを添える芸術品に囲まれてなお，物憂い境遇は，この館の部屋という部屋に漂う予感であった．庭園の樫（オーク）とブナの巨木の間を散策する間にも付きまとってく

る予感であった.

　ここには，エスタがコートの内部に身を置いて感じた思いが凝縮されている．歴史的・文化的風土の中で，関係の網の目を成す人間を描くのがエリオットの芸術的意図である．この一節には，イギリス社会に息吹く階級構造と，その固有文化が多層的に捉えられている．一方で，貴族・ジェントリ階級の趣味の洗練とエレガンスの伝統が，邸宅と庭園の視覚的イメージで喚起されている．絹，家具・調度類のクッション，オークとブナは，この階級の自然美への感受性と職人芸嗜好と耽美的様式美を連想させる．他方，"silken bondage," 1)（絹の縄）"well-cushioned despair" 2)（柔らかいクッションで包まれた絶望の淵）の凝縮された語句の暗示する文化風土は，奥深い意味あいを湛えている．土地相続と門地・門閥を基盤とする静的秩序には，前例踏襲主義と因習的序列感覚が生きている．歴史的権威としての宗教はあっても，おのれの導きの光としての信仰はなおざりになりがちな素地がそこにある．慣習の世界に生きる女性が，利害顧慮と品位とたしなみの習慣に従いつつも，みずからの魂の言葉を失って，なお痛痒を感じない霊的怠惰が連想される．この風土の権化がトランサム夫人なのだと，エスタの感受性は囁くのである.

　上記引用には，上流階級の気風を下層階級のまなざしで見通す文化横断的視野が行間に流れている．見る人の無意識の感覚は，見られる対象を映し出すと同時に，当人の価値を反映する．そこに異文化を相対化して，読者に見せる作家の慧眼が働いている．エスタの心底には，父ライアンが，彼女をコートに送り出す際に語り掛けた戒めが響いている.

> . . . you will seek **special illumination** 2) in this juncture, and above all, be watchful that your soul be not lifted up within you by what, rightly considered, is rather an **increase of charge**, 3) and a call upon you to walk along the path which is indeed **easy to the flesh, but dangerous to the spirit**. 1) (38: 362)

> ・・・この節目に当たって特別な明かりを求めるんだよ．とりわけ，よく考えてみると重荷を増やすものに囚われて，魂が高い境地を求めなくなって，肉には易しいが精神には危険な道を歩む誘惑に陥ることは警戒しなくてはいけないよ．

霊的祈りの心境を描く作家の文体は，福音主義の信仰を経た人の，奥底から滲み出すような聖書的響きがある．"easy to the flesh, but dangerous to the spirit" 1)（肉には易しいが精神には危険な道）に見られるように，韻律美の凛とした品格が漂っている．"special illumination" 2)（特別な明かり），"increase of charge" 3)（重荷を増やす）に見るラテン語源の言葉の雅趣豊かな素朴さは，長年『欽定英訳聖書』と『祈祷書』(*The Book of Common Prayer*) に親しんできた作家ならではの風格がある．

　子ども心に慣れ親しんだランタン・ヤードに別れを告げて，トランサム・コートへ赴くエスタの心中には，趣味とエレガンスを磨く機会がやって来た高揚感と，愛するものへの惜別の念が相半ばしていた．異文化の世界に飛びこんでゆく期待感の中に，父の生き様が思われたのである．その古風な敬虔さと奉仕の姿が，いつの間にか自分の心の一隅に生きていることが知られた．みずからが現世的栄達の道を歩む門口に立った時，父親の純粋な祈りが心中の囁き声となって聞こえてきたのだ．

　ここに描かれているのは，教義そのものではない．言葉の背後に，父親の生き様が隠れている．これが戒めの声として，エスタの心の琴線に触れてくるのだ．世俗の栄誉と富には固有のしがらみが隠れていないだろうか．人生至るところに肉なる人を捕える罠がないだろうか．現世に富を積むと，蛾が巣食い，錆が冒すのだよ（「マタイ伝」6: 19）．心の荷 (charge) を軽くして，光に導かれる暮らし (illumination) をする志がおまえを自由にするのだよ．これが父の全存在からほとばしった娘への祈りである．

　トランサム・コートの家風に関するエスタの直観は，引用 (49: 465)（本文 118 頁）に見えているが，父親の語った霊的真実が，彼女自身の体験として感得された瞬間を捉えている．彼女が折々に感じ取ったトランサム夫人の人間的真実は，暗黙のうちに父親の霊的価値尺度で測られている．この光に照らして見ると，夫人の内面生活は，物質的な豊かさの中で，いつとは知れず陥った安逸と孤独地獄と映る．勤労と精進の対象を持たない老境には，内的弛緩が訪れ，行動の自発性は枯渇して，言葉が感動を失っている．よきものに囲まれていても，共感と喜びを分かち合う友もいない．小暴君として周囲から敬して遠ざけられているからである．ただ，夫人のあるがままの姿を見通し，受け入れてくれる存在が執事の妻デナーである．この心許す腹心は，女主人の過去を知り抜いて，静かな諦念をもって見守っている．この黒衣との心の触れ合いは，夫人を現実との接点につなぎ留める最後の拠りどころである．

　一方，小アジアから帰ってきた息子は，表面的な優しさの裏に怜悧な功利的

知恵を秘めて，母親の虚ろな権威に引導を渡そうとしている．その母親は，老いの無力がそぞろ身に染みる境涯で，不平不満が募り，喜びもなく，命の充足もない．

> Even the flowers and the pure sunshine and the sweet waters of Paradise would have been spoiled for a young heart, if the bowered walks had been haunted by an Eve gone grey with bitter memories of an Adam who had complained, "The woman . . . she gave me of the tree, and I did eat." And many of us know how, even in our childhood, some blank discontented face on the background of our home has marred our summer mornings. Why was it, **when** the birds are singing, **when** the fields were a garden, and **when** we were clasping our little hand just larger than our own, there was somebody who found it hard to smile? (49: 459-60)

> 花と澄明な日の光と楽園の麗しい泉ですら，もし緑陰の間の散歩道がアダムの辛い記憶を秘めて白髪になったイブの面影が付きまとっていれば，若い魂には興ざめであったことだろう．そのアダムは，「あの木の実で誘った女に負けて，食べてしまったのだ．」とこぼしていた（「創世記」3:12）．そして，私たち多くの者は，子ども心に，わが家を背景にして，無表情な鬱々とした顔の相が夏の朝の清々しい空気を台無しにしてしまっていることを知っている．小鳥が歌い，野原は庭園となり，私たち自身のものより少しだけ大きい手を握り締めている時に，微笑みを浮かべることができない人がいるとは，一体なぜなのだろうと．

　エスタは，コートに留まる道を選ぶか，あるいは権利を放棄して館を去るか，逡巡のさ中にあった．そんな折に，応接室に掛けられたトランサム夫人の若き日の肖像画が彼女の眼に触れた．その瞬間，夫人の人生の今昔が鮮烈なイメージとして見渡された．夫人の荒涼たる内面風景を直観していたエスタには，この絵は無量の意味を宿していると感じられた．老いのもたらす無惨な風景が，人生の深淵を覗き込む気付きの瞬間となった．若く瑞々しい感受性には，老境の悲しさが衝撃となって胸に迫ってきたのである．そこに，若々しい希望と潑剌たる色香と，老いと衰えと死の影の対照を見た思いがした．それは真実の顕現 (epiphany) の瞬間だった．すべてが寸刻のうちに明らかになる一瞬がある．作家は，絵画のイメージを通してこの瞬間に肉薄している．キリスト教神話の歴史的連想と相俟って，古今変わらぬ人間の真実が洞察されている．

　命の上げ潮に突き動かされて禁断の木の実を食べたアダムとイブが，時移って白髪の老境にいる．若き日に播いた種は刈取りの秋を迎えたのである．[13] 気

が付いてみると，若さと美貌は失せ，老いと憂鬱と悲哀が忍び寄ってきている．活力と情熱は去り，ものごとが思い通りにゆかず，不平不満ばかりが募ってくる．苦渋の記憶が顔の表情を曇らせ，口を衝いて出るのは，呪詛と悔いと愚痴ばかり．この暗澹たる内面風景にアイロニーの奥行を添えている秘密は，老いの悲しみが，幼子のような魂を通して眺められている視点による．森羅万象に驚きと喜びが抑え難く湧き上がってくる純な魂は，巧まざる詩心を持っている．これが，木や花や小鳥の鳴き声に自ずと感応する．こうした賜物を味わう人には，微笑むことを忘れた老人の絶望は不可解なのである．最後の文に見られる根本的問い掛け（太字部 "when" の繰り返されたリズムで，感情の動きが文章の韻律と照応している）は，作家のロマン派的想像力を偲ばせる．今この瞬間を無心に味わう詩心を捨てて，人生に何の意味があろうか，と．

一幅の絵には，人生のアイロニーが凝縮されている．時の無常を嚙み締める老女の苦悩と，これを見つめる純な魂に湧き上がったいわしさが二重写しになっている．ここに，人生の実相をさながらに見ることに情熱を注いだ作家の熟練の技がある．言葉にしようとして捉え切れない人生の不条理への直観がある．言葉で紡いだ絵画には，エリオット自身の体験的真実が反映しているような趣がある．世間の評価を恐れ，自己執着の強さを痛々しいまでに自覚していた作家の純粋な自己省察がある．わが心の囚われやすさに慚愧の念を抱き続けた作家の脈動から言葉がほとばしっている．生きる不安と恐れから心を解き放ってくれる基盤は何にあるのだろうか，この根源的問いからくる作家の内的対話が，エスタの心理的描写に真実な響きを添える所以になっている．

生きる意味の発見

すでに触れたように，エスタにとって人生を選択するということは，トランサム・コートに留まって，ハロルドの求愛を受け入れ，レディとしての道を歩むか，あるいは刑事訴追の危機にあるフィーリクスを支援し，彼との結婚によって父ライアンの精神的遺産を受け継ぐか，という二者択一であった．岐路に立った若い女性が，結婚を巡って闇を手探りするプロットには，エリオット自身の体験と記憶が反映している．序章で述べたように，ルイスとの非合法の「結婚」を選び取った彼女は，ヴィクトリア朝イングランドの性道徳観念との軋轢を宿命付けられていた（『エリオット伝』121-22）．傷付きやすく繊細な感受性を持ったメアリアンには，無理解な世間に抗して伴侶を選ぶ行為は，人

生の一大事であった.「結婚の神聖」とは何かを問う彼女の問題意識は, ロモラの結婚生活の苦悩に投影している. その同じ問いの伏流水がエスタの性格描写にも湧き出したのだ. さらに, ドロシアとグウェンドレンの結婚生活を巡る葛藤に, 同質の体験の底流が地表に流れ出した感がある. この例からも分かるように, エリオットの作品世界には, 女性にとって結婚の絆が死活的な問題として作品テーマをなす型がある.

　『フィーリクス』後半で顕著になるエスタの結婚の心理描写には, 作家が小説言語を洗練してゆく芸境が窺える. 結婚相手となり得る人物の背景と人間性を, 鋭い観察と読みによって明らかにしてゆく行為は, 同時にヒロインが, おのれの生きる意味を探り当てる行為に他ならない. 人間という複雑なテキストを読み解く行為に, 人物と作家と読者がこぞって参加するダイナミズムが, 命の物語を作ってゆくのに貢献している.

　登場人物の歴史的・社会的背景は, 性格のありように微妙に投影する. 人間関係の網の目を生きる人物同士の相互解釈は, そのまま網の目構造を映し出している. 作家の有機的生命観に由来する命のネットワークは,『フィーリクス』に至って, 文体そのものに溶け込んでいる観を呈している. すでに見てきたように, トランサム夫人の人間性を観察する語り手の視点は, 後半では一貫してエスタの感受性にある. 夫人の息子ハロルドの性格像にも, 同じ彼女の視点が貫かれている.

　エスタはハロルドの悠揚迫らぬマナーと趣味の洗練に心惹かれるものを感じながら, 心底では漠とした違和感があった.

> . . . she could not help liking him, although he was certainly too particular about sauces, gravies, and wines, and had a way of virtually measuring the value of everything by contribution it made to his own pleasure. His very good-nature was unsympathetic: it never came from any thorough understanding or deep respect for what was in the mind of the person he obliged or indulged; it was like his kindness to his mother—**an arrangement of his for the happiness of others, which, if they were sensible, ought to succeed**. 1) . . . **It is terrible—the keen bright eye of a woman** 2) when it has once been turned with admiration on what is severely true; but then, the severely true rarely comes within its range of vision. Esther had had an unusual illumination; Harold did not know how, but he discerned enough of the effect to make him more cautious than he had ever been in his life before. (43: 410-11)

彼女は，ハロルドに対する好意を抱かずにはいられなかった．確かに彼は，ソースやグレービーソースやワインにはうるさかったし，すべての事柄について，自分の趣向に合うかどうかを基準に評価する癖があった．彼の気のよさは，情味の厚いものではなかった．その親切さは，自分が温情を示したり，許したりする相手の心にあるものを理解したり，心から尊重する姿勢から出たものではなかった．その気持ちは，彼が母親に抱く親切さと似通っていた．他人の幸せに対する彼自身の配慮は，相手がこれに気付いてくれれば，うまくゆくはずのものであった．・・・女の鋭いキラキラした眼は，相手のあるがままの真実を尊敬する気持ちがあって向けられている時ですら，怖いものだ．ところが，あるがままの真実は，女の視野に入ることはめったにない．だがエスタは，感覚がとりわけ鋭かった．ハロルドは，どうしてだか分からないまま，今までの人生で経験したことがないほど気を付けないといけないと感じていた．相手の明敏に見抜く力を見て取ったからだ．

　エスタとハロルドの寛いだ会話の中で，自ずと浮き彫りになる個性の違いが，上記の引用に暗示されている．この一節は，二人の心中の思いを，語り手が言葉にしたものである．"an arrangement of his for the happiness of others, which, if they were sensible, ought to succeed." 1) この文以前の視点は，ハロルドの根本的な人間性を探るエスタのものであるが，"It is terrible—the keen bright eye of a woman", 2)「女の鋭いキラキラした眼は恐ろしい」以降は，ハロルドがエスタの秘めた気骨に気付き始めた心境から発せられた視点である．

　引用の後段に見えるエスタの女性特有の直観は，ハロルドの耽美的な生活習慣と慇懃さの中に計算高さが隠れていることを見通している．食習慣は人の個性の深い部分を表現する．ワインで美食を嗜む習慣一つにも，ジェントリの暮らしに根付いた階級固有の文化がある．植民地の暮らしで身に付けた金儲けのやりくり算段は，一つには中産階級の父親から受け継いだ才覚である．実際家の才知を発揮して財をなした彼には，血統の誇りと相俟って，自己を恃む心が無言の規範にある．彼にとって，富の神マモンは冒すべからざる偶像である．自己利益を確保した上で，他人の利害といかに妥協を図るか，が腕の見せどころなのである．こうした権力基盤の上に立って，人を動かす術を使うのである．力の信奉は，必然的に女性を家庭の天使として奉り，その人間性を自分の支配下に置こうとする．植民地での結婚相手は，自分の意のままになる可愛い東洋女であった．"an arrangement of his for the happiness of others, which, if they were sensible, ought to succeed." 1)（他人の幸せに対する彼自身の

第I章 『急進主義者フィーリクス・ホルト』を読む

配慮は，相手がこれに気付いてくれれば，うまくゆく筈と思っているのであろう）．この語句には，女性の感覚が捉えた男の権威主義が皮肉な含みをもって抉られている．彼の「親切」は，相手がこれに気付いて，初めて効果を発揮する方便である．母親への優しさも，花道を付けて栄誉ある引退へと無力化する思惑が隠れている．相手のあるがままの人間性を受け入れ，人として尊ぶ計らいなき共感の発露はない．これがエスタの見抜いた彼の処世術であった．

翻って，「女の鋭いキラキラした眼は，」以降には，ハロルド自身の，エスタに対する思いが行間に滲み出ている．ここに，一見客観的叙述と見えながら当事者の心理が投影している自由間接話法が見られる．池田によれば，この話法は，人物の「過去と現在が入れ替わり，交錯する表現法」であって，複雑な心理描写に寄与すると言う (287)．これは，オースティン，エリオット，ヴァージニア・ウルフ (Virginia Woolf 1882-1941) に共通する心理描写の裏技である．だが，上記引用に見られる機能として，人と人との駆け引き，本音の探り合いの場面で，当事者の主体をぼかすことによって，読者を文脈から解釈に招き入れる効果がある．

ハロルドは，エスタに女性的魅力を感じつつも，相手の明敏さと気骨が，自分の弱点を見抜いて裁きかねない危うさを感じたのである．「この人は，自分の都合通りに動かせる従順な器ではないぞ，眼の光がそう語っているではないか，」これが彼の心中の思いである．相手の品位と反骨心への警戒心が，温かいエロスの中に混じってきたのである．このような求愛の駆け引きを描く作家の言語感覚には，女流作家に固有な想像力の閃きがある．一つ一つの言葉が，時にアイロニーの気味をおびて，寸鉄釘を刺すような効果を発揮するかと思えば，時に，当事者の人間的な品格がほとばしるような含みを感じさせる．人物の生き様に，当人も気付かないような階級風土と時代思潮が忍び込んでいる．ルイスと共にシェイクスピア劇を音読し合った作家の，達意の言語感覚が何げない点描にも生きている．こうして，プロットの展開と個々の人間的エピソードが相照らす有機的構造は，再読して気付かれる．

序章で触れたように，男女の性道徳に二重基準があるヴィクトリア朝の保守的風土を生き抜いたエリオットは，女性の人格的尊厳について鋭敏な問題意識を抱いていた（『エリオット伝』138-39）．女性が生きる糧となる教養を身に付け，成熟を遂げるプロセスは，ダイナ，マギー，ロモラ，エスタ，ドロシアからグウェンドレンに至るヒロインの系譜に終始一貫しているテーマであ

る.女性が結婚という選択を通して,人生に意味と目的を見出す困難なプロセスは,エスタの性格描写の核心をなしている.

彼女がハロルドの熱心な求婚を受け,すべてが彼との結婚へ向かって動いているように思われる時,「これが世渡りの知恵というものなのか」,と悲しい諦めの境地に身を任せようとする瀬がある.ところが,これに抗するように,自問の声が聞こえてきた.

> . . . in accepting Harold Transome she left the high mountain air, the passionate serenity of perfect love for ever behind her, and must adjust her wishes to a life of middling delights, overhung with the languorous haziness of motiveless ease, where poetry was only literature, and the fine ideas had to be taken down from the shelves of the library when her husband's back was turned. (44: 426)

> ハロルド・トランサムを受け入れることは,深山の澄んだ空気を諦めることだった.混ざりっ気のない愛の,情熱を秘めた静けさは,永久に捨てなくてはならない.これからは,自分の願望を,月並みな喜びの暮らしへと向けるしかない.そこには動機の乏しい安楽の物憂い霞が掛かっていた.そんな生活では,詩は文学に過ぎず,高い志は,夫の眼を盗んで図書室の棚から取り出すものであった.

巡回裁判を控え,流刑の危機にあるフィーリクスの身を案じる父の声が,自分の心の叫びと一体になった境遇で,自分にとって生きる意味はどこにあるのだろうか,命の充足は何によって得られるのか,と.エスタの心の景色を捉えた描写には根源的な問いがある.それは,作家自身の自己への問い掛けがヒロインへ仮託されたものと解釈できる.ここにイメージ言語の多層的な意味が響き合っている.深山の澄み切った空気の爽やかな肌触りは,尽くすべき本分が定まった人の凛とした境地を暗示している.これと対照的に,動機を失った安逸の境涯は,うっとうしく垂れ込めるもやのように,人を倦怠に誘う.感覚美を満足させる舞台装置も,これを味わう心に空しさがあれば,ものの情趣は消える.慣習に従って振る舞ううちに,自分が本当は何を欲しているのかさえ分からなくなる.レディの暮らしのイメージに託された自問には,含蓄の奥行が広がっている.詩集を書架から取り出し,夫の眼を盗んで読む様は,貴顕の家に潜むしがらみの重さを連想させる.本来的には生きる灯としての知識が,現実への妥協が重なり,志が萎えると,装飾品になり下がらないだろうか.伴侶のご機嫌を窺いながらこっそり楽しむ詩に,魂を高揚させる真の言葉があるのだ

ろうか.詩とは,何ものにも囚われない心の発露ではないのか.

　この一節には,女性にとって真の教養とは何か,という問いが響いている.教養を皮膚感覚にまで磨くと詩になる.では,詩とは何か,文脈が滋味深く語っている.自然との語らい,人との触れ合い,そこから湧き出す喜びを分かち合うと,知識が感情を育んでくれる糧となる.そういう充足の境地を求める作家の祈りが,エスタに託されている.同じ祈りは,『ミドルマーチ』でドロシアに受け継がれている. "She did not want to deck herself with knowledge—to wear it loose from the nerves and blood that fed her action.(彼女は,教養を飾り物のように身にまといたいとは思わなかった.神経と血流に脈打って,行為の糧とならないような知識なら要らないと思えた)(10: 86). 生理学の知見が暗喩となって,意味の奥行を湛えている.知識が感受性に働き掛け,身体感覚にまで磨き上げられると,行動の原動力ともなり,生きた言葉が澄んだ自己認識を促す.聖書講読で培われたエリオットの宗教的叡智は,子どもの感受性に立ち戻って,ものをあるがままに見るロマン派的想像力に,宗教再生の原点を見出した.人生の霊的価値に凛とした禁欲美を感じる作家の美意識は,作家生活を通して一貫していた.この美意識は人物の危機を描く際に,繰り返し湧き出してくる.

人生の統合原理としての体験と記憶

　エスタは,物語の結末近くでレディの暮らしを断念した.引用(44: 426)(本文126頁)に窺えるように,ハロルドの人間性に自分の将来を託す絆を見出すことは叶わなかったのである.トランサム夫人の苦しみに心を動かされながら,館の暮らしに心の居所はないと感じたのである.伝統的権威の固定的序列と宗教の形骸化には,心の機微に触れる何ものも認められなかった.その一方,むさ苦しい環境と労働者の困窮を子ども心に刻んできた彼女には,彼らの生活改善と教育に心を傾ける父とフィーリクスの一途な献身は,わが心の原風景として根付いていることが悟られた.ディセンターの宗教的禁欲主義の中に曲がりなりにも息衝く精神的価値があって,これにえも言えぬ懐かしさを覚えたのである.善を求める気持ちには大きな代償が伴う.しかし,苦しみを分かち合う同胞がいて,自分が何がしかできることがある.この境遇には自分を育ててくれる何かがある.[14] この予感がエスタの決断を後押ししたのである.

> **A supreme love, a motive that gives a sublime rhythm** 5) to a woman's life, and exalts habit into partnership with **the soul's highest needs**, 2) is not to be had where and how she wills: to know that **high initiation**, 1) she must **tread where it is hard to tread**, and feel the chill air, and **watch through darkness**. 4) (49: 464)
>
> 至高の愛，女の人生に崇高なリズムを添え，習慣を魂の気高い要求に沿ったものに高めてくれる動機は，どこに求めようと，いかに欲しようと，得られる見込みはなかった．高貴な世界へ導き入れられる為には，踏み込むのが難しい一歩を踏み出し，冷気を感じ，闇を見据えることが避けて通れなかった．

人には魂の欲求があって，これが満たされると心の渇きは癒やされる．その欲求は自分から求めるものではなく，縁（えにし）として賜るものである．おのれに与えられた本分を心底から受け入れた瞬間，苦労が苦労ではなくなる．世の冷たい風も闇も，光に導かれる暮らしの喜びとなる．これが「大いなる世界への導き」("high initiation" 1))である．これによって一つ一つの苦しみに意味が与えられる．これを分かち合う伴侶としてフィーリクスの存在が，エスタの心に兆したのである．

エスタの転機を描くこの一節には，"the soul's highest needs", 2)（魂の気高い要求）"tread where it is hard to tread", 3)（踏み込むのが難しい一歩を踏み出す）"watch through darkness" 4)（闇を見据える）に見えるように，聖書的な響きが深い．だが，神とイエス・キリストへの言及は微妙に避けられている．そこに，超自然的キリスト教の語彙を捨ててなお残る真実を汲み取ろうとする聖書批評の精神が感じられる．これは，エリオットの「倫理的人道主義」(ethical humanism) の境地（ドーリン 186）を反映している．歴史を超越して人を動かす神は存在しなくても，自然と人間の暮らしに内在する法則ないしは道理としての神性が働いている．これに随順する他にないのではないか．作家自身のこうした問題意識が読み取れる．"A supreme love, a motive that gives a sublime rhythm" 5)（至高の愛，崇高なリズムを添えてくれる動機）が示唆するように，肉なる人間を行動に突き動かす動機があって，それが心身のリズムとなって命を生かしている．それを「至高の愛」と呼んでいる．これは，伝統的な「神の愛」の再定義が，デイヴィスの言う心の科学 (4) の知見によって行われていることを偲ばせる．

エスタがトランサム・コートを去る決断をするに先立って，心の揺れを捉えた一節がある．そこに，体験から得られた言葉のほとばしりを感じさせる心理

的葛藤が精細に描かれている．その文体を仔細に吟味してみると，彼女が人生の岐路で行った決断が，作家自身の体験に発していることを感じさせるような霊気を湛えている．この葛藤が起こった状況を一言で言えば，エスタが子どもの頃から憧れた上流の暮らしは，詩と音楽と品格が漂い出るような神聖な領域であった．ところが，館の暮らしの現実は腐臭が漂う死の世界であった．彼女は，自我と自我との暗闘の荒涼たる砂漠をそこに見た．思い描いた美と品格と自由は，そこにはなかったのである．あるのはただ女あるじの孤独地獄と，息子の計算高い人生設計が敗北した悲しみばかりであった．これを目の当たりにしたエスタには，何が自分の人生に意味と目的を与えてくれる契機になるかが予感された．

> . . . she [Esther] was intensely of the feminine type, verging neither towards the saint nor the angel. She was "a fair divided excellence, whose fullness of perfection" must be in marriage. And like all youthful creatures, she felt as if the present conditions of choice were final. . . . It is only in that freshness of our time that the choice is possible which gives unity to life, and makes the memory a temple where **all** relics and **all** votive offerings, **all** worship and **all** grateful joy, are an unbroken history sanctified by one religion. (44: 429-30)
>
> 彼女（エスタ）は，聖女的でも，天使的なタイプでもなく，心底女らしいタイプであった．「女性的資質に恵まれ，人間的な豊かさが結婚で磨かれるような，岐路で悩む女性」（シェイクスピア『ジョン王』II. i. 439-40）だった．若い女性らしく，眼の前の選択が最後のものになると感じていた．・・・人は，青春期には，人生に首尾一貫性を与え，記憶が神殿になるような選択ができるものだ．その選択の向こうに，記憶の中であらゆる聖遺物，あらゆる捧げもの，あらゆる崇拝，あらゆる感謝と喜びが，一筋の宗教で神聖にされた途切れない歴史が広がっている．

妙齢のエスタが人生の二者択一を迫られた時，自ずと心に兆した予感があった．平凡な暮らしの中に自分の居場所があり，家族の要として自分が必要とされる所以があるのではないか．信徒との触れ合いの中に共感と助け合いの暮らしがないだろうか．みずからの労働を切り売りするしか生きる術のない人々（ナニートン近郊では手織の職工や針子が多かった），路地の自然美から切り離されたむさ苦しさ，博打や酒に刹那の快楽を求める夫とうろたえる妻の苦労，付き物の病とないがしろにされる子どもの教育，そういう環境（カザミアン 18-20）の只中で，人々の細やかな生活向上と道義の再生を図る夫婦の絆

は絶えざる困窮との闘い（作品では細部に触れられていない）．ないないづくしの環境で最低限の人間的品位の実現に未来の夢を馳せる．夫となるフィーリクスとの絆は，苦労を共にし，志を分かち合うことにある．そこに人生の意味と目的が開けるのではないか．

　エスタの選択の先には，一筋の道が延びている．父の存在がフィーリクスとの新たな絆になり，過去の記憶が聖なる神殿となる．自分の存在が命の流れの中で位置と意味を与えられ，義務への献身によって人生が一貫した歩みとなる．個人が行動を選択し，その結果を引き受けてゆく中に，命の充足が自ずと訪れる．この境地を表現するのに聖堂のイメージが使われている．記憶が聖霊の宮となり，そこに安置された聖遺物，捧げもの，祈りと感謝（太字部 "all" の長母音の畳み掛けは，宗教感情の高揚感が言葉の音楽になっていることを示している）は，宗教が個々の命と記憶の流れの中に継承されてゆくものであることを証している．ここにエリオットの非ドグマ的宗教観が結実している．宗教は命の河の悠久な流れであって，個々の人間は，固有の体験と記憶を持ちつつ，この河に合流し，命の海に戻ってゆく．

　エスタが結婚生活に生きる意味を見出してゆくプロットには，現代の批評家の間にも議論がある．シャトルワースによれば，エリオットは，ヒロインを女性的なるもの (the feminine) の紋切型に還元している．それは，作品の単純化された政治的メッセージと符合している．フィーリクスの教義にはコントが唱えた有機的コミュニティの序列があって，宗教的指導者の男性と伴侶の間には暗黙の支配・服従関係がある．妻の身となるエスタにとって，夫の権威への従順が自由意思に沿ったものと感じられる時，その鎖は一層強まる．作家は，みずから切り開いた自由境をエスタには与えていないと言う (137-39)．その一方，ヘンリー (Henry) は，エリオット自身の結婚生活の自己充足がエスタに反映していると見る．エリオットは，ルイスとの暮らしでみずからの人間的弱点と向き合い，彼の導きで成熟を深めた．その境地が，表層的ながら純粋な形でエスタの性格描写の糧になっている．自己の問題を凝視して，人格完成の道を歩む彼女の模索は，その後ドロシアとグウェンドレンの境地にも結実していると言う (*The Cambridge Introduction to George Eliot* 79-80)．

　批評家の解釈の違いは，エリオットのような複雑な芸境を持つ作家には自然なことである．ただ言えることは，女性問題を見る彼女のまなざしは複雑微妙で，現代のフェミニズム批評の枠組には収まり切れない葛藤があるというこ

とである.シャトルワースの見方には,20世紀以降のフェミニズムの価値が強く反映して,作品をそれが創られた時代状況に照らして虚心に見る姿勢が弱い嫌いがある.現代の価値尺度で過去の作品を評価する弊に陥ると,作品が同時代に成した歴史的貢献を見落とす可能性がなくはない.翻って,ヘンリーの見方は,価値批評から身を退いて,作品の言語事実に聞き耳を立て,ヒロインの内面描写に作家自身の命の脈動を感じている節がある.これを裏付けるように,引用(44: 429-30)(本文129頁)の直後の45章題辞に,エリオットとルイスの絆の深さを偲ばせる言葉が見える.

> We may not make this world a paradise
> By walking it together with clasped hands
> And eyes that meeting feed a double strength.
> We must be only joined by pains divine,
> Of spirits blent in mutual memories.(45: 431)

> 人は夫婦となって,手に手を取り合って人生を共に歩み,
> 眼を合わせると強さが倍加される.
> だが,それだけでこの世を楽園にはできない.
> 夫と妻は,神聖な苦しみによってのみ絆を得る.
> お互いの記憶の中に生きることによって心は一つになる.

　メアリアンとルイスは,時代の常識と法律が許さない事実婚に踏み切ったが故の大きな犠牲を払った.とりわけメアリアンは,女性の品行に厳しい世間の指弾の矢面に立たされた.セーラ・ヘネルとカーラ・ブレイのような最も気心の知れた親友とのわだかまりは,その後長く心の負債として彼女を苦しめた.この記憶が「伴侶」ルイスとの心の太い絆となったのだ.それだけに,自分たちの「結婚」を真の意味で神聖な絆にする道徳的正当性には頑固なまでの自負を抱いていた(『エリオット伝』184).そのような矜持が,エスタの,結婚の決断に至る心理描写に溢れ出てくるのである.
　エリオットは,19世紀後半のフェミニズムに深い共感を抱きながら,女性の人権擁護と権利拡大運動からは微妙に距離を置いていた.その動機について,ドーリンは,彼女の芸術観に由来すると見ている.芸術の神聖な役割は,「審美的な教え」にまで芸境を高めることにある.即ち,作家はみずからの体験を登場人物の人間性に昇華して,人格の息吹として読者に伝えるところに

その使命がある（『書簡』IV 300）．そうして初めて，彼らに共感の深まりを呼び覚まし，社会改革の力となる．女性が個人として成熟し，その品位ゆえに家庭と地域で影響力を及ぼす時，ゆっくりとながらも着実な改善が図られる．この意味で，彼女はイギリス保守主義の伝統を刷新する力を持ち得たと言う（148-49）．エスタの結婚についての保守的心情は，確かにエリオット自身の歩みとは異なっている．しかし，鋭敏な感受性と奥床しい女性的資質と，ものをあるがままに見る姿勢において，彼女は，マギーとドロシアとは違った意味で，作家の個性の一面を映し出している．

むすび

　すでに論じてきたように，エスタの結婚を巡る暗中模索には，作家自身が生きる意味を追求してきた道筋が反映している．エリオットは場所の霊気を鮮やかに再現する筆力には定評があるが，『フィーリクス』においてはトランサム・コートという伝統的権威のシンボルたる場を描いた．イギリス保守主義の牙城と見られる世界の価値が空文化し，宗教が形骸化している様を一幅の絵に仕立てた．外観と実態が乖離した悲劇を凝視する作家のまなざしには鬼気迫るものがある．そのような場に，聖書講読で培った霊的伝統に連なる子どもの瑞々しい魂が入ってきた．この意味で歴史的・社会的文脈は，作家の言語実験を促す手段であった．主要人物の内面を浮き彫りにする描写には，語り手がものの建前と本音を識別するアイロニーが働いている．ヒロインの部外者の眼が，場に親しんで新鮮な驚きを失った人々を眺める際に，透視する武器になるからである．

　場とそこに住む人には深いつながりがある．場の風土が人物の生き様に影を落としている．場と人物の相互依存を的確に捉えようとして，作家の文体は暗喩とアナロジーへと傾いている．"silken bondage"（絹の軛），"well-cushioned despair"（クッションのいい絶望）（引用 49: 465）（本文 118 頁）などの凝縮された語句は，瞬時にしてことの本質を伝える想像力の言語である．言葉は節約されると，陰影深く読者の心に響いてくる．それ故，絵画的イメージの使用も人物描写の奥行を深めている．人物の若き日の肖像画を別の人が見ると，老境にあるモデルの現状と青春時代の潑剌たる色香が対照されて，命の無常が見る人の心を打つ（引用 49: 459-60）（本文 121 頁）．老いの悲しみは，善悪，正邪を超えた人生の実相である．ヨブやセミラミスなど聖書と古典神話

への言及も，人物の生き様に歴史的連想のこだまを呼び覚まし,「日の下に新しいものはなし」(「伝道者の書」1: 9) の真実を再認識させる．

　『フィーリクス』に至って，ヒロインが身近な人の心事を，古典テキストを読むように紐とき，精読するアナロジー（引用40: 383）（本文112頁）が芽生えている．これは，作家が読者に説くのでなく，彼らを解釈に招き入れる練達の技である．同時に，作家が人物への介入を控えて，彼ら自身に体験させ，そこから学ぶに任せる手法である．こうして，自然法則ないしは人生の道理を自ずと浮かび上がらせるアプローチが，後期小説では顕著になってきている．人物が生きる意味を探り取る状況では，作家の文体が，科学者の有機的生命観の含みを帯びてくる．この言語観は，エリオットがルイスと同棲するようになってほぼ2年を経た1856年頃からすでに見られる．

> The sensory and motor nerves that run in the same sheath, are scarcely bound together by a more necessary and delicate union than that which binds men's affections, imagination, wit, and humour, with the subtle ramifications of historical language.(「自然史」283)
>
> 同じ束を流れる感覚神経と運動神経は，人の情愛と想像力と機知とユーモアを一つにつなぐ必然の法則の微妙な絆によって，歴史言語の微妙な系統発展と比類ないほど精妙につながっている．

　ルイスの生理学・心理学研究を側で支え，学んでいたエリオットは，歴史言語が連綿たる遺産の継承によって複雑さと多義性を備えるに至ったことを認識していた．この見方からすれば，言語は系統発展する生き物である．人の心身が大脳を司令部とする命の統合体であるように，言語は，これを使う人の肉体，感情，思考の生命的な営みの一部である．従って，言葉が健全に機能する為には，身体性の次元を持たねばならない．肉体を基盤とする感情は，言葉の光に照らされて思考と交流する時，恐れのような負の感情の闇から救われ，肯定的感情へと昇華される．この有機的言語観は，『ミドルマーチ』に至って，医師リドゲートの研究方法が暗示するように，仮説・検証のプロセスにプロットの進行を委ねるアプローチへと深化した．『フィーリクス』では，作家の有機的生命観は，エスタの生きる意味の模索にそっと息衝いている．

3 『急進主義者フィーリクス・ホルト』に見るライアン牧師の人間像
 ―― エリオットの救済観を探る ――

序

　『フィーリクス』には，自然の一部としての人間が命の網の目の中にあると見る有機的ヴィジョンが，それまでの小説にも増して鮮明になっている．「広い公的生活に規定されないような，人間の私生活はない」(3: 50)．物語の歴史的背景に触れた一節である．「広い公的生活」(a wider public life) は，狭義の社会生活はもとより，自然の営みの中の人間の暮らしが含まれている．作品冒頭の「序章」を含む3章で，自然史とイギリス史の観点から入念に物語を位置付けていることからして，エリオットの芸術的意図は明らかに読み取れる．物語の舞台となる町はトリビー・マグナ (Treby Magna) と呼ばれるが，これは，エリオットが生を享け，青春期まで過ごしたナニートンとコヴェントリ周辺があらかたモデルになっている (A. G. Van Den Broke *Oxford Reader's Companion to George Eliot* 113)．時代設定は，第一次選挙法改正法案が通過した直後の1832年9月から翌年4月にかけての激動期である．[15] 作家は少女期の記憶を素に，物情騒然としたイギリス社会の変革期を，後年の円熟した時代洞察によって再構築したのである．この小説を執筆していた1865年頃には第二次選挙法改正（1867年通過）の論争が活発に行われており，祖国の文明が岐路に立っていた．過去とのつながりを基盤にして，宗教・道徳秩序を維持しつつ，ゆっくりした改革を進めるのか，あるいは大衆民主主義とリベラリズムと物質的繁栄の方向へさらに一歩踏み出すのか，が問われる分水嶺であった．土地所有に基づく保守的田園文化と，都市型産業主義と物質文明の角逐が国民生活のあらゆる分野で進行していた．時代の趨勢は，鉄道網の発達，市場の拡張，植民地の拡大の流れに乗って，貴族・ジェントリ主導の静的文明から中産階級主導の動的文明へと質的転換を遂げつつあった．

　そのような時代状況にあって，エリオットは30年余り前の節目を振り返り，その間に起こった国民生活の，精神的および物質的変化を見極めようとした．こうして，個人と共同体の生活の質を吟味する意図が『フィーリクス』に結実したのである．一見政治を主題とするかに見える作品タイトルとは相違して，イギリス地方社会の歴史的変遷が過去から現代へと連なっている様が根源的

に捉えられている．イギリス文化は歴史的に見て，宗教と経済と政治が密接に絡み合って脈動する生命体の様相を持っている．経済生活の土台の変化と共に，宗教秩序の面では，国教会とディセンター（非国教会派）の宗教的二重構造が複雑な相互作用をしている構図が浮き彫りにされている．この構造は，キリスト教の教義の違いに由来すると同時に，貴族・ジェントリ，中産階級，労働者階級の間の社会的力学の消長を反映している．言わば，宗教が政治，経済と不離不即の関係にあって，共同体の秩序を束ねる精神的力学を担っている．

『フィーリクス』は，イギリス的急進主義がキリスト教文化の中でどのような役割を果たし，民衆の暮らしにどう生きているかを，網の目構造の立体図に位置付けて見せてくれる．ここで，その宗教的バックボーンたるピューリタニズムの盛衰に触れると，[16] この宗教的伝統は，イギリス社会に深く根を張って，歴史的展開の中で，時に地表に溢れ出し，時に伏流してきた．階級文化の根強いイギリスで，現実にある階級差を強める力と平準化する力が攻防を繰り返してきた．イギリス内戦 (1642-49) で表面化した反教権主義 (anticlericalism) は，キリスト教信仰の純粋性を，国教会の地上的権威を批判することによって個人の良心に取り戻す運動の側面があった．少なくとも建前では，そう喧伝されていた．だが現実には，クロムウエルに指導された円頂党派（議会派）の支配は，反対派に対する弾圧の点で，王党派に劣らず情け容赦がなかった．その非寛容な支配の反動として，王政復古（1660-85 年，時にジェイムズ二世の治世を含めて 1688 年まで）以後，ピューリタン勢力は厳しく弾圧され，田園イギリスから放逐され，ディセンターとして都市の職工や鉱山労働者や手仕事職人の間で細々と命脈を保ってきた．ところが，18 世紀末葉から 19 世紀初頭にかけて産業革命の進展に伴い，産業都市の無計画な膨張がもたらす社会的病弊は万人が眼を逸らすことができないものとなった．先に触れたように，国教会内部の改革を目指したジョン・ウェズリー率いる宗教復活運動は，ディセンターの冷え固まった信仰にも活を入れる結果になったのである．ジョン・ミルトン (John Milton 1608-74) とジョン・バニヤン (John Bunyan 1628-88) に代表されるイギリス・ピューリタニズムの系譜には，個人の人格完成を純粋な宗教的献身に求める伝統が生きている．カザミアンによれば，この宗教的エネルギーが，歴史の節目で社会改革の原動力として機能するパターンがあると言う (34-6)．19 世紀初頭，このエネルギーのうねりは，福音主義としてイギリスの津々浦々に及び，社会の空気を一変させるのに与って力があっ

たのである.

『フィーリクス』に登場する非国教会派牧師のライアンも，平信徒の改革者フィーリクスも，大きくは福音主義の潮の中に位置付けられる．エリオットは，生まれ故郷周辺に，リボン職人や鉱山労働者などディセンターのいる風景で育っていた．先述のナニートンでの民衆暴動を目撃したことを記憶に留めていた作家は，ディセンターの生き様と信仰を自分自身の文化として呼吸していたのである．子ども心で受け止めたものを，後年のヨーロッパ的な視野で位置付け，そのイギリス史における意義を心の地図に収めていたのである．ライアン師の旧時代的カルヴィン主義信仰も，フィーリクスの労働者の道義復権運動も，1832年前後のイギリス地方社会の風景として欠かせなかったのである．

名前が小説のタイトルになったフィーリクスは，グラスゴーの神学校で学びつつ，その権威主義的宗教に飽き足らず，新しい宗教のあり方を模索していた．機織りであった亡き父親の魂を受け継いだ彼は，故郷に戻り，労働者の生活改善運動に人生を捧げる志を立てたのである．急進主義者(the radical)たる彼の生き様は，その語が連想させるイメージとは違って，彼らの参政権拡大を通して政治改革を志向する政治的民主主義派の主張とは距離を置いていた．むしろ，聖パウロ（Paul）の書簡に見る生来的自己の悔い改めと，イエスの十字架への随順が，その核心的な志であった．パウロの心を心として，労働者の間にその生き様を鑑として広めることが彼の目標となった．個人が現状の自己をそのままにして，政治的権利の拡大を目指す中に人が幸福を得られるとは考えないところに彼の真骨頂があった．おのれのしぶとい自己中心性を懺悔して，イエスに聞き従う道を歩み，日々の生活態度を改め，労働に精励する，これが彼の労働者オルグの心であった．彼の労働者に対する演説（33章）が示唆するように，彼は作家の政治的保守主義と漸進的改革ヴィジョンを代弁する意味あいを担っている．

フィーリクスは，議会選挙運動のさ中，暴動に巻き込まれ，その混乱の中，故殺（一時の激情による殺人）の嫌疑を受け，その廉で裁判に掛けられた．その後，勾留中の彼との交流プロセスで，ヒロイン・エスタはその廉直な人間性に心打たれ，トランサム・コートの御曹司ハロルドとの結婚を断念した．彼女が，フィーリクス出所後，彼との結婚という人生の選択をすることをもって物語は終わる．物語後半は，エスタが結婚相手としてのハロルドとフィーリクスの間で揺れ動く心の葛藤を軸にプロットが展開している．結局彼女は，人

生の精神的価値を重んじて，敢えて困難な道を選び取った．そのプロセスに，作品の主要テーマとして焦点が当てられている．

　以上，エスタとの関わりでフィーリクスの性格像を振り返ると，彼が作家の宗教的・政治的ヴィジョンを担っている部分が認められる．ところが，プロットの全体的展開を見ると，彼の性格は終始，エスタの義理の父親ライアン牧師のまなざしで評価されていることも，性格研究としての作品の奥行に寄与していることが分かる．娘とフィーリクスとの未熟ながら，真摯な交流を見つめるライアンの性格像には，挫折の体験を通しておのれの弱さを凝視してきた老熟の滋味深い境地が描かれている．

　カルヴィニズムの教義を人生の拠りどころとして，清貧の暮らしを貫いてきたライアンは，偶然の縁で女性を愛してしまったのである．物語の現在を遡る22年前のことであった．乳飲み子エスタを連れて行き暮れて，彼の粗末な牧師館に救いを求めてきたアネットなるフランス女性の色香に，われ知らず恋の炎が燃え上がった．この数奇な出来ごとにより，彼は牧師の本分と恋心の矛盾に悩み抜くことになった．教義上の要請に反すると知りつつ，母と娘を受け入れ，共に暮らす以外に取る道はなかったのである．その結果，みずからの罪の意識と，信徒との軋轢に堪えかねて，それまで天職として毫も疑わなかった牧師職を辞する結果となった．以下，彼の性格描写に表れたエリオットの人間観を辿って，作家がライアンに託したメッセージを吟味してゆく．

個人の生き様と，背後の宗教的伝統

　個人と共同体の相互依存の網の目をさながらに再現し，歴史状況の中にある人間を捉えようとしたエリオットの問題意識は，作品の随所にその跡を留めている．すでに触れたように，ディセンターとしてのフィーリクスもライアンも，その宗教的伝統の中にしっかりと位置付けられている．イギリス社会の階級力学の文脈でディセンターが果たす役割について，作家は文化人類学者のまなざしを向けている．

　語り手の比較の眼は，まず田園と都市の文化的起源の質的対照を指摘する．

> ... there were the grey steeples too, and the churchyards, with their grassy mounds and venerable headstones, **sleeping in the sunlight**; 1) there were broad fields and homesteads, and fine old woods covering a rising ground, or stretching far by the roadside, allowing only peeps at the park and mansion which they shut in

from the working-day world. (Introduction 6)

・・・陽光を浴びてまどろんでいる灰色の尖塔や，芝生の築山を背景に古びた墓石が並ぶ教会墓地もあった．その向こうに畑と牧草地が広がり，農場が佇んでいた．美しい古木の茂みが緩やかな斜面を覆い，あるいは路傍に沿ってうねうねと広がって，庭園と大邸宅が木立の合間から垣間見えた．森によって，その光景は世俗の日常から隔絶されていた．

　風景とそれが持つ文化的含蓄を捉える語り手の言語感覚は達意である．ここには，田園イギリスの典型的風景が視覚化されている．穏やかに起伏する大地の只中に国教会の尖塔が屹立し，隣接する教会墓地には代々の祖霊が眠る墓石が並んでいる．程遠からぬところに貴族かジェントリの庭園（パーク）が広がり，その鬱蒼たる大木の切れ目から館の屋根が覗いている．広々とした耕作地と農場は，この風景が農業起源であることを物語っている．館の存在は，大地主と借地人との身分序列と歴史的つながりを暗示している．庭園の巨木に取り巻かれた屋敷は，貴族・ジェントリの歴史的継承性と同時に，自然の営みの中の自給自足的な暮らしの意味あいがある．教会が "sleeping in the sunlight" 1)「陽光の中にまどろんで」いる言い回しは，作家の無意識の表象とも受け取れる暗示性がある．即ち，国教会を支える文化風土が，基本的には呑気で大らかな気風を培ってきたことを示唆している．

　同時に，語り手の皮肉なまなざしは，この共同体の気風を "protuberant optimism"（顕著な楽観主義）と形容して，その自己満足の風を揶揄している．住民は，「古いイングランドはあらゆる国の中で最良」と信じ切っているのだ．この村社会は，「製造業者のいない市場町，贅沢な（肥沃な）暮らし向き (fat living)，貴族的聖職者，低い救貧税の地域」(6) と描写されている．こうした措辞は，作家が土地の文化風土を自然史の観点から捉えていることを証している．つまり，肥沃な大地の暮らしがゆとりを生み，固定的な身分制が人と人とを取り結ぶ絆として生きている．そこでは，貧者の救済は，制度的保証によらず，教会や地主や隣人の慈悲に依拠している．それが古いコミュニティの安定性に寄与している．裏を返せば，共同体の精神的背骨が地主と教会の地上的つながりに多くを負っている現実をも示唆しているのである．

　ところが，これと相接して，異質な風景と人々の暮らしが侵入してきたのである．鉄と石炭の結び付きによって，もの作りと交易を核とする新しい街がで

きていったのである.

> The land would begin to be blackened with coal-pits, the rattle of handlooms to be heard in hamlets and villages. Here were powerful men walking queerly with knees bent outward from squatting in the mine, going home to throw themselves down in their blackened flannel and sleep through the daylight, then rise and spend much of their high wages at the ale-house with their fellows of the Benefit Club; (6)

> 辺りの風景は炭鉱の粉塵で黒ずんで,辺りの村々から機織りのカタコトいう音が聞こえてくる.ここらには,炭鉱で這いつくばって仕事をする蟹股の屈強な男たちが奇妙な歩き方をする様子が見える.彼らは,家に帰ると煤けたフランネル作業衣のまま倒れ込み,日中に寝て,起きると,共済組合の仲間たちとパブに繰り出して,気前のいい給料を惜しみなく使うのだ.

ここに描かれているのは,風景の変化であると同時に,人間の生活様式の質的変化である.従来の農業コミュニティは,基本的に自然のリズムで動いていたが,新しいコミュニティでは機械のリズムが,これに取って替えられたのである.伝統的な労働には,効率の悪さに由来する貧困が付きものだったが,これを癒やすような生活の歌があった.太陽の光と緑と大地への親しみと昼夜のリズムが労働の基盤になっていた.一方,もの作りの現場は,分業の広がりによって,自然から乖離することを宿命付けられていた.労働の質は,効率と引き換えに単調化する.夜と昼のリズムが乱れ,人の心身は機械のリズムに適応を強いられたのである.労働環境は,風と木々と小鳥の慰みから遠ざけられ,しばしば昼夜の逆転が起こる.労働に本来備わった精神性は,こうした環境では奪われずにはおかない.そこから遊びの要素が排除され,苦役のあと疲弊した心身をエールの酔いで癒やすパターンが定着したのである.

この描写には,風景の典型的シンボルを凝縮しようとする余り,多少の誇張があることは否めない.しかし,物語の舞台を写実的に描く一方で,作家の問題意識が労働の質の変化に注がれていることは注目に値する.そこに個人の生活の質が深く関わっているからである.これを裏付けるように,この場面の直後,労働者家族の宗教生活に焦点が当てられている.

> Everywhere the cottages and the small children were dirty, for the languid mothers gave their strength to the loom; pious dissenting women, perhaps, who took life patiently, and thought that salvation depended chiefly on predestination, and

> not at all cleanliness. (6)
>
> 界隈のコテージと幼い子どもたちは薄汚れている．疲れ切った母親はありったけの体力を機織りに注ぎ込むからである．多分，信心深いディセンターの女性たちなのであろう．彼女たちは，生きることは辛抱することだと受け止め，救済は，この世で清潔にすることにではなく，神の一方的な恩恵によると信じているようである．

　ここに産業革命初期の労働環境が集約されている．単調な長時間労働は，心身に過剰な負荷を掛け，衛生環境は劣悪で，子どもの生活へ顧慮を払うゆとりさえない．ピューリタン革命の末裔は，このような地域に根を張ってカルヴィニズムの伝統的な予定説[17]の教義を生き長らえさせていたのである．この光景を描く語り手のまなざしは，苦ばかり多く，慰みの乏しい暮らしをどうにかする努力さえ諦めた人々が来世の救いを欣求する背景を洞察している．眼の前の現実を少しでも改善して，生活を合理的で健全なものにする視野が乏しい人々の姿が浮き彫りになっている．語り手の淡い風刺眼は，描かれた当事者の無知にも増して，産業の自由放任と拝金主義に由来する無秩序が人間の健康な暮らしを蝕む現実を抉っている．

　暴動と労働組合集会の舞台たる産業都市には不安と騒擾の気が満ち満ちていた．語り手は，その背景に精神風土の素地があることを見通している．

> Here was a population not convinced that old England was as good as possible; here were multitudinous men and women aware that their religion was not exactly the religion of the rulers, who might therefore be better than they were, and who, if better, might alter many things which now made the world perhaps more painful than it need be, and certainly more sinful. (6)
>
> この界隈の労働者家族は，古いイングランドがいい国だとは思っていない．ここら辺りの夥しい住民は，自分たちの宗教が支配者たちのそれと同じではないと分かっていた．だからこそ，自分たちは偉い人たちよりも善根を持っていると信じ，そうであれば，現実の世の中を必要以上に生き辛く，間違いなく罪深くしている多くのものごとを変えようと考えていた．

　ここには，貴族・ジェントリ・上層中産階級による富と知識と趣味の寡占体制に対して不平不満を募らせた労働者階級が，時を得ればいつでも納得のゆかない現状を変えようとする感情のエネルギーを溜めこんでいる様子が捉えら

れている．こうした階級的ルサンチマン（強者に対する弱者の憎悪や復讐衝動）は，もっぱら来世での救いの器は自分たちであると見るピューリタン信仰の遺風が生き長らえていることを示している．ところが，「来世の栄光」を待望するディセンターの形骸化した教義は，産業主義の時流に乗って労働組合運動のエネルギーを得て，現実変革の力を取り戻しつつあった．

　19世紀初頭，田園文化から産業文明へと地滑り的な変化が不可避のものと感じられると，新しい文明を担う労働者の声は，社会を動かす力として無視できなくなっていった．「石切場と炭鉱が新しい村を形作ると」，その影響は伝統的な町にまで及び，「リボン・テープ製造の機織りが，新聞を読む査察団と帳簿管理責任者を連れて町に乗り込むと，独立教会派の礼拝堂(chapel)は敬虔な善男善女で一杯になった」(47-8)．この事態に危機感を募らせた国教会とその信徒は，ディセンターを，町の周縁にひっそりと暮らす無害な人々とはもはや見做すゆとりを失っていった．近代化の鳴動が予感として押し寄せてきたからである．身分が上の者が，下の者を慈愛と寛容で包みこんで共存しようとする秩序そのものが揺らぎ始めたのである．国教会内部でディセンターの跳梁に対する警戒心が高まり，教区牧師と地主は，十分の一税や地代などの既得権を奪われはしないかと，内心の動揺を隠すゆとりもなくなっていった．

　これと軌を一にするように，ディセンター内部でも，人間の尊厳を無視した産業資本の横暴と無秩序に対する民衆の抵抗を組織化する運動が高まっていった．彼らが本来持っていたキリスト教的平民主義の伝統が，格差社会と生産現場の非人間性に触発されて息を吹き返したのである．

> The Dissenters, on their side, were not disposed to sacrifice the cause of truth and freedom to a temporizing mildness of language; . . . and solemnly disclaimed any lax expectations that Catholics were likely to be saved—urging, on the contrary, that they were not too hopeful about Protestants who adhered to a bloated and worldly Prelacy. (3: 49)
>
> その一方，ディセンターは，柔らかい言葉遣いによって宥和的な空気を作ろうとして真理と自由の大義名分を捨てる気持ちはなかった．・・・カトリック教徒が救われるなどという甘い予測はきっぱりと否定した．それどころか，肥え太り，世俗化した高位聖職者たちに従順を尽くすプロテスタントが救われるとは，よもや期待しないほうがよいと主張した．

語り手の背後に身を隠している作家は，宗教対立の構図が経済社会体制の変化と深くつながっていることを洞察している．王政復古以後，社会の片隅に日陰者として身を潜めるように暮らしてきたディセンターが，産業的無秩序の現実に直面した時，そこに自己の本来性を発揮する契機を発見したのである．これが国教会内部の改革運動と連動し，宗教改革と社会改革の一体化が進行したのである．宗教と経済と政治が一つ生命体の相互作用であることを読む語り手のまなざしは，有機的生命の営みのイメージに生きている．

　ディセンターはこうして，時に政治的急進勢力と接近し，時に保守的な道義復権運動を推進するエネルギーを得た．彼らは，支配者の宗教たる国教会の既得権益擁護がイエスの教えを置き去りにする結果になり，地上の権威に堕していることを告発したのである．同時に，カトリック解放令(1829)が施行されたにも拘わらず，反カトリック感情の強さにおいては，国教徒以上に牢固として盲目的な側面を持っていた．ヨーロッパ大陸でのカトリック教徒の現実に無知なままに，カトリック教徒即悪魔の手先の先入観が排他的な姿勢を助長していたのである．ここに，宗教教義が無知と結び付くと，盲目的な排外感情に流される結果に陥るパターンが認められる．それは，作家自身の歴史眼が自ずと描写に反映した結果である．

　フランス革命(1789-99)とナポレオン戦争(1805-15)の騒乱をそっと潜り抜けたトリビー・マグナも，ついに宗教対立の渦に呑み込まれ，選挙法改正論争を巡る騒擾の只中に巻き込まれたのである．このようにエリオットは，鋭敏な歴史感覚を働かせて，第一次選挙法改正法案通過前後のイギリス史を再現し，地方の草の根の歴史動向を踏まえた上で，その中に人物を位置付けている．歴史的風土の中を生きる人間の網の目を，変化の相において描く意図は，『フィーリクス』において芸術的な境地へと磨かれていった．とりわけ，ディセンターの宗教的伝統を背景に持つライアン牧師の人となりは，そのカルヴィン主義的教義の枠組みでは捉え切れない根源的な生のドラマがある．なぜなら，彼の精神生活には，作家自身の宗教的・審美的体験が色濃く反映しているからである．

ライアン――人を変える力としての体験と記憶――

　ここで先述のライアン牧師の恋のいきさつに話を戻すと，そのロマンスはフラッシュバックで語られる．過去が現在に生きて，その姿を形作っていると見

第Ⅰ章　『急進主義者フィーリクス・ホルト』を読む　　143

る作家の人間観そのものに由来する性格描写のアプローチが，彼の描写には
ある．わけても，作家の倫理的人道主義ヴィジョンがライアン師のロマンス描
写に反映していることは疑いを容れない．なぜなら，これを描く語り手の語り
は共感の炎と熱を帯びており，その文体と語彙には作家の精神遍歴が深く影
を落としているからである．

> He spent it [that night] in misery, enduring a horrible assault of Satan. He thought **a frenzy had seized him**. 1) He dreaded lest the woman had a husband; he wished that he might call her his own, that **he might worship her beauty**, 2) that **she might love and caress him**. 3) (6: 82)
>
> 彼は，その夜を，悪魔の恐ろしい襲撃に堪えて，苦悶のうちに過ごした．狂気が自分を襲ってきたと思った．女に夫がいるのではないかと恐れた．彼女をわが妻と呼べればなぁ，その美貌をほれぼれと眺められたらなぁ，愛しい人が自分を愛し，慰めてくれたらなぁ，と願わずにはおれなかった．

　先に触れたように，今を去る 22 年前（1774 年），ある冬の夕べ，くだんのフランス女性アネットが乳飲み子（エスタ）を抱いて行き暮れ，当時独身のライアン牧師（38 歳）に偶然出会い，救助を求めたのである．彼は，戸惑いつつもこの母子をみすぼらしい牧師館へ案内し，あり合わせの食事を取らせ，宿を提供したのだ．ディセンターの牧者として献身していた彼は，若く美しい女性をわが家に招くことなど想像だにできない禁欲的な暮らし振りだった．おずおずとした慎ましやかな介抱のさ中に，女性が漂わせる気品ある優雅さと色香が，うぶな彼の鋭敏な感覚を捉えたのである．
　"a frenzy had seized him" 1)（狂気が自分を襲ってきた），この文が暗示しているように，えも言えぬ甘美な陶酔が襲ってきて，心のときめきをどうすることもできない状況で，牧師としての心の葛藤が始まったのである．彼には，この陶然たる喜びが「サタンの急襲」と感じられた．エロスの魅惑を厳しく戒めるカルヴィニズムの教えが習い性となり，三十代の男性が恋愛体験を経ぬままに，ここまで生きてきたのだ．"he might worship her beauty" 2)（彼女の美貌をほれぼれと眺められたらなぁ），"she might love and caress him" 3)（愛しい人が自分を愛し，慰めてくれたらなぁ）．この感情描写には，語り手の繊細な言葉の選択眼が働いている．ライアン自身は，わが身を襲った官能的陶酔に，聖母マリア信仰と似通った精神的崇拝（"worship"）を見たい衝動が働いて

いる.同時に,自分の立場を投げ打って,女性的な魅惑と慰みに心の安らぎを求めずにおれない切なさが示唆されている.

　自分の感情の正体を摑みかねて,惑い悩む人自身の視点から語りの言葉が発せられていることが分かる.

> And what to the mass of men would have been only one of many allowable follies—a transient fascination, to be dispelled by daylight and contact with those common facts of which common-sense is the **reflex** 1) —was to him a spiritual **convulsion**. 2) He was as one who raved, and knew that he raved. (6: 82)
>
> そして,大抵の男なら許される過ちに過ぎないと思われること,日の光に当たって,平凡な生活の瑣事を普通に楽しんでいれば自然と霧消する筈のものが,彼には霊的痙攣と感じられた.彼はうわごとを口走っているかのようであった.また,自分でもうわごとを漏らしていることが分かっていた.

これに続く一節では,視点は語り手のものに変わっている.世慣れした常識人なら一時的な気迷い,隠微な色香のときめきとして位置付けられ,何事もなかったかのように先に進めることが,霊的な世界に生きているライアンには,みずからの存在基盤を揺るがす新しい体験だったのである.語りの行間に,作家の宗教的禁欲主義に対する微妙な評価の綾が感じられる.常識の「反射」(reflex) 1) や魂の「痙攣」(convulsion) 2) などの語彙は,魂と肉体の密接な相互作用を生理学的に洞察した作家に固有の表現である.エロスの燃焼は,人に命の充足を体感させる反面,激しい情念は見境のない行動に駆り立てる危うさが付きまとう.これを宗教上の動機から遠ざけてきたライアンは,激しい根源的な感情が襲ってきた時,これを心の地図に位置付けることができなかった.自分はこれに弄ばれ,「本来的自己」とその言葉を失ってしまった,と感じたのである.ところが,この新奇な体験は,彼の拠って立つ教義を根本から揺るがし,自分の中にそっと息衝くエロス的人間を直視する契機となったのだ.

　この直後の一節は,語り手の心理描写から転調して,ライアン自身の心境が当人の言葉で描かれている.

> These mad wishes were **irreconcilable** 2) with what he was, and must be, as a Christian minister; nay, **penetrating** 1) his soul as tropic heat penetrates the frame, and changes for it **all** 3) aspects and **all** 3) flavours, they were **irreconcilable** 2) with that conception of the world which made his faith. (6: 82)

こういう狂気じみた願望は，あるがままの自分とも，キリスト教の牧師としての本分とも相容れないものだ．ところが，これらが熱帯の暑気が四肢を貫くように，彼の魂を貫き，その様相と趣を一変させてしまった．これらは，彼の信仰を形作っていた世界観とは相容れぬものだった．

得体の知れない感覚的陶酔は一刻も早く葬り去って，牧師としての本分に立ち戻らねばならない．おのれの肉と心を捉えるサタンの陰険な囁きに身を屈すると，あらゆる誘惑に幻惑されて，わが心は自由を失い，主への従順の道から逸れてしまう．以上，ライアンの自己への語り聞かせの言葉は，作家の想像力が乗り移っている．"penetrating" 1）（刺し貫く）"irreconcilable" 2）（相容れない）"all" 3）（すべて）に見られるように，反復され，韻文の音楽性を帯びて，内的葛藤の動きを精細に捉えている．

　ライアンの葛藤はさらに熱を帯びる．

> All the busy doubt which had before been mere **impish shadows flitting around a belief** 1) that was strong with the strength of an unswerving moral bias, had now **gathered blood and sustenance**. 2) The questioning spirit had become suddenly bold and blasphemous: it no longer insinuated scepticism—it prompted defiance; it no longer expressed cool inquisitive thought, but was the voice of a passionate mood. Yet he never ceased to regard it as the voice of the tempter: the conviction which had been the law of his better life remained within him as a **conscience**. 3) (6: 82)

> 以前には確固たる信念の周辺をチラチラと戯れる子鬼の幻影に過ぎなかった疑いが，否応なく彼を駆り立てた．その信念は，確固不動の道徳的確信の揺るぎなさを誇っていたのに．だが今は，疑いが血の通う実体として養分を得るようになってしまった．懐疑する心が突然大胆になって，冒瀆的な言葉を口走り始めた．これが懐疑の念をそっと囁くのではなく，信仰への挑みへと駆り立てた．懐疑心は，冷静な探求心を囁くどころか，燃え上がった感情の声を発し始めた．だが彼は，終始一貫，この声を誘惑者の声と自覚していた．おのれの善なる生活の掟たる確信は，彼の心底に良心として生きていた．

ここにはエリオットの奥深い個性が躍如としている．信仰の要請とエロスの呼び声が白熱の死闘を演じている．文体は韻文に傾き，韻律美と命の脈動が感じられる．その所以は，ライアン師の体験が，作家自身の体験と思い出から湧き出しているからである．この一節を音読すると，『失楽園』(*Paradise Lost* 1667,

74) 8章末のアダムと天使ラファエルの対話を偲ばせるエロスとアガペー（神の愛）の対話が彷彿としてくる．言葉が韻律的なリズムを奏でている．アダムが自分の中にあるエロスの呼び声の抗し難さを訴えると，天使の霊的な叡智の声はたしなめる．"Accuse not Nature, she has done her part; / Do thou but thine, and be not diffident / Of Wisdom; she deserts thee not if thou / dismiss not her," (ll. 561-64)（自然を責めてはいけないわ．自然には固有の役割があるのですから．あなたは，おのれの本分を尽くせばいいのよ．智慧を疑うことは無用ですよ．あなたがその声に従うのであれば，智慧はあなたを見捨てることはないのよ．）天使はアダムに，肉の衝動はあるがままに認めつつ，なおそれに流されず叡智の声に従うよう戒める．肉の欲求は，これを受け止めつつ理性の光で照らすと，盲目的衝動を充足の力に高めることができるのだと言う．

　エリオットの内的葛藤描写にも韻文的なリズムが流れている．これは，聖書からミルトン（Milton 1608-74）へと継承されたイメージ言語が彼女の中にも生きていることを示している．人の心の奥底で起こっている闘いは，鮮やかな視覚性を帯びている．ふと訪れる不信が，確固たる信仰の大木を木漏れ日のようにちらちらと照らす様（"impish shadows flitting around a belief"）1)（信念の周囲をチラチラと戯れる子鬼の幻影）は，お伽噺の小妖精の印象を残す．ところが，眼の前にいる女性のなまめかしさに触れたライアンの感覚が衝撃を受ける様は，肉体を流れる血液の上げ潮（"gathered blood and sustenance"）2) のような生理的次元の営みを連想させる．そっと忍び寄っていた「懐疑」は「いどみ」へと駆り立てられる．その只中でも「誘惑者の声」にわが身を圧倒されはしないぞ，と自己に言い聞かせる信念は，品位が命じる「良心」（"conscience"）3) として生きている．

　この文脈で使われている「良心」は，作家がライアンの性格像に自分の体験を注ぎ込んだことを窺わせる．この言葉は，キリスト教布教に顕著な貢献のあったパウロが宣教の為の書簡で確立したものである．[18] 霊性と愛欲が葛藤する文脈のクライマックスでこの言葉が使われる事実は，作家がパウロ書簡からミルトンに至る教父の精神的遺産を，キリスト教棄教の後もそっと受け継いでいることを示している．[19]

　ライアンの身を焦がすような葛藤は，心砕けし人間の主への祈りとなってほとばしり出た．"some great discipline might come, that the dulled spiritual sense might be roused to full vision and hearing as of old,"（高貴な戒めがやって来ま

第Ⅰ章　『急進主義者フィーリクス・ホルト』を読む　　147

すように，麻痺した霊の声が目覚めて，以前のように，ものを澄んだ眼で見て，聞き耳を澄ませますように) (6: 86). 「霊的道理」に聞き従う立場のディセンター牧師が，カトリック教徒のフランス女性をわが家に住まわせることは，みずからの良心の問題としても，信徒の厳しいまなざしからしても，不可能と悟ったのである．にも拘わらず，心底深くに隠していた思慕が溢れ出し，思わず知らず言葉が口を衝いて出た．生まれて初めての愛の告白であった．もはや教義のたがは，人間的真情を封じ込める力を失っていたのである．

　この状況で語り手は，一歩身を退いて語る．"Mr Lyon will perhaps seem a very simple personage, with pitiably narrow theories; but none of our theories are quite large enough for all disclosures of time,"（ライアン師は，哀れなほどに狭い教義に囚われた，単純な人物と見えるかも知れない．だが，理論（教義）が，時の経過が明るみに出す真実ほどに幅広いことは滅多にないのだ) (6: 86). 当事者の心事をさらりと解釈したコメントである．作家が語り掛けているのは，1860年代半ばのあらかたは都市に住む開明的な読者である．そういう層の人々に，エリオットは，旧時代のディセンター牧師の人間的真実を伝えようとするような趣がある．そこに，作家の宗教体験が自ずと映し出されている．教義は，旧式であろうが新式であろうが，自然の神秘的な営みから見れば，知ることに限りある人間の束の間の拠りどころでしかない．理論や教義はかげろうのように移ろうものである．時の営みによって照らし出される命の真実を前にすると，人はただ無心に見て，聞く以外の導きを持ち得ない．この描写に見られるように，作家が人物に仮託して，みずからの無知の自覚に徹する姿勢を示唆したところに，後期小説の人間観と作法が磨かれていったことが偲ばれる．

　これから5年足らず後に，『ミドルマーチ』の語り手は説き起こす．"Who that cares much to know the history of man, and how that mysterious mixture [man] behaves under the varying experiments of Time"（人間の歴史に関心が深く，人間という神秘の混合物が，絶えず変化する時の実験の下で，どう行動するかに耳目を立てている人）(序). この一節は作品の主題を暗示している．悠久の時間の作り出す命の営みは無限の神秘を湛えている．人間に見える真実は，鉱夫のランプほどのものである．あるいは，シャーレの上の微生物を顕微鏡で探る科学者の知り得る真実の微細な断片でしかない．これは，命に宿る無限の神秘に頭を垂れる作家の無知の自覚が飽くなき人間探究の基盤になっ

ていることを示している.

　ライアンは，苦しい逡巡のあと聖職者の職を辞し，母子と共に遠くの町に移り住んだ．僅かな聖職禄の貯えを取り崩し，出版社の校正係の収入を家計の足しにする俄しい暮らしであった．アネットに愛の告白をした一年後，彼女の同意を得て結婚した．その後3年間，アネットはゆっくりした死への旅路についた．貧困の中で，育ちゆくエスタの世話と，妻の看護に明け暮れる日々だった．家族の為に身を粉にすることが彼の生きる証だった.

> **Strange!** 1) That the passion for this woman [Annette], which he felt to have drawn him aside from the **right** 3) as much as if he had broken **the most solemn vows** 4) —for that only was **right** 3) to him which he held **the best and highest** 5) —the passion for a being who had no glimpse of his thoughts induced a more thorough **renunciation** 7) than he had ever known in the time of his **complete devotion** 6) to his ministerial career. . . . The only satisfaction he had was the satisfaction of his tenderness—which meant **untiring** 2) work, **untiring** 2) patience, **untiring** 2)wakefulness even to **the dumb signs of feeling in a creature** 8) whom he alone cared for. (6: 89)

> 不思議なことだ！この女への愛情ゆえに，彼自身は，最も厳粛な誓いを破ったかのように，正道を踏み外したと思っていた．彼には，この誓いのみが至高の善であり，いと高き矩と思えたからである．その彼の，心中の思いを察することもできない人への愛が，牧師としての職務にひたすらに精進を重ねていた間には，考えられもしないような掛け値なしの自己放棄を呼び覚ましたとは！・・・その間，唯一の喜びは優しさを示すことだった．彼以外には心に掛けてくれる者がいない幼子の，言葉にならぬ感情の兆候にすら繊細な注意を払い，身を粉にして世話をし，どこまでも忍耐したのである．

　"Strange!" 1)（不思議なことだ！）に始まるこの一節には，人生に皮肉な道理が生きていることを浮き彫りにする詠嘆調が響いている．語り手の背後で，作家自身の境地が溢れ出した感を抱かせる．そういう折には，エリオットの散文は韻文の調子を帯びる．作家の創造領域から湧き出した言葉は，" "untiring" 2) に見られるように，反復によって韻律のリズムを奏でている．教義の言葉は体験された感情の言葉へと昇華されている．"right" 3), "the most solemn vows" 4)（最も厳粛な誓い），"the best and highest" 5)（至高の善でありいと高き矩），"complete devotion 6)（ひたすらに精進を重ねて）" に見られ

る高踏的な宗教用語の基盤がライアンの中で崩壊した時，彼に残されたものは，自分を捨て切ること ("renunciation")7) のみだった．その時，自ずと訪れた感情は，愛する者の為に何かを為す「満足」と「飽くことを知らぬ」辛抱と気配りだった．「しなくてはならぬ」が「せずにおれぬ」に変わったのである．聖職者の立場と権威が崩れ去った時，無心と優しさを賜物として授かったのである．最後から二行目の "the dumb signs of feeling in a creature" 8)（幼子の言葉にならぬ感情の兆候）は，日々成長してゆく子ども（エスタ）の気持ちを読む感受性がライアンの内に備わっていったことを示している．

上記一節が語ることは，宗教の本来的な価値は，命を育む行為の中にあるということである．命を養う営みの中には，エロスを命の自然な営みとして，節度をもって肯定することも含まれる．作家は，ディセンターの禁欲主義的な教義に対する違和感を示唆している．宗教が自然の命の営みに背を向け，エロスの温もりをタブー視すると，不毛な敬虔主義の愚を犯すことになる．「善」は，命を次世代につないでゆく自然の働きを包摂して，初めて「善」たり得る．ライアンの恋を描く作家のまなざしには，エロスが命を燃焼させ，人をしみじみとした自己肯定へと導く力となり得ることを悟った人の暗黙の了解がある．純な魂に突き動かされて恋の体験を積み重ねてきた作家の体験的真実が，描写の背後に生きている．

ライアン師は，妻の死後1年たって，エスタを育てる傍ら，聖職に復帰した．そして彼は，説教者としての名声を取り戻した．その彼が，信徒の間で救済の限界について，緩やかな見方をしていることに疑惑を持たれていることが，語り手によって言い添えられている．ある説教で，「神の愛は，これに気付かない人にも及ぶ」ということを示唆したと言うのである (90)．これは，作家自身が立ち至った救済観を暗示しているとも受け止められる．というのは，彼女は，聖書批評との対話の過程で，カルヴィニズムの予定説を根底から清算していたからである．

作品に遡る10余年前「福音主義の教え」で，エリオットは，カルヴィニズムに対する舌鋒鋭い批判の一節で言う．

> It has not enabled him [Dr Cumming] to conceive the condition of a mind 'perplexed in faith but pure in deeds',[20] craving light, yearning for a faith that will harmonize and cherish its highest powers and aspirations, but unable to find that in Dogmatic Christianity. (152)

「信仰には躓いているが,行為は純粋で,」光を讃仰し,優れた能力と高い志を調和させた信仰を憧れながら,教条的なキリスト教にこれを見出すことができなかった人の境遇を察することは,カミング博士には困難なことだったのだろう.

ここには,敬虔な宗教的心情を抱きながら,時代精神の感化で旧来の超自然的キリスト教が信じられない苦しみと孤独を味わった人の真情が吐露されている.科学的世界観とその仮説・検証アプローチに目覚めて,聖書の字義通りの解釈が受け入れられなくなった人々の系譜である.保守的な心情は過去に愛着を覚え,宗教的伝統に根を生やしている.一方,知性は科学的探求心を満たすべく,旺盛な好奇心を宇宙・自然と内的世界に向ける.エリオットは,こうした心情と知性の自己矛盾に由来する葛藤を,青春期以来ずっと堪えてきた.

上記「福音主義の教え」を執筆する 1 年前の 1854 年,エリオットはフォイエルバッハの『キリスト教の本質』を翻訳した.これは,彼女がルイスと共にドイツ旅行に旅立つ直前の仕事であった.ウイリーによれば,フォイエルバッハの友情と結婚観は,彼女とルイスとの事実婚に影響を与えた可能性があると言う (*Nineteenth Century Studies* 228).この作品でフォイエルバッハは言う.

> The blood of Christ cleanses us from our sins in the eye of God; it is only his human blood that makes God merciful, allays his anger; that is, our sins are forgiven us because we are no abstract beings, but creatures of flesh and blood. (49)
>
> イエスの血潮は,神の眼から見た罪を贖うのである.人間イエスの流した血が神を慈しみ深くし,その怒りを和らげる所以なのだ.つまり,私たちの罪は抽象的な存在だからではなく,肉として血の通った存在だから,救されるのである.

この一節の行間には,愛欲が止み難く,自己中心性の根が深いおのれの姿を懺悔する心情が読み取れる.救世主イエスは,悩み深く迷いの淵にいる人をことに憐れんで赦し給うたと言う.血の通う肉なる人間の苦しみと罪にこそ,救いの器を見る救済観がここにある.エリオットは,おのれの愛欲の深さと囚われやすさを心底から悔いる真情を持っていた.察するところ,そこに,フォイエルバッハに共感を覚える所以があったのであろう.彼の先駆的な聖書批評の言説を英語に翻訳することは,自分の真の言葉を探り取る行為だったのでは

ないかと推察される．

　アーマースによれば，フォイエルバッハの宗教に対する文化人類学的アプローチは，イエス・キリストの受肉を歴史的事実として受け止めるのではなく，人間性に宿る神性を表象するシンボルである (*Oxford Reader's Companion to George Eliot* 118)．これがキリスト教の教条的党派心の影響を和らげ，宗教の解釈を人間の要請に沿ったものにするのに貢献したと見る（同上 111）．ドーリンも，エリオットの人道主義がキリスト教の基盤の上に築かれていることを指摘して言う．彼女は，自国文化の過去に敬いの念を抱いた本能的保守主義者である．同時に彼女は，日進月歩の科学的発見の時代に，キリスト教文化を柔らかい器に鋳直す志を持っていたと (167)．

　エリオットは，フォイエルバッハとの対話を深く内面化して，これを作家生活の基盤にした．この歩みが，ライアンのような保守的信仰の人の描写に，滋味深い内面ドラマの奥行を与えている秘密なのである．

注

1　ビアと同じ趣旨を述べているのがシャトルワースである．彼女によれば，ルイスが有機的生命統合体の理論的仮説を立て，エリオットが小説で生理的・心理的存在としての人のダイナミズムを探求したと言う．*George Eliot and Nineteenth-Century Science: The Make-Believe of a Beginning.* p. 22.
2　カロルは，エリオットが生命（人生）とその営みを凝視するまなざしに動的なモデルがあると言う．このモデルを推進する力は果てしない意味解釈の探求である．この探求プロセスは，アイデアと体験，部分と全体，をより広い統合的地図の中に位置付けるところに働くと言う．*George Eliot and the Conflict of Interpretation: A Reading of the Novels.* p. 35.
3　*Felix Holt, the Radical.* Ed. Lynda Mugglestone. 　括弧内の数字は章とこの版のページ数を示す．以下，同様．
4　*Adam Bede.* (15: 168). "Nature has her language, and she is not unveracious; but we don't know all the intricacies of her syntax just yet, and in a hasty reading we may happen to extract the very opposite of her real meaning."　（自然は言語を持っている．しかも，その言語は真実を隠し通す訳ではない．ただ私たち人間は，その複雑な統語法を知らないだけなのだ．その結果，人間は，これを性急に解釈して，自然の真意とは真反対の意味を受け取ってしまうのだ．）
5　ハックスリは，イラクサの繊毛を顕微鏡で観察して言う．細胞の層状原形質は絶えざる流動状況にある．細胞室の一部に収縮が起きると次から次へと伝わってゆき，波の動きのように広がる．これは，小麦畑で微風が吹くと穂波がそよぐ光景に似ているという．「生命の物質的基盤」，

p. 274.
6 『フィーリクス』冨田成子訳．括弧内のページ数は，引用のページを示している．
7 ビアによれば，エリオットの進化論受容はゆっくりとした困難な過程だった．『種の起源』を出版後ほどなく読んでいるが，その奥深い意味あいには気付いていなかった．それが彼女の道徳観と相容れなかったからである．その含みを熟考し，小説テキストに消化して表現するようになった後も，進化論に対する皮肉なまなざしは保持していたと言う．(*Darwin's Plots* 146-47);「沈黙の向こう側」の一節は「生命の物質的基盤」のパロディ (275) であることに示されるように，エリオットはこのエッセイを精読している．
8 カザミアンは，イングランドでは，一つの宗教体制の命脈が尽きると，決まって宗教復活運動が起こるパターンがあると言う．福音主義運動の勃興も，この伝統に位置付けられると言う．『近代英国』, p. 34-5.
9 ビアは，この見方をロマン派的物質主義と呼ぶ．自然の悠久の営みの結果として森羅万象を歴史の流れに位置付けるダーウィンの方法にロマン派，特にカーライルの「自然的超自然主義」(『衣装哲学』)(*Sartor Resartus* Book III, chap. 8) と相通じる想像力を見たのである．*Darwin's Plots*. p. 75.
10 ジェイムズは，フィーリクスの性格描写に生きた人間の息吹が乏しいことを指摘している．彼の急進主義的見解が人格の奥深くから湧き出していない為，読者は意見の代弁者と感じると言う (*George Eliot: The Critical Heritage* 275)．この見方は，今日まで大方の批評家が共有している．その為，エスタが結婚相手として彼を選び取った必然性は希薄な印象が残る．エリオットがこうした陥穽に陥るのは，決まって彼女自身の宗教・道徳ヴィジョンを背負った人物を描く時である．オースティンのように，どの人物からも距離を取って，作家自身は姿を隠す芸境は，憧れながら見果てぬ夢に終わった．
11 国教会の高位聖職者の娘が貴族・ジェントリとの姻戚関係により門地・門閥を権威付ける慣習は 19 世紀前半には珍しいことではない．エリオットの歴史風土描写には，さりげない叙述の中に精緻な歴史的知識が生きている．
12 マグルストーンは，エリオットがダンテ (Dante 1265-1321) の「地獄篇」の一節を根拠に，トランサム夫人の破戒と権威主義に歴史的連想の奥行を添えたと見て，次のように言う (注 1 参照)．「二枚舌，三枚舌の女帝セミラミスは，放埓と悪徳にまみれ，自分の欲を律法の枠内に引き込んで合法化して，みずから招いた醜聞を免れようとした．」Canto V, the *Inferno*. ll. 57-60. Notes, 540; *The Divine Comedy*. Trans. John Ciardi. Canto V, the *Inferno*. ll. 52-60.
13 ビアによれば，トランサム夫人に対する作家の心理的一体化には，彼女自身の体験が反映していると言う．つまり，ルイスとの事実婚に踏み切ったメアリアンは，世間から浴びせられた「性的逸脱」の汚名を堪え忍ぶことを余儀なくされた．これに対する憤りが，迫真の性格描写の基盤になっていると言う (*Key Woman Writers: George Eliot* 143) 参照．
14 トレヴェリアンによれば，フィーリクスのような平信徒の宗教的献身は，ジョン・ウェズリー (1703-91) のメソディズムに発するが，その源流は，もっと古くピューリタニズムの信仰復活運動にあると言う．教義よりも奉仕の暮らしに心を向け，信仰を職業生活に生かすことを

重んじる彼の信念により，労働者階級の，信仰による救済と教育の普及に貢献したと言う (314-15)．フィーリクスは，その言動から察するに，福音主義的宗教復活運動の流れを汲んでいることが推察される．エスタが，彼との結婚を，ハロルドとのそれと比較考量しつつ予想した折，トランサム・コートの空洞化した宗教的価値を実体験したことが前者を選択する強い動機になっている．ひいては，ディセンター共同体に流れる精神文化を再評価する含みもエスタを動かす力になっていることが推察される．

15 作品 33 章に描かれている民衆の暴動は，実際にナニートンで起きている．メアリアンは，13 歳で選挙を巡る暴動を目撃して，その記憶を基に『フィーリクス』を構想している．(『エリオット伝』14)
16 以下，ピューリタニズムの歴史的概観は，トレヴェリアンに基づいている．『イギリス社会史』(*English Social History*), pp. 205-13; 222-25; 286-89; 314-17; 452-54.
17 神はあらかじめ定めたものを選び，義とするが，ある者を滅びに予定するという，神の無償の選びに関する教説．大貫隆他編 p. 1160.
18 加藤和哉によれば，この語は，「内面性を強調するヘレニズムの倫理思想において重要視された概念であり，これをキリスト教思想に持ち込んだのは，主としてパウロ書簡である」と言う．大貫隆他編 Op. cit. p. 1196.
19 ナルド (Nardo) によれば，エリオットは，ライアンを古風なディセンターの生き残りとして描きつつ，時代状況を広いヴィジョンで捉える眼を持つ宗教者として造形していると言う．これによって，彼はミルトンに象徴される 17 世紀宗教・政治改革の伝統に連なる系譜に位置付けられると見ている．(195)
20 *In Memoriam*. Verse 96 ll. 9-12.
Perplext in faith, but pure in deeds,
At last he beat his music out.
There lives more faith in honest doubt,
Believe me, than in half the creed.

「イン・メモリアム」96 連 9-12 行
信仰を失いつつ，行為は純粋で，
ついに彼は音楽を奏で始めた，
正直な懐疑にはより深い信仰がある，
中途半端な教義よりも．率直に言えば．

第Ⅱ章 『ミドルマーチ』を読む

1 『ミドルマーチ』に見る意味探求のプロセス

序—「序曲」に見る作品構想のヴィジョン

　『ミドルマーチ』の19章から22章に至るドロシア，カソーボン，ウイル・ラディスローの三者三つ巴の人物描写は，言葉と人格の有機的相互依存のヴィジョンを反映している．そこに歴史の宝庫たるローマでのハネムーンという非日常的場面がある．古代都市を背景に展開される三者の対話と心理描写は，個人が生命体としての歴史によって育まれ，位置付けられる様を浮き彫りにしている．歴史の悠久の営みの中でこそ，個人の人間性はその本来的なありようが発見される．これらの章の中心軸は，ドロシアの自分探しの暗中模索にある．彼女が結婚生活に懸けた夢が，伴侶たる孤高の老学者カソーボンの人間的な真実に触れ，失望へと変化してゆく．このプロセスは，彼女にとっては同時に，次の夫・ウイルの詩人的な感受性によって，みずからの単一の視点が突き崩される危機ともなる．

　ドロシアの抑え難い知的好奇心と多情多感が地方社会の因習的な風土とぶつかってゆく．その志の高さが心ならずも反抗の形をとり，周囲から断罪される型は，メアリアンの歩んできた人生行路を彷彿とさせる．その型がマギー，ロモラを経由し，ドロシアに至って，作家の審美的・宗教的境地の到達点にまで磨かれた．作家の境地が生きた人格に消化されて表現されたのだ．ドロシアの辿った人生行路は相互依存のネットワークに位置付けられ，その人格は関わし合う結び目として描かれている．『ミドルマーチ』の「序曲」は，その意味で，作家の自己との対話が長い熟考によって形を取ったものと見ることができる．作家がみずからの過去を振り返り，歴史的視野からこれを眺望しているような趣がある．キリスト教神話の聖テレサになぞらえられたドロシアの人間状況は，言葉の背後に意味の奥行を湛えている．" Who that cares much to know the history of man, and how that mysterious mixture [man] behaves under the varying experiment of Time,"（人間の歴史に興味を持ち．この神秘

的に調合された存在が，時の絶えず変化する実験の下でどう行動するかを知りたく思う人）．この一文には作品構想の理念が集約されている．『ミドルマーチ』は，エリオットが実験科学の真理探究の方法を小説の構造そのものに生かしきった作品であると指摘される．[1] 「時の変化する（変異する）実験」のメタファーは，個人の時間感覚を超えて，地球的な営みの視野から人間を捉え直す含みを持っている．人間を「神秘的に調合された存在の動き」と表現する言い回しにも，生理学の眼で見た人間の営みを科学者が顕微鏡で観察するような含みが感じられる．

「序曲」の暗示的言い回しは，さらに続く．

> Her [St. Theresa's] flame . . . fed from within, soared after some illimitable satisfaction, some object which would never justify weariness, which would reconcile self-despair with the rapturous consciousness of life beyond self.
>
> 聖テレサの炎は・・・内から燃え上がり，飽くことを知らぬ満足，倦み疲れることを知らぬ志，を恋い焦がれた．その志は，自己への絶望と，自己を超えた世界への燃える思いとを和解させる境地であった．
>
> Many Theresas have been born who found for themselves no epic life wherein there was a constant unfolding of far-resonant action; perhaps only a life of mistakes, the offspring of a certain spiritual grandeur ill-matched with the meanness of opportunity;
>
> 多くの聖テレサの末裔たちが生まれてきたが，彼女たちは叙事詩的な暮らしを見出すことはできなかった．行動を起こすと，その波紋があまねく広がってゆくような暮らしは困難だった．多分，過ちばかりが多い暮らしであっただろう．それは霊的な高みを目指しつつ，それにふさわしい機会が乏しいが故に陥った境遇であった．

これらの曖昧な言い回しにも，ドロシアの経験の背後に作家の境地が暗示されている．自己執着の囚われから心の自由を得るに至った道筋がそこに見える．別な言い方をすれば，自己を超えた目標へ邁進した歩みが仄めかされている．また，その歩みは，世間の無理解とおのれの弱さ故に多難なものであったことが想起される．

医師リドゲートの探求方法

「序曲」が，主にドロシアの性格像を念頭に置いて書かれたことは疑いを容

れない．しかし，副題として「地方生活の研究」とあるように，この小説は，作家の有機的生命体としての歴史観と，進化論を基盤とする生物学・生理学の知見の精華である．科学の方法と言葉を人間探求に生かそうとする壮大な意図は，医師リドゲートの内面描写にそっと忍ばせてある．個人と共同体の相互依存の動体力学をプロセスのままに再現しようとする試みは，作品の言説を貫く原理として生きている．

　リドゲートが医師・科学者として志すアプローチを，語り手は，次のように表現する．

> ... the imagination that reveals subtle actions inaccessible by any sort of lens, but tracked in that outer darkness through long pathways of necessary sequence by the inward light which is the last refinement of Energy, capable of bathing even the ethereal atoms in its ideally illuminated space. ... he [Lydgate] was enamoured of that arduous invention which is the very eye of research, provisionally framing its object and correcting it to more and more exactness of relation; he wanted to pierce the obscurity of those minute processes which prepare human misery and joy, those invisible thoroughfares which are the first lurking-place of anguish, mania, and crime, (16: 164-65)

> どんな種類のレンズを通しても得られないような微妙な動きを視覚化する想像力．それは，物質界の外縁に広がる闇を手探りしながら，必然の法則でつながった長い道筋を裏付けてゆくような想像力だった．これは想像力の光のみが成し得ることだった．この光は，エネルギーをどこまでも洗練してゆくと辿り着くようなものだった．この光に照らされると，触知不可能な原子ですら，想像の光で視覚化された空間で浮遊する姿を捉えることができるのであった．彼（リドゲート）は，探求の眼とも言える，この骨の折れる内的構造物に惚れ込んだのである．対象を暫定的に思い描き，じりじりとその正体を，周囲との位置関係で割り出してゆく作業であった．この精妙極まりないプロセスの闇を照らし出したい．これらが摑めれば，人間の不幸や喜びを生み出す根源が突き止められる．これらの眼には見えない通路こそが，苦しみや熱狂や犯罪が隠れ潜む原初の空間なのだ．

これは，16章に見られる新参の医師リドゲートの内省の一端である．科学者として，真理探究の方法を，人々を癒やすという職業的志の実現の為に活用するのが彼の夢である．そこに，1820年から30年代に掛けて黎明期を迎えていた自然科学の見方が仄めかされている．否むしろ，作家がこの作品を書いていた1860年代の，実験科学の一層洗練された知見さえほの見えている．自然

界の現象を観察し，分析・総合することによって法則を明らかにするのが自然史の見方である．ところが，リドゲートの方法には，これを乗り越えようとする問題意識が覗いている．真理の潜む闇の世界を，推論を基に仮説を立て，実験によって手探りするアプローチがそれである．仮説の暫定的な性質が実験の裏付けによって絶えず修正され，新たな真理が照らし出される果てしないプロセスである．探求者が類推によって「必然の法則の働く道筋を模索する」試みは，対象をどこまでも広げ，森羅万象を光に照らし出さずにはおかない．人間が想像力の翼を広げ，飽くことを知らぬ知的好奇心を働かせる活動を「エネルギーの究極の洗練」と見る発想は，生理学の最先端の知見を反映している．この知的エネルギーは，勢い人間の心の領域に向かわずにはおかない．やがてフロイトの「心の科学」へ通じる時代の動きがこの一節に見えている．

　ビアは，リドゲートの医学研究の方法に，エリオットが「伴侶」ルイスと共有していた医学・生理学的アプローチが投影していると示唆している．つまり，科学的想像力，癒やす人の想像力，小説家の想像力が調和して，その結晶が一人物に仮託され，示唆されていると，彼女は述べている (*Darwin's Plots* 154)．そのリドゲートが，高い志にも拘わらず，人生の罠に掛かるかも知れない危うい状況にあることを，語り手はこう述べる．"for character too is a process and an unfolding." (というのは，人間性はプロセスであり，生生流転しているものなのだ) (15: 149)．関係の網の目の結び目としての人間，変化流動するものとしての人間，これこそが「時の流動する実験」でその仮説が「必然の法則の連鎖」の眼で検証されるのである．以下，ローマでのドロシア，カソーボン，ウイルの関わり合いの中に，仮説が検証されるプロセスが生きている様を，言語の実験という観点から辿ってゆきたい．

意味解釈の崩壊

　『ミドルマーチ』には，作品自体に一つの全体としての体系性が認められる．とりわけ，ドロシアとカソーボンのローマへのハネムーンを描いた19章から22章に掛けては，語り，性格造型，叙景，対話に，作家が言葉の実験を行っていることを窺わせる意味の奥行がある．読者は，繰り返し読むことによって，さりげなくしかし周到に用意された神話と暗喩の意味あいを了解させられる．時代背景の何げない描写にも，人物の心のドラマに歴史的な視野と位置付けを与える配慮が生きているのである．

エリオットは，ドロシアの初々しい感受性が捉えた古代都市ローマの印象を感覚的に活写している．その「途方もない断片性は，新婚生活の夢のような不思議さをいやが上にも高めた」(20: 192)．場の持つ強い感化力は，人のものを見る眼に働き掛け，触媒作用を促すのだ．

> To those who have looked at Rome with **the quickening power of a knowledge** 1) which breathes a growing soul into all historic shapes, and traces out the suppressed transitions which unite all contrasts, Rome may still be the spiritual centre and interpreter of the world. But let them conceive one more historical contrast: the gigantic broken revelations of that Imperial and Papal city thrust abruptly on the notion of a girl who had been brought up in English and Swiss Puritanism, **fed on meagre Protestant histories** 2) and on art chiefly of the hand-screen sort; a girl whose ardent nature turned all her small allowance of knowledge into principles, fusing her actions into their mould, and whose quick emotions gave the most abstract things the quality of a pleasure or a pain; (20: 193)

> 成長してゆく魂にあらゆる歴史的な形を与え，あらゆる対照的なものごとを一つ生き物と見る，生きた想像力の基となる知識——これが隠された歴史の変遷を跡付ける知識の源泉となるのだが——をもってローマを眺めたことのある人には，この都市はなお世界の精神的な中核であり，その解釈者である．だが，そういう人たちに，もう一つの歴史的対照を想起してもらおう．あの帝国として支配し，教皇庁を抱えた都市の巨大で断片的な事実が突然，うら若き女性の世界観に与えた衝撃の大きさを．このうぶな女性は，イングランドとスイスのピューリタニズムの気風で育ったのである．彼女は，プロテスタンティズムの歴史を生かじりし，手鏡装飾レベルの芸術を知っているのみであった．この娘は，熱烈な気質ゆえに，なけなしの知識を思想に変えて，おのれの行動力を思想の鋳型に注ぎ込んだのである．その多感な情熱は，最も抽象的なものごとにすら喜びか痛みの性質を添えたのである．

古代異教世界の遺産を湛え，なおユダヤ教・キリスト教起源文明の中心地たるローマ，それは西洋世界の生き証人の都市と言ってよい．そこには古代，中世，近世，そして現代が雑然と同居している．もの言わぬ廃墟が遠いいにしえの人々の生き様を偲ばせ，文明の興亡の跡が人の世の無常を悟らせてくれる．歴史の河の悠久の流れが，その断片的なシンボルによって，束の間を生きる人間の夢と理想のはかなさを語り掛けてくる．人は，この悠然とした流れの河畔に身を置くと，おのれの小ささがしみじみ悟られる．そして自分を命の河に浮かぶうたかたとして振り返らずにはおられなくなる．これが，1860年，3ヶ月

のイタリア旅行をルイスと共にし，とりわけローマを散策した時の，エリオットの感慨であったであろう．[2] "the quickening power of a knowledge" 1)（生きた想像力の基となる知識）という語句は，作家が生ける全体性としての歴史から学んだ見方を暗示している．つまり，歴史はおのれの感受性で虚心に受け止めれば，学ぶ人間の行動の拠りどころとなるという道理を示唆している．ローマが見る人にとって「世界の解釈者」たる為には，曖昧にしか意味を表さないシンボルの断片をつなぎ合わせ，意味を統合し，そこから自分の生き様との関連性を発見することが欠かせない．

この一節には作家自身の体験的真実が底流に働いている．彼女が少女期から青春前期にかけて心酔していた福音主義信仰の面影が行間に偲ばれる．多感な感傷が禁欲主義の形を取って溢れ出るピューリタン的気質と行動パターンから，これを窺い知ることができる．"fed on meagre Protestant histories" 2)（プロテスタンティズムの歴史を生かじりし）という語り手の言い回しは，作家自身が，後年の成熟した境地からおのれを回顧している含みが感じられる．熱烈な反世俗的信仰のさ中でも，抑え難い知的探究心をくすぶらせていた自己矛盾と葛藤を偲ばせている．「序曲」に見えるように，感受性が鋭敏なばかりに，高貴な境地を憧れて「間違いだらけ」の人生に陥り，周囲との軋轢を招く型は作家の奥深い個性に由来している．ドロシアが作家自身の自己発見の模索を暗示しているからこそ，その内面描写には汲めども尽きせぬ滋味深さがある．

「深い印象に無防備な」ドロシアには，「謎を湛えたローマの重み」は，肉体の痛みにも似た痛切な体験であった．

> Ruins and basilicas, palaces and colossi, set in the midst of a sordid present, where **all that was living and warm-blooded seemed sunk in the deep degeneracy of a superstition divorced from reverence**; 3) . . . all this vast wreck of ambitious ideals, sensuous and spiritual, mixed confusedly with the signs of breathing forgetfulness and degradation, at first **jarred her as with an electric shock**, 1) and then **urged themselves on her with that ache** 2) belonging to a glut of confused ideas which check **the flow of emotion.** 4) (20: 193)
>
> さもしい現代の只中に置かれた廃墟とバシリカ会堂，宮殿と巨大な彫像．この現代から，あらゆる生きて血の通ったものは消え失せて，迷信となり果てた遺物が姿を晒している．・・・志の高い理想が潰えたなれの果てのこの巨大な残骸は官能的にし

て霊的．これらが，生身の人間の忘れっぽさと堕落の印として，雑然と混在している．この光景は，最初電気ショックのように彼女を襲った．それから，感情の流れを塞き止める混乱した印象がどっと押し寄せてきた．こんな心境で，過去の廃墟は，痛みを伴って彼女の感受性に問いを投げ掛けてきた．

ここには人物の視点と語り手の視点が同時に働いている．ドロシアの感受性が捉えた事実の衝撃は，"jarred her as with an electric shock" 1)（最初電気ショックのように彼女を襲った），"urged themselves on her with that ache" 2)（痛みを伴って彼女の感受性に問いを投げ掛けてきた）と表現されている．精神の受けた影響は，文字通り肉体の物理的衝撃として感じられている．彼女の強い感情は，"all that was living and warm-blooded" 3)（あらゆる生きて血の通ったもの），"the flow of emotion" 4)（感情の流れ）などの語句と相俟って，肉体の働きとしての感情に対する直感的理解の眼で見られている．ドロシアが結婚前に，結婚生活に馳せる夢を描いた内面描写にも同じ視点が見られる．"she did not want to deck herself with knowledge—to wear it loose from the nerves and blood that fed her action;（彼女は，みずからの行動の糧になる神経と血液の裏付けを持たない知識でわが身を飾ろうとは思わなかった）(10: 86)．これは，肉の働きに対する直感のある精神の理解を，作家が身に付けていることを物語っている．肉の営みと精神の営みを截然と分けることはできないのだ．

エリオットは，心身一如ということを，観念としてではなく，皮膚感覚で知っていた．デカルト的な霊肉の二元論とパウロ的な霊の肉に対する優越性は，ヴィクトリア朝の精神風土に深く根差している．これに対して，エリオットは，医学・生理学の知見が新たに照らし出した真実を繊細に受け止めた．そして，霊肉は一つの実在であるという認識を言語活動の基盤に据えていた．デイヴィスは，作家のこの特徴をルイスとスピノザの影響と捉えて，こう述べている．肉体の複雑で多様な可能性をスピノザは知り抜いていた．彼によれば，肉体は我々の世界認識に深い感化を及ぼしている．なぜなら，それは外界に対する繊細なアンテナとして独自の働きを持っているからである．肉はそれ独自のアイデアを持っている．この見方に立ってデイヴィスは，スピノザの直感的理解がエリオットの人間探求の霊感となったと言う (18-9)．上掲引用に見られる医学・生理学的洞察と言葉の奥行を考えると，デイヴィスの見方は傾聴に値する．高みに立って俯瞰する作家と，みずから正体の知れぬ感情

の虜となって手探りするドロシアの視野の落差がアイロニーを生み出している．これがドロシアの置かれた状況を位置付け，自己発見の方向性を指し示す所以になっているからである．

　作家と人物の視点の違いが意味の奥行を与えていることを示すもう一つの理由がある．視点の違いが，現代と過去を対比する際，語り手と人物の認識ギャップを浮き彫りにしているからである．エリオットは，ギリシャ語でソフォクレスとアイスキュロス (Aeschylus 525-456 B. C.) の悲劇と新約聖書を読み，ラテン語でスピノザの『エチカ』を読み，翻訳していた．古典語に通じた作家の，異教世界とユダヤ・キリスト教世界への造詣は，断片的シンボルにも意味の連鎖を読み解く洞察力として働くほどのものであった．それだけの知的鍛錬を経たエリオットには，古代都市の巨大なテキストは，いかばかり彼女の歴史的想像力を掻き立てたことであろう．ドロシアの経験の浅い感受性に歴史の無秩序な渾沌がいかに衝撃を与えたかを，練達の眼が見通している．過去幾多の人間の夢と志を情け容赦なく朽ち果てさせる無常の時の流れを前にした時，人は既成の観念と世界像を打ち砕かれる．"that toy-box history of the world adapted to young ladies which had made the chief part of her education,"（彼女の教育の主要な部分を成していた，若い女性向けに改作されたおもちゃ箱のような歴史）(10: 86) を捨て去り，これに替えて，"a binding theory which could bring her own life and doctrine into strict connexion with that amazing past, and give the remotest sources of knowledge some bearing on her actions（彼女自身の人生と主義を驚嘆に値する過去にしっかり結び付け，遠い昔の史実が，みずからの行動規範として意味があるような理論）(10: 86) を渇仰するドロシアの真摯な情熱は，現実の歴史都市の謎の深さに圧倒されて，言葉を失ったのである．それは，真理を探究する人が経なければならないカタストロフィー（破局）である．この危機に直面しなければ，自分の真の言葉を再建することができないのだ．

　結婚後6週間を経て，思い描く「未来」が現実の「未来」としてやって来たドロシアの失望感と心細さを，語り手はこう語る．"many souls in their young nudity are tumbled out among incongruities and left to 'find their feet' among them, while their elders go about their business."（若いがゆえに無防備な多くの魂は，年長者が仕事に打ち込んでいる間にも，矛盾だらけの現実に放り出され，そこからみずからの立ち位置を手探りするがままに放っておかれるのだ）

(20: 194). 未経験の無防備さは若さの宿命である. 現実の渾沌の中から意味を模索する苦しみは，成熟に至る道を歩む人間の普遍的な体験だと見る観点がここにある. カソーボンとの身近な触れ合いの中から見えてくる彼の人間的現実への覚醒は古代都市を背景に描かれている. これには無量の意味あいが隠されていると見てよい. 一人の人間の背後には果てしない歴史の流れがあって，その影響関係の結節点として，個人の今があるからである. そういう流れと流れの合流が人と人との出会いである. 出会いから始まって一歩一歩相手を知るプロセスに，作家は文学テキストを解釈する行為のアナロジーを見ている.

> Dorothea by this time had looked deep into the ungauged reservoir of Mr Casaubon's mind, seeing reflected there in vague labyrinthine extension every quality she herself brought; (3: 24)
>
> ドロシアは，この時までにカソーボン氏の精神の底知れぬ淵を覗き込んでいた. 迷路のように茫漠と奥へ広がる水面に，彼女が見たものは，みずから持ち込んだ思いであった.
>
> Miss Brooke [Dorothea] argued from words to dispositions not less unhesitatingly than other young ladies of her age. Signs are small measurable things, but interpretations are illimitable, and in girls of sweet, ardent nature, every sign is apt to conjure up wonder, hope, belief, vast as a sky, and coloured by a diffused thimbleful of matter in the shape of knowledge. (3: 25)
>
> ミス・ブルック（ドロシア）は，同年代の他の娘たちに劣らず大胆に，言葉を論じつつ，いつの間にかおのれの気質に合うように染め上げていた. 記号は小さな，計測可能なものであるが，解釈は無限の広がりを持っている. だから，心映えのよい熱烈な娘には，あらゆる印は，大空のように広大な驚異，希望，信念を呼び覚ますのだ. 微量の顔料が溶け出して広がり，すべてを染め上げるように，僅かな知識がすべてを着色するのだ.

これらの語りには，ドロシアのローマとの出会いと，カタストロフィーを必然ならしめる人間的素地が暗示されている. 活力ある強壮な肉体のエネルギーは多くを夢み，志す. カソーボンの人格という生きたテキストの解釈は，鋭敏で多感な感受性をもってしても一筋縄ではいかない代物である. 彼女の限られた知識は気質・体質のフィルターで濾過され，その染料で染められる. この

着色イメージは，人間の現実認識が本質的に不完全なものであることを示唆している．ここでも語り手のアイロニカルな視点は，人物の主観的視点に溶け込んで，未経験な感受性が限度を知らない解釈をする危うさを仄めかしている．

　解釈する行為は，既知のものから未知のものを推測し，これを不断に位置付けていくということである．闇の中で未知のものの宿す可能性に賭けて，既知の領域を試行錯誤しつつ押し広げるということが生きる営為である．ヒリス・ミラー (Hillis Miller) は，人物が現実に働き掛けつつ，不完全な解釈を修正していくプロセスそのものの中に『ミドルマーチ』の中核的主題を見て，こう指摘する．見ることは，エリオットにとって，中立的，客観的，受動的行為ではなく，欲望や欲求に動機付けられた利己的な中心軸から投げ掛けられた光の想像的投影である．また，この放射状の光は，見る人の先入主に従って，視野に入ったものを秩序付けると言う (105)．この観点に立つと，ドロシアがローマの歴史の残骸を前にして感じた解釈の破綻は，自分の思いを先に立ててものを見る発想の行き詰まりを意味している．自分の志と義務感が喜びと感じられず，名状し難い閉塞感と抑圧感が，楽しかるべきハネムーンに暗い影を射す．この内的風景の不安と，さもしい現代の只中に過去の遺骸が乱立する外的風景の無秩序は，底で通じ合っていることが知れる．彼女は，カソーボンとの日常的な触れ合いに血の温もりが欠落していることを，早くも感じていた．夫の中で，すべての精神的な営みが言葉と観念に成り下がっている様を直観したのである．この印象が，ローマの風景と二重写しになった．現代ローマの姿は，世々代々の人間の情念を呑み込んで，これを情け容赦なく過去の遺物に変えてしまう時の無常と感じられた．"all that was living and warm-blooded seemed sunk in the deep degeneracy of a superstition divorced from reverence." 3)（あらゆる生きて血の通ったものは消え失せて，敬虔な思いが冷え固まり，迷信となり果てた遺物が姿を晒している）(20: 193)．過去のなれの果てとしての現代と，そこに生きている人々の生の衝動が乖離している痛ましさは，ドロシアにえも言えぬ印象を残した．この体験は，彼女の中で結婚生活の立て直しと意味の再建が急務の課題であることを突き付けた．言葉が本来の意味を生き生きと伝え，霊肉が調和する境地を模索する試みは，失望の中に兆したのである．

意味再構築への道

　ドロシアの意味解釈のカタストロフィーに，上述のような意味の再構築の契機を読み取る批評家もいる．ハーツ (Hertz) は，ドロシアの喪失体験の中に，世界観の解体から再建に向かうモーメントとしての崇高体験 (an experience of the sublime) を認めている．彼は，この体験の意味あいを，カント (Kant) の言葉を借りて言う．一つの全体性を直感しつつ，これを言葉にしようとしてもできないもどかしさでうろたえる瞬間がある．おのれの想像力の限界を痛切に自覚させられる，こうした瞬間がドロシアの体験の本質であると．ハーツはさらに，ワーズワスの "Tintern Abbey" [3] の言葉を借りて言う．意味不明の世界を前にして，その重みに堪え兼ねて，魂が堰を切るようにものごとの命を直覚する瞬間がドロシアに訪れたのだと．この崇高なるもののリズムを衝撃として体感すると，体験者のうちで何かが変わり，それが種となって新境地の果実を結ぶことを，読者は予感させられると言う (35-6)．ドロシアのカタストロフィー体験にロマンティシズムの崇高体験を見るハーツの直感は，その後のドロシアの意味探求の歩みを想起する時，深い示唆を与えてくれる．この体験が，恐らくエリオット自身のものであったことも察するに難くない．この一節には，言葉の背後に体得された意味の奥行が広がっている．そこに，歴史を変化流動する生きた全体と見る直感的理解がある．これによって，ドロシアの大望する理想主義は限界を悟り，過去の人物や出来事を，おのれ自身の血肉の通う営為であるかのように理解する眼が開けてくるのだ．これによって彼女は，気質的な自己欺瞞を突き抜け，自己を超えた神秘の世界に気付き，参加する契機を得る．

　生ける全体性の働きを曖昧に直感しながら，これを言葉にできず，心の衝撃をそのまま抱え込み，内に堪えているドロシアの心事を，語り手は，あるイメージによって，その神秘的奥行を暗示している．

> The element of tragedy which lies in the very fact of frequency, has not yet wrought itself into the coarse emotion of mankind; and perhaps our frames could hardly bear much of it. If we had a keen vision and feeling of all ordinary human life, it would be like hearing the grass grow and the squirrel's heart beat, and we should die of that roar which lies on the other side of silence. As it is, the quickest of us walk about wadded with stupidity. (20: 194) [4]

　頻繁に起こることにも悲劇的要素があるものだが，これは，人間の感覚が鈍い為に，

悲劇を悲劇として感じないだけなのだ．恐らく，これを鋭敏に感じれば，我々の肉体は堪えることはできないだろう．もし我々が平凡な人間の生を鋭く見通し，感じる感受性を持っていれば，草が伸びる音や，栗鼠の心臓の鼓動が聞こえるようなもので，沈黙の向こう側に響く大音響で死んでしまうだろう．ところが現実には，そういう音は聞こえないので，最も敏感な人間でも不感症だから，平気でいられるのである．

　結婚という新しい現実が引き起こすえも言い難い閉塞感と心細さは，ドロシア自身にはその正体が掴めない．このような五里霧中の心境を暗示的に仄めかす語り手の言語感覚には，命の神秘を透視する炯眼が働いている．ドロシアの鋭敏な感受性が予感した将来への不安は，誰もが体験するような種類のものである．しかし，平凡な状況を一歩掘り下げると，そこに悲劇性が孕まれている．それは同時に，人を崇高な境地に引き上げる契機でもある．凡庸な営みの中にも神秘の闇が広がっているからである．人間が感覚的に捉え得るものは，たまたまみずからの感知可能な領域のみであって，その背後には宇宙的な広がりから極微の命の営みに及ぶ壮大な生命のドラマがある．それは，束の間の命を生み出し，召し上げる働きそのものに由来する．19世紀の時代精神は，科学の光によって，人間の命の営みを眺める視座の根本的転換を迫られた．視点を少し転じてみると，草が伸びる動きと栗鼠の心臓の拍動の背後に，極微の営みが轟音となる世界が広がっている．[5] 命の神秘の悠久の営みを前にすると，人間は言葉を失う．これに照らしてこそ，私たちは自分の短い人生を位置付け，意味を見出すことができるというのに．おのれの命は大きな世界から賜ったものであるという根本的事実が，私たちに命への敬いを教えてくれる．これを科学の仮説・検証の方法で捉えようと，ロマンティシズムの全身全霊の直感的把握に依ろうと，生ける有機的全体に対する敬いの心は一つものである．

　上掲の一節 (20: 194) にドロシアの心境を示す言葉は見られないが，語り手の意味を探る眼が，読者にドロシアの予感した体験の本質を想像させてくれる．それが，意味の解体と再建を同時に孕むワーズワス的な崇高体験であることを．ウイリーは，ワーズワスの『逍遥』(*Excursion* Book iv. 961) 批評の中で，詩人が想像力と呼ぶものを，次のように解説する．想像力とは，精神が最高度の洞察と注意力を獲得した状態である．想像力の活動は日々新たな活動であり，私たちがとかく陥りやすい陳腐化の殻を打ち壊し，この頑固な

素材を生きた新しい全体へと鋳直すところにその働きが表れると (*Nineteenth Century Studies* 16). 想像力をこの観点で見ると，ドロシアの体験したカタストロフィーは，創造的気付きの兆しであり，陳腐化した知識を捨てることによって，ものをあるがままに見る基盤を獲得する体験と言える.

　ローマという歴史都市が湛える過去の表象が，ドロシアとカソーボンの感受性の対照を浮き彫りにする様には，感情の闇の曖昧領域に分け入って，言葉を手探りする語り手の想像力が躍如としている．ラファエルの壁画などの意味を解説してゆく夫の，「典礼執行規定」を読み上げる牧師のような情味のない調子には，これに耳を傾ける妻には，言葉の背後に共感が籠もっているとは感じられない．言葉が喚起する感動と思考が彼女を揺り動かし，これによって世界が喜びと驚きに満ちたものになる，そういう命のほとばしりがないのである.

> . . . if he would have held her hands between his and listened with the delight of tenderness and understanding to all the histories which made up her experience, and would have given her the same sort of intimacy in return, so that the past life of each could have included in their mutual knowledge and affection or if she could have fed her affection with those childlike caresses which are the bent of every sweet woman, who has begun by showering kisses on the hard pate of her bald doll, creating a happy soul within that woodeness from the wealth of her own love. That was Dorothea's bent. With all her yearning to know what was afar from her and to be widely benignant, she had ardour enough for what was near, to have kissed Mr Casaubon's coat-sleeve, or to have caressed his shoe-latchet, if he would have made any other sign of acceptance than pronouncing her, with his unfailing propriety, to be of a most affectionate and truly feminine nature, indicating at the same time by politely reaching a chair for her that he regarded these manifestations as rather crude and startling. (20: 197-98)

> もし彼が妻の手を取って，彼女の体験から滲み出してくる可愛らしい思い出話に優しさと理解をもって心から耳を傾けていれば，それに彼自身も，人間味を感じさせる過去のできごとを語っていれば，お互いの過去を理解し合い，いたわり合うこともできたであろう．もし妻が，心根の優しい女性がついやってしまう子どもっぽい愛撫で女心を発散していれば——なにしろ彼女は，子どもの頃から，髪の毛の抜け落ちた人形の硬いおつむにキスの雨を降らせていたのだ．こうして，あり余る愛情の欲求を，木石のような人形の中に満ち足りた心を想像して，晴らしていた．これがドロシアの性分であった．彼女は，自分から遠い世界の人々の生き様を知って，慈悲をあまねく施したいと願う気持ちが強いのに，身近なものへの熱い思いが抑え

難かった.もし夫が自分を受け入れてくれる素振りを見せてくれさえすれば,その上着の袖にキスをしたり,靴紐を愛撫したりすることさえ厭わなかったことであろう.ところが,彼の習い性は,いつもと変わらぬ慇懃さで,決まってこう言うのだった.あなたは深い愛情を持った,心底女らしいお人だ.こう言いつつ,慇懃に椅子を勧めて,妻のいじらしい仕草がはしたなく,うろたえてしまうものであることを仄めかした.

　ここでも語り手は,ドロシアの感受性の視点から夫婦の感情の機微を手探りしている.おのれを空しくして,夫婦の心と心のやりとりに聞き入る趣が感じられる.息の長い仮定法の畳み掛けは,語り手がドロシアの感情の動きに,時に参入し,時に離れて見る為に,文脈の要請に従った自然な結果であろう.この仮定法が事実と想像の融通無碍な対話を可能にして,語り手と人物の間に流れる味わい深いアイロニーを湛えている.ここに,作家がみずからに課した芸術的課題,"the severe effort of trying to make certain ideas thoroughly incarnate, as if they had revealed themselves to me first in the flesh and not in the spirit"(あたかも思想が,観念ではなく生身の人間のほとばしりとして直観されるかのように,これに生きた人間の息吹を吹き込む厳しい努力)(『書簡』IV, 300 ; クロス 401-02)が行間に生きていることが知られる.エリオットがこれらの言葉に託した意味あいは,単にアイデアを生きた,血の通った人格に消化して描くという小説家としてのヴィジョンばかりではない.感情と言葉は肉に制約され,肉に導かれるという道理をも意味している.言い換えれば,人間の肉体,思考,感情,言葉は一つの有機的生命体の違った表現なのである.これは,彼女が,遅くとも29歳までには自己のものとし,スピノザの直感にその正当性を裏付けられた見方[6]である.

　スピノザは言う.肉体の仕組みは,人間の技が作り上げたいかなる作品よりも遙かに精巧なのだ.なぜなら,人の肉体もその一部である自然から無限のものごとが流れ出してくるからである.彼は続けて言う.私たちは自分の行為を自覚できても,その原因は知らない.おのれの精神が決定していると思い込んでいることは,往々にして肉の申し子たる欲求の産物なのだと(エリオット訳 96-7).自己の肉なる存在の要求に聞き従いつつ,理知の光に照らしてその働きを善導するところに,スピノザは良識の声を聞く.この声は,罪なる肉の要求を克己によって克服しようとする精神主義とは本質的に異なるものである.エリオットは,彼の見方に自分の姿を映し出す鏡を見出したのである.

夫と妻の一見穏やかな言葉と仕草のやりとりの中に，奥深い感情の行き違いを描き出す作家の筆遣いは，読者の行間を読む想像力を刺激して，注意を逸らすことがない．それが端的に表れるのが，カソーボンの著書出版を巡るやりとりである．夫の生涯の目標たるこの事業に向けて，自分に何ができるかと真摯に問い掛けるドロシアの訴えに，なぜだか嗚咽が混じり，眼には涙があった．夫に奉仕したいという純な思いが潮のごとくほとばしったのだ．不安の入り交じった，思い詰めた心境で，夫が著書を出版して，その知見を世の為に役立てるよう励ました．ところが夫は，妻の勧めに苛立ちの色を隠さず，思わず本音が口を衝いて出た．

> "My love, . . . you may rely upon me for knowing the times and the seasons, adapted to the different stages of a work which is not to be measured by the facile conjectures of ignorant onlookers. It had been easy for me to gain a temporary effect by a mirage of baseless opinions; but it is ever the trial of the scrupulous explorer to be saluted with the impatient scorn of chatterers who attempt only the smallest achievements, being indeed equipped for no other. (20: 200-01)

> ねえ，ドロシア・・・君は，作品の様々な段階に最適な頃合いがあることを知っているね．これについては，私の判断を尊重してくれるね．無知な傍観者の安易な推測では的確な判断が付かないことは分かっているね．蜃気楼のようにいつ消えるとも知れない，裏付けなき見解で，世の中をしばらくあっと言わせるくらいのことはできたかも知れないがね．世のお喋り家さんの性急な侮りに遭うのが，周到な努力を払う探求者の宿命なんだよ．こういう連中は，他に能がないから，ちっぽけな業績を企てるのだよ．

カソーボンの学者としての自負心は，永年の努力に裏打ちされたものである．それだけに，強い思い入れは，ことの当否は措くとして，彼の唯一の生き甲斐になっている．著書を世に問うたことがある読者は，彼の病的なまでの自負心に触れると，わが心の真実を言い当てられたと感じるであろう．恐らく，作家自身の自負心の声が反映しているのではないか，と思わせる達意の描写である．学者が研究におのれの人生を賭けるほど心血を注ぐことは，それ自体尊いことである．だが，この努力が外界との交流を断たれると，自己を客観視する謙遜な魂を失ってしまうことがままある．研究に要する精神労働の負荷は，五感をフルに働かせて，感情を活性化するエネルギーを奪うからである．知性が自閉的な世界で営まれると，思考回路が惰性に陥り，悪しき感情が猜疑心

となって忍び寄ってくる．自己中心性の止み難い性が，共感ではなく，不信の形を取るからである．

　触れればずきずきと痛む夫の傷口のことを知らないドロシアの，溢れ出んばかりの感情が相手の瘡に触る様を，語り手はこう語る．

> She was as blind to his inward troubles as he to hers: she had not yet learned those hidden conflicts in her husband which claim our pity. She had not listened patiently to his heart-beats, but only felt that her own was beating violently. In Mr Casaubon's ear, Dorothea's voice gave loud emphatic iteration to those muffled suggestions of consciousness . . . (20: 200)
>
> 彼女は，夫に妻の心中の悩みが見えていないように，彼が心に抱え込んだ悩みが見えていなかった．夫の密かな葛藤は，耳を傾ければ，憐れみに値するほどのものであったであろうが，これを察するだけのゆとりはなかったのである．妻は，夫の心臓の鼓動に辛抱強く聞き耳を立てる代わりに，みずからの心臓が激しく高鳴っていることのみに気を取られていた．カソーボン氏の耳には，みずからの心中でそっと囁かれる不安な声が，妻のくどくどしく，声高な声となって鳴り響いていた．・・・

ここにも，肉体，感情，言葉を一つの全体として見る作家の有機的ヴィジョンが見えている．人は，他者の言葉をあたかも白紙に書き写すように聞いているのではなく，体験と記憶の生きた媒体を通して聞くのだ．そこに自己中心性の色調が混ざることは不可避なのである．言葉は，語る人の声という共鳴版の響きを伝えずにはおかない．感情の動きを心臓の鼓動として表現するのは，比喩としてのみではない．感情が肉体の生理的な営みの一部だということも暗示しているのである．[7] 感情の闇雲なエネルギーは，他者の存在を察知する感受性を曇らせもする．閉じ込められ，交流を知らない感情の溜まり水は自己執着の汚水溜ともなる．世間を恐れ，怯むカソーボンの不安なエゴイズムは，妻の善意の言葉に自分自身の病的自負心の囁きを聞いたのだ．

　人や自然との交流から遠ざかった研究活動が何をもたらすか，カソーボンが妻に苛立ちをぶつけた先の引用（(20: 200-01)）（本文168頁）に見られる鬱屈した心理描写には，有機的暗喩が用いられている．

> It [Casaubon's speech to his wife] was not indeed entirely an improvisation, but had taken shape in inward colloquy, and rushed out like the round grains from a fruit when sudden heat cracks it. Dorothea was not only his wife: she was a

personification of that **shallow** 1) world which surrounds the **ill-appreciated** 2) or desponding author. (20: 201)

　夫の言葉は，思わず知らず口を衝いて出たものとは言い切れなかった．むしろ，胸にわだかまっていた思いが言葉となってはじけ出してきた感があった．ちょうど，果物が突然の暑さで割れて，丸い種子がはじけ出してくるように．ドロシアは彼の妻というだけではなかった．真価を認められず落胆した著述家を取り巻く，あの浅薄な世間の手先であった．

　猜疑心は，現実との接点を失うと，おのれ自身を糧にして自己増殖する．"shallow" 1)（浅薄な），"ill-appreciated" 2)（真価を認められない），のような価値判断を示す言葉は，語り手のアイロニカルな距離感によって，カソーボンの感傷的な自己弁護を暗示している．長年胸の奥に溜め込んだ不平不満が思わず知らずほとばしり出た言葉を，語り手は比喩に託して捉えている．木の実の殻が割れて，そこから種が露わになるイメージは，言葉が肉の産物であるという作家の洞察を仄めかしている．感情それ自体によい悪いはない．霊肉が他者との生きた交流を失うと，否定的感情が圧倒する反面，相互に理解され，分かち合われると，ものがしみじみと肯定される．このエピソードに見られるように，カソーボンの自己執着の描写には，生きた水の流れが塞き止められ，溜まり水となったイメージが一貫している．人間が自然に背を向けると自我が病み，あらゆる人間的な美質が転落することを見通した作家の直感が，否定的な形でこの人物に反映している．これは，ドイツ高等批評，なかんずくフォイエルバッハの自然を敬う心[8]へ共感を寄せていたエリオットの人間観に基づいた描写なのである．

　ドロシアとカソーボンの自我と自我のせめぎ合いの中に，エリオット自身の内面が反映していることは，少なからぬ批評家の指摘するところである．その見方を代表するのがエルマン（Ellmann）である．彼によれば，カソーボンの描写は，作家自身の執拗な自己不信を暗示していると言う．思春期の性愛の葛藤は，彼女の信奉した福音主義によって助長された面がある．これは，後々まで思い出すのも辛い体験であった．カソーボンのエロスの抑圧は，作家自身が思い悩んだ不毛な空想の表象であって，それ故にこそ，これだけの迫真的な描写が可能になった．彼の自我の仮借ない解剖は，従って，作家自身のエロスにまつわる自己抑圧を表現行為によって相対化し，解き放す意味あいがあ

ると (73).

　少女時代以後，少なからぬ恋愛体験を重ね，性愛の体験も人後に落ちなかったメアリアンの人生を振り返ってみると，エルマンの見方には一面の真実があるように思われる．宗教的ドグマが命の充足を阻むからくりを体験で知り抜いているからこそ，肉の要求にほどよく聞き従い，これを知性の光によって交通整理をしてゆくスピノザの諦念に共感を寄せていた．作家は，エロスが人間の幸せに対して持つ深い意味あいを，否定的な形で暗示している．ドロシアの二人の夫たるカソーボンとウイルの対照に，このテーマを託したと言える．

　エルマンの解釈が推測の域を出ないことは否定できないが，にも拘わらず，読者を頷かせる力がある．それは，ドロシアの眼から見たカソーボンとウイルの感受性の対照に，作家が焦点を当てていることからも窺える．ローマへのハネムーンの間，夫の留守中に，ウイルをホテルの自室に受け入れたドロシアの心中を，語り手はこう表現する．"Yet it was a source of greater freedom to her that Will was there; his young equality was agreeable, and also perhaps his openness to conviction.（ウイルがそこに居ることが，彼女には伸び伸びと寛げる秘密であった．若い彼との遠慮ない触れ合いは心地よく，話せば分かってくれる柔軟性もまたそうであった）(21: 210)．ドロシアに気兼ねのない深呼吸を許す彼の大らかな感化があってこそ，彼女には，夫の根本的人間性が明らかになった．その一方で，夫との心のわだかまりは，義務感ばかりで安らぎのない彼女自身の無理からも生じていることが悟られた．この体験は，彼女の中で "epochs in our experience when some dear expectation dies, or some new motive is born"（大切に温めてきた夢が潰えて，新たな動機が芽生えた節目）(21: 211) と感じられた．彼女には，この心境が "the waking of a presentiment that there might be a sad consciousness in his life which made as great a need on his side as on her own"（彼女自身に相手への要求があるように，夫の心中には悲しい思いがあって，これを分かって欲しいという欲求があるのではないか，という予感の目覚め）(21: 211) と表現される．これは，ドロシアには，相手のあるがままの姿に気付く節目の瞬間であった．

　ドロシアの心をよぎる予感の意味するところを，語り手の遠近法は意味探求のテーマに位置付けて語る．

　　We are all of us born in moral stupidity, taking the world as **an udder to feed**

> **our supreme selves**: 1) Dorothea had early begun to emerge from that stupidity, but yet it had been easier to her to imagine how she would devote herself to Mr Casaubon, and become wise and strong in his strength and wisdom, than to conceive with that distinctness which is no longer reflection but feeling—an idea wrought back to the directness of sense, like the solidity of objects—that he had an equivalent centre of self, whence the lights and shadows must always fall with a certain difference. (21: 211)

> 人間はみな道徳的に愚鈍に生まれついていて、この世界はわれわれのこの上なく貴重な自己を養ってくれる乳房だと考える。ドロシアはそのような愚かさから早くも抜けだし始めていたが、それでも、どのようにしたら夫に献身的に仕えることができるか、彼の力と知恵とを頼りにどれほどまでに自分が賢く、強い人間になれるか、それを想像することはできても、夫も自分と同じように自己という中心があって、そこから出る光と陰は常に自分のものとは違っているということを、単なる反省ではなく、感情——ちょうど手応えのある物体のように、直観にまで磨き上げられた観念——の明晰さで感じとるのは容易なことではなかった。[9]

エリオットの夥しい手紙と日記をほんの一部でも紐解いたことがある人なら、彼女が若い時と晩年とを問わず、いかに自分の迷いの深さを自覚していたかが知れる。[10] 小説家として功なり名遂げた作家の、この率直さには何か心を打つものがある。自我の迷妄を凝視する作家の凄絶な力は、それが彼女自身の人間的真実から出たものであることを物語っている。心の闇が深いからこそ、光を仰ぎ、魂の平安を祈る思いが深いのだ。この一節に見える作家のヴィジョンは、迷いの淵から光明を仰ぐ祈りに他ならない。だからこそ、語り手の想像的な言語感覚は、自我の利己的本性を物理的イメージで喝破している。"an udder to feed" 1)（養ってくれる乳房）の喩えに見える自然の養い、育む力の連想は、"our supreme selves" 1)（この上なく貴重な自己）という語の皮肉なまなざしと相俟って、人の自己愛が、善悪の観念を超えた本来的現実であることを暗示している。人が他者と関わり合う原型的な体験をする時、見掛けと実態の落差に惑わされるのも、この抜き難いナルシシズムに由来する。

　ドロシアの半生を俯瞰する語り手の眼は、他者との邂逅と触れ合いの深まりを最も生命的な体験として見通している。語りの焦点が絞られてゆくプロセスは、そのままドロシアの体験が深化してゆくプロセスとして描かれている。学問の先達に導かれて、おのれの世界を広げようと夢みる魂は、未経験のまなこが見る遠景である。ところが、麗しい景色も近づいてゆけばゆくほど、ごつ

ごつとした岩肌が見えてくる．相手の人格の現実を，おのれの情熱の雲間から垣間見ると，幻滅と理解が相接して訪れる．ものをあるがままに見るということは，複雑で奥深い行為なのである．だからこそ，これが真の道徳性を獲得する必須の基盤となる．

　ハーツは，この一節に，エリオットの道徳的想像力の精華を見ている．自己執着の根深さを示す鮮やかなイメージは，いやが上にも読者の自己省察を誘うと言う．この迫真性は，作家の創作ヴィジョンに由来すると言うのだ．彼は，これを裏付ける為に，エリオットのエッセーを引用している．

> . . . a picture of human life such as a great artist can give, surprises even the trivial and the selfish into that attention to what is apart from themselves, which may be called the raw material of moral sentiment. ("The Natural History of German Life") [11]
>
> ・・・偉大な芸術家が描いてみせてくれる人間の生の実相は，凡庸な人や利己的な人にすら，おのれの外にある世界にはっと気付かせ，粛然とさせるものなのだ．この気付きこそが道徳意識の素材と言ってよいものである．

凡庸で利己的な読者にも，思わず知らずおのれを振り返らせる力は，その心を揺さぶって他者の存在へと目覚めさせる言葉の力である．この力は，読む者の自己中心的な声が揺さぶられて抵抗するからこそ，よけいに強く働くと，ハーツは言う．こう読み解いた上で，人間心理の逆説を，次のように指摘する．道徳的暗愚に生まれ付くということは，想像力豊かに生まれ付くということである．人の思いが孤立的，固定的なイメージに囚われ，他者との交流を断たれると，自己の立場に固執する．感情の惰性的な働きに抗してこそ，道徳的想像力本来の働きは発揮される．自我が閉所に閉じ籠もると，ナルシシズムに陥るが，外に向かって働き掛けると，真の道徳性を獲得する糧となる．ところが，空想と想像力の二律背反的な働きの境目は本質的に曖昧だ，というのがエリオットの直感であると言う(28-9)．ハーツのこの解釈は，エリオットが，明晰な言葉へと磨き上げていないが，ぼんやりと気付いていた直感的認識を穿っている．個人の肉体，感情，言葉の間には生命的な相互依存が働いている．他者との関係の中で営まれるこの曖昧領域をそのままに描くのが，作家の小説作法の核心にあった．肉体には精神の知らない領域があると見るスピノザの直感は，エリオットが皮膚感覚にまで磨き上げた人間の見方である．こうい

う人間凝視のまなざしは，道徳的善悪の相対性を明敏に見通す糧になった．これも，作家が歴史主義的聖書批評から学んだ人間観の一面である．

むすび──歴史の意味あい──

　では，想像力と空想の相矛盾する働きはいかにして解消されるのであろうか．他者を理解し，共感の働きを高め，自己執着を乗り越えることは，いかにして可能になるであろうか．エリオットは 21 章末の，上掲の一節 (21: 211)（本文 171-72 頁）に続く章で，この問題への糸口を模索している．ウイルの局外者の視点が，ドロシアとカソーボンの暗中模索を推察し，ドロシアの苦痛に満ちた気付きに，広い視野からその意味するところを位置付けている．

> To be a poet is to have a soul so quick to discern that no shade of quality escapes it, and so quick to feel, that discernment is but a hand playing with finely-ordered variety on the chords of emotion—a soul in which knowledge passes instantaneously into feeling, and feeling flashes back as a new organ of knowledge. (22: 223)
>
> 詩人であるということは，ものごとを鋭く識別して，微妙な綾も見落とさず，しかも，明敏に感じ取る魂を持つということです．つまり，識別力は，精妙に秩序付けられた生の多様性を，感情の弦で爪弾いて演奏する手なのです──そういう魂では，知識が一瞬のうちに感情へ磨き上げられ，感情が知識を得る新たな器官として直観的に働くのです．

結婚生活で名状し難い抑圧感を抱え込むドロシアには，語り掛けてくるウイルの言葉は，一語一語含みをもって心の琴線に触れてくる．言葉が相手を思う気持ちから素直にほとばしってくるからである．相手の感情を読むことは，命のやりとりである．相手の「感情の弦」に指先が触れ，「絶妙に調和のとれた多彩な調べ」を奏でること，これが言葉を使って魂と魂が触れ合う心である．「感情の弦」のメタファーはものの喩えという以上の含みを湛えている．感情は霊肉の有機的な営みの一環である．肉を離れて感情も言葉もない．相手との生きた交流を離れて，感情も言葉も充足する術はないのである．感情と言葉と理知が一つ潮になって合流し，相照らし合う．この有機的統合原理としての詩の境地はエリオット自身のものである．これは，彼女がロマン派詩人の感受性をみずからの糧としていたことを物語る証左である．

第Ⅱ章　『ミドルマーチ』を読む　　　175

　ウイリーは，コールリッジの「悟性」(Understanding)と「理性」(Reason)の違いを解説して言う．「悟性」は心情と頭が分裂し，単なる思弁の能力に転落したものである．これは分析し，抽象することはできるが，そうやって分類した部分を一つ全体に統合することができない．「理性」の働きとは，頭と心情，光と暖か味が相協力して働くことであると (33)．上掲の引用 (22: 223) に見えるように，知識が感情の闇流を照らし，これに呼応して感情が知識の新しい「器官」として働くという生理学的な発想は，コールリッジが「理性」に込めた意味と違うことを言っているのではない．誤解を恐れずに言えば，科学的ロマンティシズムともいうべき作家自身のヴィジョンが，ウイルの言葉に反映していると考えてもよい．

　作家自身の創作上のヴィジョンがしばしばウイルの言葉に託されていることは，彼の体現する感受性が，ドロシアの理想主義の行き詰まりを打開する導きの光として機能するように構想されているからに他ならない．同じ22章でドロシアとの対話の中で語られるウイルの歴史観にも，同じ役割が込められていることが察せられる．

> ... [Will] passed easily to a half-enthusiastic half-playful picture of the enjoyment he got out of the very miscellaneousness of Rome, which made the mind flexible with constant comparison, and saved you from seeing the world's ages as a set of box-like partitions without vital connexion. ... Rome had given him quite a new sense of history as a whole: the fragments stimulated his imagination and made him constructive. (22: 212)

> ・・・(ウイルは，) 半ば熱烈に，半ばひょうきんにローマの猥雑さから得られる楽しみへと話題を変えた．この猥雑さこそ，絶えずものごとを比較することで，人の心を柔軟にしてくれ，世界史の各時代を，命のつながりのない箱状に仕切られた年月のセットと見做す陥穽から救ってくれるのだ．・・・ローマは彼に，一つの全体としての新しい歴史感覚を与えてくれた．個々の断片が想像力を刺激し，全体像を構想させてくれるのだ．

　これらの言葉に，古代都市ローマで，ドロシアが現実へ目覚めたことの意味あいが暗示されている．人の心のドラマの背後には，記憶を絶するような歴史の流れがある．流れの中の一瞬に現代があるのである．歴史が私たちにとって，知恵の光となって生きる為には，雑多な断片的シンボルに意味を読み取る想像力の働きが欠かせない．もの言わぬ断片に意味を読み取る心の眼が働い

てこそ，過去の知識に血肉が通ってくる．歴史を生きた全体と捉えるまなざしは，歴史によって形作られた人間性のありようを，一見脈絡がないように見える素振りや表情や言葉の調子から読み取って，洞察させてくれる力である．生きることは不断の意味解釈を積み重ねることである．意味を読み解く為には，それ故，視点をいにしえの遠景から現代の近景に移動して，ゆきつ戻りつして，あらゆる角度から眺めることが要請される．歴史は，これによって私たちを導く道しるべとなる．

　カロルは，意味解釈という行為を文学テキストや芸術の「意味解釈」という文脈に限定せず，より広い意味で生きる意味の探求と捉えている．彼の言葉を借りれば，闇を照らし出し，光の領域を押し広げる営みそのものが生きるということである．そのような広義の意味解釈は，エリオットの人生の宿命であったと言う．早くから正統派キリスト教の教義を捨てた彼女は，絶えず「解釈の危機」に立っていた．慣習的社会から宛がわれた「正統的」意味の基盤を失って，光と闇のせめぎ合う瀬戸際の領域を手探りしたのが彼女の人生だった．知識と無知は相接しており，その危ういバランスが崩れると仮説が教条になり，一貫性のある意味が断片化する．この曖昧領域を手探りするプロセスを近道しようとすると，私たちの世界理解は部分的なものに止まる．知識と無知の不安定な隙間を埋めることが生きることであり，語りを可能にすると言う (34-5)．以上のカロルの見方には，エリオットの意味探求の営みを人生の実験と見立て，これがそのまま彼女の小説のプロットになったという認識が暗示されている．これは，作家の人生と作品との有機的関係を鋭く見通した卓見である．『ミドルマーチ』20章から22章に至る，ドロシアの生きる意味の探求は，エリオット自身の倫理的人道主義の精緻な表現と言ってよい．そのプロセスを吟味してみると，作家自身の体験した歴史主義的聖書批評の世界観と真理探究の方法が芸術的ヴィジョンとなって生きていることが知れる．

2　ドロシアの夫カソーボン師に見るエリオットのロマン派的想像力

序

　『ミドルマーチ』におけるドロシアとカソーボンの悲劇的な結婚のプロットには，エリオットが長い作家生活の歩みを通して辿り着いた救済観が反映している．そこに作家の自伝的な要素が自ずと滲み出ていることが察せられる．

第Ⅱ章 『ミドルマーチ』を読む 177

　少女期から青春期にかけての熱烈な福音主義，ドイツ高等批評の洗礼による国教会からの離反，ダーウィニズムに象徴される科学的世界観とロマンティシズムの葛藤のいずれもが，ドロシアとカソーボンの人間的な関わり合いの描写に結実している．宗教的な心情を心底に抱きながら，知性は教会の正統的教義を受け入れることができない矛盾に長く堪え，宗教的人道主義[12]へと至った道筋は，この二人の人物を凝視する語り手の円熟した語りの技に消化され，余韻嫋々とテキストに響いている．

　登場人物が人間関係のネットワークの中に位置付けられ，有機的に相互依存するプロセスそのものが生ける全体をなしている構造は，この作品で至芸にまで磨き上げられたと言われる．[13] 語り手は，人物の内面と，彼らを取り巻く環境の相互作用を，融通無碍に視点を移動しつつ眺めている．巧みに姿を隠した語り手が，個々の人物の癖や偏見や美質を，あるいは自身の視点で，あるいは周辺人物の視点を借りて，浮き彫りにする様には，アイロニーの精神が躍如としている．これが滋味深いユーモアと人間省察に貢献している．とりわけ，ドロシアとカソーボンの，結婚前の触れ合いから新婚生活，そして夫の突然死に至るドラマには，エリオットの言語芸術の精華が見て取れる．そこに，小説家が体験によって得た境地が生きた洞察となって働いている．その境地は，観念や知識のレベルを突き抜けて，暗喩とアイロニーとウイットの想像的な言語によって表現されている．これによって，ものの本質を瞬時に洞察する皮膚感覚が文体に生かされたのである．こうして，作家の最良の人間洞察が，宗教，哲学，生理学・心理学，進化論などの言葉を総動員して，表現を見たのである．

　ドロシアとカソーボンの人間的交流のプロセスを描くテキスト，特にカソーボンの内面描写，に焦点を当てると，そこに19世紀後半のヨーロッパ時代精神の多面的な思潮が混ざり合い，相克する様が窺い知れる．これを，作品の文体に注目しつつ探ってゆく．

作品に生きる生命的言語観

　エリオットが1851年から1856年にかけて『リビュー』を中心に発表した一連のエッセーには，彼女が小説創作に乗り出す前に，すでに有機的生命体としての社会観・言語観を自己のものにしていたことが窺える．例えば，ドイツ民俗学者リールへの共感を語った「自然史」では，合理的基盤の上に立った普

遍的言語のアイデアを批判する形でみずからの言語観を披瀝する．その趣旨を再び要約すると，言語は本来，人々が暮らしの中から連綿として継承してきた生活感情と思い出を宿している．従って，人間体験の歴史的遺産として受け継がれてきた言葉には，自然・社会風土と人間の暮らしから抽象された「普遍的な」言語などないのである．そういう言語は，科学を表現する手段としては完璧かも知れないが，命を表現することはできない．命は科学を超えたものだからである．歴史言語の変則性と不便さを捨て去ると，同時に音楽，情緒を失うことになる．個人の性格を表現するのに不可欠な生命的質，機知の微妙な能力，想像力の基となるあらゆる美質を喪失してしまう (282-83).

以上，エリオットの言語観には，ドイツ・ロマンティシズムの流れを汲む思潮が反映している．とりわけ，フォイエルバッハの，歴史主義的聖書批評への共感が見えている．これを端的に言うなら，歴史を生成発展するプロセスと見る弁証法的歴史観と，自然と人間の生命的つながりと統一性の自覚と言ってよい．これを，詩と科学の融合，情緒と知性のバランス，美と宗教の調和と言い換えることもできる．その根底には，人間が命の充足を賜るには，みずからもその一部である自然に還ることが肝要だと見るロマンティシズムの見方がある．フォイエルバッハによると，自然から離れた社会慣習や宗教教義は因習と化し，人間の内なる自然を抑圧する結果になると言うのである (276-77). 習慣の奴隷になりやすい人間の性から自由になって，ものをあるがままに見るには，子どもの無邪気さと想像力を取り戻さなくてはならない．科学の照らし出す真実を虚心に受け入れつつ，なおその世界観に人の魂と情緒の要求を満たすものを見出し得なかったフォイエルバッハとエリオットが肝胆相照らしているのは，人は科学のみでは命を満たすことができない，という確信を共有していたことによる．

「自然史」を書いて 12 年後，『ミドルマーチ』を書き始める直前，エリオットは「覚書」の中で，この大作の創作原理ともなるべき言語観を明らかにしている．その間，1859 年にダーウィンの『種の起源』が世に出た時，エリオットは否定的なニュアンスを暗示させる読後の印象を，バーバラ・ボディション (Barbara Bodichon 1827-91) に書き送っている．それによると，ダーウィンの文体は，論考の裏付けとなる事実の描写が不十分で，描写力も弱い ("ill-written") と言う．これに続けて言う，「進化論と，物事が現状の姿に至ったあらゆるプロセスの説明は，その背後にある神秘に比べれば弱い印象しか残し

ません」(『書簡』III, 227) と. しかしその実, ダーウィニズムの持つ奥深い含みについて, 画期的な著作となることを予感していた. ビアによれば, この著作の多面的な含みと波及効果について, 彼女は俄には理解できなかった. 生物が環境の影響によって突然変異を引き起こすメカニズムは, 彼女の道徳観とは掛け離れていたからであると言う (*Darwin's Plots* 146).

話題を「覚書」に戻すと, その基調は言葉と生命体のアナロジーにあると言ってよい. 彼女は人体の精妙さに触れて言う. 一つの全体としての人体は, 部分の絶妙な相互作用と協働により, 塊としてではなく多様さを孕んだ統合体として存在する. 一つ部分の変化も他に微妙な影響を及ぼし, 結果として生命体が全体としても変化する. このプロセス自体が形態 (形式) を生み出すと言う (「覚書」358). この見方を裏付けるように, 二枚貝の例を挙げている.

> Just as the beautiful expanding curves of a bivalve shell are not first made for the reception of the unstable inhabitant, but grow and are limited by the simple rhythmic conditions of its growing life. (359)

> 二枚貝の殻の美しくふくらみのある曲線は, その内部に住む不安定な貝を収める為に最初にできたのではなく, 貝の成長してゆく命の素朴でリズミックな生育条件に対応しつつ, その制約を受けながら育ってゆくのだ.

貝は殻という器に納まっているのではなく, 一つ有機体として相互作用の営みを行っている. その含みは, 殻の働きが環境の変化を繊細に感知しつつ, 貝肉の命のリズムと調和し, なおその制約の下に生存しているところにある. 芸術の形式としての言語と内容の有機的相互依存には, 自然界の命の営みと本質的な類似性があると見ているのである.

『フロス河の水車場』から『ミドルマーチ』に至るほぼ12年の間に, エリオットの言語観が質的な変化を遂げた訳ではない. 言語が有機的生命を宿していると見る観点は一貫している. しかし, 上記引用に続けて, 詩[14]の言語の特徴を次のように述べている. "living words fed with the blood of relevant meaning, and made musical by the continual intercommunication of sensibility and thought." (関連する意味の血流で栄養を補給され, 感受性と思考の絶えざる相互作用によって音楽となる, 生きた言葉)(「覚書」359). 言葉の音楽性, 姿・形, 意味連想の粋としての詩に, 生命体の血液循環のイメージを添えたことは, 単なる喩えを超えた意味あいが感じられる. 感受性と思考のバランスと相互の照らし

合いは，霊肉の働き合いをも暗示している．作品に見るエリオットの言葉は，それ以前の小説にも増して，肉体の精神に及ぼす感化への洞察がある．肉体を母体とする感情の，体験による練磨がプロットそのものを推進する役割を担う度合いが高くなっている．進歩しつつある医学・生理学・心理学の知見に，ルイスともども深い関心を寄せ，これを直観にまで磨き上げたのである．

　円熟期の作品には，肉体と感情と言葉の有機的相互依存が，単なる思想としてではなく，自我を探究する求道者の慧眼として文体に息衝いている．では，ドロシアとカソーボンの関わり合いという文脈で，彼を描く性格描写にこの慧眼がいかに働いているであろうか．また，そこに作家の時代精神との対話がいかに組み込まれ，インターテクスチュアリティ（先達とのテキストの相互関連性）を形成しているのであろうか．

性格描写テキストに生きる生理学・心理学的洞察

　『ミドルマーチ』29章では，ローマへのハネムーンから帰って静穏無事な日常生活が戻ってきたカソーボンの内面が前景化され，全知の語り手が彼の心の風景を描き出している．その風景は，新妻のドロシアがハネムーンで直感した彼の人間的感触が確信へと変わってゆく文脈で描かれている．一見カソーボンの客観描写と見えるものの中に，ドロシアの感受性が捉えた現実認識が滲み出している．言葉を紡ぎ出す語り手の背後に作家が隠れていて，なおその想像的ヴィジョンが浮かび上がってくるかのような筆触が感じられる．

> To know intense joy without a strong bodily frame, one must have an enthusiastic soul. Mr Casaubon had never had a strong bodily frame, and his soul was sensitive without being enthusiastic: it was too languid to thrill out of self-consciousness into passionate delight; it went on fluttering in the swampy ground where it was hatched, thinking of its wings and never flying. His experience was that of pitiable kind which shrinks from pity, and fears most of all that it should be known: it was that proud narrow sensitiveness which has not **mass** 1) enough to spare for transformation into sympathy, and quivers **thread-like** 2) in small currents of self-preoccupation or at best of an egoistic scrupulosity. (29: 279)

> 強健な肉体を持たずに深い喜びを感じるには，人は熱狂的な魂を持たねばならない．カソーボン氏は，強壮な肉体に恵まれてはいなかった上に，魂は，情熱を燃やすことがないままに傷付きやすかった．その精神は力が萎えて，激しい喜悦の余り自意識を捨て去ることはなかった．それが孵化した沼地では，自分の羽根のことばかり考

えて，われを忘れて飛び立つことはなかった．憐れみを受けることを嫌い，何よりも自分のあるがままの姿が知られることを恐れる余り，その体験は，われながら情けないものであった．彼の気質は誇り高く，傷付きやすい為，その世界は狭まっていった．その精神空間は，共感に打ち震えて自分が変わるほどのゆとりある基盤を持っていなかった．自己執着，あるいはせいぜいのところ，利己的な周到さの干上がりかかった流れの中で糸のように風に震えていた．

この一節には，エリオットが後期小説で辿りついた生理学・心理学的洞察が凝縮して表現されている．個人の自我が他者との生きた交流を失った時，生命的世界から遠ざかり，自己喪失に陥る道理を見通している．魂には肉なる存在の次元がある．肉体の働きによって外的現実とつながらない魂は，自意識の閉鎖回路で命のエネルギーを空費する結果になる．これによって，無心の感動を忘れてしまう．人の自我を沼に佇む鳥の風景に喩えていることは暗示に富んでいる．個人の精神は，宇宙・自然とつながっていてこそ，その健全性を保てるのだ．この意味で，ロマン派的な直感が流水の比喩に暗示されている．それは，単なる比喩の暗示効果を超えて，人と世界との命の統合性を指し示している．羽のことを考えるばかりで飛ばない鳥のイメージは，人の自意識のエネルギーが堰に溜まり，奔流となって流露するのを阻んでいることを想起させる．このイメージは，フロイト的な意味での無意識が，人の自由と幸福に対して持つ無限の可能性を否定的な形で示唆している．

　カソーボンの「体験」が人の憐れみを忌避し，あるがままの自己を受容しない「誇り高く狭量な傷付きやすさ」にあるという言い回しには，語り手の意図的な示唆がある．この文脈での「体験」は，「魂」と同義に使われていることが察せられる．つまり，個人の魂は体験にあるという作家の確信の反映だと見ることができる．私たちの魂が体験とその思い出から成るとすれば，トーマス・ハックスリの主張する人間の心身の物理法則による説明[15]も，その限界は明らかとなる．「万物の霊長」としての人間に超越的な尊厳を認める聖書の見方が進化論により揺らいだ時代にあっても，人格の品位に対する確信は懐疑主義的な知識人の間でも盤石であり続けた．マシュー・アーノルドとエリオットが基本的に共有する聖書批評は，創造説の超自然主義に抗して，伝承された体験的真実の宝庫として，聖書の詩を擁護するところにあった．[16] この例が示すように，聖書批評の知見と言葉は，テキストの端々にまで浸透している．

　カソーボンの感受性が世間の思惑を気にする意味での敏感さを持ちながら，

それが「共感」となってほとばしるだけの "mass" 1)（実体）を持たないとは，いかなる認識によるものであろうか．これについて，デイヴィスは言う．エリオットは精神と肉体の不可分な一体性を作家生活の始めから洞察していたが，この認識はスピノザとルイスに負うところが大きい．心の働きには，同時に生理的であり心理的なエネルギーの動きであるような側面がある．これを表現する為に，彼女は自ずと「肉なる存在の言葉」を使うことになったと．[17] "thread-like" 2)（糸のような）感受性が自己執着の乏しい流れの中で打ち震えているイメージは，単なる喩えとして機能しているのではない．思考と感情が霊肉一体の営みの一環であるという気付きにこそ，こうした独創的な表現の基盤がある．

ところが，上記引用に続く一節では，心の科学の語彙と競い合うように，聖書の言葉がほとばしってくる．それは作家の心の深層から湧き上がる潮のごとき様相を帯びている．語り手の声は，抑制的な調子から逸れて，主情的なものに傾いている．これによって，カソーボンの性格描写で用いた言語が，作家にとって切実な個人的意味あいを持っていることが明らかになる．

> ... even his [Casaubon's] religious **faith** 1) wavered with his wavering **trust** 1) in his own authorship, and the **consolations** 1) of the Christian **hope** 1) in **immortality** 1) seemed to lean on the immortality of the still unwritten Key to all Mythologies. For my part I am very sorry for him. It is an uneasy lot at best, to be what we call highly taught and yet not to enjoy: to be present at **this great spectacle of life** 3) and never to be liberated from a small hungry shivering self—never to be fully possessed by **the glory we behold**, 1) never to have our consciousness rapturously transformed into the **vividness of a thought, the ardour of a passion, the energy of action**, 4) but always to be scholarly and uninspired, ambitious and timid, **scrupulous and dim-sighted**. 2) (29: 280)

> 彼の信仰すら，著述に対する自信の揺らぎと共に揺らいだ．クリスチャンとして永遠の命を賜る希望からくる慰みも，まだ完成を見ぬ『神話学への手掛り』が不朽の名声を得るかどうかに懸かっているように思われた．私としては，そのような彼を気の毒に思う．世に言う高い教養を持ちながら，ものが楽しめないのだ．人生のこの麗しい景観を前にして，なお小さな，満たされない，打ち震える自己から解き放たれないのだ．栄光を眼前にして，われを忘れるほどに魅了されることもなく，意識が恍惚とした忘我境に遊んで，浩瀚たる思考へ，熱烈な感動へ，行動のエネルギーへと誘われることもない．ただひたすら知識を追い求めつつ，霊感のほとばしりもなく，野心的ながら臆病で，用心深いのにものが見えないのである．

"faith" 1)（信仰），"trust" 1)（自信，信頼），"consolation" 1)（慰み），"hope" 1)（希望），"immortality" 1)（永遠の命），"glory we behold" 1)（眼前の栄光）などの言葉が示すように，作家の血肉に溶け込んでいる宗教的感受性は，聖書の音楽性を思わせるようなリズムを刻んでいる．反復と韻律によって，言葉が流れとなって溢れ出してくる感触がある．これは，エリオットが科学的な見方に馴染むようになった後も，聖書の詩を掬い取ろうとする美意識が彼女の感受性に息衝いていることを物語る証左である．

　伝統的な権威に依りすがって生きる国教会の由緒ある聖職者が，学問におのれを捧げる姿それ自体は，一見非の打ちどころがないように見える．ところが，「品位ある人格」を演じようとして，絶えざる自己抑制を働かせる，その努力が負担になって感情の内発性を失う結果になっている．"scrupulous and dim-sighted" 2)（用心深いのにものが見えていない）という表現が暗示するように，カソーボンは真にものを見て，味わっていないから，内から湧き上がる声に従うことがない．この結果，道徳が「外からの要請」に成り下がっている．彼自身の甥ウイルが妻ドロシアを密やかに恋慕していることを察知し，身を焦がすような嫉妬を内に堪えている．しかし，みずからが嫉妬している事実は，体面からしても決して認められないのである．誇り高さが邪魔をして，おのれの感情を正視しないから，これが心にわだかまり，性的ライバルたるウイルを恐れ嫌う結果になっている．一言で言えば，彼は子どもの心を失っているのだ．

　カソーボンが象徴する人格像は，「外からの要請」としての道徳は命の充足を保障しないという道理である．道徳は，"nature"（宇宙自然と人間の内的自然）を基盤にして初めて人格の品位を高めるものとなる．ところが，彼の著作活動は，喜びの発露どころか，「鉛のごとく彼の心にのし掛かって」いるのである．生涯の著書『神話学への手掛り』(Key to all Mythologies) を世に問うことが，彼のクリスチャンとしての生き様の証である，と本人は自覚している．ところが語り手は，その内実が世間的な功名心へ堕している事実を見逃していない．"trust" 1)（自信），"consolation" 1)（慰み），"hope in immortality" 1)（永遠の命への希望）の美しい言葉が内実を失って，空しい建前に成り下がっている．このように，語り手の鋭敏な言語感覚は，言葉の額面と実態の皮肉な落差を的確に捉えて，読者の心を逸らさない．

　一方，これに続く文章では，作家のロマン派的想像力が否定的な形で示唆さ

れている.「教養がありながら,ものが楽しめない」のは,知識探究が自閉的な世界で営まれ,知性と肉体と感情の交流が弱っていることを物語っている.この閉鎖回路の堂々巡りから解き放たれる為には,全身全霊を対象に注ぎ込むことによって,直観的に感じる体験が不可欠である.感情の上げ潮が人を行動に駆り立て,行動による現実への働き掛けが思考を活性化する循環は,私たちには命の充足として感じられる."this great spectacle of life" 3)(人生の麗しい景観)と "the glory we behold" 1)(眼の前に見ている栄光)の言い回しは,見る人の感受性に深く関わる真理を言い当てている.ものを見るとは,単に受動的に受け取るのではなく,見る人の体験と思い出とを総動員しながら想像的に交流する行為である.見る対象との命の交流が欠けると,知識は観念に堕す.カソーボンは,ものの情感を肉体と感情のレベルにまで受け止める感受性が乏しいから,知識が人格の奥深くにまで浸透せず,過敏な自意識が空回りする悪循環に陥っている.その結果,我執が邪魔をして,眼の前にある細やかな命の不思議に感動する心を喪っているのである.上掲の引用に見える "the vividness of a thought, the ardour of a passion, the energy of action,"(思考の生彩さ,感情の熱気,行動のエネルギー)という言い回しは,自意識を捨てて対象と一体化する時に訪れる心の自由を指し示している.これは,「肉なる存在の言葉」に聞き耳を立てると,自ずと感得される命の充足の境地があることを示唆している.このように,テキストの片言隻句にも作家のロマン派的な感受性が息衝いていることが知れる.

　カソーボンがロマン派的想像力の反面教師たる所以は,知識の探求という高度な文明の営みすら,自然から乖離した世界で行われると,不可避的に自我が病むという普遍的な道理に触れているからである.引用 (29: 280)(本文 182 頁)に見える彼の自我描写が,読者にはっとおのれを振り返らせる迫真性を持っているのは,その抱えている問題が作家自身の自己不信に由来しているからである.[18] 世間の評価を恐れる繊細な感受性は,同時に想像的な言葉を駆使する芸術家の感受性でもある.迷い深きおのれを心底から懺悔する作家の人間的真実が,「自然を敬う」ワーズワスの境地に心惹かれる秘密でもある.おのれを空しくして森羅万象に溶け込んでゆく彼の詩魂には,エリオットが,みずから自我の不安から癒やされる為の叡智が宿っていたのである.これを可能にするのが,ものの本質を射貫く心の眼としての想像力である.

Therefore am I still
A lover of the meadows and the woods,
And mountains; and of all that we behold
From this green earth; of all the mighty world
Of eye and ear, both what we **half-create**, 1)
And what perceive; well pleased to recognise
In nature and the language of the sense,
The anchor of my purest thoughts, the nurse,
The guide, the guardian of my heart, and soul
Of all my moral being.
("Lines written a few miles above Tintern Abbey" ll, 103-12)

だから私は，今なお 牧草地と森と山を，そして，この緑の大地から見えるあらゆるものを，眼と耳で感受する力強い森羅万象を，愛する者である．
これらは，すべて私たちが半分創造し，半分受け取るものである．
自然と五感の言葉に，私の純粋な思いの錨，育み手，導き手，心情の守護者，
私の精神的存在の精髄を認めて満ち足りているのである．

　ワーズワスにとって，自然は人間の外にある客観的事実であると同時に，人間の霊肉もその一部である有機的生命の，相互依存する一つの全体である．人は感覚を研ぎ澄ましてこの営みに参入する時，大いなる世界から命の充足を賜る．意識的思考を捨てると，自ずと内発的感情の訪れがくる．これが世俗の功利的営みに倦み疲れた人を癒やすのだ．それのみに留まらず，習慣に安住して空文化した価値を原点に戻って再建する契機がそこにある．自然に立ち戻る時，人は全身全霊をその鏡に映し出し，「感受する」と同時に "half-create" 1)（半分創造する）相互依存の営みを無意識のうちにやっている．命の交流こそが知識を日々新たにする霊薬であると言うのである．
　ワーズワスのこの観点に立ってカソーボンの性格像を眺めると，彼がロマン派的想像力のネガティブな雛型であることが明らかになる．ドロシアがカソーボンの痛ましい人間の真実に触れてゆく過程は，人物間の相互評価のネットワークに位置付けられているが，その文脈で意味深い役割を担っているのは彼女に心を寄せるウイルである．ドロシアの理想主義が自家撞着を招いていることをいち早く直観したのがウイルである．そのドロシアが夫の荒涼たる内面風景に気付くのに一役買っているのも彼である．そのロマン派的感受性は，彼女の自己発見の重要な契機となっている．彼の正鵠を穿つ言葉は，ドロシアの

琴線を打ち震わせ，自己の真の問題に直面させることになる．"To be a poet is to have a soul so quick to discern that no shade of quality escapes it, and so quick to feel, that discernment is but a hand playing with finely ordered variety on the chords of emotion—a soul in which knowledge passes instantaneously into feeling, and feeling flashes back as a new organ of knowledge.（詩人であるということは，ものごとを鋭く識別して，微妙な綾も見落とさず，しかも，明敏に感じ取る魂を持つということです．つまり，識別力は，精妙に秩序付けられた生の多様性を，感情の弦で爪弾いて演奏する手なのです——そういう魂では，知識が一瞬のうちに感情へ磨き上げられ，感情が知識を得る新たな器官として直観的に働くのです）(22: 223)．この言葉は，ドロシアの禁欲的な価値観の矛盾を照らし出すと同時に，カソーボンのあるがままの姿をも彷彿させる．知識と感情の生命的交流が働いてこそ，知識は本来の役割を果たす．この道理を反語的に体現しているのがカソーボンなのであり，作家自身が，この光に照らして，みずからを戒めた反面教師でもある．

むすび

　カソーボンは，数あるエリオットの人物群像の中でも，とりわけ善悪の価値の二元論を免れた人物である．スピノザの見通した善悪の相対性に対するエリオットの共感を，彼ほど微妙に体現している例は稀である．彼とドロシアの関係を，自己中心性と利他主義の二項対立の図式で見ると危険な単純化に陥ることになる．この二人のどちらもが，作家が自己発見のプロセスで，対処を迫られた個人的問題を反映しているからである．この問題を煎じ詰めて言えば，一つには，著作活動に伴う過重な知的労働の陥る自然からの乖離であり（エルマン 73），もう一つには，キリスト教的理想主義の，霊肉の矛盾からくる隘路である．従って，カソーボンの自我描写とドロシアのそれとは深いところで通じ合い，相照らしているのである．これらは，宗教的人道主義に至る道筋で，作家がロマンティシズムの「自然を敬う心」に導かれて，自分の袋小路から解脱していったプロセスを示している．同時に，美に対する感受性の光に照らされて，みずからの内的バランスを取ろうとした精神史を偲ばせている．

　ドロシアとカソーボンの結婚生活の悲劇に表現されたエリオットの人間洞察には，二人の性格に仮託した彼女自身の精神遍歴が映し出されている．一つには，福音主義の敬虔ながら偏狭な教義から自己を解き放した道筋と，もう

一つには，繊細で神経質な気質の作家が身を削るような知的鍛錬によって，神経症かうつ病とは紙一重のところで著作活動に精進した道筋である．この歩みに，彼女がロマン派詩人から学んだ自然に戻る叡智が芸術的に結晶しているのである．

3 『ミドルマーチ』に見る死生観
――ドロシア・カソーボンの結婚生活と死別――

序

　『ミドルマーチ』は大河のように流れ，多様な人物が登場しては去ってゆく．個々の人物は固有の役割を演じ，束の間の生を生きては闇に消えてゆく．そのプロセスそのものが小説のテーマである．数ある人物描写の中でも，ヒロインの一人であるドロシアと，その夫カソーボンの結婚生活と死別を描いたものは，先に触れたように，エリオット自身の精神遍歴を映し出している．つまり，二人の関わり合いに作家の死生観が熟達の文体で描かれている．地主で国教会の聖職者であり，神話学者でもあるカソーボンの性格描写には，自己執着の闇を彷徨う人間をさながらに描く作家のヴィジョンが生きている．そこに，罪人たる人間を凝視するキリスト教的人間観がそっと息衝いている．その一方，夫の人間的真実に触れて，禁欲的理想主義が挫折してゆく妻ドロシアの描写には，エリオット自身の心の軌跡が反映している．即ち，20歳前後までの福音主義信仰から歴史主義的聖書批評へと歩を進め，ものをあるがままに見る芸境を深めていった道筋が窺える．この芸境は，ドロシアの描写は言うに及ばず，性格研究のテキストに多層的に反映している．

　本論考では，ドロシアが夫カソーボンの苦悩を察知し，彼のあるがままの人間性を受け入れるに至る心の軌跡に焦点を当てる．これを描くテキストの行間には，作家の宗教的想像力と科学的世界観の対話がこだまのごとく響いている．作品の第42章のテキストに耳を傾けると，エリオットの円熟期の特徴である人間洞察眼と陰影の深い文体が相照らしていることが明らかになる．これを，テキストの具体的な言語事実に基づいて裏付けてゆく．

人と人とはいかにして和合するか

　『ミドルマーチ』の多様な人物像の中でも，カソーボンとドロシアの結婚生

活の悲劇ほど読者の想像力を捉える人間描写は稀有であろう．人と人とが共感によって和合することがいかに難しいかという認識は，エリオットが生涯探究したテーマである．近代的な医学教育を受けた医師リドゲートが銀行家バルストロードの思惑に乗って，経済的な恩義の呪縛から医療改革の志が潰えてゆくプロットがある．そこに，人間関係が個人の自由をからめとるからくりが浮き彫りになっている．この蟻地獄にリドゲートを陥らせた動機に，妻ロザモンドとの心の溝と暗闘があった．関係の網の目に位置する個人は，他者からの，あるいはおのれの過去からの，多種多様な影響を受けつつ，矛盾を抱えて生きている．この意味で，『ミドルマーチ』には自己中心性を免れ難い個人が織りなす関係の網の目が作品の構造と文体に生きている．

　闇を手探りしつつ生きている自我と自我が，それぞれにおのれの「正義」に固執して対立する構図は，『ミドルマーチ』の悲喜劇をなす核心的な人間模様である．これに劣らず重要なプロットの推進力は，肉なる人間の宿命的な業苦たる老い，病，死の恐れである．これらの悲喜劇のいずれもが，ドロシアとカソーボンの夫婦関係描写に迫真的な筆致で描かれている．彼らは，共に人生の見掛けに惑わされ，みずからの欲求に突き動かされて行動する．相手の人間的真実が見えないままに，自分の夢を追い求めて幻滅の苦しみを味わう．夫カソーボンは，老いと死の不安に囚われ，学問の志半ばにして失意の死を迎える．彼は，妻ドロシアに心を寄せる遠縁のウイル・ラディスローに狂おしいまでの嫉妬を抱き，死の直前に認めた遺言補足書で，妻がウイルと結婚しないことを条件に財産相続を承認した (50: 489-90)．彼の現世執着は，みずからの死後まで妻の行く末を縛ろうとする行動となって表面化したのである．一方妻ドロシアは，自分を待ち受ける夫の報復も知らず，彼との心の溝に苦しみつつ，相手のあるがままの人間性を受け入れるに至る．死の恐怖におののく夫に赦しと共感をもって，その死を看取り切った．自分の価値観はさて措いて，病と死の人間苦を味わっている夫への赦しと共感を深めたのである．

　自己執着から隣人との軋轢に苦しむ体験は，エリオット小説の核心をなす．夢破れ，失望と悲しみを経て贖いへと至る道は，作品の終始一貫したテーマである．レヴァイン (Levine) によれば，他者との折り合いを付ける為に自己に課す自己否定の困難な歩みは，彼女の芸術の命である．歩みのプロセスで身に付ける抑制とバランス感覚と審美的感受性の調和は，闇の中の手探りである．この試行錯誤は，作家が人物の心理に溶け込んで，心の動きを言語に置き換え

てゆく技によって描かれている．現実とのずれを生じた知識・観念は解体され，思考と感情が生き生きと交流する時，命の充足が起きると言う (*Realism, Ethics, and Secularism* 26-7)．とりわけ『ミドルマーチ』では，構造とプロットはもとより，語彙の選択眼，語りの視点，アナロジー，暗喩を通して，このテーマが浮き彫りになる．その結果，作家の文体そのものが多様な生の再構築プロセスと融合している．

　先に歴史主義的聖書批評の影響を指摘したが，ドロシアとカソーボンの関わり合いの描写には，作家が体得したいわゆる「意味の探究」[19]の問題意識が窺われる．これは，習慣によって形骸化した制度や空文化した言葉を，子どものような感受性によって見直し，新しい現実に即して真の言葉と精神の復権を図る試みである．これはエリオットが，スピノザ，ワーズワス，コールリッジ，フォイエルバッハの遺産を小説世界で継承したことを意味している．この遺産が作品にどう継承されているかを検証することも本論考の課題である．

自己という小さな汚点

　ヘイトによれば，エリオットは，カソーボンのモデルは誰かと問われた際，無言で自分を指差したと言う (*George Eliot: A Biography* 450)．このエピソードは，彼女の率直な自己認識を示したものと解してよい．序章で触れたように，体質・気質が繊細で傷付きやすい彼女は，仕事で無理をして過労に陥った時，よく自己不信に苛まれていた．自分の作品に対する世間の評価を大層気に病み，これが元で創作意欲が萎えることもあった．「伴侶」のルイスは，この性癖を知り抜いて，芳しからぬ批評は終始彼女から遠ざけたと言う（同上 368-69）．

　カソーボンの自我を凝視する徹底したまなざしは，作家の人間洞察の確かさ，深さを行間に湛えている．達意の言葉のみが真実に肉薄する力を持つ．自我の迷いを描くことに，これほどの精力を注ぐ作家のこだわりは何に由来するのであろうか．それはひとえに，迷いやすい人間の本性を見据えることによってのみ，真の道徳性を打ち立てることができると確信する作家の姿勢[20]に負っている．人の使う言葉も，澄んだ自己認識に裏打ちされなければいつでも濁り，教条主義に陥るというのが作家の言語観の中核にある．

　カソーボンが健康の衰えを自覚し，この先いつまで著述の仕事を続けられるかについて，心の奥底に不安を抱えている場面がある．死の予感を覚えつつも，生涯の事業たる著述が一向にはかどらない焦り (autumnal unripeness of his authorship)（秋になっても著作が実らないこと）は，こう描かれる．

> there are some kind of authorship in which by far the largest result is the uneasy susceptibility accumulated in the consciousness of the author—one knows of the river by a few streaks amid a long gathered deposit of uncomfortable mud. (42: 417)
>
> 一口に著作活動と言っても，中には，著者の意識の中に不安な感受性が蓄積されることが最大の結果に終わるようなものがある．永い年月を掛けて堆積した不快な泥の中を幾筋か水が流れているのを見て，川の存在が知れる場合がある．

　誇り高い人物がみずからに高い目標を課した時，心中に何が起きるかをこの一節は物語っている．世間的な名誉と特権的な地位を享受しつつも，過重な精神労働の負荷が心を圧している．溜まった泥の間に乏しい水がちょろちょろと流れる様を呼び起こす暗喩は，カソーボンの生命力が衰えていることを暗示している．命の上げ潮の失せた心身で，感情の内発性を絶たれた知性が空回りを起こしている．感情と知性のバランスが崩れれば，ものを楽しむ感受性が枯渇する．自然の風景の絵画的イメージは，彼の心象風景を鮮やかに浮き彫りにしている．このアナロジー・暗喩は，自然の営みの中で人間の心身の営みを捉え直そうとした作家の人間観から出ている．これは，エリオットが，ルイスと共にいそしんだ自然史の知見が小説に自ずと結晶した結果である．

　子どもの溌剌たる遊び心が衰えると，学問研究から想像力の働きが失せてしまう．それ自体が興味深い筈の探求プロセスが，賽の河原の石積みのような営みに堕している．一途な精進の道がこのような機械的性質を帯びてくると，心は倦み疲れ，すべては外から与えられた義務の遂行の様相を帯びてくる．

> The human soul moves in many channels, and Mr Casaubon, we know, had a sense of rectitude and an honourable pride in satisfying the requirements of honour, which compelled him to find other reasons for his conduct than those of jealousy and vindictiveness. (42: 420)
>
> 人間の魂は多くの水路を巡っている．カソーボン氏も，我々が知るように，高潔な人格を自負していた．それ故，おのれの道義心に恥じない振る舞いをすることにかけては誇り高い信念があった．こういう自負があるから，おのれの行動の理由として，嫉妬や復讐心は決して認める訳にはゆかなかった．

カソーボンは世間の良識をわきまえ，高潔な人格を演じる点においてはジェントルマンとして非の打ちどころがないように見える．しかし，彼の道徳的感受性は，外からの要請に従うことにその本質がある．若妻を慕うウイルの若々しい精力に病的な嫉妬を抱きつつ，おのれの感情の正体から眼をそむけている．自分の行為の動機が「嫉妬と復讐心」であってはならないのだ．誇りの高さゆえに，自分の姿をあるがままに直視することを避けてきたのである．ここに感情の内発性を失った人の言葉が転落する所以がある．

　カソーボンには傲岸な性癖に由来する根深い自己不信がある．これが嫉妬と猜疑心を掻き立てる素地になっている．妻ドロシアが，かいがいしく身の回りの世話と心配りをし，書物を読み聞かせ，言われる前に夫の要求を満たし，身を粉にして尽くしても，否，尽くせば尽くすほど，夫の心底には，妻が自分を裁いているのでは，という猜疑心が湧いてくる．彼の眼には，妻の献身は，夫たる自分に対する不信感に動機があるように見える．妻はこれを「恥じて，罪ほろぼし」(a penitential expiation) をしているとしか見えないのである．妻は献身を装いつつ，広い世界を見て，その観点から自分を比較考量し，冷徹な眼で裁いているに違いない．このように見ると，妻は冷たい世間の回し者で，批判的なまなざしを心中に隠しているように感じられる．

　学者仲間の評価が得られないことを痛々しいまでに気に病むカソーボンの不安は，もう一つの不安によって屈折している．すでに触れたように，彼はウイルがドロシアに寄せる思慕を察知し，嫉妬心を抱きながら，これを言葉に表現できないのだ．ディレッタントの奔放気ままな暮らしをするウイルの生き様を苦々しく思いつつ，血縁のよしみで義務感から経済的に支えてきた．そのウイルが自分に対して恩義を感じるどころか，妻ドロシアに自分の人間的・学問的な実態を知らせているのではないか，この憶測がウイルに対する嫌悪感を募らせている．妻に対する性的嫉妬のわだかまりは，胸底へどろのように溜まっている．一方，ウイルはカソーボンの学問の本質的欠陥が人間的な病理と深く関係していることを洞察している．彼の女性的感受性は，夫婦の間で起きている感情の軋轢を読んでいるのである．そしてウイルは，これを率直にドロシアに指摘することによって，彼女の自己認識の深まりに貢献することになる．

　カソーボンの際限なき猜疑心を，語り手は物理法則の暗喩によって暗示している．命の交流を断たれた自我は迷うのが常である．空想が事実を踏み越え

て一人歩きすることはありふれた人間の性である，と．

> Will not a tiny speck very close to our vision blot out the glory of the world, and leave only a margin by which we see the blot? I know no speck so troublesome as self. (42: 419)
>
> 我々の視界のすぐ傍の微小なしみは世界の麗しさを覆い隠して，しみが見えるだけの余地しか残さないのである．自己ほどに厄介なしみがあるだろうか．

覗き込んだ顕微鏡のレンズの視界を思わせるイメージは，作品の性格描写に繰り返し表れ，人間の内面生活に，自然界で起こっている現象と類似した道理が生きていることを暗示している．レンズに付着したしみはうっとうしく，見ようとする対象から私たちの注意を逸らす．自己中心性というしみは執拗にまとわりついて，ものを見る眼を曇らせる．ものの本質的な価値がそこにあっても，心が囚われているから，これに気が付かないのである．一人称「私」は，語り手の背後で，作家が思わず知らずみずからの声を漏らした印象を与える．[21]

自我の迷いの自覚は，エリオットの作家生活を通して聞かれる通奏低音である．この痛切な自覚が，パウロの言葉への共感を生む素地になっている．"all alike have sinned, and are deprived of the divine splendor, and all are justified by God's free grace alone through his act of liberation in the person of Christ Jesus."（人は一人残らず罪を犯した為に，神からの輝きを受けることができなくなっている．ただ神の無償の恵みによってのみ，イエス・キリストの贖いを経て，義とされるのです）(「ローマ人への手紙」. 3: 23-24).[22] 人の利己的本性は根深く，「神の無償の恵みによってのみ・・・贖われる」他にないのである．生涯聖書を座右に置いていたエリオットは，聖書批評の境地を深めて後にも，聖書講読で培った人間観を心底に抱き続けた．言い換えれば，囚われから解き放たれる道として，自己を捨てる行為の意味を肌身で知っていた．この一点で聖書的世界観の継承者であり続けた．

ドーリンによれば，エリオットは，カルヴィニズム信仰を捨てた後，次第に世俗的人道主義へと方向転換していった．にも拘わらず，彼女は古い信仰の詩を心底深くに宿していた．物質文明の波が押し寄せてくる時代思潮に抗して，キリスト教のドグマではなく，倫理の生き残りこそが精神文化を護る砦となる

と確信していた．その為に，科学的世界観と調和できる宗教のあり方を模索したと言う (167)．彼女は，凛とした自己否定の美意識を持っていた．また，罪の意識が道徳的感受性の基盤になることを皮膚感覚で知っていた．すでに触れたように，人は，神のすべてを見通す眼に見られている．その眼を畏れることが知恵のはじめとなる，という聖書的人間観は，キリスト教棄教の後にも変わることはなかった．

死の自覚

　忍び寄る死の自覚を無言のうちに堪えるカソーボンの描写は，エリオット自身の老いと死の予感を偲ばせる（彼女は『ミドルマーチ』執筆からほぼ10年後に世を去った）．生涯の目標であり，唯一の生き甲斐でもある著作が遅々として進まず，日暮れて道遠しの思いが募る時，これを断念せざるを得ない状況が予感される．体面を重んじる彼が，掛かり付けのリドゲートに病の不安を打ち明ける場面には，命の無常を自覚した人の悲しみに対する慈愛のまなざしが感じられる．見立てを行ったリドゲートの眼には，相談の後，去り行くカソーボンの後ろ姿は，こう映る．

> the black figure with hands behind and head bent forward continued to pace the walk where the dark yew trees gave him a mute companionship in melancholy, and the little shadows of a bird or leaf that fleeted across the isles of sunlight, stole along in silence as in the presence of a sorrow. (42: 424)
>
> 手を後ろ手に組み，頭を前に垂れた黒衣の後ろ姿は，散歩道を歩み続けた．そこを飾るイチイの黒い樹皮の並木は，彼の憂いを無言のうちに分かち合っているかのようであった．陽溜まりをかすめる小鳥や木の葉の舞い散る微かな影は，悲しみに沈んだ人をいたわるかのように，そっと音もなく忍び寄ってきた．

人のいる風景が，これを眺める人と，眺められる人との心理的陰影を帯びている．墓石の並ぶ教会墓地に屹立するイチイの古木は，イギリス人には死と神の永遠を連想させる．[23] 暗緑色のイチイ並木の遊歩道を歩み去る人影と，陽溜まりをかすめる小鳥や舞い落ちる葉の一瞬の動きは，無常の悲しみをそこはかとなく湛えている．風景が人の心の中に溶け込み，心象風景となる．また，人の心が風景の様相を持ち，その感情の綾が景色のイメージで暗示される．このような印象画の技は，後期小説では円熟味を深めている．画面の一点一画

をも疎かにしない筆さばきがいぶし銀の輝きを放っている.
　この場面に続く一節は，迫りくる死と向き合っているカソーボンの心境に焦点が当たっている.

> Here was a man who now for the first time found himself looking into the eyes of death—**who was passing through** 1) one of those rare moments of experience when we **feel the truth of a commonplace**, 2) which is as different from what we call knowing it, as **the vision of waters upon the earth** 3) is different from **the delirious vision of the water which cannot be had to cool the burning tongue**. 4) When the commonplace 'we must all die' transforms itself suddenly into the acute consciousness 'I must die—and soon,' then death grapples us, and his fingers are cruel; (42: 424)

> ここには，今初めて死のまなこを覗き見ている人の姿があった．彼は，ありふれた道理の真実味を悟る稀な体験の瞬間を迎えていた．この体験は，世に言う知識とは異質なことであった．ちょうど地上の水辺の風景が，熱にうなされて水の幻影を見る人が焼けつく喉の渇きを癒やすことができないのと同じように，異質であった．人は皆死なねばならないという平凡な真実が，この私に死が迫ってきている，それも間もなく，という痛切な自覚へと姿を変える時，死の鉤爪は私たちを捕らえ，そのこぶしは無慈悲である．

　2つの文からなるこの一節には，視点の移動がそっと起こっている．文脈から見て，最初の文は，かかりつけのリドゲートが，カソーボンの心中を察する形で言葉が発せられている．ところが，"who was passing through" 1)（経ていた）辺りから，語り手へと視点が移っている．これは，死の自覚の訪れを真正の人間体験として意義付ける作家の心理的洞察が強く働いているからである．このような視点の移動は，人間関係の網の目を立体的に描こうとする作家の意図に由来する．こうして，生命の相互依存が，視点の絶えざる移動によって立体地図になるのである．
　上記の場面でも，個々の人物の体験は，これを統合する語り手の地図の中に位置付けられている．"feel the truth of a commonplace" 2)（ありきたりの言葉の真実が実感されて）とは，観念的知識が痛みを伴った自覚へと深まる瞬間を捉えている．死の訪れの切迫した様を水の直喩で暗示する想像力は，作家が聖書批評の発想，とりわけフォイエルバッハに共感を寄せていることを物語っている．水は生命の源であり，命は水によって養われ，寿命が尽きたら水の循

環する世界へと立ち返ってゆく．このような発想は，フォイエルバッハのシンボル解釈と親近性がある．彼によると，水は自我の穢れを滅却してくれる恩寵であり，霊肉の病を癒やしてくれる治癒力のシンボルとして深い合理性があると言う (276)．

　上掲引用の "the vision of waters upon the earth" 3)（地上の水辺の風景）と "the delirious vision of the water which cannot be had to cool the burning tongue" 4)（焼けつくような舌を冷やしてくれる水はなく，ただ水の幻が浮かぶ光景）との対比は，音楽的な反復のリズムと相俟って，イメージ言語の鮮やかな絵画性と身体感覚を喚起する．この対照は，無常について「知る」ことと，無常の風が吹いてきて，痛切な悲しみと恐れに身を焦がされる体験との本質的な違いを穿っている．死が観念から虫の知らせへと質的変化を遂げる時，人の人生は瞬くうちに様相を一変させる．肉の滅びの予感と共に，この一瞬を生きる意味が衝撃となって悟られてくる．切迫する死によって，生の尊さが胸に迫ってくる逆説が可視化されている．ここに作家の意味探求のテーマが凝縮されているのだ．

　"To Mr Casaubon now, it was as if he suddenly found himself on the dark river-brink and heard the plash of the oncoming oar,"（今のカソーボン氏には，ふと気が付いてみると河の土手に立っていて，近づいてくるオールの水音が聞こえるかのようであった）(42: 424)．河岸から見る河の向こう側は闇に包まれ，此岸と彼岸が相接して，すぐそこに水音が聞こえてくる．死の予感を，河を渡るイメージで表現する発想は，仏教的な「三途の川」にも通じる神話的な想像力を想起させる．死を自然のサイクルの一環と見て，命の故郷へ回帰してゆく循環の思想がここに見えている．生と死の果てしない繰り返しの中では，個々の命の終わりは，河の水が海に回帰してゆくような必然性を帯びている．そこにダーウィンの死生観と一脈通じるものがある．[24] ここに，死後「永遠の命」を賜って，神の御許に召されるキリスト教的死生観とは異質な死の受容の含みが感じられる．

　エリオットとルイスは1869年，南アフリカから病気療養の為に帰宅したルイスの息子ソーニー (Thornie) の凄絶な病苦（脊椎カリエスと察せられる）を見届け，その早過ぎる最期を看取った．カール (Karl) によれば，その間ルイスと分かち合った筆舌に尽くし難い心痛は，心に深く刻まれた．命の無常と不条理を身近に見ながら何もできない自分たちの無力を思い知った．過酷な事実を前

に，自分の信じる価値が何の役にも立たないことが痛感された．以後，死の現実性は彼女の皮膚感覚となり，自分たち自身の死の始まりとも受け止めた（『書簡』V, 60）．折しも構想中の『ミドルマーチ』に，この痛切な体験が自ずと反映したと言う (460-62)．この見方を裏付けるように，カソーボンの死を描く描写には，作家の奥底からほとばしるような慈しみが感じられる．

ドロシアの受容と共感

　忍び寄る死の予感を無言のうちに堪えるカソーボンの描写に続いて，夫の心中を察知したドロシアの内面に焦点が当てられる．命の危機を悟った夫に言葉を掛けて傷付けはしないか，とためらいつつ，これを振り捨てた妻はそっと夫の傍に寄り添う．"she ... might have represented a **heaven-sent angel** 1) coming with a promise that the short hours remaining should yet be filled with that **faithful love** 2) which clings the closer to a comprehended grief.（彼女は，約束を携えて天から遣わされた天使であったかも知れない．地上の残り少ない時間ではあっても，忠実な愛で満たして差し上げますよ．悲しみを受け止めた今，いたわしさが募ってくるんですもの）(42: 425)．憐れみを拒む夫の気性を知り抜いていても，なおドロシアの慈しみが溢れ出てくる．仮定法は，余韻の深い感情を暗示するのに効果的である．意見の相違はさて措いても，夫の残り少ない命の日々を，優しさをもって寄り添おう．この思いが，"heaven-sent angel," 1)（天から遣わされた天使）"faithful love" 2)（忠実な愛）の聖書的な響きによって伝わってくる．この例に見られるように，エリオットの感受性には，聖書の言葉が深く息衝いている．自己否定の凛とした境地を描く時，これが湧き出してくる．

　ところが，万感胸に迫って夫と眼を合わせると，そのまなざしには拒絶の冷やかさがあり，彼の腕に手を通そうと差し出した手には，こわばりが感じられた．

> There was something horrible to Dorothea in the sensation which this unresponsive hardness inflicted on her. That is a strong word, but not too strong: it is in these acts called trivialities that the seeds of joy are forever wasted, until men and women look round with haggard faces at the devastation their own waste has made, and say, the earth bears no harvest of sweetness—**calling their denial knowledge**. 1)　(42: 425)

夫の手応えのないこわばりからドロシアが受けた印象には，何かぞっとするものがあった．ぞっとする，とは強い言葉だが，決して強過ぎはしないのだ．こういう些細な所作によって，喜びの種は永久に失われてしまうからである．遂には，夫も妻もやつれた表情で，みずからの荒れた心が産み出した荒涼たる景色を振り返って言う．大地は恵み深い収穫をもたらさないと．自分では大地の恵みに気付かないままに，これが客観的事実だと思い込む．

　この一節には，夫婦の心の溝を広げる悪しき感化力が示唆されている．夫の絶望感は，率直な言葉によって表現されない為に心を占領し，相手の思いを察するゆとりを失っている．共感を拒む頑なな心が，眼の表情や仕草を通して伴侶に伝わり，これが毒のように作用し，親しみと安らぎの泉を枯らしている．苦しみを分かち合うことによって得られる慰みには「喜びの種」が芽生えると言う．ところが，カソーボンは身を焦がすような不安に打ちひしがれ，差し出された憐憫に心を閉ざした．これによって，足許に転がっている共感の種があたら枯れてしまうことに気付きもせず，その結果招いた荒涼たる内的風景は，あたかも客観的事実であるかのように見えてしまうのだ．ここに自己執着の悲劇がある．

　風景の暗喩は，夫婦の束の間に移ろってゆく感情の機微を一瞬のうちにイメージさせる．人の心には，いわば空間の奥行が広がっている．これを知る語り手の眼には，肉体と精神と言葉は，同じ実体の違った側面として想定されている．身体的な親しみは心を和ませ，自我の殻を取り払ってくれる．この意味で，眼の表情は肉体と精神の交わる要なのだ．カソーボンの恐れと不安は，肉なる自己の要求を抑圧するところから出ている．負荷の掛かる知的労働が心身を蝕み，エロスと想像力が枯渇しているのである．[25] "calling their denial knowledge" 1)（そこにあるものに眼を閉ざして，人生とはこういうものだという）という凝縮された言い回しは，思考と感情のバランスが崩れ，思考が直観の裏付けを喪失した心の闇を浮き彫りにしている．ここに作家がロマン派詩人と共有する想像力が，否定的な形で示唆されている．

　エリオットは精力的な読書と執筆活動で身を削り，大作を完成するごとに，身心の疲労困憊を癒やす旅に出た．過重な精神労働がいかに心身に負担を掛け，健康に障るかを実感していた．カソーボンの描写に迫真的な言語感覚が働いているのは，それが作家自身の体験的真実に裏打ちされているからであ

る．先に，エリオットの精神遍歴が，ドロシアとカソーボンの夫婦関係に反映していることに触れた．これを言い換えるなら，作家自身の道徳的理想主義が和らげられ，身軽になってものの情趣を味わう境地へと深化していった歩みが投影しているのである．

おのれを空しくしてものを見る眼

あるがままの自己を見せない夫との葛藤に疲れ果て，自己抑圧の徒労感が心を圧倒する時，ドロシアの魂は反抗的な怒りの声を上げる．

> In the jar of her whole being, Pity was overthrown. Was it her fault that she had believed in him—had believed in his worthiness? —And what, exactly, was he? —She was able enough to estimate him—she who waited on his glances with trembling, and shut her best soul in prison, paying it only hidden visits, that she might be petty enough to please him. (42: 426)

> ドロシアの全存在が反抗の声を上げて，憐れみが覆された．夫を信じたことが私の落ち度だったんだろうか，あの人の人間性を信じたことが．一体夫は何様なのだろうか．私はあの人を評価できる力がある．おののくように夫の顔色を窺い，最良の魂を牢屋に閉じ込め，その魂を夫に知られぬようそっと訪ね，自尊心を折ってご機嫌を取っているこの私でも．

父性的権威を振るう夫が人間的な弱みを押し隠して，憐れみを拒絶する時，若妻が何を思うのか，達意のイメージ言語が捉えている．心の病を招きかねないほどの苦悩の深さがひしひしと伝わってくる．女流作家固有の想像力が表現し得る技である．

心細く慰みのない苦境ではあっても，自分の心の叫びにひとしきり聞き入った彼女に，ふとある気付きが芽生えた．夫には病の不安があって，心に葛藤を抱えているのではないか．苦しみに囚われて，妻の自分を思いやる心のゆとりをなくしているのではないか．

> The energy that would animate a crime is not more than is wanted to inspire a resolved submission, when the noble habit of the soul reasserts itself. That thought with which Dorothea had gone out to meet her husband—her conviction that he had been asking about the possible arrest of all his work, and that the [Lydgate's] answer must have wrung his heart, could not be long without rising beside the

image of him, like a shadowy monitor looking at her anger with sad remonstrance. It cost her **a litany of pictured sorrows** 1) and of silent cries that she might be the **mercy** 2) for those sorrows—but the resolved **submission** 3) did come. (42: 427)

　人を犯罪に駆り立てるようなエネルギーですら，魂の高貴な習慣が再び声を発する時，自己を捨てる決断へと突き動かすのに必要なエネルギーほどには大きくない．ドロシアが夫を出迎えようと外に出た時の思い，夫が仕事をすべて断念しなければならない可能性について尋ね，リドゲートの返答が夫を奈落に突き落としたのではないかという直観，これらの思いは，ほんの一瞬で夫の姿を心中に呼び覚ました．あたかも影の戒め役が自分の怒りを慈悲深くたしなめているかのようであった．夫の悲しみを心に思い浮かべ，無言の叫びを心の耳で聞いた瞬間，その悲しみを慈愛で包み込もうという決断が湧いてきた．自分の思いを捨てようという覚悟が訪れた．

　この一節は，ドロシアが澄んだ眼で伴侶を認識する画期を成す．作品に幾つかある覚醒の瞬間 (a moment of disenchantment) を捉えている．これを端的に言えば，自己の信念を貫く眼で同胞を見る眼から，おのれの立場と感情をさて措いて，相手をあるがままに見つめる姿勢へと，心の構えが変わったのである．すると，命の危機にある伴侶の苦悩の深さがありありと思い浮かんでくる．人格のありようがどうであろうと，眼の前の夫は死の不安をじっと堪え忍んでいるのだ．
　語り手の視点で見られる「エネルギー」という言葉は，生理学・心理学の眼で見た命の営みを暗示している．人を犯罪に駆り立てるようなエネルギーも，自分を捨てる高貴な決断をさせるエネルギーも，同じ命の神秘から発すると見る観点には，「心の科学」[26] の知見が窺える．"power is relative; . . . all force is twain in one: cause is not cause unless effect be there; and action's self must needs contain a passive."（力は相対的である．・・・あらゆる力は一つにして二つである．結果が伴わないような原因はない．行為自身は働き掛けられる力を内包している）(64: 647)．64 章の題辞に，人間の心身の営みをエネルギーの流れと見る発想が示されている．この流れが因果の連鎖を生み出す．人の行為（働き掛け）は，相互関係のネットワークで他者からのエネルギーを受けて，反応を返すという側面がある．肉なる人間の生の衝動そのものは，本来倫理的価値の色合いを帯びていない命のエネルギーである，という発想がそこに認められる．このエネルギーを積極的な行動に実らせるか，自己破壊の水路に流してしまうか，すべてはものを見る眼に懸かってくると言うのである．

このように，性格描写の隅々にまで作家の精神史が刻まれている．大いなる創造主の前に自己を捨てる価値を尊ぶキリスト教的価値を継承する一方で，肉体と感情・思考の有機的一体性を直観するまなざしは，フロイトに結実する生理学・心理学のものである．

　ドロシアの心の葛藤は，絵画的イメージで瞬時に視覚化されている．みずからの怒りを「慈悲のまなざしで眺める」「影の戒め役」[27] は，良心の静かな囁きを偲ばせる．"a litany of pictured sorrows" 1)（想像された悲しみの連祷）は，"mercy" 2)（慈しみ），"submission" 3)（従順）とも相俟って，キリスト教が育んだ凛冽たる同胞意識を彷彿とさせる．この例に見られるように，キリスト教の伝統的な言葉と発想と，科学のそれがせめぎ合っている．これは，作家がルイスと分かち合った医学・生理学研究の洞察が感覚にまで磨き上げられ，ほとばしった言葉と見ることができる．聖書的世界観と言葉が心の奥底に息衝いて無意識に湧き出してくる一方，科学的アプローチに親しんだ歩みが，これと拮抗するように，テキストの端々に覗いているのである．

むすび

　すでに言及したように，エリオットの人生行路にはキリスト教正統派の信仰を捨てた精神に固有の「解釈の危機」がある，とカロルは言う．「解釈の危機」とは，言葉がありきたりの観念を引っ剥がされ，達意の言葉が現実を見抜く瞬間である．彼女の言語感覚には，知識と無知の闇の間を手探りし，その辺境で意味を発見するダイナミックな力がある．既知の世界と未知の世界のバランスが崩れると，仮説はドグマになり，意味は断片化する．この微妙なプロセスを近道しようとすると，得られるものはせいぜい部分的理解である．知識と無知の不安定な隙間を埋めようとすることが生きることであり，語りを可能にする契機があると言う (34-5)．

　このような生き様と言語感覚は，エリオットの作家生活を通じて一貫していた．1862年，心許す友バーバラ・ボディションに語った言葉は，彼女が小説に仮託したメッセージを物語っている．曰く，最も高貴なことは，真実ではない果報を思い描いて安心するより，真実の苦しみを堪え忍ぶことです．人は大病を患って命の危機にある友の心中を思う時ほどに，素朴な同胞意識を覚える瞬間はありません．死にゆく人の手を取って，その表情と思い出を心に刻む時，万感の思いは，私たち自身の体験として生き続けます（『書簡』IV, 13）．

こう語った作家は，苦しみ悩む同胞への共感を育むことが小説の最高目的と考えた．"If Art does not enlarge men's sympathies, it does nothing morally."（もし芸術が人の共感を広げなかったら，人の心を打つ力はないに等しいのです）(『書簡』III, 111). この思いは，作家生活を通して微動だにしなかった．

このような信念と語りは，カソーボンとドロシアの結婚生活を描くテキストに最良の表現を見ている．知性と感情，霊と肉のバランスを失ったカソーボンは，作家の因習的宗教に対する複雑な思いを語っている．ドロシアが結婚生活で覚える抑圧感は，自然から遠ざかった人間への，心底からの抵抗感である．ところが彼女は，夫が死の訪れを直感し，絶望をじっと忍んでいることを察すると，この閉塞感をさて措いて，命の尊さを痛切に共感したのである．そしてこの体験は，彼女の自己発見のプロセスの一里塚を成しているのである．

フォイエルバッハは言う．深い情緒を持った人間には，感受性のない神は空疎な神である．感情が敵視され，抑圧されなければ，そこに命と意味が吹き込まれる．しみじみと肯定する感情は磨かれて，自己を隈なく映し出す創造主への敬いに昇華される．そのような神は，自己という限りある命に意味と目的を与えると (63-4). ここにフォイエルバッハとエリオットが相共感する所以がある．福音主義的キリスト教から歴史主義的聖書批評へ舵を切ったエリオットの心の軌跡は，作品テキストに結実しているのである．

4　『ミドルマーチ』に見る科学の受容と懐疑
──医師リドゲートのテキストを読む──

序

『ミドルマーチ』には，科学の発想と語彙が登場人物の性格描写テキストの隅々にまで浸透している．個人と共同体の，あるいは個人と個人の，相互依存の生きたネットワークを動的に捉える眼は，作品創造の原動力として機能している．絶えず変化流動する人間関係のダイナミズムを描く問題意識は，必然的に視点の多様性となって作品の構造の中に生きている．作品世界を生きる個々の人物は，過去という奥行を持った立体地図の中に位置付けられ，その生き様と価値は相対化される．

相対化する地図の奥行を深めているのは，エリオットが『ミドルマーチ』を創作した時 (1869年から1872年) と，描かれた時代 (1829年から1832年) の時

間的隔たりである．ほぼ40年の時を経て振り返られるイングランドの過去の姿には，その間の時代精神の変化が反映している．みずからの子ども時代に当たる1832年前後の歴史的狭間の時代を顧みる作家の眼には，執筆当時の時代の最先端の知識と洞察が生きている．これらは，語り手の歴史的想像力として，作品テキストの隅々に浸透している．これが語り手の言説にアイロニーの奥行を添えて，作品の言語に深い陰影をもたらしている．

　作家の時代精神との対話は語りの手法に表れている．これが作品テキストに陰影を添える様は複雑微妙で，一筋縄では捉え切れない．その多様な相を言語事実によって裏付けてゆくと，作家が時代に処する姿勢が浮き彫りになる．とりわけ，作家の科学的世界観との対話は，彼女の最後の2作品たる『ミドルマーチ』と『ダニエル・デロンダ』では，円熟した芸境に達している．では，科学的世界観と科学の方法は，『ミドルマーチ』の構造と人物描写にいかに反映しているのであろうか．また，この方法がイギリス小説の性質に何をもたらすことになったのであろうか．この問題を掘り下げる上で，好個の素材を提供しているのが，登場人物のうち，ドロシア，カソーボン，バルストロード，リドゲートであり，『ダニエル・デロンダ』ではグウェンドレンである．

　特に，医師リドゲートの科学的世界観と探求方法は，シャトルワースによれば，ルイスとエリオットの実験科学に関する共同研究の成果が反映したものであると言う (22-3)．ビアは，ルイスとエリオットの科学的問題意識にロマンティシズムの遺産を見て，次のように言う．宇宙自然に「一つの命」が生きていると見るロマン派の見方がヴィクトリア朝に至って，命の起源と相互依存の探求へと継承され，これが『ミドルマーチ』では創作原理に高められた．命の起源と相互依存の問題意識は，広く社会と文化のありようにも及んだ．ひいては，日常言語の科学的意味あいと科学用語の日常生活における含みへと関心が深まり，これが『ミドルマーチ』へと結実したと言う (*Darwin's Plots* 144)．

　『ミドルマーチ』においてリドゲートの性格描写が注目されるのは，彼の科学者・医者としての視野が，人間関係のダイナミズムを凝視する語り手の言説にあまねく及んでいるからである．さらに興味深いことは，彼の理想主義が挫折するプロセスには，科学的世界観に対する作家の矛盾した見方が反映していることである．エリオットの科学観には肯定と懐疑の複雑なゆらぎがある．この二律背反も，リドゲート描写テキストで具体的に跡付けてゆくに値する試みである．

科学と宗教の和解としての聖書批評

　19世紀中葉から後半にかけて，ヨーロッパ時代精神の特徴は，超自然的宗教としてのキリスト教の教義が科学的世界観の挑戦によって根本から揺らいだことにある．神の啓示としての聖書が無謬神話のヴェールを剝がされ，人類の体験的真実を記録した歴史の書として批評の俎上にのぼせられた．これがドイツ・ロマン主義に触発された聖書批評の見方である．イギリスでもこの時代思潮は，19世紀初頭から中葉にかけて，ドイツ文芸に通じた詩人と批評家によってもたらされた．コールリッジ，ワーズワス，カーライルを源流とするロマンティシズムの世界観は，聖書を現代人の科学的教養に堪えるように再解釈し，その体験的真実を現代生活に蘇らせようとするところに，その要諦があった．ホートンによれば，テニスン，マシュー・アーノルドに代表される宗教的不可知論 (Agnosticism) への傾斜は，信仰への心情的共感を持ちながら，知性は批評精神に従おうとする系譜の知識人を生み出した．彼らに共通する感受性は，教義よりも直感，想像力を尊ぶものであった．子どもの想像力に立ち返り，因習化した制度や習慣を解体し，自然からのインスピレーションと詩の復権に，生きる知恵を再発見しようとしたと言う (64-71)．

　エリオットは，こうした時代精神の申し子であった．聖書の世界観と言葉をみずからの創造領域に据える一方，その心酔者の陥りやすい教条主義から脱却することができたのは，ギリシャ語，ラテン語，フランス語，イタリア語を主とする語学の豊かな天分によるところが大きい．特に，ドイツ語とラテン語の本格的な鍛錬は，彼女の聖書批評精神を，知識としてばかりではなく，皮膚感覚にまで磨き上げるのに多大な貢献をした．シュトラウスの『イエスの生涯』（ドイツ語版からの英訳，1843-46），フォイエルバッハの『キリスト教の本質』（ドイツ語版からの英訳，1854），スピノザの『エチカ』（ラテン語版からの英訳，1854-56年）などの翻訳は，ヨーロッパ語の起源と発展についての洞察をもたらしたばかりでなく，原語の習熟を通して，古典との親しい対話が作家の心に息衝くほどのものであった．

　アーマースによれば，多様な言語の鍛錬によって，エリオットは，個々の言語の単一的視点を相対化する視野を身に付けた．これによって，多様な観点から複雑な現実を捉える眼と，思考と感情のバランス感覚を身に付けたと言う (35-8)．ヨーロッパ言語の文法システムを相対的に捉え直す姿勢と，公式や

教義に還元されないダイナミックな真理把握への関心は，聖書批評の素養によって，エリオットの作家生活の基盤となった．こうして培った脱構築的な想像力（レヴァイン31）は，『ミドルマーチ』の言説に生命的特質と機能を添え，その性格描写に多層的な解釈可能性をもたらすこととなった．それ故，読者は，作品の言語と向き合う時，解釈行為への参加を促され，みずからの心が映し出され，地図に位置付けられると感じるのである．

聖書批評と小説テキストの文体

　エリオットの後期小説に見る言語観は，「覚書」(1868) にその一端が明らかである．そこに，ロマン派詩人から継承した言語観が窺い知れる．それによると，人体の輪郭は内部器官の総和の表現ではなく，個々の細胞が独自の働きをしつつ，複雑に相互依存している相を反映している．部分に何らかの変化が生じれば，その影響は他の部分にも及び，全体もこれに応じて変化する．一つの全体がまた外部と交流しつつ，内部環境と呼応して形を自由に変える (358)．芸術の表現手段としての詩も，これと本質的に同様の働きをしている．「生きた言葉は関係し合う意味の血液循環によって養われ，これを使う人間の感受性と思考の相互作用によって音楽となる」(359) と言う．ここに見られる命の営みとしての言語観は，エリオットが宗教と科学の和解を試みる問題意識から編み出したものである．そこに，ロマンティシズムの有機的生命観 (organicism) と科学的世界観に見る命の歴史的・空間的連鎖観が窺われる．これがエリオットの小説言語の基盤になっているのである．

　デイヴィスによると，「心の科学」は，エリオットと同時代の知識人にとって，死活的に重要な探究領域になった．彼らの生きた世紀は，西洋人の「心」観に根本的な変化が起きた時代である．精神生活は長く哲学論争と科学的観察の対象であったが，19世紀後半に至って，この分野は生物学と実験科学の探究領域となった．人間の心は，哲学と神学の問題であると同時に，自然界の他の現象と同様に，科学研究の正当な対象となったのである．科学は，物質界と精神世界を結び付けることにより，人間が自己を理解し，描写する新しい方法となった．これが，エリオットのように，心を描くことに関心の深い小説家には，豊かな想像領域を切り開く武器になった．ダーウィンとその同時代人は，こうした時代状況によって，新しい問題に直面することになった．人間の心を物質界の一部と見做すと，人は，伝統的な見方で想定されていた宇宙の

中心たる地位を失う危機に直面した．心が自然の有機的生命の不可欠の部分だとすると，それは他の動物同様，肉体内部のプロセスの影響下にあることを意味する．人の精神もまた，環境条件と他の生命体との相互依存の支配を受けていることになる．エリオットの心の描写にも同じ問題が横たわっていた．彼女は，絶えず人間の心と肉体のつながりに眼を向け，このつながりに由来する倫理的に肯定的側面を基盤にして，新しい霊性を樹立した．その一方で，精神が科学では捉え切れない闇の領域を残していることを熟知し，科学的対象把握の方法に懐疑の念を捨て切れなかったと言う (4-5)．

　進化論の影響により「心の科学」の視野が広く社会・文化現象に及んだ19世紀後半の時代精神を，エリオットは身をもって生きた．長年の聖書講読により培った宗教的想像力と情緒を生き生きと保ったままで，科学の見方と言葉を，人間の生き様の描写に生かす言語実験をやり遂げたのである．『ミドルマーチ』は，この実験の最前線と見てよい．デイヴィスの指摘する，人間の心と肉体のつながりに由来する，倫理的に肯定的側面とは，霊肉の生き生きした交流は命の充足をもたらすという認識である．これはエリオットが，青春期以後，スピノザと聖書批評の知見によって導かれ，共感を深めた境地である．一方，肉なる自己が宿命的に持つ自己中心性の自覚は，子ども時代以来，彼女の個性に深く根差していた．これらの相矛盾する人間観の葛藤はエリオット小説の核心にある．この矛盾と和解の試みは，彼女の小説の歩みと符合する．では，この矛盾・葛藤が『ミドルマーチ』のテキストにどう表れているか，具体的に検討する．

プロットの性質の変化

　『ミドルマーチ』は，自然と人間の相互依存ネットワークそのものが小説の主題になっている．これによって，関係の網の目を貫く自然法則ないしは道徳律があまねく働いていることが明らかにされる．この法則が人物の自我の動きによって浮き彫りにされる構造を持っている．自然界に進化と退化があり，死と再生が繰り返されるように，人物は，その行動によって，あるいは道徳的成熟の道を歩み，あるいは道徳的隘路に陥り，時に破綻を招く．この法則は，自然界とその一部たる人間の霊肉にも等しく生きている，というのが作品の核心にある見方である．

　この見方は，作品冒頭の「序曲」に示唆されている．"Who that cares much

to know the history of man, and how that mysterious mixture behaves under the varying experiment of Time, has not dwelt, at least briefly, on the Life of Saint Theresa,"(人間の歴史に熾烈な興味を覚え，この神秘的に調合された存在が，変化・流動する時の実験のもとで，いかに行動するかを知りたい人で，少なくとも一時期，聖テレサの生涯を振り返ってみなかった人がいるだろうか). ここには，人間の精神と肉体を，自然の有機的部分として不可分一体と見る観点がある. 人間を「神秘的な素材の調合」と見る発想には，肉なる存在が自然法則の支配の下にあることが暗示されている．「時の実験」とは，自然の大いなる働きが，時の経過と共に，因果の連鎖の中で結果を産み出す仕組みを連想させる．「人間の歴史」もこの文脈では，悠久の地球的時間の奥行で見られている. この見方は，人間を「万物の霊長」と見る伝統的なキリスト教の不文律から人間を解き放ち，他の生物と同様，自然法則の絶対的な支配に服する存在へと格下げする視座の転換を宿している.

　人間を自然の営みの一部として捉え直す自然史の見方は，エリオットが聖書批評から学んだ中核的な小説作法であった．その方法は，必然の法則を自然と人間の関わり合いの中に観察し，記録することが目的であった．ところが，19世紀後半の1860年代と70年代に至って，進歩する科学の探求方法が，広く社会・文化のありようを変える含みを持つようになったのである．ビアは，ティンダル (Tyndall 1820-93) を援用しつつ，エリオットが小説において行った実験について語る．自然科学が想像力を枯渇させるかのような危惧の念を抱く人もいるかも知れないが，事実は，科学と想像力重視の文化 (the culture of the imagination) は相照らすことができる．原子や分子や振動や波動は眼に見えず，耳で聴くこともできないが，ただ想像力を働かせることによってのみ直感されるのだ．この不可視，不可触の世界を，顕微鏡と望遠鏡を用いて人間の理解可能な領域に位置付けることができる．これら科学的機器の助けによって可能になった仮説構築の想像領域をロマン派的物質主義と呼ぶことができる．これが空想的な営みに新しい権威を付与したと言う (*Darwin's Plots* 141-42).

　ビアは，実験科学の方法がもたらした文化の変容について，続けて言う．19世紀小説のプロットは，解釈という行為の根本的な形式になった．この意味のプロットは，隠されたものが明るみに出され，既知の知識の外延部に広がる闇に潜む意味を包含している．つまり，筋立ての完成をもって意味が説明可

能領域に持ち込まれることになった．このような意味あいにおいて，プロットは仮説の性質を帯び，因果関係を解き明かす語りは，アイデアを語ることから真理を語ることへと地位を飛躍させた．この働きの高度化は，ベルナール (Bernard 1813-78) の実験による仮説・検証ないしは，ダーウィンのアナロジーと地球的時間の観念によってもたらされたと言う (*Darwin's Plots* 151).

以上，ビアの見解は，『ミドルマーチ』テキストの語りの構造と性格描写に深い示唆を投げ掛けている．この文脈で見ると，リドゲート描写のテキストには，作品の構造そのものに関わる意味あいが感じ取れる．

> He [Lydgate] longed to **demonstrate the more intimate relations of living structure**,1) and help to define men's thought more accurately after the true order. . . . **What was the primitive tissue?** 2) In that way Lydgate put the question—not quite in the way required by the awaiting answer; but such missing of the right word befalls many seekers. (15: 148)

> 彼は，生命体のさらに密接な依存関係を論証し，人間の思いをあるがままの順序に従って，より正確に捉えることに何がしかの貢献ができればと考えた．・・・原初的組織とは何なのか．リドゲートはこう問い掛けた．正解が待ち受けているかのようなやり方ではなかった．むしろ，真実を穿つ言葉が見つからずにもがくことは多くの探求者の宿命なのだ．

科学的真理探究の方法は，必然的に人間探究に暗示を与えずにはおかない．エリオットのように，宗教的感受性と哲学的真理への関心を兼ね備えた作家においては，人間の内的世界を凝視する手段として，科学の語彙と方法を用いることはごく自然な試みであった．"demonstrate the more intimate relations of living structure"1)（生命体のさらに密接な依存関係を論証する）という語句は，人間の心を描く方途として，その生理的基盤に眼を向けることが必須の条件であるという認識を示している．"What was the primitive tissue?" 2)（原初的組織とは何なのか）という問いは，ビシャー (Bichat 1771-1802) からベルナールへと継承された実験生理学の根本命題であり，近代医学の出発点を画する問題意識であった．その意味するところは，生命活動を極微の細胞の働きから捉え直すということであった．命の神秘の隠れ潜む闇を手探りするリドゲートの姿勢は，特定個人の性格描写の域を超えて，語り手の「語り，関係付ける」(relate) 問題意識を偲ばせる．ものの本質を射貫く言葉を求めて沈黙

の暗闇をまさぐる彼の想像力は，人間を凝視する語り手のものでもあることを想起させる．

自然と，人間の精神世界を貫く法則

　リドゲートの医者の眼に仮託された実験科学の方法は，エリオットが人間を探求する上で，科学的アプローチの持つ奥深い可能性に気付いていたことを窺わせる．実験生理学の方法は，肉なる人間の生理と心理が分かち難くつながっていることを教えてくれる．命の営みを細胞レベルで捉えようとする眼は，人間の精神的な営みにも，その法則性が生きていることを想像させずにはおかない．ルイスとの共同研究で培ったエリオットの生理学・心理学的直感は，リドゲートの方法を描く一節に跡を留めている．

> . . . **the imagination that reveals subtler actions** 1) inaccessible to any sort of lens, but tracked in that **outer darkness through long pathways of necessary sequence** 5) by **the inward light** 2) which is the last refinement of Energy, capable of **bathing even the ethereal atoms** 7) in its **ideally illuminated space**. 3) . . . he was enamoured of that arduous invention which is the very eye of research, **provisionally framing its object** 4) and correcting it to more and more exactness of relation; he wanted to **pierce the obscurity of those minute processes** 6) which prepare human misery and joy, those invisible thoroughfares which are the first lurking-places of anguish, mania, and crime, that delicate poise and transition which determine the growth of happy or unhappy consciousness. (16: 164-65)

> ・・・（リドゲートは，）いかなるレンズにも映し出せない微妙な働きの正体を摑む想像力を求めた．エネルギーの究極的な洗練と言える内的な光によって必然の法則の迂遠な道筋を辿り，外界の闇を手探りしてゆくのである．このような光は，想像力によって可視化された空間を浮遊する霊妙な原子ですら思い描くことができる．・・・彼は，探求者の眼そのものと言える，骨の折れる創造的な営みに惚れこんでいた．暫定的に対象を心に思い描き，一層真実に肉薄する関係把握（語り）へと修正を繰り返してゆくやり方である．彼は，これらの微細なプロセスの闇を照らしたいと願った．人間の苦しみと喜びの種ともなり，苦悩と熱狂と犯罪が最初に隠れ潜む場である，あの眼に見えない通路を捉えたかった．あの微妙に均衡と変動を繰り返す働き，これこそ人間の幸不幸が因ってきたる所以となる働きなのだ．

　ここには，自然をあるがままに観察する自然史の問題意識に，実験科学の方法が加わったことが示唆されている．人間の五感で捉え得る現象の背後に生命

の神秘がある．これを，想像力を駆使して思い描き，実験によって裏付けてゆく方法である．この試みは，私たちが命の神秘にいかに無知であるか，という自覚から出発している．わずかな既知の現象を手掛かりにして仮説を立てることは，心が想像領域に遊ぶことである．インスピレーションがいずこからともなく，闇を手探りする探求者に訪れる瞬間である．仮説という想像力の閃きが辛抱強い実験によって裏付けられてゆくプロセスである．

　これを捉えようとする文章には，心踊るロマンが行間に滲み出ている．自ずと，言葉に絵画的なイメージの相互照射が感じられる．"the imagination that reveals subtler actions," 1)（微妙な働きの正体を摑む想像力）"inward light," 2)（内的な光）"ideally illuminated space," 3)（想像力によって可視化された空間）"provisionally framing its object" 4)（暫定的に対象を心に思い描く）などの言い回しは，眼に見えない世界を心の眼で再構築する想像的思考を想起させる．漠とした直観が仮説となり，これを裏付けようとする問題意識が導きの光となる．"outer darkness through long pathways of necessary sequence," 5)（必然の法則の迂遠な道筋を辿って外界の闇）（を照らす），"pierce the obscurity of those minute processes" 6)（微細なプロセスの闇を照らす），これらの言い回しは，自然界の神秘の働き・プロセスが必然の法則に従って営まれていることを明らかにしている．真理が潜む闇を手探りするには，感覚を研ぎ澄ますことが要求される．心を無にして対象に溶け込む時，直感が訪れる．それは，忍耐強い冷徹な事実認識の果てに与えられる想像力の飛躍の瞬間である．

　想像力をエネルギーの洗練された働きと見る発想には，生理と心理を一つものと見る直感がある．肉体と精神を二元論的に見るキリスト教文明の伝統的な観点から，心身一如の発想への転換がここにある．"bathing the ethereal atoms" 7)（浮遊する霊妙な原子を思い描く）という措辞は，命が液体のように流動しているイメージを連想させる．同時に，精神活動が物質的基盤を基にしつつ，どこかで肉ならざる世界へ飛躍する暗黙の認識を示している．感情の動きを "pathway"，（道筋）"thoroughfare"（通路），"lurking place"（隠れ潜む場所），という空間的イメージで表現している発想も，単なる比喩を超えて，感情と肉体の有機的相互依存を示している．この一節に端的に見えるように，エリオットは，聖書講読で培った人間観をキリスト教とは異質な言葉で捉え直そうと試みている．

　リドゲートの性格を構想する作家の眼には，レンズを覗き込む科学者のイ

メージが生きている．レンズが映し出す世界は，日常生活を営む人間に，生物としての根本的事実のままにみずからを捉え直す視座を要求する．人間は，草木や動植物や微生物と同じ生物として，人智を超えた働きによって生かされているという見方である．

> ... character too is a process and an unfolding. The man [Lydgate] was still in the making, as much as the Middlemarch doctor and immortal discoverer, and there were both virtues and faults capable of shrinking or expanding. (15: 149)
>
> 性格もまたプロセスであり，生成発展するものである．この男は，ミドルマーチの医師としても，不朽の発見者としても，発展途上にあった．彼の美点も弱点も，萎えしぼむか成長するか，いずれかの可能性を秘めていた．

性格を変化流動する「プロセス」と見る発想は，生物界の有機的相互依存を見通している．この法則の働くところ，人は悠久の時の流れの中で寸刻の命を賜り，固有の役割を果たしては去ってゆく．こうして，個々の人物の美徳も弱点も，人間社会の規範という観点からではなく，生物として生き延びる為の知恵の視点から眺められている．生命の法則に適えば成長し，これに従わなければ衰退が待っている．"Nothing in the world more subtle than the process of their [the multitude of middle-aged men's] gradual change." (15: 145)（人生を長く生きた人々が経たゆっくりした変化のプロセスほどに微妙なものが他にあろうか）．人がゆっくりと変化するプロセスには，本人も与り知らぬ神秘的な力が生きている．この神秘を探究することにこそ作家の人間探究の核心がある．リドゲートの人生行路を描き起こす章にそっと差し挟まれた上記のような語り手の感慨は，『ミドルマーチ』の芸術的意図を示唆する認識と見てよい．

作家の科学的方法——リドゲート——

医学・生理学の研究者として志を抱き，同時に患者の癒やしという社会的善を目指すリドゲートの性格像は，語り手の，「時の実験」の対象として焦点を当てられる．彼は，作家の科学的世界認識の代理人として，積極的可能性を一方で担いつつ，もう一方で，科学の内包する本質的弱点をも体現している．そこに，エリオットの科学に対する微妙な評価の綾が暗示されている．

科学的真理探究の方法として言われることは，自己を対象から切り離し，客観的な観察と分析を加え，時に実験を通して仮説を検証し，法則を発見し，応

用して，無知の闇から人間を救うということである．ところが，科学の大きな可能性を熟知する作家の問いは，それが人格完成の道を歩む光として充分であるかどうか，に注がれている．「主を畏れ敬う心は知恵のはじめ」(「詩篇」111: 10) と見る聖書的人間観を深く身に付けたエリオットは，人間がみずからの知恵を恃む危うさを熟知していた．対象から自己を切り離し，真実に迫る方法が，人生智として結実するかどうかについて，懐疑的な姿勢は終生変わることはなかった．自己の見識を恃む心が，現実の人生のここかしこに隠れている罠に足を取られ，ものを見る眼が曇り，自己執着の闇に沈む道理を，作家は直視し続けた．

　先に触れたように，人格を流動するプロセスと見る発想は，作品の有機的構造の中に組み込まれている．作品第 15 章は，この人間観に基づいて構想されている．この章でリドゲートの医学・生理学者としての見識が体系的に導入されているが，フラッシュバックで，一つの暗示的なエピソードが描かれている．それは，彼の女性観と結婚観を，確信的な信念にまで打ち固めた過去の体験である．1832 年パリ留学中，27 歳の彼は解剖学研究に精励しているさ中，観劇を楽しむ機会があった．その折，夫婦の痴情のもつれを演じる官能的な女優が，実際に夫でもある役者を刺し殺す挙に出たのを目撃した．これにロマンティックな情念を触発された彼は，成熟した女のエロティシズムの虜となり，夫を殺すに至った動機を，直接本人から探ろうとした．その過程で，男女のエロスの底知れない奈落を垣間見たのである．ほどなく惑溺のほとぼりから覚めた彼は，以後，エロスの盲目的な世界を予感しつつ，これに背を向けたのである．

> But he had more reason than ever for trusting his judgment, now that it was so experienced; and henceforth he would take a strictly scientific view of woman, entertaining no expectations but such as were justified beforehand. (153)
>
> 彼はみずからの判断に経験が加わったことで，おのれの見識を恃む気持ちが強くなった．今後は女性を厳密に科学の眼で眺め，あらかじめ根拠が確かめられる場合を除き，女性に期待を抱くことは慎みたいと思った．

ここには，色恋の何たるかを体験的に知る作家の風刺眼が，アイロニーとなって行間に滲んでいる．わが心と肉の内に，科学的知見ではいかんともし難い業の深さを感じ取った彼は，おのれの知恵を恃む気質的判断を打ち固めた．「曇りない心で想像力を研ぎ澄ます」科学研究の足手まといになるものは，心から

追い払ったのである．これによって彼は，命の神秘の世界から聞こえてくる囁き声に耳を閉ざした．これに替えて，自分の計らいと計画で人生を切り開こうとする生き様に固執するようになった．

恋愛描写に見る科学とロマン派的審美主義の葛藤

　前節に述べたような過去からの行き掛かりを背負ったリドゲートは，町の良家ヴィンシー家の愛娘ロザモンド (Rosamond) と出会う．二人のお互いへの思慕が，周囲の複雑な思惑にも拘わらず結婚へと結実する瞬間を，語り手は以下のように語る．そのきっかけは，ロザモンドがうっかり落とした鎖縫いのネックレスを，どちらからともなく拾おうとして眼が会った瞬間だった．

>　… At this moment she was as natural as she had ever been when she was five years old: she felt that her tears had risen, and it was no use to try to do anything else than let them stay like water on a blue flower or let them fall over her cheeks, even as they would.
>
>　That **moment of naturalness** 3) was the **crystallizing feather-touch**: 1) it shook flirtation into love. Remember that the ambitious man who was looking at Forget-me-nots under the water was very warm-hearted and rash. He did not know where the chain went; **an idea had thrilled through the recesses within him** 4) which had a miraculous effect in raising the power of passionate love **lying buried there in no sealed sepulcher, but under the lightest, easily pierced mould**. 2) (31: 301)

>　・・・この瞬間，彼女は五歳の少女さながらに計らいがなかった．いつの間にか涙が込み上げてきていた．青い花に露が溜まるように，涙が浮かんだままにするにせよ，今にも頬を伝わり落ちようとする涙をそれ自身の動きに委ねるにせよ，他になす術はなかった．
>
>　　計らいなき瞬間は，羽根でそっと触れるだけで結晶させる瞬間であった．一瞬のうちに戯れの恋は愛に変わっていた．水底に揺らめく忘れな草を眺めていたこの夢多き男は，熱い血潮と向こう見ずな性向を持っていたことは思い起こしておこう．彼はネックレスがどこに行ったか知らなかった．心の奥底でゾクッとするような予感が兆した．この予感は，封印された墓の中に埋もれている訳ではなく，ほんのそっと触れるだけで突き通してしまう鋳型のすぐ下に疼いている情熱的な愛の力を呼び起こすのに，奇蹟的な効果があった．

　忍ぼうとすればするほど募ってくる思慕は，人を利害・打算の世界から計らい

なき世界に放り出す力である．命の神秘が心身を捉えて，いずこへとも知れぬ運命へ運び去る瞬間である．自ずと湧き上がる感情の流れは，浮世のしがらみと打算を突破させる．エロスのほとばしりは，人を行動に突き動かす神秘の働きである．これを，"crystallizing feather-touch" 1)（羽根でそっと触れるだけで結晶させる）という想像的な暗喩が示唆している．「結晶化」のイメージは，肉体の生理的な働きが感情と連動して，心に劇的な変化を引き起こす命の神秘を想起させる．"no sealed sepulcher" 2)（封印された墓ならざる）の例に見られるように，頭韻を踏んだ古雅な語句を，否定語で意味を反転させると，却って鮮烈なエロスのほとばしりが読者の想像力を捉える効果を生んでいる．

ロザモンドの涙は，感情が液体のような動きをし，これを理性ではどうすることもできない人間的真実を，視覚的イメージによって浮き彫りにしている．青い瞳に溜まった涙が今にもこぼれ落ちようとする瞬間は，「青い花に溜まった露」の直喩が暗示している．無心のうちに訪れる感情の動きは，これを見つめる相手の感覚的陶酔をも連想させる．"moment of naturalness" 3)（計らいなき瞬間）は，幼な子のイメージも響き合って，無心の命の燃焼を偲ばせる．これが訪れる時，人は生の衝動を解き放たれ，束の間の心の自由を得る．こうした無私の感情は，これを向けられた相手の琴線に触れずにはおかない．"an idea had thrilled through the recesses within him" 4)（心の奥底でゾクッとするような予感が兆した）．これは，恋慕の情をほどほどに楽しもうとしていたリドゲートの遊び心が本当の恋心へ変わった瞬間を捉えている．心の中に無意識の闇が広がり，言葉が及ばぬ沈黙の世界で行動への意志が芽生える瞬間である．"lying buried there in no sealed sepulcher, but under the lightest, easily pierced mould." 2)（封印された墓の中に埋もれている訳ではなく，ほんのそっと触れるだけで突き通してしまう軽い鋳型の下に潜んでいた）．この空間的イメージは，彼の強壮な肉体そのものに基盤のあるエロスの情念が，相手の一見些細と見える仕草にも激しく反応する様を思わせる．この点描には，作家自身も恐らく意識して表現している訳ではない，言葉のイメージの有機的照らし合いが見られる．反復のある韻律美は，言葉が豊かな蓄積の泉から無意識に流れ出たものであることを想像させる．

感覚の言語と暗喩

リドゲートとロザモンドの結婚生活が当人の思い通りにはゆかず，夫の高い

志が潰えてゆくプロセス描写には，作家の周到な言語実験が意図されている．このプロセスを描く作家の文体に，生理学・心理学の洞察と，宗教的想像力とが葛藤していることが裏付けられる．二人の恋愛情緒の余韻嫋々とした描写は，エリオットが道徳的関心の深い作家でありながら，同時にロマン派詩人のような感受性と言語感覚を身に付けていたことを物語っている．この感覚は，数々の恋愛体験を重ねた彼女自身の歩みから溢れ出てくるものである．

> Young love-making—that gossamer web! Even the points it clings to—the things whence its subtle interlacings are swung—are scarcely perceptible: momentary touches of fingertips, meetings of rays from blue and dark orbs, unfinished phrases, lightest changes of cheek and lip, faintest tremors. The web itself is made of spontaneous beliefs and indefinable joys, yearnings of one life towards another, **visions of completeness, indefinite trust**. 1) And Lydgate fell to spinning that web from his inward self with wonderful rapidity, in spite of experience supposed to be finished off with the drama of Laure—**in spite** too **of** 2) medicine and biology; (36: 346)

> 若者の恋愛．あの繊細な蜘蛛の巣状組織．微妙な網の目が何を手掛かりに支えられているのか，眼には見えない．指先の一瞬の触れ会い，青い瞳と黒い瞳の見つめ合い，言い淀む言葉，頬と口元の色調の微妙な変化，微かな震え．網の目は，湧き上がる思い，えも言えぬ喜び，一つ命から別の命への恋焦がれ，満ち足りた未来の予感，果てしない信頼，からなっている．かくしてリドゲートは，あっという間に心中で蜘蛛の巣を紡ぎ始めていた．ロールとのロマンは清算し，総括した筈だったのに．医学と生物学に邁進する筈だったのに．

この一節は，結婚の夢に向かって相寄るリドゲートとロザモンドの，魂の触れ合いを捉えた点描である．一見静かな，淡々とした交流と見えるものの背後に，感情の深い伏流水がせめぎ合っている．刻一刻と変化する情緒のやりとりは，自然の風景のイメージで視覚化されている．蜘蛛の巣の繊細な糸は，どことは知れぬ支えを得て，あえかに打ち震えている．第三者には見えない微妙な身振り，まなざし，口元の震え，頬の血色の移ろい，こうした生理的営みは，相手に無量の意味あいを伝える．語り手の読みは，この文脈で，言葉が身体の生理的な働きと同じ次元で営まれていることを捉えている．[28]

命の上げ潮に触発されて，恋人たちの想いは，二人で作ってゆく未来へと飛翔する．"visions of completeness, indefinite trust" 1)（満ち足りた未来の予

感，果てしない信頼）の措辞に見られるように，「満ち足りた喜び」，「どこまでもお任せ」の予感が，先の見えない闇を共に手探りする決断と勇気となるのだ．"in spite of" 2)（にも拘わらず）の反復は，当事者の恋慕が，過去からの因縁の流れの中で起きていることを示唆している．くだんの舞台女優ロールの思い出が微妙な影響力となって，感情の流れが押し止められるはずだった．ところが，恋の激流は，理性の堰をいとも容易に押し流してしまった．これこそ人生の皮肉である．これも，人格を流動的プロセスと見る作家の見方の反映である．

　上記の一節に窺えるもう一つの特徴は，言葉の凝縮とぼかしである．生物学者の自然観察を思わせる繊細な観察眼が，これによって奥行を得ている．身振りと行為の主体は受動態によってぼかされ，感情の動きもぎりぎりまで凝縮された言葉によって暗示されている．これによって，読者は人物の演じるドラマの内側に入り込み，解釈という行為[29]に誘われる．そして，この文脈で用いられる「織物」（蜘蛛の巣）のイメージは，恋愛の当事者といえども，周囲の人間関係の制約と影響を受けつつ，相互の働き掛けが行為として実を結ぶプロセスを暗示している．

時代の通念を位置付ける言葉

　結婚という人生の一大事に際して，リドゲートの動機を窺わせる一節がある．そこに，彼の医師・科学者としての人生設計が浮き彫りにされている．

> . . . after all his wild mistakes and absurd credulity, he had found perfect womanhood—felt as if already **breathed by exquisite wedded affection** 1) such as would be bestowed by **an accomplished creature** 2) who venerated his high musings and momentous labours and would never interfere with them; who would **create order in the home** 3) and accounts with still magic, yet keep her fingers ready to **touch the lute** 4) and transform life into romance at any moment; who was instructed to **the true womanly limit** 5) and not a hair's-breadth beyond—docile, therefore, and ready to **carry out behests** 6) which came from beyond that limit. (36: 352)
>
> 彼は途方もない間違いをしでかし，愚かな軽はずみを経て，とうとう完璧な女性を見つけた．たしなみの深い女性ならではの，洗練された女らしい情愛の息遣いに触れた思いがした．この人なら私の深い思索と意義深い努力を尊んで，そっとしてお

いてくれるだろう．この人なら家庭に秩序を創りだし，静かな魔法のごとき家計のやりくり見せてくれるだろう．しかも，いつ何時でもリュートの弦を爪弾いて，人生をロマンスに変えてくれるだろう．女性の真の慎みを心得て，自己の分をしっかりとわきまえてくれるだろう．夫を立て，おのれの分の向こうから宛がわれる期待に応える覚悟を見せてくれるだろう．

　この一節はリドゲートの視点から言葉が織り出されているが，語り手の背後に作家がそっと身を隠している．彼女の鋭敏な歴史感覚が捉えたイングランドの女性問題に関する精神風土が透視されている．人は誰も，みずから生まれ育った時代や境遇の刻印を押されて個性を発見する．リドゲートの場合も，この道理の例外ではあり得ない．語り手の眼は，若く有能な青年が階級文化の気風に安住し，その事実に無批判である状況を洞察している．自己への無知が人間的弱点を温存させる素地になっている理を見逃していない．

　上記引用に見えるように，リドゲート自身は，改革派医師としての志と，妻に家庭の守り神を期待する保守的道徳観の矛盾を直視する心構えはない．おのれの知恵を恃む才人が，足元の生活では自己を省みる感受性が乏しいことに，語り手は「俗物根性」(spot of commonness)(15: 150)を見ている．自分の願望を先に立ててものを見て，この事実に気付かないのである．"breathed by exquisite wedded affection" 1)（洗練された女らしい情愛の息遣いに触れて）の言い回しが暗示するように，意中の人の官能美に魅せられ，陶酔感に浸って，相手の人間性を読む感受性が働いていない．ここに半可通な理想主義の弱点が覗いている．

　伝統的な性別役割分担の観念に安住する男性を描く語り手のまなざしには，女性特有の皮肉が籠もっている．文語調の重厚な文体は，リドゲートの誇り高い自負心の背後に慢心があることを見透かして，ピリッと辛口である．"an accomplished creature" 2)（たしなみの深い女性），"create order in the home" 3)（家庭に秩序を創りだす），"touch the lute" 4)（リュートの弦を爪弾く），"the true womanly limit" 5)（女性の真の慎みを心得て），"carry out behests" 6)（宛がわれる期待に応える），これらの措辞は，女性の特質に対する男性の耽美主義を典型的に示している．

　リドゲートの女性観は，みずからの出自である貴族・ジェントリ階級に根付いたジェンダーに関する固有の文化の反映でもある．語り手の練達の言葉は，そこに密やかに息衝く男性支配の風を的確に穿っている．彼の心中では，女

性の全人間的完成への道は問題とならない．むしろ，女性を優美な家庭の華として想定する保守的秩序感覚が彼の奥深い個性なのだ．この美意識はカザミアンによれば，上流階級の持つ田園起源の文化と，優雅と品格を重んじる伝統に根差している．そこに宿るものの情趣を味わう感覚が，19世紀後半，中産階級にも浸透して，彼らの生活に彩を添えたと言う (81)．このような歴史的文脈の中で，家庭生活に情緒の要求と合理性を生かす感受性が女性の特性と結び付けられた．これが，貴族，中産階級を問わず，それ自体として積極的な価値たり得た．

ところが，家庭が聖なる安息所として見られ，女性が家庭の秩序を護る守り神と見做される時代風土の中では，彼女たちの高等教育，財産権，法的権利，経済的自立，政治的自由を容認することは家庭の神聖さを危うくすると見られた．この保守的女性観は，声高にこそ主張されなくても，牢固として保持され，この枠組からはみ出す女性は，エリオットも含めて，社会的認知の埒外に置かれ，村八分に遭いがちであったと言う（ドーリン 72-3）．ホートンによれば，女性を家庭的美徳の体現者として期待する男性の美意識は，市場原理と実利主義が勢いを増す19世紀イングランドでは，新たな意味あいを持つに至った．あざとい拝金主義と生存競争の支配する世間の悪しき感化から精神的・審美的価値を護る含みが，女性にまつわるジェンダー・イデオロギーを強める結果になった (393)．

リドゲートの例に見られるように，この価値観は，男女の経済的力関係からして，強者が弱者を鋳型にはめるイデオロギーの役割を果たした．作家の女性としての感覚は，ここに男性の身勝手さを見抜いている．教養ある男性が心底に抱いているが決して言葉にはしない本音を的確に穿っている．ここにエリオットの言語感覚が端的に表れている．彼女は，無意識の深層にそっと生きて人物の行動を微妙に支配する感情に繊細な注意を払った作家である．ものの本質を射貫く言葉にこだわったのはこの姿勢による．真実に肉薄する言葉は，形骸化した価値と因襲的風土を変革する力となり得ると確信を抱いていたからである．[30]

カロルによれば，実験小説家としてのエリオットは，小説に仮託した仮説を通して人物の価値意識の内面に入り込み，これが現実という証拠に照らして検証されてゆくプロセスをダイナミックに描いたと言う (25)．リドゲートが結婚生活の現実に足を取られて，その理想主義が挫折してゆくプロセスにも，作家

の仮説・検証の眼が光っている．上記引用 (36: 352) は，彼の階級に由来する美意識が，妻になるロザモンドとの軋轢を招く素地になる道理を的確に見通している．

科学は人生智に結実するか

リドゲートが生理学・解剖学研究に注ぐ澄んだまなざしと情熱は，なぜ婚約者との人間的な触れ合いの中で，生きた知恵として働かないのであろうか．語り手は，その一つの理由を，科学者の仕事の性質そのものの中に見ている．

> This unsettled state of affairs uses up the time, and when one has notions in science, every moment is an opportunity. I feel sure that marriage must be the best thing for a man who wants to work steadily. He has everything at home then—**no teasing with personal speculations** 1)—he can get calmness and freedom. (36: 349)
>
> （結婚前の慌しい準備の）落ち着かない状況では，時間をいたずらに取られてしまいます．人は科学研究の課題を抱えている時，一瞬一瞬は機会なんです．地道に仕事をしたい人間には，結婚は最良の選択だと思えるんです．結婚すれば，すべてが落ち着くでしょう．私生活の煩わしい気苦労から解き放たれるでしょう．静けさと自由が得られますからね．

この一節は，リドゲートが敬愛する教区牧師フェアブラザーとの語らいの中で，結婚を急ぐ心情を吐露したものである．「従順な」妻に家事万端の切り盛りを任せ，みずからは落ち着いた家庭生活の中で研究に精力を注ぎ込む，これが彼の心底の思いであった．"no teasing with personal speculations," 1)（私生活の煩わしい気苦労から解き放たれる）思惑には，家庭生活に必要な常識，忍耐，気配りからは程遠い短慮が言葉の端々に覗いている．足許の暮らしの中にある詩情と伴侶との心の通い合い，そこから生まれる心の自由は，彼の期待する「静けさと自由」とは異質なものである．

注目すべきは，リドゲートの本音が，苦労人フェアブラザーとの対話の中に漏らされていることである．人生が思い通りにはいかないことを熟知した牧師には，リドゲートの楽観主義が危うく感じられる．社会的評価の高い仕事を背景に，未来の妻に多くを要求する青年の自負は，これを眺める人の熟達した眼によって複眼的に見られている．見掛けと現実の違いを見誤らないアイロニーの奥行が，こうした対話の中にも生きている．

第Ⅱ章　『ミドルマーチ』を読む　　　　　　　　　　　　　　　　　　219

　果たして，リドゲートとロザモンドの結婚後，夫婦間の不和が物語の重要な織り糸になる．読者が予感する通り，リドゲートの暗黙の要求に妻の強い自我が反抗する構図が定着する．ここにも，自己と他者の折り合いをどう付けるか，という作品のテーマに沿ったドラマが織り込まれている．家計の帳尻を合わせるという常識的な営みが，双方の身に付いた生活習慣により行き詰ったのである．経済的困窮を自覚した夫は，遅まきながら自分たちの身の丈に合った暮らしをするよう，妻に説くようになる．ところが，妻は優雅な生活を断念することを断じて容認しない．彼女には，結婚前に身に付いた習慣を見直し，新たな現実に適応するだけの度量が欠けていた．これが夫の眼に明らかになったのである．二人が家計の不如意に迫られて借金の蟻地獄に陥ってゆく[31]につれて，夫婦間の軋轢は昂じ，心の溝がいよいよ深まっていった．

　夫婦生活の軋轢と苦悩が夫リドゲートの視点から描かれている一節がある．語り手は彼に寄り添い，その心中に去来する思いを言葉に織り出している．そこに人間苦への純粋な共感がほとばしっている．語り手の言葉は，人物の人間的真実に迫ろうとする作家自身の想像力から湧き出している感がある．

> ... **bearing** 3) her (Rosamond's) little claims and interruptions **without** 3) impatience, and, above all, **bearing without** 3) betrayal of bitterness to look through **less and less of interfering illusion** 2) at **the blank unreflecting surface her mind presented to his ardour** 1) for the more impersonal ends of his profession and his scientific study, an ardour which he had fancied that the ideal wife must somehow worship as sublime, ... Lydgate was aware that his concessions to Rosamond were often little more than **the lapse of slackening resolution, the creeping paralysis** 4) apt to seize an enthusiasm which is out of adjustment to a constant portion of our lives. And on Lydgate's enthusiasm there was constantly pressing not a simple weight of sorrow, but **the biting presence of a petty degrading care, such as casts the blight of irony over all higher effort**. 5) (58: 587)

　彼は，妻ロザモンドの些細な要求や横槍を苛立ちの色を見せずに堪えた．妻の心は，志ある彼の眼には何も映し出さない鏡の表面のごときものであった．夫婦間の幻想のヴェールが一枚一枚剥がされてゆくのを，苦渋の素振りを見せずに堪えてゆかねばならなかった．医師として，科学者として，高い研究目標を思い描き，情熱を燃やしつつ，堪えてゆかねばならないのだった．非の打ちどころのない筈の妻が，この志を掛け替えのないものとして，万難を排して尊重してくれるものと信じ切っていた彼だったが．・・・リドゲートは，いまや気付き始めていた．ロザモンドへの譲歩は，人

　　　　生の地道な営みに立ちはだかって，情熱家の心を捕え，決断を鈍らせ，忍び寄る無気
　　　　力の陥った隘路だということを．今や，リドゲートの心意気を挫き，絶えず圧しつけ
　　　　ていたのは，単なる悲しみの重荷ではなかった．人の品位を奪い去るけちな生活の気
　　　　苦労がのし掛かって，彼の志を嘲笑うかのように心に取り憑いてきたのだ．これが，
　　　　高い目標に向かって邁進しようとする努力を萎えしぼませるのだった．

　患者を癒やし，医道に精進しようとするリドゲートの志が，生活の気苦労で萎えてゆくプロセスが，この一節に凝縮されている．妻との穏やかな関係を願って，心ならずも譲歩を重ねてゆく彼の心には，不満の重荷がどんどんとのし掛かってくる．このような心の荷は，科学研究のような高度な集中力を要求される営みには致命的な影響を与える．

　"the blank unreflecting surface her mind presented to his ardour" 1)（妻の心は，志ある彼の眼には何も映し出さない鏡の表面）に見える鏡のイメージは，夫婦間の荒涼たる心模様を視覚化して，多層的な意味あいを暗示している．妻には，夫の仕事の性質を理解し，共感をもって支えようとする凛とした心映えはさらにない．何も映さない鏡は，妻が鉄の意思をもって自己の立場を貫こうとする姿勢を想起させる．同時に，伴侶に心を閉ざされた夫の失望の深さも伝えている．"less and less of interfering illusion" 2)（幻想のヴェールが一枚一枚剝がされて）の語句は，夫が妻に抱いていた夢が一つまた一つ心の中から潰えてゆき，信頼が失せてゆく夫の苦衷を，否定的，抑制的な言い回しで仄めかしている．

　相互不信の連鎖が二人の心を荒らしてゆく様は，引用の前半部に見える "bearing without," 3) "less and less," 2) などの反復語句によって暗示されている．否定表現の畳み掛けによって，夫婦の心の溝がいよいよ深まってゆくプロセスが捉えられている．これが読者の感情の共鳴板に響いて，こだまを返させる心理的効果を産んでいる．

　引用の後半の部分にも，リドゲートの心中に何が起きているかをありありと想起させるイメージが生きている．"the lapse of slackening resolution, the creeping paralysis" 4)（決断を鈍らせ，忍び寄る無気力）は，蔓植物のそっとした，しかし着実な働きを連想させる．蔓が木に巻きついて，知らず知らずのうちに締め上げ，その生命力を奪う光景が偲ばれる．人の心にも，気苦労と不安がのし掛かってくれば，自然の闘争場裏で起こっているのと同じことが起こる．"the biting presence of a petty degrading care, such as casts the blight of

第Ⅱ章 『ミドルマーチ』を読む

irony over all higher effort" 5)（人の品位を奪い去るけちな生活の気苦労がのし掛かって，彼の志を嘲笑うかのように心に取り憑いてきたのだ）．この語句にも，人の心事を自然の営みの眼で捉える洞察がある．心配事は人の品位と創造的エネルギーを奪い去る負の感化力である．みずからの本分を果たして世の為に役立ちたいと願う志が，心労の蔓によって締め上げられ，樹勢が衰えて，いつしか志が枯れてゆく．"blight of irony"（嘲笑うかのように）の譬えは，細菌やかびが密やかに樹木全体に広がり，その多様な生命活動を枯らすイメージを喚起する．同時に，リドゲートの内的風景として，心に灯っていた希望が，焦燥感や不安・不満で，いつとはなく消し去られてしまうイメージも鮮やかに視覚化している．

上掲の鏡のイメージは，『ミドルマーチ』に繰り返し出てくる光学イメージの一環である．望遠鏡の巨視的観点と顕微鏡の微視的観点が共に用いられ，これが人間関係の複雑な絡み合いを描くのに奥行を添えている．ミドルマーチの，鵜の目鷹の目の世間を体現するカドワラダー牧師夫人のまなざしが，顕微鏡の視野を借りて焦点化される (6: 59-60)．これも，科学的探究の方法が人間探究の武器になっていった19世紀後半の時代精神を映し出している．

これは，自然の一環としての人間の命を，その神秘的奥行のままに描き出そうとするエリオットの問題意識の反映である．その意味で，作品のテーマを暗示するような光学イメージ（27章冒頭）と相照らし合っている．ロザモンドとリドゲートの相惹かれ合う思慕を描くこの章は，恋愛に紛れ込むエゴイズムを鮮やかに捉え，位置付ける章でもある．

Your pier-glass 1) or extensive surface of polished steel made to be rubbed by a housemaid, will be minutely and multitudinously scratched in all directions; but place now against it **a lighted candle** 2) as a centre of illumination, and lo! The scratches will seem to arrange themselves in a fine series of **concentric circles** 3) round that **little sun**. 4) It is demonstrable that the **scratches** 5) are going everywhere impartially, and it is only your candle which produces the flattering illusion of a concentric arrangement, its light falling with an exclusive optical selection. (27: 264)

ここに女中に磨いてもらう姿見があって，広いぴかぴかの鋼の表面には，あらゆる方向に細かな磨き傷が無秩序に付いている．磨き面の真ん中に蠟燭を置いて灯すとどうだろう．磨き傷は小さな太陽の周りに見事な同心円を描いて並んでいるではな

いか．傷は，あらゆる方向に雑然と広がっているのは明らかだ．だが蠟燭の光が当たると，光は排他的な選択をして，同心円状の惚れ惚れするような幻想を産み出すのだ．

ここには，ラテン語源の言葉の連なりが生み出す重厚で抑制的な響きがある．にも拘わらず，読者の想像力を捉え，忘れ難い印象を残すのは，"pier-glass" 1)，"a lighted candle" 2)，"concentric circles" 3)，"little sun" 4)，"scratches" 5)，など結束性（親近性がある言葉の連なり）の強い一連の視覚的イメージ言語を用いているからである．光の当て方によって同じ対象が違って見えるという自然法則は，科学的知識の乏しい読者をも納得させる．

ところが，人間関係の網の目を描く章の冒頭にこの光学的イメージが置かれると，自ずとアナロジーの含みを帯びてくる．自然界で生理的な営みをする人間の精神生活にも同じ道理が生きているのではないか，との想像を掻き立てずにはおかない．

上記一節の譬えは，人間の心にも自然界と同じ法則が働いているのではないか，と直感した作家の想像力からほとばしったものである．人間の自我は，単一の視点に安住してものを見ると利害やしがらみに囚われる．そこに偏見が忍び寄ってくることに気付かない．生来的な人間の感情と気質・体質は迷いが深いのである．では，この闇から人間を救ってくれるものは何か．

エリオットは，1855年に，深まりつつあった歴史主義的聖書批評の見方を語る．人は，同胞との触れ合いの中で感じるあらゆる人間感情と体験を理解し，共感するものとして創造主を心に抱く時，その感化力は人間的成熟へと導いてくれる力となる，と．そのような創造主は，私たちの萎えやすい愛に活を入れ，揺らぐ目的意識を確固不動のものとしてくれる（「福音主義の教え」168-69）．

上記鏡の暗喩が含み持つもう一つの意味あいは，単一の視点の限界を乗り越える途は，絶えず視点を移動し，ものを多元的に見ることにあるという道理である．体験のさ中に，先人の知恵に学ぶこともその方途である．現象の背後に生きている命の神秘を手探りする科学の探究心もその核となる．また，おのれを空しくして他人の鏡に映る自己を見つめることも，自己認識を深める途である．このような複眼的視野は，作品の構造はもとより，人物の相互批評の網の目にも，暗喩とアイロニーに満ちた有機的言語観にも生きている．

キリスト教と科学の折り合い

　リドゲートの志が潰え去り，人間的エネルギーを消耗させてゆく描写には，エリオットが辿りついた最良の洞察が生きている．そこには，彼女がキリスト教信仰から受け継いだ善悪の価値判断が体験的知恵の眼で再吟味されていった跡が見える．そこに善悪の価値基準が歴史と科学の眼で柔軟に再定義されていった歩みが反映されている．この描写を貫くのは，自然法則と，その延長としての人生の道理を見抜く眼である．これをプロットという仮説によって，人の生き様に消化して描く意図は一貫している．仮説がテストされ，裏付けられ，結果的に道理が生きていることを，リドゲートの人生行路が証明している．

　すでに触れたように，リドゲートの研究方法と精神生活の両面には，進化論と医学・生理学の語彙が深く浸透している．これが，彼の性格造形を時代の最先端のものにしている．では，彼の生き様が徹頭徹尾科学的世界観の表現かと問えば，その答えは否である．エリオットは，科学の方法と語彙を小説に取り入れた点では，この道の先駆者の一人である．しかし同時に，彼女は聖書とギリシャ古典とシェイクスピアを生涯にわたって味読してきた宗教的魂の人であり，哲人であったことを忘れる訳にはいかない（ヘイト 8-22, 177-78, 379-80）．

　とりわけ，福音主義信仰で培われた聖書講読の遺産は，決して過小評価する訳にはいかない．聖書的な人間観と言葉は，エリオットの心の深層に息衝く力である．『フロス河』でマギーが『キリストに倣いて』（以下，『倣いて』）(*De Imitatione Christi*))³² を貪るように読む場面がある．

> If thou desire unto this height (everlasting crown), thou must set out courageously, and lay the ax to the root, that thou mayst pluck up and destroy that hidden inordinate inclination to thyself, and all private and earthly good. On this sin, that a man inordinately loveth himself, almost all dependeth whatsoever is thoroughly to be overcome; which evil being once overcome and subdued, there will presently ensue great peace and tranquility. (Book IV, 3: 301)

> もし汝が，自身の隠れた節度なき欲と現世への執着を捨て去らんと志して，（イエスの）不滅の冠を得んと欲すれば，まず勇を鼓して執着の根を絶つべし．いかなる世の業縁を絶つとも，まず汝自身の根深き自己愛の罪を洗い清めることに，すべては

掛かるなり．自己執着を捨ててこそ，自然の理として大いなる平安と静謐が訪れん．

ここには『欽定英訳聖書』の素朴で典雅な文体の響きが感じられる．原典のラテン語の重厚な調べがそのまま生かされているような翻訳である．ハンドリーによると，上掲英訳がエリオット自身によって成されたことは，原典を愛蔵し，折々に紐解いていた事実から察せられる (*Oxford Reder's Companion to George Eliot* 188).

上掲引用の趣旨は，人間の自己愛と現世への執着があらゆる苦しみの元凶と見る聖書的世界観である．自己愛の罪を翻すと，心の平安と静寂が訪れると言うのである．『倣いて』は，エリオットにとって，少女時代以来親しんでいた聖書の思い出と深くつながっていた．試練のさ中にあるマギーがこの書を味読した時の感銘は，次のように描かれる．「えも言えぬ畏敬が全身を貫いた．あたかも真夜中に音楽の荘厳な調べが鳴り響いて目覚めたかのように」(*The Mill on the Floss* Book IV, 3: 302). この描写は，マギーの性格像が小説全体を通してそうであるように，エリオット自身の体験が反映している（ヘイト 335) と言う．

エリオットが『倣いて』に寄せる共感は，少女期から青春期にかけての福音主義信仰の名残が心の基底に生き続けたことを物語っている．[33] この書への共感に窺われる作家の反世俗主義は，彼女が現実主義の叡智を深めると共に脱皮していったものである．しかし，作家の精神遍歴の上で一つの画期をなすことは疑いを容れない．

エリオットが聖書批評へ共感を深めて以後も，『倣いて』を座右に置いていたもう一つの理由は，この書には奇蹟物語がなく，人が体験によって学んだ知恵の結晶のみが綴られているところにある．イエス・キリストに導かれた人生の達人たる修道僧が，その境地を語り伝えるところにこの書の核心がある．そこに伝承的叡智の古典としての真価があり，エリオットが共感を寄せる所以があった．

エリオットの聖書解釈に感化を与えたもう一人の先達として，フォイエルバッハを忘れる訳にはゆかない．エリオットと彼が共通の基盤とするのは，肉なる苦しみと弱さを免れない人間を救い，共感を抱く存在としての神という基本概念である．フォイエルバッハは言う．

> The blood of Christ cleanses us from our sins in the eyes of God; it is only his human blood that makes God merciful, allays his anger; that is our sins are forgiven us because we are no abstract beings, but creatures of flesh and blood. (49) [34]
>
> イエスの血潮は，神の眼で見た私たちの罪を洗い清めてくれる．肉なるイエスの血潮こそが神を慈悲深い存在にし，その怒りを和らげる所以なのだ．私たちの罪が赦されるのは，肉を超越した存在だからではなく，血肉を具えた存在だからなのだ．

　フォイエルバッハによれば，イエスが流した血潮のシンボリズムは，肉なる存在としての人間への赦しと共感である．迷い多く，弱い「この私」をすべて見抜いて，これをさながらに受け入れ，共感の涙を流す，これが神の慈悲である．肉をまとった神が，肉なる人間の罪を背負い，赦したのである．愛なる神は観念的な品行方正を否定し，肉の感覚美を赦しによって肯定すると言う．
　エリオットは，愛欲の深いおのれのありようを痛切に自覚し，慚愧の念を抱いていた．その思いの深さが，フォイエルバッハへ心底から共感を抱く所以になっている．このような宗教観・道徳観は，『キリスト教の本質』の翻訳にいそしんだ 1853 年から 1854 年にかけて自己のものとしていたと察せられる．1856 年に『牧師たちの物語』に着手するころには，聖書批評の根底にある非ドグマ的宗教観は，感覚にまで研ぎ澄まされていたのである．

我執を超える道

　エリオットの小説が成熟深化するプロセスは，聖書批評から学んだ宗教的情操と想像力と，科学の知見が対話を重ね，円熟してゆくプロセスである．『ミドルマーチ』に見られる人間の多様な生き様の地図には，価値の相対性を凝視する眼と相俟って，一つの根本的な問い掛けがある．それは，自己中心性と迷いを免れない人間が，いかに迷いの淵から抜け出し，他者との調和を図ってゆくかという問いである．
　ドロシアの自己超脱のプロットですでに触れたように，おのれの利己的本性の自覚というテーマは，リドゲートとロザモンドの物語にも流れている．同じ道理が別々の物語によって紡われているのである．いま一度その道理を端的に浮き彫りにした覚醒の瞬間 (the moment of disenchantment) を思い起こすと，

> We are all of us born in moral stupidity, **taking the world as an udder to feed**

our supreme selves: 1) Dorothea had early begun to emerge from that stupidity, but yet it had been easier to her to imagine how she would devote herself to Mr Casaubon, and **become wise and strong in his strength and wisdom**, 2) than to conceive with that **distinctness** 4) which is no longer reflection but feeling—**an idea wrought back to the directness of sense, like the solidity of objects** 3) —that he had **an equivalent centre of self**, 5) whence the lights and shadows must always fall with a certain difference. (21: 211)

私たちは一人残らず愚かに生まれついているのだ．世の中は至高の自己に糧を恵んでくれる乳房だと信じて疑わない．ドロシアは，早くからこの類の愚かさから脱皮していた．だが彼女は，いかにしてカソーボン氏に身を捧げ，その強さと知恵を摂取して，みずからも賢く強くなれるかを想像することは容易であったが，夫には自分と同様に自己という譲れぬ一線があり，そこから光と影が常に射し，その結果，世の中が違って見えるということを，思考ではなく感情の教える明敏さで感じ取ることは至難の技であった．ものをじかに手で触れて，その感触をありありと感じ取る皮膚感覚のような感じ方はたやすくはなかったのだ．

語り手は，ドロシアの悲しい気付きの瞬間が，彼女の中で新しい自己の芽生える契機になったことを示唆している．注目すべきは，具体的な人物の具体的な状況を描くテキストの中にも，作品を通して首尾一貫する創作ヴィジョンが生きていることである．言い換えれば，「この私」の我執の根深さに対する慚愧の念がそうである．この自覚が深まれば，自ずと同胞の迷いと苦しみに共感の念が湧いてくる．これは，エリオットがキリスト教から継承した最大の遺産である．しかも，この遺産を聖書の言葉とは異質な発想と言い回しで表現しているところに，彼女の独創性が発揮されている．

"taking the world as an udder to feed our supreme selves" 1)（この世を至高の自己に糧を恵んでくれる乳房と受け止める）．命を育む「乳房」の暗喩には，読者の想像力を一瞬にして捉える絵画的イメージの鮮やかさある．「至高の自己を養う」という皮肉な措辞には，どこまでも自己中心性を免れない人間の業を凝視する作家自身の見方が暗示されている．"become wise and strong in his strength and wisdom" 2)（その強さと知恵を摂取して，みずからも賢く強くなること）．ここでは，2語が対になった形容詞が語順を倒置させ，一対の名詞に転化し，交差している．シェイクスピアを偲ばせる交差対句法 (chiasmus) の例である．強弱強のうねるような韻律美がドロシアの情熱の上げ潮を連想させる．

"an idea wrought back to the directness of sense, like the solidity of objects"

3) (ものをじかに手で触れて，その感触をありありと感じ取る皮膚感覚のような感じ方). これらの言い回しには，作家の精神遍歴が凝縮されていると見てよい. 先行の "distinctness" 4) は，"directness" と意味的にも音楽的にも響き合っている. これらは，心の耳を澄まして，相手の心の叫びを聞き分ける無心の境地を偲ばせる. 思考と感情は交流してこそ，お互いを磨き合う. 指先で触りながら対象を探り取っていくイメージは，人の心が生理学的営みの基盤を持つことを直感した作家ならではの表現である. 心を空っぽにして耳を澄ますと，密やかな命の鼓動が聞こえてくる. これとは対照的に，皮膚感覚にまで高められない一般的知識は，人を自意識過剰の世界に迷い込ませる. 知識に命のほとばしりがないから，言葉は霊気を失ってしまう.

　自己執着を免れない私たちがいかにしてこの闇から解き放たれてゆくか，これが，この一節で語り手が語り掛けた問いである. 他者の "an equivalent centre of self" 5)（自己という譲れぬ一線）を発見するとは，迷いの深いおのれの自覚に徹する謙遜な魂から湧き上がってくる人間体験である.

むすび

　おのれの知恵を恃む心が陥った試練ということが，リドゲートの物語の暗示する道理である. エリオットは，科学的世界観とその現実把握の方法に謙遜に学びつつ，人格の完成に向けた歩みを照らす光としては，科学に根本的な懐疑を抱いていた.「主の言葉は生き，働いている.（中略）被造物のいかなるものも主の眼を避けることはできない. すべては主のまなざしの前に明るみに出され，説明を求められる」(「ヘブル人への手紙」4:12-3). パウロの語る「主を畏れ敬う心」は，進化論，生物学，生理学の知見をわがものとする努力を惜しまなかったエリオットの，人間観の中核に生き続けた. リドゲートが人生の罠に掛かって，志が潰えていく物語には作家の科学に対する疑念が示唆されている. 科学は，人が人格完成の道を歩む灯火としては必要充分たり得るか，というのが作家の問いである.

5 『ミドルマーチ』に見る宗教的偽善と意味の探究
　　　──バルストロードのテキストを読む──

序

　『ミドルマーチ』を構想する基となったエリオットの小説技法と言語観は「覚書」に示されているが，その中に人体の有機的統合体としての働きと，社会と個人の相互依存関係にアナロジーを認める一節がある．それによると，一つの全体としての人体の輪郭は，内部の多様な部分の協働関係の生きた流動性を反映した結果である．単一の部分に変化が起これば，他の部分にも影響が及び，これが生命体全体の変化を引き起こす．このアナロジーは言語にも生きている．手段としての言語は，それが表現する対象と複雑に相互依存し，この働きがそのまま芸術の形式となると言う (358)．こうして，相互依存関係の結び目としての人間をさながらに描くことがプロット推進の原理となったのである．

　豊かな人物群像の中でも，鈍く底光りを放っているのが，福音主義的クリスチャンで銀行家のバルストロードである．彼は，若き日にロンドンで非国教会派の信仰復活運動を通して，信心家の大義名分と手練手管を駆使して頭角を現した．その後ミドルマーチに移り住むと，彼は過去を闇に葬ることによって，名士としての地歩を固めていったのである．この人物の体現している境地は，教義が野心追及の手段に成り下がっているところにある．作家は，彼の我執を凝視することによって，個人の過去がいかに現在に生き，記憶がいかに人格の統合原理として働くかを模索している．

　バルストロードの描写には，ドロシアとカソーボン・プロットに劣らず，エリオットの時代精神との対話が生きている．それは，宗教的偽善者の系譜がイングランドの精神風土を典型的に示しているというだけの意味ではない．彼女が辿った福音主義の信仰から聖書批評への道程と，その後科学とロマンティシズムとの対話を深めていった精神遍歴が，バルストロード描写のテキストに息衝いている．「生命の物質的基盤」(ハックスリー 272-87) に対する洞察を深めつつ，科学の光のみで人間を説明し切ることはできない，という確信が作家にはあった．言語共同体の成員として，体験と記憶と言葉が人間を動かす力としていかに重要な意味を持っているか，という問題意識 (シャトルワース 147) は，彼女がダーウィニズムの奥深い含蓄に理解を深めていった

1860年代に深められた．この問題意識が，バルストロードという生きた人格像を得て，そのテキストに滋味深い表現を見ることになった．では，彼を描く言説に，作家の時代精神との対話がいかに生きているのであろうか．本論ではここに焦点を当ててゆく．

人格の生命的部分としての過去

　フラッシュバックで示されるバルストロードの過去は，イングランドの歴史に根差すキリスト教の二重構造を映し出している．カルヴィン主義的な非国教会派チャペルの信者であり，質屋の金儲けで財を成した彼の生き様は，成り上がり者が社会梯子を登ってゆくスノッビズムが彼の支配的動機であることを暗示している．横領まがいの術策で財産を得て，これを元手に紳士へと上昇する方便にロンドンからミドルマーチに移り住んだ彼の歩みには野心家の打算があった．孤児として生まれ，慈善商業学校で学んだ彼には根深い劣等感があった．階級意識が根強く支配し，成り上がり者を見下す社会を見返す手段として財力と宗教的「善」を追求することが，彼には贖いの行と感じられた．「神の御心を行う道具」たらんとする意志が，彼の世俗的な野心とは不可分一体のものとなった．「私は罪深い，無価値な人間でございます——お使いいただくことによって，浄められる器でございます——どうぞお使いください」(61: 620). この祈りが彼の常套句となり，この常套句の鋳型に生来の強烈な欲望を流し込んだのである．

　宗教的・社会的保守主義の支配するミドルマーチで世俗的栄達を維持したい信心家としては，過去を隠す手段として国教会への改宗はなくてはならぬ心理的道筋であった．ミドルマーチの良家ヴィンシー家の娘を娶った動機にも，この町の名望家を通じて人脈を養う思惑が働いていた．このような背景事情の下に，現在の栄達の出発点になった後ろ暗い過去を知り通す人物ラッフルズが突然彼の前に姿を現した．長年の荒れた暮らしで心が荒んだこの悪漢は，世間の体面を気に掛けるバルストロードをゆすり，たかることに嗜虐的な喜びと利益があることに気が付いたのである．こうして，彼は無頼漢の冷笑的な気紛れの前に無力なみずからの状況を悟った．これは，慈善家として営々と培ってきた社会的信用の危機であった．町の人々に自分の過去を知られる恐れと向き合うことは，「神の大義に殉じる」錦の御旗が地に落ちる危険性に怯えながら暮らすことを意味していた．

信心家のこの危機を射貫く語り手の洞察は，自ずと含蓄深い詩的イメージとなってほとばしる感がある．ラッフルズを懐柔する為にわが館に彼を泊めたバルストロードの苦衷は，次のように語られる．

> The fine old place never looked more like a delightful home than at that moment; the great white lilies were in flower, the nasturtiums, their pretty leaves all silvered with dew, were running away over the low stone wall; the very noises all around had a heart of peace within them. But everything was spoiled for the owner as he walked on the gravel in front and awaited the descent of Mr Raffles, with whom he was condemned to breakfast. (53: 526)

> このりっぱな古い屋敷が，この瞬間ほど楽しいわが家と見えたことはなかった．大輪の白百合は咲き，美しい葉が白銀の露に輝くノウゼンハレンは，低い石塀を越えて外に溢れ出し，辺り一帯の物音までが内に安息の思いを湛えていた．しかし，正面の砂利道を歩きながら，呪わしくも食事を共にすることになっているラッフルズが階下へ降りてくるのを待っているこの屋敷の主にとっては，あらゆるものが暗い影を帯びていた．

不安と葛藤が心を圧倒する時詩心は消え去り，わが家の平安な自然美も，これを失う恐怖が心底をかすめると，この世から喜びが失せてしまう．この一節に見えるように，風景の印象画的なイメージは，これを見る人の内面を映す鏡として，テキストのここかしこに姿を見せ，忘れ難い映像を残す．本来なら五感の刺激によって心の安らぎに導く筈のものが，見る人に心の囚われがあると，むしろ苦しみを募らせてしまう．そんな心象風景が暗示されている．

　周囲の者から服従の捧げ物を受け取ることに慣れてきたバルストロードにとって，ラッフルズの影の出没によって，その内的風景は一変した．恥ずべき秘密を隠しているのではないかと，他人に疑惑の眼で見られることを一たび察知した時，善を説く彼の声は揺らいだ．皮肉にも，消し去ったと思い込んでいた過去は，一人の代理人を通して亡霊のように彷徨い出て，彼に直視することを迫ったのだ．一人のならず者をこれほどに恐れおののく所以は，あるがままの自己に背を向ける彼自身の根本姿勢にある．

個人と共同体の統合原理としての記憶

　先に触れたように，変化流動するプロセスとしての人間を複眼的に捉えるエリオットの芸術的意図は，『ミドルマーチ』に至って言語実験の様相を呈して

いる．バルストロードが崩壊の危機に立っていることを悟った瞬間は，次のように語られる．

> Five minutes before, the expanse of his life had been submerged in its evening sunshine which shone backward to its remembered morning: sin seemed to be a question of doctrine and inward penitence, humiliation an exercise of the closet, the bearing of his deeds a matter of private vision adjusted solely by spiritual relations and conceptions of the divine purposes. And now, as if by some hideous magic, this loud red figure had risen before him in unmanageable solidity— (53: 523)
>
> つい5分前までは，彼の生涯の展望は人生の夕映えを浴びて，その照り返しは思い出の中の朝までも明るくしていた．罪は教義の問題であり，内面的な悔い改めの問題に過ぎず，屈辱は人目に触れぬところで申し開きをして，やり過ごしていればよかった．おのれの行為の意味あいは内心の問題であって，もっぱら神と自己との関係で，御心に照らして整理を付ければ済む問題であった．ところが今，おぞましい魔術に操られるかのように，この大声でわめく赤ら顔の男が，いかんとも御し難い人間の姿を取って，眼の前に立ち現れたのである．

この瞬間，バルストロードの立脚してきた価値システムは，不可抗力と見える力によって揺さぶられたのである．

　危機に瀕した時，人の記憶は鮮やかに蘇る．

> The terror of being judged sharpens the memory: it sends an inevitable glare over that long-unvisited past which has been habitually recalled only in general phrases. Even without memory, the life is bound into one by a zone of dependence in growth and decay; but intense memory forces a man to own his blameworthy past. With memory set smarting like a reopened wound, a man's past is not simply a dead history, an outworn preparation of the present: it is not a repented error shaken loose from the life: it is a still quivering part of himself, bringing shudders and bitter flavours and the tinglings of a merited shame. (61: 615)
>
> 世の裁きを受けるという恐怖は彼の記憶力を研ぎ澄ました．普段は観念的な言葉でしか振り返ることのなかった，あの長年訪れたこともない過去に，この恐怖は否応なく眩しい光を浴びせた．思い出すことはなくても，人生（命）は成長と分解の相互依存の帯で一つにつながっているのに，痛切な記憶はおのれの後ろ暗い過去を事実として認めよと迫る．記憶が再び開いた古傷のように痛みだす時，人間の過去は，単なる死せる歴史でもなければ，現在を準備して用済みになった廃物でもない．過ちを悔いても，現在の生活から振り解くことはできない．それは，今なお打ち震え

ているみずからの一部であり，身震いと苦い味を蘇らせ，身に覚えのある恥辱の疼きを覚えさせる．

ここには，語り手が精神科医のように，人物の心の襞に分け入っていき，その隠れた心の病巣を探り出すような感触がある．バルストロードの不安は，直視するに堪えない過去の行為をその都度，「神の栄光の為」に正当化してきた歴史が清算を迫られる痛みに他ならない．歴史の因果律は，本人が意識していようといまいと生きている．「普段は観念的な言葉」でしか振り返ることのない過去とは，創造主の前に心砕かれる自己放棄が欠落していることを思い起こさせる．「教条的な解釈の朽ちてゆく構造物の上にみずからの人間性と教義の足場を保持しようとする」[35] 姿勢は，自己を捨てるところに開けてくる信仰体験とは似ても似つかぬものである．わが心を掘り下げ，おのれの真の問題を光に照らし出すと，古傷が自ずと癒えてゆくフロイト的な癒やしと，宗教的な行としておのれを捨てる体験とは相容れぬ行為ではない．

人生（命）が「成長と分解の相互依存の帯で一つにつながっている」という言い回しは，生物学の眼で見た命の営みが人間の心身にも生きていることを暗示している．この観点から見ると，記憶のあるなしは，人格の統合性には小さな意味しか持ち得ないことを示唆している．これは，人の心に無意識の闇が広がって，人格の基盤をなしているという，フロイト以後では常識になった見方を萌芽的に示している．さらに，「開いた古傷」のメタファーは，記憶が生命の営みの一部であり，生理学的な働きの基盤があることを示唆している．過去が人の「打ち震えているみずからの一部」であり，「身に覚えのある恥辱の疼き」であるという表現は，心の動きの喩えである．と同時に，これは記憶の肉体的次元を暗示し，ダーウィニズムの「生き残る」知恵を偲ばせる．[36]

これに続く一節では，バルストロードの心の動きは，絵画的イメージを用いて暗示される．

> Into this second life Bulstrode's past had now risen, only the pleasures of it seeming to have lost their quality. Night and day, without interruption save of brief sleep which only wove retrospect and fear into a fantastic present, he felt the scenes of his earlier life coming between him and everything else, as obstinately as when we look through the windows from a lighted room, the objects we turn our backs on are still before us, instead of the grass and the trees. The successive events inward and outward were there in one view: though each might be dwelt

on in turn, the rest still kept their hold in the consciousness. (61: 615)

> 今やこの第二の生活の中に，バルストロードの過去が彷徨い出てきたが，いま現にある喜びである筈のものは，その味わいを失ってしまったように見えた．夜も昼も絶え間なく，若い頃の様々な場面が彼自身とすべてのものの間に立ちはだかってきた．その執拗さは，明かりの灯った窓から外の景色を見ようとすると，背を向けた筈のものが眼の前に浮かび上がり，窓外の芝生や木々を覆い隠すのに似ていた．この心模様を束の間に遮ってくれるのは眠りであったが，それとても，追憶と恐怖とを織り交ぜて，幻のような現在という紋様を織り出すものでしかなかった．内面風景が，また，現実に起こったできごとの流れが，すべて一瞬のうちに見渡せた．その一つ一つを，順を追って振り返ればできそうなものを，あらゆるものがどっと押し寄せ，意識を捉えて離れなかった．

語り手の視点で捉えられたバルストロードの心象風景は，文字通り外界の風景のメタファーを得て，過去と現在が一つ魂の中で，いかに分かち難く相互依存の網の目を成しているかを想起させる．この卓抜なメタファーは，エリオットが聖書批評を通して得た自然法則の洞察を示唆している．この法則は「自然界にも人間の内的世界にも普遍的に生きているもの」であり，「万古不易の必然の法則」である．これは，彼女の見方では，自然科学の基盤としては認められているものの，社会の仕組み，倫理，宗教からは頑なに無視されているものであると言う（「マッカイ」21）．光学的真理を人の内面世界を照射するイメージとして用いるのは，言語の実験を通して心の科学の領域を押し広げる試みの一環である．最後の文の「意識」は，文脈から見て，意識から無意識へと奥行の広がる心の神秘領域を包含している．時間の経過が心の表層から深層へと通じる多層的構造の中に息衝き，空間的な対人関係の網の目と一つものに溶け合い，絶えず流動するプロセスとして統合されている．この脈絡の中で，眠りが「幻のような現在という紋様を織り出す」織布のイメージで捉えられていることは，夢が意識と無意識を行き来して，過去と現在とを織り合わせる命の営みの一部であることを暗示している．

意味探求のプロセスとしての解釈学

　上記引用を受けて，シャトルワースは指摘する．バルストロードの心中には過去と現在の二重性が存在し，観念的な言葉を駆使しておのれの行為を正当化する性向と，現に体験しつつある自己中心的な恐怖の分裂とが対応して

いると言う．この見方を基に，彼女は続ける．バルストロードの，天与の摂理に由来する統合的秩序としての世界解釈は，二重生活の矛盾・撞着を日々体験することにより，その解釈モデルの虚妄性が表面化するよう仕組まれている (155). この見方に示唆されるように，人の価値システムは先の見えない闇を手探りしつつ，体験を通して不断に修正されてゆく意味の解釈モデルだと見ることができる．このいわゆる解釈学 (hermeneutics)[37] の発想は，ドロシア，カソーボン，リドゲートなどの主要人物の性格描写に浸透しているが，作品の構想そのものにも生きている．これを示す言い回しが作品の「序曲」に見られる．"With dim lights and tangled circumstance they tried to shape their thought and deed in noble agreement;"（ものの絡み合った迷路の中を，微かな灯火を頼りに，彼ら（聖テレサの子孫）はその思想と感情が高貴にも和合する境地を求めた）.「聖テレサの子孫」の連想から，この模索の主体はドロシアであることが察せられる．この暗示によって，ドロシアは，作家自身の意味の模索を仮託されていることが分かる．つまり彼女は，暗中模索の体験によって思想と感情を和合させ，言葉の本来性を蘇生させる試みを企てているのである．これを語る語り手は，「時々刻々変化する時の実験」（「序曲」）に触れ，人物は，例外なくこの道理によって試されていると言う．このプロセスが展開されてゆく様を凝視する作家のまなざしの中に，意味の再建のテーマが表れている．

　アーマースは，ミラーとカロルの展開したエリオットにおける解釈学のテーマを受け継ぎ，さらに掘り下げている．彼女によれば，人は人生という闇を手探りし，意味を発見するプロセスで，複雑曖昧な現実を整理する為の「引き出し」を用いていると言う．彼女は，この「引き出し」を「分かり易さのシステム」ないしは「文法システム」と呼ぶ．人間関係の網の目に置かれた個々のシステムは出会い，時に衝突し，時に和解し，そのダイナミズムによって不断に新しい現実が構築されてゆくと言う．『ミドルマーチ』では，多様な「分かり易さのシステム」の出会いと葛藤が，共同体という生き物を動かす原動力になっている．個々人の「分かり易さのシステム」は文字通り「分かり易さ」の一貫性を貫こうとするが，これが異質なシステムと遭遇し，試されるパターンがある．これによって異質なものがぶつかり，渦を巻く構図の中で，人は「沈黙の向こう側に響く大音響」[38] を聞かされる．「分かり易い」ままでいる為に構築したシステムは，これを排除しようとするが，命の神秘の世界から響いてくるこの雑音は決して沈黙させられないと言う (124).

バルストロードの場合，過去を隠すことによって「分かり易さのシステム」は仮の安定を得て，自己分裂の破綻を先延ばしにしてきたのである．ところが，危うい基礎の上に築かれたシステムは，ラッフルズの異質なシステムの突然の揺さぶりに遭うと，根底から覆る危険性を孕んでいた．

語りの視点から見ても，彼の自己完結的システムの虚構は，主に語り手のアイロニカルな視点を通して眺められている．ところが，危機を自覚した瞬間から，視点はバルストロード自身のものへと移動している．語り手の包括的な視野から透視された銀行家の内的状況は，今にも構造物が倒壊しようとする際に，その構造的弱点が露わになる道理を偲ばせる．ものの本質を射貫くような，想像力豊かな語りの言葉が見られる．アーマースによると，これは，語りの視点の転換を通して，行為の文脈に変化が起き，ひいては行為そのものに変化が兆すことを意味する．これによって行為者の内面に，おのれのあり方を根本から見直す契機が芽生えるのである．こうした一つのシステムと別のシステムの出会いと相克の瞬間がエリオットの小説の核心をなすと言う (124)．アーマースは，この出会いを "seminal crossing"「萌芽的交差（掛け合わせ）」という生物学のメタファーで表現している．このような出会いの瞬間から複数の「文法システム」の相互作用と葛藤が生じ，これが小説という生き物の "growing points"「成長点」を成して生命的営みが展開される．こうして人の価値は相対化され，その関係性が地図の一部になると言う (124-25)．アーマースは，生命の営みのメタファーを使うことによって，エリオットの小説作法が生物学・地質学の知見に裏打ちされていることを明らかにしている．つまり，生命と環境の相互作用がプロット推進の原動力になっていることを示唆しているのである．

エゴイズムの凝視——作家の宗教的ヴィジョン——

エリオットが錯綜する人間関係の網の目に置かれた自我の動きに焦点を当てる様は，『ミドルマーチ』において円熟の境地に達している．特に，作品のここかしこに配置されたエゴイストの系譜に属する性格描写には，読者の肺腑を衝くような想像的言語感覚が働いている．例えば，神話学者であり，由緒正しい教区牧師カソーボンは，妻ドロシアとの内密なやりとりに焦点を当てられているが，著作活動が要求する知性の負荷に堪え兼ねて感情の内発性を失っている．その結果，人との私心なき触れ合いを忌避する姿が浮き彫りにされてい

る．知識探求が直感と共感の泉から絶たれると孤立的な営みとなる．こうして，想像力を枯渇させる悲劇が凝視されている．他方，信仰の人バルストロードの自己分裂が破綻するプロットは，作家自身が体験的に学んだ洞察を想起させる．神の啓示たるドグマが超歴史的真理として絶対視されると権威主義的観念に成り下がり，光に照らされて人格完成への歩みを辿るという，宗教本来の働きを喪失する道理が，彼の生き様に示されている．

　ではこの道理は，彼の「分かり易さのシステム」を描くテキストにいかに働いているのであろうか．これを考える上で出発点になるのは，エリオットが聖書講読を通して身に付けた基本的人間観である．パウロによれば，人は罪人として生まれるのであり，生きるということは罪を犯すことである．それ故，神の恩寵は自己を捨てて，聞き従うことによってのみ与えられる．それは，功徳に対する報酬ではなく，神の賜物である．人がおのれの功徳として誇れるものは何もない（「エペソ人への手紙」2: 1-9）．エリオットは，正統的キリスト教を捨てた後も，ここに見られるような，パウロの救済観へ共感を持ち続けた．エリオット同様，聖書批評の精神を体現したマシュー・アーノルドは，「詩篇」の背後にあるヘブライ詩人の境地について言う．宇宙・自然の荘厳なる装い，その気高さは，我々人間を超えた働きによって授かったものである．こう観じると，人間は果てしなく小さな存在であると気付かされる．想像力豊かな人は，これを直感的に一つの生きた，創造の力として擬人化したのであると (36)．同じ時代を生きたエリオットもアーノルドも，観念として固定化した伝統的ドグマの言葉を排して，詩人の感じた原初的感動を掬い取り，現代に蘇らせようとした．[39]

　観念的知識を解体し，言葉が発せられた瞬間に閃いていた精神を蘇らせようとするロマン派的な言語感覚は，『ミドルマーチ』にも深く浸透している．見るという行為は，行為者の体験と記憶を総動員して行う全人格的な営みであるというのが，作品の言説を貫く原理である．カソーボンが，自分の業績を評価する世間の冷たい視線を恐れおののく様は，鮮やかな画像のイメージで表現される．「視界のすぐ傍でちらちらする小さなしみはこの世の栄光を消し去り，この汚点が見えるだけの余地しか残さなくなるのではないか．自己ほどに厄介なしみを私（語り手）は知らない」（42: 419）．見るという行為は，欲望のプリズムを通すと屈折し，歪む．利害，打算，体面が，当事者の自覚のないままに忍び込むからである．見るということが，いかに他者との関係で着色さ

れ，不安定で危うい営みであるかを自覚し，戒める．この道理を腹に入れることが，道徳が真の妥当性を持つかどうかの分かれ目になる．これがエリオットの創作ヴィジョンである．

　砂上の楼閣が崩壊の危機にあることを自覚したバルストロードの心境は，語り手の一歩退いた視点から語られる．"Who can know how much of his inward life is made up of the thoughts he believes other men to have about him, until that fabric of opinion is threatened with ruin."（人の深奥の内面生活が，どれほど周囲の人々が彼に対して抱いている評価から成っているかを誰が知ろう．評価の織物がほつれ始めてようやく，この事実に気が付くのだ）(68: 688)．世評を慮ってものごとを計らう行動様式に限界があることを，語り手は見通している．世間に自己の行動の拠りどころを求める無理はいつか破綻する．「砂の上」にではなく，「岩の上に家を建てる」（「マタイ伝」7: 24-27) ことを説くイエスの連想が響いている．危機が訪れると，対世間的な戦略を根底から覆す命の働きに従わずにはおれなくなる．あるがままの自己を受け入れるとは，この働きに素直になることをいう，というのが作家の暗黙の認識である．

　わが屋敷で衰弱したラッフルズの世話を一人でする行き掛かりになった時，ものごとを算段するバルストロードの習い性は，神への祈りの中にも忍び込んでくる．自分の意思ではどうにもできない悪霊の手先と見える者に対して，「主の御旨」を行う器として，みずからの「正当防衛」の為に手立てを講じる衝動が頭をもたげてくる．

> For Bulstrode shrank from a direct lie with an intensity disproportionate to the number of his more indirect misdeeds. But many of these misdeeds were like the subtle muscular movements which are not taken account of in the consciousness, though they bring about the end that we fix our mind on and desire. And it is only what we are vividly conscious of that we can vividly imagine to be seen by Omniscience. (68: 686-87)
>
> というのも，バルストロードは，世間の眼を盗んでは数限りなく悪事を働いてきたが，これに不似合いなほどの臆病さで真っ赤な嘘はためらった．だが，これらの非行の多くは，意識では自覚されなくても，欲しいものに狙いを絞ることによってその目的を果たす微妙な筋肉の動きに似ていた．人の行動の中で，これこそすべてを見通す存在に見られているとありありと感じられるのは，自分が鮮明に意識して行ったことのみである．

バルストロードは，神との対話たる祈りを行動の基盤とする意味では，紛れもなく宗教的魂である．ただ，その「悔い改め」の言葉は長年の間に習慣化して，観念のレベルに留まっている．そこに欲望の声が姿を隠して忍び込んでくるのだ．神の眼を盗んでそっと行われる「非行」が筋肉の動きと連想されているのは暗示的である．これは，単なる喩えの域を越えて，作家の創作ヴィジョンに関わる奥行を湛えている．バルストロードの問題は，言葉が意識の表層のみで営まれていることにある．彼の記憶の背後には沈黙の闇が広がっており，そこにはすべてを見通す眼に照らしてみずからを振り返る光が差しこんでいない．無意識の生命的な営みから断絶した言葉はいとも容易に空文化する．そして，直感や感受性の働きから切り離された言葉は霊を失ってしまう．これがバルストロードの性格を通して描かれた人間の普遍的な問題である．

　この一節に見られるように，言葉の営みを肉体と精神の相互依存的な営みの一環として捉える眼は，後期の小説ではテキストの隅々にまで浸透している．この見方は，エリオットがスピノザの『エチカ』を翻訳する過程（1854-56）で，彼との対話から確信へと深められた（『多才なヴィクトリアン』130）．スピノザは言う．「肉体はそれ自身の本性（自然）のみによって，精神が驚くような多くのことを成す」(ボイル訳 86)．この観点から言葉を捉えると，「人間にとって言葉ほどみずからのコントロールに服させることが難しいものはなく，欲望ほどにおのれの意思の下に律することが難しいものはない」(ボイル訳 87)．肉体，精神，言葉の有機的相互依存を直感するスピノザの遺産は，エリオットの中にしっかりと根付いていた．この素地があればこそ，1859 年に『種の起源』が出版されて以後，進化論の衝撃が波紋を広げるようになると，エリオットも，みずからの道徳観と相容れぬものを感じつつ，その奥深い意味あいを真剣に受け止めるようになった（ビア *Darwin's Plots* 146-47）．彼女は，この矛盾を心中に抱え込むことによって，科学と宗教の弁証法的な和解を模索することになったのである．知性，感情，意志のような人間の高等能力に属する領域でも，肉体が環境との関わりで，これらの能力に重大な影響を及ぼすことを直感していた．「言葉，身振り，その他すべての人間の行動は，大局的に見ると，筋肉の収縮に還元され，この収縮は，これを構成する部分の相対的位置関係が束の間に移ってゆく様態に他ならない」（ハックスリ 274）．生命活動の物質的基盤を科学の眼で解き明かしてゆくこの新しい見方は，ルイスの「文学で成功する理」(『多才なるヴィクトリアン』228-29)とエリオットの「覚書」に窺える

ように，小説創作の新しい原理として消化され，作品テキストに血肉として結晶した．こうして，実験科学の仮説・検証の方法が，生理学・心理学用語と共に，人間状況を照らす光として文学の世界に応用されたのである．

エゴイズムの迷妄を打破する道

　科学の見方が人間の内的状況を描くのに新しい次元を開く一方，聖書講読の伝統によって培われてきた人生の霊的側面に対する洞察は，深まりこそすれ風化することはなかった．これが19世紀後半，特に不可知論者の間で広がった時代精神の共通基盤である．リビングストンは，マシュー・アーノルドの聖書批評を総括して言う．彼の努力は，キリスト教の真実を人間体験の盤石の基盤に置いて鋳直すことにあった．聖書の言語は，イメージとメタファー，シンボルと神話であり，これを正しく味わう為には，科学と形而上学よりも，教養と文学的感受性の助けが必要になる（『文学とドグマ』「編者序言」14）．エリオットが『ミドルマーチ』で行っている言語実験には，アーノルドのいう「文学的感受性」と同じ働きが生きている．人間体験の結晶としての聖書の真実を救う為に，多様な視点から体験の光を当てて検証する姿勢は，作品のここかしこに息衝いている．

　ではこの姿勢が，バルストロードの内面描写ではどのように表現されているであろうか．「神の栄光を表す為の道具として，みずからを納得させてきた行為」が，これを愚弄する人間（ラッフルズ）の口実として使われ，地に落ちる危険性を察知した時，彼の葛藤は次のように表現される．

> But to-day a repentance had come which was of a bitterer flavor, and a threatening Providence urged him to a kind of propitiation which was not simply a doctrinal transaction. The divine tribunal had changed its aspect for him; self-prostration was no longer enough, and he must bring restitution in his hand. It was really before his God that Bulstrode was about to attempt such restitution as seemed possible: a great dread had seized his susceptible frame, and the scorching approach of shame wrought in him a new spiritual need. Night and day, while the resurgent threatening past was making a conscience within him, he was thinking by what means he could recover peace and trust—by what sacrifice he could stay the rod. (61: 620)

　しかし，今日彼の口を衝いて出た言葉は，いつにも増して苦い味がした．そして，彼

を脅かす摂理は，教義上のやりとりではない贖罪へと彼を駆り立てた．神の審判はその様相を変えた．御前にひれ伏すのみではもはや足りない．わが手に償いを携えてこなければならない．彼は，神の御前で能うる限りの償いを試みようとしていた．大きな恐れが彼の繊細な四肢を捕え，焼き滅ぼすような恥辱の予感が新しい霊的欲求を芽生えさせた．夜も昼も，蘇った過去が恐ろしい形相で迫ってくる時，みずからの内に良心が目覚めてきた．いかなる手段で心の平安と従順を取り戻すことができるか，どのような生け贄によって神罰を避けることができるのか，考えていた．

これまでバルストロードを支えてきた教義の言葉は基盤ごと崩れ去り，奈落の淵で恐れと不安が心身を圧倒した．注目すべきは，この恐れが肉なる人間の根本的な感情として，身体的な次元を持つものとして捉えられていることである．「焼き滅ぼすような恥辱」という措辞は，霊肉もろともの人間体験としての苦しみを暗示している．心の惑乱と対置された「平安と従順」を乞い求める彼の心事は，迷いの淵が深いほど救いを求めずにはおれない逆説を物語っている．語り手の眼は，この道理こそが「良心」の練成される働きそのものであることを見通している．「贖罪」は，「良心」を磨き上げるプロセスそのものとして，ダイナミックに捉えられている．恐れと不安という否定的感情が体験として受け止められる時，肯定的なものに変化を遂げる可能性が胚胎する．

　この引用の直後に，語りの視点がバルストロード自身のものから，語り手のそれへと移る場面がある．現状のままの自己を保持しつつ善行を積み重ねてゆくと罪の結果を免れ得るのでは，と望みをつなぐバルストロードの希望的観測に，語り手が皮肉なまなざしを向ける場面である．「宗教は，これを満たしている感情が変わる時のみ変わる．個人的な恐れの宗教は，殆ど野蛮人のレベルに留まっているのだ」(61: 620)．これは，エリオットが聖書批評を通して自己のものとした見方を反映している．彼女とこの境地を共有していたフォイエルバッハは言う．「贖いは苦しみの結果以外のものではない．苦しみこそが贖いの原因であるからである．それほどに苦しみは，感情に深く根差している」(62)．ここにフォイエルバッハとエリオットが相共感する所以がある．苦しみの体験こそが人間を宗教に近付ける働きなのである．エリオットは，啓示宗教の疑うべからざる「超越的真理」を批判して言う．「神の概念は，彼が人間感情の純粋な要素に共感し，人間性に宿る道徳的資質と認められるあらゆる特徴を無限に持ち合わせている存在と見做される時，その感化が真に道徳的となる．そういう神は，人間の最良のもの，麗しきものを内包している」(「福

音主義の教え」168).この見方はエリオットが聖書批評から受け継いだ最も根本的な宗教観であって，彼女が小説言語を編み出す基盤になった．

　過去から営々と築き上げた価値システムが崩壊の危機に瀕しつつ，なおこれにしがみつくバルストロードの内面描写は，自己と世界とのずれを正し，意味の再建を模索する作家のヴィジョンを否定的な形で示している．カロルによれば，「人生は，生成発展する自己がより広範な意味あいを模索し，創造し続ける過程であり，これによって意味の全体像を発見する喜びと失意の渇きが交互にやって来る営みであり，魂を練磨する谷間である」(3).カロルは，このような意味探求の営みが，エリオット自身の精神遍歴に由来すると言う (3).正統派キリスト教の教義に背を向けつつ，なお聖書に伝承された，体験的真実を掬い取ろうとした作家の根本姿勢は，バルストロードの描写にも精妙に生きている．デイヴィスによれば，エリオットは，心の描写に宗教と科学の知見を結び付けることによって，その心が世界とつながり，他の心ともつながる構造そのものを描いたと言う (9).さらに，心が自己と世界とのずれによって孤立する状況は，既存の価値システムを解体することによって，積極的な価値創造へと転換される契機となると言う (9).この見方に窺われるように，エリオットは，科学と宗教を相接する連続体と見る聖書批評の観点を持ち続けた．彼女は，生理学の言葉を獲得することにより，聖書の言葉を体験的な基盤において鋳直す試みの中に新境地を見出したのである．

6　『ミドルマーチ』に見る否定表現
──ジェーン・オースティン『エマ』と比較して──

序　ジェーン・オースティンとジョージ・エリオット

　オースティンとエリオットは，生まれ育った時代も階級も性格も大きく異なっている．オースティンは，産業主義の影響がまだ限定的だったイングランド南部の田園文化の中に生き，上流階級の女性に固有のたしなみ (accomplishment) を真の意味で身に付けた作家である．ある意味で，老熟したイギリス古典主義の申し子と言える良識人であった．一方エリオットは，旧秩序のシンボルたる貴族のエステートに生を享け，その領地管理を生業とする父親の深い感化の許に自己を形成した．故郷のナニートンとコヴェントリでは新興の産業文明が広がりを見せ，新旧の秩序の葛藤が起こっていた．古い国教会の権

威が，福音主義的な信仰復活運動の影響によって揺らぎを見せていた時代に，エリオットは多感な少女時代を過ごした．彼女の心情には，父親的な旧秩序への親しみと共に，福音主義的キリスト教の敬虔な宗教感情が息衝いていた．この葛藤をさらに複雑なものにしたのが，進化論に象徴される科学的世界観の広がりであった．深い宗教的心情と科学的批評精神が，彼女の魂の内に相克していたのである．その意味で彼女は，19世紀後半のヨーロッパ時代精神を，わが心の内に演じていたと言える．作家活動も，オースティンは1810年代にほぼ集中し，エリオットは1850年代から70年代に跨がっていた．その間のイングランドの変容は，物質生活と精神生活共に未曾有のものだった．

これほど大きな隔たりのあるオースティンとエリオットであるが，二人の間には質実な伝統の継承があった節がある．エリオットは，古今のヨーロッパ語に造詣が深く，ギリシャ古典，聖書，シェイクスピア，ロマン派詩人など古今の幅広い文芸に親しんでいた．とりわけ，ドイツ・ロマン主義運動と歴史主義的聖書批評の成果を自己のものとしていた．ハンドリー (Handley) によると，エリオットは，オースティンの円熟期の『マンスフィールド・パーク』(*Mansfield Park* 1814) と『エマ』(*Emma* 1816) をはじめ，主要な小説の朗読を，自作執筆の折々に楽しんでいたと言う (18)．これほど視野の広い文芸修業を経た作家が，散文の達人オースティンの文体に親しんでいた事実は，彼女が古典イギリス小説の伝統に感化を受けた証と考えられる．一体エリオットは，オースティンの芸術形式と文体の，どのような秘密に心惹かれたのであろうか．本論考では，この問題意識を基に，両者の英語ディスコースを比較検討し，エリオットがオースティンから何を継承し，何を革新したかを検証してゆく．

ものの見掛けと実態の違いを鋭敏に見分け，これを達意の言葉で表現するオースティンの言語感覚は，エリオットのものと相通じている．本論で焦点を当てようとする否定表現の多さは，二人の作家に共通する言語感覚の反映であるように思われる．オースティンとエリオットの英語を読み比べてみると，真の言葉を探り取るまでは決して納得しない感受性が両者にある．この意味で，人格の完成に至る歩みを照らしてくれる真正の言葉を手探りすることが，二人の女流作家の小説作法として共通しているのではないか．曖昧なものをそのままに捉えようとする鋭敏な言葉の感覚が，否定の積み重ねを無意識のうちに求めたのではないか．本論考では，これを具体的なテキストによって裏付けてゆく．

文体論の文学批評における役割――オースティンの場合――

　文学作品のテキストは，これを生み出した文化の特性を豊かに湛えている．オースティンの小説世界にも濃密な歴史風土がある．伝統的な田園コミュニティに生きる人々の生き様を眺める明敏な眼がある．19世紀初頭のイギリス田園コミュニティには，新旧の秩序の葛藤があった．貴族・ジェントリを頂点とする伝統的階層秩序は盤石なように見えて，物質文明と民主主義の波に洗われていた．国教会の古い石作りの塔と教会墓地は，町と村の中心がどこにあるかを示している．貴族の館とパーク（庭園），ジェントリのマナー・ハウスの古色蒼然とした佇まいは，伝統的な生活様式と価値を偲ばせている．その一方で，産業都市は無秩序に広がり，土地に基盤を持たない民衆のコミュニティは市場原理と功利主義の新しい価値を主張しつつあった．古い秩序が新しい秩序の挑戦を受けつつ，その堅固な階層序列がなお命脈を保っている．これがオースティンの小説の風景である．

　オースティンが生を享けた世界は，何事につけ流儀があった．トレヴェリアンによれば，18世紀古典主義は，その精神を19世紀初頭にも残していた．風景庭園が円熟の境地を迎えたことに象徴されるように，職人芸が生活の隅々に生きていた．芸術と趣味を尊ぶ気風は，上流階級の暮らしに彩りを添えていた．すべてに量よりも質を追求する美意識は，人々の精神的な価値にまで影響を及ぼした (350-51)．様式美と礼儀作法は，人々の暮らしに深く浸透していたのである．セシル (Cecil) によると，18世紀後半になると，女性たちは情緒と趣味の洗練という女性的な資質によって人間的影響力を行使した．彼女たちが地域社会と家庭で見せる親しみ，思いやり，洗練された会話の作法が，その存在感を高める結果になったと言う (19)．世襲財産を基盤とする家庭の伝統・格式に彼女たちはしっかり組み込まれていた．このような風土的枠組の中では，女性に許された自己実現の機会は結婚生活にあると見做されていた（ハルペリン 21）(Halperin)．そういう境遇の女性たちには，立ち居振る舞いと言葉遣いにも独特の流儀があった．これを抜きにはオースティンの小説流儀は語れないのである．

　オースティンという女流文豪を生み出した歴史的背景は，先行する時代の貴族文化に多くを負っているが，英語の文体にヘレニズムの影響が強まった．ギリシャ・ローマの古典復興の影響は，詩のみに留まらず散文にも反映していた．ギリシャ語とラテン語の素朴で雄渾な文体が尊ばれたのである．ゴールドスミ

ス (Goldsmith 1730?-74) とドクター・ジョンソン (Doctor Johnson 1709-84) の文体に見られるように, 素朴にして優雅な流儀が時代の手本となったのである. ページ (Page) は C. S. ルイス (Lewis) の見方を援用して言う. 古典主義の時代には抽象的な言葉が具体的な言葉より尊ばれた. 大地から離れた言葉が最良の言葉になった. オースティンもこの趣味を分かち持っていたが, 彼女の場合には, 抽象的な文体とは対照的な力強さと達意の言語感覚があると言う (60).

　英語という言語は, ブリテン島の民族の興亡を記憶し, 多様な民族言語の性質を残している. 民衆が生活の中から語り伝えてきた共同体の神話, 音楽, 詩, 記憶が生きている. それ故, 曖昧さ (ambiguity) を尊ぶ伝統がある. オースティンの小説を原語で読む人は, アイロニーのぴりっと辛い味がいつから始まって, どの言葉で終わり, どこから真摯な調子へ戻っているかを明敏に察知する感覚を問われる. 一見淡々とした叙述と見えるものの中に, 語り手の人間観察眼がそっと忍ばせてある. 感情を抑制した文章の中に, 登場人物の偏見混じりの見方が隠されている. こうして, 人物の心中に起こる言葉が平叙文の体裁を取って語られている. これは話し言葉の直截な内容を叙述体でくるんでぼかす技法である. これが自由間接話法と言われる文体の技である. この技もまた, 複雑曖昧な現実をそのままに描こうとする作家のアイロニーの精神から出たものである.

　これとは対照的に, 人物の生き生きとした話し言葉は, 当事者の感情の色彩を帯び, その性格像が自ずと浮かび上がってくる. ところが語りの段になると, 語り手の鋭い人物洞察が仄めかされる. このように, 絶えず視点が語り手から人物へ, あるいは人物から語り手へと移動している. この技は, 自負や偏見で濁りやすい感情の動きを, 視点を変えてその本質を浮き彫りにする効果がある. これもまた, 作家のヴィジョンに由来するものである. 即ち, 自己への無知は誰も免れない宿命である, と見る諦念と赦しの美学がそこに暗示されている. 自己をあるがままに見ることができず, その為に他者との関係に軋轢が生じるのが人間の悲しい性である. これを眺める語り手のまなざしには達観が感じられる. 人はみな愚か者, それでいいじゃないの, お互いの愚かさを眺めて楽しみましょう. これがオースティンの喜劇的ヴィジョンである.

　オースティンの英語ほど翻訳者を困らせる文体は稀有である. 言葉に連想の奥行があって, それが別の言葉を呼び込んでいる. こうして, 言葉と言葉が反響し合っている. このような言葉同士のつながりと統一性は, 個々の人物

描写にも，章にも，作品全体にも生きている．性格描写のテキストに見られる言葉の含蓄の深さは，言葉の階級的な含みにも見られる．どの人物がどの階級に属し，その事実をどう受け止めているかは，文脈でそっと暗示されるのみである．人物の立ち居振る舞いと語る言葉は，暗黙のうちに階級的な意味あいを帯びている．これが人物の自己認識の度合と深く関わって，時に風刺になり，時にユーモアを醸している．

オースティンのテキストを陰影の深いものにしているもう一つの要素は，言葉遣いに表れるジェンダーの意識である．19 世紀初頭の貴族・ジェントリの世界は，すでに触れたように，性別による役割意識と礼儀作法が暗黙のうちに生きていて，期待される規範の中で自己と折り合いを付けることが「たしなみある」(accomplished) 女性の誉れであった．これは，イギリス人の保守的自由観の粋である．確立した伝統の基盤に立って，制約を甘受しつつ，これを内的に乗り越えて，自明の世界を楽しむ様式美がある．この微妙な境地は，日常の瑣事に表れる人間の愚かさや矛盾を眺めて楽しむ喜劇的精神に固有のものである．

イギリス英語には，風土と歴史に由来する意味のこだまが隠れている．記憶と美意識を共有する人々がそっと楽しむ言葉の綾がある．これを熟読玩味する読者には，作品テキストの背後に，作家の統一的ヴィジョンが生きていることが悟られてくる．これを端的に言えば，タナー (Tanner) が指摘するように，言葉が真の目的に沿って使われることが自己を知る鍵になるという確信である (6)．真に自己に根付いた言葉を使うことは難しい．みずから気付かない偏見や気取りで言葉は濁る．言葉の濁りは，自己と世界との調和を乱すもととなる．ここに作家がアイロニーを多用する秘密がある．絶えず視点を移動して，単一のものの見方から複眼的な見方へ，という動きが語りの技法に見られる．[40] 自己の思いをさて措いてものを見る眼が開けてくると，他者から見たおのれの姿が見えてくる．同時に，自分が語った言葉が自己憐憫と自負で歪んでいた事実に気付く．この体験がエマ・ウッドハウスやファニー・プライスのようなヒロインにも描き込まれている．

オースティンの小説の原文を，ゆきつ戻りつして吟味しながら陰影を発見する喜びは，翻訳では味わえない醍醐味である．曖昧な言葉の綾を楽しみつつイギリス文学の古典を読むことは，作家に招かれて解釈という行為に参加することである．とりわけ，オースティンのテキストには曖昧さとぼかしがあっ

て，読者は文脈に聞き耳を立てることを誘われる．以下，オースティンの否定表現を軸に，彼女の文体の特徴を見てゆく．

『エマ』テキストに見る否定表現

オースティンの文体の妙味が曖昧なものをそのままに描く技にあることを，円熟期の作品『エマ』の一断面を切り取って明らかにしたい．

> Captain Weston was a general favourite; and when the chances of his military life had introduced him to Miss Churchill, of a great Yorkshire family, and Miss Churchill fell in love with him, **nobody** was surprized, **except** her brother and his wife, 1) who had <u>never</u> seen him, and who were **full of pride and importance, which the connection would offend.** 2)
>
> Miss Churchill, however, being of age, and with the full command of her fortune—though her fortune bore <u>no</u> proportion to the family-estate—**was not to be dissuaded** from the marriage, 3) and **it took place, to the infinite** mortification of Mr. and Mrs. Churchill, who threw her off with due decorum. 4) It was an <u>unsuitable</u> connection, and did <u>not</u> produce much happiness. 5) Mrs. Weston ought to have found more in it, 6) for she had a husband whose warm heart and sweet temper made him think every thing due to her in return for the great goodness of being in love with him; 7) but though she had one sort of spirit, she had <u>not</u> the best. 8) She had resolution enough to pursue her own will **in spite of** her brother, but <u>not</u> enough to **refrain from** <u>unreasonable</u> regrets at that brother's <u>unreasonable</u> anger, <u>nor</u> from **missing** the luxuries of her former home. 9) They lived beyond their income, but still it was <u>nothing</u> in comparison of Enscombe: 10) she did <u>not</u> cease to love her husband, but she wanted at once to be the wife of Captain Weston, and Miss Churchill of Enscombe. 11) (2: 13-4) [41]

ウエストン大尉は皆から好かれていた．彼が軍役についていた頃，偶然ミス・チャーチルと知り合いになった．ヨークシャの名門貴族の娘である彼女は，彼に一目惚れしたのである．この恋愛に誰も驚きはしなかったが，彼女の兄とその妻は違っていた．兄夫妻は，ウエストン氏に会ったこともなく，家柄意識が強く，気位が高かったので，妹の結婚話が出ると一悶着が起きた．

ところが，ミス・チャーチルは成人に達している上に，チャーチル家の大地所に比べれば取るに足りない財産ではあったが，自由に使えるだけのゆとりを持っていたので，兄夫妻の説得を頑として聞き入れず，結婚にこぎつけたのである．これが兄夫妻の大層な怒りを買い，二人は然るべき礼節をもって妹を勘当したのである．この縁組は分別を欠いたものだった為に，幸せなものではなかった．ウエストン夫

人（旧姓ミス・チャーチル）は，この結婚に大きな期待を寄せていた．というのは，夫は心温かく，人好きのする人物で，妻が大きな犠牲を払って自分を好きになってくれたことに恩義を感じて，どんな恩返しでもしなくてはと思っていたからである．ところが，妻は我が強く，成熟した魂は持ち合わせてはいなかった．彼女は，兄の反対を押し切って自分の意志を貫くだけの決断力を持っていたが，兄の不当な横槍を大層憤り，わだかまりを抑えるだけの自己抑制力は持っていなかった．また，里の豪勢な暮らし振りを懐かしまぬほどに自制心のある女性ではなかった．夫婦は収入に見合わない贅沢をしたが，これも里のエンスコームの暮らし向きに比べれば，細やかなものだった．彼女は，夫を愛する気持ちに変わりはなかったが，ウエストン大尉の妻であると同時に，エンスコームのミス・チャーチル気質が抜けなかった．

『エマ』第2章冒頭で，語り手の視点からウエストン氏が紹介されている．彼は，ヒロイン・エマの家庭教師ミス・テーラーが後妻として嫁ぐことになったジェントルマンである．この一節は一人の脇役を導入する機能があるが，それのみに留まっていない．悲喜劇の舞台としての上流階級の歴史的風土を，その人間的含みにおいて定着させる意味あいを持っている．

　上掲引用の第1パラグラフから察するに，ウエストン氏とヨークシャの貴族の娘ミス・チャーチルは，相思相愛の仲になり，すでに家督を継いでいる彼女の兄夫妻の意向に逆らって，恋愛結婚を強行したのだ．"nobody was surprized, except her brother and his wife" 1)（兄夫妻を除いては，この縁に驚く人はいなかった）．否定語に "except" を重ねると，兄夫妻の驚きと戸惑いが浮き彫りになる．自分たちが受け入れ難いものは見えにくいという心理的な綾もある．妹の反抗がどのような含みを持っているかは，語り手の簡潔で暗示的な表現から推測される．家督を相続し，その権威と格式を護ろうとする兄夫妻の思いは，"full of pride and importance, which the connection would offend" 2)（家柄意識が強く，気位が高かったので，妹の結婚話が出ると一悶着が起きた）の凝縮した言い回しが暗示している．主体を隠した抽象的な言葉の背後に当事者の生の感情が偲ばれる．助動詞 "would" には，事実を曖昧に示唆してぼかしを入れる含みがある．そこに，語り手の成り行きを読む眼がそっと覗いている．

　第2パラグラフでは，ミス・チャーチルの状況を述べる語り手の冷静な調子から，彼女の深い情念が覗いている．館の大身代に比べれば取るに足りない個人的な資産を頼りに，彼女は意地を通した．"was not to be dissuaded from the marriage" 3) (結婚を思い止まるように説得を受けたが，頑として聞き入れず，) の二重否定は，兄夫妻の説得を頑としてはねつける一途の思いを偲ばせる．"it [marriage] took place, to the infinite mortification of Mr. and Mrs. Churchill, who throw her off with due decorum." 4) (結婚にこぎつけたのである．これが兄夫妻の大層な怒りを買い，二人は然るべき礼節をもって妹を勘当したのである). "infinite mortification"（大層な怒り）というラテン語源の重厚な措辞は，むしろ兄夫妻の立腹の激しさを暗示している．"due decorum"（然るべき礼節）は，当事者の世間体を慮った縁切りの偽善的なやり方が仄めかされている．"It was an unsuitable connection, and did not produce much happiness" 5) (この縁組は分別を欠いたものだった為に，幸せなものではなかった). ここにも否定表現が積み重ねられているが，この文脈では，語り手が淡々と事実を報告するニュアンスが感じられる．"Mrs. Weston ought to have found more in it" 6) (ウエストン夫人即ち旧姓ミス・チャーチルは，この結婚に大きな期待を寄せていた). 「ミス・チャーチル」と，今や既婚夫人となった「ウエストン夫人」の繊細な使い分けがあるのも，作家の鋭敏な言語感覚の表れである．助動詞と現在完了の組み合わせは，希望に燃える娘が現実のほろ苦さを味わって，後悔が兆していることを窺わせる．ここでは，視点が語り手から登場人物に移動している．

"for, she had a husband whose warm heart and sweet temper made him think every thing due to her in return for the great goodness of being in love with him;" 7) (というのは，夫は心温かく，人好きのする人物で，妻が大きな犠牲を払って自分を好きになってくれたことに恩義を感じて，どんな恩返しでもしなくてはと思っていたからである). この文もウエストン夫人の，結婚にまつわる心底の思いを映し出している．身分の違いを超えてこの結婚に踏み切った私は大きな犠牲を払ったのよ．だから貴方は，私に報いるべき恩義を感じてくださっているのよね，と．同時に語り手は，貴顕の令嬢としての特権意識が抜け切らない夫人の未熟さを見通している．一つ文に語り手と人物の二つの声が聞こえてくる．これはオースティン一流の技である．

"though she had one sort of spirit, she had not the best." 8) (ところが，妻は我が強く，成熟した魂は持ち合わせてはいなかった). 上記に続くこの文では，視点が語り手に戻ってきている．熟達した人間観察の眼が機知となってほとばしっている．前者の "spirit" は，ウエストン夫人の強情な自己主張を示唆

している一方，"best" に続く省略された "spirit" の否定は，当事者が自己否定的な成熟した魂を持ち合わせていない現実を物語っている．

"She had resolution enough to pursue her own will in spite of her brother, but not enough to refrain from unreasonable regrets at that brother's unreasonable anger, nor from missing the luxuries of her former home." 9)（彼女は，兄の反対を押し切って自分の意志を貫くだけの決断力を持っていたが，兄の不当な横槍を大層憤り，わだかまりを抑えるだけの自己抑制力は持っていなかった．また，里の豪勢な暮らしぶりを懐かしまぬほどの自制心もなかった）．この文では，"resolution enough" と "not enough" とがコントラストをなしている．"refrain from unreasonable regrets"（強いわだかまりを抑えるだけの自己抑制力を持つ）は，ある意味の二重否定用法である．この "unreasonable" の視点は語り手のものであり，後者の "unreasonable anger"（兄の不当な横槍を大層憤り）の視点は夫人のものである．夫人は，兄の怒りが不当だと感じているのである．同じ否定語が視点の移ろいによって様相を一変させている．夫人から見れば，兄が理不尽にも結婚に横槍を入れたという思いが強い．この「横暴」に対して，彼女は心底無念の思いを抱いていることが，前者の "unreasonable"（強い）から推察される．これに続く否定語 "nor" は "refrain" を否定して，二重否定の働きをしている．娘時代の豪壮な館の暮らしが忘れ難く，新たな現実に適応できない姿が察せられる．この例に見られるように，一つ文に表れる同じ言葉の視点が電光石火の早業で変わって，夫人の感情の動きが明らかになる．これも，言葉の魔術師オースティンの技である．

"They lived beyond their income, but still it was nothing in comparison of Enscombe:" 10)（夫婦は収入に見合わない贅沢をしたが，これも里のエンスコームの暮らし向きに比べれば，細やかなものだった）．この文にも視点の移動がある．前半は，語り手が事実を伝えている．後半は，ウエストン夫人の心理が反映している．エンスコーム（里の邸宅の屋号）の暮らしと比べれば，これくらいの暮らし向きが何だっていうの，という自己弁護が透けて見えている．"she did not cease to love her husband, but she wanted at once to be the wife of Captain Weston, and Miss Churchill of Enscombe." 11)（彼女は，夫を愛する気持ちに変わりはなかったが，ウエストン大尉の妻であると同時に，エンスコームのミス・チャーチル気質が抜けなかった）．前半部の二重否定は，夫人が相変わらず夫への愛情を抱いていることを示している．後半は，語り手

が夫人の自己矛盾を見抜いていることが示唆されている．名声と贅沢な暮らし向きを当たり前と思う娘時代の感覚が抜け切らないのである．夫の細やかな資産にふさわしい暮らしをする現実感覚は欠落しているのである．

　この一節に続いて，夫人が3年後，一粒種の子どもを残して世を去ったことが語られる．さらりと触れられる事実が，ウエストン夫人の苦しみの深さを偲ばせる．青春の情熱に駆られて家の慣わしに反する結婚をした彼女は，その後，境遇の違いに戸惑い，苦悩し，早世した．人生の見掛けと現実の違いに惑う人間の生き様が，影絵の移ろいのような筆致で描かれている．

　注目すべきは，一人の人物の悲劇的な人生模様が2ページに満たないスペースで描かれていることである．凝縮された文体の陰影で人の世の移ろいを見せる作家の芸境は，多弁を嫌い，達意の言葉を模索する姿勢そのものから発している．この一節は，ミス・テーラーを後添えとして娶ったウエストン氏の過去の人生体験をフラッシュバックで読者に知らせる役割を果たしている．そっと語られるエピソードではあるが，彼の人となりについて，多くを示唆している．人の痛切な体験と記憶が人格の核心的な部分であることを，作家は熟知している．その結果，人物の過去を垣間見させる細やかな点描が，ヒロイン・エマの自己発見のテーマに微妙に組み込まれている．その流儀は，作庭師が高台に立って，館と庭園の位置関係を考慮に入れながら，噴水や彫像や立木の一本一本までも配置するバランス感覚に相通じるものがある．

『エマ』第3章──風土描写の妙味──

　『エマ』3章の冒頭に見られる語りには，オースティンの熟練の技が仕組まれている．ヒロイン・エマを取り巻く幾人かの人物に焦点が当たり，彼らが生きる歴史風土と人間関係が浮き彫りになっている．

　　Real, long-standing regard 1) brought the Westons [Mr. Weston and the former Miss. Taylor] and the Knightley; and by Elton [the curate of an Anglican Church], **a young man living alone without liking it,** 4) **the privilege** of exchanging any **vacant evening of his own blank solitude** 3) for the elegancies and society of Mr. Woodhouse's drawing-room and the smiles of his lovely daughter, **was in no danger of being thrown away.** 2) (3: 19)

　　混ざり気のない永年のよしみにより，ウエストン夫妻（ウエストン氏とウエストン夫人になったミス・テーラー）とナイトリー一家が館の馴染み客となっていた．エル

第Ⅱ章 『ミドルマーチ』を読む

トン師は，独身を好んでいる訳ではないが，独り身の若者だった．その彼が，人恋しさが募る退屈な夕辺に，ウッドハウス氏の洗練された応接室に集い，親しい人々と触れ合い，魅力的な娘の微笑みを楽しむ特権的な機会は，よもや見逃すことはなかった．

　段落始めの "Real, long-standing regard" 1)（混ざり気のない永年のよしみ）に始まる文では，お互いに気心の知れた密接な人間関係で人と人とがつながっていることが示唆されている．語順が心理的観点から慎重に配置されているのは，オースティンの英語の特徴である．「長い親交で培った好意」があって，人は気兼ねなく集うことができる．"real, long-standing" という厳めしい形容語句がいきなり文頭に来ることによって，読者の注目が引き付けられるように言葉が配列されている．
　2番目の文で，牧師補のエルトン師が導入される．文頭の "by Elton" は読者の興味を引き延ばし，最後で納得させる心憎い技である．エルトン師が，文の最後に至って初めて "the privilege . . . in no danger of being thrown away" 2)（特権的な機会は，よもや見逃すことはなかった）の受身動詞の主体だと分かるような語順の配置である．その間の情報は，語り手の女性的な直感で選り抜かれた言葉によって読者に伝えられる．"vacant evening of his own blank solitude" 3)（人恋しさが募る退屈な夕辺）の言い回しは，読者の意表を突く．独身の牧師補は，当時の社会通念から言えば，町の霊的エリートだからである．ところが，"vacant"（することがない）と "blank"（ぼんやりした）の形容語句が宗教者に使われると，因習に安住した怠惰な生き様を連想させる．若い宗教指導者が所在なく退屈な夕辺を過ごしている図には意外性があって，その人間性について読者の好奇心をそそる．"a young man living alone without liking it" 4)（独身を好んでいる訳ではないが，独り身の若者だった）の名詞句は，独身男性が淋しさを感じ，早く結婚できないかなぁ，という心の呟きが聞こえてくるような趣がある．彼の楽しみは，ハートフィールド館 (Hartfield) の応接室での若いヒロインとの語らいである．"being thrown away" 2)（機会をみすみす見逃す）の受身による主体のぼかしは作家のおとぼけである．"the privilege"（特権）なる誇張された言葉と二重否定の組み合わせから，読者は，エルトン師が館の女あるじに淡い期待を寄せている状況を察することができる．
　19世紀初頭の国教会は，貴族主導の伝統的な身分社会は揺らぎを見せてい

たが，命脈をかろうじて保っていた．牧師の任免権は形式的には教会にあっても，実質的には教会のパトロンの意向に左右されていた．地縁・血縁の絆で牧師の任免が左右されたことから察せられるように，国教会の権威主義と因習化は広く見られたのだ．オースティンは，牧師の娘だけあって，教会の内実を熟知していた．自然な成り行きとして，建前と実態のギャップを察知するところに作家のコメディ感覚が生きている．エルトン師のような人物が牧師として通用していた歴史的現実を窺い知ることも，オースティンの小説を読む楽しみの一つである．

性格描写の背後に隠された時代を見る眼

オースティンの小説の舞台は，殆どの場合，田舎の伝統的共同体である．静穏無事な暮らしの点描の積み重ねが彼女の小説世界を成している．ゴダード夫人描写（『エマ』3章）も，そういう点描の一つである．

> Mrs. Goddard was the mistress of a School—**not** 1) of a seminary, or an establishment, or any thing **which professed, in long sentences of refined nonsense, to combine liberal acquirements with elegant morality upon new principles and new systems** 2) —and **where young ladies for enormous pay might be screwed out of health and into vanity** 3) —but 1) a real, honest, old-fashioned Boarding-school, **where a reasonable quantity of accomplishments were sold at a reasonable price, and where girls might be sent to be out of the way** and scramble themselves into a little education, **without** any danger of coming back prodigies. 4) (3: 21)

> ゴダード夫人は女子教育塾の教師だった．神学校的でもなく，公的な教育機関風でもなく，あるいは，長たらしい文句で高邁・空疎な建前を謳う——新しい理念に立脚し，新しいやり方を採り入れた，教養と洗練された品行を両立させる——学び舎ではなかった．あるいは，娘たちが法外な学費で仕込まれ，健康を損ね，見栄っ張りになる，そういう学校ではなく，真に正直で古風な寄宿学校だった．そこでは，ほどほどのたしなみがお手頃の学費で授けられた．そこに遣られた娘たちは，親の足手まといにならないよう，僅かな教育内容がお手軽に教え込まれ，生徒たちが神童になって帰ってくる危険性はなかった．

ゴダード夫人の古風な気質と教育方針にも，作家の宗教的ヴィジョンが覗いている．19世紀当時勢いを得た信仰復活運動の息吹は，国教会から下層の非国教会派会にまで広がりを見せていた．その禁欲的理想主義は，時代の蛮

風を粛清し，勤勉に働くことを重んじる時代精神に合致していた (Trevelyan, 350-51). ホートン (Houghton) によれば，19世紀初頭以後，信仰喪失の危機の広がりにつれて，敬虔を尊ぶイングランド中産階級の「勤労の教え」(the gospel of work) が，人生の意味を発見する契機として見直されたと言う (251). 上掲の一節には，支配的な旧秩序の中に新しい息吹が芽生えている歴史的現実が捉えられている.

オースティンの生まれ育ったジェントリの文化には優雅と洗練が伝統的に流れている．その宗教的な基盤は18世紀的寛容主義（latitudinarianism) である．その宗教観は良識 (good sense) と現実主義に裏打ちされていた．セシル (Cecil) によれば，人間はみな愚か者たることを免れず，そういう不完全な人間をあるがままに眺めて楽しめばよいではないか，という感覚が古典主義時代にあったと言う (*The Portrait of Jane Austen* 15). ゴダード夫人の性格描写にも，作家の古典主義的な人間観が反映している．

上掲引用の1行目の "not" から5行目の "but" 1) までの文には，信仰復活運動の禁欲的理想主義に対するオースティン自身の見方が反映している．"which professed, in long sentences of refined nonsense, to combine liberal acquirements with elegant morality upon new principles and new systems" 2)（長たらしい文句で高邁・空疎な建前を謳う——新しい理念に立脚し，新しいやり方を採り入れた，教養と洗練された品行を両立させる）．この一節に見られるように，美しい言葉が高らかに謳われると，作家の身に付いた懐疑心が黙っていない．勢い，皮肉な調子を帯びてくる．"liberal acquirements with elegant morality" 2)（教養と洗練された品行）に窺われるように，時代の要請に応える女性の「教養」と「優雅な品行」の謳い文句に，「新しい」の形容語句が重ねられている．作家は，美辞麗句をはにかみもなく使う人の言語感覚にうさん臭いものを感じている．"where young ladies for enormous pay might be screwed out of health and into vanity" 3)（娘たちが法外な学費で仕込まれ，健康を損ね，見栄っ張りになる）．これらの言葉から伝わってくるものは，裏返しにされた作家の人間観である．人は余りに高い理想を掲げると，現実に裏切られますよ．ある程度愚かさを許容しましょう．禁欲の行を若い少女に課して，心身のバランスが崩れてしまうと，命が粗末になりますよと．

オースティンの社会風土や人間の生き様に対する批判的なまなざしは，やんわりと遠回しに表現される．それがアイロニカル・ユーモアとなって，読者の

微笑を誘うのである．"a reasonable quantity of accomplishments were sold at a reasonable price, and where girls might be sent to be out of the way and scramble themselves into a little education, without any danger of coming back prodigies." 4)（そこでは，ほどほどのたしなみがお手頃の学費で授けられた．そこに遣られた娘たちは，親の足手まといにならないよう，僅かな教育内容がお手軽に教え込まれ，生徒たちが神童になって帰ってくる危険性はなかった）．反復された "reasonable" には「ほどほど」を重んじる作家の価値が仄めかされているが，前者には軽いアイロニーが感じられる．"out of the way"（親の足手まといにならない）にも，保護者への皮肉なまなざしがある．"scramble themselves into a little education"（僅かな教育内容がお手軽に教え込まれ）の言い回しには，当時の女子教育の微温的な空気が暗示されている．ゆっくりと時間を掛けて本物の教養を磨くのではなく，そそくさと宛がい扶持の知識を注入される様子が見て取れる．"without any danger of coming back prodigies" 4)（生徒たちが神童になって帰ってくる危険性はなかった）．この文脈の "danger" は，親の利害が混じった先入観が暗示され，これが誇張された「神童」（"prodigies"）と相俟って，語り手の茶目っ気が行間から伝わってくる．

　この一節に見られるように，オースティンは，古風な価値の世界に心地よさを感じる一方で，そこに根を張っている因習が個人の自覚を阻んでいることにも批判の眼を向けている．特に，当時の女子教育に真の教養を育む視点が欠けていることが仄めかされる．

> Mrs. Goddard's school was in high repute—and very **deservedly** 1)；for Highbury was reckoned a particularly healthy spot: she had an ample house and garden, gave the children plenty of wholesome food, let them run about a great deal in the summer, and in winter dressed their chilblains with her own hands. It was no wonder that a train of twenty young couple now walked after her to church. (3: 21)
>
> ゴダード夫人の女子教育塾は高い評価を得ていた．それには理由があった．ハイベリーは，とりわけ健康な土地柄と見られていたからである．彼女は広々とした屋敷と庭園を持っていて，生徒たちに健康な食事を惜しみなく取らせていた．夏には彼女たちを伸び伸びと走り回らせ，冬にはみずから霜焼けの手当てをしてやった．二十組の娘たちが数珠つなぎになって，夫人の後について教会に向かって行進するのは，ごく自然なことだった．

ゴダード夫人の古風な気質と教育方針は，18世紀古典主義の古風な知恵が窺

われる．人が育つには健全な生活があってこそ，という信念である．この信念を語り手が共有していることは，"deservedly" 1)（しかるべき理由があって）という副詞が暗示している．「ゆったりとした家と庭園」があって，しっかりと食事を取った少女たちは，夏には戸外を駆け回るほど元気である．冬には夫人は，寒さで霜焼けになった彼女たちを手塩にかけて治療してやっている．そういう人情味が教師と生徒の信頼関係を育んでいる．こうした情のつながりが自ずと教会の宗教的絆の基盤となってゆく，と見る暗黙の認識がある．生活の質の健全さが良識的な宗教感情を育む土壌だと見る感覚は，作家自身の境地を反映している．トリリング (Trilling) によれば，オースティンの作品世界には近代的自我意識と相競うような牧歌的世界があると言う (*Jane Austen Emma* 133-34)．人が自然や自己と調和し，素朴な安らぎのうちに生きられる世界への憧憬が作家の中にあり，これが変転極まりない近代の憂いの中で，理想郷として機能していると言う（同上 132）．翻って，オースティンの中に息衝く安息と慰みへの憧れは，禁欲的克己主義への懐疑となって表れてくると見ることもできる．

人と人とが古い絆で結ばれた共同体での，倹しいながら心安らかな暮らしは，ゴダード夫人の体現する生き様である．

> She was a plain, motherly kind of woman, who had worked hard in her youth, and now thought herself entitled to the occasional holiday of a tea-visit; and having formerly **owed much** 1) to Mr. Woodhouse's kindness, felt **his particular claim on her** 2) to leave her neat parlour hung round with fancy-work whenever she could, and win or lose a few sixpences by his fireside. (3: 21)
>
> 彼女は，飾りっ気のない（不器量な）お母さんタイプの女性だった．若い頃は働き者だったが，今では，茶話会で時折羽を伸ばすくらいの贅沢は許されるのではないかと考えていた．以前からウッドハウス氏の親切に恩義を感じていたので，暇を見つけては，手芸品で飾りつけられた小ぎれいな居間を抜け出しては，館の炉辺で少額の賭けをして勝ったり負けたりするほどのお付き合いはして，恩返ししたいと思っていた．

貴族のジェントルマンとレディに対する敬意と親しみは，イギリス人の古い本能である．ゴダード夫人にもこれがあって，ティーとお喋りが何よりもの慰みである．"having ... owed much" 1)（恩義を感じて）と "his particular claim on her" 2)（恩人に恩返ししたい）は相響き合っている．一方の温情と他方の感謝は深い絆となっている．「他ならぬ館の主人からお声が掛かれば，何はさておいてもこれ応えたい」という気持ちである．"claim" という言葉は，辞書的には「要求する資格」なる堅苦しい訳語が見られるが，この文脈では，相手の恩義に報いたいという「報恩感謝」の古風な含みを湛えている．これも日常的な言葉の辺境を開拓し，多層的な意味を自在に紡ぎ出す作家の技である．

　心の共同体の成員が太い絆でつながって，自分の位置を与えられ，そこに自足の喜びを見出している．そういう落ち着いた生活をしている人々にオースティンは共感し，彼らの見せる悲喜劇にアイロニカル・ユーモアの源を見た．オースティンが描く世界は，田舎のジェントリを取り巻く小さなものである．しかし，そういう世界にも世の有為転変が忍び寄っている．土地をすべての基盤とする旧秩序と，産業主義を基盤とする宗教的熱狂の葛藤がある．作家は，世の動きが個人の暮らしに影響を及ぼす様を，実に的確に捉えている．だからこそ，彼女の小説世界は時代の現実を映し出しているのだ．

エリオットにおける時代精神との対話
　『エマ』を創造したオースティンの時代からほぼ 60 年経って，エリオットは『ミドルマーチ』を完成させた．1837 年にヴィクトリア女王が即位し，時代の空気はこの間に一変した．貴族主導の田園文化から中産階級主導の都市文明へと，ブリテン島は変容を遂げた．ヴィクトリア朝 (1837-1901) は，雑多な思潮が渦巻き，衝突し，新しい知識が怒涛のごとく押し寄せてきた時代である．
　ホートンによると，文明の質的変化に直面して，思索的な人々は癒やし難い孤独と憂愁に捕らえられる運命にあった (81-2)．その底流には，時代思潮に由来する宿命的な精神の型がある．つまり，彼らの精神の裡に二つの矛盾し，葛藤する極が存在していた．彼らの心情は長い伝統によって培われた秩序を志向し，そこに愛情と安らぎを感じていた．その一方で彼らは，知的思惟に否応なく駆り立てられ，進歩発展する知識の光に照らして現実を直視することを余儀なくされた．その結果，因習的な地域社会と教会の権威に懐疑の念を禁じ得なくなった．保守的・宗教的な心情と批判的・自由主義的知性の自己矛盾に否応なく直面したのである．信仰を結果的に否定することになっても批判的知性に忠実たらんとすべきなのか，あるいは信じようとする意志に従って教養を放棄すべきなのか，という相矛盾する問いを突き付けられた．そして彼ら

は，どちらか一方の道を選び取ることができなかった．キリスト教の超自然的な神の啓示を額面通りには受け入れられなくなったものの，彼らの心情は，幼い頃より親しんだ聖書講読と教会の儀式・典礼への愛着と相俟って，家族愛や郷土愛と分かち難くつながっていたと言う (106-07).

　ノープフルマッカー (Knoepflmacher) は，エリオットとサミュエル・バトラー (Samuel Butler, 1835-1902) とウォルター・ペーターに共通する姿勢について語る．彼らは，科学，道徳，歴史を融合しようとする試みによって，宗教的人道主義を推し進めた．彼らは等しく，進化する宇宙に新しい倫理規範が内在することを，小説という形式を通して明らかにしようとした．これは，宗教を鋳直す試みであった．エリオットは，『ミドルマーチ』で宗教と科学を絶妙なバランス感覚で調和させようとした．これは，彼女が熟知していた進化論の武器を使って，その物質主義的世界観に反撃を加えたことに他ならない．これによって，彼女は宗教の本質を救おうとしたのだと言う (14-6).

　ノープフルマッカーの見方は，『ミドルマーチ』テキストに深く浸透している宗教と科学の対話を顧みる時，頷けるものがある．エリオットは，子ども時代以来聖書を座右に置いていた．成人に達する前後から歴史主義的聖書批評の影響を受けたが，その後にも聖書との親密な対話はいささかも揺るぎなかった．この意味で，彼女はフォイエルバッハが『キリスト教の本質』で行った試みを，小説を通して成し遂げようとした．即ち，迷いの深い自己を省みて，「私」を超えた道理に従って人格完成の道を歩むのに宗教は必然的な要請である，というのが『キリスト教の本質』の核心的メッセージである．自己を超える道を探求する志という一点で，エリオットはフォイエルバッハに共感していた．彼女の小説の根底にある見方を要約すると，宗教は私たちの人格的成熟の大きな力になるという道理である．私たちは，人智を超えた存在に自己を根付かせ，その存在にすべてを見られているという眼が開けた時，導かれつつ成熟の道を歩んでゆけると言うのである．

　エリオットは，この道理を裏付けるのに，自然史と医学・生理学・心理学の言葉と発想を用いた．聖書の言葉は，小説テキストにそのまま使うのを極力控えた．にも拘わらず，聖書の言葉は，危機にある人物の内的描写に，泉から水が湧き上がるようにほとばしってくる．とりわけ，宗教体制内部に生きる宗教者がその慣習に胡坐をかいて，宗教の本来的な知恵から離れた状況を描く時，作家の文体は想像力豊かな言葉で紡がれる．そういうタイプの人物描写に否

定表現が頻出する．これには深い理由があるに違いない．

『ミドルマーチ』テキストに見る否定表現

　以下，『ミドルマーチ』テキストを具体的に解釈することによって，エリオットにおける否定表現の働きを明らかにしたい．先に触れたように，ものの見掛けと実態の違いを鋭敏に見分け，これを達意の言葉で表現するのがオースティンの流儀である．エリオットは，この偉大な先達の方法を自己のものとしようと模索した．とりわけ，おのれを空しくして人物の内面に溶け込み，その人固有の言葉を口の端にのぼせる技（impersonality）を盗み取ろうとした節がある．[42] この技は，『ミドルマーチ』において円熟の境地を見せていることは，すでに見てきたところである．

　物語の登場人物の網の目の中でも，ドロシアとカソーボンの結婚を巡る心理描写には，テキストの背後に深い陰影が湛えられている．以下，その一端を挙げてみよう．

> To know intense joy <u>without</u> a strong bodily frame, one must have an enthusiastic soul. Mr Casaubon had <u>never</u> had a strong bodily frame, and his soul was sensitive <u>without</u> being enthusiastic: it was **too languid to thrill out of self-consciousness into passionate delight**; 1) **it went on fluttering in the swampy ground where it was hatched, thinking of its wings and <u>never</u> flying**. 2) His experience was that of pitiable kind which <u>shrinks from</u> pity, and <u>fears</u> most of all that it should be known: it was that **proud narrow sensitiveness which has <u>not</u> mass enough to spare for transformation into sympathy**, 3) and **quivers thread-like in small currents of self-preoccupation** 4) or at best of an egoistic scrupulosity. (29: 279) [43]

　強健な肉体を持たずに深い喜びを感じるには，人は熱狂的な魂を持たねばならない．カソーボン氏は，強壮な肉体に恵まれてはいなかった上に，魂は，情熱を燃やすことがないままに傷付きやすかった．その精神は力が萎えて，激しい喜悦の余り自意識を捨て去ることはなかった．それが孵化した沼地では，自分の羽根のことばかり考えて，われを忘れて飛び立つことはなかった．憐れみを受けることを嫌い，何よりも自分のあるがままの姿が知られることを恐れる余り，その体験は，われながら情けないものであった．彼の気質は誇り高く，傷付き易い為，その世界は狭まっていった．その精神空間は，共感に打ち震えて自分が変わるほどのゆとりある基盤を持っていなかった．自己執着，あるいはせいぜいのところ，利己的な周到さの干上がりかかった流れの中で糸のように，風に震えていた．

第II章 『ミドルマーチ』を読む

　この一節は，若妻ドロシアがローマでのハネムーンから帰ってきて，夫カソーボンとの日常生活に復帰した場面を描いている．描写の焦点はカソーボンに合っているが，文脈から見て，新妻の眼に夫の人間的現実が見えてくるプロセスが示唆されている．語り手は，ドロシアが夫に幻滅し，希望が苦しみに変わってゆくプロセスを描いている．ところが，淡々とした事実描写と見える文章の背後に，作家自身の人間的体験を偲ばせる洞察が光っているのである．

　カソーボンの人間性を端的に表現すれば，自然から乖離した人間は病むという道理である．「強壮な肉体」を持たないということは悲劇的なことであるというのが，行間の暗示である．地主兼高位聖職者たる彼は，安泰な地位に慣れ，経済的ゆとりと社会的特権に安住している．誇り高い彼は学問的野心も強く，おのれの命を著書の完成に捧げてきた．この事業を実現する為に，病弱な彼は，実人生の人間接触の煩わしさを極力避けてきた．著作の重たい負荷を背負った結果，彼の心身は疲弊し，感情の洶溂さを枯渇させてしまった．その結果，宗教も学問も結婚も，いつの間にか世間的な体面を維持する営みに成り下がっている．

　上記引用にはある直感がある．即ち，肉なる自己の要求を顧みない禁欲の行は，人に精神的な安らぎさえもたらさないという道理である．過重な精神的負担は，心身のゆとりと活力を奪う．結果的に，神経は張りつめ，自意識ばかりが昂じるのである．自然のリズムから切り離された自我は不安と恐れに囚えられずにはおかない．ひいては，あるがままの自己を知られるのを厭うようになる．[44] こうして猜疑心が現実を踏み越えて人の思惑を推測し，妻さえも冷たい世間の回し者に見えてくる．"too languid to thrill out of self-consciousness into passionate delight" 1)（力が萎えて，激しい喜悦の余り自意識を捨て去ることはなかった）．この否定的言い回しは，肉体の燃焼による命の充足を否定的に浮き彫りにしている．身体感覚から切り離された言葉は，感情の泉が涸れて，干からびた観念に堕している．信仰も知的探求も，本来的には大いなる世界に向かって自己を捨てる行為である．捨てることによって心身が解き放たれ，子どものような瑞々しい感受性を賜る．ところが遊び心と想像力が鈍磨する時，研究は義務となり，直観は機械的な思考に取って替えられ，早晩行き詰る．

　"it [Casaubon's soul] went on fluttering in the swampy ground where it was hatched, thinking of its wings and <u>never</u> flying." 2)（彼の魂が孵化した沼地で

は，自分の羽根のことばかり考えて，われを忘れて飛び立つことはなかった）．人の精神を風景画のイメージを使って視覚化する暗喩は，小説技法の円熟と共に，エリオットの独創的な表現になった．これは，彼女が自然史から学んだ有機的暗喩 (organic metaphor) の例である．人間は自然の一部である．その視点から心身の営みを捉える見方がここにある．絵画的イメージは，複雑・曖昧な内面風景を鮮やかに映し出す効果を生む．思考と行動，理知と感情が切り離された時，言葉の霊が死ぬ道理を，この警えが示唆している．

　人間の内面を描くのに，物理的自然の言葉を用いる想像力は自然史の成果である．"proud narrow sensitiveness which has not mass enough to spare for transformation into sympathy," 3)（誇り高く，傷付き易い為，その世界は狭まっていった．その精神空間は，共感に打ち震えて自分が変わるほどのゆとりある基盤を持っていなかった）．この語句は，エリオットが医学・生理学の知見を性格描写に消化（昇華）して生かし切った例である．カソーボンの誇り高さがおのれの周りに防護壁を巡らせ，周囲の同胞ばかりか，妻との共感さえも涸れかかっている状況を捉えている．ここで使われている "mass" は，肉体を基盤とする感情の流れを暗示している．直後に続く "quivers thread-like in small currents of self-preoccupation" 4)（自己執着の干上がりかかった流れの中で糸のように，風に震えていた）の文脈からも，この曖昧な言葉（"mass"）（質量）の含蓄が察せられる．流水のごとき感情の自発性にわが身を委ねず，意志の努力のみで頑張ろうとするが，とうとう精も根も尽き果てた様子が偲ばれる．「微かな自己執着の水流」にも撞着語法（相矛盾する言葉の組み合わせ）がある．本来自然とつながって初めて健康たり得る人間が，つながりを断ち切られると何が起こるかを想起させる．

　上記に言及した "mass" の使い方は注目に値する．人間の精神は，肉体の営みとは深くつながっているという暗黙の認識が行間にある．これは，エリオットが早くからスピノザの著作に親しみ，共感を深めていたことを反映している．[45] スピノザによれば，人間の精神は肉体とつながっているだけでなく，精神と肉体は一つの統合体である (*Ethics* 53-4).[46] この見方に沿って，彼は言う．人間の美徳は，自己の本性 (nature) の法則に従って行動する時実現する．これに反する行動は全うできないのだと (*Ethics* 168).[47] 歴史を超えて内在する道徳的価値はなく，価値そのものが本質的に相対的だと見たスピノザの洞察に，エリオットは共感を禁じ得なかったことが察せられる．[48]

心身一如の見方は,『ミドルマーチ』テキストにも貫かれている.カソーボンの人間性は,この道理を否定的に体現している.

> ... even his [Casaubon's] **religious faith wavered** with **his wavering trust** 1) in his own authorship, and **the consolations of the Christian hope in immortality** seemed **to lean on the immortality of the still unwritten Key to all Mythologies**. 2) For my part I am very sorry for him. It is an <u>uneasy</u> lot at best, to be what we call highly taught and yet <u>not</u> to enjoy: to be present at **this great spectacle of life** 3) and <u>never</u> to **be liberated from a small hungry shivering self** 4) —<u>never</u> to **be fully possessed by the glory we behold**, 5) <u>never</u> to **have our consciousness rapturously transformed into the vividness of a thought, the ardour of a passion, the energy of action**, 6) (29: 280)

> ・・・彼の信仰すら,著述に対する自信の揺らぎと共に揺らいだ.クリスチャンとして永遠の命を賜る希望からくる慰みも,まだ完成を見ぬ『神話学への手掛り』が不朽の名声を得るかどうかに懸かっているように思われた.私としては,そのような彼を気の毒に思う.世に言う高い教養を持ちながら,ものが楽しめないのだ.人生のこの麗しい景観を前にして,なお小さな,満たされない,打ち震える自己から解き放たれないのだ.栄光を眼前にして,われを忘れるほどに魅了されることもなく,意識が恍惚とした忘我境に遊んで,洸渕たる思考へ,熱烈な感動へ,行動のエネルギーへと誘われることもなく,・・・

ここには,孤立した人間の自我が,溜まり水のように淀む様が描かれている.否定語ないしは否定的発想の言葉 (religious faith wavered) 1)(信仰すら揺らいだ)の畳み掛けが顕著に見られる.察するに,これは,作家の無意識の選択眼が働いた結果ではないか.これは,カソーボンという文明人が自然から遠ざかった時,その心身に何が起こるかを暗示している.否定表現は,彼の支配的な感情が否定的なものに堕している様を描く目的に合致している.彼の焦燥感,不安感は,"still <u>unwritten</u>" 2)(未だ完成を見ない)に暗示されるように,欲求が焦りによって空回りしている状況を示している.本来創造的な筈の労苦が,真の個性を引き出すようには働いていない.聖職者の体面と誇りが邪魔をして,ものそのものを楽しめていない.このような精神のありようは,作家自身が直面した問題であった.それは,彼女が宿命付けられた繊細な感受性と,自己不信に陥りやすい性分に由来するものである.

上記引用の筆致には,言葉が作家の感受性と記憶から巧まずしてほとばしっ

た感触が感じられる．"faith **wavered** with his **wavering** trust"，1)（自信の揺らぎと共に揺らいだ）"Christian hope in **immortality** seemed to lean on the **immortality** of the still **unwritten** Key to all Mythologies" 2)（クリスチャンとして永遠の命を賜る希望も，まだ完成を見ぬ『神話学への手掛り』が不朽の名声を得るかどうかに懸かっているように思われた）．リズムのよい同じ語幹の言葉の反復は音楽性を帯びて，焦点を絞られた言葉が心理的に強調される効果を生んでいる．また，否定語 "not" に続いて "never" の反復が見られるが，韻律によるリズム感と相俟って，言葉が無意識に湧き出していることを想起させる．

このように言葉が自然に流露してくる時，エリオットの語彙は聖書的な調子を帯びてくる．"faith"（信仰），"trust"（自信，信頼），"consolations"（慰み），"hope"（希望），"immortality"（不滅），などのように，聖書に頻出する言葉が作家の心の奥底から沁み出してくる．これは，彼女が物心ついた頃より国教会の礼拝に親しんだ来歴と深く関わっている．さらに，少女期から思春期にかけて福音主義に傾倒した体験を抜きには説明がつかない．リグノールによれば，エリオットの英語は英語聖書，とりわけ『欽定英訳聖書』，および『祈祷書』（*The Book of common Prayer*）の音楽的な文体の影響が色濃い．素朴でありながら陰影に富んだイメージ言語は，聖書の深い感化を抜きには考えられないと言う（*Oxford Reader's Companion to George Eliot* 24）．

上掲引用には，エリオットがロマン派詩人から受けた影響が，言葉の言い回しの上からも明らかである．"this great spectacle of life"，3)（人生のこの麗しい景観）"be liberated from a small hungry shivering self"，4)（小さな，満たされない，打ち震える自己から解き放たれ）"be fully possessed by the glory we behold"，5)（栄光を眼前にして，われを忘れるほどに魅了される）"have our consciousness rapturously transformed into the vividness of a thought, the ardour of a passion, the energy of action"，6)（意識が恍惚とした忘我境に遊んで，洸渕たる思考へ，熱烈な感動へ，行動のエネルギーへと誘われる）などがそうである．「命の壮観」3) とは森羅万象を見るのに，愛情のまなざしを注ぐ感受性を暗示している．人は，おのれを空しくしてものを見ると，小さな虫や草木の一つ一つにも創造主の計画が宿っていることが知れる．創造の神秘に触れると，自己への囚われから心が解き放たれるのである．「小さな，満たされない，打ち震える自己」（a small hungry shivering self)4) を捨てると，ものがしみじみと肯定され，満ち足りた自己に出会うことができる．そのよう

な境地でものを見ると，私たちの思考と感情は活気づき，行動へと踏み出す力を得ると言うのである．

エリオットは，詩を定義する一節で言う．詩は巧緻を尽くし，奇想を衒うと自然から離れ，枯渇する．人間の魂を十全に表現する手段としての詩は，生きた言葉を持っている．そういう言葉は，相照らし合う意味の血液が流れ，感受性と思考が絶えず交流し合って音楽となると言う（「覚書」359）．この有機的言語観は，ワーズワスの「『抒情民謡集』序文」(Preface to *Lyrical Ballads*, 1798) に見られるものに似通っている．ワーズワスによると，人間と自然は本質的に交流し合っている．人間の精神は，自然の麗しく興味深い働きを映し出す鏡なのだ．詩人は，愛情の眼をもって自然のあらゆる事物を眺めることができる．こうして，彼の心は自然との親交を楽しんでいると言う (249)．

むすび

『ミドルマーチ』は，エリオットが磨き上げた有機的生命活動としての言語観を反映している．その観点は，形式，情景描写，性格描写に至るまで一貫している．命の神秘は，人間と自然とを問わず生きている．これを生きた統一体としての小説テキストに具現化することが作家の試みであった．ロマン派詩人の有機的生命観と科学の眼で見た「生命の物質的基盤」の微妙な境界領域を手探りする文体がこの作品で結実した．思考と感情の交流する達意の言葉を追及した彼女の問題意識がそこに記録されている．人物描写に見える否定表現の多用も，曖昧・豊穣な現実をそのままに映し出そうとする言語感覚から出てきたもののように思われる．

オースティンの文体に顕著な否定の積み重ねには，人の心の襞を曖昧領域で手探りする言語感覚が働いている．古典主義の継承者たる彼女は，抽象的な文体を重んじているが，人間の矛盾や愚かさを明敏に察知する言語感覚は，文脈と視点の移動により，陰影の深い描写を可能にした．オースティンの遺産を継承したと思われるエリオットは，古典主義的な典雅な文体の陰影美を学びつつ，ワーズワスに代表されるロマン派詩人の素朴で感覚美に満ちた言語感覚をも摂取した．否定を重ねて真実に肉薄するオースティンの流儀を受け継ぎながら，ロマン派的な感覚を生かし，自然から乖離した現代人の心身の病理を否定表現によって浮き彫りにした．ここに，伝統を継承しつつ，新しい現実に即して言語の再生を図ろうとしたエリオットの真骨頂が表れている．

注

1. ビアは,『ミドルマーチ』に至ってプロットの性質に本質的な変化が起き, それが因果の連鎖によって説明されるべき仮説となったと述べている.(*Darwin's Plots* 151)参照. シャトルワースは, 同じ趣旨を次のように言う. 後期2作品(*Middlemarch, Daniel Deronda*)は, 系統的に科学的ヴィジョンが浸透している. とりわけ,『ミドルマーチ』15, 16章のリドゲート描写に見られる科学的アプローチが, 作品全体に働いている実験生物学のそれであることを指摘している.(*George Eliot and Nineteenth-Century Science* 143).

2. アッシュトンは, 作家自身のイタリア紀行の体験がドロシアのローマへのハネムーン旅行に反映していると見ている.(『エリオット伝』241);トンプスン(Thompson)は, 古代都市ローマの奥深い解釈可能性が登場人物の個性を浮き彫りにするパターンを指摘している. 例えば, 古い遺跡群を眺め評価するカソーボンと, ドロシアの対照は, 彼女が夫の人間性に目覚める契機として機能していると見る.(*George Eliot and Italy* 124-25).

3. "Lines Written a Few Miles above Tintern Abbey" (I. 37-42) Anstey. Ed. *William Wordsworth: Selected Poems.*

4. この引用は, トーマス・ハックスリの「生命の物質的基盤」の, 以下の一節に着想を得たことが指摘されている. The wonderful noonday silence of a tropical forest is, after all, due only to the dullness of our hearing; and could our ears catch the murmur of those tiny Maelstroms, as they whirl in the innumerable myriads of living cells which constitute each tree, we should be stunned, as with the roar of a great city.(熱帯林の不思議に満ちた真昼の沈黙は, 結局, 私たちの聞く力が鈍いことに起因している. 仮に人間の耳が極微の大渦巻の囁き声を捉えられたら, ──個々の木を構成する, 天文学的な数の生ける細胞の中で怒涛の渦を巻いているのだが──私たちは, 大都会の喧騒のごとき大音響で失神してしまうだろう). *Victorian Prose and Poetry.* Eds. L. Trilling and H. Bloom (275); Beer *Darwin's Plots* (142).

5. 海老根は,「沈黙の向こう側に響く大音響」について言う.「そこにあるのはすでに科学的真実ではなく, 人間の住む現世を超えた異世界ではないだろうか. それとも科学そのものの究極の姿は, このような異世界へと導くものなのか」(267). このような暗示的な問い掛けは, 現実の背後にあるものについて読者の注意を促し, 解釈を引き出す力がある. 彼は続けて言う.「『ミドルマーチ』のあちこちに, 暗い異世界が口を開けていることが分かる. それはエゴイズムがもたらす孤独地獄に落ちた登場人物たちがさまよう, 地下の世界である」(268). その上で, 孤独地獄をさまよう人物の例として, 若い娘を「人身御供」にするドロシアの夫カソーボン, 悪漢に脅され, 恐怖の金縛りにあった銀行家バルストロード, 妻ロザモンドの「無理解と涙に負けて」志を折ったリドゲートを挙げる(269). 海老根は, 語り手が「日常茶飯の出来事に宿る悲劇的要素」と呼ぶものを, 人のエゴイズムが作りだす孤独地獄に見ている. 人と人とが共感によって和合するか, エゴイズムの毒に冒されて地獄に落ちるか, その境目は紙一重であって, そこに人生の本質的悲劇性があると示唆しているように思われる

第Ⅱ章 『ミドルマーチ』を読む 265

(「13 ジョージ・エリオットにおける現実と非現実」、『19 世紀「英国」小説の展開』).
6 メアリアンは、父親を看取った 29 歳より以前からスピノザの『神学政治論』(Tractatus Theologico-politicus) を翻訳し始めていた (『エリオット伝』71).
7 デイヴィスは、エリオットの感情描写に生理学用語が多用される傾向に触れ、これが心と肉体を一元的に見るスピノザとルイスの影響によることを指摘している (George Eliot and Nineteenth-Century Psychology 18).
8 フォイエルバッハは、キリスト教の洗礼の起源を分析する一節で、水のシンボリズムについて言う。流水の中で利己主義の熱は冷まされる。水は自然を友とする最も手近な手段である。沐浴は一種の化学的な働きで、これによって人の個性は自然の客観的な命の営みの中に解消すると『キリスト教の本質』275-76).
9 工藤好美、淀川郁子訳『ジョージ・エリオット ミドルマーチ』I, (240).
10 クロス編集の George Eliot's Life as Related in Her Letters and Journals は、作家の微妙な私事を伏せる傾向があるものの、迷い多い自己を吐露する彼女の側面については率直である。
11 (「自然史」263).
12 ノープフルマッカーは、19 世紀後期にキリスト教と科学と詩の融合を模索した系譜の作家としてエリオット、ウォルター・ペーター、サミュエル・バトラーを取り上げ、彼らに共通する試みを "religious humanism" (宗教的ヒューマニズム) と呼んでいる (14).
13 この趣旨を、ビアはダーウィニズムと作家の対話の観点から (Darwin's Plots 154-61)、シャトルワースは、その延長線上で、生理学・心理学の知見が作家の言語に浸透していると見る観点から (146-49)、展開している。ヒリス・ミラーはテキストに見る記号、シンボルの解釈学 (hermeneutics) の視点から (102-04)、アーマースは言語学的なテキスト分析のそれから (111-12)、論じている。
14 この文脈が示すように、エリオットが「詩」に込めた意味は、小説言語も含む広義のもので、言葉を芸術的完成度にまで磨き上げ、真理に肉薄する為の手段と見る考えによっている。
15 ハックスリは言う。もし自然の秩序を確認することが、ある専門用語ないしは一揃いのシンボルを用いて容易になるのであれば、これを用いるのは人間の明らかな義務である。あくまでこれらを仮称として使っているに過ぎないということを自覚していれば問題は起きてこないだろうと。「生命の物質的基盤について」("On the Physical Basis of Life") (Victorian Prose and Poetry 287).
16 この問題については、アーノルド、『文学とドグマ』(Literature and Dogma (1873) とエリオット「マッカイ」を参照.
17 デイヴィスは、エリオットが「肉なる存在の言葉」を駆使していることに触れ、この洞察が霊肉の働き合いをイメージ化する一連のメタファーを生み出したと見ている。(George Eliot and Nineteenth-Century Psychology 26). デイヴィスの「肉なる存在の言葉」は、スピノザの "the idea of a body actually existing" (Trans. Boyle Version 89; Trans. Eliot Version (99), から学んだ見方であると察せられる。スピノザは言う。"when we dream that we speak, we think that we speak from the free decision (Trans. Eliot Version: "decree")

of the mind, yet we do not speak, or if we do, it is due to a spontaneous motion of the body."(私たちは自分の心の赴くままに喋っていると思いこんでいても，事実はそうではなく，肉体の自発的な動きに従って喋らされているのだ）(Trans. Boyle Version 88; Trans. Eliot Version 98).

18 引用 (29: 280) に見える語り手「私」の介入については，批評家の批判を招く元になっている．こうした直接的な介入は，登場人物に対する芸術的な距離感を損ねるという見方である．ところが，これをある種のポリフォニー（言葉の背後に多様な意味のこだまが響いていること）と捉える解釈もある．寺西によれば，語り手「私」が，登場人物の否定的な側面を列挙した挙句に，個人的同情を吐露すると，却って読者が，人物の真の個性を発見するよう促す効果がある (130)．つまり，「主観的な評価者としての語り手の仮面が読者のためらいの余地を生み，これが一見語り手の呟きと見える一節にポリフォニーの暗示効果を添える」(131) と言う．この点の解釈は意見が分かれるかも知れないが，この介入が，作家自身の切実な問題意識が思わず吐露された含みを持っていることを考慮すると，寺西の解釈は頷けるものがある (Teranishi *Polyphony in Fiction*).

19 カロルは，意味探求のプロセスがエリオットの小説を一貫していると見て言う．人生は人の魂を練磨する谷間である．個人は意味を手探りする歩みの中で，時に挫折と失望を味わい，時にすべてがしみじみと肯定される．既成の価値の崩壊と新しい価値の再建は交互にやって来る．この不断のプロセスが生きることに他ならないと (2-3).

20 "a picture of human life such as a great artist can give, surprises even the trivial and the selfish into that attention to what is apart from themselves, which may be called the raw material of moral sentiment." "The Natural History of German Life" (263). 偉大な芸術家が描く人生模様は，凡庸な人，利己的な人にも，おのれを超えた世界があることをはっと気付かせる．この気付きが，ものの善悪を見極める感受性の基となると言う．日常性の背後に命の神秘が潜んでいて，人は優れた芸術に触れると，この神秘に気付かされ，畏敬の念を感じると言うのである．"surprises" という語は，気付きの瞬間が不意に訪れるニュアンスを見事に捉えている．

21 アッシュトンは，カソーボンの気質が作家自身のそれの誇張された表現であると見る．つまり，彼女自身に対する機知の利いた自嘲を通して，自己省察を図っていると解釈している（『エリオット伝』325）．

22 英語聖書の出典は，第 2 章 3 のみ *The New English Bible with the Apocrypha* である．

23 テニスンのイチイ描写は，イギリス人がこの木に抱く典型的なイメージを偲ばせる．

> Old Yew which graspest at the stones
> That name the under-lying dead,
> Thy fibres net the dreamless head,
> Thy roots are wrapt about the bones.
> The seasons bring the flower again,
> And bring the firstling to the flock;
> And in the dusk of thee, the clock

Beats out the little lives of men.
　　　O, not for thee the glow, the bloom,
　　　Who changest not in any gale,
　　　Nor branding summer suns avail
　　　To touch thy thousand years of gloom:　*In Memoriam*. Section 2, l. 1-12.

　　地下に眠る死者の銘を刻んだ墓石を
　　その手に摑んだイチイの古木よ,
　　汝の繊維は夢見ることもない死者の頭を網目に包み込み,
　　汝の根は遺骨を覆う

　　季節の移ろいは花を甦らせ,
　　羊の群れに初児をもたらし,
　　黄昏に佇む汝の前で, 塔の鐘は
　　はかない人間に時を告げる

　　いかなる強風にもたじろがぬ汝には
　　燃え立つ色, 健康色は不似合いだ.
　　灼熱の夏の陽光も, 汝の永遠の闇を
　　ゆるがすことはできぬ.

24　ダーウィンは言う."each at some period of its life, during some season of the year, during each generation or at intervals, has to struggle for life and to suffer great destruction. When we reflect on this struggle, we may console ourselves with the full belief, that the war of nature is not incessant, that no fear is felt, that death is generally prompt, and that the vigorous, the healthy, and the happy survive and multiply."(個別の生命は, 生涯の一時期, 一年のある季節, それぞれの世代, ないしは時折, 生き残る為に闘い, 死滅を受け入れなくてはならない. この闘争を振り返ってみて, 自然の闘いは絶え間ないものではなく, 恐れを感じることはなく, 死は一般に素早く訪れ, 元気なもの, 健康なもの, 幸福なものは生き残って栄えるという道理が納得されると, 私たちには慰みとなろう) (*The Origin of Species* 106). 自然の命の営みは, 生き残ることが至上の要請であって, その反面の事実は死の確実性と速やかさであると. カールはこれを裏付けるように, エリオットの死生観に死と再生のリズムがあり, 死は自然秩序の必須の部分であると言う. この見方は, チャールズ・ヘネル (*An Inquiry Concerning the Origin of Christianity*, 1838), チャールズ・ライエル (Charles Lyell) (*The Principles of Geology*, 1830-33), ダーウィン, ルイスなどとの対話の結果と見ている (*George Eliot: Voice of a Century* 461).

25　カールは, ドロシアとカソーボンの結婚生活に介入するウイルの三角関係にエロスの暗闘があると見ている. エロスの温もりのない牢獄のような結婚に, 性的魅力のある若い男性が闖入してくる構図がサブテキスト (テキストの背後に隠された意味あい) として生きている. 生

の充足の一環として，エロスの含蓄が底流にあると言う．これはルイスと出会う前のメアリアン自身の経験が背後にあるという (*George Eliot Voice of a Century* 509-10)

26　デイヴィスによれば，19 世紀後半になって実験生理学を基盤にした心理学が発達を遂げた．ルイスはこの分野の専門家であったが，エリオットもこの問題意識を共有し，生理学・心理学の知見を人間探究に応用する姿勢を深めたと言う (*George Eliot and Nineteenth-Century Psychology* 4)．

27　この言葉は，スターン (Sterne) の *The Life and Opinions of Tristram Shandy, Gentleman* (1759-67) で良心を暗示する意味で使われている．"Conscience, this once able monitor, ... placed on high as a judge within us." (良心，かつての有能な戒め役は，私たちの内なる審判者として高いところにいる) (*The Oxford English Dictionary*)．この例に示されるように，エリオットは先人の暗喩を豊かに吸収して，意味のこだまを底で響かせる語感の鋭敏さを持っている．

28　エリオットは，スピノザの心身一如の見方に深い示唆を得た作家である．彼は言う．人間の魂と肉体はつながっているのみでなく，一つの統合体である．それ故，肉体が活動し，他者からの働き掛けを感受するのに比例して，精神も多くのことを感受する．(48-9).

29　カロルは，エリオットの小説に意味解釈のモデルが組み込まれていることを指摘する．これによって語り手は，想像力の世界で登場人物が意味解釈の手探りをするプロセスに参加し，同時に，読者は読むという行為を通して，語り手と登場人物と共に，その営みに参加するよう仕向けていると言う．これがエリオットの文体を特徴付けると見ている．(35).

30　エリオットは，リールの方法に触れて言う．もし道徳的感受性と知的視野の広い人が庶民のあるがままの暮らしを歩いて見届けるなら，彼の言葉は社会・政治改革を成し遂げる力になると (「自然史」265-66)．

31　リドゲートは，銀行家バルストロードの，財力にものを言わせて人を支配するやり方に違和感を覚えつつ，彼の企画する熱病病院建設事業に参画する．その過程で，家計の窮状から逃れる方策として，この事業家の融資を受け入れた．後に，この金銭的しがらみによって，リドゲートは医師としての倫理性を疑われる事件に関与することになる．このエピソードに見られるように，個々の人物の行動は人間関係の網の目に位置付けられ，相互の影響関係のダイナミズムは語りの中に生かされている．58 章，69 章，70 章，73 章参照．

32　著者とされるトーマス・ア・ケンピス (Thomas a Kempis) は中世の修道院僧であるが，修道院には，この引用に見られる脱俗主義が脈々と流れていた．メアリアンは，1849 年に父ロバートが亡くなるまでには，ラテン語の原典を手に入れていた．そして，父の最期を看取る苦悩の日々に，この書を紐解いていた (ヘイト 66)．

33　ドーリンは，エリオットが経たカルヴィニズムの宿命説が，彼女の作品を特徴付ける道徳的因果律と行動の選択重視として残ったと見ている (176)．

34　エリオットは，青春期以降ロマンティシズムの有機的生命観に共感を寄せていた．とりわけ，ワーズワスとフォイエルバッハの言語観に見られる生命主義 (言語を命の営みの一環と見る) をわがものにしていた．この見方によれば，言語は肉なる人間の命の営みの一部である．従って，血の通った人間の歴史と記憶の奥行を持たない言語は，その名に値しないという確

35 エリオットは，マッカイの『知性の進歩』批評を通してみずからの聖書批評観を集約しているが，その中で超自然的キリスト教の教条主義を評して語る寸評(「マッカイ」32).
36 シャトルワースは，バルストロードを引き合いに出して，「記憶の物質的基盤」に触れ，これが作家の「道徳的配置図」を描く手段になっていると指摘している (153).
37 これについては，ヒリス・ミラーの "Optic and Semiotic in *Middlemarch*"，カロルの "Introduction: A Working Hypothesis"，アーマースの "Negotiating *Middlemarch*" 参照.
38 「もし我々が，人間の平凡な生活の営みのすべてに対して鋭敏な透視力と感受性を持っていれば，草の葉の伸びる音や栗鼠の心臓の鼓動までが聞えてしまい，沈黙の向こう側に響く大音響に堪え切れず，死んでしまうだろう．ところが幸いにも，我々のうち，最も繊細に音を聞き分ける者も耳栓をして不感症になっているので，平気でいられるのである (20: 194).
39 エリオットは，古代ヘブライ詩人が天地自然に有機的統一性を直感したことが一神教の形を取ったことを，聖書の歴史的展開のプロセスとして捉えている(「マッカイ」28).
40 デイヴィド・ロッジ (David Lodge) は，アイロニーの働きについて言う．作家の声が登場人物の声を凌駕して (override)，人物自身の自己認識に忍び込んだ偏見をあばく時，アイロニーの精神が発揮されると (180).
41 第2章6のみ引用の中の否定語には下線，否定的な含みを持つ言葉には網掛けをしている．否定語の積み重ねによって，人の心の陰影を曖昧なままに描こうとした文体技法が，オースティンとエリオットに共通する特徴であることを明らかにする為である．
42 ハンドリーは，二人の小説家に共通する特徴として，喜劇感覚のほとばしり (comic flair)，言葉のニュアンスに対する鋭敏さ (an acute sensitivity to the nuance of language)，対話を忠実に再現する耳のよさ (an ear for truthful dialogue) を挙げている．("Austen" *Oxford Reader's Companion to George Eliot* 18-9)
43 これに続く一まとまりの引用は本章1で取り上げているが，ここでは文体論の観点から分析している．エリオットがオースティンの小説を音読していたことから見て，その文体にもオースティンの影響があるのではないかと推測して論考を行った．
44 エリオットは，カソーボンのモデルについて訊かれた折，いたずらっぽい眼差しで，黙って自分を指差したと言う (Haight 450)．これは，親しい友人に宛てた手紙に窺われる繊細な感受性と自己不信への傾きを裏付けている．
45 アッシュトン は，メアリアンが1843年，つまり23歳にはスピノザの哲学に興味を覚え，その著作を翻訳し始めたことを明らかにしている．アッシュトンは，彼がドイツ高等批評の先駆けであると認め，宗教を非神話化し，歴史的な眼で再評価する彼の試みがメアリアンに与えた影響を指摘している (『エリオット伝』47).
46 エリオットの翻訳版を引用すると，"we not only understand that the human mind is united to the body, but also what is to be understood by the union of the mind and the body." (人間の心は肉体とつながっているばかりでなく，心身は一つの統合体と理解されるべきものである).

47 同上, "since virtue is nothing else than to act according to the laws of our own nature, and no one . . . strives to preserve his existence except according to the laws of our own nature;（美徳とは，人が本性（自然）の法則に従って行動することに他ならず，本性（自然）の法則に従って行動する以外に，人が生き長らえる道はない）．

48 エリオットが，1854年から1856年にかけて英訳したスピノザの『エチカ』(1677) には，ユダヤ教からキリスト教へと受け継がれた神の啓示としての道徳観に対する懐疑が染み通っている．彼女もまた，宇宙・自然を流動する実体と捉え，ものごとが相互依存しつつ循環する相がその本質と見た．超歴史的な道徳のアイデアを批判するスピノザへの共感は訳文の端々に滲んでいる．*Ethics*. Ed. Thomas Deegan, Trans. George Eliot. 参照．

第Ⅲ章 『ダニエル・デロンダ』を読む

1 『ダニエル・デロンダ』グウェンドレン物語
——キリスト教の遺産と科学の和解——

序 グウェンドレン,自己執着を超える道

　『ダニエル・デロンダ』のヒロイン・グウェンドレンの物語でエリオットが探求しようとしたテーマを煎じ詰めて言えば,作家自身がみずからの人生体験から得た自由観の深化を小説に仮託したものと見ることができる．ヒロインは,おのれの自由意志の赴くままに振る舞おうとして,自由の追及が現実の厚い壁にぶつかり挫折する．彼女は,試練に伴う苦しみと恐れと向き合って,これを糧に現実をあるがままに直視する他には手立てを失ってしまう．この袋小路の中で,自己のありようを虚心に受容する感受性が芽生えてくる．そして,機を転じたところに開かれてくる素直な諦念の中により高度な心の自由を体得するに至る．

　グウェンドレンの結婚生活を中心とする悲劇は,イギリス小説の最良の伝統である性格研究の徹底性において,エリオットの性格描写の総決算と言ってよい．彼女の創造した登場人物の中で,これほど自我の動きが精細に,時間的な幅をもって捉えられている例は稀有である．生来の強い自我と健康な肉体からくるエロスの官能性故に,横溢する生の衝動が周囲の人々に波紋を広げ,軋轢を招くのである．その一方で,彼女の繊細な感受性は,自己の奥深い部分の闇におののきを覚えている．生の衝動とは表裏一体の不安と恐れが潜む闇である．みずから正体を摑めない伏魔殿があることに戦慄を覚えながら,これに眼をそむけ,楽しみにばかり眼を向けている．だが,喜びを追い求めれば求めるほど,人生の罠にはまって不安と恐れが昂じてくる．一家の経済的破綻による行き詰まりを打開しようと,打算的な動機で結婚に踏み切る．だがその結婚が,蟻地獄のように,彼女の「自由」の足許を掬うのだ．

　人生の見掛けと実態の落差に惑い苦しむグウェンドレンの内面描写には,エリオットの最良の人間洞察が生きている．語り手の背後に隠れている作家

は，苦悩の闇を彷徨うグウェンドレンの生き方に一縷の純な魂が宿っていることを見逃していない．これが自己の苦しみの所以を模索する眼となって生きてくる．それが機縁となって，『ダニエル・デロンダ』のもう一方の主人公ダニエルが，F. R. リーヴィス (Leavis) のいう「世俗の聴罪司祭」(lay confessor) (101) として，彼女の自己発見の導き手となる．ジェイムズは，グウェンドレンが苦しみから，贖いを経て悔い改めへと至る心理的プロセスに，作家の良心観の精髄を見ている．彼によれば，グウェンドレンの良心が悲劇を作ったのではなく，悲劇が良心を錬成したのである．良心が磨き上げられてゆくプロセスそのものに作家の力量が込められていると言う (*George Eliot: The Critical Heritage* 431)．これは，グウェンドレン物語を貫くテーマを直感した洞察的な指摘である．

　では，良心が成長してゆく基となる種子は何であろうか．それは，未熟な自我が成長して真の自己に出会うまでには避けることができない恐れと自己不信である．グウェンドレンの性格像が人間の普遍的問題に触れているとすれば，それは誰も免れ得ない自我の不安を徹底的に凝視し抜いたところにある．これが個人生活のあらゆる側面で，微妙で奥深い役割を果たす様を精細に，ダイナミックに捉えようとしたところに，この物語の真骨頂がある．エリオットにとって，自我の不安という問題は，生来の気質・体質からくる個人的試練であった．眼を逸らそうにも逸らすことが叶わぬ宿命的な問題であった．おのれの生を生きるということは，自我の不安を直視し抜くということと同義であったとさえ言えるのだ．『フィーリックス』のトランサム夫人，『ミドルマーチ』のカソーボン，バルストロードなどに見られる痛ましいまでの自我の不安，葛藤の真に迫った描写は，作家自身の内奥の問題意識から発している．グウェンドレンの象徴するテーマは，本質的に彼らの延長線上にある．ここにエリオットの精神遍歴が色濃く投影していることは，その射貫くような性格描写の文体から推察される．[1]

　本論ではグウェンドレン物語のディスコースを取り上げ，具体的な文脈に置いて，その文体的特徴を明らかにする．そこに，ダーウィニズムに起源を持つ生理学・心理学の見方とキリスト教の遺産がせめぎ合っている様が見て取れる．これをテキストの言語事実から裏付けてゆく．

第Ⅲ章 『ダニエル・デロンダ』を読む　　273

仮説・検証のプロセスとしてのプロット

　ビアによれば，19世紀後半に至って小説の語り手は，神のごとき全知・全能の役割に取って代わって，科学者が探求し，仮説を立て，検証するのに類似した方法の実践者として立ち現れた．『ミドルマーチ』では，テキストの科学的・医学的関心は，テーマ，人物描写ばかりでなく，作品の構造そのものにまで浸透していると言う（*Darwin's Plots* 149）．『ダニエル・デロンダ』でも，科学的アプローチがテキストのあらゆる側面に生かされている．グウェンドレンの悲劇とダニエルによる導きと魂の再生のプロットにも，科学的知見に裏付けられた生理学・心理学の語彙と発想が，宗教的なそれと相克している．人が試練に遭い，苦しむ体験そのものの中に人間性が変わる契機がある，と見る聖書的な見方がグウェンドレンの悲劇を貫いている．同時に，この道理を生理学・心理学の洞察によって裏付ける語り手のまなざしと語彙は，語りの技法の中に生きている．これを跡付ける前に，グウェンドレン物語の輪郭を眺めてみよう．

　グウェンドレンの悲劇は，西インド諸島の入植者たる義父の事業の破産と経済的困窮に端を発している．これを契機に，ハーレス一家は国教会牧師ガスコイン家に身を寄せたが，牧師一家の経済的困窮によって，一家は自立を迫られた．これによってグウェンドレンは，乳母日傘の安逸な境遇から，一転して浮世の厳しい現実に直面せねばならなくなった．これによって彼女は，自分の生き様が現実の圧力によって容赦なく問われているのを自覚した．ところが，彼女の慣れ親しんだぬるま湯的な階級意識は呟くのだ．レディとジェントルマンは好きなことをするだけでよい，世間は私に厳しいことを要求する訳ではない，と．何かにつけて趣味程度で済むアマチュアリズムの世界に慣れ親しんでいた彼女は，世間の表面的敬意で護られて，自尊心は常に安泰だった．上流階級の微温的な文化風土は，彼女の性格の奥深くに染み込んだ習い性だった．変化した現実を前にしても，この感覚が自己主張してしまうのをどうにもし難かった．経済的自立の為の背に腹はかえられぬ措置として，伯父ガスコインから提案された貴顕の家（司教一家）の令嬢の家庭教師（governess）として働く話や，コテージに仮住まいさせてもらう話（21章）などは，彼女から見れば，自分の存在理由を根本から否定されるような痛みを伴っていた．階級的自尊心が邪魔をして，ものの道理を聞き分けることがどうにもできないのである．自分の固定観念を捨て去って，ものごとをあるがままに見るというこ

とは，彼女にはさほど困難な行為なのだ．

　グウェンドレンが人間的共感の基盤もないままに，ジェントルマンのグランドコートとの結婚に突き進んでしまった背景にも，この自尊心が深く関わっている．自分をひとかどの人間と考える抜き難い気位の高さが，自分を取り巻く窮状を直視し，これに対処する虚心な心の芽生えを摘み取ってしまうのだ．結婚の話が具体化すると，夫となる人の隠された妻子の存在が，当事者たるグラッシャー夫人から彼女にそっと耳打ちされた．グウェンドレンはこれが心に掛かって，不安に苛まれていた（14 章）．だが，自分の体面は無傷なままに，窮状だけは一気に解決する夢想的な思惑がこの執拗な不安に打ち勝って，彼女を結婚へと突き動かしたのである．実は，そこにこそ人間グランドコートの本質的な問題が孕まれていたが，夢想や打算に曇らされた眼には，この道理が見えなかったのである．

　いざ結婚生活を始めたグウェンドレンを待っていたものは，伴侶との愛も共感もない暮らしであった．表層だけが華やかな慣習的世界に入ってみると，そこに彼女の生き甲斐となるべき筈の心の絆はなかったのである．そこには自我と自我の暗闘の荒涼たる世界があった．力による支配と被支配の見えざる無法地帯があった（35 章）．よるべのない母親と姉妹に経済的温情を掛けてくれた夫に，彼女はもはや対抗する基盤がない無力を味わったのである．国教会の宗教的共同体の守護者たるべき夫と妻の間に責任の共有意識はなく，礼拝をはじめとする儀式・典礼は，社交の場としての儀礼的意味あいこそあれ，型通りに儀式をこなす形式主義があるのみであった．そこには心を疲弊させる義務感があるのみで，湧き上がるような自己放棄の喜びと同胞意識はなかった（48 章）．

　苦境に立たされたグウェンドレンの心の地獄を直感して，終始見詰めていたのがダニエルであった．繊細な宗教的感受性を持つ彼は，迷いと苦しみのさ中にある彼女の姿に憐れみを禁じ得なかった．自然な成り行きとして，二人の間には真の言葉のやりとりと魂の触れ合いがあったのである．それのみが，グウェンドレンを生き地獄から救いだす頼みの綱であった．

グウェンドレンの変容──因果の連鎖としてのプロット──

　"for character is a process and an unfolding." （人格はプロセスであり，変化発展する．）（『ミドルマーチ』15:166）．『ミドルマーチ』15 章で医師リドゲート

の過去から現在に至る来歴を語る語り手のコメントである．この見方は『ダニエル・デロンダ』にも引き継がれている．それが典型的に表れているのが，グウェンドレンの自己発見に至る性格描写である．彼女は，20歳から22歳に至る人生の節目で，独身の夢見る暮らしから結婚の現実へと目覚め始めた．その道程がそのままプロットに結実している．語り手の背後にいる作家は，苦しみを糧にして人生の道理に気付いてゆくヒロインの変化を凝視している．この道理を，エリオットは，「自然界と精神界に働く普遍的な法則，不変の因果律」(undeviating law in the material and moral world—of that invariability of sequence)(「マッカイ」21)と呼び，これを読者にありありと見せることが彼女の小説作法の基盤となったのである．

独身時代のグウェンドレンが現実の試練を薄々予感しながら，持ち前の強い生の衝動に突き動かされて，皮肉にも困難に背を向ける場面がある．語り手は，彼女の謂われなき楽観主義に自己への無知を見ている．

> In the schoolroom her [Gwendolen's] quick mind had taken readily **that strong starch of unexplained rules and disconnected facts** 1) which saves ignorance from any painful sense of limpness; and **what remained of all things knowable**, 2) she was conscious of being sufficiently acquainted with through novels, plays, and poems. (4: 40)
>
> 教室では利発な彼女は，説明されることもないルールや断片的な知識を，糊でかためた塊のようにすんなり受け入れた．こう受け止める方が，無知を自覚していない彼女には，ぐにゃぐにゃして掴みどころがない知的探究のもどかしさを味わわなくて済んだのである．習っておくべき知識で未習のものは，小説やドラマや詩を読んで充分身に付いているという思いがあった．

語り手の円熟した人生智とヒロインの闇雲なエネルギーのギャップがピリッとした風刺画を描いている．陰影に富んだ文彩は，背後に作家の洞察を秘めている．命の営みは神秘に満ちている．神秘の闇を手探りすると，無限の真理が隠れている．これが円熟期の作家の有機的生命観(organicism)である．語り手の言葉の選択はそこに由来している．"that strong starch of unexplained rules and disconnected facts" 1)（説明されることもないルールや断片的な知識の糊でかためた塊）は，知識が背後に広がる真理の奥行から遮断され，断片化・固定化していることを暗示している．「ぐにゃぐにゃして」手応えがない

感触は，知識がグウェンドレンの中で，生きる知恵として働いていないことを暗示している．"what remained of all things knowable" 2)（習っておくべき知識で未習のもの）は，知識がお飾りのごとく宛がわれるのに満足して，ものを問う心が欠けている若者の無教養を思わせる．小説やドラマや詩を読めば教養が身に付くと信じて疑わないのである．語り手のちょっとした点描にも，こうしたイメージ言語が駆使されているのは，エリオット後期小説の特徴である．これが，人物の人間性の隠れた問題を浮き彫りにするのに寄与している．

　行き詰まりの打開策を模索するグウェンドレンが自分の置かれた立場を思い知ったのは，自活の道を求めて音楽教師クレスマーの忠告を求めに赴いた折であった．彼は，東欧系ユダヤ人としての人種上の負い目がありながら，精進を重ねて優れた芸境を磨き上げていたのである．血の滲むような刻苦勉励により，イギリス上流階級の間でピアニストとしての力量を認められるようになった人物である．彼の眼には，女優兼歌手として自立することを夢見て自分を頼ってきたグウェンドレンの未熟な楽観主義は甘っちょろい少女趣味と映った．そのお嬢様的な感覚の弱点を鋭く見抜くと，気難しい芸術家魂がわれ知らず込み上げて，率直な言葉を語らずにはいられなかった．曰く，深窓の令嬢のたしなみと本物の芸術は違うものだよ．もし君が本物の芸術を志す積もりなら，身に付いたサロン風の生半可な基準を捨てることが先決だよ．芸の道は，退路を断って全身全霊で精進する一筋の道なのだよ．絶えず仮借ない眼で評価され，おのれの未熟さを自覚させられる世界だよ．数知れぬ屈辱，挫折を乗り越えて，なお黙々と自己を磨く営みなのだよ．それだけの労苦を費やしたからといって，世間の評価と生活の糧が保障される訳でもない．もし君がこれほどの困難に堪えて献身すれば，高い志から自ずと漂い出る風格も備わってくるだろう．たとえ名声を得なくても，払った犠牲故に君の内面から輝き出る人間性こそが芸術の命なのだよ．謙遜な心で高い境地に至らんとする，その過程が大切なのであって，名声は追い求めるものではないよ．率直に言って，君は凡庸以上のものになれる可能性はないのだよ．(23: 259)

　こう語るクレスマーの厳しい言葉は，この道の辛酸を嘗め尽くした彼の生活体験から出たものである．グウェンドレンの無知な楽観主義に対する憐憫の情は，彼女の心に届いたのだ．真心の籠もった言葉は，相手の心の機微に触れずにはおかない．彼女の自尊心が抗弁しようにもできない人生の道理に触れているからである．これを聞く人の耳には，自己のあり方を根底から揺さぶ

第Ⅲ章　『ダニエル・デロンダ』を読む

る力が籠もっていたのだ．ヒロインの行き詰まりを辿る作家の俯瞰図的な眼は，彼女の痛みの自覚に脱皮を促す道徳的感受性の萌芽を見ている．しかし，この期に及んでなお，グウェンドレンは生体解剖の痛みに堪えかねて，グランドコートとの結婚という，現状のままの自己が許される世界に避難しようとする．だがここにもまた，自己のあり方が厳しく問い直される試練が待っていた．作家の注意は絶えず，ヒロインが包囲され，これに触発されて渋々自己の真の問題を直視させられてゆくメカニズムに注がれている．

　グウェンドレンに語り掛けるクレスマーの言葉には，作家自身の芸境が反映していることが窺われる．因習的社会の自己満足の風を部外者の眼で解剖する作家の意図は，ダニエルの性格像にその一端が表現されている．その一方で，作家自身のヨーロッパ的視野は，ユダヤ人芸術家のまなざしにも仮託されている．クレスマーの言葉に，エリオットの有機的生命観から直接ほとばしったような語句が頻出することから，作家自身の境地から彼の言葉が発せられていることが察せられる．彼は，真の芸術家の人生について言う．

> . . . it [a **life** 4) of the true artist] is out of the reach of any but **choice organizations—natures framed to love perfection and to labour for it**; 1) ready, like all true lovers, to endure, to wait, to say, I am not yet worthy, but she—**Art, my mistress** 2) —is worthy, and I will live to merit her. . . . the honour comes from **the inward vocation** 3) and the hard-won achievement: there is no honour in donning the life as a livery. (23: 255)

> 真の芸術家の暮らしは，選りすぐりの感覚で心身のコンディションを整える人を除いては，手の届かないものだよ．熟達の境地を目指し，これに一歩でも近づこうと努力する心構えと暮らしをする人だけに可能なんだよ．本当に道を愛している人らしく，堪えて待つことができる人だけなんだ．自分はまだ未完成だが，芸術はわが女神であり，尊い道であって，これを目指すにふさわしい者でありたい，と言える人にだけ訪れるのだよ．・・・栄誉は，心の精進と苦心して磨いた芸にあるのだよ．仕着せを羽織るように体裁を整えるような暮らしには栄誉はないんだ．

"choice organizations—natures framed to love perfection and to labour for it;" 1)（選りすぐりの感覚で心身のコンディションを整える人——熟達の境地を目指し，これに一歩でも近づこうと努力する心構えを持った暮らしをする人）．この文脈で使われる "organizations"（心身組織）と "natures"（本性）は，芸術家の心技体を整える境地を暗示している．人格完成を目指して労苦を厭わな

い一筋の道である．"Art, my mistress" 2）（芸術はわが女神）は，芸術への精進が自己を捨てることにあることを示唆している．おのれを超えた価値あるものを愛することによって，人は自由を得るのである．そこに一脈のエロスが混じっていることは，"mistress"（女神）が暗示している．"the inward vocation" 3）（心の精進）は，生活そのものが高い目標の実現に適うよう整えられる様を示している．これによって，人は安らかな境地を体得する．「人生を仕着せのようにまとって」も，生活の質が根本的に変わらなければ空しいのである．ここに魂と肉体の調和を生理的・心理的営みの次元から見る眼がある．この文脈の"life" 4）には，命，人生，生活のいずれの含みもあって，言葉の選択の鋭さ故に豊かな曖昧性が宿っている．

　語り手は，クレスマーの厳しい言葉が残酷のように見えて，その動機に深い憐れみがあることに触れている．その真意を，一般論めかして語る．

> **Our speech** even when we are most single-minded **can never take its line absolutely from one impulse;** 1) but Klesmer's was as far as possible directed by compassion for poor Gwendolen's ignorant eagerness to enter on a course of which he saw all the miserable details with a definiteness which he could not if he would have conveyed to her mind. (23: 257)
>
> 人の言葉は，ひたむきに話している時でも，純粋に一つ感情からほとばしってくることはない．それどころかクレスマーの言葉は，グウェンドレンが一つ道を，内情を知らぬままに選び取ろうと情熱に燃えていることを察知すると，できるだけ温情から言葉を発するよう努力した．彼は，この道を選び取ることが何を意味するか，痛いほど分かっていたからである．しかし，これを彼女に，ありありと伝えることはどうにもできなかった．

グウェンドレンが無知な情熱に任せて突っ走ればどんな結果が待ち受けているか，クレスマーには見えている．相手がみすみす苦しみを招くような行為を見ていられない，というのが彼の意識に浮かんでいる思いである．ところが，言葉の表層的な意図の背後に，本人も気付かない無意識の層が隠れている．"Our speech ... can never take its line absolutely from one impulse;" 1)（人の言葉は，ひたむきに話している時でも，純粋に一つ感情からほとばしってくることはない）．クレスマーの語る言葉には記憶の奥行があった．それは，ユダヤ人としての血の宿命が関わっている．言葉を語るほどに，心の奥底から屈辱と

忍苦が思い出されてくる．本人の意識の背後の民族の体験と絆が言葉に乗り移ってくるのだ．ここに，意識から無意識へと連なる心(psyche)の氷山が人を動かす力として想定されている．言葉が生理的基盤を持ちつつも，体験と記憶と深く絡み合っているのである．

　エリオットの言語観には，ルイスと長年共有した「心の生理的基盤」[2]の問題意識がある．"living words fed with the blood of relevant meaning, and made musical by the continual intercommunication of sensibility and thought."（的を射た意味の血液に養われた生きた言葉，感受性と思考の絶えざる照らし合いによって音楽になった言葉）（「覚書」359）．感受性と思考が相照らし合って，意味が身体的レベルで会得された時，言葉は生きたものとなると言う．意味の血流のイメージは，言葉を心身の生理的・心理的営みの一環と見る有機的生命観の表現である．この問題意識が，『ダニエル・デロンダ』の性格描写に深い陰影を与える所以である．

結婚が教える見掛けと現実の落差

　グランドコートとの結婚は，グウェンドレンには眼の前の困難を回避し，身の安泰と世間的な栄誉を得る唯一の方便だと感じられた．ところが結婚7週間にして早くも，彼女は，新しい軛が喜びと希望ではなく，絶望と苦しみをもたらすことを悟った．二人の子どもを抱えた先妻グラッシャー夫人の，自分に対する呪詛の言葉が手紙で知らされたのである．これが彼女の心中に毒を巡らし，喜びの種を摘み取ったのだ．他人を犠牲にして得た幸福たるべき身分が蟻地獄の苦しみとなったのである．[3] 夫の身持ちの悪さを知りつつ，敢えて打算から結婚を決断した事実は，夫に知られてはならないという思いがあった（読者は，グランドコートが，妻の真の動機と事実関係を知り抜いて結婚したことを知らされるのだが）．内心の失望と苦衷を夫に悟られる屈辱に堪えられないのだ．夫がどのような人間性を見せるにせよ，品位をもって軛を背負おう，憐れみを掛けられてはならない．この自尊心がひたすら体面を取り繕う意思の努力を支えていた．

> Gwendolen's will had seemed imperious in its small girlish sway; but it was a will of the creature with **a large discourse of imaginative fears**: 1) a shadow would have been enough to relax its hold. And she had found a will like that of crab or a boa-constrictor which goes on pinching or crushing without alarm at thunder.

(35: 423)

グウェンドレンの意志は，娘の小さな勢力圏では絶対的に見えた．だが，それは，想像の世界でとめどもなく恐れが囁き掛けてくる人の意志であった．影が一つ差せば，そのしたたかさは萎えてしまったことだろう．ましてや，彼女は，雷が襲ってもひるまず挟み続ける蟹のごとき意志，ないしは締め上げる大蛇のごとき意志を相手にしていたのである．

ここに，独身時代の夢が結婚生活の現実に取って替えられた境遇の激変が集約されている．「娘の小さな勢力圏」の終わりはあっけなくやって来た．グウェンドレンが信じて疑わなかった自由意志は，幻のようにはかないものだったのである．"a large discourse of imaginative fears" 1)（想像の世界でとめどもなく恐れが囁き掛けてくる）という言い回しが暗示する真実とは，自己という存在は危うい基盤の上に成り立っているという道理である．おのれという核を中心にものごとを見ると，憶測や猜疑や不安が果てしなく湧いてくる．自己執着の妄念が現実認識の眼を曇らせるのだ．人の心を迷わせるからくりは，当人には見えなくても働いている．人の心には自己中心性の闇がある．"a large discourse"（とめどなき言葉）は，恐れと不安が心を囚えて，現実を見る眼を曇らせ，邪推が独り歩きする様を鮮やかに視覚化している．影が差しただけで意思が萎えてゆく絵画的イメージは，蟹と大蛇の締めつける画像と相俟って，ヒロインの精神状況を直感させる想像的な筆致である．彼女の，みずから正体を摑むこともできない闇の感情に原初的言葉を読み取る想像力は，作家の想像力から湧き出したものである．人間探求は，そのまま言葉の探求へと通じているのである．[4]

夫グランドコートとの深い断絶は，グウェンドレンの心中に微妙な変化を生じていた．型通りにレディの役割を演じる彼女には，世間に向けた自己のイメージと，真の自己との間に生じる深刻な乖離が起こっていた．それが典型的に表れるのが教会生活であった．貴族の一家は，教会のパトロンとして，宗教共同体の健全性を守り育てる要の役割を期待されている．しかし，信仰は個人の内面生活に深く関わる問題である．外から宛がわれた務めを無難にこなすレベルで済む話ではない．教会の儀式・典礼に従うグウェンドレンの心境に，語り手は理解と憐れみのまなざしを向けている．結婚後最初の冬が過ぎ，春が初夏に変わる頃，彼女の取り繕いの暮らしは惰性に流され，かつての潑溂

たる面影はなかった.

> Church was not [5] markedly distinguished in her mind from the other forms of self-presentation, for marriage had included **no instruction** 2) that enabled her to connect liturgy and sermon with any **larger order of the world** 1) than that of unexplained and perhaps inexplicable social fashions. **While** 3) a laudable zeal was laboring to carry the light of spiritual law up the alleys where law is chiefly known as the policeman, the brilliant Mrs Grandcourt, **condescending a little to a fashionable Rector and conscious of a feminine advantage over a learned Dean,** 4) was, so far as pastoral care and religious fellowship were concerned, in as complete a solitude as a man in a lighthouse. (48: 604)

> 教会は，彼女の心中では，どんな形であれ公的な場で役割を果たす機会としてはっきりとけじめが付けられていなかった．というのも，彼女は，結婚を叡智に裏打ちされた儀式だとは考えていなかったからである．そのように理解していれば，典礼式文と説教とを説明されもしない，不可解な社交上のファッションではなく，広い世界の秩序と結び付けて考える覚悟もできていただろうに．法律(law)といえば警察官と連想される路地裏で，立派な信心家が霊的な律法(law)を宣べ伝える為に身を粉にしているのとは対照的に，才気煥発なグランドコート夫人は，身分の高い主任司祭に愛嬌を振り撒き，学識ある地方執事から恭しく遇されることを楽しんでいた．ところが，教区民のお手本となり，宗教的同胞意識を育む段になると，燈台守のように孤立していた．

ヒロインの精神の停滞を描くこの一節には，語り手の背後の作家が見た教会生活の本来的意味が示唆されている．その裏表を見てきたエリオットの炯眼が，達意の言葉に洞察を添えている．否定表現が目立つのは，教会生活のあるべき姿が想定され，これに照らしてグウェンドレンの現実が宗教の本来性を喪失していることを浮き彫りにする文脈に沿っているからである．

　彼女の眼には，礼拝の「典礼式文と説教」は社交儀礼に従う以上の意味はないのである．"larger order of the world" 1)（広い世界の秩序）は，現世から宇宙に及ぶ秩序であって，キリストの体たる教会が，その先達によって伝承された知恵の結晶である．これに聞き耳を立てて謙遜に学ぶところに，個人が生きる糧を得る宗教的叡智がある．"no instruction" 2)（見識の欠如）という凝縮された抽象語句は，聖書の伝承されてきた言葉を隣人と共に味わい，同胞意識を深める感受性が欠けていることを示している．次の文の "while" 3) 節には，イングランドの宗教史が刻み込まれている．国教会と非国教会派（Nonconformism）が住み分ける宗教体制の二重構造である．「裏路地」は産業都市の片隅の職工が住む長屋の暮らしを偲ばせる．19世紀初頭，信仰復活運動は，それ以前には信仰の光に浴しなかった（"law" と言えば警察権力を想起するような）下層の民衆に広まった．語り手は，「霊的な律法」が伝道者によって伝えられた歴史的事実[6]にそっと言及しているのである．福音主義の持つ平民主義と，ハイ・チャーチの身分序列を基盤とする伝統秩序が対置されている．そのような歴史的文脈にグウェンドレンの住む世界が位置付けられているのである．"condescending a little to a fashionable Rector and conscious of a feminine advantage over a learned Dean" 4)（身分の高い主任司祭に愛嬌を振り撒き，学識ある地方執事から恭しく遇されることを楽しんでいた）．"condescending"（謙遜な，親切な）には，彼女が身分の高い教区牧師に謙遜な振る舞いをする含みもあれば，身分的な高みから見下ろす慇懃さの含みもある．「学問のある地方執事」がレディに敬意を表するのに優雅に応じる物腰も，彼女を取り巻く風土を象徴する点描である．「教区民のお世話」と「宗教的同胞意識」において，燈台守のような光の足許の孤独な闇を味わうヒロインの内的風景は，さらりとした点描の域を超える洞察的な風土描写である．

　この場面に続いて，語り手が読者に問い掛けるような論評が見られる．

> Can we wonder at the practical submission which hid her constructive rebellion? The combination is common enough, as we know from the number of persons who make us aware of it in their own case by a clamorous <u>unwearied</u> statement of the reasons <u>against</u> their submitting to a situation which, on inquiry, we discover to be the <u>least</u> <u>disagreeable</u> within their reach. **Poor Gwendolen had both too much and too little mental power and dignity to make herself exceptional.** 1) <u>No</u> wonder that Deronda now marked some hardening in a look and manner which were schooled daily to the <u>suppression</u> of feeling. (48: 604-05)

慣例上の恭順を装いつつ，心は離反している心境に驚くことがあろうか．面従腹背の事例は世の中によく見られることである．秩序に服することに，執拗に，声高に反対論を唱える人々に出会うと，これが知られるのである．ところが，よく吟味してみると，その主張は，自分たちの取るべき選択肢のうち最も不快さの度合いが低いものだと分かるのだ．憐れなグウェンドレンは，この類の人たちと違うところを見せるには，知的能力と威厳があり過ぎとも言えるし，なさ過ぎとも言えた．デロンダ（ダニエル）がグウェンドレンの表情と物腰の中に感受性の鈍麻を見たのは無理からぬことだった．日々感情を抑圧するのが習い性になった人の兆候がそこにあった．

宗教が知恵として人の暮らしに生きるとはどういうことか，という問いがここにある．儀式・典礼の言葉と音楽には，人と人とをつなぐ縁（えにし）がある．言葉が言霊になって魂に語り掛け，オルガンの荘重な調べと讃美歌の斉唱は，聴く人の心に感情の昂揚をもたらす．小さな自己を捨てて，大きな世界におのれを投げ出すと，心の安らぎが訪れる．これが宗教生活の命であり，詩である．家族と共に幼い頃から国教会の礼拝に参列していたエリオットは，このことを全身全霊で知っていた．

　この場面に見られるヒロインの孤独地獄は深い．讃美歌の宗教詩は，現世執着に囚われた心には感情の昂揚をもたらしはしない．慣習に表面的に従いつつ，心は離反している．心を武装解除して素直になれば，自ずと湧き上がる共感の上げ潮も，自己執着で枯渇している．道理に服する感受性がない時に，これに抗う理屈は何とでも付く．だが，声高に理由を申し立てる人の心根を吟味してみると，自分にとって心地よくないことを避けたいという思惑が知れてくるのだ．語り手のまなざしは，自分の本当の動機を知らず，世間的な思惑から粉飾としての言葉を弄する人間の迷いを見据えている．"Poor Gwendolen had both too much and too little mental power and dignity to make herself exceptional." 1)（憐れなグウェンドレンは，この類の人たちと違うところを見せるには，知的能力と威厳があり過ぎとも言えるし，なさ過ぎとも言えた）この一文の含みは曖昧微妙である．意味の奥行が玉虫色になっている．グウェンドレンは，本当の自己を言葉で粉飾する意味では，世間でよく見掛ける人の例外ではない．その「知力と威厳」は世渡りの計らいには長けているが，「主を恐れる心」の純粋さから見ると，闇夜を彷徨っているのである．"No wonder" 2)（無理からぬ）以降の文は，視点が形式上語り手にありながら，事実としてはダニエルのグウェンドレンに対する心理洞察に移っている．というのは，彼女の心の動きに注意を払っている彼には閃きがあったからである．グウェンドレンの物腰とまなざしに，感情を抑圧している人に特有の無感動を，彼は見て取ったのである．

　教会生活を巡るグウェンドレンの心理描写には，作家のロマン派的な感受性が反映している．これを端的に言えば，言葉と行動と感受性が融合して相互に照らし合う境地に対する飽くなき模索と言ってよい．習慣に安住すると命の充足感はかげろうのように去る．宗教的感動の瑞々しい流れが涸れると，

後に残るものは形骸化した教義体系と儀式の形式主義のみである．作家のこの感受性は，福音主義へ傾倒していた少女期・青春期以降一貫して変わることがない個性であった．

> The idea of a God who not only sympathizes with all we feel and endure for our fellow-men, but who will pour new life into our too languid love, and give firmness to our vacillating purpose, is an extension and multiplication of the effects produced by human sympathy;(「福音主義の教え」168-69)
>
> 人が同胞に対して抱くあらゆる思いと忍耐に共感するだけでなく，萎えて鈍ってしまった愛に新たな命を吹き込み，揺らぐ目的をしっかりと支えてくれるような神の概念は，人間の同胞に対する共感を押し広げ，純化した結晶と見做すことができる．

人が人に寄せる共感，とりわけ他者の苦しみと悲しみをわがことのように受け止める感受性は，人を神に近づける道であると言う．人に生来的に備わった共感の力を磨き上げてゆくと，すべてを見通し，すべてを理解し，すべてを赦す存在が心に生きてくる．この見方はエリオットの小説世界に貫かれている．このような共感の神に照らしてグウェンドレンの苦しみも凝視されているのである．宗教は自己の囚われを洗い流してくれる感情である．こう観じる作家は，因習に縛られたヒロインの闇を否定的に焙り出すことによって，この体験的真実を浮き彫りにしているのである．

導きと帰依

結婚生活の生き地獄に苦悩するグウェンドレンのあるがままの姿に寄り添い，導きの光となるダニエルのプロットは，作品の後半で繰り返し表れ，主調音を奏でている (35章，36章，54章，64章)．それは，すでに触れたように，作家自身の精神遍歴を色濃く反映している．[7] 一寸先は闇の人生を手探りすることは，恐れ，不安，自己不信と向き合うことに他ならない．このような否定的な感情を転じて共感と赦しと感謝へと昇華させる歩み，これがエリオットの作家人生に流れる枢要な問題であった．この問題意識がグウェンドレンとダニエルの対話に表白されているのである．

夫グランドコートとの不毛な暗闘に疲れ果て，恐れが憎しみへと変わってゆく様が描かれる一節がある．

第Ⅲ章　『ダニエル・デロンダ』を読む

> Passion is of the nature of seed, and finds nourishment within, tending to a predominance which determines all currents towards itself, and makes the whole life its tributary. And the intensest form of hatred is that rooted in fear, which compels to silence and drives vehemence into a constructive vindictiveness. (54: 673)
>
> 感情は種子の性質を持っている．自身の中に養分を見つけて，あらゆる流れを自分に取り込み，命の全体をその支流にして圧倒的な力を得る．その結果，激しい憎しみは恐れに根を降ろし，沈黙を強いて，猜疑が産み出す復讐心に激情の様相を帯びさせる．

ここにも自然界の有機的暗喩 (organic metaphor) が使われている．植物の種子が，みずからの養分を糧にして命を開花させ，成長するように，恐れもみずからの栄養を糧に増殖する．恐れは言葉に表現されないままに心に食い込み，憶測，猜疑心の養分を吸って，憎しみへと姿を変える．感情に水の流れの暗喩を使うのはエリオットの生理学・心理学の知見を反映している．その観点に立てば，人の感情は超越的な善悪の観念によって弁別されるものではなく，自然の営みの中で善にもなれば悪にもなるものとして相対化される．[8] 命を疲弊させる負の感情の水路は支流と合流し，水位を上げてゆく．気が付いてみると，否定的感情は心身を圧倒して，人と人との共感の絆を掘り崩してしまう．水流が自然法則に従うように，感情にも法則に則った動きがある．このプロセスとメカニズムを知ることが，否定的感情の圧政から自由になって，命の充足に導かれる所以となる．

　グウェンドレンの中で現実との接点が縮小すればするほど，自己卑下，猜疑心，心細さが心を占領し，病的自意識が昂じてくる．世間に対して身構えれば身構えるほど精神は金縛りにあい，神経はずたずたに引き裂かれるのだ．この期に及ぶとすべては行き詰まり，体面を取り繕うことすら難しくなる．ただただ，この袋小路を脱する一縷の望みを託して，信頼できる他者に自分の浅ましい姿をさながらに投げ出す他はなくなるのだ．

> I am selfish. I have never thought much of any one's feelings, except my mother's. I have not been fond of people. —But what can I do? [9] . . . the world is all confusion to me . . . You say I am ignorant. But what is the good of trying to know more, unless life were worth more? (36: 450-51)

私は利己的なのよ．母さん以外の人の気持ちを察したことがなかったの．人が好きになれなかったのよ．こんな私に何ができるのかしら．・・・この世は，何が何だか分からないわ．・・・私を無知だとおっしゃるでしょうね．だけど，人生がもっと価値あるものでなければ，もっと多くのことを知ろうとしても，何の甲斐があるの．

　グウェンドレンがダニエルに心の叫びを吐露した瞬間である．自分より深い境地を持った人に一切合財を投げ出し，自己の真の問題を見てもらうことは，そのまま創造主に向かって自己を放棄することになる．自己を捨てること自体に，自己喪失の病を癒やす治癒力が秘められているからである．それは人間の本然的な欲求であって，宗教心の芽生えとも言えるものである．自己をさながらに投げ出さずにはおれなくする力は，人間が本来的に持っている純な魂から出てくる．「私は利己的な人間なの．結局人間が好きになれなかったのね．・・・私に何ができるかしら．」[9] この言葉は，捨て難い自尊心を捨てた人間からほとばしる純粋な言葉である．そこにはすでに，おのれのあり方を問い直し，道理に耳を傾ける真の自己が兆している．

　グウェンドレンが変化する予兆を感じたダニエルは，諄々と諭す．

"We should stamp every possible world with the flatness of our own inanity—which is necessarily impious, without faith or fellowship. The refuge you are needing from personal trouble is the higher, the religious life, which holds an enthusiasm for something more than our own appetites and vanities. The few may find themselves in it simply by an elevation of feeling; but for us who have to struggle for our wisdom, the higher life must be a region in which the affections are clad with knowledge. . . . Take the present suffering as a painful letting in of light, . . . Take your fear as a safeguard. It is like quickness of hearing. It may make **consequences** 1) passionately present to you. Try to take hold of your sensibility, and use it as if it were a faculty, like vision." (36: 451-52)

人は，あらゆる可能性を秘めた世界を，自分自身の意味喪失の空しさで刻印を押してしまうのだよ．それは，必然的に不信心なこと，信じるものを持たず，心の絆を持たずに生きることになるんだよ．君の必要としている悩み事からの避難所は，志の高い宗教的な暮らしだよ．そういう暮らしには，おのれの欲望や虚栄心を超えた何かに対する情熱が宿るんだ．選り抜かれた人たちは，感情を磨き上げて，そういう境地に至ることもあるだろうが，知恵を求めて苦闘せずにはおれない凡人には，より高い暮らしとは，情愛が叡智の衣をまとったものなんだ．・・・今の苦しみを，辛いけれど光の射し込みと受け止めたらどうだい．恐れを歯止めと考えるんだ．恐れ

は聞く耳の鋭敏さのようなものなんだ．恐れを受け入れると，因果の道理がありありと見えてくるんだ．感受性をしっかりと摑んで，それをあたかも，視力のような能力として生かすといいんだ．

　ダニエルの諭しには，作家自身のヴィジョンが反映していることが推察される．それによると，人間は根本的に罪人である．自分を位置付ける視野と共感が欠けると人の感情は淀み，命の充足とは裏腹な自己執着へと陥る．自己への囚われがあると生きる意味を見失い，ものを見る眼が曇り，すべてが空しく感じられる．この隘路を突破する道は，自己を捨てて，これを超えた何かに情熱を注ぎ込むことにある．自己を忘れて精進すると，自ずと隣人との共感に恵まれ，命の充足が訪れる．これが「より高い暮らし」の意味あいである．苦しみは避け難いものであって，これを受け入れ，忍耐すると，そこから新しい見方が開けてくる．因果の道理 "consequences" 1) が，ありありと眼に浮かぶようになる．ものを「鋭敏な耳で聞き」，あるがままに「見る」為には，「感受性」を研ぎ澄ますことが問われる．これは，作家の中に深く息衝くロマン派的な感受性の表現である．おのれを空しくして心の眼を見開き，耳を傾けると，命の神秘の囁きが聞こえてくる．

　上記の一節には，作家が辿りついた境地が「より高い暮らし」の語句に凝縮されて表現されている．ノープフルマッカーによれば，エリオットが小説に仮託した境地は，19世紀後半の進化論の宇宙観と古い信仰の真実を和解させる試みだと言う (*Religious Humanism and the Victorian Novel* 5)．また，シャトルワースによれば，『ダニエル・デロンダ』の主要人物の矛盾・葛藤の心理描写には，自然史の発想と共に，実験科学の仮説・検証の方法が生きていると言う．プロットが仮説の性質を帯び，人物の心身の動きを環境との相互依存の相においてダイナミックに捉えるまなざしがあると言う (22)．エリオットは，進化論の生命進化プロセスの真実性を受け入れつつ，心底に古い信仰の詩を宿していた．この矛盾に堪えて小説の言語を模索した．テキストの隅々に生理学・心理学の言葉，キリスト教の古い言葉が共存し，せめぎ合っているのは，彼女の精神遍歴が自ずと反映しているからに他ならない．

　物語の大団円近くで，グウェンドレンとダニエルの関係が微妙に変化するプロセスが描かれている（64章，65章）．ロマンティックな思慕と宗教的導きが一体化したダニエルのイメージが，彼女の中で質的変化を遂げたのである．

彼のマイラとの結婚と，パレスティナ行きの決意が堅いことを見て取ったグウェンドレンは，悲しい心の整理を迫られた．自分にとって命のような存在を諦める覚悟が芽生えた時，彼女の中にダニエルの人間性がより深く根付き，内面化したのである．心の中で大切な人が生きて，その生き様が自分自身の声となる心理を，語り手は「外なる良心」と呼ぶ．

> It is hard to say how much we could forgive ourselves if we are secure from judgment by **another whose opinion is the breathing-medium of all our joy** 6)—who brings to us with close pressure and **immediate sequence** 3) **that judgment of the Invisible and Universal** 2) which self-flattery and the world's tolerance would easily melt and disperse. In this way our brother may **be in the stead of God** 1) to us, and his opinion which has **pierced even to the joints and marrow**, may be our virtue in the making. (64: 763)
>
> もし人が他者の裁きを免れるなら，どのくらい自分が赦せるか，という問題は微妙なのだ．その他者の評価が，自分のあらゆる喜びにとって，呼吸する空気のようなものだとしたら，その人が強い圧力となって，因果のつながりをありありと見せてくれる眼となって，姿は見えないが，普遍的な存在として裁きを下すなら，どうだろう．そういう存在のまなざしから自分を見ると，自己への甘さと世間の許しによってすんなりと水に流されるようなことでも，曇りなく見えるようにならないだろうか．こんな具合に，自分の隣人が神の代理人となってくれ，その人の評価が自分の関節と骨髄（心の奥底）まで射貫いて，善の種になることだってあるのだ．

人の心の中で慈悲深い隣人が「神の代理人役を果たす」("be in the stead of God") 1) ことがある．その人のまなざしが自分を隈なく見つめている．自分の中に自分ならざる存在が住み，心の対話が起こってくる．これは人間の姿を取った神の独り子・イエス・キリストを心に招き入れるシンボリズムの継承である．「姿は見えないが，普遍的な存在としてのあの裁き」("that judgment of the Invisible and Universal") 2) が，「因果のつながりをありありと見せてくれる眼」("immediate sequence") 3) となる時，人の心には変化が兆してくる．自己を捨ててものを見ると，宇宙・自然に内在する道理が生きていることが知れる．自己の内に他者との対話があって，それがあるがままの自己を映し出す鏡となる．

　これは，すべてを見通す眼に導かれて生きることを説くパウロの境地を偲ばせる．

The word of God is alive and active. It cuts more keenly than any two-edged sword, piercing so deeply that it divides soul and spirit, **joints and marrow**; 4) [10] it discriminates among the purposes and thoughts of the heart. Nothing in creation can hide from him; everything lies bare and exposed to the eyes of him to whom we must **render account**. 5) (Hebrews 4: 12-3)

神の御言は生きて，働いている．それは，諸刃の刃より鋭く切り，深く肉を刺し貫き，魂も霊も，関節も骨髄も切り分ける．御言は，人の心のもくろみと思いを弁別する．被造物のいかなるものも，神のまなざしから隠しおおせるものはなく，すべては神の眼には明らかになる．私たちは説明を求められ，責任を問われるのである．

宇宙・自然に神の御言が生きていると見るパウロの言葉は，「主を畏れ敬う心が知恵の始まり」(「詩篇」111:10) と見る旧約詩人の見方を継承したものである．上記引用の「姿は見えないが，普遍的な存在としての裁き」2) に見られるエリオットの見方も，この延長線上にある．"piercing even to the joints and marrow" 4)（関節と骨髄まで刺し貫き）の語句に見えるように，彼女の心底には聖書の言葉が伏流していて，何かに触発されればいつでも心の地表に湧き出してくる．「神のすべてを見通す眼」が働くところに，人は「説明を求められ，責任を問われる」("render account") 5) のである．人間の行動とその動機を創造主のまなざしで凝視する姿勢と，宇宙・自然を統合する力ないしは法則が働いているという認識 [11] は，古代ヘブライ詩人の精神の継承者たるエリオットを証している．

むすび

エリオットは，ヘブライ詩人の精神を受け継ぐ一方で，聖書の神話と奇蹟を額面通りに解釈する愚を見通していた．神話は，古代人の詩的真実の証として，文化人類学的解釈に馴染むと考えた．[12] 引用 (64: 763)（本文 288 頁）にある "another whose opinion is the breathing-medium of all our joy" 6)（ある他者の評価が，自分のあらゆる喜びにとって，呼吸する空気のようなもの）という語句は，自然とその一部たる人間の内面的な営みにアナロジーを認める見方から出たものである．"breathing-medium" は「生きた仲介者」の含みがあると同時に，生物にとっての生存環境としての空気の暗示もある．自己の内に生きる他者の存在が，環境との相互依存に生きる人間に働き掛け，喜び（生の

充足)の基となると言う．"the Invisible and Universal" 2)(姿は見えないが，普遍的な存在)の言い回しも，宇宙・自然に内在する神秘的な働きを想起させる．肉なる人間の精神的な営みも宇宙・自然の一環であると見るヴィジョンが言わせた発想である．

デイヴィスによれば，ダーウィンとその同時代人は，人間の心を物質界の一部と捉える視野を獲得した．肉なる人間が生理的な働きによって環境と他の生物と相互依存している側面に注目が集まった．これが心の捉え方に根本的な視座の転換をもたらしたと言う (4-5)．このような時代思潮に照らして，ドーリンは言う．エリオットの人道主義は，キリスト教がその基盤にある．過去の文化的伝統に敬いの念を抱きながら，キリスト教文化を進歩する科学の時代にふさわしい器に鋳直そうとした．心情に信仰の詩を抱きながら，合理的思惟の凝視に堪えないキリスト教の迷信を捨て去って，新しい時代の要請に沿った宗教のあり方を模索した，と (167)．エリオットは言う．「至高の召命と選びは，阿片を捨てて，あらゆる苦痛を意識的な，澄明な忍耐をもって生き抜くこと」であると(『書簡』III, 366)．苦しみと悲しみの体験は，人間を変える霊薬であると見る聖書的な観点は，実験科学の仮説・検証の方法により，ダイナミックに捉えられることになった．「より高い暮らし」は，作家がダニエルに仮託して表明した彼女自身の見解である．

2 『ダニエル・デロンダ』に見る解体と再建の試み
―― ユダヤ人物語に見るエリオットのヴィジョン ――

序

『ダニエル・デロンダ』は，作品の時代背景としてエリオットの生きた時代(1866年前後と察せられる)を描いている．この意味で，『ミドルマーチ』が作品執筆からほぼ40年前のイングランド地方都市を描いたこととは興味深い対照を示している．彼女は主要な小説としては初めて，自分の生きている時代の姿を作品の鏡に映し出し，これと向き合ったのである．この試みは，作家が現代という時代をどう捉え，自己をどう確認するか，という模索の一環であったことが察せられる．

みずからの生きている時代を小説の素材にする試みは，エリオットとしては大きな挑戦であった．『ミドルマーチ』までの従来の小説とは違って，半世

紀に近い時を遡って得られる歴史的回顧の利点を捨てなければならなかったからである．ヨーロッパ史の中で現代イギリスがどのような位置にあり，どこへ向かおうとしているのか，これが『ダニエル・デロンダ』の基本的テーマである．螺旋状に織り合わされたイギリス文化とヘブライ文化の触れ合いと対話は，作家が自分の生きている祖国の現状を振り返り，ヨーロッパ文化の歴史的伝統の中に位置付ける意味で，貴重な視座を提供することとなった．本論考は，ダニエルとユダヤ人の関わり合いを描くテキストに，作家のこの問題意識を裏付ける．

19 世紀後半のイギリス文化を省みる鏡としてのユダヤ人の生き様

　『ダニエル・デロンダ』の主人公たるダニエルは，貴族の伝統の中で育まれ，イギリス人としては最高の教養を身に付けていた．ところが紳士として恵まれた境遇にありながら，彼の心中には自分の出生について何一つ事実を知らされないことに由来する不安と疑念がわだかまっていた．伯（叔）父を自称するサー・ヒューゴー・マリンジャーは，実際は父親ではないのか，母親は一体どこの誰なのか，自分は何者なのか，これらの疑問を心に仕舞い込んで，自分が献身すべき道を模索していた．

　そんなさ中に，ふとした偶然からユダヤ人娘マイラを自殺の淵から救ったことが契機になって，ユダヤ人の生き様とその悲劇的な歴史に興味を覚えるようになった．マイラの離散した家族を探す努力が機縁になって，ユダヤ人質屋イズラ・コーエンの店に寄寓するユダヤ人モーディカイと知り合った．ユダヤ民族に流れる預言者の霊性を受け継いでいるかのような，この人物の人となりと情熱がダニエルの心を捉えたのである．出会いの後ほどなく，モーディカイはダニエルの中にユダヤ人の血筋と宗教的感受性を直感した．こうして彼は，ダニエルに自分のやり残したユダヤ民族精神復興の夢を託そうとしたのである．

　モーディカイの直感は，後にダニエルの出生の真実について，正鵠を射ていたことが明らかになった．彼の母親が彼の前に現れ，出生の秘密を明らかにしたのである．母親は，自身の父親（ダニエルの祖父）の体現するユダヤ教の厳格な鋳型に背を向け，歌手兼女優として芸に献身しながらヨーロッパ各地を巡っていた．その母親が不治の病を自覚するに及んで，不可抗力に突き動かされるかのように，息子にその出生の秘密と，その後の経緯を語り聞かせた．

この時までには，モーディカイとの触れ合いを通して血の宿命を予感していたダニエルも，自分の出自を知るに及んで，おのれの数奇な運命と向き合う決心を固めた．生まれ育った環境と血の宿命の狭間で，結局みずからの属する民族的アイデンティティを探求する道を選び取ったのである．かくして，ユダヤ人国家再興の志に献身し，東方（エルサレム）に赴くことをもって作品は結末を迎える．

　エリオットが『ミドルマーチ』で見せた生命の相互依存ネットワークの絶妙な描写を犠牲にしてまでユダヤ人物語の描写にこだわった理由はどこにあるのであろうか．オースティンのように，おのれを没して多様な人間の性格をさながらに見せる境地から離れ，思想小説の傾きを持つユダヤ人物語に踏み込んだ動機は何であったのだろうか．この謎は，エリオットが自国文化の現在のありようをどう見るか，という問題と深く関わっている．彼女は『ダニエル・デロンダ』では，おのれの生きている時代を振り返る鏡として，キリスト教文明を築いてきたヨーロッパの古い歴史をかざしたのである．

　とりわけ，ヨーロッパ史の中でユダヤ人の歩んできた歴史は，民族と宗教が渾然一体となった独自の文化を継承する一筋の道であった．民族の個性を保ちつつ，自分たちが現に生きている異文化社会との接点で自己実現を図ろうとする歩みが彼らの歴史を形作ってきた．ユダヤ人は，民族国家を持たないが故に迫害され，あらゆる苦しみ嘗めてきた．この歴史的事実によって，彼らは自分たちの文化を相対化する知恵を身に付けたのである．エリオットは，ヨーロッパ諸国家を流浪し，離散（Diaspora）の業苦を生き抜いたユダヤ人の生き様の中に，異文化に生きる人間のしたたかさと柔軟さを見た．彼女は，作家生活に先立って，文芸批評の道にいそしんでいた1850年代に，スピノザの『エチカ』をラテン語から英訳[13]（1854-56）した．この英訳版には，正統派ユダヤ教の排他的な律法主義に抗して文化的・道徳的寛容の精神を説いたスピノザに対する心服の念が滲み出ている．また，ほぼ同じ頃，「ドイツ的ウイット」を執筆している．ここにも，祖国ドイツへの愛着と，みずからの血に流れるユダヤ民族精神の間で揺れ動いた漂泊の詩人ハイネに対する純粋な共感が滲み出ている．

　スピノザとハイネへの共感が示唆するように，エリオットは作家として成熟するにつれて，ユダヤ人の生き方を深く理解するようになった．異文化の衝突するヨーロッパの国際状況を柔軟に生き抜いた魂への共感が彼女を駆り

立てた．もう一つには，聖書を生み出した民族に対する畏敬の念を抱いていたことが挙げられる．エリオットは，幼い頃より聖書に親しんだ結果，これが彼女の精神を練磨する基盤となった．それ故，正統派ユダヤ教徒であれ，スピノザやハイネのような異端的な魂であれ，旧約聖書を生み出した民族の知恵の継承発展に寄与した精神に敬意を抱いていた．[14] この共感の伏流水が『ダニエル・デロンダ』で，ユダヤ人物語として作品テキストの地表に湧き出したと察せられる．これがエリオットにとっては，19世紀後半のイギリス社会のありようと，イギリス人の生き様を省みる契機となったのである．

以下，作品のユダヤ人物語テキストに焦点を当てて，作家が同時代の祖国の空文化した精神文化と言葉を蘇生させようとした問題意識を跡付けてゆく．

作家の意味探求の体現者としてのダニエル

先述のユダヤ人物語の筋書きが暗示するように，ダニエルが背負った育ちと血族の絆の矛盾をいかに和解させるかというテーマには，エリオット自身の精神遍歴が深く投影している．彼女は国教会の伝統に生まれ育ち，敬虔な宗教心情を持ちながら，時代精神の動きに鋭敏な知性の声に従って教会に背を向けた．その後，志を同じくするルイスと，時代の道徳・法規範が許さない「結婚」を貫いたエリオットは，祖国の文化的伝統に対する愛着と批判の相半ばする自己矛盾を宿命付けられていた．その結果，彼女は主流文化に対して半身に構える姿勢を余儀なくされた．保守的心情と，汎ヨーロッパ的教養と異文化への寛容とを志向する知性との矛盾は，自ずとダニエルの内面描写に反映している．

ダニエルがマイラとの数奇な出会いに触発されて，ユダヤ人の生き様に人間的な興味を抱くようになったいきさつを描く一節がある．(32章) この縁に導かれて，彼女の兄モーディカイと偶然に邂逅する (33章) ことになる．そこに，エリオットの自伝的な歩みを偲ばせるダニエルの内面描写がある．

> He was ceasing to care for knowledge—he had no ambition for practice—unless they could both be gathered up into one current with his emotions; and he dreaded, as if it were a dwelling-place of lost souls, that dead anatomy of culture which turns the universe into a mere ceaseless answer to queries, . . . as if one should be ignorant of nothing concerning the scent of violets except the scent itself for which one had no nostril. (32: 365)

彼は，知識を追い求めることに躊躇を感じていた．といって，何かを実践する志があある訳ではなかった．知識と実践が感情と一つ流れになって，共に結実するのでなければの話だが．彼は，死せる観念的知識を警戒していた．遺物化した魂の住処を恐れるかのように．こういう知識は，宇宙を問いに対する果てしない答えに矮小化する危惧があったからである．・・・あたかも，スミレの香りについて嗅覚のない人がその香りに無知であってはいけないと思って調べるように．

　この一節には，敬虔な宗教感情と視野の広い知性のバランスをいかに取るか，というダニエルの問題意識が滲み出ている．これは，エリオットが国教会に背を向けて，聖書批評に共感を見出した20代前半から一貫して変わらない問題意識である．信仰が知性を没する中から直感される境地であることに一面の真実を認めながら，反面で彼女は，健全な知性の自立性が信仰の深まりに果たす役割を熟知していた．教義と儀式・典礼に慣れ親しむことは尊いことであるが，そこに安住してものを見ること，考えることが疎かになることが問題なのである．現実認識の澄明さを失うと，固定的なドグマに囚われて，霊的真実に盲目になる．こうして，信仰は惰性的な習慣となり，内実が空洞化を起こす．
　ダニエルが求める境地は，知識と感情が一つに溶け合い，行動の原動力となることである．その為には，肉体の営みでもある感情の流れに知性の光が当たり，これを積極的なものへと善導する働きが欠かせない．ここに，エリオットがスピノザと共感する所以があった．[15] 知識が観念的レベルに止まっていると，行動のエネルギーとはならず，新しい現実に目覚める光ともならない．これが「教養の死せるミイラ」，「迷える魂の住処」の暗喩の真意である．スミレの香りを嗅いで感動を覚えた人は，スミレについて知識を得る努力を要しないのである．この卓抜な暗喩も，信仰が真に人格に根を降ろすには，肉なる人間の霊肉相和す営みが命であることを喝破している．
　フランクフルトのユダヤ人街を散策するダニエルの歴史的随想も，作家自身の記憶から湧き出してきた体験的真実[16] を偲ばせている．

> ... the forms of the Juden Gasse [Jewish Street], rousing the sense of union with what is remote, set him musing on two elements of our historic life which that sense raises into the same region of poetry: —the faint beginnings of faiths and institutions, and their obscure lingering decay; the dust and withered remnants

with which they are apt to be covered, only enhancing for the awakened perception the impressiveness either of a sublimely penetrating life, as in the twin green leaves that will become the sheltering tree, or of a pathetic inheritance in which all the grandeur and the glory have become a sorrowing memory. (32: 366)

> ユダヤ人街の佇まいは，遠いいにしえとのつながりをダニエルに想起させた．人類の歴史的な生活の二つの要素——これによって，過去とのつながりの意識は詩の領域と同じ境地になるのだが——についてしみじみと思いを巡らせる気分にさせた．つまり，信仰が微かに萌芽し，制度化される姿と，信仰が世に忘れられ，遺物として永らえている姿とを．そこでは朽ちた過去の遺産が埃をかぶっている．こういう光景を見ると，過去を思い起こす魂には，崇高な洞察力を具えた人々の印象深さが蘇る．緑色の双葉が日陰を提供する古木へと成長する姿を偲ばせるように．さもなくば，哀れな遺物の印象深さを偲ばせる．ありし日の崇高さと栄光が変わり果てて，見る人に物悲しい記憶を呼び起こすかの，どちらかを．

　古いユダヤ人街の侘びしい佇まいは，ダニエルに遠いいにしえのユダヤ人の歴史を彷彿とさせたのである．中世から近世に至るユダヤ人ゲットーの暮らしは，度重なる襲撃と財産没収と追放の歴史であった．主流たるキリスト教徒の反ユダヤ主義（大澤 20-1, 32-6）は，迫害と苦難の宿命をこの民族に背負わせたのである．職業選択の自由を奪われた民族は，金融業以外に生きる方途が乏しかった．身を寄せ合って助け合いつつ，民族の絆を確認し合う場がシナゴーグであった．移動の自由さえ制約され，ゲットーの狭苦しい空間に細やかな慰めと生きる糧を得た歴史は現代に生きている．これがダニエルの歴史的想像力を掻き立てたのである．

　ダニエルは，この街の光景を眺めながら，「日常的な出来事の中に詩が生きている」（32: 366）ことを感じた．古ぼけた平凡なものごとにも，現在と過去をつなぐ記憶の絆が生きている．現在に遠い過去のこだまを聞き分ける力，これが彼の詩心である．この場に触発された彼の感慨は，語り手の歴史感覚をも示唆している．ものの芽生えと成長と成熟が一方にあれば，他方に衰えと老いと死がある．それが自然の命の宿命である．これは，あらゆるものの起源を地球的時間の視野で問い掛ける進化論の発想である．環境と生命の相互依存の中で命が不断に変異を繰り返す働きは，人の歴史の営みにも生きている．古木の朽ちた株から新たな芽吹きと成長がある．分解した有機物の栄養を摂取して，種が発芽し，双葉となる．時移って，夏の日光と慈雨を浴びた大木は心

地よい緑陰を恵む．そして，営みを全うした命は静かに大地に還ってゆく．これと同様に，鋭敏な直観と想像力から新しい信仰が芽生え，預言者の言葉がシナゴーグとなり，キリストの言葉が教会として形を得る．これらもまた，時の移ろいと共に形骸化し，因習の軛となり，新しい霊感による批判の対象となる．こうして，古いものは新しいものに取って替えられる．

　ここに，エリオットが小説を通して成し遂げようとした意味探究のテーマが見られる．再度カロルを参照すれば，人の歩みは無知の闇を小さな光をかざして一歩一歩手探りすることである．既知の領域と未知の領域は不安定に変動している．そこをかいくぐって試行錯誤の実験を続けることが生きることである．バランスが崩れると仮説がドグマになり，意味が断片化する．微妙なプロセスを近道しようとすると，部分的な理解に止まり，道に迷う．世界の暫定的な性質に堪えて，道標のない道を押し広げ，意味を発見してゆくことが生きることであり，これによって語りが可能になる．この果てしない言語実験のプロセスが，エリオットにとって小説を書く意味であったと言う (35)．

　上記カロルの言う意味探究のテーマをダニエルが担っているが，これを深化させる役割を果たしているのは，彼とモーディカイ[17]の関わりである．ダニエルのアイデンティティ探究は，モーディカイとの出会いによって，一歩高い境地に変化してゆく．このプロセス描写には，エリオット自身のユダヤ文化との対話が結晶している．

モーディカイとダニエル──邂逅と信従──

　旧約聖書から新約聖書に継承されてきた見方に「命の木」の暗喩がある（「創世記」2: 8-9,「ヨハネ黙示録」2: 7, 22: 1-2）．これは，父祖から伝承されてきた宗教的叡智が子孫へと伝わってゆく道理を意味する暗喩である．個人という葉は散っても，木の有機的生命は生き延びる．肉体を病み，いまわの際にあるモーディカイの精神は，散りゆく葉が従容として死を受け入れるように，新しい命の芽吹きに希望を託したのである．彼は，その希望をダニエルの宗教的感受性に見た．その思いを，語り手はこう描く．

> Where else is there a nation of whom it may be as truly said that their religion and law and moral life mingled as the stream of blood in the heart and made one growth—where else a people who kept and enlarged their spiritual store at

the very time when they were hunted with a hatred as fierce as the forest-fires that chase the wild beast from his covert. (42: 531)

> 他のどの民族について，宗教と法律（律法）と精神生活が，心情の中に血流として混ざり合い，一つとして成長すると，掛け値なしに言えるだろうか．他のどの民族が霊的伝統を護り，発展させていると言えるだろうか．彼ら（ユダヤ民族）が，野の生き物を隠れ場から追い立てる森林火災のような深い憎悪をもって，他民族から迫害を受けている時に．

ダニエルの内面描写に自然の生命活動の暗喩が顕著なように，モーディカイの語る言葉にもロマンティシズムの生命主義の発想とイメージが生きている．人間の霊肉の営みと自然の命の働きを本質的に一つものと見る発想は，「命の木」の暗喩に示されるように，旧約から新約へと受け継がれた伝統である．モーディカイの預言者的な生き様と感受性は，この伝統を体現している．宗教は教義よりも体験と記憶にその生命的な基盤があるというのが，彼の暗黙の認識である．語り手の背後にいる作家は，この感受性と情緒の中に自分自身の宗教観を認めたのだ．「心臓（心）の中を脈動する血液の流れ」が生命の成長を促すイメージは，人の精神生活を自然の営みの中に見ている．宗教的叡智が人から人へと伝えられ，成長発展してゆく様は，歴史の展開を人の体験と記憶と情緒の伝承と見るエリオットの聖書批評の核心を衝いている．そこに，19世紀後半の「心の科学」（デイヴィス 5）の知見が示唆されている．そこに，聖書の言葉と生理学・心理学の言葉が渾然一体となった境地が覗いている．

　悲しみと苦しみの記憶が人と人との絆を取り結ぶように，民族として味わった迫害と苦しみの体験は語り継がれ，記憶に沁み込み，民族精神を練磨する．宗教を生きる糧として生かすのも，このような体験的叡智の継承性にある．

> What is needed is the leaven—what is needed is the seed of fire. The heritage of Israel is beating in the pulses of millions; it lives in their veins as a power without understanding, like the morning exultation of herds; it is the inborn half of memory, moving as in dream among writings on the walls, which it sees dimly but cannot divide into speech. Let the torch of visible community be lit! (42: 536)

> 必要なものは酵母なのだ，必要なものは火の種なのだ．イスラエルの遺産は何百万の人々の拍動として脈打っている．それは，家畜の群れが朝の訪れを喜ぶように，知的理解を超えた力として，血の流れとして生きている．この遺産は，記憶の生得

的な半分として，夢の中で壁に書かれた文字がふわふわ浮かんでいるかのようなイメージとして受け継がれるのだ．イスラエル人は，これをぼんやりと見ることはできても，言葉として結晶化できないのだ．眼に見える共同体の松明に火をつけよう．

モーディカイがダニエルに心情を吐露する語りには，ヘブライ文化の血に溶け込んだ宗教感情が暗示されている．それは，ドグマの域を超えた集合的無意識を示している．ユダヤ民族遺産の伝承が，心臓の拍動と血液の流れの暗喩により生理的，肉体的次元で捉えられている．これは，信仰が知的認識のレベルを遙かに超えた宇宙・自然との原初的交感であることを偲ばせる．「記憶の生得的な半分」が暗示するように，個人が体験を言葉で語り継ぐ次元ではなく，言葉以前の生理的・身体的記憶の次元がある．そこに，生きた歴史としての宗教の秘密がある．このような信仰の絆は，ユダヤ人の迫害と苦難の記憶にその母体があるのだ．

33章，34章で，質屋イズラ・コーエン一家の凡俗な暮らしが描かれている．安息日の儀式を古式に則って祝う細やかな宴には，家族の絆を喜ぶ静かな謝念が満ち満ちている．そこに居候をしているのがモーディカイである．困窮し，病苦のさ中にあるこの変人を，一家は何の見返りも期待せず，淡々と受け入れている．語り手のまなざしは，ヘブライ詩人の風情を漂わせるこの奇人と，コーエン一家の心の触れ合いに，ユダヤ人同士の不可思議なつながりを見ている．受難の記憶が彼らを太い絆でつないでいるのだ．これこそ，信仰のあるなしを超えて，心の琴線でつながる縁である．この縁が人生に潤いをもたらす詩心でもある．ここにエリオットは，迫害と離散と流離の境遇を甘受しつつ，ヨーロッパ諸国を少数派として生き抜いたユダヤ人の知恵を見い出している．

モーディカイの見者としての資質が，ダニエルのユダヤ人としての本性を直感する場面がある．二人の出会いの不思議を描いた40章の題辞に，ワーズワスの詩が引用されている．

> "Within the soul a faculty abides,
> That with interpositions, which would hide
> And darken, so can deal, that they become
> Contingencies of pomp; and serve to exalt
> Her [the soul's] native brightness, as the ample moon,

> In the deep stillness of a summer even,
> Rising behind a thick and lofty grove,
> Burn, like an unconsuming fire of light,
> In the green trees; and, kindling on all sides
> Their leafy umbrage, turns the dusky veil
> Into a substance glorious as her [the moon's] own,
> Yea, with her [the soul's] own incorporated, by power
> Capacious and serene."
> ("*The Excursion*" IV. 1058, 1061-70) (40: 491)

> 魂の内にある能力が潜んでいる
> 黒子のように姿を隠し，介在物を通して真価を発揮し，
> 偶発的に壮観を呈する．こうして，魂の本来的な明るさを引き立てる．
> ちょうど，夏の夕べの深いしじまを，満月が大木の茂る深い森の背後に昇り，
> 煌々たる光の焼き尽くさぬ炎となって緑陰を照らすように．
> 葉の生い茂る緑陰を四方八方から浮き上がらせ，
> 黒いヴェールを，月自身に劣らぬ壮麗な姿に高める．
> そうなのだ，魂が力を得て，懐が深く静謐な存在へと合流してゆくのだ．

　ここには，エリオットがワーズワスから継承したロマン派的想像力への共感が示唆されている．人の心は，宇宙・自然の働きの一部である．そこには，自然の神秘と照応するように，深い闇が広がっている．ちょうど月光が森の暗闇を煌々と照らすように，心のうっそうたる緑陰は，この澄明な光に照らされると，命の神秘を語り始めるのだ．魂の闇に隠された力は，静かに照らす光によって自然の神秘と合一する．理知ではなく無心によって，人はおのれを生かす「私」ならざる力をわがエネルギーとして生かすことができる．

　旧約聖書の伝統には，おのれを空しくして，創造主の御声に聞き従うという見方がある．五感を総動員して全身全霊で道理を直観するアプローチである．このような真実の捉え方には，人の心に無意識の闇が広がっていることを直覚したヘブライ詩人の叡智が生きている．ポール・ジョンソン (Johnson) によれば，フロイト (Freud) の夢解釈は，ユダヤ的伝統の継承であると言う (414-15)．見者ヨセフ (Joseph)（「創世記」41-2節）が，人の見た夢により神の御心を洞察し，その予知能力により国を救った逸話が示すように，夢が人の心にある神の神秘領域たる無意識を映し出す鏡と見る発想は，ユダヤ文化の中に生きている．

エリオットがユダヤ文化に見た可能性の一つは、人の心に無意識の領域が存在し、これを洞察することによって人を癒やし、創造主の摂理を読み解く伝統にあった。ダニエルから見たモーディカイの真実把握の方法にも、この認識方法が示唆されている。語り手はダニエルの評価の眼で、モーディカイの宗教的感受性に、科学者が仮説を検証する実験科学の方法と相通じる想像力の働きを見ている。

> ... perhaps his [Mordicai's] might be one of the natures where a wise estimate of consequences is fused in the fires of that passionate belief which determines the consequences it believes in. The inspirations of the world have come in that way too: even strictly measuring science could hardly have got on without that forecasting ardour which feels the agitations of discovery beforehand, and has a faith in its preconception that surmounts many failures of experiment. And in relation to human motives and actions, passionate belief has a fuller efficacy. Here enthusiasm may have the validity of proof, and, happening in one soul, give the type of what will one day be general. (41: 513)

> ・・・恐らくモーディカイの精神は、因果の流れを賢明に読み、熱烈なる信仰の炎と一つのものに溶け合い、こうしておのれの信じる結果をもたらすのだ。宇宙自然に対する霊感はこんな具合に訪れるのだ。厳密に理論を詰めてゆく科学も、あの予感する熱意なしには発展しないのだ。この熱意が、前もって発見の興奮を予感するのである。これを糧に仮説を信じることによって、結局、実験の失敗の連続に打ち克つのだ。そして、人間の動機と行為との相互関係で、熱烈な信念（信仰）は力強い結果をもたらすのである。こうして、熱意が証拠の妥当性を持つこともある。これが一つの魂に起こると、いつの日にか普遍性を獲得する原型となる。

ここには、宗教的真実の探求方法と科学的なそれとの接点を模索するエリオットの問題意識が認められる。ヘブライ詩人・預言者のアプローチには、人の心であれ、自然界であれ、すべてを見通す眼が生きているという洞察がある。肉の制約に囚われた個人は見ることにおいて限りがあり、偏見を免れない。そういう個人がものの全体性をぼんやりとでも直観する道は、自己を空しくして創造主の声に耳を傾ける中にある。個々の現象に因果の連鎖を見通しつつ、全体がこれに呼応して変化している相をダイナミックに捉える中に統一性への直観が働く。

　闇を手探りする探究者には、ふと予感が兆してくる瞬間がある。それは血と

第Ⅲ章　『ダニエル・デロンダ』を読む　　301

汗の結晶として訪れる霊感である．暫定的な仮説が心に心象として像を結ぶと，観察と実験の辛抱強い作業が待っている．この忍耐に意味を添えるものは，人を内から輝かせる目的意識である．「熱烈な情熱が証拠の妥当性を持つ」という言い回しには，信仰と科学研究の接点には曖昧領域があることを暗示している．ここを探検する精神には，信じるという行為と解き明かすという行為が一体なのである．

　宗教的信は証拠を求めない．創造主の愛を信じて行動を起こす人は，愛の照り返しを受ける．信じることそのものが大きな功徳を持っている．信じる決断が，結果の如何に拘わらず人格を変える契機となる．信仰と科学的探究の情熱は，心象を心に思い描き，これを形に表現しようとするプロセス自体を喜ぶ意味で渾然一体である．情熱が予表（原型）(type) の形を取り，これが対型 (antitype) となって結実するという発想は，聖書に流れる予型論（タイポロジー）(typology)[18] を表現している．カロルによれば，モーディカイの予型論は，エリオット自身のものと言う．[19] "Poetry begins when passion weds thought by finding expression in an image;"（詩は，情熱があるイメージを心に思い浮かべて，思考と結び付く時に兆す）（「覚書」358）．心象を心に抱き，これに向かって情熱と思考が融合する時，人の心には詩が宿り，命の充足を感じる．エリオットの予型論は，この文が示唆するように，緩やかな道理としてのものである．それは，歴史が生きて繰り返すという認識に基づいている．"What has happened will happen again, and what has been done will be done again; there is nothing new under the sun.（過去に起こったことは再び起こる．過去に行われたことは，再び行われる．日の下に新しいものはない）（「伝道者の書」1: 9）．「日の下に新しいものはなし」，と喝破した伝道者の叡智は作家自身のものでもあったからである．

因習化した宗教とその再生

　『ダニエル・デロンダ』34 章と 35 章は，ユダヤ文化とキリスト教文化の対照が際立っている．先述の 34 章の，イズラ・コーエン一家の安息日を祝う情景 (396-97) に窺えるように，家長が儀式をとり仕切り，これに応じて祖母，妻，子どもが式文を朗誦する様は，儀式の持つ厳粛さと祝祭情緒を湛えている．揃って式服をまとい，先祖の荒野での苦難を偲んで味わうご馳走はマンナ（神から恵まれた糧）（「出エジプト記」16:14-36）を思わせる．宗教儀式は民族の

古い記憶を呼び覚まし，家族の心を一つにする．そこに作家のユダヤ文化に対する共感と畏敬が滲み出ている．

　一方，35章はグウェンドレンとグランドコートの結婚披露を兼ねたクリスマスの宴を描いている．舞台はサー・ヒューゴーの荘園「アビー」（僧院）である．土地の貴族・名士が一堂に会している．この華麗な祝宴の集いを背景に，ハネムーンから3週間後のグウェンドレンの心境が焦点を当てられている．彼女がみずから選び取った道は，夫と妻の自我と自我がぶつかる修羅場であった．社会的栄誉と物質的安逸の生活には慰みも喜びもなく，心には身を苛むような不安と恐れがあった．サー・ヒューゴーの「甥」ダニエルの眼には，彼女が心の蟻地獄に陥っていることが直観された．実家の経済的破綻の苦しみを逃れて，結婚に隷属からの救いを求めた彼女は，気が付いてみると因習の鳥籠に入っていたのである．その閉鎖的階級意識と自己満足の風は，宗教さえも権威主義的な装飾に変えて，人を因習の軛につなぐ．その意味で35章は，グウェンドレンの自由意志が敗北するからくりを浮き彫りにする画期的な章である．個人の自由を盲信するヒロインが，その大切にする自由を失う皮肉を描く作家のまなざしには射貫くような洞察がある．こうして，個人の人間ドラマが歴史風土の濃密な描写の中に組み込まれているのである．

　ダニエルが育った館「アビー」は，遠い昔僧院であった．その聖歌隊席は既に改装されて今に至っているのである．いにしえに純粋な信仰が花開き，高い志に生きた精神が遺産を遺した．その尊い遺産が時と共に風化し，制度と外形的権威のみが残される．

> With the low wintery afternoon sun upon it [the Abbey], sending shadows from the cedar boughs, and lighting up the touches of snow remaining on every ledge, it had still a scarcely disturbed aspect of antique solemnity, which gave the scene in the interior rather a startling effect; though, ecclesiastical or reverential indignation apart, the eyes could hardly help dwelling with pleasure on its piquant picturesqueness. Each finely-arched chapel was turned into a stall, where in the dusty glazing of the windows there still gleamed patches of crimson, orange, blue, and palest violet; for the rest, the choir had been gutted, the floor levelled, paved, and drained according to the most approved fashion, ... (35: 419)
>
> 冬の午後の低い陽光が「アビー」を照らし，シーダー（松の一種）の大枝から影が延び，ここかしこの平たい棚の残雪を輝かせている光景は，古色蒼然とした佇まい

第Ⅲ章　『ダニエル・デロンダ』を読む

を乱してはいなかった．これが，館内部の風情に，はっとするような印象を添えていた．教会擁護派と信仰護持派の怒りはさて措いて，その鮮烈な絵画性は，見る者の視線を釘付けにし，楽しませずにはおかなかった．優美なアーチ式の天井を持つ礼拝堂の一つ一つは厩に改造され，窓のくすんだステンドグラスは，今なお，真紅，オレンジ色，藍色，淡いスミレ色がモザイク状に輝いていた．他に眼を向けると，聖歌隊席が取り壊され，床は，時代の流行を採り入れてならされ，タイルを敷きつめられ，排水路が整備されていた．

ここに見られるのは，イギリスの古い歴史遺産の絵画である．そこに，イギリスの辿った歴史が織り込まれ，描かれている．中世僧院の敬虔な信仰生活は，やがて宗教改革の波に洗われ，16世紀には僧院はあらかた解体された．この遺構が生き残って，国教会へと引き継がれるものの，17世紀にはピューリタン革命の勃発で，中世の遺産は破壊された．"ecclesiastical or reverential indignation"（教会擁護派と信仰護持派の怒り）は，キリストの体としての教会を打ち壊す偶像破壊者の狂信に対する聖職者・会衆の義憤を暗示している．

時移って，人々の宗教を巡る情熱と怒りは風化し，和らげられる．18世紀古典主義の時代には，典雅な芸術趣味と庭園文化が花開く．時代精神が宗教的寛容と良識を求めたのである．「時代の流行に従って聖歌隊席が取り払われ，・・・タイルが敷かれ，排水工事が行われた．」この描写が暗示しているように，貴族の社会的威光と経済的繁栄がパーク（荘園）の改良を促し，建築美と自然美が調和した田園風景が磨かれた．この時代の貴族は，天国での救いより，この世を快適にする美意識を持っていた．

エリオットの言葉の絵画には，鋭敏な歴史感覚が反映している．その感覚は，歴史の河の流れをさながらに捉えている．すべては移ろい，ある時代の正義は，次代のものに取って替えられる．中世の職人芸の生み出したステンドグラスの繊細な色彩も色褪せ，往時のゴシック的荘厳は，微かにその名残を残すのみである．長い時の経過のみが作りだす寂びた美がある．作家の広い歴史的視野は，移ろいゆく時代精神を眺望し，グウェンドレンの内面状況を相対的に位置付けている．エリオットの円熟してゆく言語感覚は，中期までのリアリズムを乗り越え，『ミドルマーチ』と『ダニエル・デロンダ』で，言葉の絵画の奥深い表現力を自己のものとした．

作家がヘブライ文化から学んだもの

　シャトルワースによると，エリオットは，独自の歴史的伝統に培われたヘブライ語とその文化から想像力の言語を学び取ったと言う．これは，伝統の型に囚われた19世紀イギリス文化と言語慣習の枠組を乗り越えようとする試みであった．ヘブライ文化（ユダヤ教からキリスト教へと展開する文化）は，因習に囚われたイギリス人の生き様の閉塞状況を打破するのに貢献し得る有機的・歴史的成長の美徳を備えていたと言う (184)．エリオットは，1870年代の後期小説（『ミドルマーチ』と『ダニエル・デロンダ』）で，伝統的リアリズムの限界を自覚し，その紋切型の慣用句と文彩を捨てる言語実験を模索していた．この実験を導く光となったのが，ダーウィン以後の進化論とヘブライ文化の有機的生命発展の発想であった．『ダニエル・デロンダ』40章では，作家がモーディカイに託した有機的生命観が読者の興味を引く．

> . . . may not a man silence his awe or his love and take to finding reasons, which others demand? But if his love lies deeper than any reasons to be found? Man finds his pathways: at first they were foot-tracks, as those of the beast in the wilderness; now they are swift and invisible: his thought dives through the ocean, . . . What reaches him, stays with him, rules him: he must accept it, not knowing its pathway.(40: 502-03)

> 人は，畏敬と愛情を胸に仕舞い込み，他者が要求する大義名分を探し出すことがないだろうか．だが，愛情が見出した大義名分の奥に伏流するとすれば，どうだろうか．人は早晩道を見つけるのである．最初のうちは野の獣道のような小路だったものが，あっという間に見えなくなってしまう．彼の思いは海に潜って，・・・探り取ったものは心に残り，生き続ける．辿った道筋を知らないままに，これを受け入れずにはおれなくなる．

　ここに，ユダヤ人が宿命付けられた矛盾と葛藤の現実が暗示されている．ヨーロッパ民族国家の主流文化が要求する価値を柔らかく受け入れつつ，心の奥底に自民族の伝統への愛着が息衝いている．異文化間の葛藤する価値の狭間で，自己を生かす真の言葉を手探りしている．これは，「野の獣道」を突き止めるような営みである．確立した慣習や規範の軌道に従っていれば答えの見つかるような易しい道ではない．「海に飛び込む」という暗喩が示唆するように，全身全霊を賭して，「私」ならざる存在の囁きに聞き従う難行である．

　この模索は，実験科学者が研究の最前線で既知の知識と読みを総動員して，

第Ⅲ章　『ダニエル・デロンダ』を読む　　　　　　　　　　305

直観の囁きを裏付けようとする行為と一脈通じている．預言者が語り伝えてきたユダヤの知恵は，最も繊細な現実感覚を持った人が知識と直感を共に働かせて聴き取った導きの声である．すでに触れたように，モーディカイの言説は，実験科学者の真実探求方法と，旧約預言者の霊的直観による真実把握の間にあるアナロジーを洞察した表現である．これは，エリオット自身の見方が反映したものと見ることができる．

　『ダニエル・デロンダ』完成の2年後に，エリオットは『テオフラストス・サッチの印象』*Impressions of Theophrastus Such* (1878) を著しているが，この作品の中に「現代版反ユダヤ主義号令」("The Modern Hep! Hep! Hep!") [20] と題する章がある．これは，彼女がヘブライ文化から学んだ叡智を簡潔にまとめたエッセーである．イギリス人の反ユダヤ主義感情を戒めるのが趣旨であり，ユダヤ人とイギリス人との関係論でもある．その一節にダーウィニズムの知見とヘブライ的有機的生命観の融合を窺わせるものがある．

> Every nation of forcible character—i.e., of strongly marked characteristics, is so far exceptional. The distinctive note of each bird-species is in this sense exceptional, but **the necessary ground of such distinction is a deeper likeness**. 1) The superlative peculiarity in the Jews admitted, our affinity with them is only the more apparent **when the elements of their peculiarity are discerned**. 2)(Ed. Nancy Henry 148)

> 力強い国民性を持ったあらゆる民族，際立った特徴を持つ民族は比類のないものである．小鳥の固有種の独特な鳴き声は，この意味で比類ないものなのだ．だが，そういう独自性の必然的な根拠はより深い同質性にある．ユダヤ民族の類なき独自性は言わずと知れたことだが，我々イギリス国民の彼らとの類似性は，その固有性の要素を認識すれば，より一層明らかになる．

ユダヤ民族の独特な歴史と伝統は，キリスト教文化の歴史と深いところでつながっている．聖書批評の歴史的視野を自己のものにしていたエリオットは，旧約聖書の母体から新約聖書が産声を上げた歴史的経緯を知り抜いていた．[21] このつながりに生物進化の法則のアナロジーを用いたところに，彼女の精神遍歴が凝縮している．バウラー (Bowler) によれば，多様な種の小鳥が環境の圧力により固有の進化を遂げ，独特のさえずりを獲得しても，共通の祖先から枝分かれした因縁は生きている (123)．異なった種の間の同質性は，"the necessary ground of such distinction is a deeper likeness" 1)（独自性の必然的な根拠

はより深い同質性にある）という文が暗示するように，必然法則の働きに由来する．"when the elements of their peculiarity are discerned." 2)（その固有性の素を認識すれば）とうい文脈に置かれた "the elements"（要素，環境）は，生物の置かれた自然環境の要因と，ユダヤ民族の置かれた反ユダヤ主義という歴史的環境要因の含みを持っている．異民族の迫害と離散を宿命付けられたユダヤ民族は，独特の宗教文化の絆で苦難を乗り越えてきたと言う．

　上記引用が示唆しているように，エリオットは旧約聖書の語り伝えなくして新約聖書の成立とキリスト教の勃興はあり得なかったことを見通している．ビアは，エリオットが『ダニエル・デロンダ』で問い掛けた問題意識を解釈して言う．イギリス人は，精神文化の根をヘブライ文化に負っている．これを顧みない態度は歴史の無知に由来する．無知と無関心が素地になって，島国根性と独善性に染まった自分の姿が見えないのだと（*Darwin's Plots* 186-87）．

むすび

　エリオットが『ダニエル・デロンダ』で，かくも心血を注いでユダヤ文化を描こうとした動機の一つには，自国文化優越主義の風潮に浸る同時代のイギリス人に，いかにキリスト教文化がユダヤ教の伝統に多くを負っているかを示すこともあった（『書簡』，VI. 301）．しかしながら，この動機はグウェンドレン物語とユダヤ人物語の作法に質的不均衡を生じ，イギリス小説の伝統からの乖離をもたらす結果を招いた．一方が結婚という実人生の試練に苦悩するヒロインの悲劇的叙事詩を描いたのに対し，他方，デロンダとモーディカイの関わり合いには，理念の代弁者が演じるアイデア小説の要素が色濃く，イギリス人の現実感覚を納得させるには不充分だと見られている．

　『ミドルマーチ』という作品の有機的生命体を作品世界に織り上げた作家が，『ダニエル・デロンダ』で，文学的伝統からの逸脱という犠牲を払ってまで，ヘブライ文化への共感を吐露した背景には彼女の祈りがあった．つまり，イギリス文化の因習化と権威主義の風を俎上にのせ，精神文化の再生を期す思いが働いていたのだ．[22] モーディカイの言説に見えるユダヤ的霊性の言語には，作家自身の意味探求の試みが仮託されている．そこに，シェイクスピア的な没理想の境地と葛藤するヘブライ的良心と倫理性が覗いている．これもまた，エリオットの偽らざる個性である．

3 『ダニエル・デロンダ』第 22 章を読む——異文化間の結婚——

『ダニエル・デロンダ』第 22 章——エリオットの言語実験——

　先に触れたように，作品の時代背景として，『ダニエル・デロンダ』は 1866 年前後のイングランド，つまり作家の生きている現代を描いている．これによって作家は，現代という時代の姿を作品の鏡に映し出し，これと向き合ったのである．この試みは，作家がみずからの時代をどう捉え，自己をどう確認するかという模索の一環であったことが察せられる．螺旋状に織り合わされたイギリス文化とヘブライ文化の触れ合いと対話は，作家が祖国の現状を振り返り，これをヨーロッパ文化の歴史的伝統の中に位置付ける意味で，貴重な視座を提供することとなった．作品の第 22 章は，イギリス上流社会の風土を一人のユダヤ人の眼で洞察したものである．それ故，作家が異邦人のまなざしに仮託してイギリス文化を批判的に振り返り，その再生を期そうとする意図を持っている節が窺える．

　エリオットの見るところ，19 世紀後半におけるイギリス社会の宗教的伝統はその本来性を失いつつあり，様々な世俗的価値と結び付いて，抑圧的な因習と化している．上流階級も中産階級も物質的繁栄の中で精神文化の根から切り離され，自己満足の風に浸りきっている．これが人々の精神と行動を縛る因習となって，個人が生きた信仰によって人格的成熟の道を歩むのを阻んでいる．その為，形骸化した伝統と制度の中で，真の動機を喪失した人物を洞察する描写には，切れ味鋭い風刺精神が躍如としている．一方これを打破し，精神と言葉の蘇生を図ろうとする系譜の人物描写には，作家の，時にロマン派的な，時に科学的な，有機的生命観が反映している．

　作品第 22 章では，貴族の跡継ぎ娘キャサリン・アロウポイントと，彼女の音楽教師クレスマーの結婚に至るいきさつを含んでいる．イギリス上流の保守的世界に生まれ付きながら，その風土へ鋭い批判の眼を向ける若い女性キャサリンと，流浪のユダヤ人クレスマーの生き様の対照が鮮やかに描かれている．由緒正しいアロウポイント家の家督を相続する立場にある一人娘キャサリンは，結婚を巡って否応なく世間の思惑の的になる．彼女との縁組を画策する近隣の名望家とその御曹司は，その大身代と身分的権威を基盤に爵位を確保し，政治家への道を思い描かずにはおれないのである．

Heiresses vary, 1) and persons interested in one of them beforehand are prepared to find that **she is too yellow or too red, tall and toppling or short and square, violent and capricious or moony and insipid;** 2) but in every case it is taken for granted that **she will consider herself an appendage to her fortune,** 3) and marry where others think her fortune ought to go. **Nature, however, not only accommodates herself ill to our favourite practices by making "only children" daughters,** 4) but also now and then **endows the misplaced daughter with a clear head and a strong will.** 5) (237)

　跡取り娘も多種多様である．早々にそういう娘の一人に目星を付けたある御仁の見方は，鵜の目鷹の目．あの娘は肌の色が黄色っぽくないか，赤黒っぽくないか，のっぽでひょろっとしていないか，背が低くて，がっしりしていないか，気性が激しくて気紛れではないか，ぼーっとして面白味がないのではないか，云々．だがいずれの場合も，当の娘は大身代の添え物だと分かっている筈，周囲の見るところ，財産に見合ったところにお輿入れの筈，という暗黙の了解がある．ところが自然の女神は，人間の勝手な習慣に都合よく合わせてくれはしないばかりでなく，娘ばかり生まれたり，時たま境遇にそぐわない娘に明晰な頭脳と強い意志を与えたりもする．

　貴族文化には歴史によってその妥当性が証明された慣習がある．土地所有が伝統と権威の源である．その基盤を揺るがすことはみずからを否定するに等しい．上掲の引用は，一人娘が，その人間性とは無関係に，世間から結婚の尺度をもって測られる構図を浮き彫りにしている．語り手はそっと身を隠して，婿入りしようという男性の下心を言葉にしている．"Heiresses vary" 1)（女世継ぎも多種多様である）は，言葉の節約によって切れ味が鋭い．世の若い男が深窓の令嬢を鵜の目鷹の目で見る様を皮肉っている．"she is too yellow or too red, tall and toppling or short and square, violent and capricious or moony and insipid;" 2)（あの娘は肌の色が黄色っぽくないか，赤黒くないか，のっぽでひょろっとしてないか，背が低くて，がっしりしていないか，気性が激しくて気紛れではないか，ぼーっとして面白味がないのではないか）云々．有爵貴族の世界には裏表があるのが世の常である．権威のヴェールに覆われた令嬢の実態をあれやこれやと思い巡らす興味本位のまなざしが，ペアの言葉の畳み掛けでひょうきんな音楽性を奏でている．"she will consider herself an appendage to her fortune," 3)（自分が大身代の添え物だと分かっている筈）．この言い回しは，財産が結婚のかすがいとなる現実を穿って的確である．周囲の誰もが口にはしないが，心底で思っている「常識」が率直な言葉によって可

視化されている.

　上流階級の慣例遵守主義は，文化の安定的な継承の為の知恵である．ところが，皮肉家たる自然の女神は，これを嘲笑うような結果をもたらすことがある．"Nature, however, not only accommodates herself ill to our favourite practices by making "only children" daughters," 4）（自然は娘ばかり授けたりして，人間の勝手な習慣に都合よく合わせてくれないだけでなく）．この一節は，語り手が世間の「常識」に揺さぶりを掛けている含みがある．"accommodates herself ill"（相手の要求に応じない）のラテン語源の言い回しが暗示するように，自然の女神は，人間が自分の都合に従って築き上げた習慣を覆すのに何の躊躇もないのである．ここに，作家の時代認識が滑稽な含みをもって示唆されている．自然の女神は，人の思いより遙かに複雑微妙な営みを演じている．自然の外に超越的な予定調和の霊があるのではなく，その仕組みの中に人智を超えた神秘が生きている．物質界と精神界に働く不変の法則（「マッカイ」21）は個人の心身にも生きている．これが，ダーウィン以後の進化論の自然観である．すでに触れたように，エリオットは，地質学，生物学，考古学の知見を精力的に吸収し，小説言語に生かした先駆者である．自然の女神の皮肉な意思に触れた上記の一節は，作家の社会風刺が地球的時間の営み[23]の視野に裏付けられていることを暗示している．

　伝統的な小説の文体に科学言語の新風が吹き込むと，意外な効果を生むことがある．"endows the misplaced daughter with a clear head and a strong will." 5）（境遇にそぐわない娘に明晰な頭脳と強い意志を恵んだりする）．作家の皮肉なまなざしは，"misplaced" という自然の女神の不条理を暗示する言葉で読者の意表を突く．「環境に適応できない」個体は自然から淘汰されるという進化論の含みもある．キャサリンは自分の生まれ育った風土の一面に馴染みながら，他面で個人の自覚の深い人物である．自分の属する階級の「良識」ではなく，真の教養を求め手探りするうちに，ユダヤ人クレスマーに出会ったのである．彼女は，風土との葛藤の中から，個人の良心に従って真の自分を発見しようと苦闘してきた．その天賦の才は社会的環境との不調和を起こし，宿命的な葛藤に突き動かされてきた．そして苦しみの末，広い世界に飛び出してゆく結果になった．これがキャサリンの人生の皮肉である．その意味で，彼女はエリオット自身の面影を偲ばせる人物である．

　キャサリンとクレスマーの恋を描く描写には，エリオットのロマン派的な

感受性が息衝いている．二人が身分と人種の違いを乗り越えて結婚へと突き進んでゆくプロセスは，作家の耽美的な感覚描写と相俟って，個人の背後にある社会風土の深い洞察を示している．彼らは境遇の違いを乗り越えて，音楽への愛を通して人間的に共感し合うようになったのである．クレスマーは，頼るべき伝統的な権威もなく，ただひたすら芸道に献身して独自の芸境を身に付けた．彼は，雇われ音楽教師として，イングランド上流の人々の眼に自分がどう映っているかを認識している．従って，彼らの恋には，始めから打算の入る余地がなかった．

アロウポイント家の館クェッチャム (Quetcham) での社交パーティで，キャサリンとクレスマーが人目を忍んでお互いの気持ちを探り合う場面がある．この一節には，未婚の男女が，無理解な周囲を憚りつつ，恋慕の情を楽しむ密やかな息遣いが感じられる．

> There is a charm of eye and lip which comes with every little phrase that certifies delicate perception or fine judgment, with every unostentatious word or smile that shows a heart awake to others; and **no sweep of garment or turn of figure is more satisfying than that which enters as a restoration of confidence** 1) that one person is present on whom no intention will be lost. **What dignity of meaning goes on gathering in frowns and laughs which are never observed in the wrong place;** 2) What suffused adorableness in a human frame where there is a mind that can flash out comprehension and hands that can execute finely! (239)

やはりこの人（キャサリン）は繊細な感受性を持っているなあ，とか，ものの善し悪しが分かる人だなあ，と（クレスマーに）思わせるような，ちょっとした言い回しと共に浮かぶ眼や唇の魅力がある．あるいは，この人は周囲の人に対して細やかな気配りができる人だなあ，と思わせるような，さりげない言葉の一語一句や微笑みの魅力というものがある．この席にある人（クレスマー）がいて，その人には私（キャサリン）の気持ちが必ず伝わるという信頼感が蘇ってくるような，そんな気持ちを伝えるような衣装の動きや身のこなしほどに相手（クレスマー）に喜びを与える素振りがあろうか．自分の意中の人（クレスマー）がじっと注目してくれていることが分かっている時に，しかめ面や笑いに込められた思いの深さはいかばかりのものであろう．自分（キャサリン）の思いを明敏に受け止めてくれ，これを鍵さばきで絶妙に伝えてくれる人がいる時，人（キャサリン）の胸をどれほど愛しい思いで一杯にすることだろうか．

一読して明らかなことは，行為の当事者が一体誰なのか分からず，読者は煙

に巻かれてしまうことである．文章に意図的なぼかしが入れてあるのだ．ところが文脈に耳を澄ますと，これらの言葉が，意中の人キャサリンの立居振舞に耳目をそばだてるクレスマーの心中を描いたものであることが分かってくる．このぼかしは，秘め事を隠微に楽しむ男女の機微を反映した文体なのである．ときめく女心は，隠そうとしても眼の表情，口元の微笑みとなって溢れ出してくる．他動詞 "certify"（確信させる）の主語はキャサリンの目と口元，「確信」するのは求愛者クレスマーである．「やはり，この人は繊細な感受性と洗練された判断力を持っているんだなあ」というのが，彼の無言の思いである．そっとした言葉に隠された女性的情感が無言のうちに伝わってきて，憎からず思っている男性は心を揺さぶられる．否定語と比較級の組み合わせ，"no sweep of garment or turn of figure is more satisfying than that which enters as a restoration of confidence" 1)（この席にいる，ある人には私の気持ちが必ず伝わるという信頼感が蘇ってくるような，そんな気持ちを伝える衣装の動きや身のこなしほどに，相手に感動を呼び起こすものがあろうか）には，静かな水面下にくぐもった恋心が揺らめいている．「ドレスの流れるような動き」にも「身のこなし」にも，女性的な優雅さに感動しているクレスマーの抑え難い恋心が感じ取れる．

　この一節には同時に，キャサリンの心に湧き起こる感情の暗示もある．意中の人がこの席にいて，その人には「私の思いは必ず伝わる」（"no intention will be lost"）という信頼感が蘇る（"restoration of confidence"）．この例に見えるように，二重否定は感情の余韻を湛えている．感嘆符で終わる文，"what dignity of meaning goes on gathering in frowns and laughs which are never observed in the wrong place;" 2)（自分の意中の人がじっと注目してくれていることが分かっている時に，しかめ面や笑いに込められた思いの深さはいかばかりのものであろう）にも余韻嫋々とした恋の情緒が暗示されている．第三者には意味があるとも見えないキャサリンのしかめっ面とはにかみの微笑が，意中の人（クレスマー）に見られている（"never observed in the wrong place"）と思うと，恋心はいやましに募る．キャサリンの思いの深さを "dignity of meaning" と言い表しているが，思いの純粋さがそのまま彼女の人間的品位を暗示する措辞である．

　繰り返された感嘆文，"what suffused adorableness in a human frame"（人の全身全霊をどれほど愛しい思いで一杯にすることだろうか）は，キャサリンの満腔に恋心が満ちる上げ潮を暗示している．相手（クレスマー）がまなざし

で鋭敏な理解力を返し("a mind that can flash out comprehension")，ピアノの鍵を操る手の動きで思いを相手に伝える時("hands that can execute finely")，クレスマーの心技体は一つになっている．それが相手の心に届き，こだまを返す．ここには，言葉を，身振り，まなざし，口許の震えなど，身体の働きの延長線上に見る直感がある．エリオットは，言葉の営みを命の営みと捉えていた．言葉を語ることは，知性と感情と肉体を総動員することであるという暗黙の認識が描写の背後にある．ここに，ルイスと共有していた生理学の慧眼が生きている．言葉は，肉体と感情と思考の営みと調和して働く時，生きたものになる．[24] そこに，心と体は一つものと見る心身一如の言語観が見て取れる．

感情表現の粋としての恋愛描写

クレスマーには，ルイスとメアリアンが1854年ドイツ滞在中に旅先で出会ったフランツ・リスト (Franz Liszt 1811-86) の面影が窺える．[25] メアリアンはルイスに紹介されて，リストと直接交友を持つようになった．当時，離婚訴訟のさ中の王妃と同棲中の彼の境遇は，メアリアンとルイスのそれに一脈通じるものがあった．リストの奔放な生き様に加えて，そのピアノの技は，メアリアンに鍛錬された音楽的霊感を感じさせたのである．彼のロマン派的感受性と音楽への純粋な献身はメアリアンの心に深い感銘を残した（『ジョージ・エリオットの日記』21）．彼は，音楽を通して新たな時代精神の創造を志す高貴な信念を持っていた．ドイツ在住のハンガリー人として民族的な負い目を持つ彼は，古典主義音楽擁護派から浴びせられる嘲りを忍ばなければならなかった．エリオットは，リストの苦衷を察して，その強い自負心をも許容的に見ていた節がある（「リスト，ワグナー，ワイマール」84）．メアリアンは，非凡と平凡が相半ばするリストの人間性に感銘を受け，これがユダヤ人クレスマーの性格像の一面となって結実した可能性がある．

> . . . and Catherine Arrowpoint had no corresponding **restlessness** 1) to clash with his: notwithstanding her **native kindliness** 2) she was perhaps too coolly firm and self-sustained. But **she was one of those satisfactory creatures whose intercourse has the charm of discovery;** 3) whose integrity of faculty and expression begets a wish to know what they will say on all subjects, or how they will perform whatever they undertake; so that **they end by raising not only a continual expectation but a continual sense of fulfilment—the systole and diastole of blissful companionship.**

4) (240)

　　そして，キャサリン・アロウポイントは，彼の野心的な志とぶつかるようなせっかちさを持っていなかった．彼女は，天性の寛容さを持ち合わせている反面，冷静で芯が強く，自立心に富んでいた為，対立は避けられたのであろう．それどころか，彼女は，付き合うほどに魅力が分かってくるような，心ときめかせる女性であった．彼女の理解力と表現力の健全さゆえに，相手にあらゆる話題について意見を尋ねたり，目標にどう取り組むのかを聞いてみたりしたくなる女性であった．その為，絶えず相手に期待を抱かせるだけでなく，会うたびに充実感を覚えさせる人だった．逢瀬の至福で男性の心がときめく人だった．

男女の親密な触れ合いは，お互いの背後にある文化風土を焙り出さずにはおかない．この引用にも，個人の性格を形作る環境の宿命的な力が暗示されている．引用の最初の文は，語り手のまなざしが感じられる．"restless" は，クレスマーの現状を変えようとする理想家の志を言い当てた言葉である．一方，キャサリンの育ちのよさからくるおっとりした善意は "native kindliness" と表現される．語り手は二人の好意が，お互いに自分が持っていない資質に惹かれ合う心理に由来していることを捉えている．

　"she was one of those satisfactory creatures whose intercourse has the charm of discovery;" 3)（彼女は，付き合うほどに魅力が分かってくるような，心ときめかせる女性であった）から始まる文には，視点の移動が起こっている．相手に対する「満ち足りた思い」も，その美質を「発見する魅力」も，クレスマーの心中の思いを言葉にした自由間接話法である．これがそっと恋心を楽しむ陰影に満ちた情緒を醸している．キャサリンの明敏な感受性と鋭い言語感覚に魅せられた彼は，彼女の言葉とピアノ演奏から滲み出てくる心映えと気品に聞き耳を立てている．"they end by raising not only a continual expectation but a continual sense of fulfilment—the systole and diastole of blissful companionship." 4)（絶えず相手に期待を抱かせるだけでなく，会うたびに充実感を覚えさせる人であった．逢瀬の至福で相手の心がときめく人だった）．この文にもクレスマーの心中が示唆されているが，興味深いことには，"the systole"（心筋収縮）以下では，語り手の視点が忍び込んできていることである．"they" はキャサリンの感受性と人となりを指しているが，一般論の体裁にくるんだ一種のぼかしである．クレスマーの見たキャサリンは，内的生活の豊かさ故，付き合ってゆくほどに新しい資質が滲み出して，彼に心の触れ合いの充足感を味

わわせてくれる．この至福のときめきを，"the systole and diastole"（心筋収縮と拡張）と表現する発想は，クレスマー自身の視点ではなく，語り手の背後にいる作家の生理学の知見から出たものである．一つ文の途中で視点を変えることはきわどい技である．これを，語りのコントロール (narrative control) の揺らぎと見ることもできる．これを敢えて行うのがエリオットの流儀なのである．「心筋の収縮と拡張」は，命の鼓動そのものの表現である．これを恋の語らいに用いる想像力は，生理と心理が不可分一体の境地であることを喝破したエリオット一流のものである．こういう片言隻語にも，人体の生理と心理の不可分性を洞察したフロイトの近代心理学を予感させる心理洞察が潜ませてある．[26]

　上記引用に続く一節にも，恋愛の当事者の心理的陰影が深い文体が見られる．

> Klesmer did not conceive that Miss Arrowpoint was likely to think of him as a possible lover, and she was not accustomed to think of herself as likely to stir more than a friendly regard, or to **fear the expression of more** 1) from any man who was not enamoured of her fortune. **Each was content to suffer some shared sense of denial for the sake of loving the other's society a little too well;** 2) (240)
>
> クレスマーは，アロウポイント嬢が自分のことを，ひょっとしたら恋人になるかも知れないと考えそうだとは思わなかったし，彼女もまた，自分が男性に友人としての好意以上の気持ちを起こさせる女だとは思っていなかった．また，自分の財産が目当てではない男性から，憎からず思っていることを暗示する表情を期待することもなかった．二人は，お互いに相手とは共有できない境遇上の負い目を持っており，それでよしと思っていたので，却って恋の逢瀬の一瞬一瞬を純粋に楽しむことができた．

すでに触れたように，否定語ないしは，否定的な含みを持つ言葉を積み重ねて，曖昧なものをそのままに描く技はオースティンの文体を思わせる．貴族に雇われた音楽教師たる身分をわきまえたクレスマーは，自分の好意が結婚として実るとは夢にも考えない．一方のキャサリンもまた，自分の容貌が男性にどう受け取られるかを，体験上自覚している．その為，計算高い野心家が爵位と財産を目当てに近づいてくる可能性があることを心に刻んでいる．だからこそ，純粋な人間的共感を求める気持ちには切なるものがある．3行目の "to fear the expression of more" 1)（憎からず思っていることを暗示する表情を期待する）には，彼女の打ち震えるような感受性と奥床しさが仄めかされてい

る．計らいなき魂の触れ合いを憧れる思いは，「おののき」(fear) とも感じられる．"Each was content to suffer some shared sense of denial for the sake of loving the other's society a little too well;" 2)（お互いに相手とは共有できない境遇上の負い目を持っており，それでよしと思っていたので，却って恋の逢瀬の一瞬一瞬を純粋に楽しむことができた）．二人は，お互いに負い目を理解し合い，結婚の縁はないものと諦めている．ところが，謙遜な自己否定の思いそのものが相手の心の琴線に触れ，いやましに恋慕が募ってくる．一時の触れ合いを純粋に楽しめばそれでよい，とみずからに言い聞かせる思いが，皮肉にも愛の絆を深める結果になるのである．このような余韻の深い情緒描写は，否定的表現と，"denial"（負い目）に見られるように，意味の凝縮された抽象語の奥行によって可能となっている．情緒を暗示する抽象語の巧みな使い方にもオースティンの影響があることを偲ばせている．

　上記引用の直後の一節にも，語りの視点の移動が起こっている．

> ... and under these conditions **no need had been felt** 1) to restrict Klesmer's visits for the last year either in country or in town. He knew very well that if Miss Arrowpoint had been poor he would have made ardent love to her instead of **sending a storm through the piano,** 2) or **folding his arms and pouring out a hyperbolical tirade about something as impersonal as the north pole;** 3) and she was not less aware that **if it had been possible for Klesmer to wish for her hand** 4) she would have found **overmastering reasons for giving it to him.** 5) (240)
>
> こうした事情で昨年は，カントリー・ハウスであれロンドンであれ，クレスマーの来訪を禁止する必要はないと判断された．彼は，もしアロウポイント嬢が貧乏だったら自分の方から熱烈な求愛をしただろうに，という思いがあった．ピアノの演奏で募る思いをぶつけたり，腕組みをして北極並みに浮世離れのした話題について熱の籠もった長広舌を振るったりすることもなかっただろう，と分かっていた．アロウポイント嬢も，もしクレスマーが求婚するようなことがあれば，それに応じる圧倒的な理由があると，相手に劣らず感じていた．

最初の文の "no need had been felt" 1)（必要はないと判断された）は，受身によって行為の主体がぼかされている．その含みは，キャサリンの両親が，娘と音楽教師の間に起こっていることを察知しながら，娘の「良識」を信じて，そっとしておこうという思いである．続く仮定法の二つの文は，語り手がクレスマーとキャサリンの心中に入り込んで，心の動きを捉えたものである．仮

定法の文中の "instead of sending a storm through the piano," 2)（ピアノの演奏で募る思いをぶつける代わりに）は，文脈によって微妙に事実を示唆している．忍ぶ恋をこらえつつ，なお狂おしい情熱をピアノ演奏に託して相手に伝えずにはおれないクレスマーの切なさが感じられる．"folding his arms and pouring out a hyperbolical tirade about something as impersonal as the north pole;" 3)（腕組みをして北極並みに浮世離れのした話題について熱の籠もった長広舌を振るったりする）．ここにも，みずからのロマン派的な信念を相手に吐露するクレスマーの一途な思いが暗示されている．高邁な理想を愛しい人に語る大仰な言葉遣い（"hyperbolical tirade"）に見るギリシャ語源とラテン語源の言葉の組み合わせは，語り手のひょうきんな冷やかし口調を示している．"if it had been possible for Klesmer to wish for her hand" 4)（もしクレスマーが彼女に求婚するようなことがあれば，）以下の仮定法は，キャサリンの結婚へ寄せる思いが，本人の中ではっきりとした決意へと実を結ぶ予感を捉えている．"overmastering reasons for giving it to him" 5)（承諾する圧倒的な理由）は，彼女の中に葛藤がありながら，愛を貫いて異質な世界に飛び込んでゆくだけの情熱と確信があることを暗示している．

　仮定法は本来感情の機微を描くのに優れた表現であるが，エリオットの場合には，とりわけ含蓄深い内面描写に仮定法が目立っている．マギー，ドロシア，グウェンドレンのように，複雑な精神のドラマを演じるヒロインには，仮定法が心の襞を描き出す手段としてよく用いられている．ましてや，クレスマーとキャサリンのような鋭敏な感受性のやりとりを描くのに，否定語と仮定法が組み合わされて使われるのは自然な成り行きである．

むすび

　後期のエリオットは，リアリズムの限界を乗り越える表現手段として様々な手法を用いている．クレスマーがユリシーズ (Ulysses) のイメージで描かれている (240) のも，神話・伝説上の人物のイメージ喚起力を生かしたものである．これはユリシーズの辿った冒険と流浪の運命を連想させて，読者の歴史的想像力に訴える技である．これと相俟って，抽象度の高い重厚な言葉が具体的な文脈に置かれると意味の多元性が一層際立つという道理も，オースティンと共通の特徴である．エリオットの感情表現に独特の切れ味を添えている要素がもう一つある．人物の言葉による自己表現が，仕草，眼の表情，

涙，頬や手足の震えと同次元で，生理的直観をもって捉えられていることである．その含蓄深さは，言葉は心身の営みの有機的協働の結果であるという認識に由来する．この洞察が，否定語の積み重ねと仮定法の多用と相俟って，曖昧模糊とした人間感情のやりとりに生き生きとした息吹を吹き込んでいる．これが読者の想像力に訴え，多層的な意味あいを産み出す力になっている．

エリオットの恋愛描写には，余韻嫋嫋とした情趣の豊かさがある．見落としてはならないことは，個人の魂の濃密なやりとりの背後に，異なった文化風土の葛藤があって，それが一つの歴史社会の実相を浮き彫りにしていることである．個人と個人の関わり合いの中に，共同体の有機的生命のネットワークが立体的に捉えられている．クレスマーとキャサリンのドラマは，グウェンドレンとダニエルのそれと交差し，作品のテーマを編み出す織糸の役割を果たしていることが分かる．

エリオットは，登場人物の心のドラマを描き出すのに非凡な技を発揮した．心理的陰影に富んだ彼女の文体は，その一端を見てきたように，オースティンに多くを負っている．曖昧豊饒な内的世界をそのままに再現する芸境は，暗示的言い回しと否定語と仮定法の駆使によって可能となった．これは，小説のディスコースを言語芸術の域に磨き上げたオースティンの様式美を，朗読によって摂取しようとしたエリオットの努力の結果である．彼女は，19世紀後半の科学的世界観のディスコースを文学に取り入れる挑戦の先陣を切った．その際，オースティンの遺産は，心の曖昧領域を描く上で，伝統と創造のバランスを取る重しの役割を果たすことになった．

4　ダニエル・デロンダ——隠されたアイデンティティの探求——

序

『ダニエル・デロンダ』におけるダニエルの物語の表現するテーマは，ユダヤ人がみずからの民族的アイデンティティに覚醒し，そこへ回帰してゆくということである．一家離散により民族的伝統から切り離された妹マイラが，ダニエルの援助によって兄モーデカイと再会し，彼のユダヤ民族精神復興運動に合流してゆくプロットが横糸になり，これにダニエル自身がユダヤ人としてのアイデンティティを発見するプロットが縦糸として縄のように糾われている．彼の母親（エバーシュタイン侯爵夫人）は，息子だけは差別と迫害の因縁

から自由になるよう，彼が幼い頃，知り合いの紳士であるサー・ヒューゴー・マリンジャーに英国紳士としての養育を委ねたのである．彼女は父親，つまりダニエルの祖父（ダニエル・カリシー）に，ユダヤ民族の伝統の鋳型に合うよう厳格な躾を受けて育った．ところが，彼女は生来のボヘミアン的奔放さ故，父親の期待する精神的鋳型に強い反抗心を燃やした．その結果，みずからの自由意志の赴くままに，ヨーロッパ各地を巡って歌手兼女優として名声を築いたのである．そして，長い歳月を掛けて芸道に精進した後，年老いて病を得た今となって，死期の近いことを悟り，孤独がそぞろ身に染みる心境にあった．すると，不可思議な呼び声が魂の奥底から聞こえてきて，縁を切った積もりの息子の面影が偲ばれてきた．そして，父親が孫ダニエルに託したメッセージをわが息子に伝えるよう，何か抗し難い力によって突き動かされた．

　語り手は，ダニエルの母親の心事をこう語っている．生命の危機に直面すると，人生の無常が痛切に実感される．みずからが自由意志で消し去った積もりの過去が摩訶不思議な力で思い起こされてくる．自分は血の宿命を否定して，個人の自由を追求してきた．だが，自由意志に則って生きてきたこの自分の人生の結末がこんなにも孤独なことは何としたことか．どうやら人生には，個人の自由意志をもってしてはいかんともし難い命の流れがあるようだ，と．かくして母親は，自分と父親（ダニエルの祖父）の故郷であるジェノアで，息子に出生に関する一切の事実を告げた（51，53章）．息子も母の話を聞いた折，内心の衝撃に堪えながら，かろうじて心の整理を付け，事実を淡々と受け止める度量を見せる．曰く，現在の自分があるのは，母親が人生上の選択をした結果なのだ．イギリス紳士として育てられ，広い教養とキリスト教的共感を与えられた恵みは，これをあるがままに受け取ればよい．同時に，自分は民族的なアイデンティティにも，こうして目覚めることができた．これもまた自己のあるがままの姿なのだ．(53: 661-62) この宿命を引き受けるところに自分の本分 (duty) が存するのだと，彼は受け止めた．

　ダニエルは，再会から一日置いた二回目の対面（53章）までには，事実の衝撃を受け止め，心の整理を付けていた．

> The effects prepared by generations are likely to triumph over a contrivance which would bend them [facts about Daniel's birth] all to the satisfaction of self. Your [Daniel's mother] will was strong, but my grandfather's trust which

you accepted and did not fulfill—what you call his yoke—is the expression of something stronger, with deeper, farther-spreading roots, knit into the foundations of sacredness for all men. (53: 663)

> 過去幾多の世代にわたって準備された伝統は，個人が自分の満足の為に考え出した策を打ち負かすもののようですね．あなたの意志は強かったが，約束しつつ実行しなかったおじい様の遺志——それをあなたは軛と呼んでいますが——は，何かより力強いものの表現なのではありませんか．あらゆる人間にとって，神聖なものの基盤にまで深く広く張った根を持っている何かではありませんか．

　過去からの連綿たる因縁の流れは深く広く働いている．これを自由意志で消し去ろうとすることは，所詮人間の小賢しい計らいに過ぎない．命の木は土壌に広く深く根を張り，個々の人間はこれにつながることによって，自分の存在を位置付けることができる．これによって，人は帰依の対象となる神聖な拠りどころを得るのである．この世には宿業の働きがあって，過去の動かし難い力は，これを受け入れる他に人間の自由は存在しないのである．必然を受け入れる勇気の中にしか本当の自由はないのだ．このように長年の葛藤を清算して，ダニエルはユダヤ民族精神の再興に身を投じることに自己の使命を見出してゆく．

　ダニエルの身の処し方には，紛れもなくエリオット自身の辿り着いた宿命観が反映している節がある．彼女は齢を重ねるにつれて，過去の因縁が生きた力として自己に働いている，との自覚を一層深めていったように思われる．エリオットが後期小説を執筆していた頃の日記や手紙には，こうした宿命観がしきりに吐露されている．円熟した悟境にあって，人生の無常をしみじみと噛み締めるような味わい深い言葉がそこに見られる．人生には過去が生きた力として働いている．人間存在は相互依存の網の目の中にしかあり得ない以上，個人が自由意志を探求しようとしても自ずと限界がある．作家が小説執筆の合間に認めていた手紙と日記には，自由意思への懐疑と自己放棄と諦念が綿々と綴られている．興味深いことは，このような言葉を語るエリオット自身は，誤解を恐れずに言えば，徹頭徹尾おのれの自由意志によって生きてきたことである．宗教的不可知論者の列に加わり，国教会の礼拝を拒否した時も，時代の禁を犯してルイスとの事実婚に踏み切った時も，死の半年前，クロスと再婚に踏み切った時も，彼女はあくまで自己の本然に，あるいは良心，に従って行動したようである．それが世の良識といかに対立しても．自分の生きた時

代の因習的道徳や慣習にこの人ほど反抗心を燃やし，抵抗し続けた人も稀有であろう．時代風土によって女性に宛がわれた良妻賢母の鋳型にどうしても安住できない本物の知的探求心と情念の深さを具えていたからである．その人が人生体験を重ねるにつれて，ますます自由意志の限界を自覚するようになったことは，人生のパラドックスに深く触れた事実であろう．個人の自由を求め，真の自立を生き抜こうとした人が，それ故にこそ，個人の内奥に深く宿る血の宿命と因果の絡み合いを凝視する結果になった．これが自由というもののアイロニーなのであろう．

　ダニエルの物語に見られる自由意志の限界，血の宿命の受容というテーマは，作家の中に深く根差すヘブライ的本能の一つの表現である．それは，グウェンドレンの物語に見られる「おのれの欲するままに行動する」自由の挫折というテーマと底流で通じ合っている．これは，後にエリオットの芸境に影響を受けたジェイムズが『ある婦人の肖像』(*A Portrait of a Lady* 1881) で描いてみせた自由意志の限界へ通じている．これら二つの作品は，共にピューリタニズムの宿命観の最良の表現と見ることができる．本章では，ダニエルの母ハールム・エバーシュタイン侯爵夫人と彼の対話テキスト（51, 53章）を中心に，エリオットの救済観を探ってゆく．

おのれの欲するがままに振舞う自由と道理に服する諦念

　『ダニエル・デロンダ』のダニエル物語には，個人の自由意思の追及（グウェンドレンの生き様が象徴する）には自ずと限界があると見るエリオットの見方が貫かれている．個人の生き様の背後には長い伝統が生きていて，これは当人には無意識のままに息衝いている．過去からの因縁の流れの中にあって，関係の網の目の結び目たる個人が，無意識の中に生きている伝統の力を思い知らされる節目がある．これはダニエルにとっては，母親が生まれ故郷のジェノアでわが子たる自分と再会した折に訪れた．それまでに，彼はユダヤ的霊性の人モーディカイに出会って，その眼力により自分が民族精神の後継者たる予感を打ち明けられた時に，彼自身の来歴に関する予感を覚えたのである．サー・ヒューゴーの「甥」の紳士として育てられながら，長年出自に関する疑念が心底にくすぶっていた．そんな折に，母親からの会見の申し出を受けた彼は，話の内容が自分の出生の秘密に関わることであろうと察しを付けていたのである．

第Ⅲ章 『ダニエル・デロンダ』を読む 321

　ジェノアに赴き，母親を待つ間，宿の窓外に広がる夜の海を眺めるうちに，彼の心には，夜景に触発されて，みずからの過去，現在，未来へと広がる心象風景が思い浮かんだ．彼を責め苛む境遇の不確実性と，未来を照らす導きのほの明かりが葛藤する様は，意識の流れとなって，彼の人間的真実を浮き彫りにしている．おのれの過去が茫漠とした闇の中に沈み込んでいて，摑みどころなく虚空を手探りするさ中，モーディカイの霊的直観が自分の進むべき道を照らす光となって照らされた．闇夜の手探りの中，人生に意味と使命が見出されるかも知れない，そんな宙ぶらりんの不安感と希望の予感がせめぎ合っていた．

　以下の引用は，眼前に広がるジェノア湾の夜景の底知れぬ闇と，彼自身の過去と未来へと連なってゆく内的風景が二重映しになっている様を描いている．

> . . . but beyond his consciousness were no more than an imperceptible difference of mass or shadow; sometimes with **a reaction of emotive force** 2) which gave even to **sustained disappointment**, 1) even to the fulfilled demand of sacrifice, the nature of a satisfied energy, and spread over his young future, whatever it might be, the attraction of devoted service; sometimes with a sweet irresistible hopefulness that the very best of human possibilities might befall him — the blending of **a complete personal love in one current with a larger duty**; 3) and sometimes again in a mood of rebellion (what human creature escapes it?) against things in general because they are thus and not otherwise, a mood in which Gwendolen and her equivocal fate moved as busy images of what was amiss in the world along with **the concealments which he had felt as a hardship** 4) in his own life, and which were acting in him now under the form of an afflicting doubtfulness about the mother who had announced herself coldly and still kept away. (50: 623)

　彼自身の意識の向こうには，実体とも影とも判別のつかない茫々たる闇が広がっていた．時折，感情のエネルギーが手応えを覚えた．その手応えは，失望の連続にさえ，あるいは，みずから求めた自己犠牲の欲求が実現する喜びにすら，エネルギーのはけ口が見つかった充実感の性質を添え，彼の先の長い未来に，それが何であれ，献身的な奉仕の魅力を添えた．時折，人間の可能性として最良のものが彼の人生に訪れるかも知れない甘美な抗し難い希望を覚えた．それは，個人としての純粋な愛が大きな義務と一つ流れに溶け合った心境だった．そうかと思えば再び，物事の状況が今のままで変わらないことに対して納得し難い閉塞感（どんな人間がこういう気分を免れることがあろうか）が訪れた．そんな気分の折，グウェンドレンとその境遇の危うさが，心中に世の中の不条理のイメージとして頻りに浮かんできた．その

イメージが，自分が何者であるか分からない身の上（これこそ自分自身の試練として受け止めていたのだが）と考え合わされた．こういった割り切れなさは，今，母の正体が摑めない苦しいもどかしさと一つになっていた．その母が情味もなく名乗りを挙げると言う．なのに，何の連絡も取って来ないとは．

イギリス上流紳士として最高の大学教育（ケンブリッジ大学）を受け，毛並みも教養も約束された器と目されながら，自分が何者であるかが摑めず，既成秩序にすんなり溶け込んでいくこともできない．ダニエルの中に根差す何かが空文化した権威に抵抗するのである．貴族社会の敷かれた軌道には，彼自身の魂を納得させる本物の言葉が感じられない．この漠たる不安の根底には，父母をはじめとする肉親の情愛と記憶がずっと欠落していること ("sustained disappointment") 1) が関わっていることを，彼は薄々感じていた．この宙ぶらりん状態に彼の情緒は激しく反応し ("a reaction of emotive force")，2) 対象に愛を注ぎ込むことによってより広い義務への献身が愛と一つ流れになる境地 ("a complete personal love in one current with a larger duty") 3) を恋い焦がれる思いは切実だった．母親から真実を隠されている苦難 ("the concealments which he had felt as a hardship") 4) が心のわだかまりとなり，この苦渋が，自分に心を寄せるグウェンドレンの結婚生活の苦しみに共感を寄せる所以となった．同時に，肺病病みのモーディカイが照らす灯に，生きる意味を発見し，この召命に奉仕することによって自分が人間的に育てられる契機が孕まれているのではないか，というのがここに示唆されたダニエルの心境であった．

　植物は，樹液が来たるべき春を予感して巡り，微かな温もりの訪れをも察知し，芽吹きの準備を整える．これと同様に，人の人生には，過去から現在に至る因縁の支流が混ざり合って，大きな決断と行動を結実させる節目がある．そんな危機の時，人の意識には一瞬のうちに過去と現在のあらゆる体験と記憶が蘇って，時空を超えた出来事の錯綜の中から自分の進むべき道がほの見えてくる．この一節で描かれたダニエルの心境は，アイデンティティの探求がどういうことかをありありと物語っている．つまり，おのれの過去を知ることが，世界と自己の位置関係を確認する鍵になる道理を表現している．読者は，従って，危機にある人物の意識を凝縮的に湛えているテキストと向き合わされる．これによって，それまでのプロットの流れと，多義的な暗示性に富む文体の意味あいを統合することを求められる．そこにエリオットの文体の難しさ

があり，同時に解釈可能性の広がりを味わう醍醐味が待っている．

　先に触れたように，ジェノアで母親と対面するダニエルの心境には，すでにユダヤ民族の一員としての自己を予感し，受け入れる種が播かれている．彼のアイデンティティに関する不安感，焦燥感が自分の来歴の不確実性に由来することは，自分でも自覚している．だからこそ，母親と心の底から語り合う試練は突破しなくてはならないのだ．

　遡って，モーディカイがダニエルとフランクフルトで偶然出会ってさほど時を経ずに，彼はダニエルをみずからの精神を受け継ぐ後継者と見定めた．この経緯は，当時の読者の多くには荒唐無稽な主張と見えたことは察するに難くない．何を証拠にそのような途方もない主張をするのか，教養ある紳士ダニエルがこれを真剣に受け止めるとは一体どういうことか．作家は，読者の不信の念を予想して，彼とモーディカイの出会いを周到に描いている．

　モーディカイの，ダニエル自身に関する民族的アイデンティティについての直観的な印象を聞かされたダニエルは，戸惑いを覚えながら，こう答える．

> I cannot promise you that I will try to hasten a disclosure. Feelings which has struck root through half my life may still hinder me from doing what I have never yet been able to do. Everything must be waited for. I must know more of the truth about my own life, (40: 502)
>
> 私は，あなたの直観に根拠があると性急に認めようとは思いません．私のここまでの半分の人生で培った感情が，今まで実行することができなかったことを引き受けるのを躊躇させるのです．すべては時を待つ必要があります．私自身の人生についての真実をもっと知らなくてはならないからです．

物心つく前からサー・ヒューゴーの子ども同然に育てられ，イギリス上流階級の風土で薫陶を受けてきたダニエルは，イギリス紳士のたしなみと教養が自分の人間性の基盤になっていることを深くわきまえている．その一方で，特権的な境遇に満足し切れない自分もまた，真実の自己の一部だと思えるのだ．物質的な富と伝統的権威がキリスト教的精神文化と微妙につながった序列社会の確固たる秩序に，いわく言い難い違和感があるのを自覚している．だが本人は，その違和感の秘密が自分の血縁に由来することには気が付いていないのだ．"Feelings which has struck root through half my life"（私のここまでの半生に根を降ろした感情）に見られる木の成長の暗喩は，ダニエル自身が

祖国イギリスの土に根を下ろしている事実を自覚していることを示唆している．これは，モーディカイの言語感覚にある有機的生命観の見方 ("The world grows, and its frame is knit together by the growing soul; dim, dim at first, then clearer and more clear, the consciousness discerns remote stirrings") (この世は成長するのです．その体は成長する魂で組み合わされているのです．最初は微かであっても，次第に形を取って，意識は萌芽的な芽ぐみに気付くのです) (40: 501) に，彼の皮膚感覚が鋭敏に感応した結果である．

ダニエル自身が意識しない感受性の中にユダヤ民族固有の想像力を直観したモーディカイは，そこに訴え掛ける好機と見たのだ．

> I could silence the beliefs which are the mother-tongue of my soul and speak with the rote-learned language of a system, that gives you the spelling of all things, sure of its alphabet covering them all. I could silence them: may not a man silence his awe or his love and take to finding reasons, which others demand? But if his love lies deeper than any reasons to be found? Man finds his pathways: at first they were foot-tracks, as these of the beasts in the wilderness; now they are swift and invisible: his thought dives through the ocean, and his wishes thread the air: has he found all the pathways yet? (40: 502-03)

> 私は魂の母語たる信念を語らず，暗記で覚えたシステムの言葉で喋ろうと思えば喋れます．なぜなら，後者の言語はあらゆるものの綴りを表現できるのです．すべてを言い表すアルファベットをしっかりとものにしているからです．魂の母語たる信念は黙らせておくことができるのです．人は畏敬と愛を黙して語らず，他人が要求する理由（大義名分）を見つけることができないだろうか．だが，もし愛が，見つけるべき理由よりも深かったらどうだろうか．人は自分の進むべき道を見つけられるんです．最初その道は，野の獣道のような小路なのです．ところが，あっという間に道は隠れ，見えなくなるとします．そうなったら，彼の思いは大洋の淵に潜り込むのです．そして，彼の祈りは，空気を縫って進むのです．彼は，あらゆる道を見つけたのでしょうか．

ここにモーディカイの心底の言語感覚がほとばしっている．離散の運命を背負った民族の二重の言語意識が覗いている．民族国家を持たずヨーロッパ各国を渡り歩いて根を生やし，その文化に溶け込みつつ，なお民族的アイデンティティは確固として保持している．

モーディカイは，エリオットとルイスと個人的な親交があったエマニュエル・ドイッチェ (Emanuel Deutsch 1829-73) がモデルと目されている（ベイ

カー 91-2）．ユダヤ教にもキリスト教にも造詣が深い彼は，二つの宗教の架け橋たらんとし，これを詩的な言語感覚で世に伝えようとしながら，1873 年病により志半ばで客死した．エリオットは，中世ヘブライ語とその文化にみずからの拠りどころを見出した彼の精神（ベイカー 91）に触発された節が窺える．ドイッチェのように「魂の母語たる信念を胸に秘め」つつ，現に属する民族国家の言葉を自己のものとして駆使し，そのよき市民として根を生やすのがモーディカイの生き様である．その二重の言語・文化意識は，ハイネを偲ばせるものがある．

　ポール・ジョンソン (Johnson) によれば，ハイネの抒情詩はドイツ語の音楽性を見事に表現し，ドイツ人の心の琴線に触れた．代々の優れた才能がゲットーで育まれ，継承され，その遺伝子が 19 世紀初頭のドイツ語を表現手段としてハイネの詩で花開いたかのような観を呈したと言う．この詩人の中には，絶えずドイツ的な価値とユダヤ人魂が葛藤していた．世俗的な理由でドイツ・プロテスタンティズムに改宗しつつ，その禁欲主義と権威主義に抵抗した．あらゆる党派心から距離を置いていた彼は，ヘレニズムの感覚美溢れる詩の陶酔境をドイツ語に吹き込んだ．これがドイツ人の心を魅了し，ヨーロッパ的教養人の名声を得る結果になった．ところが，移り住んだパリで病（脊椎カリエスと推察されている）に倒れると，ベッドに寝たきりで痛みに堪える絶対的不自由の境涯[27] で，ある種のユダヤ教に立ち戻り，死出の旅についたと言う．(342-46)

　ハイネ同様，モーディカイは，自己に深く根差すユダヤ文化に対する「畏敬と愛を黙して語らず」，現に住む文化の要求する言語（ドイツ語）と発想によって身を立てる道を実践した．これは，理性の言語と愛情の言語を兼ね備えることによって，これらが相照らされたことを意味する．胸の底に秘めた言葉とより深い忠誠の源は，よし「獣道」のように掻き消されても，「大洋の淵に潜り込む」と探り当てることができるのである．この言い回しは，想像力の母語が人の無意識に深く息衝いていることを示唆している．モーディカイの言語観には，作家が手探りしつつあった言語観が反映していることが察せられる．愛着ある母語は魂深くに宿り，なお複数の多言語に習熟し，そこから豊かな糧を摂取し，母国語を相対的な視点から洗い直しつつ，そこに新境地を築いてゆくのである．エリオットの，例えばドイツ語との対話は，モーディカイの二重言語を生きる姿勢にその一端が反映していると解することもできる．

シャトルワースによれば，エリオットはヘブライ語の中に想像力の言語を見た．そこに「有機的な歴史の成長」の見方が流れている．彼女は，その源流を中世ヘブライ詩人でスペイン在住のラヴィ（教師）アレヴィ (Halevi 1075-1141) の霊的言語に認め，モーディカイの言語を彼の文体に倣って造形した．その言語感覚に，19 世紀イギリスの偏狭な慣習遵守主義の桎梏を打ち破る契機を見たと言う (184)．察するところ，モーディカイの話し言葉に有機的生命観の暗喩がよく使われているのも，アレヴィに示唆を得たものとも解される．エリオットは，自然史への造詣で得た有機的暗喩を初期の小説から多用していたが，その文体感覚が彼の有機的生命観と響き合ったと想像される．

上記，モーディカイの真情の吐露（引用 40: 502-03）（本文 324 頁）には，聞く人の心を逸らさない不思議な力がある，というのがダニエルの印象だった．彼の思いを語り手は語る．

> . . . here there was something that balanced his [Daniel's] resistance and kept it aloof. This strong man [Daniel] whose gaze was sustainedly calm and his finger-nails pink with health, who was exercised in all questioning, and accused of excessive mental independence, still felt a subduing influence over him in the tenacious certitude of the fragile creature before him [Mordecai], whose pallid yellow nostril was tense with effort as his breath laboured under the burthen of eager speech. (40: 503)

> ・・・ここにダニエルの抵抗感を和らげ，これを留保しておく何かがあった．この強壮な男（ダニエル）は一貫して物静かで，指の爪は健康色で赤みが差していた．彼は，ものを探求する訓練ができており，過度な独立心を指摘されることもあった．しかし，彼の眼前の虚弱な人物（モーディカイ）の粘り強い確信には，素直に聞き従いたいと思わせる何かがあった．この病者の蒼白な黄ばんだ鼻孔は，熱烈に言葉を語る負荷で息が荒くなり，努力で緊張していた．

ここには，一見語り手が淡々と事実を叙述するように見えながら，ダニエルの心に起こる変化が彼自身の心理から捉えられている．そこに，病を得て死にゆく者が，強壮な肉体を持つ若者に伝統を引き継ぐことを期待する祈りがある．期待された当人は，権威に対する批判精神と独立不羈の魂を自負してきた．ところが，この衰弱し，いまわの際にある人には，相手に要求するような自己意志ではなく，何か大きな流れにおのれを委ね切った諦念の静けさと威厳が感じられる．それが却って反骨の魂をも揺り動かし，その人の指し示す道を慎

重に見極めようという思いにさせたのである．無欲の人の純粋な祈りには，その道理に耳を傾けさせずにはおかない力があったのである．
　こうしてダニエルは，モーディカイが直観的に見て取った自分のユダヤ的特性に，おのれのアイデンティティを読み解く鍵があり得ることを，これまた直観で感じ取ったのである．自分にユダヤ民族の血が流れているのでは，との予感は，彼の感情と思考の流れをそちらに向ける素地になった．それ故，母親から会見の申し込みを受けた彼は，彼女がどのような真実を語っても，これを受け止めようとする覚悟のようなものができつつあった．これを裏付けるように，母親との再会を待つ直前，ジェノアの遊覧船から波止場と街の美しい佇まいを眺める彼の心に，この都市の辿った歴史の追憶が蘇ってきた．幾世紀も昔，夥しい数のスペイン在住ユダヤ人が着の身着のままで故郷を追われ，この波止場に一時の休息を得た光景である．(50: 620)[28] 飢餓と疫病の蔓延で母と乳飲み子がばたばたと死んでゆき，父と息子はやつれ切った形相でお互いを見つめる無惨な姿が，母親を待つダニエルの心をよぎった．心中に灯ったマイラとモーディカイとの絆の深まりは，まだ見ぬ母親の姿とも二重写しになり，民族の迫害と苦難の歴史がその背後に浮かび上がったのである．心の奥深くに，個人の記憶を遙かに超えた集合的記憶の闇が潜んでいる可能性について，漠とした畏敬の念が芽生えていたのである．
　先に触れたように，イギリス的教養を身に付けた知識人が神秘思想家に共感し，その訴えに相呼応して自分の進むべき道を見出すというプロットには，イギリス人の強固な現実感覚が抵抗したであろうことは想像に難くない．彼らが思想を問題にする時には，これを抱く人の人間ドラマの含みにおいて見る傾向がある．シェイクスピアとオースティンに代表されるように，思想家がよく皮肉なまなざしを向けられるのも，大地に足を着けて現実を直視する国民性に根差しているからである．エリオットもこれを予想して，モーディカイとダニエルの関わり合いを描く際に，読者の不信を招かないよう，ダニエルの懐疑と葛藤描写に細心の注意を払って心理的リアリズムを用いている．にも拘わらず，民族の伝統を体現する人物の精神を次代の若者が受け継いで，伝統を甦らせるタイポロジー (typology)（原型が次の代に対形となって文化継承を行う）[29]を小説のテーマにした．これは，それだけ作家のヘブライ文化への関心が深かったことを物語っている．そこに，ヴィクトリア朝イングランドの風土を批判的に再評価する契機があると見たことが窺える．ドーリンによれば，

当時の合理主義と物質主義の文化風土は，人間を自然と古い共同体の絆から切り離し，これが記憶に深く根を張った愛着の世界から彼らを疎外した．愛と神聖さの宿る故郷から根を切られ，漂流する精神を再びつなぎ留める魂の古里として，エリオットはヨーロッパ精神の源流たるユダヤ文化に眼を向けた．この源流を辿る旅が『ダニエル・デロンダ』でユダヤ人物語に結実したと言う (168-69).

個人の自由意思と民族的伝統の狭間

　すでに述べたように，ダニエルの母親は，かくも頑強に父親のユダヤ精神の鋳型を拒否したにも拘わらず，余命の少ない境涯を自覚すると，意を翻して息子にユダヤ人としての血筋を明かした．息子は息子で，心中には，母親がなぜ今になってこの重大な真実を告白する気になったのか，抑え難い疑問がわだかまっていた．にも拘わらず，母親が自分の民族的な出自を隠すという行為をいかなる動機で行ったかについて，敢えて問い質した．というのは，母親をこの行動に突き動かした動機を彼女自身の立場に立って察しようとする公平な姿勢を貫きたいという思いがあったからである．それがいかに困難な決断であり，苦しい葛藤の末であったかを思いやり，これによって自分の怒りと恨みを整理し，母のあるがままの人間性を理解したいというのが彼の真意であった．母親がその父親に「強いられた諦念」がいかばかり心痛を伴ったか，いたわりの気持ちを差し伸べる場面がある．息子の公平たらんとする努力に触発された彼女は，堰を切ったように胸の思いを吐露した．

"You are not a woman. You may try — but you can never imagine what it is to have a man's force of genius in you, and yet to suffer the slavery of being a girl. To have a pattern cut out — 'this is the Jewish woman; this is what you must be; this is what you are wanted for; a woman's heart must be of such a size and no larger, else it must be pressed small, like Chinese feet; her happiness is to be made as cakes are, by a fixed receipt.' That was what my father wanted. He wished I had been a son; he cared for me as a makeshift link. (51: 631)

おまえは女ではないからねえ．男の才能を持って生まれながら，娘なるが故の隷属を忍ばなければならない身の上がどんなものか，努力してみても分からないだろうよ．これがユダヤ人女性なんだよ，という型を宛がわれるということがね．おまえはこう生きなくてはいけないのだよ．これがおまえに望まれていることなんだよ．

女の心はこれこれの大きさで，それ以上大きくてはいけないのだよ．もし大き過ぎると，中国の纏足のように，鋳型にはめられることになるんだよ．女の幸せは，ケーキのように，決まった調理法で作られるんだよ．それが，父上が私に望んだ生き方だったのよ．父上は，この子が息子であればなぁ，と思っておられたのよ．結局，私をつなぎ役として可愛がってくださったのよ．

おのれの過去を振り返りながら絞り出すように語る母親の言葉には，ユダヤ民族の女性として忍ばなければならなかった苦難の深さが刻印されていた．むさ苦しいシナゴーグでの長い祈り，断食，退屈な祝宴，父親のいつ果てるとも知れない「わが民族」に関する長広舌など，彼女には耳に鳴り響くたわごとに過ぎなかった．生得の才能と情熱の賜物を受けながら，これを押し殺し，ひたすらユダヤ女性の鑑たる忍苦と自己犠牲と服従の鋳型を父親に強いられる抑圧感と満腔からの反抗心が息子（ダニエル）の心を打ったのだ．自分に対する母性的情愛を捨てた冷たさへのわだかまりと相争うように，強い自我の力故に苦しみを嘗めた母の人生に，感銘を禁じ得ない何かがあった．高い志を貫こうとして過ちを犯してしまった人に固有の尊厳を感じたのである．

「出エジプト記」，「申命記」に見られるモーセに象徴されるように，ユダヤ的伝統には家父長制が根深い．離散の運命を背負った民族として，その記憶と体験の子孫への継承は家父長の責任であった．伝統の型は宗教的な祭儀と典礼を通して語り伝えられ，それが生活の歌ともなり，家族のまとまりを生む力にもなる．強い信仰の絆は父から息子へと受け継がれ，女性は家庭の守り神としての役割を期待される．結婚し，子育てに精励して，家庭的情愛と慈しみと忍従のうちに，わが子にユダヤ的生き様を伝授する．これが父親の求めるユダヤ女性の型であった．子どもが一人しかいない状況では，娘が同族の男と結婚し，男子の孫をもうけ，彼に民族魂を受け継がせるのが家父長としての責務である．鉄の意志を持つ父親の発想からすると，娘は伝統継承の「つなぎ役」に過ぎなかったのである．

抗し難い父親の権威の下で，ダニエルの母親は，巧妙な反抗の手段として面従腹背を用いた．つまり，父の薦めるユダヤ人男性と結婚するに当たって，夫となる人が穏やかで，自分の芸術的生き様を許容する器であることを見抜き，この要求を父親の死後通したのである．こうして，父親の遺志を出し抜いたのである．その上，先述したように，長子であるダニエルが二歳になる時，自分の芸の心酔者であるサー・ヒューゴーに息子の養育を委ね，その民族的出自を

葬り去ったのである．これが彼女の父親に対する反抗の形であった．

　ダニエルの母親は，母子の長い隔たりを埋めるように，その間の事情を息子に語り聞かせた．夫の死後，さるロシアの侯爵と契りを交し，洗礼を受け，再婚したと言う．みずからも民族文化を消し去って，現在の境遇に溶け込む中に心の安らぎを見出そうとしたと言う．母親の問わず語りの話を聞くダニエルの心に否応なく浮かんでくるのは，一つの疑問だった．息子の民族的出自を隠すことが彼の為になる，この点では恥じることはない，と断言する母親が，なぜ今になって真実を語る気になったのかという問いであった．この疑問を実際にぶつけると，母親は言う．一年余り前，病を自覚するようになって以後，心境が自ずと変化したと言う．過去が心に蘇ってくるようになったと言うのだ．

　　"You see my grey hair, my worn look: it has all come fast. Sometimes I am in an agony of pain—I dare say I shall be to-night. Then it is as if all the life I have chosen to live, all thoughts, all will, forsake me and left me alone in spots of memory, and I can't get away: my pain seems to keep me there. My childhood—my girlhood—the day of my marriage—the day of my father's death—there seems to be nothing since. Then a great horror comes over me: what do I know of life or death? And what my father called 'right' may be a power that is laying hold of me— that is clutching me now. Well, I will satisfy him. I cannot go into the darkness without satisfying him. I have hidden what was his. I thought once I would burn it. I have not burnt it. I thank God I have not burnt it!" (51: 635-36)

　　この白髪交じりの髪とやつれた表情で分かるでしょ．病は突然やって来たの．時々痛みが襲ってくるのよ．多分，今晩もね．そんな時は，私の選び取った人生，あらゆる思い，あらゆる意志が萎えてしまって，断片的な記憶のみが思い浮かぶのよ．逃れられないの，痛みが来ると思い起こされるのよ．子ども時代，娘時代，結婚式の日，父上が亡くなった日がね．それ以後，他には何もなくなった感じなの．すると，強い恐れがやって来るの．生と死について，私は何を知っているのかしらね．きっと，父上が「義」と呼んだものが私を捕え始めているのでしょう．その力が私を動かしているの．そう，父上の遺志に沿う他にはないの．そうする以外に，闇に旅立つことはできないわ．父上のものを隠していたの．焼き捨ててしまおうと思っていたの．だけど，そうできなかった．焼き捨てなかったことを神様に感謝してるのよ．

　息子に語り聞かせる母親の言葉には，体験して初めて知られる人生の逆説が込められている．末期の近いことを悟った彼女は，唯一の息子にあるがままの真実を語ることが自分の最後の義務だと感じたのである．死に至る病の痛み

に突き動かされて，心の奥底に聞こえてきた呼び声がそのまま言葉になったかのような感がある．強い痛みは人の心身を打ちのめす．そんな危急の折には，生の喜びと幸福よりも，自分が隠した積もりになっていた真実がありありと心に蘇ってくる．人の意志はこんなにも無力だったのか，人生は苦であり，すべては空だと教える旧約聖書の聖句はやはり真実だったのか，父親は自分に何を伝えようとしていたのだろうか，こんな思いが込み上げてきた節が窺える．順境にあった頃の自信と充実感は夢幻のごとく去り，子ども時代の思い出と結婚と父親の死の，言うに言えない複雑な感情ばかりが胸に去来する．自由意思で自分の道を切り開いて，広い世界に飛び出そうとする一念に偽りはなかったが，これも一夜の夢だったのだ．

　父親が「義」として説いたものの背後には，代々の民族の知恵の結晶があったのではないか．これを厭う余り心を閉ざし，わが子まで捨ててしまった．今の苦しみは，因果応報なのではないか．「私」の意思を超えた力が人生には働いているのではないか．悠久の命の流れの中で寸刻の時間を与えられた自分が，真実に眼を背けたままで闇に去って行っていいのだろうか．こう思案する母親の自責の念には，素朴な宗教感情が湛えられている．古い自己が死に，新しい自己の兆しが見えている．

　この一節には，小説家としての成熟期を迎えたエリオットの心境が投影していることは否定できないであろう．人の意識には，伝統が育んだ無意識の基底が横たわっている．自己の赴くままに生きる欲求の声に従う余り，祖父母，父母から自分に連なる過去の因縁が自分の中に深く根を張っている根本的事実を軽視すると，錨から切り離された小舟のような精神的漂流の危険がある．個人の暮らしの中に占める過去の重みは，相互依存の網の目に生きる人間の宿業と言ってもよい．過去を葬り去って現在の自分の都合を押し通そうとすると，すべてを見通す道理の働きで罰せられる．これが，『ミドルマーチ』の銀行家バルストロード（61章）とエバーシュタイン侯爵夫人の生き様である．

　先に触れたように，エリオットの1870年代以降の書簡の中に，自由意思の限界と宿業の働きをしみじみと語る詠嘆的な調子のものが認められる．そのうちの一つに，1873年，ある友人の文学作品を読んで，深い共感を覚えた旨伝えたものがある．

　　Perhaps the work [Edward Burne-Jones's book] has a strain of special sadness in it—perhaps a deeper sense of the tremendous outer forces which urge us, than of the inner impulse toward heroic struggle and achievement; but the sadness is so inwrought with pure, elevating sensibility to all that is sweet and beautiful in the story of man and in the face of the earth, . . .(『書簡』V, 391.)

多分，作品には特別な悲しみの調べがあります．多分，途方もなく大きな外からの力が働いて押し流された深い自覚があります．高い志を立てて営々と努力する内的衝動よりもさらに大きな何かが働いて．しかし，悲しみには一縷の純粋で高貴な感受性が織り込まれています．人間の物語と地上のあらゆる妙なる美しいものに感動する感受性が．

　贈られた作品を読んだエリオットは，その中に「特別な悲しみの調べ」が感じられたと言う．高い目標に向かって邁進しようと苦闘する人物に，個人の力を超えた運命的な力が働いて挫折した，その悲しみがエリオットに感銘を残した状況が読み取れる．悲しみの体験描写が，人物の生き様と自然の麗しさに対する純粋で高貴な感受性と織り合わさっていることに心を打たれた様子が認められている．これは，エリオット自身の目指す芸境を示唆したものと受け止めても的外れとは言えないであろう．個人の意思を覆すような不可抗力が働いて，人の志が頓挫するのが人生の常であって，その試練を甘受する忍耐の中に，人を打ち鍛える陶冶力があると観ずるエリオットの信念が行間に感じられる．

　すでに論じたように，過去が個人の中に運命的な力として生きている道理は，ダニエルとその母親の人生に仮託して描かれている．とりわけエバーシュタイン夫人と父親ダニエル・カリシーの宗教的伝統を巡る闘いは，ユダヤ教に深く根付いた家父長的価値のもとに服従を強いられる女性の問題を浮き彫りにしている．これもユダヤ文化の偽らざる歴史的事実の一面として盛り込んでいる．これは同時に，ユダヤ民族に限らず，女性の自立と文化の鋳型の葛藤という普遍的な問題でもある．エバーシュタイン夫人と父親の暗闘の描写に触れた読者は，そこに父娘の鬼気迫る緊張があることに気付く．作家の伝記的事実を知る読者は，その緊迫した文体から，彼女自身の父親ロバートとの葛藤が偲ばれることであろう．メアリアンが，父親の期待に背いて，国教会の礼拝出席を拒否した逸話のことである．強い保守的信念の父親と，これまた強い信念の娘の闘いは，彼女のその後の作家生活に深く刻印されている．伝統に抵抗する女性の葛藤と苦しみは，エリオットの体験の深部からほとば

しった描写である．強い自我を持ったメアリアンが嘗めた苦しみは，人物描写の言説に，体験された感情の真実味を添える所以になっている．いわば，作家は作品に自分の命を注ぎ込むのである．

　作品の最終章である70章では，至福のうちに結婚したダニエルとマイラがモーディカイ（エズラという旧約の預言者を連想させる名前で呼ばれている）と共にパレスティナに向かう場面が描かれている．モーディカイは，これが死出の旅路となるを覚悟して二人と同心することを申し出たのである．最後の時を悟った彼は，ダニエルに辞世の言葉を語り掛けた．

> "Death is coming to me as the divine kiss which is both parting and reunion—which takes me from your bodily eyes and gives me full presence in your soul. Where thou goest, Daniel, I shall go. Is it not begun? Have I not breathed my soul into you? We shall live together. (70: 811)
>
> 死が神のキスとして私に訪れようとしている．死は別れであると同時に再会なのだ．死は，君の肉なる眼から私を奪い去るが，君の魂の中に豊かに生き続ける節目なのだ．君の往くところには私も往くのだよ，ダニエル．その旅はもう始まっていないだろうか．私は，魂を君の中に注ぎ込まなかったかい．私たちは，共に生きるのだよ．

　この後，彼は死にゆくイスラエル人が代々唱えた告解をヘブライ語で唱えた．これを見守るダニエルとマイラは，厳かに彼の手を取りつつ無言のうちに見送った．肉の滅びと共に神の御許に合一する境地は，ヘブライ宗教の精髄と見る作家のまなざしがここにある．

　物語の結末にモーディカイの辞世の句を配した意図は推測するしかないが，そこにエリオット自身の心境が投影していることが察せられる．この先ほぼ4年の余生を残すのみの作家は，ヘブライ魂への共感の形で，みずからの死の予感を暗示したのではないかと想像される．モーディカイの辞世の言葉には，魂の帰依所を持った人の従容とした死の受容が感じられる．そこに作家は，魂の転生といった疑似神秘主義の主張とは程遠い穏健な道理を見ているようである．遠い過去から先達が伝えてきた知恵の言葉を，感覚を研ぎ澄まして聞き耳を立て，そこにある真実を現代に甦らせる，これが，ダニエルがモーディカイから学び取った知恵であり，作家が共感を託した宗教的想像力である．科学者が自然に聞き耳を立て，仮説を裏付ける手掛かりを得るのと同質の，生

きて体得する境地がある.
　同じ結びの章の題辞として,自然界の死と再生のリズムを捉えた一節がある.題辞に出典が示されていないことから見て,作家自身の手になるものと推察される.そこに,グウェンドレンのイギリス物語とダニエルのユダヤ人物語を統合し,相互に関係付ける作家のヴィジョンと思しきものが示唆されている.

> In the chequered area of human experience the seasons are all mingled as in the golden age: fruit and blossom hang together; in the same moment the sickle is reaping and the seed is sprinkled; one tends the green cluster and another treads the wine-press. Nay, in each of our lives harvest and spring-time are continually one, until Death himself gathers us and sows us anew in his invisible fields. (70: 808)
>
> 人間体験の禍福が織り合わされた領域では,四季は黄金時代と同じように織りなされている.果実と花は共に実り,咲く.時を同じくして,鎌は刈取り,種は播かれる.一方が緑の房を世話し,もう一方はワイン絞り桶を踏む.否,個々の命では収穫期と春が永遠に一つものなのだ.そして末期に死が眼に見えぬ耕作地で人間を刈取り,新たに種を播く.

　自然の営みに季節があるように,人間の営みにも季節がある.植物が花開き,果実が実ると,収穫が始まり,種蒔きへと続く.個々の人間の命にも収穫と種蒔きがあり,大きな命の流れに包摂されている.死が人を召して土に戻してゆくように,新たな命が土から芽生える.自然・宇宙の中では,死は再生と本質的に一体の営みなのだ.一枚の葉が役割を終えると,土に還り,その土が若葉を芽吹く.人の死も,天地の大きな営みの前では小さな出来事である.
　ダニエルがモーディカイの志をわが志として受け継ぐ行為も,自然の悠久の営みの小さな環なのである.グウェンドレンの結婚生活の苦しみが新しい自己の再生を促すのも,命の循環の一環である.ダニエルの母親が,いまわの際で意志を翻し,命の流れに素直に随順したのも同じ道理の働きによる,というのが最終章で作家が題辞に託した有機的生命観の暗示とも解される.
　「マッカイ」は,エリオットの聖書批評の成果を端的に物語るエッセーである.そこで彼女は,旧約聖書の歴史的発展過程を辿り,その遺産が新約聖書のイエス・キリストの言葉へと練磨されていった経緯を論じている.この探求を通して聖書の歴史的継承性を深く心に刻んだ彼女は,聖書講読の伝統の深いイギリス文化がヘブライ文化にいかに多くを負っているかを熟知していた.

それ故,『ダニエル・デロンダ』では,ユダヤ人物語をグウェンドレン物語と糾おうとした.[30] これにより,作家は,彼らの歴史的苦闘に照らしてイギリス文化を振り返る試みを行った.[31]

注

1. レヴァイン は言う.グウェンドレンはおのれの自由意志ではどうにもならない不可抗力に遭って,自己の小ささを悟るという意味において,作家の体験を反映していると言う (42-3).
2. エリオットは,ルイス の生理学研究の問題意識を生涯共有していた. *Physical Basis of Mind*. London: Trübner. & Co, 1877;シャトルワース(序 xi-xii) 参照.
3. 道徳的因果律を自然法則の延長線上に認める見方は,エリオットがスピノザと歴史主義的聖書批評から学んだ遺産である. "Consequences are unpitying. Our deeds carry their terrible consequences, quite apart from any fluctuations that went before—consequences that are hardly ever confined to ourselves." (因果の連鎖は無慈悲である.人の行為は,為す前の迷い,逡巡に関係なく,恐ろしい結末を孕んでいる.結果は,自分のみに留まることはないのだ) (『アダム・ビード』16: 188).
4. 人間性もその一部に含む "nature" に言葉ないしは思索が内在すると見る観点は,すでに『アダム・ビード』にも表れている.これは,エリオットがロマン派詩人とドイツ高等批評の遺産を継承していることを物語っている. "Nature has her language, and she is not unveracious; but we don't know all the intricacies of her syntax just yet, and in a hasty reading we may happen to extract the very opposite of her real meaning." (自然は言葉を持っている.自然は裏切らない.ただ,人間は自然の語法の微妙さを知り尽くしてはいない.その為,慌てて解釈して,自然の真意とは真逆な結論を引き出すこともある) (15: 168).
5. 本論考(第3章1)でも否定語には下線を,否定的な含みを持つ言葉には網かけを,施している.
6. トレヴェリアンによれば,イギリスでは宗教体制が因習化すると改革運動が起こるパターンがあり,19世紀初頭の福音主義の信仰復活運動 もこのパターンの例に漏れない.非国教会派もこの運動によって命脈を長らえたと言う (434-35).
7. エリオットは,小説の執筆におのれのありったけの命を注ぎ込んだ.(ヘイト 321) これが心身に負担を掛け,疲労困憊した.そんな折に不安と自己不信に陥ったことが書簡集のここかしこに見られる.彼女は,誇り高さゆえに,世間の作品批評を恐れる病的繊細さを痛々しいまでに自覚していた (『エリオット伝』72-3; 164-65);(ヘイト 337-39; 368-69).
8. ノープフルマッカーによれば,被造物は遺伝と環境の産物であり,時の流れの中で絶えず変化すると見る進化論は,価値の相対性に裏付けを与えたと言う (*Religious Humanism and the Victorian Novel* 18-9).
9. この言葉は,『天路歴程』(*The Pilgrim's Progress*, 1678-84) の冒頭で主人公クリスチャン

が発する "What shall I do?" と相通じている．それは，絶対者に向けておのれのあり方を問う求道的な問に他ならない（バニヤン 8）（Bunyan）．

10　作品テキスト引用 (64: 763) と聖書引用 (Hebrews 4: 12-3) のみ，本文への言及箇所は，統一して番号を振る．これら引用の関連性を明らかにする為である．

11　エリオットは 1851 年にドイツ高等批評の意義に触れて言う．一神教の神は，宇宙・自然に統合する力の存在を観たヘブライ詩人の原初的直観が生み出したものであると（「マッカイ」28）．

12　ウイリーによれば，エリオットがドイツ高等批評から学んだユダヤ教・キリスト教神話の意味は，それが古代人の宗教的体験の反映であり，心の真実が宿っているということだったと言う (224)．

13　メアリアンは，『エチカ』翻訳を 1856 年に完成させたが，原稿が彼女の存命中に日の目を見ることはなく，1981 年に至ってトーマス・ディーガン (Thomas Deegan) の編集により出版された．ルイスとの非合法の「結婚」で世間の厳しい指弾を受けた彼女は，「倫理」を意味するタイトルが世間の反発を悪化させることを恐れて，翻訳の事実を伏せたと言う．(アッシュトン『エリオット伝』153) アーマースは，翻訳の間のスピノザとの対話が，四面楚歌のメアリアンを支え続けたと言う (『ジョージ・エリオット』32)．

14　ベイカーによれば，幼少期から思春期にかけて福音主義的キリスト教の感化を受けたメアリアンは，その頃から旧約聖書に見えるユダヤ人の歴史に関心を寄せていた ("Judaism." *Oxford Reader's Companion to George Eliot*. 184)．彼女は，チャールズ・ヘネルの『キリスト教の起源に関する探求』に感銘を受け (1841)，聖書批評に共感を深めた後も，いよいよヘブライ詩人・預言者への敬愛の念を深めたと言う（ウイリー 207-08）．

15　スピノザは言う，知性が肉体の声に聞き耳を立て，感情の交通整理をすると精神は自由を得ると（エリオット訳『エチカ』224）．

16　1873 年，ルイスとメアリアンがフランクフルトのユダヤ人街を訪れた頃には，『ダニエル・デロンダ』の構想が形を取りつつあった（リグノール "Germany" *Oxford Reader's Companion to George Eliot*. 137-38）．

17　モーディカイのモデルと見られるエマニュエル・ドイッチェ (Emanuel Deutsch) は，タルムード (*The Talmud*) の解説を通して，中世におけるユダヤ文化の復興とヘブライ語の復権運動を現代に蘇らせることに献身した（ベイカー "Deutsch, Emanuel" *Oxford Reader's Companion to George Eliot* 91-2）(Baker)．

18　神学，聖書解釈において，特に旧約聖書の様々な記述，人物などの内に，キリスト教的な摂理に属する事柄の予型ないし予表を見出す解釈法（『岩波キリスト教辞典』714）．

19　カロルは，モーディカイがユダヤ精神復興の夢をダニエルに託すプロットに予型論を認めている．予型たるおのれの死は，対型たるダニエルの宗教的誕生によって贖われ，ヴィジョンが肉となり，成就するというのがモーディカイの伝統継承の型であると言う (292)．大嶋は，エリオット小説に表れたタイポロジーのテーマを，アダムとダニエルに見て言う．ダニエルは，アダムの場合と同様に，「人間の全体性を尊び，頭脳と心情，男性的原理と女性的原理等の対照的・両極的な要素の調和・統合を理想とする Feuerbach 的な「全体的人間」を志

向する，Eliot の「急進的人間主義」(radical humanism, Parker ii) の表れをそこに認めることができる」と見る（「George Eliot とキリスト教文化―予型論 / 類型論を中心にして」，『ジョージ・エリオット研究』第 14 号 21）．また，その時代的意味あいについて言う．（タイポロジーのテーマが）「聖書という文脈を離れ，Mordecai の個人的な幻想とその成就が予型論的思考の広がりないし浸透ぶり」(Ibid 20) となって表れていると．エリオットは，福音主義の遺産を，タイポロジーの発想を鋳直すことによって受け継いでいると，大嶋は見ている．

20 十字軍の突撃の際のときの声と考えられている．ラテン語の「エルサレムは陥落した」を意味する（ケイブ (Cave) ペンギン版注 829）また，1819 年ドイツで起こった一連の反ユダヤ運動の名称でもある：(薗田，今泉注 280)．

21 エリオットは，新約の成立とキリスト教の興隆を，旧約の伝統が民族宗教の枠組から脱皮した形と見ている（「マッカイ」31）．

22 ヘンリーは，モーディカイが聖地を見ずに世を去り，聖地回復の志が見果てぬ夢に終わったプロットに触れて，作家がモーディカイとダニエルの生き様に，文字通りおのれの境地を託した訳ではないことを示唆している．むしろ，彼らの志は政治的思想というよりは，宗教的・詩的な情熱の発露と見ている．(The Cambridge Introduction to George Eliot 119) 一方，スーザン・マイヤー (Susan Meyer) は，エリオットが作品のここかしこで見せている女性の隷属問題への深い関心と，イギリス帝国主義・植民地主義批判の姿勢を見ている．それにも拘わらず，ダニエルの殉じる原シオニズム (proto-Zionism) の底流にイギリス・ナショナリズムと，（イギリス人とユダヤ人の）人種的分離主義が流れていると見ている (190)．その源流を，19 世紀を通じてイギリス社会に伏流していたユダヤ系イギリス人のパレスティナへの帰還運動と，中東での自国権益擁護の声に帰している (185-86)．マイヤーによれば，イギリス的教養を身に付けたユダヤ系イギリス人が原シオニズム運動に身を投じるプロットそのものに，正体を隠したナショナリズムと反ユダヤ主義の動機が働いていると言うのである (188-89)．この見方は，ポストコロニアリズムの典型的な知見を反映している．ただ，この系譜の批評にありがちなイデオロギーの着色を免れていない．その反面，ダニエルが原シオニズム運動に身を投じるプロットに，これを必然ならしめる説得力ある動機と現地パレスティナの情勢分析が描き込まれていない事実に，歴史的文脈の光を当てる意義は認められる．歴史感覚が鋭いエリオットが，イギリス的教養人から見ると荒唐無稽と見える原シオニズム運動に身を投じる主人公を造形したことは，彼女らしくない弱点との批判を招く余地はある．筆者には，作家のヘブライズムへの共感に，宗教的・詩的な情熱の発露を見るヘンリーの解釈に中庸を得た読み方があるように思われる．

23 ダーウィンは，人間の記憶を絶する生命進化のプロセスを推測するに至った．これによって，人類が記録・保存した時代に先立つ悠久の地球的時間の観点で，人間の営みを捉え直そうとする視座を得た．彼によると，人の心は，百万年の時間の経過ですら，それが持つ意味を充分には把握できない．殆ど無限に繰り返す世代交代の間に蓄積された小さな無数の突然変異の累積効果は，人がこれを試算して，明晰に認識することすらできないのだという (639)．

24 トーマス・ハックスリは，「生命の物質的基盤」で，人間の精神活動のシンボルと見做されて

きた言語活動を生理学の視点で捉えて言う.「話し言葉, 身振り, その他すべての人間活動は, 結局筋肉の収縮に帰せられる. そして, 筋肉の収縮は, 部分が一瞬一瞬, その相対的な位置を変化させる動きなのである. だが, 高等な生命体の活動を包摂するだけの組織は下等な生物のあらゆる活動をも含んでいる」(274). エリオットは,『ミドルマーチ』の構想と執筆の折,「生命の物質的基盤」を丹念に読み, 言語の生理学的基盤を表現する言葉を模索していた.

25 コリア (Correa) によれば, クレスマーの性格造形は, 人種, 容貌, 音楽修業歴などでアントン・ルービンシュタイン (Anton Rubinstein) に多くを負っているが, ピアノの腕などリストの一面もヒントになっていると言う. 二人とも 1854 年に, ルイスとメアリアンのドイツ滞在中に会っている (*Oxford Reader's Companion to George Eliot* 352). 作品 22 章冒頭近くに次のような言及がある. "Klesmer was not yet a Liszt, understood to be adored by ladies of all European countries"（クレスマーはまだ, ヨーロッパじゅうの女性たちを魅惑するとの噂のリストではなかった）(238). この文からも, クレスマーがリストからヒントを得た性格造形であることが察せられる.

26 デイヴィスは, ダーウィンの『種の起源』以後, 人間の心を捉える新たな方法として, 生理学・心理学の知見による「心の科学」が形成され, これがエリオットをはじめ, 小説に変革をもたらしたことを, 次のように述べている.「科学は, 心と物質界を結び付けることにより「自己」を理解し, 表現する新しい方法を提起した. これが, エリオットのように心を描くことに深い関心を持つ小説家に想像領域を切り開くことになった.・・・心は, 生命体の営みの不可欠の部分と見做されれば, 身体内部の働きと環境条件と他の生命体との相互依存の影響下にあることが明らかになった」(『ジョージ・エリオットと 19 世紀心理学』4-5). 原は, 心筋収縮と拡張のイメージは, フォイエルバッハの『キリスト教の本質』(エリオット訳 31) を彼女が翻訳した際,「生命一般の根本原理として」のこのイメージが記憶に残り,「それが 18 年後に執筆された『ミドルマーチ』で, 精神現象（および社会現象一般）のメタファーとして・・・リドゲートの言葉の中に復活した」と見ている (「『ミドルマーチ』における「心筋収縮」と「心筋拡張」」5). このイメージが再び『ダニエル・デロンダ』で男女の恋のときめきに用いられていることは, 原の見方を裏付けている.

27 エリオットは,「ドイツ的ウィット」と題するエッセーで, 究極の病苦とも言えるハイネの凄絶な闘病生活を, 慈しみを込めて描いている (220).「肉体の苦痛を知る人こそが真の人間である. 彼の四肢は受苦の歴史を湛えているがゆえに, その体は霊的なものとなる.」(230) ハイネの警句を引用して, 堪え難い苦痛を体験した人間のみが表現し得るイエスの磔刑のシンボリズムに共感を示唆している (230).

28 1492 年 3 月, スペインがカトリック君主国を宣言し, 異教徒追放令を発布した. これに伴って, イスラム教徒とユダヤ教徒は, カトリックへの改宗か追放ないしは虐殺かの過酷な二者択一を迫られた. 当時スペインに暮らしていた約 20 万人のユダヤ人の多くは周辺国に逃れるか, 虐殺された (ポール・ジョンソン 229).

29 神学, 聖書解釈において, 特に旧約聖書の様々な記述, 人物などの内に, キリスト教的な摂理に属する事柄の予型 (typos) ないし予表を見出す解釈法のことで, キリスト教古代から

存在する(大貫隆他編 714).
30 ヘイトによれば，エリオットは，ユダヤ人物語をグウェンドレン物語と糾うことを始めから構想していたと言う (469).
31 エリオットは，ストウ夫人 (H. B. Stowe) 宛ての書簡で，自国のキリスト教徒のユダヤ教徒に対する偏見を批判している．キリスト教徒はみずからの文化の半分をヘブライ文化に負っているのに，この事実を認めたがらないと (『書簡』VI, 301-02).

終　章　倫理的人道主義とその遺産

倫理的人道主義

　エリオットの子ども時代から思想形成期にかけての生き様を瞥見し，これとの兼ね合いで三つの後期小説，『急進主義者フィーリクス・ホルト』，『ミドルマーチ』，『ダニエル・デロンダ』テキストを解釈してきた．本論で見てきたように，エリオットが福音主義的キリスト教信仰を経て辿り着いた倫理的人道主義，作家自身の呼び方に従えば，「将来の宗教」（『書簡』VI, 216）は，彼女の小説に深い刻印を遺している．本書の締め括りとして，倫理的人道主義の輪郭を整理し，それが 21 世紀の現代に遺した遺産がいかなるものかについて，私見を述べてみたい．作家が自分の境地を「将来の宗教」と呼ぶに当たって，宗教の行く末をどのように予見し，個人の人格完成の道として，あるいは社会の文化的成熟の方途として，非ドグマ的宗教が何をなし得ると考えたのであろうか．

　倫理的人道主義の基本的性格は，聖書講読の視座を転換することにあった．19 世紀ヨーロッパの先達が錬成し，後世に遺した事業は，キリスト教世界の究極の文化遺産たる聖書の解釈を根本から変えることであった．言い換えれば，これを神の啓示として文字通りに捉える読み方から，フォイエルバッハに従えば，「人類の備忘録」として歴史発展の流れの中で捉える読み方へ転換したのである．ドイツ高等批評の系譜は，イギリスロマン派詩人たちのよきランプとなった．コールリッジ，ワーズワス，カーライル，ラスキンの聖書解釈には，宇宙・自然の中に「私」を超えた創造主の叡智を読み取る見方があった．これを継承したのが次世代のテニスン，マシュー・アーノルド，エリオットに代表される詩人・批評家であった．彼らは，超自然的な聖書解釈への懐疑に導かれて宗教と自然科学の統合を試みた．その核心に，神話と奇蹟の再解釈があった．つまり，イエス・キリストの磔刑，昇天，再臨を古い時代の人々の詩的真実，心の真実の反映と見た．過去の時代にはそれ固有の認識方法と表現様式がある．これを歴史的文脈に置いて，そのシンボル性を比喩的

に解釈することにより，進歩発展する時代の知識を反映した柔軟な解釈が可能になる．こうして日進月歩の科学の光に照らしても堪える聖書の読み方を確立したのである．

　人間は，みずからの姿を知る為には，超越的存在の大きな営みに自己を根付かせ，位置付けずしては本当の自己を発見することはできない．すべてを見通す存在の隈なきまなざしを自分の内に生かさなくては，自分の本当の器量を実現する道を歩めないのである．地上の人間同士の，知ることに限りある眼では，宿命的な不和対立を和らげることはできない．根深い自己中心性が見る眼を曇らすからである．「すべてを見通す眼を畏れることが知恵の始まり」(「詩篇」111: 10) と見る道理は，聖書の核心にある人間観である．この道理を掬い取って，現代に甦らせようとしたのがアーノルドとエリオットの業績である．彼女の小説世界に組み込まれたメッセージは，この歴史的文脈において理解される．『ミドルマーチ』27 章冒頭に，闇の中で姿見の鏡の表面に蠟燭の光を当てる暗喩がある．無作為の微小な傷に光が当たると，同心円状に中心から秩序だった紋様が浮かぶ．光の作り出した幻想である．この物理的イメージほどエリオットが聖書批評で培った人間観を端的に表象しているものはない．これも神学的教義の専門用語を排して，聖書の真実を具体的な人間体験の言葉で再解釈しようとする作家の根本姿勢から出たものである．

　エリオットは，アーノルド同様，聖書には人が体験して初めて知る真実の宝庫があると見ていた．この二人は，生きた時代も同じである上，聖書解釈の方法も基本的には基盤を同じくしていた．アーノルドは，旧約詩人兼預言者（彼はこれらの見者をイスラエル人と呼んでいる）の言語について言う．彼らは宇宙・自然の現象に統一性を直観した時，この奇しい地球を創った存在を人格的なイメージで表現した．その感動と謝念を詩の言葉で素直に記録した．彼らは形而上学の言葉で思弁し，体系化することはしなかった．神の叡智を自然のエネルギーの流露したものと見る直観を詩に託したのだ．この不可思議な働きをイメージと譬えで表現することは，彼らには自然なことだった．それ故，後代の私たちも詩的感受性をもって読むことが必要になると言う（『文学とドグマ』36-8）．エリオットの聖書批評に関するエッセー（「福音主義の教え」）にも同質の発想が生きている．

　　The idea of God is really moral in its influence—it really cherishes all that is best and loveliest in man—only when God is contemplated as sympathizing with the pure elements of human feeling, as possessing infinitely all those attributes which we recognize to be moral in humanity. In this light, the idea of God and the sense of His presence intensify all noble feeling, and encourage all noble effort, on the same principle that human sympathy is found a source of strength. (168)

　神が人間の抱く純粋な感情に共感を寄せる存在として，人間に備わった道義心として私たちが認識しているあらゆる特性を限りなく持っている超越者として，人の心に思い描かれている時のみ，その影響力は道義感覚を養ってくれるものとなり，人間の中の善なるもの，麗しいものを真の意味で育んでくれるものとなる．このような見方をすると，人の心に抱かれた神のイメージは，確かに存在する力として意識され，あらゆる高貴な感情を養い，尊い努力を促してくれる．この道理は，人と人との共感が人間性を強くする基盤となるということと同義なのである．

　人が心に神のイメージを抱く時，自分のすべてを見ている存在を畏敬して行動することを覚える．その影響力は道義心となって生き様に反映する．永遠という立脚点をもって振舞う人は，高貴なる存在に照らして恥ずかしくない自分であろうとして，刹那的な衝動を抑制し，高い価値尺度で自己を律しようとする．メアリアンは，こういう力を道徳的と呼んでいる．心中に立派な人格的存在との対話がある時，人は他者との関係も共感によってつながる．「私」を超えた存在が「私」に根付いて，成熟への道を指し示してくれると言う．ここに，ドーリンが「倫理的人道主義」と呼ぶ境地の真意が語られている．エリオットが「将来の宗教」と呼ぶ宗教のあり方は，迷いの深い人間の愚かさを裁くものではなく，赦しと共感をもって成熟への道へ誘う宗教である．科学の時代に生き残ってゆく宗教は，自然と人間社会に生きている道理に随順することを教えるものである，と言うのである．

　人が体験を通して学ぶ他にはない知恵がある．頭で分かろうにも分からない道理がある．聖書は，そういう真実の「伝道者の書」なのだ．エリオットがフォイエルバッハに共感を寄せる所以は，感情レベルで人と人とが絆を取り結ぶことが宗教の命だと見る発想にある．とりわけ，苦しみと悲しみの体験には人を根本から変える陶冶力があると見る発想は，二人の共感の核心部分である．フォイエルバッハによれば，イエスが十字架に架けられて血を流す磔刑は，人間の苦しみを象徴する強力なシンボルである．イエスの血による贖いは，人の苦しみに共感する神の最高の表象である．人の苦しみを背負う，人と

終　章　倫理的人道主義とその遺産

してのイエスは，信じる者には愛と赦しと共感の神となると言う（『キリスト教の本質』146-47）．これは，エリオットが小説に仮託して訴えたメッセージと軌を一にする見方である．ノープフルマッカー (Knoepflmacher) によれば，フォイエルバッハの宗教観は，進化論者の世界観に一脈通じていながら，信仰の古い詩を擁護している．これが徹底した科学精神よりも，人間に義と喜びをもたらすものとして，エリオットの共感を呼んだと言う (*Religious Humanism and the Victorian Novel* 47)．

　人が生きて学ぶ他にはない道理を表現した一節が『アダム・ビード』に見えている．

> Deep unspeakable suffering may well be called a **baptism**,1) a **regeneration**, 2) the **initiation** 3) into a new state. The yearning memories, the bitter regret, the agonized sympathy, the struggling appeals to the Invisible Right 4) ... made Adam look back on all the previous years as if they had been a dim sleepy existence, and he had only now awakened to full consciousness. It seemed to him as if he had always before thought it a light thing that men should suffer, as if all that he had himself endured and called sorrow before, was only a moment's stroke that had never left a bruise. Doubtless a great anguish may do the work of years, and we may come out from that baptism of fire with a soul full of new awe and new pity. (*Adam Bede* 42: 464)

> 深い，えも言われぬ苦しみは，洗礼，生まれ変わり，再生への導きと言えるかも知れない．恋い焦がれる記憶，辛い悔い，苦痛に満ちた共感，眼に見えざる義に対する切羽詰まった訴え．・・・これらが押し寄せてきて，アダムは過去の一切合財を振り返らずにはおれなかった．あたかも過去が朦朧とした，まどろみの如き生活だったような，そして，つい今ものが見え始めたような気がした．自分はこれまでずっと，人間が苦悩することを軽いことのように考えてきたのだなぁ，自分がこれまで堪え忍び，悲しみと呼んだものは，傷跡の残らない一瞬の打撃に過ぎなかったのだなぁ，という感慨が込み上げてきた．疑いもなく，大きな苦しみは，普通なら長年の歳月を要するような感化を及ぼすものだ．そして，私たちが炎の洗礼を済ませた時には，魂は新たな畏敬と憐憫を自覚するのだ．

この一節は，『アダム・ビード』のタイトルとなった主人公アダムの人生の節目となった苦しみの体験を描いたものである．美貌の搾乳娘たるニンフ・ヘティ・ソレルを真剣に愛し，結婚を考えていた矢先，彼女が地主アーサー・ドニソーンとの情事で懐妊し，追い詰められ，ついに嬰児殺しを犯してしまった

ことを知った折の彼の心境である．

　アダムの深刻な喪失体験を描く筆致には，作家自身の記憶から湧き出してくるような体得された感情が感じられる．その文体には神学的な教義臭はない．"baptism" 1)（洗礼），"regeneration" 2)（生まれ変わり），"initiation" 3)（再生への手ほどき）といった宗教的体験を暗示する言葉は，生得の感情が磨かれて立ち至る高い精神性を帯びている．"Invisible Right" 4)（眼に見えざる義）という語句も，すべてを見通す超越者の働きが人間の精神生活にも生きていることを偲ばせる．こういう措辞から見ても，エリオットは，聖書を人間体験の記録として甦らせる視野を持っていたことが察せられる．既成の「神」の超越的観念に替えて，自然と人生に働く法則ないしは道理としての宗教観が見て取れる．この見方からすると，人間の感情にも道理が生きている．感情は，原初的な自己保存の本能からより高い境地へと練磨され得る．これは科学的に論証できるものではなく，人が体験を通して学ぶ他にない境地である．ここに，作家が聖書との対話から体得した非ドグマ的宗教の核心がある．

　アダムの心境に仮託された心情を読み解くと，悲しみは「洗礼」であり，人間を宗教に近づける偉大な教師なのである．それは，摩訶不思議な影響力によって人格を根底から変える力を秘めている．この力は，精神を高慢から謙遜へ，独善から共感へ，理知を恃む心から愛へ，自己の計らいから無私へと誘う治癒力である．

> Let us rather be thankful that our sorrow lives in us as an indestructible force, only changing its form, as forces do, and passing from pain into sympathy—the one poor word which includes all our best insight and our best love. (50: 532)
>
> 悲しみは不抜の力として人の心に生き続ける．力が本来そうであるように，形を変えて生き残り，苦痛を共感に変えてくれる．この道理にただ感謝する以外に何があろうか．共感という細やかな言葉は，人の最高の洞察と愛を内包している．

　アダムの危機を描く語り手の描写は，いつの間にか作家自身の体験が乗り移ったかのような様相を帯びてくる．

> ... we get accustomed to mental as well as bodily pain, without, for all that, losing our sensibility to it: it becomes a habit of our lives, and we cease to imagine a condition of perfect ease as possible for us. Desire is chastened into submission; and we are contented with our day when we have been able to bear our grief in

silence, and act as if we were not suffering. For it is at such periods that the sense of our lives having visible and invisible relations beyond any of which either our present or prospective self is the centre, grow like a muscle that we are obliged to lean on and exert. (50: 532)

> ・・・悲しみに伴う心身の苦痛は時が癒やしてくれるが，苦に対する感受性は去ることはない．悲しみは生活習慣となり，完全なる安楽などという状態を想像することもできなくなる．欲望は服従へと練磨され，苦痛を無言で堪えること自体が常態になり，そういう境地にさえ満ち足りた安らぎを覚え，あたかも自分が苦しみを感じていないかのように振る舞える．この心境に至って自ずと，人は，現在あるいは未来の自分が世界の中心だと感じる視野の向こう側に，眼に見えるか否かは問わず，相互の関係の中に生かされているという自覚が芽生えてくる．このような関わり合いの自覚は，人が頼り，働かせないではおれない筋肉のように成長する．

注目すべきは，作家が悲しみの体験を力ないしはエネルギーの働きと見ていることである．それは，あたかも物理的な力であるかのように，人の心に働き掛ける．物質界に生きている法則は精神界にも生きていると見るエリオットは，この法則に「眼に見えざる義」の存在を認めている．人が生来的に持つ生の欲求は，苦しみを経ることによって道理への従順へと高められる．相互依存のネットワークでつながった個人は，そのメカニズムの中で，自己を超えた力に生かされている事実に目覚めずにはおれなくなる．欲求の充足に血眼になっている時には眼に見えなかった相互依存の理が，一歩身を退いてものを見ると悟られてくる．この覚醒のメカニズムを筋肉運動に喩えたところに，作家の倫理的人道主義の発想が見て取れる．筋肉は負荷を掛けると発達する．鍛錬によって，いざという時に困難に堪える体力を得る．これと同様に，悲しみという心理的負荷が掛かると，人の心はこれをしなやかに受け止め，試練を抱えて生きる忍耐心を培うことができる．苦しみを断ぜずして，なお心の充実を図る境地が訪れる．これは，フロイトに集大成される近代心理学の生理学・心理学の知見を，エリオットが先駆的に芸境に生かしていることを物語っている．不安や恐れのような生の衝動そのものに由来する自己中心的な感情を直視して，眼を転じると，救しと共感のような肯定的な感情へと磨き上げることができると言うのである．若い頃から不安と抑鬱を自己の問題として向き合っていたエリオットは，自然のプロセスの中にこういう否定的感情を昇華して，積極的な感情と行動へ導いてくれる働きを見たのである．

> The refuge you are needing from personal trouble is **the higher, the religious life**, 1) which holds an enthusiasm for something more than our own appetites and vanities. The few may find themselves in it simply by an elevation of feeling; but for us who have to struggle for our wisdom, the higher life must be a region in which the affections are clad with knowledge. (*Daniel Deronda* 36: 451)
>
> 君（グウェンドレン）の必要としている悩み事からの避難所は，志の高い宗教的な暮らしだよ．そういう暮らしには，おのれの欲望や虚栄心を超えた何かに対する情熱が宿るんだ．選り抜かれた人たちは，感情を磨き上げてそういう境地に至ることもあるだろうが，知恵を求めて苦闘せずにはおれない凡人には，より高い暮らしとは，情愛が叡智の衣をまとって渾然一体となった境地なんだ．

　この一節は，グウェンドレンが結婚生活の苦しみで精も根も尽き果てて，ダニエルに救いを求めて，あるがままの自己を曝け出した時，彼が諄々と説く場面で起こる．ドーリンは，エリオットが後期小説でしばしば言及する「より高い，宗教的な暮らし」(the higher, the religious life) 1) の意味あいを広い歴史的文脈から位置付けている．物質主義と合理主義が浸透してゆく時代にあっては，社会の世俗化は抗し難いものがある．そういう時代の流れの中で妥当性を持ち得る「より高い暮らし」とは，エリオットにとって，日常生活の果てにある超越的な世界の約束ではなく，今この瞬間に差し伸べる生き生きとした共感の体験である．それは過去とのつながりと未来を見通すヴィジョンの中にある．「より高い生活」は，文学と芸術にあるのではなく，共通の記憶と思考習慣にあると言う (168)．

　上記引用で語り手が「より高い，宗教的な暮らし」に込めた意味は，おのれの生の欲求から一歩身を退いて，ものをあるがままに見ることにあると推察される．情愛が知識の裏付けを得て，今の一瞬一瞬に必要なことを淡々とやり続ける意志にあるとも解される．グウェンドレンの性格が表象している生き様は生への飽くなき執着である．おのれの自由意思をどこまでも押し通そうとして，ものごとをやりくり算段する．幸せを得ようとして，益々人間関係の泥沼にはまり込んでゆく．こういう心の構えを捨てて，眼の前の人々との細やかな共感を育むと，そこから光が射しこんでくると言うのである．

倫理的人道主義が現代に遺した遺産

　21世紀初頭の現代，コールリッジ，マシュー・アーノルド，エリオットをは

終　章　倫理的人道主義とその遺産

じめとする 19 世紀文人が先鞭を付けた宗教と科学の対話は，どのような帰趨になっているのであろうか．この問題に関心の深い一人の宗教者の見解を紹介することによって，倫理的人道主義が現代に及ぼした影響を探ってゆく．その宗教者とはジョージ・ケアリー (George Carey 1935~) である．彼は，1991 年から 2002 年にかけてカンタベリー大主教を務めた，現代の国教会を代表する人物である．もともと国教会内部でも福音主義の伝統を汲む系譜に属しているが，その基本的な信条は，教会が神の狭い観念に囚われて，人々と神の距離を遠ざけてはならないと考える姿勢にある．教会は使徒的な伝統に立ち戻って，現代に固有の知的・道徳的混迷に対処する光とならなくてはならないというのが，彼の原点である．[1] エリオットは，すでに見てきたように，19 世紀当時の結婚法規の厳格なたがで苦しんだ作家であるが，ケアリーは国教会の中でも離婚と再婚に寛容な姿勢を取っている．現代イギリス人は離婚し，再婚する人が多いが，これを法律と宗教のたがで押し止めることは困難である，と彼は考える．大主教の任にある時，この発想に基づいて，チャールズ皇太子とカミラ・パーカーボウルズ夫人の再婚に寛容な発言をしてきた．彼の穏健・中庸の姿勢は，大主教在任中に問題となった女性の聖職者の叙任に道を開いたことにも表れている．同じく問題となった同性愛者の人権の主張については，家族の価値の観点から慎重な姿勢を貫いた．その一方，カトリック教会との和解によって，キリストの体たる普遍的な教会を推進する立場を鮮明にしてきた．このように，国教会内部のリベラル派，保守派，福音派の間のバランスを取ることにも心を砕いてきた．彼は 1970 年代，ダラムの聖ニコラス教会牧師だった時代，2 年間で信徒の数を二倍に増やしたことで頭角を現してきた．この実績から察せられるように，彼は説教と著述によって，国民との距離を縮めることを目指してきた．教会が現代という時代に合った言葉を語ることによってこそ，これが可能になると考えたからである．

　ケアリーは，カンタベリー大主教に就任する直前に『大がかりな神盗み』(*The Great God Robbery* 1989) と題する著書を世に問うた．その趣旨は，20 世紀後半の現代，進行する物質主義と市場原理主義の波に抗して，人々がいかに精神文化を保持し，潤い豊かな暮らしと心身の健康を保つか，という問題意識にある．「神盗み」という言葉が示すように，現代は世俗化の大波が押し寄せ，物質的な価値が精神的価値を圧倒する時代である，というのが彼の時代認識である．かつて人の心にあった神の存在が片隅に追いやられ，人は神と

教会から自由になった．そういう時代の特徴として，彼が指摘するのが，個人の分断化と孤立化である (12-3)．現代イギリス社会では，日曜日には郊外の大型スーパーマーケットが人々でごった返しているが，これと反比例するように教会の礼拝に出席する人の数が減っていると言われる．彼の見るところ，人々の自由意思が尊重されているように見えて，高度管理社会の眼に見えない力が忍び寄って，人心を操作している．問題は，人々がこの事実に気が付かないことである (13)．物質的に豊かな階層の家庭で離婚が増え，家庭が荒れ，学校も荒れる．彼は，ここに心の貧困化を見ている．人は共同体の絆から断たれると，過去とのつながりの意識も薄らぎ，自己喪失の危機に直面する．

　かつて教会は，人々が一堂に会し，絆を確認する場であった．そういう場があってこそ，彼らは助け合い，学び合うことができた．神のおわします場があることによって，人々は超越的な存在の意味を感じ取り，この光に照らして自分を振り返り，方向付けることもできた．ところが現代は，創造主の存在が人の心に占める相対的位置が小さくなった．こういう状況では物質文明の影響力は勢い強くなる．すべての価値が相対的になり，すべてが個人の自由意思の選択に委ねられる．個人の精神生活の中で時間の感覚が短くなり，競争環境の圧力もあって，自己利益の動機が強められ，永遠の相においてものを見る視野が後退する (15)．このような精神風土の中では，社会の価値と道徳が永遠の価値尺度に根差していない為に，豊かさの中の貧困という事態を招いている．そして，個人がいかに自己実現を図るかについて，永遠に立脚した問い掛けがないことによって，自己を律し，人とつながる基盤が弱体化する．問題は，物質主義の一元的な世界観では，現代人は精神の深い欲求を満たすことができないことにある．真の自己に出会う為には，永遠に基準を置いた，生きた信仰が必要である (18-9)．人は，現世のみに価値を見出すような原理に基づいて行動すると，知らず知らずのうちに功利的な動機に支配される．道徳は永遠の基準に立脚すると，社会の為になるということに止まらない役割を果たす．束の間の生を生きる私たちは，固有の使命を背負っている．これを果たすことを通して短い時間を活かす時，私たちは人生に意味を見出すことができる．そういう行為は何かの手段ではなく，それ自体が自己発見の喜びを秘めているからである．人は，「私」を超えた存在によって「私」に与えられた役割を自覚する時，命の充足を賜る．「私」の外に，自分の命を投げ出すに値する何かがある時，人は奉仕の喜びと感謝によって生かされる (64-5)．

私たちの生来的な自己は自己中心性の闇を持っているが，闇の存在に気付くと，自分の中に眠っている道徳的本性が目覚める．言い換えれば，自己犠牲ができる者に育てられる．このような資質は，神の存在に照らして，私たちの命が「与えられている」ことを証明している．この意味で，芸術を愛することは宗教的な感情を磨く道ともなり得る．詩と音楽は闇を彷徨う私たちを，自己を超えたものへと眼を見開かせてくれる (70-1).

　私たちは本質的には無知である．その反面，人智を超えた神の御業を探求するように創られた存在でもある．科学する心は，人間が神から与えられた好奇心の表現なのだ．その意味で，科学と信仰はお互いを尊重する必然性がある．17世紀のカトリック教会はガリレイに，地球が太陽の周りを回っているという説の撤回を強いた時，致命的な間違いを犯した．それと同様に，19世紀の国教会は「創世記」の世界観を文字通りに解釈して，進化論を排斥して愚かな間違いを犯した (125). 現代の教会はこの教訓を汲み取って，科学的知見が照らし出す真理に対して謙遜でなくてはならない．バランスの取れたキリスト教は，生の全体性を尊重する (126). 信仰は科学と敵対するのではなく，科学的探究の限界をわきまえつつ，これを補うような生の全体性を重んじることによって，その健全性を保つことができる (111). 私たちは，科学的探究の仮説・検証のアプローチが生の全体性を明らかにするには不充分だということを知った上で，なお科学と手を携えなくてはならない．科学と信仰が相補ってゆくと，知性，感情，肉体の統合的働きによって神を見出すことができる．豊かな人間性を育む為には，命の神秘に対する畏敬の念がなくてはならない．これがあって初めて，人は神から与えられた潜在的可能性を実現できる基盤を得るからである (105). 最新の科学と哲学は，真理を捉える為には，アナロジー，暗喩，詩，パラドックスに対する鋭敏な感受性を養わなくてはならないことに気付き始めている (105). これは，信仰を健全に保つバランス感覚とは調和できるのである．私たちは，理性だけで人生を豊かに生きられない．信仰は，理性と客観的事実だけの基盤に立つものではない．生ける神と出会って愛を実感した人は論証を求めない．批評精神と信仰は共に働かなければならない (86).

　以上，ケアリーの見解の骨子を紹介してきたが，その意図は，現代のキリスト教の動向を明らかにすることにある．彼の見方が国教会全体の公式見解であると即断することはできない．しかし，『大がかりな神盗み』が大主教就任

の直前に書かれたことを考慮すると，その救済観が国教会の趨勢をある程度反映していると見て，あながちに的外れであるとは言えないであろう．

　現代のイギリス国教会の日曜礼拝では，牧師の説教，賛美歌斉唱，聖体拝受の儀式と並んで祈祷詩（collect）の斉唱が行われている．詠み人の朗読の後に，会衆一同が唱和するのである．その短い詩に教会の聖書解釈の傾向が端的に反映しているように思われる．その一例を挙げると，

> Come with all of your pain to the God who saves us;
> From the chains that held us fast he has freed us.
> Turn your eyes from yourself, in his love he will hold you;
> Though your words be silent, still the Spirit knows all within;
> Come to him, come to him.

> 私たちを救ってくださる神の御許へ苦しみを抱えたままでいらっしゃい．
> 神は，人をがんじがらめに縛る鎖から解き放ってくださったのだから．
> 神の愛に抱かれて，思いを自分の外に向けましょう．
> 言葉は声にならなくても，御霊は内なる思いを知り通しておられるのです．
> 主の御許へいらっしゃい，主の御許へいらっしゃい．

ここにも，人生の試練に遭った人が迷いの淵でイエスの生き様に導かれる道理が示唆されている．自己愛の根が深い私たちは，様々な囚われに苦しんで生きている．ところが，闇夜にほの明かりが灯ると，これに導かれて一歩一歩踏み締めてゆける．「御霊は悩める人の心を隈なく見ている」．そのまなざしを畏敬して自分を超えた世界に眼を見開こう，というのが趣旨である．この詩には観念的な神学用語はかけらもない．あるのは「私」を超えた道理のまなざしがあって，その声に従って歩む時，私たちは心の自由を取り戻すことができるという理である．

　この祈祷詩から窺われるように，科学の時代には科学的な教養に堪える信仰のあり方がある．このような認識に立って，筆者の私見を述べると，ケアリーのいうバランスの取れたキリスト教，生の全体性を統合するキリスト教という見方は，その萌芽的な形をマシュー・アーノルドとエリオットの聖書批評に見出すことができるのではないか，ということである．キリスト教信仰と科学がお互いを尊重して相補い合う時，教条主義の隘路から信仰の健全性を救うことができる．この意味において，19世紀の聖書批評精神は，現代のキリ

スト教に遺産を遺している．なぜなら，現代は科学技術が私たちの暮らしの隅々にまで及び，現代人の精神生活の中ですら科学の占める位置は大きくなるばかりである．そういう背景があって，現代のキリスト教会にとって，否，この意味では仏教にせよ他の宗教にせよ，信仰と科学の和解をいかに図るか，ということが時代の課題になっている．

　キリスト教文化がその特性を薄めて，もっと普遍的な市民精神を涵養するコンセンサスの形成を迫られているもう一つの社会背景は，序章で言及した文化多元主義の広がりである．今日のイギリス社会，特に大都市の一隅には他文化からの移民街が急速に広がっている．そのうち，旧植民地である西アジアからのイスラム系移民とアフリカ系のイスラム教信者が台頭しつつある．これらの人々は，人種的にも宗教的にもイギリス社会に溶け込むのが困難だと感じている．2005 年の地下鉄とバスのテロが浮き彫りにしたのは，社会の底部で亀裂が拡大している現実であった．移民の子弟のうち学歴が高い層がテロに関わっていたことはイギリス人を震撼させた．これに触発されて，キリスト教主導の文明が，単一宗教の枠組から脱皮して，異文化・宗教に寛容を説く言葉で国民に語り掛ける必要を感じている．女王陛下も教会も，この観点を鋭敏に意識しているのが現代の気風である．内外の事情は，キリスト教のあり方を変容させる動因になっている．その変化がどういう形を取るかは，社会実験中なのだ．このような時代の文脈で，キリスト教は党派性を薄めた柔らかい器に鋳直されるよう挑戦を受けている．この挑戦を受けて立つ為には，19 世紀の先人が指し示した宗教の自己変革の努力を継続しなくてはならないだろう．

注

1　ケアリーの人物プロフィールについては，『大がかりな神盗み』の解説と Wikipedia による．

あとがき

　本書は，2010年度から12年度にわたる科学研究費補助金による研究（基盤研究(C)，課題番号：22520246）研究課題名：「ジョージ・エリオット後期小説研究：インターテクスチュアリティの実証的研究」を基に，その後修正・加筆した成果をまとめたものである．われながら大上段に構えた題を付けたものであるが，ここ数年従事してきたジョージ・エリオットとの対話を形にして，自分の歩みを確認したいと心中に期してきた．

　本来なら大学在職中にこの仕事を完了させる積もりだったが，近年の競争環境の厳しさと私の怠け心で目標を果たすことができず，退職後の今，遅ればせながら日の目を見ることとなった．よくよく考えてみれば，亀の歩みしかできない私には，これは自然な帰結だったのかも知れない．研究業績が厳しく問われる現役時代が終わって3年目に入ったが，皮肉にも職責から解放された今になって，学びのプロセスを再確認し，世に問いたいという思いが強まった．

　本書を執筆中に自分に言い聞かせてきたことは，作家との対話を結論だけ見せるのではなく，原文テキストを基にして読み，解釈するプロセスを読者と分かち合うことであった．その為，テキストからの引用を多く取りあげ，試訳を付けて，然る後に解釈を示すよう努めた．その結果，解釈本文中に原語への言及が増えてしまった．文脈を外された言葉は魂を失う恐れがある為，個々の語句の引用文中の位置を明らかにするよう留意した．片括弧の番号を引用文と本文の両方に並置しているのは，読者に解釈の根拠を示す為である．エリオットの英語は意味の多元性と音楽性と姿の美しさを兼ね備えている．この事実を踏まえて，上記のような煩雑なプロセスを経た．その結果当然予想されるように，豊かな解釈の可能性を秘めた原文テキストの試訳は，思い込みによる恣意的な解釈や誤訳が多いのではないかと危惧している．これに関しては，すでに触れたように，読者諸賢のご叱正を乞いたい．

　もう一つ念頭に置いたことは，若い読者に，エリオットの難解な英語の豊

かさに直接触れてもらいたいという思いであった．その為作品の引用例は，2015年現在の最新のペンギン版に基づいてページ数を示した．これによって，作品も手に入りやすく，手頃な価格で作家の原文に触れる楽しみを多くの方々に共有していただけるのではないかと考えた．

　近年，英米文学研究は大学において退潮の一途を辿っている．これは，英語が日本社会で国際共通語として認知度が高まり，ビジネスや科学研究で実際に使用する言語になりつつある結果で，自然なことであろう．そういう時代の趨勢で文学英語の効用を声高に説くことは差し控えたい．ただ言えることは，エリオット文学は近代ヨーロッパ文明の起源と発展過程を包摂している事実である．とりわけ，19世紀におけるキリスト教と科学の葛藤と対話は，ある意味で現代的課題の様相を持っている．従って，現代西洋文明をその根源的な姿において捉えようとする人々には，エリオットの小説は尽きせぬ興味を湛えている．科学的世界観とアプローチだけで人生の充足を得られると考えることに疑念を抱く人には，彼女の小説は豊かな糧を与えてくれることであろう．その意味で，科学に関わりのある人々にはエリオットを紐解いてもらいたいと願っている．

　この著作を上梓するに当たって，数多くの人々に恩恵を受けてきた．大学院の恩師である故田辺昌美広島大学教授には作品を無心に熟読玩味する姿勢を教わった．1999年から2000年にかけて筆者が在外研究員としてケンブリッジ大学クレアホールのヴィジッティング・フェローとして滞在するに当たって，植木研介同大学名誉教授にはお世話をいただいた．貴重な学びの機会を後押ししていただいたことに深く感謝を表したい．また，日本ジョージ・エリオット協会で長い間相互研鑽を積み重ねてきた先輩と同僚には大きな刺激をいただいた．学会の人間的絆がなかったら，この研究は実らなかったとさえ思われる．また，ケンブリッジ滞在中，セント・アンドルーズ教会（国教会）で生きた信仰コミュニティに招いていただいた牧師ジェイムズ・ガーデム師と信徒ミック，パム・ラムズデン夫妻のご厚情に深く感謝したい．本書終章は，期せずして，そこで学んだことを振り返る結果となった．また，ケンブリッジ日本人会では瀧珠子氏に一方ならぬお世話をいただいた．イギリス人の生活の裏表に通じた氏からは，書物では得られない学びができた．ご厚情に感謝したい．原稿に眼を通し，率直なコメントいただいた岡山大学大学院教育学研究科の脇本恭子教授，同じ志をもって学んできた岡山英文学会の同僚に心より

お礼を申し上げたい．
　出版に際しては，多大な労をお取りいただいた英宝社の佐々木元社長と宇治正夫編集長に深くお礼を申し上げる．眼に見えないところにまで神経を配り，煩雑な編集作業を厭わずしていただいたことに対して心より感謝したい．
　最後に，道楽に没頭しがちな夫と家族を生活面で支え続けてくれた妻由美子に感謝の意を表したい．

　2016年5月20日
　　　　　　　　　　　　　　　　　　　　　　　　　　福　永　信　哲

初出一覧

本書の少なからぬ部分は,すでに発表した以下の書籍と論文を基にしている.その多くは「キリスト教と科学の葛藤」という副題に示されたテーマに沿って修正・加筆している.初出を明示していない部分は書き下ろしである.

序　章：人間ジョージ・エリオットとその時代
　『絆と断絶 ジョージ・エリオットとイングランドの伝統』第1章「人間ジョージ・エリオットとその時代」松籟社 1995年, 11-64.；「R.W. マッカイ著『知性の進歩』批評に見るジョージ・エリオットの聖書批評―信仰と懐疑のはざま―」『キリスト教文学研究』第23号 2006年, 123-133.；「ジョージ・エリオットと倫理的ヒューマニズムへの歩み」PERSICA 第37号 岡山英文学会誌 2010年, 13-31.

第1章　『急進主義者フィーリクス・ホルト』を読む
　1：「『急進主義者フィーリクス・ホルト』にみるダーウィニズムの言説」『岡山大学大学院教育学研究科研究集録』第155号 2014年, 57-66.

第2章　『ミドルマーチ』を読む
　1：「『ミドルマーチ』に見る意味探求のプロセス」『岡山大学大学院教育学研究科研究集録』第137号 2008年, 91-101.
　2：「アンティヒーローとしてのカソーボン―『ミドルマーチ』に見るジョージ・エリオットのロマン派的ヴィジョン」『ジョージ・エリオット研究』第10号 2008年, 1-13.
　3：「『ミドルマーチ』にみる死生観と作家の精神遍歴―ドロシア・カソーボンの結婚の場合―」『大榎茂行教授喜寿記念論文集 イギリス文学のランドマーク』大阪教育図書 2011年, 153-162.；「『ミドルマーチ』にみる死生観：ドロシア・カソーボンの結婚生活と死別」PERSICA（岡山英文学会誌）第41号（岡山英文学会誌）2014年, 15-29.
　4：「ジョージ・エリオットにみる科学の受容と懐疑―『ミドルマーチ』医師リドゲートのテキストを読む―その一」『岡山大学大学院教育学研究科研究集録』第147号 2011年, 27-34.；「ジョージ・エリオットにみる科学の受容と懐疑―『ミドルマーチ』医師リドゲートのテクストを読む―その二」『岡山大学大学院教育学研究科研究集録』第148号 2011年, 109-118.
　5：「『ミドルマーチ』に見る宗教的偽善と意味の探究――バルストロードのテクストを読む」『植木研介先生退職記念論文集 英文学の地平 テクスト・人間・文化』音羽書房鶴見書店 2009年, 77-95.
　6：「ジョージ・エリオット『ミドルマーチ』に見る否定表現―ジェーン・オースティン『エマ』と比較して―」PERSICA 第39号 2012年, 27-42.

第3章　『ダニエル・デロンダ』を読む

1：「『ダニエル・デロンダ』グエンドレン物語：キリスト教の遺産と科学の和解」『岡山大学大学院教育学研究科研究集録』第153号 2013年, 47-57.

2：「『ダニエル・デロンダ』に見る解体と再建の試み——ユダヤ人物語にみるジョージ・エリオットのヴィジョン——」『岡山大学大学院教育学研究科研究集録』第150号 2012年, 35-43.

3：「『ダニエル・デロンダ』22章を読む：オースティンの遺産とエリオットの創造」『岡山大学大学院教育学研究科研究集録』第152号 2013年, 11-21.

4：「ダニエル・デロンダ——隠されたアイデンティティの探求——」『文藝禮讃——イデアとロゴス——』（内田能嗣傘寿記念論文集）大阪教育図書 2016年3月, 609-18.

文献一覧

I 作品

A 小説

Scenes of Clerical Life. Ed. Jennifer Gribble. London: Penguin Classics, 1998.
Scenes of Clerical Life. Ed. Thomas A Noble. Oxford: Clarendon Press, 1985.
『ジョージ・エリオット全集1　牧師たちの物語』小野ゆき子，池園宏，石井昌子訳，東京：彩流社，2014年．
『牧師館物語』浅野萬里子訳，京都：アポロン社，1994年．
Adam Bede. Ed. Margaret Reynolds. London: Penguin Classics, 2008.
Adam Bede. Ed. Carol A Martin. Oxford: Clarendon Press, 2003.
『アダム・ビード』阿波保喬訳，東京：開文社，1979年．
The Lifted Veil Brother Jacob. Ed. Helen Small. Oxford: Oxford UP, 1999.
The Mill on the Floss. Ed. Gordon S. Haight. Oxford: Clarendon Press, 1980.
The Mill on the Floss. Ed. A. S. Byatt. Penguin Books, 1985.
The Mill on the Floss. Ed. Carol T. Christ. New York: W. W. Norton, 1994.
『フロス河畔の水車場』工藤好美，淀川郁子訳，世界文学全集，東京：河出書房，1950年．
Silas Marner the Weaver of Raveloe. Ed. David Carroll. London: Penguin Books, 1996.
Silas Marner the Weaver of Raveloe. Ed. Rosemary Ashton. London: Everyman's Library, 1993.
Silas Marner the Weaver of Raveloe. Ed. Minoru Toyota. 東京：研究社，1974年．
『サイラス・マーナー』土井治訳，東京：岩波文庫，1988年．
Romola. Ed. Dorothea Barrett. London: Penguin Classics, 2005.
Romola. Ed. Andrew Brown. Oxford: Clarendon Press, 1993; 2009.
『ロモラ』工藤昭雄他訳，世界文学全集，東京：集英社，1981年．
『全集5　ロモラ』原公章訳，東京：彩流社，2014年．
Felix Holt, the Radical. Ed. Lynda Mugglestone. London: Penguin Books, 1995.
Felix Holt, the Radical. Ed. Fred C. Thompson. Oxford: Clarendon Press, 1980.
『全集6　急進主義者フィーリクス・ホルト』冨田成子訳，東京：彩流社，2011年．
Middlemarch. Ed. Rosemary Ashton. London: Penguin Classics, 2003.
Middlemarch. Ed. David Carroll. Oxford: Clarendon Press, 1986.
Middlemarch. Ed. A.S. Byatt Oxford: Oxford World Classics, 1999.
Middlemarch. Ed. Bert G. Hornback. New York: W. W. Norton, 1977.
『ミドルマーチ』第一巻，二巻　工藤好美・淀川郁子訳 東京：講談社，1975年．
『ミドルマーチ』（上，中，下）藤井元子訳 横浜：オフィス・ユー，2003年．

Daniel Deronda. Ed. Terence Cave. London: Penguin Books, 2003.
Daniel Deronda. Ed. Graham Handley. Oxford: Clarendon Press, 1984.
『ダニエル・デロンダ』①,②,③　淀川郁子訳　京都：松籟社,1993年.
Impressions of Theophrastus Such. Ed. Nancy Henry. Iowa City: University of Iowa Press, 1994.
『テオフラストス・サッチの印象』薗田美和子,今泉瑞枝訳編　東京：彩流社,2012年.

B　詩,その他

Collected Poems. Ed. Lucien Jenkins. London: Skoob Books, 1989.
The Complete Shorter Poetry of George Eliot. Vol. 1, 2. Gerard van den Broek. London: Pickering & Chatto, 2005.
The Spanish Gypsy The Legend of Jubal and Other Poems, Old and New. Honolulu: UP of the Pacific, 2003.
『全集9　スペインのジプシー,とばりの彼方,ジェイコブ兄貴』前田淑江,早瀬和栄,大野直美訳,東京：彩流社,2014年.
『全集10　詩集』大田美和,大竹麻衣子,谷田恵司,阿部美恵,会田瑞枝,永井容子訳,東京：彩流社,2014年.

C　評論

George Eliot Selected Critical Writings. Ed. Rosemary Ashton. Oxford: Oxford UP, 1992. 本書で取り上げたこの版からのエッセーは以下の通り.
　"R. W. Mackay's *The Progress of the Intellect.*" 18-36.
　"Woman in France: Madame de Sable" 37-68.
　"The Morality of *Wilhelm Meister*" 129-32.
　 "The Future of German Philosophy" 133-37.
　"Evangelical Teaching: Dr Cumming" 138-70.
　"John Ruskin's *Modern Painters Vol. III*" 247-59.
　"The Natural History of German Life" 260-295.
　"Notes on Form in Art" 355-59.
　"The Ilfracombe Journal" Ed. A. S. Byatt. *George Eliot Selected Essays, Poems and Other Writings.* London: Penguin Books, 214-30.
George Eliot Selected Essays, Poems and Other Writings. Ed. A. S. Byatt. London: Penguin Books, 1990.
Essays of George Eliot. Ed. Thomas Pinney. London: Routledge, 1963.
『ジョージ・エリオット　評論と批評』川本静子・原公章訳,東京：彩流社,2010年.

D　翻訳

Feuerbach, Ludwig. *The Essence of Christianity.* Trans. George Eliot. New York: Prometheus Books, 1989.

Spinoza, Benedict de. *Ethics*. Ed. Thomas Deegan. Trans. George Eliot. Salzburg: Universitat Salzburg UP, 1981.

E 手紙，日記，ノートブック

Letters Vols. I-IX. Ed. Gordon S. Haight. New Haven: Yale UP. 1975.
Selections from George Eliot's Letters. Ed. Gordon S. Haight. New Haven: Yale UP. 1985.
The Journals of George Eliot. Eds. M. Harris and J. Johnston. Cambridge: Cambridge UP, 2000.
Pratt, J. C. and V. A. Neufeldt. *George Eliot's Middlemarch Notebooks: A Transcription*. Berkeley: U. of California Press, 1979.

II 伝記，書誌，その他

Ashton, Rosemary. *George Eliot: A Life*. St. Ives: Penguin Books, 1997.
Bodenheimer, Rosemarie. *The Real Life of Mary Ann Evans: George Eliot Her Letters and Fiction*. New York: Cornell UP, 1994.
Cross, W. J. *George Eliot's Life as Related in Her Letters and Journals*. New York: AMS Press, 1970.
Ermarth, Elizabeth Deeds. *George Eliot*. Boston: Twayne Publishers, 1985.
Haight, Gordon. S. *George Eliot: A Biography*. Oxford: Oxford UP, 1978.
Handley, Graham. *George Eliot's Midlands: Passion in Exile*. London: Allison & Busby, 1991.
Hardy, Barbara. *George Eliot: A Critic's Biography*. London: Continuum, 2006.
Henry, Nancy. *The Life of George Eliot: A Critical Biography*. Chichester: Wiley-Blackwell, 2012.
Hughes, Kathryn. *George Eliot: The Last Victorian*. London: 1999.
Karl, R. Frederick R. *George Eliot: Voice of a Century*, New York: W.W. Norton, 1995.
日本ジョージ・エリオット協会編,『日本におけるジョージ・エリオット書誌』大阪：大阪教育図書, 2008年.

III 研究書，論文

Allen, Walter. *George Eliot*. London: Weidenfeld and Nicolson, 1965.
天野みゆき,『ジョージ・エリオットと言語・イメージ・対話』東京：南雲堂, 2004年.
Ashton, Rosemary. *The German Idea: Four English Writers and the Reception of German Thought 1800-1860*. London: Libris, 1994.
Beer, Gillian. *Darwin's Plots*. Cambridge: Cambridge UP, 2000.
———. *Key Woman Writers: George Eliot*. Ed. Sue Roe. Bloomington: Indiana UP, 1986.
Bennett, Joan. *George Eliot: Her Mind and Her Art*. Cambridge: Cambridge UP, 1974.
Bloom, Harold. Ed. *Modern Critical Views: George Eliot*. New York: Chelsea House, 1986.
Carroll, David. *George Eliot and the Conflict of Interpretations*: *A Reading of the Novels*.

Cambridge: Cambridge UP, 1992.
Carroll, David. Ed. *George Eliot: the Critical Heritage*. New York: Barnes & Noble, 1971.
Cecil, David. *Early Victorian Novelists: Essays in Revaluation*. London: Constable, 1966.
Chase, Karen Ed. *Middlemarch in the Twenty-First Century*. Oxford: Oxford UP, 2006.
Davis, Michael. *George Eliot and Nineteenth-Century Psychology: Exploring the Unmapped Country*. London: Ashgate, 2006.
Dolin, Tim. *George Eliot*. Oxford: Oxford UP, 2005.
ドリン,ティム,『時代のなかの作家たち5 ジョージ・エリオット』(廣野由美子訳,東京:彩流社,2013年)
海老根宏,「ジョージ・エリオットにおける現実と非現実「これらは一つの比喩である」」海老根宏,高橋和久『19世紀「英国」小説の展開』東京:松柏社,2014年.
海老根宏,内田能嗣編『ジョージ・エリオットの時空』東京:北星堂,2000年.
Ellmann, Richard. "Dorothea's Husbands." *Modern Critical Views: George Eliot*. Ed. Harold Bloom. New York: Chelsea House, 1986. 65-80.
大嶋浩,「George Eliot とキリスト教文化―予型論/類型論を中心にして」『ジョージ・エリオット研究』第14号,大阪:大阪教育図書 2012年.
福永信哲,『絆と断絶 ジョージ・エリオットとイングランドの伝統』京都:松籟社,1995年.
Gill, Stephen. *Wordsworth and the Victorians*. Oxford: Oxford UP, 1998.
原公章,「『ミドルマーチ』における「心筋縮小」と「心筋拡張」」原公章編,日本大学イギリス小説研究会編『イギリス小説の探求:Explorations』大阪教育図書 2005年.
Hardy, Barbara. "III *The Mill on the Floss*" Barbara Hardy. Ed. *Critical Essays on George Eliot*. London: Routledge & Kegan Paul, 1979.
———. *The Novels of George Eliot: A Study in Form*. London: The Athlone Press, 1994.
Harvey, W. J. *The Art of George Eliot*. London: Chutto & Windus, 1969.
Henry, Nancy. *The Cambridge Introduction to George Eliot*. Cambridge: Cambridge UP. 2008.
———. *George Eliot and the British Empire*. Cambridge: Cambridge UP, 2002.
Hertz, Neil. *George Eliot's Pulse*. Stanford: Stanford University Press, 2003.
ヘンリー,ナンシー,『評伝ジョージ・エリオット』内田能嗣,小野ゆき子,会田瑞枝訳,東京:英宝社,2014年.
廣野由美子,『視線は人を殺すか:小説論11講』京都:ミネルヴァ書房,2008年.
———.『19世紀イギリス小説の技法』東京:英宝社,1996年.
Irwin, Jane. Ed. *George Eliot's Daniel Deronda Notebooks*. Cambridge: Cambridge UP, 2008.
James, Henry. *Literary Criticism: Essays on Literature American Writers English Writers*. New York: The Library of America, 1984.
川本静子,『G. エリオット:他者との絆を求めて』東京:冬樹社,1980年.
Knoepflmacher, U. C. *Religious Humanism and the Victorian Novel: George Eliot, Walter*

Pater, and Samuel Butler. Princeton: Princeton UP, 1965.

———. *George Eliot's Early Novels: The Limits of Realism.* Berkeley: U. of California Press, 1968.

Leavis, Q. D. *Collected Essays.* Vol. I, Cambridge: Cambridge UP, 1983.

———. "The Development of Character in George Eliot's Novels."*Collected Essays.* Vol. 3, Cambridge: Cambridge UP, 1989.

Leavis, F. R. *The Great Tradition: George Eliot Henry James Joseph Conrad.* London: Penguin books, 1993.

Levine, George. *Realism, Ethics, and Secularism: Essays on Victorian Literature and Science.* Cambridge: Cambridge UP, 2008.

———. Ed. *The Cambridge Companion to George Eliot.* Cambridge: Cambridge UP, 2001.

松本三枝子,『闘うヴィクトリア朝女性作家たち：エリオット，マーティノー，オリファント』東京：彩流社，2012年.

Meyer, Susan. *Imperialism at Home: Race and Victorian Women's Fiction.* Ithaca: Cornell UP, 1996.

Miller, Hillis. "Optic and Semiotic in *Middlemarch.*" *Modern Critical Views*: *George Eliot.* Ed. Harold Bloom. New York: Chelsea House, 1986. 99-110; *Harvard English Studies 6: The Worlds of Victorian Fiction.* Ed. Jerome H. Buckley. Cambridge: Harvard UP, 1975. 125-45.

Nardo, Anna K. *George Eliot's Dialogue with John Milton.* Columbia: U. of Missouri Press, 2003.

ナード，アナ・K.,『ミルトンと対話するジョージ・エリオット』辻裕子，森道子，村山晴穂監訳，東京：英宝社，2011年.

Newton, K. M. Ed. *George Eliot.* London: Longman, 1991.

荻野昌利,『小説空間を読む―ジョージ・エリオットとヘンリー・ジェイムズ―』東京：英宝社，2009年.

大榎茂行教授喜寿記念論文集刊行委員会,『大榎茂行教授喜寿記念論文集 イギリス文学のランドマーク』大阪：大阪教育図書，2011年.

Peck, John. Ed. *Middlemarch New Casebooks.* London: Macmillan, 1992.

Prentis, Barbara. *The Brontë Sisters and George Eliot.* Basingstoke: Macmillan, 1988.

Rignall, John. Ed. *Oxford Reader's Companion to George Eliot.* Oxford: Oxford UP, 2000.

———. Ed. *George Eliot and Europe.* Aldershot: Ashgate, 1997.

———. *George Eliot, European Novelist.* Farnham: Ashgate, 2011.

Roder-Bolton, Gerlinde. *George Eliot and Goethe: An elective Affinity.* Amsterdam: Rodopi, 1998.

Shuttleworth, Sally. *George Eliot and Nineteenth-Century Science*: *The Make-Believe of a Beginning.* Cambridge: Cambridge UP, 1984. Digitally Printed Version, 2009.

Swinden, Patrick. Ed. *George Eliot: Middlemarch A Casebook.* London: Macmillan, 1972.

高野秀夫，『ジョージ・エリオットの異文化世界』横浜：春風社，2014年．
Teranishi, Masayuki. *Polyphony in Fiction: A Stylistic Analysis of Middlemarch, Nostromo, and Herzog*. Peter Lang, 2008.
Thale, Jerome. *The Novels of George Eliot*. New York: Columbia UP, 1959.
Thompson, Andrew. *George Eliot and Italy: Literary, Cultural and Political Influences from Dante to the Risorgimento*. 1998.
冨田成子，『ジョージ・エリオットと出版文化』東京：南雲堂，2011年．
内田能嗣，『ジョージ・エリオットの前期の小説』大阪：創元社，1991年．
内田能嗣，原公章編，『あらすじで読むジョージ・エリオットの小説』大阪：大阪教育図書，2010年．
内田能嗣編，『ヴィクトリア朝の小説―女性と結婚―』東京：英宝社，1999年．
Uglow, Jennifer. *George Eliot*. London: Virago Press, 1987.
和知誠之助，『ジョージ・エリオットの小説』東京：南雲堂，1974年．
渡辺千枝子，『ジョージ・エリオットとドイツ文学・哲学』東京：創英社，2003年．
Willey, Basil. *Nineteenth Century Studies: Coleridge to Matthew Arnold*. Cambridge: Cambridge UP, 1980.
山本節子，『ジョージ・エリオット』東京：旺史社，1998年．
山根木加名子，『現代批評でよむ英国女性小説：ウルフ，オースティン，ブロンテ，エリオット，ボウエン，リース』東京：鷹書房弓プレス，2005年．

IV 作家を取り巻く文人，科学者の作品，批評，論文資料

Arnold, Matthew. *Literature and Dogma*. Ed. James C. Livingston. New York: Frederick Ungar, 1970.
―――. *Culture and Anarchy and Other Writings*. Cambridge: Cambridge UP, 1993.
Ashton, Rosemary. *G. H. Lewes: An Unconventional Victorian*. London: Pimlico, 2000.
Austen, Jane. *Emma*. Ed. Richard Cronin and Dorothy McMillan. Cambridge: Cambridge UP, 2005.
―――. *Mansfield Park*. Ed. John Wiltshire. Cambridge: Cambridge UP, 2005.
Bowler, Peter J. *Charles Darwin: The Man and His Influence*. Cambridge: Cambridge UP, 2000.
Brontë, Charlotte. *Jane Eyre*. London: Everyman, 1994.
Bulfinch, Thomas. *Bulfinch's Greek and Roman Mythology: The Age of Fable*. New York: Dover Publications, 2000.
Bunyan, John. *The Pilgrim's Progress*. Element. Rockport: 1997.
Burke, Edmund. "Reflections on the Revolution in France." Marilyn Butler. Ed. *Burke, Paine, Godwin, and the Revolution Controversy*. Cambridge: Cambridge UP, 1998.
Carey, George. *The Great God Robbery*. London: Fount, 1990.
Carlyle, Thomas. *Sartor Resartus: The Life and Opinions of Herr Teufelsdrockh in Three Books*. Ed. Rodger L. Tarr et.al. Berkeley: U. of California Press, 2000.

———. *Sartor Resartus.* Ed. Kerry McSweeney and Peter Sabor. Oxford: Oxford UP, 1991.
———. *Past and Present.* Ed. Richard D. Altick. New York: New York UP, 1965.
Cazamian, Louis. *Modern England: The Revenge of Instinct (1832-1884).* Ed. R. Tezuka and K. Ishikawa. Tokyo: Nan'un-do, 1982.
Cecil, David. *A Portrait of Jane Austen.* London: Constable, 1979.
———. *Hardy the Novelist: An Essay in Criticism.* New York: Paul P. Appel, 1972.
Clark, Kenneth. Ed. *John Ruskin Selected Writings.* London: Penguin Books, 1991.
Cogan, Donald. Ed. *The Revised English Bible.* Oxford: Oxford UP, 1999.
Coleridge, S. T. *The Rime of the Ancient Mariner.* Ed. Paul H. Fry. Boston: Bedford/St. Martin's, 1999.
———. *Aids to Reflection. With the Author's Last Corrections.* New York: N. Tibbals and Son, 1872. Reprinted by Bibliolife.
Dante, Alighieri. *The Divine Comedy.* New York: New American Library, 2003.
Darwin, Charles. *The Origin of Species: By Means of Natural Selection or the Preservation of Favored Races in the Struggle for Life.* New York: Modern Library, 1993.
Dayton, Tian. *Emotional Sobriety.* Deerfield Beech: Health Communications, 2007.
Ebor, Donald et al. Eds. *The New English Bible with Apocrypha.* Oxford: Oxford UP; Cambridge UP, 1970.
Goldsmith, Oliver. *The Vicar of Wakefield: A Tale Supposed to be Written by Himself.* Ed. Arthur Friedman. Oxford: Oxford UP, 1974.
Halperin, John. *The Life of Jane Austen.* Baltimore: The Johns Hopkins UP, 1996.
Hamilton, Edith. *The Greek Way.* New York: W. W. Norton, 1983.
原公章, 『英文学と英語のために：salmagundi』大阪：大阪教育図書, 2003年.
Hardy, Thomas. *Tess of the d'Urbervilles.* Ed. Paricia Ingham. New York: Everyman's Library, 1991.
Harvey, A. E. *A Companion to the New Testament.* Cambridge: Cambridge UP, 2004.
Hill, John Spencer. Ed. *The Romantic Imagination.* Basingstoke: Macmillan, 1977.
Houghton, Walter E. *The Victorian Frame of Mind, 1830-1870.* New Haven: Yale UP, 1957.
Huxley, Thomas. "On the Physical Basis of Life." *Victorian Prose and Poetry.* Eds. Lionel Trilling and Harold Bloom. New York: Oxford UP, 1973.
Hymns Ancient and Modern. Norwich: The Canterbury Press, 1999.
池田拓朗, 『英語文体論』東京：研究社, 1992年.
James, Henry. *The Portrait of a Lady.* London: Penguin Books, 1976.
Johnson, Lionel. *The Art of Thomas Hardy.* New York: Haskell House, 1973.
Johnson, Paul. *A History of the Jews.* New York: Harper Perennial, 1988.
Kempis, Thomas A. *The Imitation of Christ.* Penguin Books. Ringwood: 1986.
清宮倫子, 『進化論の文学：ハーディとダーウィン』東京：南雲堂, 2007年.
Leavis, Q. D. "Women Writers of the Nineteenth Century." *Collected Essays.* Vol. 3,

Cambridge: Cambridge UP, 1989.

Levine, George. *Darwin and the Novelists: Patterns of Science in Victorian Fiction.* Cambridge: Harvard UP, 1988.

Lewes, George Henry. *Versatile Victorian: Selected Writings of George Henry Lewes.* Ed. Rosemary Ashton. Melksham: Bristol Classical Press, 1992.

―――. *The Life of Goethe.* Ed. Nathan Haskell Dole. London: Robertson, Ashford and Bentley, 1902.

―――. *Problems of Life and Mind: The Study of Psychology.* London: Trubner, 1879.

―――. *The Principles of Success in Literature.* London: The Walter Scott, 1865.

Lodge, David. *The Art of Fiction: Illustrated from Classic and Modern Texts.* London: Penguin Books, 1992.

―――. *Language of Fiction: Essays in Criticism and Verbal Analysis of the English Novel.* London: Routledge, 2002.

―――. "Tess, Nature, and the Voices of Hardy" *Hardy: The Tragic Novels.* Ed. R. P. Draper. Macmillan, 1991.

MacCulloch, Diarmaid. Ed. *The Book of Common Prayer.* London: Everyman's Library, 1999.

松岡光治編,『ギャスケルで読むヴィクトリア朝前半の社会と文化』広島:渓水社, 2010年.

Milton, John. *Paradise Lost.* Ed. John Leonard. London: Penguin Books, 2000.

宮崎隆義,『トーマス・ハーディ研究―時間意識と二重性の自己―』相模原:青山社, 2008年.

Mudrick, Marvin. "Irony as Form: *Emma*" *Jane Austen Emma*: A Casebook. Ed. David Lodge. Basingstoke: 1991.

向井清,『トーマス・カーライル研究―文学・宗教・歴史の融合―』大阪:大阪教育図書, 2002年.

―――.『衣装哲学の形成―カーライル初期の研究―』京都:山口書店, 1987年.

中岡洋, 内田能嗣編,『ブロンテ姉妹の時空―三大作品の再評価』東京:北星堂, 1997年.

中尾真理,『ジェイン・オースティン―象牙の細工―』東京:英宝社, 2007年.

中川ゆきこ,『自由間接話法―英語の小説にみる形態と機能―』京都:あぽろん社, 1983年.

Newman, John Henry. *Apologia pro Vita Sue.* Charleston: Bibliobazaar, 2007.

西前美巳,『テニスンの詩想:ヴィクトリア朝期・時代代弁者としての詩人論』東京:桐原書店, 1992年.

―――.『テニスンの森を歩く』東京:開文社, 2008年.

大澤武男,『ユダヤ人とドイツ』東京:講談社現代新書, 2002年.

大澤武男,『ユダヤ人とローマ帝国』東京:講談社現代新書, 2001年.

小此木啓吾,『フロイト思想のキーワード』東京:講談社現代新書, 2002年.

荻野昌利,『歴史を<読む>―ヴィクトリア朝の思想と文化―』東京:英宝社, 2005年.

Page, Norman. *The Language of Jane Austen.* Oxford: Basil Blackwell, 1972.

Pater, Walter. *The Renaissance: Studies in Art and Poetry.* Ed. Donald L. Hill. Berkeley:

U. California Press, 1980.
Prickett, Stephen. *Romanticism and Religion: The Tradition of Coleridge and Wordsworth in the Victorian Church*. Cambridge: Cambridge UP, 2008.
———. Ed. *The Context of English Literature: The Romantics*. London: Methuen, 1981.
Regan, Stephen. *The Nineteenth-Century Novel: A Critical Reader*. London: Routledge, 2004.
Ruskin, John. *The Genius of John Ruskin: Selections from His Writings*. Ed. J. D. Rosenberg. Charlottesville: UP of Virginia, 1998.
———. *Modern Painters*. Ed. David Barrie. London: Andre Deutsch, 1987.
Sanders, Andrew. Ed. *The Short Oxford History of English Literature*. Oxford: Clarendon Press, 1994.
Spinoza, Benedictus De. *Ethics and Treatise on the Correction of the Intellect*. Ed. Parkinson, G.H.R. Trans. Boyle, Andrew. London: Everyman, 1997.
Tanner, Tony. *Jane Austen*. Basingstoke: Macmillan, 1986.
———. "Colour and Movement in *Tess of the d'Urbervilles*" *Hardy: The Tragic Novels*. Ed. R. P. Draper. Macmillan, 1991.
Tennyson, A. L. "In Memoriam." Robert W. Hill Jr. *Tennyson's Poetry: Authoritative Texts Juvenilia and Early Responses Criticism*. Ed. New York: W. W. Norton. 1971. 119-95.
———. *In Memoriam*. Eds. S. Shatto and M. Shaw. Oxford: Clarendon Press, 1982.
Thomas, Keith. *Man and the Natural World: Changing Attitudes in England 1500-1800*. New York: Oxford UP, 1983.
Trevelyan, G. M. *English Social History: A Survey of Six Centuries from Chaucer to Queen Victoria*. London: Longman, 1978.
Trilling, Lionel. *Matthew Arnold*. New York: Harcourt Brace Jovanovich. 1954.
Trilling, Lionel and Bloom, Harold. Eds. *Victorian Prose and Poetry*. New York: Oxford UP, 1973.
———. "*Emma* and the Legend of Jane Austen." *Jane Austen Emma: A Casebook*. Ed. David Lodge. Basingstoke: 1991.
都留信夫編著,『イギリス近代小説の誕生:18世紀とジェイン・オースティン』京都:ミネルヴァ書房, 1995年.
内田能嗣編,『ブロンテ姉妹の世界』京都:ミネルヴァ書房, 2010年.
Vergil. *The Aeneid*. Trans. Sarah Ruden. New Haven: Yale UP, 2008.
Wainwright, Jeffrey. *Poetry: The Basics*. London: Routledge, 2011.
Willey, Basil. *Nineteenth Century Studies: Coleridge to Matthew Arnold*. Cambridge: Cambridge UP. 1980.
———. *More Nineteenth Century Studies: A Group of Honest Doubters*. Cambridge: Cambridge UP. 1980.

ウイリー, バジル, 『ダーウィンとバトラー：進化論と近代西欧思想』東京：みすず書房, 1979年.
Wordsworth, William. *Selected Poems.* Sandra Anstey. Ed. Oxford: Oxford University Press, 1990.
―――. *Wordsworth & Coleridge: Lyrical Ballads.* Ed. Celia de Piro. Oxford: Oxford UP, 2006.
―――. *Poetical Works.* Ed. Thomas Hutchinson. 1969; revised edn. Oxford: Oxford UP, 1985.
―――. *The Prelude 1799, 1805,1850.* Ed. J. Wordsworth et. al. New York: W. W. Norton, 1979.
Young, G. M. *Portrait of an Age: Victorian England.* London: Oxford UP, 1977.

V 辞書その他

Mcleish, K. and Mcleish, V. *Longman Guide to Bible Quotations.* Essex: Macmillan, 1986.
Murray, James A. H. et al. *The Oxford English Dictionary.* Oxford: Clarendon Press, 1970.
大貫隆他編, 『岩波キリスト教辞典』, 東京：岩波書店, 2002年.
大塚高信, 中島文雄 監修, 『新英語学辞典』東京：研究社, 1982年.
アト・ド・フリース, 『イメージ・シンボル辞典』荒このみ他訳, 東京：大修館, 1984年.

写真解説

写真①　グリフ・ハウス(p.20)
　　グリフ・ハウス：メアリアン・エヴァンズが幼少期から思春期（1820年から1841年まで）を過ごした思い出深いわが家．中央に見える建物の二階の一室が彼女の部屋であった．現在はモーター・インとして使われている．

写真②　コヴェントリ運河(p.21)
　　グリフ・ハウスからほど近いコヴェントリ運河：子どもの頃のメアリアンは，兄アイザックと共にここで遊んでいた．その面影は『フロス河の水車場』の幼少期のマギーとトム描写に色濃い．平底船を牽く歩道に沿って北に四キロ歩くとナニートンの中心部に出る．運河の左手には広大なアーベリ・ホールのパーク（荘園）が広がっている．

写真③　旧コヴェントリ大聖堂(p.37)
　　旧コヴェントリ大聖堂（建て替えられた新聖堂の屋根が左手に見える）の廃墟：1940年にナチス・ドイツ軍の空爆に遭って焼失した．この空爆は，第二次世界大戦で最初の本格的なイギリス都市空爆だった．焼失の折，聖堂の梁が床に焼け落ち，十字架状の黒焦げになって積み重なっていた．この十字架は，現在も正面の祭壇中央に安置されているが，"Father, forgive." と碑銘が刻まれている．これがドイツとイギリスの和解のシンボルとなった．この聖堂に隣接してホーリー・トリニティ・チャーチがあって，この教会の世話人をしていた父ロバートと，メアリアンは礼拝出席を巡っていわゆる「聖戦」を演じた．『ミドルマーチ』はこの町をモデルにしたと言われる．

写真④　ワイマール　ゲーテ・ガーデン・ハウス(p.63)
　　ゲーテ・ガーデン・ハウス：事実婚の「伴侶」ルイスとドイツに1854-55年にかけて駆け落ちしたメアリアンは，ゲーテゆかりのワイマールに三か月，研究の為に滞在した．その間，ゲーテがアウグスト公から賜ったガーデン・ハウス（中央）周辺のうっそうたる森を好み，よく二人で散策を楽しんだ．現在でもこの辺りはゲーテ時代の森の都の面影を残している．

（いずれの写真も著者撮影）

索　引

※ I「人名、作品名、地名」とⅡ「事項」を分類して示した.
※ それぞれのカテゴリーで主なものを五十音順に配列した.

I 人名, 作品名, 地名

※ ジョージ・エリオットの作品名は冒頭にまとめて示した.
※ 登場人物名は作品の後にまとめて明示した. これに該当する項目は作品から一字下げとした.
※ 主な作家の作品は作家名の後にまとめて一字下げで示した.

エリオット, ジョージ（メアリアン・エヴァンス）George Eliot (Mary Anne, Later Marian Evans)
　『アダム・ビード』*Adam Bede*　11, 27, 57, 62, 68, 80, 84, 88, 94, 109, 151, 335, 343
　　アーウィン　68, 86, 88
　　アダム　13-14, 80, 86, 88, 121, 336, 343-44
　　ダイナ　15, 109, 125
　　ヘティ　343
　　ボイザー夫人　11, 86
　『エリオット書簡集』*Letters* Vols. I-IX.　13, 18, 35-36, 41, 46, 49, 57, 66, 68, 89, 132, 167, 179, 196, 200-01, 290, 306, 332, 339
　『急進主義者フィーリクス・ホルト』*Felix Holt, the Radical*　13-15, 94-153, 272, 340
　　エスタ　95, 103, 109, 112-33, 136-37, 143, 148-49, 152-53
　　トランサム夫人　10, 90, 95-100, 103-04, 107-08, 111-12, 114-21, 123, 127, 152, 272
　　ハロルド　95-97, 100-03, 107, 109, 114-16, 118, 122-27, 136, 153
　　フィーリクス　68, 95, 109, 114, 122, 126-28, 130, 136-37, 152-53
　　ライアン　86, 109, 112, 119, 122, 134-53
　『サイラス・マーナー』*Silas Marner*　38-39, 78
　『ジョージ・エリオット：エッセー・詩他』*George Eliot: Selected Essays, Poems and Other Writings*　60
　『ジョージ・エリオット伝』（『エリオット伝』）　12, 50, 93, 122, 131, 264-66, 269, 336
　『ジョージ・エリオットの日記』*The Journals of George Eliot*　60, 66, 312
　『ジョージ・エリオット批評エッセー選集』*George Eliot: Selected Critical Writings*　30, 40, 93
　　「R.W. マッカイ『知性の進歩』」"R. W. Mackay's *The Progress of Intellect*"　25-30, 31, 34, 36, 88, 100, 233, 265, 269, 275, 309, 334, 336-37
　　「兄と妹」"Brother and Sister"　21
　　「ウィルヘルム・マイスターの教訓」"The Morality of Wilhelm Meister"　62

368

「芸術の形式についての覚書」"Notes on Form in Art" 60, 178-79, 204, 228, 238, 263, 279, 301
「ジョン・ラスキンの『近代絵画論』」"John Ruskin's *Modern Painters*" 40
「ドイツ的ウイット，ハインリッヒ・ハイネ」"German Wit: Heinrich Heine" 76, 81, 85, 292
「ドイツ民族の暮らしの自然史」"The Natural History of German Life" 36, 63, 76-77, 79, 81, 85, 133, 173, 177, 266
「福音主義の教え，カミング博士」"Evangelical Teaching: Dr. Cumming" 36, 70, 72, 74, 149-50, 222, 240, 284, 341
「フランスの女性：マダム・ドゥ・サブレ」"Woman in France: Madame de Sable" 55
「リスト，ワグナー，ワイマール」"Liszt, Wagner, Weimar" 312
『ジョージ・エリオット　ミドルマーチ』I, II 265
『ダニエル・デロンダ』*Daniel Deronda* 18, 49, 58, 60-61, 64, 85, 88, 92, 108, 113, 202, 271-339, 340, 346
  エバーシュタイン侯爵夫人（ダニエルの母親）317, 320, 331-32
  キャサリン 307, 309-13, 315-17
  グウェンドレン 10, 58, 60, 90, 104, 108, 113, 123, 125, 130, 202, 271-90, 302-03, 306, 316-17, 320-22, 334-35, 346
  グランドコート 274, 277, 279-81, 284, 302
  クレスマー 276-78, 307, 309-17, 338
  ダニエル 68, 113, 272, 274, 277, 282-84, 286-88, 290-302, 306, 317-37, 346
  マイラ 288, 291, 293, 317, 327, 333
  マリンジャー，サー・ヒューゴー 291, 302, 318, 320, 323, 329
  モーディカイ 291-93, 296-98, 300-06, 317, 320-22, 324-27, 333-34, 336-37
『テオフラストス・サッチの印象』*Impressions of Theophrastus Such* 305
『フロス河の水車場』*The Mill on the Floss* 4, 11-15, 17, 19-20, 22, 27, 38, 43, 52, 54, 57, 73-74, 84, 93, 179, 223-24
  トム・タリヴァー 12, 20
  マギー・タリヴァー 4, 9, 12-17, 20, 22, 24, 38, 43, 52, 66, 73-74, 93, 125, 132, 154, 223-24, 316
『牧師たちの物語』*Scenes of Clerical Life* 65, 90, 92, 225
  「エイモス・バートン師の悲運」"The Sad Fortunes of Reverend Amos Barton" 90
  エイモス・バートン 86, 90
  「ギルフィル師の恋」"Mr Gilfil's Love-Story" 62
  「ジャネットの悔悟」"Janet's Repentance" 5, 109
『ミドルマーチ』*Middlemarch* 13, 43, 48, 58, 60-65, 74, 79, 87, 94, 98, 106, 108-09, 113, 127, 133, 147, 154-270, 272-74, 290, 292, 303-04, 306, 331, 338, 340-41
  ウイル・ラディスロー 43, 154, 157, 171, 174-75, 183, 185, 188, 191, 267
  カソーボン 10, 87, 90, 104, 106, 108, 154, 157, 162-66, 168-71, 174, 176-202, 226, 228,

234-36, 258-61, 264, 266-67, 269, 272
カドワラダー夫人 58, 86, 221
ドロシア 15, 24, 43, 66, 68-69, 74, 87, 108, 113, 123, 125, 127, 130, 132, 154-55, 157-72, 174-88, 191, 196-202, 225-26, 228, 234-35, 258-59, 264, 267, 316
バルストロード 7, 10, 63, 86-87, 90, 109, 188, 202, 228-41, 264, 268-69, 272, 331
フェアブラザー 86, 218
リドゲート 58, 60, 63, 65, 133, 155-57, 188, 193-94, 199, 201-27, 234, 264, 268, 274, 338
ロザモンド 188, 212-14, 218-19, 221, 225, 264
『ロモラ』 Romola 69, 74, 76
　サヴォナローラ Savonarola 69, 74
　ロモラ 15, 24, 66, 68-69, 74, 123, 125, 154

☆ ☆ ☆ ☆

ア行

アーノルド, マシュー Matthew Arnold 7-8, 28-29, 67, 89, 181, 203, 236, 239, 265, 340-41, 346, 350
　『教養と無秩序』 Culture and Anarchy 68
　『文学とドグマ』 Literature and Dogma 28-29, 89, 239, 265, 341
アーベリ・ホール Arbury Hall 9, 13, 20
アーマース Ermarth 151, 203, 234-35, 265, 269, 336
アイスキュロス Aeschylus 161
アウグスティヌス 55
アグノスティック（宗教的懐疑主義者）24
アダム（聖書）121, 146
アッシュトン, ローズマリー Rosemary Ashton 12, 30, 50-52, 56, 92-93, 264, 266, 269, 336
天野みゆき 60, 92
　『ジョージ・エリオットと言語・イメージ・対話』 92

イブ 121
イルフラクーム 58, 60
ヴィクトリア女王 256
ヴィクトリア朝イングランド 4-5, 49, 52, 56-58, 67, 93, 122, 327
ウイリー, バジル Basil Willey 10, 26-28, 39, 79, 89, 150, 165, 175, 336
　『19世紀研究』 Nineteenth Century Studies 10, 150, 166
『ウエストミンスター・リビュー』 Westminster Review 26-27, 42, 50, 69-70, 93, 177
ウェズリー, ジョン John Wesley 5, 109, 135, 152
ヴェルギリウス Vergil 99
　『アエネイス』 The Aeneid 99
ウォリックシア, Warwickshire 13
ウルフ, ヴァージニア Virginia Woolf 125
エヴァンズ, アイザック Isaac Evans 12, 20
エヴァンズ, ロバート Robert Evans 9, 13, 34, 40, 50, 93, 268, 332

索引

海老根宏 92, 264
エルマン Ellmann 170-71, 186
オースティン, ジェーン Jane Austen 5, 53, 64, 125, 152, 241-56, 263, 269, 292, 314-17, 327
『エマ』Emma 241-56
『マンスフィールド・パーク』Mansfield Park 242
『オックスフォード英語辞典』The Oxford English Dictionary 268

カ行

カーライル Carlyle 5, 7, 9, 22, 28, 47, 50, 67, 152, 203, 340
『衣装哲学』Sartor Resartus 152
カール Frederick Karl 92, 195, 267
『ジョージ・エリオット19世紀の声』George Eliot Voice of a Century: A Biography 92, 267-68
カザミアン Cazamian 5-6, 40, 129, 135, 152, 217
『近代英国』Modern England 152
カルヴィニズム(カルヴィン主義)Calvinism 23, 36, 39, 88, 111, 114, 136-37, 140, 142-43, 149, 192, 229, 268
カロル David Carroll 17-18, 99, 113, 151, 176, 200, 217, 234, 241, 266, 268-69, 296, 301, 336
キーブル Keble 23, 80
『絆と断絶 ジョージ・エリオットとイングランドの伝統』92
『祈祷書』The Book of Common Prayer 120, 262
『欽定英訳聖書』The Authorized King James Version of the Bible 29, 120, 224, 262
工藤好美 265
グリフ・ハウス 20
クロス Cross 43, 62, 92, 167, 265, 319

『手紙・日記に見るジョージ・エリオットの生涯』George Eliot's Life as Related in Her Letters and Journals 265
ケアリー, ジョージ George Carey 347, 349-50
『大がかりな神盗み』The Great God Robbery 347, 349, 351
ゲーテ Goethe 47, 59, 62-63, 84
ケンピス, トーマス・ア Thomas A Kempis 41, 268
『キリストに倣いて』The Imitation of Christ 41, 43, 93, 223-24
コヴェントリ 9, 12, 15, 134, 241
ゴールドスミス Goldsmith 86, 243
『ウエイクフィールドの牧師』The Vicar of Wakefield 86
コールリッジ Coleridge 7, 22, 28, 80, 175, 189, 203, 340, 346
コント, オーギュスト 47, 79, 130

サ行

サブレ, マダム・ドゥ Madame de Sable 55
シェイクスピア 34, 44, 64-65, 67, 125, 129, 223, 226, 242, 306, 327
ジェイムズ, ヘンリー Henry James 3, 39, 66, 68, 92, 131, 152, 272, 320
『ある婦人の肖像』A Portrait of a Lady 320
ジェノア 318, 320-21, 323, 327
シャトルワース, サリー Sally Shuttleworth 59, 88-89, 113, 130-31, 151, 202, 228, 233, 264-65, 269, 287, 304, 326, 335
『ジョージ・エリオットと19世紀の科学』George Eliot and Nineteenth-Century Science 59, 151, 264, 338
シュトラウス Strauss 26-27, 30, 63, 203
『イエスの生涯』Life of Jesus 26-27, 203
『ジョージ・エリオットの時空』92
『ジョージ・エリオット批評遺産』George Eliot:

The Critical Heritage 152, 272

『ジョージ・エリオット批評エッセー集』*Critical Essays of George Eliot* 17, 93

ジョンソン, ドクター Doctor Johnson 244

ジョンソン, ポール Paul Johnson 299, 325, 338

『新英語学辞典』 117

ストウ夫人 H. B. Stowe 339

ストランド街 45

スピノザ Spinoza 43-44, 47, 64, 67, 160-61, 167, 171, 173, 182, 186, 189, 203, 205, 238, 260, 265, 268-70, 292-94, 335-36

『エチカ』 *Ethics* 43, 64, 161, 203, 238, 260, 270, 292, 336

『神学政治論』 *Tractatus Theologico-politicus* 265

スペンサー, ハーバート Herbert Spencer 43, 45-47, 49, 67, 98

聖書 9, 23, 25, 27-28, 29, 30-40, 67, 70-72, 90-92, 132, 146, 150, 161, 181-83, 192, 196, 203, 223-24, 226, 239, 241-42, 257, 262, 269, 281, 289, 293, 297, 301, 336-38, 340-42, 344, 350

「エペソ人への手紙」 236

「サムエル記第二」 33

「詩篇」 211, 236, 289

「出エジプト記」 33, 301, 329

「申命記」 329

「創世記」 121, 296, 299

「伝道者の書」 133, 301, 342

「ヘブル人への手紙」 227, 289

「マタイ伝」 120, 237

「ミカ」 33

「ヨハネ黙示録」 296

「ローマ人への手紙」 71, 192

聖テレサ St. Teresa 154

ソクラテス 33

ソフォクレス Sophocles 161

タ行

ダーウィン, チャールズ Charles Darwin 47, 56, 98, 110-11, 152, 178, 195, 204, 207, 267, 290, 304, 309, 337-38

『種の起源』 *The Origin of Species* 56, 106, 110-11, 152, 178, 238, 338

タナー Tanner 245

タルムード Talmud 336

ダンテ Dante 99, 152

『神曲』 *The Divine Comedy* 99

チャップマン, ジョン John Chapman 27-42, 44-45, 50-51, 67

デイヴィス Michael Davis 59, 98, 128, 160, 182, 204-05, 241, 265, 268, 290, 297, 338

『ジョージ・エリオットと19世紀の心理学』 *George Eliot and Nineteenth-Century Psychology* 59, 265, 268, 338

ディキンズ, チャールズ 47

テニスン 203, 266, 340

『インメモリアム』 *In Memoriam* 153

ドイッチェ, エマニュエル Emanuel Deutsch 324-25, 336

ドーリン Tim Dolin 27-28, 37, 46, 57, 86-88, 92-93, 111, 128, 131, 151, 192, 217, 268, 290, 327, 342, 346

『ジョージ・エリオット』(Dolin 廣野訳) 57, 93

冨田成子 62, 92, 99, 152

『ジョージ・エリオット全集6 急進主義者フィーリクス・ホルト』 99

トリリング Trilling 29, 255

トレヴェリアン Trevelyan 109, 152-53, 243, 253, 335

『イギリス社会史』 *English Social History* 153

ナ行

ナニートン 3, 8, 12, 20, 29, 129, 134, 136,

153, 241
ニューマン, ジョン John Newman 81
ノープフルマッカー Knoepflmacher 257, 265, 287, 335, 343

ハ行
ハーヴェイ 54
ハーディ, バーバラ Barbara Hardy 17
バード・グローヴ Bird Grove 15, 93
ハイネ, ハインリッヒ Heinrich Heine 63, 81-85, 292-93, 325
パウロ Paul 136, 146, 192, 227, 236, 288-89
パスカル 55
ハックスリ, トーマス Thomas Huxley 47, 58, 98, 106, 151, 181, 228, 238, 264-65, 337
　「生命の物質的基盤」"Physical Basis of Life" 106, 151-52, 228, 264-65, 337-38
バニヤン Bunyan 28, 135, 336
　『天路歴程』The Pilgrim's Progress 335
原公章 93, 338
　『ジョージ・エリオット全集5 ロモラ』 93
パレスティナ 333
ハンドリー Handley 224, 242, 269
ビア, ジリアン Gillian Beer 59, 94, 151, 157, 179, 202, 206, 238, 264-65, 273, 306
　『ダーウィンのプロット』Darwin's Plots 59, 94, 152-57, 179, 202, 206-07, 238, 264-65, 273, 306
ビシャー Bichat 207
フィレンツェ 69, 74
フォイエルバッハ Feuerbach 28-29, 63, 67, 91, 150-51, 170, 178, 189, 194-95, 201, 203, 224, 240, 257, 265, 268, 338, 340-43
　『キリスト教の本質』The Essence of Christianity 28, 67, 150, 203, 225, 257, 265, 338, 343
フランクフルト 294, 323, 336

フランス革命 14
ブレイ, カーラ Cara Bray 9, 24, 27-28, 49-52, 65-66, 131
ブレイ, チャールズ Charles Bray 24, 27-28, 41, 45, 49, 50
フロイト Freud 59, 157, 181, 200, 232, 299, 314, 345
ブロンテ, シャーロット Charlotte Brontë 64
ヘイト G. S. Haight 27, 29, 43, 47, 63, 90, 93, 189, 223-24, 268-69, 335, 339
　『ジョージ・エリオットの生涯』George Eliot: A Biography 92
ペーター, ウオルター Walter Pater 8, 257, 265
ヘネル, セーラ Sara Hennell 24, 27-28, 36, 49, 89, 131
ヘネル, チャールズ Charles Hennell 9, 27, 30, 267, 336
　『キリスト教の起源に関する探求』An Inquiry concerning the Origin of Christianity 9, 27, 336
ベルナール Bernard 207
ヘンリー, ナンシー Nancy Henry 130-31, 337
ボーデンハイマー Bodenheimer 25, 35
　『メアリアン・エヴァンズの実人生』The Real Life of Mary Ann Evans 25, 35
ホートン Houghton 25, 203, 217, 253, 256
ポストコロニアリズム post-colonialism 337
ボディション, バーバラ Barbara Bodichon 178, 200

マ行
ミラー Hillis Miller 163, 234, 265, 269
　「『ミドルマーチ』における光学と記号論」"Optic and Semiotic in Middlemarch" 269
ミルトン, ジョン John Milton 28, 135, 146, 153

『失楽園』*Paradise Lost* 145
モーセ 117, 329

ヤ行
ヤング G. M. Young 6, 8
ヨセフ Joseph 299
淀川郁子 265

ラ行
ライエル Charles Lyell 267
ラスキン Ruskin 5, 8, 9, 40, 67, 340
ラファエル前派 Pre-Raphaelites 5, 8
リーヴィス F. R. Leavis 272
リーヴィス Q. D. Leavis, 24, 64
リール Riehl 63, 76-79, 177, 268
リグノール Rignall 29, 262, 336
リスト, フランツ Franz Liszt 63, 312
ルイス, ジョージ・ヘンリー George Henry Lewes 8-10, 17, 29, 43-52, 54, 57-67, 69, 79, 94, 98, 106, 111, 122, 125, 130-31, 133, 151-52, 157, 159-60, 180, 182, 190, 195, 200, 202, 208, 238, 267-68, 279, 293, 312, 319, 324, 335-36, 338
　『命と心の問題』*Problems of Life and Mind* 59
　『海浜生物研究』*Seaside Studies* 58
　『ゲーテ伝』*The Life of Goethe* 47, 58, 62
　『多才なヴィクトリアン：ジョージ・ヘンリー・ルイス批評選集』*Versatile Victorian: Selected Critical Writings of George Henry Lewes* 47-48, 238
　「オーギュスト・コント」"Auguste Comte" 47
　「芸術におけるものの見方について」"Of Vision in Art" 48
　「チャールズ・ダーウィン」"Charles Darwin" 47
　「文学で成功する理」"The Principles of Success in Literature" 47, 238
　「ベネディクト・ドゥ・スピノザ」"Benedict de Spinoza 47
　『哲学者伝』 *Biographical History of Philosophy* 47
　『身近な生命の生理学』 *Physiology of Common Life* 59
ルービンシュタイン Anton Rubinstein 338
レヴァイン George Levine 188, 204, 335
ロッジ, デイヴィッド David Lodge 269

ワ行
ワーズワス Wordsworth 7, 22-23, 26, 40, 65, 73, 80, 164-65, 184-85, 189, 203, 263, 268, 298-99, 340
　『逍遥』*Excursion* 165
　『序曲』*Prelude* 26
　『ワーズワス詩選集』*William Wordsworth: Selected Poems* 264
　「ティンターン・アベー上流で読める詩」"Lines Written a Few Miles above Tintern Abbey" 164, 185, 264
　『ワーズワスとコールリッジ：抒情民謡集』 *Wordsworth & Coleridge: Lyrical Ballads* 263
ワイマール 63, 312

II 事項

ア行

アイロニー 69, 77, 122, 125, 132, 161, 167, 177, 202, 211, 218, 222, 244-45, 254, 269, 320
アイロニカル・ユーモア 253, 256
アガペー 146
アナロジー 61, 65, 113-33, 162, 179, 189, 190, 207, 222, 228, 289, 305, 349
安息日 298
暗喩（メタファー）metaphor 30, 72, 99, 127, 132, 157, 177, 189, 190-91, 213, 222, 226, 260, 268, 285, 294, 296-98, 304, 323, 326, 341, 349
イエス・キリスト 28, 35, 71-72, 75, 88, 91, 93, 128, 136, 142, 150-51, 192, 223-25, 237, 288, 296, 334, 338, 340, 342, 350
イエスの血潮 150, 225
医学・生理学 58, 157, 160, 180, 200, 210-11, 223, 257, 260
イギリス帝国主義・植民地主義 337
イギリス保守主義 132
イスラエル人 33, 298, 333, 341
イスラエルの遺産 297
命の木 61, 296-97, 319
命の起源 202
意味の全体像 241
イメージ言語 94, 126, 146, 195, 198, 262, 276
イメージの相互照射 209
岩の上に家を建てる 237
因果の道理 38, 287
因果の連鎖 88, 199, 206, 264, 274-79, 300
インスピレーション→霊感 203, 209
インターテクスチュアリティ（間テキスト性） 180, 352
韻律（美） 64, 84, 92, 120, 122, 145, 148, 183, 213, 226, 262
敬いの根 root of piety 21-22
永遠の命 182-83, 195, 261-62
エロス 44-45, 53, 116, 125, 143-49, 170-71, 197, 211, 213, 267-68, 271, 278
王政復古 The Restoration 11, 135, 142
大いなる世界への導き high initiation 128
オックスフォード運動 6, 23, 80

カ行

絵画的イメージ 132, 190, 200, 232, 260, 280
解釈学 hermeneutics 233-35, 265
回心体験 88
解剖学研究 211
科学的世界観 22, 111, 150, 177, 187, 193, 202-04, 223, 227, 241-42, 317, 353
科学的ロマンティシズム 175
鏡のイメージ 220-21
仮説・検証 48, 94, 133, 150, 165, 207, 218, 239, 273-74, 287, 290, 349
カタストロフィー 162, 164, 166
語り、関係付ける（relate） 207
語りのコントロール narrative control 314
家庭の天使 124
仮定法 167, 196, 315, 316-17
カトリック解放令 142
カトリック修道院 55
神の王国 75
神の啓示 28, 203, 236, 257, 270, 340
神の子羊 28
神の独り子 71, 288
神の御業 349
関係の網の目 188, 205, 222, 233-35, 268
感情の弦 174, 186
感情の交通整理 336
感情の真実 36, 333

換喩 metonymy　74
記憶の生得的な半分　297-98
記憶の物質的基盤　269
喜劇的ヴィジョン　244
奇蹟　28, 224, 289, 340
貴族・ジェントリ　13, 86, 104, 116, 119, 134-35, 138, 140, 152, 216, 243, 245
既存の価値システム　241
機知→ウイット　11-12, 26, 55, 77, 83, 133, 177-78, 248
祈祷詩 collect　80, 350
旧約詩人兼預言者　341
旧約聖書→聖書　32-33, 293, 296-97, 299, 305-06, 331, 334, 336-38
共通の祖先　305
教養の死せるミイラ　294
ギリシャ哲学　33
キリスト教神話　121, 154
キリスト教的死生観　195
キリスト教的平民主義　109, 141
キリスト教的理想主義　186
近代心理学　59, 314, 345
禁断の木の実　121
禁欲的理想主義　4, 6, 69, 187, 252-53
勤労の教え the gospel of work　253
空間的イメージ　209, 213
蜘蛛の巣　214-15
啓示宗教　240
系統発展　133
血液循環　59, 100, 179, 204
結婚の神聖　123
原型　32, 300-01, 327
言語実験　113, 132, 205, 214, 230, 239, 296, 304, 307-12
言語の生理学的基盤　338
原シオニズム proto-Zionism　337
現実主義　5, 69, 224, 253
原初的言葉　280

原初的組織　207
現世否定的教義　16, 69
顕微鏡　58, 60, 65, 99, 147, 151, 155, 192, 206, 221
光学イメージ　222
考古学　309
交差対句法 chiasmus　226
荒野での苦難　301
極微の営み　58, 97, 165
心の曖昧領域　317
心の科学　98, 128, 157, 182, 199, 204-05, 233, 297, 338
心の共同体　256
心の深層　182, 223
心の生理的基盤　279
語順の配置　251
古代異教世界　158
古代ギリシャ文芸復興　69
古代ギリシャ・ローマ文明　70
古代ヘブライ詩人　28, 269, 289
国教会（アングリカン・チャーチ）5, 8, 25, 29, 34, 37, 62, 78, 80, 86-87, 104, 108-09, 116, 135, 138, 141-42, 177, 183, 187, 229, 241, 243, 251-52, 262, 273-74, 281, 283, 293-94, 303, 319, 332, 347, 349-50, 353
古典イギリス小説　242
古典復興　243
言葉の絵画　303
言葉の階級的な含み　245

サ行

細胞　37, 99, 151, 204, 207-08, 264
再臨　28, 71, 340
サタン　143, 145
サブテキスト　267
産業革命　5, 135, 140
産業的無秩序　142

ジェンダー 216-17, 245
自我の不安 106, 272
至高の召命 290
自国文化優越主義 306
自己中心性 55, 136, 150, 169, 186, 188, 192, 205, 225-26, 280, 341, 349
自己超脱 225
自己という譲れぬ一線 226-27
自己と世界とのずれ 87, 241
自己否定 7, 68, 188, 193, 196, 249, 315
自己を捨てる 10, 23, 74, 90, 93, 192, 199, 200, 232, 236, 259, 278, 283, 286-88
視座の転換 72, 206, 290
事実婚 47-48, 52-58, 131, 150, 152, 319
自然科学 31, 38, 40, 94, 113, 156, 206, 233, 340
自然史 17, 30, 40, 58-59, 63, 65, 76-77, 79, 81, 85-86, 94, 133-34, 138, 157, 177-78, 190, 206, 208, 257, 265, 268, 287, 326
自然宗教 99
自然選択 88
自然と五感の言葉 185
自然の語法 335
自然法則 28, 40, 74, 98, 113, 133, 205-06, 222-23, 233, 285, 335
自然を敬う心 23, 170, 184, 186
実験科学 48, 58, 94, 155-56, 202, 204, 206, 208, 239, 287, 290, 300
実験生物学 264
実験生理学 207, 264, 268
実証主義 47
時代精神 9, 22, 25, 28, 39, 69, 89, 150, 165, 177, 180, 202-03, 205, 221, 228-29, 239, 242, 253, 256-58, 293, 303, 312
詩的真実 289
視点の移動 194, 249, 263, 313, 315
シナゴーグ 295-96, 329
死の自覚 193-94

詩の復権 203
自由意志の限界 320, 331
自由間接話法 125, 244, 313
宗教改革 142, 303
宗教的人道主義 72, 177, 186, 257
宗教的シンボリズム 32
宗教的同胞意識 281-82
宗教的ヒューマニズム religious humanism 265
宗教的不可知論 Agnosticism 203, 319
宗教と科学の和解 204
集合的記憶 327
集合的無意識 298
18世紀古典主義 243, 254, 303
18世紀的寛容主義 latitudinarianism 253
宿命説 88, 268
受動態 215
受肉 151
樹木崇拝 99
主を畏れ敬う心 fear of the Lord 211, 227, 289
将来の宗教 18, 340, 342
女子教育塾 4, 252, 254
人格完成の道 19, 56, 130, 211, 227, 257, 340
進化論 45, 47, 88, 95, 110-11, 152, 156, 177-78, 181, 205, 223, 227, 238, 242, 257, 287, 295, 304, 309, 335, 349
心筋収縮と拡張 systole and diastole 314, 338
神経伝達 59, 100
信仰と科学の和解 351
心象風景 19, 190, 193, 230, 233, 321
心身一如 98, 160, 209, 261, 268, 312
心身組織 277
身体言語 60
審美主義運動 6
新約聖書→聖書 55, 161, 296-97, 305-06,

334-37
心理的リアリズム 327
人類の備忘録 340
神話的な想像力 195
神話と奇蹟の再解釈 340
崇高体験 experience of the sublime 164-65
姿見 221, 341
スノッビズム 229
すべてを見通す眼 96, 98, 193, 238, 288-89, 300, 341
聖書講読 127, 132, 192, 205, 209, 223, 236, 239, 257, 334, 340
聖書批評 25, 27-28, 30, 32, 34, 74, 89, 92, 128, 149-50, 181, 192, 194, 203-06, 224-25, 228, 233, 236, 239, 240-41, 269, 294, 297, 305, 334, 336, 341, 350
聖戦 25, 37, 50
生存競争 217
成長と分解の相互依存 231-32
聖テレサ 154, 206, 234
生の全体性 349-50
生物学・生理学 156
性別役割分担 216
聖母マリア 28, 143
生命進化 97, 287, 337
生命と環境の相互作用 235
生来的な自己 136, 349
生理学・心理学 58-60, 94, 133, 177, 180-86, 199-200, 208, 214, 239, 265, 268, 272-73, 285, 287, 297, 338, 345
生理的・身体的記憶 298
生理と心理の不可分性 314
世界と自己の位置関係 113, 322
世界の暫定的な性質 296
世俗の聴罪司祭 272
説明を求められ、責任を問われる render account 289
善悪の価値の二元論 186

漸進的改革 136
全体的人間 336
全知の作家 omniscient author 94
相互評価のネットワーク 185
創造説 181
想像領域 148, 203-04, 206, 209, 338
想像力重視の文化 culture of the imagination 206
想像力の言語 84, 132, 326
想像力の飛躍 209
想像力の母語 22-23, 325
相対化する地図 201
外なる良心 288

夕行

ダーウィニズム 94-100, 108-12, 177, 179, 228, 232, 265, 272, 305
ダーウィン以後 304, 309
第一次選挙法改正(法案) 85, 94, 104, 134, 142
題辞 131, 199, 298, 334
第二次選挙法改正 134
太陽神 82
多義的な暗示性 322
たしなみ accomplishment 16, 55, 104-05, 116, 119, 215-16, 241, 245, 252, 254, 276, 323
多神教 68, 99, 100
磔刑 106, 338, 340, 342
脱構築 204
魂の母語 324-25
単一の視点 113, 154, 222
耽美主義 55
地球的時間 97, 206-07, 295, 309, 337
地質学 113, 235, 309
知性の自立性 294
血の宿命 4, 118, 278, 292, 318, 320
中世僧院 303

中世ヘブライ語　325
超越的真理　240
聴罪司祭　272
超自然的宗教（キリスト教）　25, 29, 128, 150, 203, 269
沈黙の向こう側に響く大音響 the other side of silence　79, 165, 234, 264, 269
対型 antitype　301, 327, 336
罪の意識　78, 193
ディスコース（言説）　113, 242, 272, 317
ディセンター→非国教会派会　15, 38, 86, 108, 114, 116, 127, 135-37, 140-43, 147, 149, 153
適者生存　88
転移修飾語 transferred epithet　117
ドイツ高等批評 German Higher Criticism　29, 32, 36, 70-71, 90, 170, 177, 269, 335-36, 340
ドイツ・ロマンティシズム　36, 178, 203, 242
頭韻　213
道義復権運動　15, 109, 114, 136, 142
撞着語法　oxymoron　260
道徳的因果律　87-88, 95, 111, 268, 335
道徳的善悪の相対性　106, 174
道徳的想像力　54, 173
時の実験　147, 206, 210, 234
突然（変異）　179, 295, 337

ナ行

内的対話　108, 122
内的な光 inward light　208-09
内部環境　204
ナポレオン戦争　142
肉なる存在の言葉　182, 184, 265
肉なる人間（自己）　128, 150, 188, 199, 205, 208, 225, 240, 268, 290, 294
肉の滅び　195
西インド諸島　273

二重言語　325
二重否定　248-49, 251, 311
人間中心主義　111
人間的宗教 Religion of Humanity　15, 79
ネオ・クラシシズム　6
ネメシス Nemesis　116

ハ行

ハイ・チャーチ　282
場の風土　132
パラドックス（逆説）　37, 320, 330, 349
バランスの取れたキリスト教　349-50
パレスティナ　288, 333, 337
反教権主義 anticlericalism　135
反世俗主義　6, 8, 224
反復語句　220
万物の霊長　181, 206
半分創造する half-create　185
反ユダヤ主義　295, 305-06, 337
汎ヨーロッパ的教養　293
悲劇的叙事詩　306
非国教会派　3, 5, 13, 39, 78, 86-87, 108-09, 112, 114, 136, 228-29, 252, 281, 335
微細なプロセス　208
微視的観点　221
非神話化　269
微生物　7, 8, 85, 109, 147, 210
必然の法則　24, 44, 133, 156-57, 206, 208-09, 233
否定語　213, 247, 249, 261-62, 269, 311, 314, 316-17, 335
否定的感情　240, 285, 345
非ドグマ的宗教（人道主義）　74, 86, 91, 130, 225, 340, 344
日の下に新しいものはなし　133, 301
批判的・自由主義的知性　256
ピューリタニズム Puritanism　6-8, 11, 135, 152-53, 158, 320

ピューリタン革命　108, 140, 303
風景庭園　243
風景の暗喩　197
風景の絵画的イメージ　190
フェミニズム　52, 130-31
福音主義　3-11, 15-16, 23, 26, 29, 67, 69-70, 85-88, 90, 93, 109, 114, 119, 135-36, 149, 152-53, 159, 170, 177, 186, 201, 223-24, 228, 241-42, 262, 282, 284, 335-37, 347
福音主義運動→福音主義
複眼的な見方　245
覆面作家　62, 65
父性的権威　25, 198
物質主義的世界観　88, 257
フラッシュバック　flashback　142, 211, 229, 250
フランス革命　14, 142
プロテスタンティズム　11, 78, 88, 158-59, 325
プロテスタント的ヒロイン　24
文学的感受性　239
文化人類学　29, 73, 110, 137, 151, 289
文化多元主義　351
文体論　243-46, 269
文法システム　203, 234-35
平民主義→キリスト教的平民主義　109, 282
ペーソス　82
ヘブライ詩人　236, 289, 298-300, 336
ヘブライズム　33, 67-69, 74, 81, 337
ヘブライ的良心　306
ヘレニズム　6, 15, 67-69, 74, 79, 81, 85, 153, 243, 325
弁証法的な和解　238
弁証法的歴史観　178
萌芽の交差（掛けあわせ）seminal crossing　235
ぼかし　117, 215, 245, 247, 251, 311, 313
保守的自由観　245
没理想　44, 306

ポリフォニー　266

マ行

民族的アイデンティティ　292, 317, 323-24
無意識（心理学的概念）　28, 52, 59, 100, 111, 181, 213, 217, 232-33, 238, 278-79, 299, 320, 325, 331
無謬神話　203
迷路　234
メシア　71
メソディズム　152
メタファー→暗喩　74, 155, 174, 232-33, 235, 239, 265, 338
眼にみえざる義　344

ヤ行

有機的暗喩　organic metaphor　37, 169, 260, 285, 326
有機的言語観　133, 222, 263
有機的生命（観）　61, 63, 94, 123, 133, 167, 204, 263, 268, 275, 277, 279, 304-05, 307, 324, 326, 334
有機的相互依存　88, 113, 154, 179-80, 209-10, 238
ユダヤ教・キリスト教起源文明　158
ユダヤ教・キリスト教神話　336
ユダヤ教徒　293, 338-39
ユダヤ系イギリス人　337
ユダヤ人街（ユダヤ人ゲットー）　294-95, 336
ユダヤ人国家再興　292
ユダヤ的観念　35
ユダヤ的シンボリズム　33
ユダヤ民族精神　291-92, 317, 319
ユニテリアン　28
様式美　119, 243, 245, 317
ヨーマン（独立自作農）　11
予型論（タイポロジー）typology　301, 327, 336-38

予定説　14, 140, 149
予表 type　301, 336, 338
より高い，宗教的な暮らし　346

ラ行

ラテン語源　34, 72, 120, 222, 248, 309, 316
ラビ（教師）　326
離散 Diaspora　85, 291-92, 298, 306, 317, 324, 329
利他主義　186
律法主義　292
リベラリズム　134
良識　good sense　5, 51-52, 54, 57, 109, 167, 191, 253, 303, 309, 315, 319
良心　14, 24-25, 35, 45, 50, 66-68, 76, 88, 118, 135, 145-47, 200, 240, 268, 272, 306, 309, 319
倫理的人道主義　18, 26, 68-69, 70, 85-86, 128, 143, 176, 340-46
礼儀作法 respectability　4, 6, 243, 245
歴史言語　77, 133, 178
歴史主義的聖書批評　23, 44, 100, 106, 174, 176, 178, 187, 189, 201, 222, 242, 257, 335
歴史的・空間的連鎖観　204
レンズ　156, 192, 208-09
蠟燭　94, 221, 341
労働組合運動　14, 108-09, 141
ロゴス　57
ロマンティシズム　7, 40, 59, 164-65, 177-78, 186, 202-04, 228, 268, 297
ロマン派詩人　23, 174, 187, 197, 204, 214, 242, 262-63, 335
ロマン派的想像力　22, 69, 122, 127, 176-87, 299
ロマン派的物質主義　152, 206

ワ行

分かり易さのシステム　234-36
「私」ならざる力　299

著者について

福永　信哲（ふくなが　しんてつ）

1972年広島大学教育学部卒業, 1978年同大学大学院文学研究科博士課程後期（英語学英文学専攻）単位取得満期退学. 岡山大学教授（大学院教育学研究科）を経て, 現在岡山大学名誉教授.
著書に『絆と断絶　ジョージ・エリオットとイングランドの伝統』（松籟社），『ジョージ・エリオットの時空』（共著, 北星堂書店），『英語教育への新たな挑戦―英語教師の視点から―』（共著, 英宝社）など.

ジョージ・エリオットの後期小説を読む
――キリスト教と科学の葛藤――

2016年7月5日　印　刷　　　　　　　2016年7月15日　発　行

著　者　ⓒ　福　永　信　哲

発行者　　佐　々　木　元

発行所　株式会社　英　宝　社

〒101-0032 東京都千代田区岩本町2-7-7 第一井口ビル
Tel [03] (5833) 5870　Fax [03] (5833) 5872

ISBN978-4-269-72141-8 C3098
［組版：(株)マナ・コムレード／製版・印刷：(株)マル・ビ／製本：(有)井上製本所］
定価（本体3,800円＋税）

本書の一部または全部を, コピー, スキャン, デジタル化等での無断複写・複製は, 著作権法上での例外を除き禁じられています. 本書を代行業者等の第三者に依頼してのスキャンやデジタル化は, たとえ個人や家庭内での利用であっても著作権侵害となり, 著作権法上一切認められておりません.